意指的猴子:一个非裔美国文学批评理论

〔美〕小亨利·路易斯·盖茨 著
王元陆 译

著作权合同登记　图字 01－2010－5300
图书在版编目(CIP)数据

意指的猴子：一个非裔美国文学批评理论/(美)盖茨著；王元陆译.—北京：北京大学出版社,2011.1
（未名译库　未名·前沿）
ISBN 978－7－301－17960－4

Ⅰ.①意… Ⅱ.①盖…②王… Ⅲ.①文学批评－文学理论－美国 Ⅳ.①I712.06

中国版本图书馆 CIP 数据数字(2010)第 203825 号

Copyright © 1988 by Henry Louis Gates, Jr.
THE SIGNIFYING MONKEY: A THEORY OF AFRICAN-AMERICAN LITERARY CRITICISM, First edition was originally published in English in 1988. This translation is published by arrangement with Oxford University Press.

书　　　　名：意指的猴子：一个非裔美国文学批评理论
著作责任者：〔美〕小亨利·路易斯·盖茨　著　王元陆　译
责 任 编 辑：梁　雪
标 准 书 号：ISBN 978－7－301－17960－4/I·2271
出 版 发 行：北京大学出版社
地　　　址：北京市海淀区成府路 205 号　100871
网　　　址：http://www.pup.cn　电子邮箱：zpup@pup.pku.edu.cn
电　　　话：邮购部 62752015　发行部 62750672　编辑部 62754149
　　　　　　出版部 62754962
印　刷　者：三河市北燕印装有限公司
经　销　者：新华书店
　　　　　　965 毫米×1300 毫米　16 开本　22 印张　407 千字
　　　　　　2011 年 1 月第 1 版　2011 年 1 月第 1 次印刷
定　　　价：48.00 元

未经许可，不得以任何方式复制或抄袭本书之部分或全部内容。
版权所有，侵权必究
举报电话：010－62752024　电子邮箱：fd@pup.pku.edu.cn

献给莎伦·亚当斯

这种艺术形式中有一种固有的残酷的矛盾。因为真正的爵士乐是一种肯定个体的艺术：个体在集体内部，通过与集体的对抗而肯定自身。每个真正的爵士乐表演（和缺乏灵感的商业演出不同）都源于一种竞赛，在这种竞赛中，每个艺术家都向其他所有人发起了挑战，每个激情迸发的独奏或即兴演出（就如同画家的一系列油画一样）都标志着对艺术家自我身份的定义。也就是说，他既是一个个体，也是集体中的一员和传统的链条上的一环。因此，爵士乐的生命源于对传统素材无止境的即兴发挥，乐手即使找到了自我身份，也一定会失去它。

——拉尔夫·埃利森

即兴表演是黑人差异性的游戏。

——金伯利·W.本斯顿

缓慢然而稳步地，在接下来的年月里，一种新的想象开始逐步替代有关政治权力的梦想。这是一种影响深远的变化，燃起另一种理想来引导那些盲目之人，用另一种夜间的火光之柱在乌云密布的白天之后来指引前进的道路。这就是关于"书本－学识"的理想；那种出于被强加的蒙昧而产生的好奇心——也就是有意去理解并检验白人神秘的学问的力量，以及对学习的渴望。通往迦南的羊肠小道在这儿似乎终于被发现了，它比黑人解放与法律的通衢大道更长，陡峭险峻、崎岖不平，但却不绕弯路，直通山顶，可以从那儿俯瞰人生。

* * *

想要成为**学者**的黑人不得不面对这样一个悖论：他的人民所需要的知识对他的白人邻居而言不过是些老生常谈，而对用于教授白人世界的知识，他的黑人民众却又摸不着头脑。他缺乏教化的黑人民众对和谐与美有种天生的热爱，并让他们歌之咏之，舞之蹈之；然而，在黑人艺术家的灵魂深处，黑人民众的这种行为带来的是困惑与怀疑，因为展示在他眼前的美是黑人种族的灵魂之美，但黑人种族又受到大量的白人观众的鄙视，而且他无法明确传达另一群人的信息。他试图满足两个不相容的理想，但他的双重目标均一无所得。对成千上万的黑人学者而言，这种挫折对他们的勇气、信仰以及行为都造成了令人痛惜的破坏，让他们跪拜在伪诸神之前，祈求虚假的救赎之道，并且有时候甚至似乎要让他们对自己感到羞耻。

——W. E. B. 杜波依斯

在我看来，只有傻瓜才会愿意让你用一种你自己都感到奇怪的方式说话。

——艾丽斯·沃克

代译序

小亨利·路易斯·盖茨1991年起在哈佛任职,是"W. E. B. 杜波依斯非洲及非裔美国研究中心"主任,1999年当选美国文理院院士。盖茨是《诺顿非裔美国文学选本》(1997)与《非洲大百科全书》(1999)此类文化工程书系的总主编,重要性自不待言。《意指的猴子》(1988年牛津大学出版,翌年获"美国图书奖")是影响最大的黑人文学批评理论著作之一,为研究者提供了一种内生于黑人文学阐释传统的方法论和视角。

对盖茨意指理论的述评不妨从一度引起轩然大波的"撞门门"开始。盖茨2009年夏天在访问中国回美国后因撞开了自家的门而引起了误会,并因为行为失范而被捕,而盖茨失范的重要证据就是当白人警察克劳利要求他出屋讲话的时候,盖茨说了句很不得体的话:"I'll speak with your mama outside!"这句话不得体就在于它并不是说"我要到门外和你妈妈讲话",而是类似于汉语的"我到门外和你说个鸟蛋"这类粗话。这是黑人文化中典型的"你老妈玩笑"(your mama jokes),属于黑人民间文化的文字游戏"骂娘比赛"(play the dozens)。这种文字游戏和文学批评的相关性在于它对语言体系中的能指而不是所指的强调。盖茨在《意指的猴子》中通篇强调的正是黑人民众及作家对修辞性语言的使用。

在对美国黑人文学的批评中,历来存在诸多偏见及谬误,颇具代表性的有两种:"功能谬误"及"模仿谬误"。前者是说美国黑人文学常被批评家当成了社会学著作,被简化和降格为黑人的信仰习俗等社会学内容的素材;后者是说白人文化历来认为黑人长于模仿,而缺乏原创性。文学批评的共识是认为文学语言是高度修辞化的语言,并不直接指向外部世界,但别有意味的是,一旦碰到美国黑人文学,文学语言的特性似乎就失灵了。埃利森曾抱怨说,在美国黑人文学研究中,有社会学倾向的批评家将政治与意识形态凌驾于文学之上,他们宁可糟蹋一部小说,也不会去改变先入为主的错误观念。① 斯特普托也指出,对黑人作品过多的社会学关注导致公众和白人学术圈对黑人文学缺乏理解和尊重。② 贝尔也对批评家将美国黑人小说的复杂性、模糊性尤其是创造性简化为社会的政治经济元素的做法非常不满。③ 有些作家/批评家另辟蹊径,绕开了对美国黑人文学作品的社会功能及模仿性的争论。莫里森呼吁应该研究白人世界中长达400年之久的"非洲性"在场,她认为黑人的在场对美利坚民族文学产生了巨大的影响。④ 沃克则表示她对白人文学与黑人文学之间的差异不感兴趣,因为在她看来,美国的白人与黑人作家说到底都是在书写同一个故事的不同侧面。⑤ 当然更为极端的是曾风行一时的"黑人艺术运动",它倡导"黑人性"、"非洲性"以及黑人种族的自豪感。但不管是对批评实践的不满,还是转移注意力的规避,或者是翻转白人逻辑去强调黑人的民族主义情绪,所有这些做法都未从理论层面对美国黑人文学批评中存在的偏见及谬误做出真正有力量的回应。盖茨的意指理论就是朝此方向的努力。

盖茨说自己的文学批评是"要用当代的阅读理论一方面去阐释特定的黑人文本,而与此同时,还要将杰弗里·哈特曼所说的'艺术形式及其历史意识形式'联系起来,用以定义美国黑人文学传统的确切结构"⑥。盖茨的前一种批评实践显然就是当代修正主义者使用的方法。但如果欧美批评理论的适用性受不到质疑,而仅仅用它们来为自己的经典重建提供合法性,那么黑人文本在白人主流文学中的边缘化状态和他者性地位能有多大程度的改善就颇值得怀疑。实际上即便在解构和除魅盛行的今天,美国文学研究的对象很大程度上也并没有多大改变,处于解构和除魅中心的依然是些老面孔。脚本和唱法都变了,但角还是角,跑龙套的还是跑龙套的。正是因为认识到了阐释系统并非"普适的"、"非政治的"或"中立的",盖茨指出应使用西方传统中的批评理论及方法,并将其"挪

---

① 转引自 Henry Louis Gates Jr., ed, *Black Literature and Literary Theory*. New York and London: Methuem, 1984, pp. 244—45.

② 转引自 Malcolm Bradbury and Signund Ro., eds. *Contemporary American Fiction*. London: Edward Arnold Publishers, 1987, p. 89.

③ Bernard W. Bell, *The Afro-American Novel and Its Tradition*. Amherst: U of Massachusetts P, 1989, p. xi.

④ Toni Morrison, *Playing in the Dark: Whiteness and the Literary Imagination*. Cambridge: Harvard UP, 1992, pp. 4—5.

⑤ Alice Walker, *In Search of Our Mother's Gardens*. San Diego, New York, London: Harcourt Brace Jovanovich, Publishers, 1983, p. 5.

⑥ Henry Louis Gates Jr., ed, *Black Literature and Literary Theory*. New York and London: Methuem, 1984, p. 3.

用来定义我们自己的……话语"。① 盖茨建构黑人文学批评理论的努力是从考察泛非洲文化的阐释体系开始的,这里有必要简单交代一下盖茨对泛非洲神话所做的文化考古。

非洲土著文化与美洲的非洲文化碎片之间时空阻隔,并存在语言障碍。但是,盖茨却惊奇地发现在泛非洲文化之中始终存在埃苏这个恶作剧精灵的形象。在非洲,埃苏是约鲁巴人和芳族人神话中的恶作剧精灵,在口述传统中代代相传。在尼日利亚、贝宁、巴西、古巴、海地以及美国等地,埃苏形象有不同的名称,但盖茨通过细致的文化考古后认为,这些单个的恶作剧精灵实际上是一个大的统一形象的组成部分。盖茨将其统称为埃苏或埃苏-埃拉巴拉。盖茨指出,埃苏的这些变体雄辩地表明,在西非、南美、加勒比海以及美国的某些黑人文化之中,存在着一个完整的形而上学体系和象征模式。盖茨据此认为埃苏代表了一个植根于泛非洲土语传统之中的主旨或传统主题。埃苏连接或者说分割了人间和神界。一方面,它是天神的使者,向人类阐释天神的意志;另一方面,它又把人类的意愿转达给天神。埃苏阐释并传达的是神界的艾发占卜的文本。艾发是约鲁巴人的神圣文本,相当于欧美文化的《圣经》。艾发是神意的文本,埃苏是它的阐释者,但这并不是说埃苏仅仅被动地翻译已存在的信息。相反,它积极参与所有信息的建构。与艾发相比,在阐释过程中埃苏事实上有种优先权。显然,经由埃苏阐释的艾发信息是个开放的文本而不是闭合的作品,它是个动态的意义生成、发散、分延及颠覆的无止境过程。埃苏是文本与阐释之间的中介,因此它是文学批评家的土著的黑人隐喻,也是泛非洲黑人文化中阐释行为的原型性比喻。在芳族人和约鲁巴人文化中,埃苏拥有极大的权力。在盖茨看来,埃苏的权力就源于其阐释的多重性或多样性。作为艾发文本宇宙之中任意性游戏和不确定性的元素,埃苏总在无休止地置换意义,通过表意游戏将意义延宕。埃苏介于意图与意义之间,介于言说和理解之间。埃苏对艾发文本提供的阐释不仅没能解决艾发象征性话语的困惑,而且它还乐于将这些困惑加入到自己神秘的回答之中去。

把埃苏故事所代表的泛非洲文化的阐释学纳入到文学批评上来,我们发现泛非洲文化从上古起就懂得经过阐释者的解释而传达的文本意义根本就不可能是固定的。从黑人阐释学的源头上讲,我们意识到黑人传统历来都懂得以语言为媒介的文本根本不可能传达某种绝对意义的真理。盖茨发掘和揭示这个土著黑人阐释学原则达到了两个目的。第一,它证明文学批评理论并非欧美的专属领地,黑人传统有其自身的一套理论;第二个目的无疑更为迫切和直接,也就是

---

① David H. Richter, ed, *The Critical Tradition: Classic Texts and Contemporary Trends*. 2nd ed. Boston: Bedford Books, 1998, p. 1587.

说,黑人传统从来都没有期待对某个文本依照社会环境对它做字面的理解。这样,欧美批评界针对黑人文本的功能说也就不攻自破了。

通过对埃苏的知识考古,盖茨建构起了泛非洲文化的黑人阐释传统,但盖茨对埃苏的关注是为他对意指的猴子的研究服务的。意指的猴子是埃苏在美国黑人俗界话语中的对等物。埃苏存在于整个泛非洲文化之中,而意指的猴子则是美国黑人文化所特有的。盖茨对意指的猴子的研究着眼于廓清美国黑人土语传统中原生的修辞策略。

在民间故事中,猴子、狮子和大象同住在一片树林里,它们既是朋友,又是敌人。柔弱的猴子要周旋于狮子和大象之间显然并非易事,它只能凭借自己的小聪明维系三者之间微妙的平衡。有一天,猴子告诉狮子一些不利于后者的传言,据说它们共同的朋友大象把狮子的祖宗八代骂了个遍。自封为森林之王的狮子勃然大怒,找到了大象要它向自己道歉,但大象非但不道歉,反而将狮子暴揍了一通,因为在大象看来,狮子完全是无理取闹,自取其辱。那么问题出在了哪里呢? 后来,反应迟钝的狮子慢慢意识到了自己的错误:它将猴子的修辞语言做了字面的理解,错把玩笑当了真。于是它又返回来找猴子算账,却被猴子奚落了一番。盖茨认为,这类故事凸显了字面意义与修辞意义之间的关系。狮子之所以被猴子捉弄,就是因为它不懂得字面意义和修辞意义的区别,猴子的恶作剧之所以能够成功主要就依赖于狮子对修辞性语言理解上的谬误。猴子所使用的修辞是美国黑人土语传统中核心的语言使用策略——意指行为(Signifyin(g)),也正为此盖茨称其为意指的猴子。

在欧美文化中,表意行为(signify)、能指(signifier)、所指(signified)、表意(signification)及符号这几个概念总是与索绪尔相联系的。但是盖茨指出,对这几个西方文学理论中至关重要的概念而言,在美国黑人土语传统中存在的同音同形异义词已经有两百多年的历史了:**意指行为**(Signify)、**意指者**(Signifier)、**被意指者**(Signified)及**意指**(Signification)。美国黑人土语传统中的"意指"和标准英语语义体系中的"表意"之间有什么关系呢? 用一句很有悖论性的话来说,它们之间一方面关系非常紧密,但同时又可以说毫无关系。在盖茨看来,这两个同音同形异义词之间的复杂关系浓缩地展现了非裔美国文化与美国白人文化之间深刻的冲突,这种冲突既有政治的向度,也有形而上学的向度。"表意"和"意指"征候性地体现了黑人美国语言圈和白人美国语言圈这两个平行的话语世界之间(政治的、语义的)冲突,它们是最细微同时也最深层的踪迹,标志着两个截然不同而又深刻地联系在一起的意义层次。盖茨认为"表意"和"意指"之间的关系类似于"差异"和德里达的"延异"之间的关系,简而言之,"意指"和"表意"体现了一种同一性中的差异性。盖茨把黑人能指的首字母写成大写,并将黑人术语的 g 括了起来(Signifyin(g)),因为在他看来,在视觉上被括起来或在听觉上被省掉的 g 是个(再)命名仪式中黑人差异性的踪迹。把黑人土语发音中被抹掉的 g 在视觉上体现出来,这就像德里达的新词"延异"一样,既可以避免混淆这两组独立的同音同形异义词,也可以避免将它们错误地简化为同一。缺席的 g 是黑人差异性的一个象征。黑人"意指"是对白人"表意"的修正,黑人的"意指"体系表明,在白人话语宇宙之中存在着一个平行的,但却被否定了的黑人话语宇宙。

在《意指的猴子》中,盖茨专辟一节来定义"意指",但未能给出最终的定义,这一概念的繁复性可见一斑。但这一点毋庸置疑:意指是美国黑人话语所特有的,而且是非裔美国人核心的修辞策略。意指能够表示很多意思:含沙射影地说,尖刻地抱怨,用甜言蜜语哄骗,用刺激性的语言嘲弄,以及说谎等等。它还可以表示迂回地讨论某个主题而永不落在点上,也可以指嘲笑某人,或指用手势或眼神说话等等,不一而足。在系统考证后盖茨认为,在定义意指的时候,大多数学者都没有给予意指中体现出来的语言游戏本身这个明显的元修辞结构以足够的重视。而作为一种修辞策略,语言游戏才是意指的主旨所在,而不是被很多学者不断强调的黑人的语言攻击性。据此我们发现,意指行为包括所有被悬置在拉康或索绪尔的纵聚合轴上的语言游戏、修辞替代及随意联想等等。它们被悬置起来是因为它们破坏了横向组合的连贯的表意链。随意性联想与横向组合的连贯性之间的关系同弗洛伊德的无意识与意识之间的关系类似。关于无意识、语言及他者的关系,拉康有两个著名的论断:1. 无意识结构与语言结构类似。① 也就是说,无意识并非一堆纷繁无头绪的驱动力集合,而是一个言说体系,通过它,被压制的东西得以以某种置换的形态出现。因此无意识的表达形式,比如像梦,都是一个表意链的显现过程。2. 无意识是他者的话语。② 对拉康而言,无意识和"他者性"密不可分。在盖茨这儿,作为白人"他者"的黑人显然就等同于被压制的无意识,他们的言说就是通过"意指"这个黑人特有的修辞策略而表达出来的。黑人的意指行为存在于被悬置的聚合轴上,在这个纵轴之上,能指的物质性得到了凸显。白人世界的"表意"通过排斥无意识的联想而获得了秩序及连贯性,黑人土语的"意指"则乐于容纳这些联想性的修辞及语义关系。在白人世界的"表意"体系中,为了让能指与所指结合以生成某个特定的意义,能指从它的整体语境之中所携带的联想意义必须被去除或压制。为了意义的连贯性而被

---

① Frank Lentricchia and Thomas McLaughlin, eds. *Critical Terms for Literary Study*. Chicago and London: U of Chicago P, 1990, p. 28.
② Ibid., p. 158.

排除在外的众多元素都在意指过程中得到了彰显。意指是为了黑人的目的而对某个语词或言说所做的反殖民行为,这是通过在一个拥有并保留自身语义向度的语词中嵌入某种新的语义向度来完成的。盖茨关于"意指"和"表意"之间的关系的看法显然是巴赫金式观点,而质疑了索绪尔的看法,因为索绪尔认为,对使用某个能指的语言族群而言,能指是固定的、不自由的,由语言所选择的能指不能由任何其他的能指来代替。而且他认为语言使用族群甚至连一个单词都控制不了,大众在这个问题上没有发言权,他们完全被束缚在了现存的语言之中。但在盖茨看来,"表意"和"意指"的共存表明,在多族裔社会中,大众实际上可以有目的地使用武断替代,通过排挤某个能指的所指内容而造成这一能指的断裂。与很多玩笑都是更多地依赖声音而不是意义一样,意指的特别之处就在于它将注意力从语义层面导向了修辞。这个重新确立的向度非常重要,因为它将语词被压制的意义释放了出来。"意指"无疑是对"表意"的重复及修正,而盖茨一直都在强调,带有差异性的重复,或者说修正,从来都是美国黑人艺术的显著特征,这一点在爵士乐中体现得尤为明显。盖茨不无揶揄地指出,爵士乐"不过"是种重复及修正,然而正是在这个重复与修正过程之中,艺术家的天才展现了出来,具体表现在对能指的再构和重排上。

黑人的意指性差异(Signifyin(g) difference)非常重要。首先,对黑人艺术家而言,重复从来都不是轻而易举的机械过程;相反,成熟的美国黑人艺术的伟大成就往往就在于带有意指性差异的重复。盖茨指出,黑人传统的原创性强调的是重复和差异,强调对能指链的凸显,而不是对某个新颖内容的模仿性表现。但可惜,美国黑人文学的批评家却往往把注意力放在了所指上,这种批评方法同内在于意指行为之中的批评原则背道而驰。其次,意指也指向了美国黑人文本的互文性。因种种原因,以小说家为代表的美国黑人艺术家往往不愿承认自己的民族传统。盖茨通过对意指的考察而明确地表明,在白人传统之外还存在一个独特的黑人文学传统。不管承认与否,美国黑人艺术家历来都在意指他们传统中的前辈文本,重复延续了传统,而修正为传统注入了活力。

《意指的猴子》的第二部分名为《阅读传统》,盖茨用自己的意指理论阅读了黑人文学传统,体现了意指理论强大的阐释力。盖茨认为,非裔美国文学传统滥觞于黑奴文学,构成黑人文学传统的主要的动力机制并不是共同的经历,也不是对这一经历共同的认识,而在于黑人传统中作家对其他黑人文本的阅读,从而形成了一种连贯的表达模式,并在文本之间产生了奇特的延续性。在第 4 章《说话书本转义》中,通过对发表于 1815 年之前的格罗涅索、马伦特、库戈阿诺、伊奎阿诺以及杰等五人的奴隶叙事的研究,盖茨发现了反复出现的说话书本转义,这是黑人传统中第一个被重复被修正的转义。格罗涅索描述了西方文本在黑人面前的沉默。年轻的格罗涅索看到书本与自己的白人主人对话,但对他却是沉默的。在他看来,白人文本在面对他时的沉默只能用因为他是黑人这一理由来解释。这样,格罗涅索就在沉默诅咒和黑色诅咒(黑色代表罪愆和堕落)之间建立起了文化上的联系。格罗涅索在花甲之年出版了自传,旨在到西方文本那里寻求承认。但正如盖茨所指出的,在自传出版时格罗涅索的脸实际上早已不是当年被白人文本用沉默来排斥的那张非洲人的脸了。经过白人文化的洗礼,格罗涅索的脸在隐喻意义上已经褪去了往昔的黑色。格罗涅索后来掌握了标识文明的阅读与写作艺术,并通过它们而改造了自己的肤色,因此可以说格罗涅索的文本在深层预设了文本的白色性(whiteness),因为黑色在文本面前是无形的,是缺席和无声的。在格罗涅索的文本中存在黑色与文本沉默之间的对应,而马伦特对说话书本转义的处理与格罗涅索截然不同。在马伦特的文本中,当马伦特被印第安彻罗基部落俘虏以后,马伦特这名黑人凭借自己的言说能力而神奇地避免了惩罚。如果说在格罗涅索的转义之中,声音预设了一张白人的脸或者是被白人同化了的一张脸,那么在马伦特的文本中,声音则预设了一张黑人的脸。盖茨所关注的是马伦特对格罗涅索文本中说话书本转义所做的修正,如果我们把马伦特所做的修正做一个政治解读,就会发现这个黑人在和印第安人的关系中完全复制了在格罗涅索文本中白人和黑人的关系。在盖茨看来,马伦特对格罗涅索文本的修正开启了英语文学的黑人传统,不是因为他是第一位作者,而是因为他是黑人传统中的第一个修正者。库戈阿诺在黑人叙述中第一个把读写能力与自由联系了起来。在他的文本中内嵌的一个文本凸显了说话书本转义,这个文本中的文本叙述了西班牙征服者皮萨罗对印加王阿塔瓦尔帕的坑蒙拐骗和屠杀。面对印加王对殖民行为的质疑和反抗,西班牙征服者搬出了《圣经》和祈祷书来为自己的殖民行为提供合法性。库戈阿诺把西班牙人用神圣文本为自己的肮脏行为辩护的做法叙述成了一个有关邪恶的寓言,其中既有殖民化的邪恶,也有肆意歪曲《圣经》阐释的邪恶。库戈阿诺故事中套故事的结构突出了这样一个事实:也即说话书本是个转义,是个文学陈规,而不是叙述者从奴役到救赎的道路上所遭遇的离奇经历。换句话说,库戈阿诺把注意力导向了转义本身的象征本质,对说话书本转义的强调把注意力引向了作者的修辞策略。同时,库戈阿诺文本中阿塔瓦尔帕故事的来源不是黑人前辈,而是白人文本,因此可以说,在盎格鲁-非洲传统之中,黑人文本从一开始就已经是"黑白混血"文本,有双重文学传统。伊奎阿诺的叙事表现了一个成长故事,表现了一个黑人自我的发展历程,因此被认为是19世纪奴隶叙事的原型。约翰·杰对说话书本转义做了字面化处理,在杰的叙事中,说话书本转义象征了一个差异,在西方文化中这种差异一直存在于奴隶/自由人、非洲人/欧洲人,以及非基督徒/基督徒之间。杰通过自己的修正表明,在奴隶生活中,真正的自由依赖于对西方学识的掌握。说话书本转义之所以非常重要,正是因为读写能力是标识西方文化统治的转义,它代表自15世纪以来西方文化对它所"发现"、殖民以及奴役的有色人种的统治。简而言之,格罗涅索、马伦特、伊奎阿诺、库戈阿诺与杰等人的作品是一种批判,质疑了欧美人在自己所虚构的存在的大链条上给黑人所划定的低劣位置。显然,这些黑人作家的书写在盎格鲁-非洲传统中做出了第一个政治姿态,并催生了黑人文学传统。

盖茨在第5、6、7章对赫斯顿、里德和沃克的阅读均围绕着黑人主体追寻声音这样一个共同的主题。第5章研究了《他们眼望上苍》中赫斯顿对自由间接话语的使用;第6章解释了作为深层修辞策略的声音双重化,盖茨认为里德通过这种策略用一个意指性重复批判与修正了黑人小说传统;在第7章对《紫颜色》的研究中,盖茨认为沃克重写了赫斯顿的言说者策略。

盖茨认为赫斯顿在《他们眼望上苍》中创造了黑人传统中第一部"言说者文本"(speakerly text)。"言说者文本"是盖茨发明的术语,指的是这样一种文本:其修辞策略旨在表现一个口语文学传统,旨在模仿言语中的语音、语法以及语汇模式,从而造成一种口语叙述的幻觉。《上苍》中叙述模式的两个极端分别是第三人称叙述评论与用直接引语表现的人物话语。赫斯顿的创新在于她把自由间接话语引入了非裔美国文学叙述:叙述评论刚开始是标准英语用词,而人物的话则往往通过引号与黑人措辞而被彰显了出来;但是随着主人公接近自我意识,文本不仅使用了自由间接话语来表现她的发展,而且黑人人物话语的措辞也逐渐影响了叙述评论声音的用词。言说者文本有种悖论和反讽:这是种有方言特色的措辞,其反讽性在于它并不是在重复什么人所说的语言;事实上,它永远也不可能被言说。自由间接话语中没有说话人,它是文学语言,本应在文本中阅读。但另一方面,言说者性质的措辞显然是以口语为基础的。简而言之,通过使用自由间接话语,《上苍》化解了标准英语和黑人方言之间的张力。同理,这种叙述技巧也表明,模仿(mimesis)与叙述(diegesis)之间传统的对立也是一种虚假的对立。

里德在自己的文本中通过采用晦涩费解的混搭艺术而批判了非裔美国唯心主义。这种唯心主义认为存在一个超验的黑人主体,认为这一主体是个整体,是个自己自足、"总是已然"的黑色所指,就正如从一眼黑黢黢的深井中汲上来的水一样,可以在既定的西方形式中用于文学表现。里德认为黑人前辈的修辞策略是想通过种种复杂的策略去表现黑人经历这个超验的所指,而在他看来,对任何特定所指的形态产生影响并准确地描述该所指的东西正是能指。因此他对前辈黑人作家的叙述策略进行了戏仿,并剥去了其堂皇的外衣。盖茨指出,*Invisi-*

ble Man(《无形人》)这一书名意指了赖特的 Native Son(《土生子》)和 Black Boy(《黑孩子》)这两个书名中所包含的黑人在场,而里德的 Mumbo-Jumbo(《芒博琼博》)则干脆意指了英语语言对黑人语言本身的定位,从而同时戏仿了《土生子》、《黑孩子》和《无形人》这三个小说名,因为在权威的英语词典中,"芒博琼博"往往被解释为出处不详,意思接近"胡言乱语"。具体而言,赖特的 Native Son 和 Black Boy 中暗含着自我和在场,尽管是"son",尽管是"boy",但毕竟代表了一种存在,后来埃利森用"invisible"的书名抹去了黑人的在场,里德则干脆用"mumbo-jumbo"这个白人世界中"胡言乱语"的同义词而从根本上消除了黑人主体存在的可能性,将黑人主体变成了一个无法言说也无法表现的虚构。《芒博琼博》是后现代主义作品,它对黑人文学中有关黑人主体性的想象及其形而上学含义做了严厉的批判,同时彰显了意义的不确定性、多重性以及能指自身的游戏。

在对《紫颜色》的阅读中,盖茨重点探讨了沃克在对西丽故事的讲述中对赫斯顿充满敬意的意指。赫斯顿在《上苍》中使用了自由间接话语,给这一书写声音戴上了言说者声音的假面。《紫颜色》中西丽的声音则相反,它是个通过方言呈现出来的言说声音或者说模仿声音,但却被标记成了一个书写声音,是一个戴着叙述声音假面的模仿声音,但同时也是个戴着模仿声音假面的叙述声音。《紫颜色》中的西丽用和《上苍》中珍妮的语言类似的措辞水平与典型用语书写自己的故事,然而,西丽与珍妮截然相反,她从未言说过,而是在书写自己的言说声音。在盖茨看来,这个意指策略把《紫颜色》放在了《上苍》的嫡系传人的位置上:两个文本以及两位作家之间的文学联结在非裔美国传统中是个破天荒的行为。沃克在《紫颜色》中对赫斯顿叙述策略的重写体现了一种文学上认祖归宗的作法,这在黑人文学史上非常鲜见,因为黑人作家往往会把他们的源头追溯到白人男性那里去。

通过挖掘并揭示内在于黑人传统之中的黑人阐释学及修辞策略,盖茨旨在颠覆美国黑人文学批评中迷恋于所指的批评方法,而要把注意力导向对能指的关注,导向对黑人作家修辞技巧的关注。盖茨对黑人经历与黑色性等传统概念怀有深深的戒心,在另一本黑人文学理论著作《黑色的象征:词语、符号与"种族"自我》(1987)中,盖茨对同为黑人文学理论家的史蒂芬·亨德森、小休斯敦·A.贝克与小艾迪生·盖尔等人提出了批评,认为他们依然没能摆脱本质主义的窠臼。当然,正如任何理论一样,盖茨的论述中也存在盲点和误区。比如在盖茨看来,美国黑人文学传统源于一种形式上的延续,源于黑人作家内部的互文性。他从根本上排斥黑人经历和黑色性等概念,认为它们不过是黑人民族主义话语所炮制的虚构。就拿他对说话书本转义的论述来说,他认为五名黑人作家中有人是把它作为一种文学陈规,而不是自身的经历而包括在了文本之中。但问题在于,固然黑人文学的创作者与一切创作者一样,都并不直接以文学的形式来图解自己的政治立场和观点,但反过来,如果把黑人作家的写作传统仅仅看成是技巧性操作,而没有任何的现实关联性,这种解释不仅难以令人信服,而且明显是对黑人文学创作的浅薄化。盖茨自己在对黑人文学传统的解释当中,也不可避免地会回到非洲人后裔在新大陆白人文化中所面临的生存困境上去,这样就陷入了自我矛盾。另外,盖茨的理论建构受解构主义影响颇深,在论述过程中有时会沉迷于文字游戏,似乎笃信一切皆有可能。其结果是有些论证显得局促生硬,甚至有野狐禅的嫌疑。

译者不揣孤陋的这篇述评挂一漏万,要真正理解盖茨的贡献以及缺憾,最佳途径无疑是阅读盖茨本人的论述。

译者

前言

《意指的猴子》之能成书,在极大程度上得益于友人的帮助。本书的核心观点最初成形于我在耶鲁英语系有关戏仿的讨论会上宣读的一篇论文,这次讨论会是由詹姆斯·A.斯尼德主持的。从耶鲁学院本科阶段起,我俩就一直是好朋友。斯尼德和他的学生均对我的观点有热烈的反馈,这使我更加坚信我终于在非洲及非裔美国传统中找到了一个修辞与阐释体系,它既可以用来作为一种真正的"黑人"批评的象征,也可以用来作为我得以通过它阐释或者说"阅读"当代文学批评的框架。

我有个研究计划是想将来成为一个黑人文学理论家。有好几年的时间,我都在积极地用文学理论阅读非洲及非裔美国文学。后来我意识到,在我当初看来意味着自己的理论家梦想实现的东西,其实不过是发展道路上短暂的一刻。我的研究计划的挑战在于,如果说不是要去干脆发明一种黑人理论,那么至少也是要去寻找并明确指出"黑人传统"是用什么方法对自身进行理论表述的。在我从剑桥研究生院回到耶鲁后不久,杰弗里·H.哈特曼就给我提出了这个挑战,同时他一直都毫不动摇地支持这个研究计划。

拉尔夫·埃利森的批评方式受到了黑人土语传统与西方式批评的影响,是个融合得十分彻底的批评话语,给我的作品提供了模型。伊什梅尔·里德对非裔美国文学传统做了形式上的修正和批判,从读研究生时起,我就一直被他对非裔美国文学传统所做的形式修正和批判所深深地吸引,它帮助催生了本书的理论,而里德在第三部小说《芒博琼博》中所体现出来的批判对本书而言尤其重要。在我看来,里德的文本与拉尔夫·埃利森和理查德·赖特的文本,与吉恩·图默和斯特林·A.布朗的文本,以及与佐拉·尼尔·赫斯顿的文本之间的关系,用非裔美国传统的术语来说,是一种"意指性【Signifyin(g)】"关系。通过里德的人物帕帕拉巴斯,我得以构建起意指行为【Signifyin(g)】及其符号——意指的猴子——的起源神话。我对意指的猴子历史变迁的考察进度不快但也还扎实,我的考察最终导向了比喻表达与阐释的泛非洲宝库,也即埃苏-埃拉巴拉身上,它是约鲁巴的恶作剧精灵形象,在尼日利亚、贝宁、巴西、海地和新奥尔良都有它的身影。有趣的是,我对埃苏的发现是一个再发现,而这一点我在很晚时才意识到。因为在十年前,我在剑桥的导师约翰·霍洛韦就已经强令我读了弗罗比涅斯的《非洲之声》,而我正是在这本书里首次读到埃苏-埃拉巴拉的。然而催生了意指概念的是非裔美国传统。

对两个文本的细读产生了一个批评理论。埃利森的批评实践与里德的戏仿和混搭的修正技巧催生了我在本书中所阐述的观点。当然,我长篇累牍的阐释是受了《影子与行动》和《芒博琼博》的启发,这与埃利森和里德都毫无干系。

沃·索因卡的文学作品与批评提供了值得努力效仿的非洲模型。索因卡是为数不多的这样几位黑人作家之一,他们默默地坚守而不是去大声地主张自己的论点。这一质朴的修辞姿态非常有效,而且具有破坏性。此外,不管自己的主题有多么特别,索因卡总会用他的素材去关注整个人类的境况。与索因卡的友谊唤起了我对约鲁巴文化和语言的热爱,我只希望我对他的约鲁巴形而上学的分析没有辱没那个非凡的思想体系。

在耶鲁教授文学的一个极大的优势是可以从同事那儿得到大量的建议。除早期詹姆斯·斯尼德所给予我的鼓励外,弗雷德里克·詹姆逊、托马斯·R. 惠特克、罗伯特·F. 汤普森、约翰·W. 布拉辛格姆以及杰拉德·杰恩斯等人很早就阅读了本书的部分手稿,并慷慨地提出了批评意见,从中我受益匪浅。J. 希利斯·米勒鼓励我把一篇初稿投到《批评研究》去,这篇稿子是本书的蓝图。W. J. T. 米切尔和他的编委会的热忱反馈给了我力量,从而使我得以把自己的观点扩展为一本书。安东尼·阿皮亚卓越的分析能力以及长期持久的善意,使得本书的写作成了一个与他这位学术思想最丰富的学者之一所分享的愉快经历。

迈克尔·G. 库克与罗伯特·B. 斯坦普托透彻的批评迫使我不得不清晰地表达自己的观点。在手稿成形并最终成书的每一个阶段,金伯利·本斯顿慷慨的建议、批注与鼓励都提供了一种方向感,它决定了我的论点的本质与风格。

我要特别感谢小休斯敦·A. 贝克,他精巧深刻的《布鲁斯、意识形态与非裔美国文学:一个土语理论》一书借助布鲁斯提出了非裔美国文学的土语理论,我在此要借助意指行为来获得相同的成果。贝克在诸多意义上是我的理想读者,是我信赖和尊重的批评声音,我的作品就是为他而写的。贝克对黑人土著传统的使用启发了我自己的理论思路,让我确信所走的道路是正确的。我阅读过他的手稿,这使我相信,从布鲁斯和意指行为之中可以找到黑人传统的两个了不起的智慧宝库,它们是黑人传统有关自身的理论的宝库,被编码于音乐的和语言的形式当中。我之所以写了这本书,在很多方面是要表达对休斯敦·贝克的批评的敬意。

玛丽·海伦·华盛顿和芭芭拉·约翰逊是我的同事,也是同道,我经常与她们就我们的领域进行交流。她们同样在本书的写作和完成中给予了帮助。在一本书仅仅是些模糊的直觉的时候,就有幸得到如此慷慨的批评,这是作为集体中的一员的真正好处。我从这些朋友那儿得到的恩惠难以偿还,甚至都无法用恰当的言辞来表达我的感激之情。

在现代语言协会(1981)、耶鲁大学英语系教师研讨会(1982,1983)、惠特尼人文中心(1982,1984)、约翰·施韦德人文科学国家基金夏季研讨班(1984)上,我有机会长篇地宣读本书的部分内容,这些会议都提供了有用的建议,让我对论述进行拓展,做进一步的论述和修改。在宾夕法尼亚大学、普林斯顿大学、加州大学洛杉矶分校、路易斯安那州立大学和芝加哥大学的讲学都有同样的益处。彼得·德梅茨邀请我在他的当代批评的常规课程中做讲座。另外,他对本书中一章的早期草稿做过敏锐的解读。这些都帮助我把这一理论的某些方面做了进一步论述,而在一些早期版本中,对它们并没有做清晰的阐述。后来玛格丽特·霍曼斯、苏珊·威利斯、R. W. B. 刘易斯、乔斯·皮尔德拉、雅克·德里达、詹姆斯·奥尔尼、罗纳德·拉斯纳、罗伯特·奥米利、伊什梅尔·里德以及沃·索因卡等人的阅读都帮助我得以完成这本书。沃·索因卡、奥鲁菲米·尤巴以及德乔·埃弗拉扬的帮助使我得以掌握复杂的约鲁巴概念和文本。在本书所表达的观念的发展中,这些朋友和同事都发挥过重要作用,要充分地表达他们所起的重要作用真是难之又难。

除这些文学批评家以外,我还要感谢罗杰·D. 亚伯拉罕斯、克劳迪娅·米切尔-克南、吉尼瓦·史密瑟曼、约翰·施韦德、布鲁斯·杰克逊等人。在我试图从意指的猴子故事中提炼隐含意义时,他们都给予了我强有力的支持,提出了评论、批评与建议。这五人是受到高度尊崇的人类学家和语言学家,他们是意指的猴子与意指行为语言的真正的专家级理论家,他们从来没有怀疑过我究竟想对"他们的"故事干什么,而只是鼓励我的努力,鼓励我将意指行为话语从土语中提升至文学批评话语。他们所给予的合作表明,我们都热爱我们共同的主题,也即黑人传统。他们缺乏想象力的同行收集民谣是为了禁锢它,为了限制它潜在的意义,他们与这些同行不同。这些学者意识到收集的重要意义在于要去做出可能的阐释,从而拓展第一手文本自身内在的可能性。

让我对这一观点稍微做点进一步说明。就本人的记忆所及,我一直都着迷于黑人文化的内部机制,着迷于它语言的和音乐的资源。我父亲从对黑人语言使用的绝对驾驭中获得了乐趣,我对黑人语言的着迷也就源于这种乐趣。父亲掌握了种种黑人语言仪式,这是毫无疑问的;他同样有能力去分析它们,他能告诉你他在做什么,为什么要这样做,以及如何去做。他是个非常有自觉意识的语言使用者。但他并不是特例。黑人在仪式化环境中,如理发店、桌球室、街角和家庭聚会等场合中常常谈论谈话(talk about talking),这令人称奇。他们为什么要这样做? 我想他们这样做是为了将这些仪式从上一代传到下一代去,他们这样做是要保留"黑人种族"的传统。很少有黑人不对关乎存在的黑人文本或多或少有种自觉意识。这些是我们的文本,我们对它们感到欣喜,我们享受它们,对之进行思考和解释,并通过有意识的重复而教给了我们的儿女。我对父亲的能力表示感谢,我不仅仅是要表达崇敬之情,而且因为通过努力思考黑人传统中最显著的一些侧面,我学会了阅读这个传统。这是一本我父亲的书,即便它是用父亲所不用的语言写成的。

　　黑人传统的形象因缺乏成熟的学术研究而受到了损害。我希望在对文本经过几十年认真的收集,并确立了它们的地位之后,会有几十年的细读、阐释与思考。这本书可以看成是对黑人土语传统与正式传统之间关系的学术研究的回归,回归到30年代斯特林·A. 布朗与佐拉·尼尔·赫斯顿所采用的黑人批评的形式上去,他们两位是"黑人种族"两颗真正伟大的心灵。布朗与赫斯顿都尊崇黑人土语,并把它作为修辞优劣的试金石。这些给我提供了批评模型,我试图模仿它们,尽管我所使用的批评语言与他们的批评语言看上去是不同的语言。赫斯顿的作品与布朗的作品影响了本书前行的方向,也为我的思考提供了实质性的目标。

　　戴维·柯蒂斯、乔斯·皮尔德拉、弗兰克·蒂洛、德怀特·安德鲁斯以及安东尼·戴维斯等人都在本书的完成过程中以多种方式做出了自己的贡献:柯蒂斯是个出色的研究助手,皮尔德拉翻译了西班牙语文本;安德鲁斯、戴维斯以及蒂洛等人给我解释了非语言的黑人音乐——尤其是爵士乐——的魔力。坎达丝·拉克毫无怨言地一遍遍在打字机上打出了手稿,巴锡伯爵耐心地帮助我,使我得以理解他名为《意指行为》的音乐作品,利特尔·威利·狄克逊慷慨地同我分享了他的音乐作品《丛林之王》的歌词。莉萨·科尔特斯与"韵律录音室"的戴维·罗明帮助我查找到了几十部关于意指行为和意指的猴子的音乐作品。理查德·史密斯是西弗吉尼亚州凯泽市人,他让我记录了一些以往的资料中没有记载的意指的猴子故事。

　　牛津大学出版社的编辑,尤其是柯蒂斯·丘奇、威廉·西斯勒以及苏珊·拉比纳等人,都耐心地等待本书的交稿。卡尔·勃兰特一如既往地为本书的出版提供睿智的建议。卡罗琳·威廉,尤其是玛丽·卡拉韦认真地编辑了发表在《批评研究》中的部分节选,帮助我弄明白了自己在试图说些什么。麦克阿瑟奖研究员基金使我得以把一个模糊的直觉穷根究底,并得出结论。伊娃·博泽伯格与亨利·芬德阅读了我的手稿定稿,并提出了批评意见。

有两年的时间,我的妻子莎伦·亚当斯几乎每天都要和我讨论本书的方方面面。我的女儿莫德与伊莉莎白容忍我每天都神秘地消失在书斋之中。最后,说实话,是我哥哥保罗给了我本书的灵感,因为有一次他尖锐地问我,我到底什么时候才能写出来一本我们的父母(还有他,一个口腔医生)能读懂的书!如果我再次没能做到这一点,那么我再次说声抱歉。哥哥的责难让我想起了蒙田的话,他写到,

> 聪明人观察到更多的东西,他们以更奇特的方式观察,但是他们阐释这些东西;而且,为了让自己的阐释有分量、有说服力,他们会忍不住对历史稍做改变。他们从来不会把事情按照本来面目告诉你,而是要根据他们的观察做些变动和伪装。为了使他们的判断可信并吸引你,他们会倾向于在自己的素材中加入他物,将其拉长,放大。我们需要这样一个人,他要么非常诚实,要么很简单,无法编造出虚假的东西并让它们可信,也不添加任何理论。

尽管只有别人有资格去评判我是否诚实,是否简单,但是我必须承认,如果说我没有尤其受到一种特定理论的影响的话,那么我受理论的影响总体而言还是很大。在文本中,我的偏见和预设无疑会清楚地显现出来,在此也就不必赘言了。

上面的引文(对名为《意指的猴子》的一本书而言,这是一段古怪然而合适的引述)出自蒙田的著名文章《论食人族》。在这篇名文中,蒙田接着反对了冗长傲慢的言论和无聊的装腔作势:

> 我们应该有这样的地志学者,他们可以给我们准确地描述他们所到过的地方。跟我们相比,因为他们到过巴勒斯坦,就要告诉我们世界各地的情况,而且他们喜欢享受特权的感觉。我宁可每个人都来写他所知道的东西,知道多少写多少,不单单在这一主题上,而且也在其他所有主题上;因为,一个人也许会有关于一条河或一些喷泉的性质的特别的知识和经历,但是在其他事情上,他所知道的不过是些大家都知道的东西。然而,为了传播这点零星的知识,他会煞有介事地开始撰写整个物理学。这一恶习滋生了很多弊端。好了,回到正题上来……

我在努力传播我零星的知识,而没有重写黑人的整个形而上学体系。黑人文学传统中有非常大的一部分还有待于去写,没有哪个学者可以宣称有最后的发言权。非洲文学、加勒比海文学和非裔美国文学的传统依然是块处女地,需要一遍遍地解释和理论化。有些残余的偏见甚至反对针对这些主题进行学术研

究,对这些偏见,只能通过学者耐心的劳作去对抗。在此我要完成的也正是这个任务。

《意指的猴子》,毫不夸张地说,是从我的第一本书《黑色的象征:词语、符号与"种族"自我》的结尾处开始的。《黑色的象征》的最后一章同本书的关系,就如同蓝图与一个彻底完工的建筑物之间的关系。我选择以这种方式来"结束"《象征》的文本,要是让十年来我对当代批评的试验,以及将其应用于分析黑人文学的试验告一段落。以那一章为蓝图,在此我要将一个观点发展到我所认为的极致。

这些书与《启蒙运动中的黑人文学》一起构成了一个更大的文学工程的三个元素。在发表于《黑色的象征》的文章中,我意不在要通过简化或一对一的应用来使理论通俗化或庸俗化。恰恰相反,我试图修正当代文学理论。人们认为存在一些阅读黑人文本时要使用的恰当的方法,我对这些有关恰当方法的观念也做了修正。《黑色的象征》是一本建立在假设和试验之上的书,其后的这本书所关注的是要记录一个批评理论,更准确地说,一个文学史理论。

意指行为并非唯一适合我们的传统的文本的理论。但我认为,它是个源于黑人传统自身的理论。我借用意指行为分析了它的几个层面的意义,接着用这些不同层面的意义来阐释非裔美国文学传统。我试图做所有理论家都必须做的事情。既要根据一个文本传统的自身状况来阐释它,也要在充分解释这些状况之后,把它们与更宽泛的批评话语中的一些相关方面相联系,这两种做法都是不可避免的。本书考察了一个具体——如果说是多侧面——的阐释原则,而《黑色的象征》则粗枝大叶地考察了多个阐释原则。

这个三部曲的第三本书是《启蒙运动中的黑人文学:论种族、书写与差异》,它是一部我们的传统中第一批作家的批评接受史。在那本书中,我试图分析针对黑人文学的早期的欧洲批评中的预设观念,我认为这些预设观念有其价值,但同时我也要证明,欧洲人在1730年至1830年间对黑人文学的批评产生了诸多影响:影响了黑人作家后来用于创作文学的方式,影响了批评家阐释黑人文本的方式,这种影响甚至持续到20世纪20年代的新黑人文艺复兴之后。因此,《启蒙运动中的黑人文学》是一部接受史研究。

我在此试图证明,黑人传统通过何种方式把有关其本质和功能的理论铭写在了精妙的阐释学与修辞学体系之中。如前面所写,我从西方批评观点中大量地借用了相关的例子,用以比较这些意义的黑人结构中运行机制的方方面面,也用以把我的分析建立在读者所熟悉的能指之上;而且同时也含蓄地指出,西方批评话语中所提出的核心问题,在其他的文本传统中也被提了出来,并得到了回答。预设在诸如正典、文学理论、或比较文学这样一些术语中的欧洲中心主义偏见,被以一种文化霸权偏见的方式使用着,在文学研究中最好去除这种偏见。欧洲人和美国人既没有发明文学及其理论,也没有控制其发展的垄断性权利。在文学的学术研究中,传统的归类方法充分地体现了民族主义的预设观念,现在那些预设观念在逐渐销蚀,希望这可以作为一个榜样,使文学研究中种族主义和性别歧视的预设观念同样能被废除。我相信这本书对这些目标的实现是个贡献。

亨利·路易斯·盖茨
1986年6月
于纽约州伊萨卡

目录

绪论 ………………………………………………………………… 001

第一部分 传统的一个理论

第1章 起源神话:埃苏-埃拉巴拉与意指的猴子 ……………… 013
第2章 意指的猴子与意指行为语言:修辞性差异与意义层面 …… 055
第3章 意指的象征 ………………………………………………… 103

第二部分 阅读传统

第4章 说话书本转义 ……………………………………………… 145
第5章 佐拉·尼尔·赫斯顿与言说者文本 ……………………… 188
第6章 论"黑色之黑":伊什梅尔·里德与黑色符号批判 ……… 237
第7章 我是有色人佐拉:艾丽斯·沃克对言说者文本的(重新)书写 …… 262

注释 ………………………………………………………………… 284
中英文对照表 ……………………………………………………… 310
译后记 ……………………………………………………………… 326

绪论

一

威廉·拉博夫耗时三年,于1985年发表的"国家科学基金"的研究指出,黑人英语土语"是个健康有活力的语言形式","有迹象显示黑人在发展他们自己的语法"。黑人英语土语明确表现出"独立发展"的种种语言学迹象。拉博夫广泛的研究让他得出了这样的结论:"有证据表明,黑人土语远非变得更像【标准英语】,而是正在走自己的路。"他继续指出,黑人土语"反映着【隔离的语言群体】的【一个更大的社会】图景。黑人自己的语法十分丰富和庞杂,它正在发展自身的规则。看上去好像黑人语法中正在发生一些新的事情"。换句话说,黑人土语现在还在蓬勃发展,尽管在民权运动时代有预测认为,随着学校解除种族隔离以及黑人在更广泛的社会经济领域融入主流美国体制,它用不了多久就会成为这些变化的牺牲品。因为黑人学生与白人学生事实上的隔离替代了法律上的隔离,也因为黑人失业率在1988年远高于1968年,我们无从判断在某些理想社会状态下黑人土语英语会否消失。然而事实是它并没有消失;正如拉博夫的研究所体现的,黑人土语已经成了独一无二的符号,体现了黑人的根本性差异,标志着语言的一种黑色性(blackness)。从奴隶制时期开始,黑人就一直将公共的文化仪式秘而不宣地编码于土语之中。

《意指的猴子》探讨了黑人土语传统和非裔美国文学传统之间的关系。本书想要确认这样一种批评理论:它被铭写在黑人土语传统之中,但反过来又影响着非裔美国文学传统的形态。我渴望让黑人传统就自身的本质与种种功能为自己发言,而不是用从外部照搬,从其他传统中全盘挪用的文学理论去对它进行阅读或分析。尽管这后一种文学分析模式可能是个有益的练习,能揭开一些东西,但每个文学传统在其中至少隐含着如何去阅读它的理据。我希望在本书中去讨论的正是关于黑人传统的这样一种隐含的理据或理论。

在文学研究中，有许多学者觉得给予文学理论的关注太多了，在这种时候，为什么还要去阐述更多理论呢？因为这样做的危险是，它让批评家离自己的首要关切，即一级文本，更远了，而这才应该是，实际上必须是，批评家的首要关切。这一疑问并非没有根据，因为理论可能会把我们带得很远，远离一个传统所包含的文学。理论可能会神秘化在有些读者看来甚为直截了当的事情，比如文学的品格与教益、文学表现与所指意义，以及直接意义与内涵等等。我试图详细阐述一个非裔美国批评理论，目的不是要让黑人文学神秘化，或是要让它的几个令人愉快的意义创造模式变得模糊起来，而是要去说明黑人文学艺术在结构上真正有多么复杂，在层次上真正有多么丰富。通过论述，使隐含在可以被认为是黑人传统的逻辑中的内容明确起来，通过明确指出意义和表达的诸多层面——不如此则它们可能得经过媒介来转述，或者是被埋在表层之下，我希望去提升读者对黑人文本的体验。在此，我只渴望把这样一种奇怪的论调去神秘化：这种论调认为理论是西方传统的领地，对非裔美国传统这种所谓非正典的传统而言，理论是陌生的，与它无关。

另外我也认真对待波林·J.胡顿吉有洞察力的告诫："如果理论话语要在现代非洲有意义，那么它就必须在非洲社会内部促进一种自身理论的论辩，这种论辩要能够自主地阐述自己的主旨与问题，而不再是欧洲的理论与科学论辩的边远的附属物。"这个关于哲学中批评话语的使用和滥用的警示对文学同样适用。我们的目标，所以说，切不可是把欧洲嵌入非洲或把非洲嵌入欧洲。安东尼·阿皮亚将这种做法称为"奈保尔谬误"："后殖民遗产要求我们证明，非洲文学值得研究恰恰（但仅仅）是因为从根本上说，它同欧洲文学是一样的。"阿皮亚接着说道，非洲文学不需要向西方读者提供"合法性"证明，用以克服他们忽视它的倾向。另外，正如胡顿吉所恰当地指出的，对理论的研究并不是要"去证明黑人有时也可以与白人一样地有智慧、有道德和富有艺术感"，或是"去说服人们黑人也可以成为高明的哲学家"，或者"从白人那里去赢取人性的证明书，或去向他们展示非洲文明的辉煌"。相反，我写了这本书是旨在去分析一种存在着的阅读理论，它是从黑人传统内部自主产生出来的。当然，理论传统再怎么说也是通过类似性而有了相互关联。但是在我看来，在这个研究项目中，去挫败欧洲中心偏见的理想途径是要去探索黑人土语。

为达到这一目的，我回到了埃苏-埃拉巴拉与意指的猴子这两个非凡的恶作剧精灵形象身上。在它们的神话中，记录着正式的语言使用及其阐释的某些原则。这两个独立但又相联系的恶作剧精灵形象在各自的传统中均扮演着语言传统有意识表述的角色。这些语言传统意识到自己是语言传统,有完整的历史、发展和修正模式,以及构成模式与组织的内部原则。它们的话语是元话语,是有关话语自身的话语。我们得承认这些东西很复杂,那些不说黑人传统语言的人见不到也听不到它们,它们远离那些局外人,而是在黑人传统与土语中得到了关注。黑人传统倾向于用土语对自身进行理论化表达,我会指出之所以存在这种倾向的原因,但有一点应该是显而易见的,那就是在对欧洲和美国这些有持续的文学传统的文学理论研究中,对这种保护性质的倾向一般都没有论及。我试图揭开闭合的黑人土语传统,目的在于使读者对所指意义与文学表现、引申意义与直接意义、真理与理解有更丰富的体验,因为这些既出现在黑人的正式文学传统之中,也出现在黑人神话里这两个恶作剧精灵的夸张噱头之中,而且相互指涉。

这两个恶作剧精灵初看上去似乎没什么共同点。埃苏是个恶作剧精灵,是天神的使者,在尼日利亚、贝宁、巴西、古巴以及海地和其他地方约鲁巴文化的神话中占有显赫的位置。意指的猴子看上去则是非裔美国传统所特有的。但是,两个形象都有思考正式语言使用这样一个问题的倾向,他们在传统中的核心地位就是由这种奇特的倾向所决定的。意指理论就起源于这些自反性的时刻。

埃苏是阐释和双声言说的本质与功能的一个象征,而意指的猴子则是个象征的象征,是一个转义,其他多个独特的黑人修辞性转义就编码于它之中。两个恶作剧精灵都代表语言表述的某些原则,但是我要探讨的是他们各自为语言使用的形式在文学意义生产中所给予的位置。我同样关注的是要去证明:猴子的意指性语言在非裔美国文学传统中是个形式修正或者说互文性的隐喻。最后,通过他们在功能上的对等我试图表明:这两个形象是有历史关联的,他们是一个庞大的、统一的现象的不同侧面。这两个恶作剧精灵共同表达了黑人传统关于自己的文学的理论。

本书不是要去通过实际的批评来论述我们的正典文本之间存在的确切的关系。那种详尽的论证应当自成一本书,作为这部理论书籍的后续。然而,为了举例证明前面三个理论性章节,我还是选择一定数量的经典文本做了细读。因此,接下来四个章节的细读是要解释在非裔美国文学传统中出现的意指性修正的不同模式。我不敢说在这些文本的选择上做到了无所不包,相反,我选择这些文本的首要原因是因为它们展示了本书的理论假设所能关注到的范围。我提出的影响的三角关系,我从前辈文本到修正文本寻找精妙的声音隐喻的作法,这都是为了证明自己的观点;我也可以选择其他文本,这不费力气。因此,《意指的猴子》并不是一部关于非裔美国文学的选择性历史,而是要提出这个传统的一个理论的努力。也正因为我本来可以选择大量其他的文本来作为例证,我希望用本书的逻辑前提去详尽地论述非裔美国文学的传统。《意指的猴子》是那个工程的理论序言。

　　土语传统与正式文学传统之间的关系是平行的话语宇宙的关系。在两个看上去迥异的神话体系中，一个是多个黑人传统所共有的，另一个是美国现象。通过论述这两个独立的神话体系，我力图说明土语是如何影响了正式的黑人文学，并变成其基础的。尽管我对黑人文本的批评史这一主题有相当的兴趣，但真正原生的黑人文学批评得到土语中去寻找。而且，我认为黑人作家亦显亦隐地以各种各样的方法转向了土语，土语传统渗透进了他们的书面虚构作品之中。在我看来，这种做法是将自己的文学实践放在了西方传统之外。尽管黑人作家当然会修正西方传统中的文本，但他们经常力求去"真正地"修正，体现出一种黑人差异性，一种建立在黑人土语之上的强烈的差异意识。

　　黑人作家也读各自的作品，似乎要致力于对也许可以被认为是从黑人传统中继承下来的关键性正典主题和转义进行再表述。在讨论弗朗西丝·E.W.哈珀的小说《埃奥拉·勒洛伊》（1892）与威廉·韦尔斯·布朗的小说《克洛托尔》（1853）在形式上的联系时，《黑人车队》的编辑斯特林·A.布朗、阿瑟·P.戴维斯与尤利西斯·李等人早在1941年就指出："《埃奥拉·勒洛伊》中有对来自布朗的《克洛托尔》中的情景的重复，在一定程度上预示了某种文学的近亲繁殖，这种近亲繁殖使黑人作家受到其他黑人作家的影响，其程度超出了一般所认为的程度。"且不管传统中的什么东西应该约定俗成地延续下去，但到了1941年，这一事实在这些有重大影响力的学者眼里则是显而易见的：黑人作家广泛地阅读、重复、模仿以及修正各自的文本。对从事黑人正典文本细读的批评家而言，这个血缘关系网明确地提出了这样一个任务，那就是去把阐释和修正的黑人原则理论化。我在《意指的猴子》中所做的正是这种努力。

　　也许非洲和非裔美国文学的批评家所受的训练使他们认为，文学体制说到底是一系列西方文本。阅读这些文本的方法针对特定文化和特定时代，也针对特定文本。我们学习阅读手边的文本。而且文本还有个怪僻，那就是它们往往会孕育出与其类似的其他文本。

　　黑人作家同黑人文学的批评家一样，都是通过阅读文学，尤其是通过阅读西方传统的正典文本而学会写作的。其结果是黑人文本类似于其他西方文本。这些黑人文本使用了组成西方传统的诸多文学形式惯例。黑人文学和主要用英、西、葡、法等语写成的西方文本传统之间的共同点远大于不同点。然而黑人在形式上的重复总是伴随着差异，这种黑人差异在具体的语言使用中显现了出来。黑人差异的源头与反映是语言，而储备语言的仓库是黑人英语土语传统。

　　像拉尔夫·埃利森或伊什梅尔·里德这样的小说家创作的文本之所以是双声的，不仅是因为他们的文学先辈既有白人小说，也有黑人小说，而且也因为他们使用了从黑人土语传统中提炼出来的表意模式。人们大概都会同意苏珊·威利斯的这种提法:黑人文本是"白黑混血儿"(或"白黑混血女"),其传统是双色双调的:这些文本以标准的罗曼或日尔曼语言和文学结构说话,但几乎总是带有一种独特洪亮的口音,这个口音意指(到)种种正在被书写下来的黑人土语文学传统。为了找寻形式差异,并对其做出理论解释,这就需要运用某些细读的工具来帮助论述。这也就是要解释不妨被认为是具体的黑人差异的东西,并揭示其运行机制。不能期望我们去彻底改造文学,或去彻底改造批评。但是,我们必须为那些支离破碎的、似乎完全异质的元素做出命名,这些元素构成了我们的土语文学传统所包含的种种结构。

黑人传统一直都在明确地对自身进行理论化。梅尔维尔·赫斯科维茨敏锐地指出,达荷美的芳族人给他们的哲学体系做了命名,也能够对它们做出详尽的解释。芳族人不需要用与西方哲学中类似的隐喻意义来阅读自己的哲学体系,其传统有自身的理论假设。赫斯科维茨指出,芳族人的形而上学体系"绝对不能""被看作是民族志学者从自己在田野调查中所观察到的宗教生活里所获得的某种综合,且不论宗教生活的种种表现是多么的毋庸置疑"。相反,芳族人有"悠久的、考虑周备的思考习惯",他们"对信仰体系化","发展了一种关于宇宙的复杂哲学"。而且,赫斯科维茨总结道,"在谈论作为其日常宗教实践的基础的宽泛概念时,上流社会的达荷美人不会把自己囿于具体事例的描述;被问及整个世界的本质,或诸如公正、命运或偶然事件等抽象原则时,他也不会不知所措。"对约鲁巴人而言,几个埃苏神话是其传统的仓库,传统自身的阐释理论就安放于这个仓库之中。一旦离开了约鲁巴先辈,芳族人就更广泛地用书写象征来给阐释——世俗的和神圣的阐释——的本质与功能命名。

给黑人传统关于自身的理论进行命名,就要对其他的文学批评理论做出回应,并做出重新命名。我们的任务不是要彻底改造自己的传统,就好像它同主要由白人创造和传播的那个传统毫无干系一般。我们的作家用那个有巨大影响力的传统定义自己,同时既依赖又抗拒他们所理解的这个既定秩序。我们必须做与他们同样的事,既依赖西方批评正典,又要抗拒它。命名我们的传统就是要对它的每一个先辈都重新命名,不管它们看上去多么苍白。重新命名就是修正,而修正就是意指。

黑人传统在其内部铭写着阅读自身的原则。我们的传统在自我反思方面出类拔萃,它对自身的历史,对自己的正典文本的共在性(simultaneity)有非同寻常的自觉意识。那些文本往往被当成了非裔美国人社会状况的文字表现。因为黑人的大流散(diaspora)经历,我们就必须将包含连贯体系痕迹的碎片重新组合到一起。这些碎片体现了一个批评原则理论的方方面面,在批评家解读文本历史时,传统中那些不相关的具体文本共同指涉这个理论。要重新组合这些碎片,当然就得猜测,努力编织起一个关于起源和后代演进的虚构,就得让隐晦的变得清晰,有时还得通过部分来想象整体。

在文学系,文学理论很少被像今天一样谈论得如此广泛。像其他每个黑人文学的批评家一样,我受的训练也是用一个或多个广为接受的批评理论去阅读。在我的第一本批评著作《黑色的象征——语词、符号,以及"种族"自我》中,我试图用这些批评理论去展示一名非正典批评家的实验,又用这些实验来阅读黑人文本,就好像在批评的丛林中探险一样。在我关于黑人批评的"合适作品"的思想发展中,这个姿态起了重要作用,那就是在对其他理论行为既依赖又抗拒的过程中来定义黑人批评理论。尽管这种批评帮助证明,不同的文学正典不一定会隔离批评家:事实上,共享的批评视角可以产生一部批评正典,但我依然相信有必要用黑人传统自身来定义一个有关其本质及功能的理论。

各种后结构主义理论为《黑色的象征》中的章节提供了论证的出发点,但在本书中,它们主要作为黑人理论的对应物而出现。对应物当然用来表示在共同的预设框架内的相似、同一乃至差异。我用这种理论对应物旨在表明当代批评的多面性,而不是暗示黑人理论的局限或缺陷。尽管我为在详尽阐述后我们的理论传统所产生的差异而感到欣慰,但我也对不相干的文学传统在比较文学批评中所产生的相似性而感到欣慰。从根本上说,任何分析黑人文学的人都必须以比较文学批评家的身份来进行批评,因为我们的经典文本有复杂的双重前辈:西方前辈与黑人前辈。

在没有白人注视的情况下,黑人创造了自己独特的土语结构,也珍视这些形式针对白人形式的双重游戏。从绘画和雕塑到音乐和语言使用,重复和修正对黑人艺术形式而言都是根本性的。我决定分析意指的本质和功能正是因为它是重复和修正,或者说是含有明显差异的重复。黑人美国文学中所有的黑人性都可以从这个身份明确的黑人意指性差异中找到。这一点,最简洁——如果含糊的话——地描述了这本书的逻辑前提。然而,这一批评理论并非仅仅是黑人的。为避免被如此看待,请容我指出这个研究所暗含的前提,那就是所有文本都有意无意地意指了其他文本,当其他文学的批评家试图说明自己的传统中文本间相互指涉的关系时,他们也许会发现这个理论有用。不管法国、德国和英国的文学土壤大家公认有多么肥沃,但说到底,比较文学拥有远为富饶得多的土壤。黑奴和前黑奴的神话体现了他们关于自身地位的理论,这些理论在一个传统之中。拉尔夫·埃利森指出过西方文化中黑人生存的"复杂性",黑人神话体现了有关自身地位的理论,这一事实不过是埃利森所说的"复杂性"的一个引人注目的例子而已。

二

黑人传统是双声的。说话书本（Talking Book）转义，同其他文本对话的双声文本转义，它们是统驭本书的隐喻。意指行为是双声性的象征，这一点在埃苏的雕塑中得到了集中体现：埃苏被表现为拥有两张嘴。我想定义四种双声的文本关系。

转义修正

用转义修正，我指的是某个特定转义在两个或多个文本之间含有差异的重复方式。对特定转义的修正在非裔美国文学传统中重现频率之高让人吃惊。潜入地下、从南方到北方的垂直"上升"、各种各样双重的象征、尤其还有双重意识，这些都马上出现在我们的脑海里。然而，黑人传统的文本似乎还着迷于其他一些转义。黑人叙述传统共有的第一个转义我称之为说话书本。这个引人注目的转义在詹姆斯·格罗涅索 1770 年的奴隶叙述中出现，然后至少有四个出版于 1785 至 1815 年间的其他文本对它做了修正。也许可以把这个转义看作黑人传统的原型转义。重复和差异在这些文本中所采取的形式，是意指在盎格鲁-非洲叙述传统中作为重复和差异的第一种例子。

言说者文本

我在本书中表现的第二种意指模式，其典型例子是佐拉·尼尔·赫斯顿在《他们眼望上苍》中使用的"声音"的独特游戏，它通过"自由间接话语"表现了出来。就赫斯顿的叙述策略而言，最重要的是它似乎着眼于探讨在书写中表现言说的黑人声音的可能性。我的观点是，赫斯顿的文本似乎把她所说（后来伊什梅尔·里德也说过）的说话书本当作了追求目标。这个象征呼应了传统中首个被重复被修正的象征，这一点令人吃惊。赫斯顿的使用非常复杂也很娴熟。《上苍》这个正典文本表现了自由间接话语，就好像它是个动态的人物。在小说中，不同层面的措辞变化被用来反映一个杂交性人物自我意识的发展，这个人物既不是小说主人公，也不是文本游离的叙述者，而是两者的混合，是一个浮现中的交融的意识。小说中黑人言语社群的直接引语和叙述者最初的标准英语合在一处形成了一个第三项（a third term），一个真正的双声叙述模式。当一个文本似乎把口语叙述作为追求目标时,俄国形式主义者把这个叙述元素称为斯卡兹(skaz),①它无疑是最接近赫斯顿的修辞策略的对应物。与这一技巧相伴的对既定的模仿与叙述模式所产生的后续影响是我在本章的关注点。最后,我会用赫斯顿自己的意指理论来分析她的叙述策略,包括明确指认她的文本中的意指仪式。

说话文本

第 5 章探讨了互文性的黑人形式中的一个例子。我追溯了从埃苏-埃拉巴拉到艾丽斯·沃克的小说《紫颜色》中的双声隐喻,在这个范围内,我挑了里德的小说《芒博琼博》来阐述,以说明黑人文本是如何跟其他黑人文本"说话"的。《芒博琼博》是个出色的修正与批判文本,是用所谓的后现代叙事铸刻出来的,因此,现代主义、现实主义、以及后现代主义之间的隐含关系在《无形人》、《土生子》、《黑孩子》和《芒博琼博》中显现了出来。《芒博琼博》凸显了双重声音,其中的模仿与叙述之间的关系再次成为我的关注点。

重写言说者文本

如果说赫斯顿的小说似乎旨在宣称,事实上,一个文本可以用黑人方言来完成,那么在我看来,沃克的《紫颜色》正是要去做这件事,它是对赫斯顿显性的和隐性的叙述策略的直接修正。赫斯顿是沃克深情地崇拜的一个前辈,沃克很有几篇评论文章的主题都是她对赫斯顿的迷恋,她以多种方式对赫斯顿做了修正和呼应。她用书信体写了一部小说,所使用的语言好像是赫斯顿的主人公所说的语言,这也许是黑人小说传统中最为令人惊叹的修正例子。请允许我在此做个区分:里德对戏仿的使用似乎可以妥帖地描述为有意意指,通过"细读"的土语仪式意指了其他黑人文本。而沃克对混搭的使用则对应无意意指,我的意思不是说一个深刻的目的性的缺席,而是否定性批判的缺席。戏仿与混搭的关系就是有意意指与无意意指的关系。

里德似乎着眼于要开辟一个叙述空间,而沃克似乎意在强调她的文本和赫斯顿的文本之间的关系,快乐地宣称它们之间是后辈文本和前辈文本之间的关系。在更广泛的黑人文化传统中,这种无意修正模式最为突出的对应物也许出现在爵士乐手中。在共同的专辑中,他们交叉演奏彼此的保留曲目,目的不是要去批判,而是去通过重新表现来对他人表达敬意。这样的例子有数百个,其中一

---

① 斯卡兹(skaz):介于日常语言和文学创作之间的民间文学形式,同时包括加工后的民间文学故事,属于俄国文学的一种形式。——译注

个是《埃林顿公爵与约翰·科尔特雷恩》,这个由两人共同完成的专辑就体现了两个伟大的爵士乐手之间的这种关系。这种双声形式意味着调和与相似,而不是批判与差异。

始终最一贯的"黑人"文学话语——参照我们的传统关于自身的理论——是最具象征性的,同时,跟土语传统的批评理论最一致的阐释模式是那些将注意力指向语言使用方式的模式,这两点是本书的逻辑前提。通过用埃利森所定义的对语言使用的隐晦的形式批判,以及对修辞策略的形式批判,黑人文本意指了传统中的其他黑人文本。因此,文学意指就类似于戏仿与混搭,戏仿对应我所说的有意意指,而混搭大体上对应无意意指。用意向这个词,我并不是想暗示缺乏目的性,因为戏仿和混搭都意味着目的性,从严厉批判到表达谢意以及表明自身在一个文学传统中的定位,这些都体现了目的性。混搭可能意味着要么对一个前辈文本的敬意,要么在一个看似无法超越的表现模式面前的无助感。所有这些都是黑人作家相互意指对方文本的原因,在两个或多个黑人文本之间延续的意指关系是非裔美国传统中形式修正理论的基础。在爱默生、爱略特、乔伊斯、克兰、或梅尔维尔(还有其他人)等人的作品中出现的引人注目的转义,在埃利森的《无形人》中都可以找到文学呼应或混搭,这种呼应或混搭构成了一种意指模式。

但是埃利森对理查德·赖特的《土生子》、《生活在地下的人》,以及《黑孩子》中出现的现实主义传统隐性的批判同样构成了一种意指模式。里德对赖特和埃利森的戏仿构成了一种深层的有意意指,《芒博琼博》文本中的戏仿尤其如此。赫斯顿在《他们眼望上苍》中对声音多层次的使用意味着对整个方言诗歌传统的意指,也意味着对现实主义小说中既定的声音观念杰出和微妙的批判,同时也相当于针对亨利·詹姆斯把观点当作意识视角的作法所做的非常新颖的批判与扩展。赫斯顿的小说,与斯特林·A.布朗的《南方大路》一样,就等于对詹姆斯·韦尔登·约翰逊此类批评家的驳斥。仅仅在《上苍》出版前六年,约翰逊宣称,方言作为一种文学技巧,在黑人作家中已彻底死亡了。而且,赫斯顿把主人公塑造成了混血儿,她逃避资产阶级生活,嫁给了黑肤色的流动工。通过这种方式,赫斯顿意指了跨越种族线的女性小说(female novel of passing),这种小说是她从内拉·拉森和杰西·福塞特那儿继承的幻想作品的讽刺形式。最后,通过采用对赫斯顿的声音概念进行转义(通过转化成书信体小说形式,以及一种书面的而非口头的土语)的叙述策略,沃克决定把《紫颜色》置于《上苍》的嫡系传承谱系中,这既极大地拓展了黑人传统中的作家可资利用的修正模式,同时也表明形式修正行为可以是个表达爱意的亲密关系,而不是埃苏的十字路口的仪式性屠戮。

第一部分　传统的一个理论

接着我开始持续地抄写韦氏拼写书中的斜体字,直到不看书都能把它们全部默写出来。这时候,我的小主人托马斯已上学了,学会了写,并写完了好几本抄写本。这些本子被带回家来,展示给我们的一些近邻看,然后被扔在了一边。我的女主人过去常常在每个星期一下午去威尔克街聚会厅参加班级会议,留我照看家里。这时候,我的时间就花在在主人托马斯的抄写本中的空白处抄他写的东西上。我坚持这样写,直到后来我的笔迹非常像主人托马斯的笔迹。这样,在多年漫长乏味的练习之后,我终于学会了书写。

——弗雷德里克·道格拉斯

……对个体意识而言,语言就处在自己和他人之间的界限上。语言中词汇的意义一半由别人决定。在挪用一个词时,只有当说话人在语汇中加入了自己的意向和口音,只有让该词适应说话人的语义目的和表达意向时,这个词才会变成"一个人自己的"。在这种挪用之前,词汇不是存在于一种中立的和非个人化的语言之中(毕竟,说话人不是从字典中获得他的词汇的!),而是存在于其他人的口中,存在于其他人的语境中,服务其他人的意向:一个人正是必须从那儿才能获得词汇,并使它变成自己的。

——米哈伊尔·巴赫金

第1章 起源神话：埃苏-埃拉巴拉与意指的猴子

埃苏，不要毁灭我，
不要篡改我口中的话，
不要误导我双脚的运动，
你把昨天的词汇译成
新颖的言语，
不要毁灭我，
我给你祭祀品。

——传统《奥里基埃苏》[1]

哦，是的！
埃矩玩了很多花样
埃矩让祸自萧墙起；
埃矩抵押了月亮也卷走了太阳；
埃矩使天神之间混战。
然而埃矩并不邪恶。
他给我们带来了最好的；
他给了我们艾发神谕；
他带来了太阳。
但埃矩决定，田地得贫瘠。

——传统《奥里基埃苏》[2]

透过哈莱姆啤酒和威士忌烟雾，我
理解了意指的猴子之谜
在灵感的一缕蓝色薄雾中，我达到
存在的整体性。

——拉里·尼尔，《马尔科姆·埃克斯自传》[3]

一

在由非洲西海岸到新大陆的恐怖"中途"中存活下来的黑非洲人并没有只身远航。他们被用暴力从自己的文明中干净彻底地掠夺而走。尽管如此,这些非洲人还是将自己的一些文化带到了西半球,它们是有意义的、无法抹去的、而且也是他们有意选择不忘记的:他们的音乐(一种班图人与克瓦人的声调语言的记忆工具)、他们的神话、他们富有表现力的制度结构、他们有关秩序的形而上学体系以及他们的表演形式。如果"迪克西·派克"像吉恩·图默在《甘蔗》中所言,是"从非洲的羊肠小道上成长起来"的,那么黑人土语传统就是它的路标,处于文化接触与随之而来的差异的阈限性(liminal)十字路口,在这里非洲和非裔美国相遇。

回过头去看,常识告诉我们,保留下来的这些元素本来就该存活下来,如果它们彻底覆灭而不是保存下来了,那会让人更加感到吃惊。非洲人说到底只是穿越时空的旅行者而已,尽管他是出乎意料之外,并有反讽意味的旅行者;就像每个旅行者一样,非洲人在既定的意义和信仰框架内"阅读"新环境。认为"中途"给非洲人带来了如此深刻的创伤,以至于他们变成了意识的白板,这是一种奇特的观点,就正如它是个虚构一样,这个虚构服务于多种经济秩序以及与之相伴的意识形态。要彻底抹去像传统西非经典文化一样的文化的痕迹,这一定会极其困难,因为它们非常辉煌、古老,而且是奴隶旅行者所共有的。然而,新大陆的奴隶制的确是个跨文化交流的沸腾的大锅,它造就了史无前例的黑人文化交流和修正的动力机制,而无数这样的文化以往都是孤立的。不经意间,新大陆的非洲人奴隶制度满足了新非洲文化得以出现的先决条件,这是一种真正的泛非洲文化,是由语言、体制、形而上学和形式等细线组成的五彩斑斓的织锦。在这个激动人心的过程中存活下来了一些碎片,它们是可供使用的最有用和最吸引人的素材。非裔美国文化是种非洲文化,只不过带有差异,这一点体现在英国、荷兰、法国、葡萄牙或西班牙的语言与文化等触媒中,它们对新大陆种种零散的泛非洲文化所采纳的具体结构产生了影响。[4]

在非洲人带到西半球的音乐、神话和表演形式中,我想讨论一个特定的恶作剧精灵形象,它在非洲、加勒比海以及南美洲的黑人神话中出现频率之高,令人称奇。这个形象在黑人文化中出现频率很高,我们可以把它看作一个重复的主题或主旨。事实上,这个恶作剧精灵主旨似乎不单在通往新大陆的颠簸旅途中活了下来,而且甚至在今天,它同时出现在尼日利亚、贝宁、巴西、古巴、海地以及美国等地。在受到非洲文化影响的种种新大陆文化中都有这个主旨,只是在重复中带有明显由环境所造成的差异,这一点证明:存在长达三个多世纪之久的共同的信仰体系。使人吃惊的是,它们是在土语传统中得以延续的。我们可以把这个特殊的主旨最终追溯到贝宁和尼日利亚的芳族文化和约鲁巴文化那里去。西方的黑人文化被巨大的时空距离阻隔,并被日耳曼和罗曼语言障碍孤立,但在这些文化中依然都存在这个特殊的主旨,这一现象证明了西半球黑人文化支离破碎的统一性(fragmented unity)。被奴役的黑人从非洲带来了某些有关秩序的根本观念,它们通过口头文学特有的记忆技巧传承了下来,继续既充当着新大陆信仰体系中有意义的角色,同时也保留了其渊源的痕迹,这些都没什么可怀疑的。我们缺乏回答这些历史问题的书面文献:这是如何发生的?传递和翻译的途径是什么?复原接踵而来的差异的途径又是什么?但不管怎么说,这个主旨是非洲人意义和信仰体系断裂的完整性的符号,由黑奴通过记忆再创造出来,作为文化后代密封的编码图表,在口语叙述中得以保存,在仪式——尤其是重复的口语叙述仪式——上即兴地创作,并被有意识地传给了后来人。如果说这些可追根溯源的主旨的存在令人惊奇,那么同样令人惊奇的是学者们仅仅是在本世纪才开始系统地对它们做出解释。

5

图1　埃苏-埃拉巴拉,作者的藏品,萨拉·惠特克摄

这个主旨始终出现在黑人口语叙述传统中,包含一个对阐释行为元初教育的场景,它就是约鲁巴神话中神界的恶作剧精灵形象埃苏-埃拉巴拉。这个奇特的形象在尼日利亚被称为埃苏-埃拉巴拉,在贝宁的芳族人中被称为拉巴。它在

新大陆的表征包括巴西的埃克苏、古巴的埃查-埃勒瓜、海地巫毒教洛(loa)万神殿的拉巴老爸,以及美国伏都教洛中的拉巴老爸等。在我看来,这些单个的恶作剧精灵是个更大的统一形象的相互联系的组成部分,因此我将他们总称为埃苏,或埃苏-埃拉巴拉。埃苏-埃拉巴拉的这些变体雄辩地表明,在西非、南美、加勒比海以及美国的某些黑人文化中,存在着一个完整的形而上学假设体系和一个象征模式,它们穿越时空,为这些黑人文化所共有。这些恶作剧精灵形象作为埃苏的侧面或主旨,是神界十分重要的干预中介:作为恶作剧精灵他们是介质,其调解手段是恶作剧。如果说迪克西·派克可被直接追溯到几内亚去,那么埃苏-埃拉巴拉就坐镇于其阈限性的十字路口上。这是个感觉的分水岭,如果不知道土语(vernacular),则几乎觉察不到它的存在。土语这个词源自拉丁语 *Vernaculus*("土生的"),后者又源于 *Verna*("出生在主人屋里的奴隶")。[5]

埃苏的每一种形态都是天神唯一的信使(在约鲁巴,是 *iranse*),他将天神的意愿向人类阐释;也将人类的愿望带到了天神那里。埃苏是十字路口的保护神,是风格和书写的行家里手。他是掌管繁殖和生育的男性天神,是那个难捉摸的、神秘的界限的主人,这个界限将神界和人世分割开来。埃苏经常被描绘成瘾大的交媾者(copulator),拥有硕大的阳具。在语言学意义上,埃苏是个终极系动词(copula),联结着真理与理解、神圣与世俗、文本与阐释,(作为动词 *to be* 的一种形式)他联结着主语和谓语。他将占卜的语法与其修辞结构联结了起来。在约鲁巴神话中,埃苏据说是跛子,这恰恰是因为他的中介功能:他的腿不一样长,因为一条永远在神界,而另一条则待在我们人间。

学者研究埃苏的这些形象,每个人都找到了这个多变的形象中一两个固定的特征。多变是恶作剧精灵的本质。[6]给这些特征列个不全面的清单,可能包括个性、讽刺、戏仿、反语、魔术、不确定性、开放性、模糊性、过强的性欲、偶然性、不稳定性、断裂与和好、背叛与忠诚、闭合与开放、包裹与开裂等等。但只专注于这些特征中的一个,以为它是主导性的,这种看法是错误的。埃苏具备所有这些特征,另加其他一大批特征,它们合起来,这才仅仅开始呈现这一典型的中介形象的复杂性,以及对抗性力量的统一。

埃苏的种种特征是从多个地方收集来的:约鲁巴人所说的《奥里基埃苏》,即埃苏-埃拉巴拉的叙述表扬诗或颂词;艾发占卜诗篇《奥杜艾发》;"埃苏歌谣"的歌词;以及一些传统的散文体叙事:宇宙起源神话、天神神话、人类同天神关系的神话,以及人类在宇宙秩序中位置神话等都编码于其中。大多数有关埃苏的文献所关注的是阐释的起源、本质和功能以及"高于"日常语言的语言使用。埃苏是这样一个约鲁巴象征:它关乎正式语言使用的元层面,也关乎象征语言及其阐释的本体论和认识论地位。有关埃苏的文献在很大程度上由这样的直白主张所组成:字面意义的语言使用模式与象征性语言使用模式属于不同的语言层面,它们是分离的,后者高于前者。[7]

图2 埃苏-埃拉巴拉,作者的藏品,萨拉·惠特克摄

芳族人将拉巴称为"神界的语言学家",他能说所有语言,将玛乌的字母序列解释给人类和其他天神。约鲁巴的埃苏雕像中几乎永远都有个他拿在手里的葫芦。他在这个葫芦里装着阿斯(ase),约鲁巴的最高神灵奥洛杜梅尔(Olodumare)就是用阿斯创造了宇宙。阿斯可以有多种翻译,但用来创造宇宙的阿斯,我将其译为"逻格斯",表示可理解的、能听到的和后来可见的理性的符号。与其他普通词相比,阿斯分量更重、更有力量也更有行动意味。这个词拥有绝对性,被双重确认与无所畏惧的真实性所强化。这也许可以解释为什么埃苏的嘴巴有时看上去是双重的,有声音的词就是这张嘴巴说出来的;埃苏的话语在隐喻意义上是双声的。对阿斯的掌握给了他巨大的力量;正如一个经典的《奥里基埃苏》中所写,阿斯让埃苏得以"说什么就是什么,做什么就是什么"。[8]【见图9,10,11】

阿斯是个难以捉摸的概念,对它的翻译也不一而足。《奥斯图瓦的故事》是个正典《奥杜》,其中一段告诉我们阿斯是力量:

> 阿斯在地球上扩展延伸:
> 精子变成了孩童,
> 病床上的人坐起身来,

图3 埃苏-埃拉巴拉,作者的藏品,萨拉·惠特克摄

整个世界变得欢愉,
它变得有了力量。⁹

然而力量还不足以传达阿斯的多层意义。埃苏拿的葫芦(*Ado-iran*)是奥洛鲁给他的,葫芦里有"自我繁殖的力量"。在这个葫芦里埃苏装着阿斯。正如胡安娜·多斯桑托斯与德奥斯科里德兹·多斯桑托斯所总结的那样,正是这个"由埃苏控制和代表"的阿斯"调度系统中的所有元素"。换言之,阿斯是程序本身的连贯性力量,它让体系得以成为体系。我把阿斯译为"逻格斯",它在我看来是阿斯在英语中最接近的对应物。在英语中,"逻格斯"这个词也是我们从希腊语直接借用来的。正如一个巴巴拉沃(*babalawo*)所说,阿斯是"光芒,它穿越地球圆盘,穿越苍穹,从一头到另一头,进退往复"。奥洛杜梅尔正是用这个阿斯创造了宇宙。巴巴拉沃说奥鲁米拉以埃苏的阿斯行事,所暗指的正是逻格斯。¹⁰

埃苏最直接的西方亲属是赫耳墨斯(Hermes)。赫耳墨斯是天神的信使和阐释者,这一角色让他的名字自然而然地派生出了阐释学(*hermeneutics*),它是我

图 4　埃苏-埃拉巴拉,作者的藏品,萨拉·惠特克摄

们用来表示文本阐释方法论原则的词,同理,文学批评家将黑人文本阐释方法论原则命名为 *Esu-'tufunaalo* 也是恰当的,其字面意思是"解开埃苏之结的人"。[11] 埃苏是文学批评家的土著的黑人隐喻,*Esu-'tufunaalo* 是对阐释自身方法论原则的研究,或者说是文学批评家所做的事。*Esu-'tufunaalo* 是艾发占卜的世俗对应物,艾发占卜是极具抒情性和有浓厚隐喻性的神界阐释系统。多个世纪以来,尼日利亚的约鲁巴人都向它咨询,今天依然向它咨询。天神艾发是神意的文本,埃苏是文本阐释者(*Onitumo*),他"翻译、解释或'松开知识'"。事实上在阐释过程中,与艾发相比,埃苏似乎拥有优先权。埃苏不仅教给他的朋友艾发这个阐释体系;埃苏还证或谴责艾发的"信息"。为此,艾发诗篇中经常讲:

> 哦,他借了埃苏的东西
> (他【艾发】借了埃苏的阿斯,将它放在自己的嘴里,以便给恳请者提供一种信息。)[12]

如约鲁巴人所言,埃苏是通往艾发的路径。他的形象经常出现在艾发占卜板上沿的中心位置。【见图6】

10

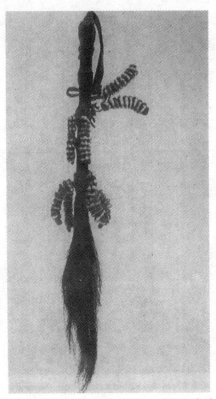

图5　埃苏-埃拉巴拉,作者的藏品,萨拉·惠特克摄

正如《圣经》是基督徒的神圣文本一样,艾发构成了约鲁巴人的神圣文本,但像犹太法学博士对《圣经》所作的注释一样,艾发还包括对这些固定文本的评论。它的阐释系统依赖一个泥土占卜和文本解释绝妙的融合,十六个棕榈干果被"拨转"十六次,它们形成的图案或符号接着被阅读和翻译成恰当固定的文学诗篇,由数字符号表示出来。在约鲁巴,这些视觉符号被称为"奥杜签名",然后巴巴拉沃,也就是牧师,通过读或背这个签名所代表的固定诗篇文本来翻译每一个签名。这些诗篇文本的意义极有隐喻性,模棱两可、费解,就相当于谜语,试图从天神那儿得到青眼的人必须破解这些谜语,并根据自身的窘境来妥当地使用它们。

11　　尽管这里不是对从西非到拉美的这些占卜系统中共同的内部原则做完整阐述的地方,但恰恰因为埃苏在这个有关阐释起源的非洲神话中的作用,对由埃苏所创造并教给自己的朋友艾发天神的系统做一个——哪怕是简略得让人心痛的——解释还是有益的。正如我所指出的,在非洲和拉美的神话中,据说埃苏教

图6　奥朋艾发,罗伯特·法里斯·汤普森藏品,萨拉·惠特克摄

会艾发如何阅读由十六个神圣的棕榈干果组成的符号。奥朋艾发是阐释艺术中使用的木质雕刻占卜盘,在占卜盘上沿中心有个埃苏雕像,它代表在阐释过程中埃苏的优先权,也体现了他同阐释的关系,我们可以将这种关系翻译成 *itumo*(字面意思是"松开或解开知识"),或 *iyipada*(字面意思是"翻转"或"翻译")。另外,我们所说的细读约鲁巴人称之为 *Didafa*(字面意思是"阅读符号")。最重要的一点是,作为这个独特的非洲阅读模式的起源,埃苏是约鲁巴人不确定性本身——ayese ayewi 或 ailemo,字面意思是"不可解的东西"——的象征。如果说埃苏是个被重复的主旨,那么对我而言他也是一个转义,一个约鲁巴话语中在象征意义上使用的词,远离了自己的字面意义。在一些原初的起源神话中,埃苏定义了他在黑人文学批评中的隐喻性用法。如果细察这些起源神话,我们就能够对埃苏和意指的猴子这个矛盾修辞之间的关系做出推测。意指的猴子是非裔美国神话话语中埃苏的功能对等物。

在考察艾发占卜的起源神话之前,有必要先去思考一下约鲁巴人用于解释这个口头阐释系统的象征。在对艾发的描写中,书写象征一再出现。艾发常被称为"抄写员"或"书记员",或"写书的人"(akowe, a-ko-iwe)。艾发给其他天神代写,教会每个巴巴拉沃书写他占卜盘上的艾发象征。通过占卜行为,艾发代表所有的天神说话或阐释。然而,艾发只能通过将天神的语言用视觉符号铭写在占卜盘上来向人类说话,巴巴拉沃把这些符号用名为伊塞(*ese*)的抒情诗语言朗读出来。令人惊奇的是,口头文学被用书写比喻描述了出来:艾发口语叙述的过

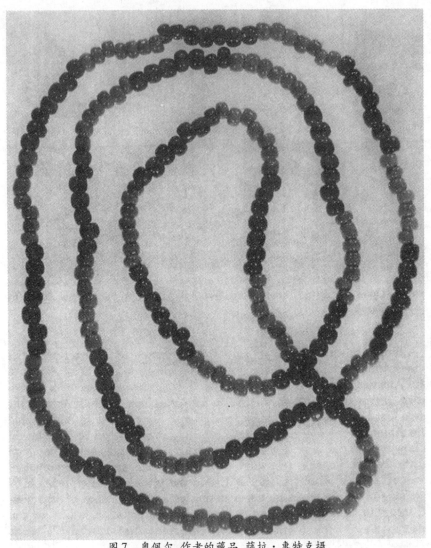

图7 奥佩尔,作者的藏品,萨拉·惠特克摄

程被比作了书写。这种奇特的表现方式给艾发赋予了一种丰富性,它暗示着系统本身一条核心的阐释原则。艾发的声音,也即文本,将自己书写为一种密码。然后埃苏作为阐释者,暗中控制将这些书写符号翻译为奥杜口头诗篇的过程。

有个艾发神话阐述了书写的发明,可以帮助解释在约鲁巴体系中,书写语言隐喻何以拥有优先权:

奥洛鲁是神灵中最年长的,他是空气之王(奥巴·奥鲁菲)的长子。四十年后，空气之王有了第二个儿子埃拉，他是占卜者之父。上午，所有白人会到埃拉这儿来学习阅读和书写，到了傍晚，他的非洲子孙巴巴拉沃会围绕在他的周围背诵艾发诗篇，学习占卜。艾发教他们在他们自己的占卜盘上书写，穆斯林将这些抄写下来用于他们的木质写字板(wala)，而基督徒将这些抄写下来用于学生用的石板和书籍。(强调为笔者所加)[13]

此处有多种对立，上午/傍晚、白人/非洲人、阅读与书写/记忆与背诵、手写密码/语音记录等，这些对立表明，约鲁巴人自己感觉到有必要说明传统的非洲书写方式同"穆斯林"和"白人"方式之间的差异。这一点很重要：这个神话将语音记录解释成了口头传统的副本，保留在由艾发的十六个神圣棕榈干果组成的密码之中。

还有另外一个神话，威廉·博斯曼宣称是自己在17世纪后半叶从阿散特人中记录下来的。就书写在非洲缺席而在欧洲在场这一问题，这个神话提供了一个完全不同的解释。在第4章我们会回到博斯曼的神话上来。在这个神话的结构中，书写体现了一种对立，对这一点先做个思考还是有启发意义，尽管在第4章我们会回到博斯曼的神话上去。上帝创造了不同种族的人，而非洲人是被最早创造出来的，也正为此，非洲人有第一选择权，在艺术和科学的知识(或者说写作)与地球上的所有黄金之间做选择。非洲人出于贪心选择了黄金；也正因为贪心，非洲人被一个诅咒所惩罚：非洲人永世不得掌握读写的精妙艺术。奇怪的是，这个神话与17、18世纪欧洲人的臆想非常契合：书写在非洲人中是缺席的，这意味深长。书写是理性的看得见的符号，没有书写的在场，非洲人就无法证明自己与欧洲人"内在的"心智上的平等。因此在掌握书写之前，他们注定要永远为奴。而对约鲁巴人——如果不是对黄金海岸的阿散特人——而言，语音记录是派生物，是对早就体现于艾发中的铭写形式的拙劣模仿。

埃苏被用来象征批评家，有关阐释起源的约鲁巴神话与埃苏的这种用途有关联，它可以帮助解释在这个元初神话的拉美版本中为什么会有个猴子。在这个约鲁巴神话中有猴子，对这一神话在重复的同时带有差异性的古巴版本中也有猴子。在非裔美洲神话中有埃苏的踪迹，这一点正是通过猴子的在场体现出来的。意指的猴子是埃苏的非裔美洲后代，埃苏在非裔美洲神话中的踪迹使我们可以大胆地去推测两者在功能上是对等的。[14]

弗罗比涅斯对这个神话的叙述是它最完整的叙述之一，他告诉我们，这个神话"是一个居住在库库鲁库兰边境上的居民""给我的"。弗罗比涅斯将埃苏译成了"埃殊"或"埃矩"。他的文本如下：

很久很久以前，天神饥肠辘辘。从在地面上游荡的儿孙们那儿他们得不到足够的食物。他们彼此不满,争吵不休。有些出去打猎。其他的天神,尤其是奥洛库恩,想去钓鱼;然而,虽然抓到了一只羚羊,钓到了一条鱼,但这些支持不了多少时日。现在他们的后代遗忘了他们,他们问自己如何才能再次从人类那儿获取食物。人类不再给他们焚烧祭品,而天神想吃肉。于是埃矩出发了。他询问也玛亚,用什么东西能够重获人类的友善。也玛亚说:"你不会成功的。山可帕纳用瘟疫踩蹦他们,但他们还是不来给他祭祀;他可以将他们全杀光,但他们就是不给他食物。山苟将雷霆加于他们身上,击死了他们,但他们就是不理他,也不给他吃的东西。你最好在其他东西上动动脑筋。人类不惧死亡。给他们好东西,他们会渴望得到那件好东西,于是想活下去。"埃矩继续往前走。他自言自语道:"从也玛亚处得不到的东西,奥鲁甘会给我。"他来到奥鲁甘跟前,奥鲁甘说:"我知道你为何而来。十六个天神都在挨饿。他们现在一定有可起作用的东西。我知道有这样一个东西。它由十六个棕榈干果组成。如果你得到它们并弄懂它们的意思,你会重获人类的好感的。"埃矩来到了棕榈树前。猴子给了他十六个干果。埃矩看着它们,不知该如何处置。猴子对他说:"埃矩,你知道该如何处置它们吗?我们可以给你个建议。你是凭借狡诈得到这十六颗干果的。你应周游世界,到处询问它们的意思。在十六个不同的地方,你会得到十六个回答。然后回到天神那里。告诉他们你所学到的,人类会再次学会惧怕你。"

埃矩按猴子所说做了。他去过世界上十六个不同的地方。他回到了天上。

埃矩告诉天神他所学到的东西。天神说:"不错。"接着天神将他们的知识传授给了后代,现在人类每天都能够知晓神旨,知晓未来会发生什么。人类看到在未来所有的坏事都会发生,有些事情他们通过牺牲祭祀可以规避,他们再次开始宰杀动物,为天神焚烧。这样埃矩就将艾发(棕榈干果)带到了下界的人间。他回到天上,与奥根、山苟和奥巴塔拉待在一起,他们四个观察人类如何处置果核。[15]

15　显然,埃苏在阐释艺术中拥有优先权。在其他艾发起源神话中,埃苏教授并有意识地将阐释体系给了他的这位朋友。这就是为什么约鲁巴人说"埃苏是通往艾发的路径(路途)"的原因。一个名为《埃苏教奥鲁米拉如何占卜》的正典叙事也强调了埃苏的重要性:

埃苏教艾发如何用伊金占卜。这样,作为联系人类和奥里萨斯的沟通纽带,艾发就变得非常重要。有201个伊鲁莫尔斯【地神】妒忌艾发,但无

法伤害他,因为埃苏经常随时为艾发而战。¹⁶

在芳族人神话中,拉巴保留了这种优先权。

梅尔维尔·赫斯科维茨认为之所以如此,那是为了给人类"'一个出路',以逃脱超自然意志所强加的困境"。那个出路

> 是由天界的一个恶作剧精灵提供的,他是造物主最小的儿子。在达荷美人那里,正如在西非的大部分地方,最小的儿子被认为是家里最机灵的。虽然发(Fa)是命运,是最重要的,但恶作剧精灵拉巴甚至排在发之前……在应付超自然的官僚作风时,人可以通过赢得拉巴的好感而平息愤怒的神灵,避免报复。¹⁷

对拉巴在阐释中的作用,尽管赫斯科维茨从实践或者说功能的角度提供了一个解释,但是,艾发体系和发体系在他们的起源神话中铭刻着这种等级划分,他们这样做是出于阐释学原因。

在多种版本的神话故事中,埃苏和猴子的角色都是非常重要的。因为某些缘由(要重新建构这些缘由是极其困难的),并通过非洲神话在新大陆的置换,猴子变成了这个非常重要的教育场景中的核心人物。在从非洲到西半球的这种传播过程中,经过奇特的重复方式,一个看似次要的结构元素——从约鲁巴巴巴拉沃后来的版本中可以得出这一结论——在新大陆黑人文化存活下来的口头变体中变成了一个重要人物。莉迪娅·卡布雷拉讲述了这个神话在非裔古巴神话体系中的情况,她的叙述使猴子的核心作用一目了然:

> 在一些埃拉瓜【埃拉巴拉】故事中,他被塑造成为第一阐释者,负责将占卜艺术传授或揭示给厄鲁巴【艾发】,在这个时候,埃拉瓜身旁有只莫顿【猴子】和一棵树,一棵生长在厄鲁恩冈【正午的太阳】花园中的棕榈树。同时埃拉瓜还被塑造成为占卜籽奥杜的信使,所参照的东西是作为巴巴洛查斯与伊牙洛旦斯的阐释方式的子安贝壳。拜克埃拉瓜与这个奥里莎相联系:"他掌管最大数量的子安贝壳。"¹⁸

尽管莫顿可能源自于约鲁巴语的埃顿("一种猴子")厄莫("的孩子"),但它更可能源自于约鲁巴语的莫,它是用于过去时态和进行时态的第一人称单数代词("我")。因此,莫顿就可以译成"我过去/现在都是猴子。"此外,在约鲁巴语中,"猴子"(owe)同格言或谜语(owe)几乎就是同音异义字。这些事情是清楚的:埃苏作为第一阐释者的身份在"中途"存活了下来,在他的身旁有猴子有树,猴群就住在树上,他们从树上挑选了十六颗棕榈干果,这些干果变成了艾发占卜的神圣字符。在许多巴西埃克苏的当代雕像中,他都被塑造成有勃起的硕大阳具和

 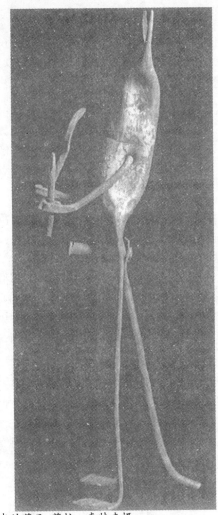

图8 艾尔克埃克苏,作者的藏品,萨拉·惠特克摄

长尾巴的形象。

毫无疑问,猴子也出现在其他非洲叙事中,在芳族人的一个题为《猴子何以没有变成人》的著名叙事中,他甚至与狮子和大象一同出现(就像在意指的猴子的叙述诗中那样)。《猴子忘恩负义:为什么大家不欺骗占卜师》是芳族人的另一个正典叙事,它体现了猴子与占卜之间的关系。[19] 然而猴子同埃苏的直接关联似乎仅局限于这个阐释过程自身的起源神话中。此外,猴子是埃苏的别名之一,如下面的《奥里基埃苏》所述:

> 猴子是克图之王，
> 他在阿克散没有灯光，
> 我母亲的金钱的眼睛是整个农场的灯光，
> 是今日熙熙的果实
> 明日攘攘的旁枝
> 邪恶的眼睛阻碍了猴子的成长
> 他们称其为无钱无权的孩子
> 莫让他与阿拉克库街道上的人为伍
> 莫让他带来比毒药更管用的诅咒。[20]

（埃苏的两个身体特征是非同寻常的黝黑肤色和极小的身材。）更能说明问题的也许还是芳族人神话《第一批人类》。在造物主玛乌不知情的情况下，拉巴将地球上四个最早的生命中的两个变成了猴子。所有的猴子都是这两只猴子的后代。因此，拉巴是猴子之父。[21]

在非裔古巴神话中，猴子同埃苏发生了极为有趣的融合。这出现在圭耶或吉古这个形象中，它是个黑色的恶作剧精灵主旨，就我所知，它的身份还没有令人满意的定性。圭耶或吉古的文献包括两类。在第一类，如在由萨尔瓦多·布宜诺搜集的《古巴传奇》中的口语叙事《巴伽达的圭耶》中，圭耶被描绘成一个矮小的黑人。正如上面所说，埃苏两个显著的身体特征是它非常黑的肤色和极小的身材。圭耶的另一种形态是吉古，也即猴子，通常是出现在诗歌而不是叙事中。特奥菲洛·雷迪洛的诗作《吉古之歌》帮助我们破解了这个身份混合的恶作剧精灵的起源之谜。[22]

"吉古"，雷迪洛告诉我们，"降生于奥林特"省。在古巴的这个奇特地方——或者说熔炉——中，约鲁巴文化同欧洲拉丁美洲文化相遇，结果产生了新颖的混合物：

> 吉古降生于奥林特。
> 吉古踏水而来……
> 在礁湖边上，
> 孩子们在洗澡。

他从水中来这一事实表明了其非洲起源。吉古的身体特征包括黑肤色、尖尖的牙齿以及长长的毛发。他的肤色和毛发类型正是对埃苏的典型描述中所用的：

> 一个黑肤色的吉古在观察
> 他的毛发很长……
> 尖尖的牙齿

他还有明确的意向。

另外,吉古的眼睛颇大,有穿透力,就像埃苏的眼睛:

老妈,我看见一个吉古
昨天,我正在洗澡
在平静的水中:
他肤色黝黑……紧盯着我
是用什么……我说不上来,
也许是燃烧着的煤的眼睛。

在从非洲到新大陆的旅程中,吉古经历了一种至为深刻的变化,这才是最重要的。他曾一度是只猴子,但在人类学的通过仪式——或更确切地说,边缘化仪式(我们可想想"中途")——后,他变成了埃苏,或埃殊:

吉古降生于奥林特
他是被从非洲带到那儿的,
在非洲他曾是只猴子:最后
落入水中的猴子;
猴子被淹
是因为恩加恩加——
恩加恩加永远漂流
在水波之上——

在词源学上,吉古同猴子的关系是清晰的。圭耶与吉古源自于埃菲克-埃贾厄姆(Efik-Ejagham)的"猴子"一词:*jiwe*。[23]

恩加恩加(*nganga*)的词源同样能说明问题。在刚果语中,恩加恩加的意思是一个巫术或魔法的行家里手,换句话说,他是个通晓多门的饱学之士。恩加恩加意味着行动、工作或安排。另外恩加恩加也表示经历勃然大怒,引起疼痛,思量或疑问。在斯瓦希里语中,恩加恩加玛(*ng'ang'ama*)的意思是紧紧抓住,例如摇摆的枝蔓或树枝等,而恩加恩加玛尼亚(*ng'ang'ania*)的意思是热忱地祈求、恳请,直至达到一个期盼的目的。在古巴的一个"刚果语言"研究中,杰曼·德·哥拉那达将恩加恩加定义为有魔力的物体。然而,最能说明问题的是图鲁·起亚·姆帕苏·布阿卡萨将恩加恩加定义成了"阐释者。"[24]

如同在特奥菲洛·雷迪洛的《吉古之歌》中所使用的那样,恩加恩加可以表示多种意思:

> 猴子被淹
> 是因为恩加恩加——
> 恩加恩加永远漂流
> 在水波之上——

它可以指代一个有魔力的物体,或传统东西的阐释者(饱学之士);或者更能说明问题的是,恩加恩加可以暗指无法控制自己怒气的人,或者是坚持质疑既定的、或强加的次序的人。在更加字面的意义上,恩加恩加玛的斯瓦希里语词根表示抓住一根摇摆的树枝(就像猴子一样),以躲避汹涌的洪水,而结果却没能抓牢,掉进水里"被淹",如诗句所写,"因为恩加恩加。"诗中写道:

> 吉古吓着了孩子
> 他们在河岸边上的
> 白人女孩身旁
> 夜色沐浴
> 在月亮的乐曲中
> 月亮卷缩在银色里。

恩加恩加的重要性标志着意义的多重性,每一种意义都渗透进了刚果-古巴语历史残存意义之中。极富戏剧性的是,雷迪洛将恩加恩加表现为"永远漂流在水波之上",就像游离的能指,甚至(或尤其)在新大陆的环境中,永久提示着源自它的班图语之根的意义范围。我们也许可以将这种永久的、或游离的表意当作文化传递和翻译过程的一种象征。在非洲文化遭遇新大陆-欧洲文化,并产生一种新颖的综合体之时,这一象征重现的频率之高令人惊讶。

这首诗的最后一节直接证明了埃苏、猴子以及阐释者之间的关系,我所试图建立的就是这种关系:

> 吉古-猴子,
> 猴子-吉古,
> 恩加恩加-吉古,
> 吉古-恩加恩加;

这些以对等概念的形式表现出来:"吉古-猴子/猴子-吉古"呼应了古巴新词莫顿,它源于约鲁巴语,意思是"我-猴子"及"我现在/曾经是猴子"。"恩加恩加-吉古"在这儿暗示了猴子同阐释者形象的同一性。恩加恩加无疑是个传统的阐释者,一个埃苏式恶作剧精灵形象。

这一组融合的形象现在被表现得在语意和功能上是对等的,它们代表一个

从非洲来到古巴的形象:

> 你自远方而来,
> 在水上疾行
> 在梦中到达这些海岸
> 梦想被戴上了口套。

这是个奇妙的意象。诗句的最后两行构成了对初来乍到者的绝妙比喻:他出现在"中途"的西方终点。他存活了下来,梦想完好无损,但却是被"戴上了口套到达这些海岸"的。

然而有什么,或者说有谁,能够在如此创伤性的越洋旅行中完好无损?是什么对以鼓声为象征的原初语言充满激情的呼唤做出了应答?只能是黑色的恶作剧精灵:

> 一个顽皮的吉古出现
> 在鼓声呼唤之时;
> 鼓声雷动,据说
> 很多吉古共舞。

埃苏还是个很有造诣的舞者,是个运动着的面具,在阳具崇拜舞蹈仪式中,他象征繁衍、创造与交流。

吉古说到底究竟是谁呢?

> 吉古在那儿,在森林中,
> 是一只猴子,最后一只……
> 被淹……今天漂浮
> 在传奇的沉睡的水波中
> 传奇哺育了整个种族。

贩奴者掠走我们的人民之时,恶作剧精灵形象在非洲被淹,因此他能够"今天漂浮/在传奇的沉睡的水波上"。新大陆非洲人的形而上学起源就铭刻在这些传奇之中,它们的意义与永恒性"哺育了整个种族"。那么最终,吉古是谁呢?

> 猴子-吉古,
> 吉古-猴子,
> 恩加恩加-吉古,
> 吉古-恩加恩加!

吉古就是猴子,而猴子又是埃苏,这两对均为阐释方面的饱学之士。三个恶作剧精灵形象同属一个阐释学序列。

尽管我们缺乏考古学与历史的证据，无法解释在古巴神话体系中猴子重要的在场，但是在文本证据方面，我们常常会碰到埃苏同他的伙伴在一起，甚至埃苏的视觉形象也是如此表现的。艾伯托·德尔波佐写道："埃殊·埃拉瓜时常有猴子……伴在身旁。"[25]《奥里基埃苏》提到了埃苏的基本特征，它们都被归于"修辞原则"的醒目标题之下，如果考察这些内容，我们就会发现：从其神秘朦胧的非裔美洲起源中，意指的猴子以埃苏的首要表亲的身份出现，如果不是以埃苏的美洲后裔身份出现的话。这就好像是埃苏的朋友意指的猴子离开了他在哈瓦那时在埃苏身旁的位置，游泳到了新奥尔良。意指的猴子依然是埃苏的踪迹，是一个断裂的伙伴关系中唯一的幸存者。二者都是一个体系中所发生的迁变的转义，这个体系对语言的本质及其阐释有自觉意识。

这些明显相互联系的恶作剧精灵形象及其神话对文学批评有什么重要性？如果我们回头简单考察一下艾发占卜，并给埃苏的作用更加充分的论证，这一点可能会更清楚。一个简便的方法是，我们可以把约鲁巴天神艾发看作占卜文本，占卜不仅用他的名字命名，而且他还给了占卜256个奥杜，以及组成这些奥杜的数以千计的诗篇。这个内容广泛、高度结构化的抒情诗集是256个密码图形的语言、文学或文本的对应物。这些密码图形能够由巴巴拉沃用16个神圣的棕榈干果来组成。这一大批诗篇是一个内容广泛的文本的独立诗节，我们可以简便地把它看作是艾发的文本。人类咨询这个文本，以试图解码他们的归宿或命运。祈求者所听到的以"奥杜签名"方式读给他的东西，既不是一个有关他命运的字面启示，也不是一组可付诸实践的命令，不能用来平息或补救人类命运的不确定性或不稳定性的诅咒。相反，祈求者听到巴巴拉沃读的是一系列抒情诗，它们极富隐喻性，模棱两可，也许可以归为密码或谜语，这些还必须被阅读或阐释，然而它们却没有一个确定的意义。在巴巴拉沃吟唱伊塞时，如果祈求者，也就是读者，觉得有一首跟自己的困境有某种联系，他就得通过将巴巴拉沃打断来创造意义。接着巴巴拉沃给他的主顾阐释诗歌，指定合适的牺牲祭祀。主顾通常都无法从诗歌的隐喻性语言中认清自己的境遇，虽然艾发已在恰当的奥杜中铭写了这个人的命运，并用棕榈干果形成的图案表示了出来。

艾发是代表确定意义的天神，但他的意义必须通过类比来传达。埃苏是不确定性的天神，控制着这个阐释过程；他之所以是阐释天神，那是因为他代表象征性语言的模糊性。尽管埃苏准许自己的朋友艾发掌管并命名传统文本，但在阐释行为中拥有统治权的是他，这恰恰是因为他代表象征语言的神圣性。对艾发而言，一个人寻求的意义是一清二楚的，只需要被解读。埃苏对种种象征进行解码。

这样说来,如果艾发是我们对文本自身的隐喻,那么埃苏就是解释的不确定性的隐喻,是每个文学文本开放性的隐喻。艾发代表闭合,而埃苏则掌管公开的过程,这是一个永无休止的过程,由多义性所控制。埃苏是针对文本的话语;他掌管的是阐释过程。这是他和朋友艾发在元初教育场景中所传达的信息。如果埃苏代表针对文本的话语,那么他的泛非洲亲戚意指的猴子就代表每个文学文本所包含的修辞策略。意指的猴子是非裔美国话语的一个重要转义,是转义的转义,他的意指性语言是他在非裔美国传统中的语言符号。

这些恶作剧精灵对理论的重要性,我们可以从三个相互联系的方面来总结。首先,他们以及将他们作为主人公的神话是某些黑人理论的焦点,这些理论关乎正式的语言使用。书写象征似乎是埃苏神话所独有的,而言说象征,也即修辞结构严密的口头话语象征,它是意指的猴子神话所特有的。在这里,土语传统命名了其正式的文学对应物的巨大对立,也即口头的和书写的叙述模式之间的张力,体现为在书写中对一个声音的寻找。作为传统中声音二元性的象征,埃苏与朋友猴子在对一个声音的追寻中现身,对声音的追寻在非常多的黑人文本中都有描述。他们之间的张力出现在双声话语中,而双声话语在此司空见惯。口头与书写之间的张力出现在吉恩·图默的《甘蔗》这样的文本中,在此类文本中,口头的与书写的声音是作为对位音的两个占主导地位的叙述声音。这是一种形式。在另一种形式中,这种张力以自由间接话语的形式出现,我称之为言说者文本(speakerly text)。在这种文本中,第三人称与第一人称、口头的与书写的声音在一个结构内部自由转换,就如同在佐拉·尼尔·赫斯顿的《他们眼望上苍》中一样。这些张力在埃苏神话及猴子神话中都被表现了出来。

其次,在埃苏神话及猴子神话中,传统定义了象征性的角色。论战传统似乎给字面意思赋予了效能。语用学认为事情只能如此;而土语传统则在最深层次上削弱了这种偏好,削弱了深层的修辞原则。传统起源神话给象征性及模糊性赋予了特权。在批评中经常找寻的确定意义跟神话中所包含的传统的根本价值背道而驰。在这种意义上,字面和象征被锁在了一种意指性关系之中,神话及象征被真实及字面所意指,正如土语传统意指了文学传统。同理,有反讽意味的是,书写象征和铭写象征被记录在口头文献之中。这是二元声音在场的另一个例子。双声话语观念与米哈伊尔·巴赫金的叙事理论有关联,但同时它又是非洲土产的。在本书的最后四章,我细读了几部非裔美国文本,而双声话语观念是我的细读方法的关键。非裔美国人的意指概念,在这里可简而化之地解释为形式修正,它在任何情况下都是双声的。

从埃苏神话和猴子神话中,我们能得出的第三个结论关乎阐释的不确定性。埃苏是个语言的原则,尤其关系到书写话语。正如罗伯特·佩尔顿所说,埃苏

"完全是隐喻,完全是模棱两可的神谕"。[26]有关他的最著名的神话被当作关于不确定性的故事阅读。这一神话被记录在有名的正典故事《两个朋友》中,这个故事下面我会讨论。因此在土语传统的解释中,不确定性被认为是阐释行为中一个无法避免的方面。在最宽泛的意义上,这三个结论总结了在约鲁巴话语中埃苏所扮演的自反功能。在本章的第二部分,我想具体说明约鲁巴土语是如何突出这些功能的,然后指出这个批评理论与后结构主义文学理论的一些普遍假设之间的关系。在这半章中我所关注的是,在继续讨论传统所包含的修辞形式之前,先来揭示一下传统的语法。

二

> 阿金费米亚,有很多名字的人
> ——《奥里基埃苏》[27]
> 我要写阿拉伯语并说穆斯林的祈祷词
> 我要写阿拉伯语并说穆斯林的祈祷词
> 节日来临时,我会拜祭我的神灵【埃苏】
> 我要写阿拉伯语并说穆斯林的祈祷词
> ——《奥里基埃苏》[28]

《奥里基埃苏》、奥杜、伊塞以及有埃苏出现的无数神话,它们组成了抒情意味浓厚的诗化语言,值得实践批评家注意。通过论证这些土语文学形式,我想强调语言的自反性,它被铭写于那些我们不妨认为是属于埃苏的文献之中。文献是这个恶作剧精灵天神作为阐释设计师、阿斯也即逻格斯的拥有者,或如赫斯科维茨所说,"玛乌的神界语言学家"的仓库。

在众多埃苏主旨中,约鲁巴的埃苏-埃拉巴拉神话和芳族人的拉巴神话中包含正式语言使用的本质及功能的最明确的观点。要指认并分析这些观点,这就是要在铭写于黑人土语传统中的语言元层面上,论述一个文学及其阐释的黑人理论。让我们再次进入神话的隐秘领地,以确定黑人传统关于自身的最根本的观点,这些观点被掩埋或编码为黑人传统的元初神话之中。这些神话是模棱两可、难以捉摸、非常有象征性也极其复杂的修辞结构,它们通过几个隐藏起来的碎片流散到各地,似乎是为了保护自己的密码不被(盗)用。

如我在本章的前面部分所述,这个恶作剧精灵形象与命运的关系被铭写在了他作为阐释自身的指导原则的身份之中,实际上是他在命运面前拥有优先权。芳族人的元初天神是个杰纳斯形象;它身体一边是女性,称为玛乌,而另一边为男性,称为黎萨。玛乌的眼睛形成了月亮;黎萨的眼睛形成了太阳。因此,黎萨掌管白天，玛乌掌管夜晚。玛乌-黎萨的七儿子是拉巴。拉巴是芳族人形而上学中的未知因素，是漫游的能指。他的六个兄妹统辖天宫的和人间的六个区域，而拉巴则管理所有区域。正如人间的牧师在创世神话中所总结的："因此，拉巴被选出来在人间及天宫里到处代表玛乌。"[29]

拉巴有微妙的统治模式，以及无处不在的、共时的表现。奇特的是，芳族人通过将语言学家的身份赋予拉巴而强化了这种模式和表现。芳族人间牧师的起源神话通过如下方式描述了拉巴的语言学功能：

> 拉巴被赋予了沟通天神王国之间，以及天神同人类之间的语言学家的身份。于是，除了玛乌-黎萨的"语言"的知识之外，他还被给予了其他天神在他们各自的王国所说的所有"语言"的知识。因此，玛乌-黎萨的任何一个孩子，不管是在地球上还是在其他地方，如果想要跟父母亲交流或他们之间相互交流，就必须通过拉巴来传递信息，因为他们不再能直接交流。因此拉巴无处不在；他甚至出现在伏杜他们自己的屋子前面，这是因为所有的生命体都必须先跟他交流，然后他们才能被天神理解。[30]

换句话说，那个芳族人所说的"发之书"，或"造物主的书写体系"，只能由拉巴来阅读，他是阐释的唯一代理人，因此也是唯一的中介：一边是人类，另一边是命运之书（发）。在发占卜的快速演替中，会出现多个阶段的中介与翻译，这样就只有拉巴能读懂这个文本。对祈求者的问讯，是用在占卜盘上由灰末标识出的密码图形来回答的。接下来，牧师将这个被编码的符号翻译成恰当的奥杜并吟颂几段，直到祈求者打断他。然后，祈求者努力在奥杜语言模棱两可的丛林中阅读自己的困境。R. E. 德尼特在《在黑人的脑海深处》一书中援引约鲁巴学者詹姆斯·约翰逊的话说，每个奥杜都是由"道路"或"路径"，或"路线"（阿斯及其派生叙事）所组成，它们引领祈求者穿越埃苏的象征表意迷宫。[31]

埃苏掌管着这个王国，这种阐释过程：掷骰子，从一种符号学体系到另一种符号学体系的一系列翻译，例如从密码图形到奥杜，到对奥杜的阅读，既有字面意义上的朗读，也有隐喻意义上的分析。正如彼得·莫顿-威廉斯所作的恰当的总结："神谕用一个谜语代替了困境；王宫里占卜师的义务是在提出谜语之后，再将其解开。国王需要的是信息，而不是谜语。"奥杜当然是神谕的谜语，是对艾发占卜盘中神圣的灰末上视觉符号的翻译。伯纳德·莫泡在其开创性作品《古奴隶海岸的占卜术》中，将这个过程描述为"对过去或未来的一个抽象的、间接的以及演绎性的阐释或揭示模式"。拉巴作为信使和交流之王的身份决定了他的阐释者身份，这些抽象的、间接的话语或谜语是他的领地，某种对应的意义必须从这里获得。因此，拉巴就是话语的或文本的原则本身；正如罗伯特·佩尔顿所总结的，拉巴"是个话语的创造者，因为他的每个行动，用 T. S. 艾略特的话讲,都是'对无声的偷袭'和对无形的攻击,并且同时赋予了黑暗和令人畏惧的东西以形体,给永远处在变成骷髅的危险境地的结构赋予了新的生命"。拉巴就是话语,我们将会看到,他是针对文本的话语。[32]

同埃苏一样,拉巴也是神界的阅读者,他对命运之书的阐释严格地决定了这本书的意义。阐释者掌管意义是因为他决定着我们对文本的理解,在这儿文本指的是发。芳族人将这个纷繁复杂的文本及其意义确定系统通过下面的方式来表达,这是由一个博科诺,也即发的牧师,告诉梅尔维尔·赫斯科维茨的:

> 我们博科诺给玛乌赋予了三种身份。我们把玛乌或发看成是人及其命运的创造者。我们把拉巴当成玛乌的儿子、玛乌的兄弟、玛乌的力量以及玛乌她自身……发是玛乌的书写,被拉巴用来创造人类。因此,我们说发是玛乌,玛乌也是发。[33]

我们回想一下,发是"玛乌的规则的一个化身",如赫斯科维茨所言,或"发是玛乌的书写",如芳族人他们自己所说。拉巴是阅读发文本的语言学家-信使,没有拉巴的参与,这个文本是没有被解读也无法被解读的。在被祈求之前,拉巴可以,实际上是必须,被用最华美的祭品来劝慰,因此,显然一个人的命运似乎并不是用不可更改的墨水写成的。事实上,拉巴对重要的命运文本的阅读在很大程度上会受到祭品质量和性质的影响。

换言之,文本并没有任何确定的意义;在一定意义上,它是由一方的真理和另一方的理解之间动态的、不确定的关系组成的。发作为玛乌的书写,我们可以简便地把它看成是文本的真理,而拉巴的角色是让理解成为可能,并对之产生影响。真理同理解之间的关系产生了我们的意义概念。在约鲁巴和芳族人的阐释学中,意义可能是多重和不确定的,这一点在十分模棱两可和有很强象征性的语言中得到了强调,而整个体系就是由这种语言所组成。拉巴掌管着芳族人的意义不确定性。如果像杰弗里·哈特曼所说,"不确定性是分割理解与真理的横竿",那么我们就终于可以确定拉巴管理的一个地方了,他就住在那儿。拉巴就居于这个界杆上;事实上,像不确定性一样,他就是这个界杆。因此,虽然芳族人说发是玛乌的书写,但我们可以说拉巴是书写阐释的不确定性。拉巴在十字路口传统的居住地对批评家而言,就是理解与真理之间的交叉点。那么有哪种闭合性能够居于这样的交叉点上呢?[34]

对埃苏而言,甚至连——或尤其——对同一个文本、同一个奥杜的阐释都是个不间断的工程:哈特曼说"阅读""是一种生活",在一种反讽意义上,可以说阅读本身可以被阅读。埃苏的生活是一种对运动变化着的文本的阅读。我现在所做的,当然就是通过埃苏这个象征而在阅读约鲁巴人和芳族人的阅读过程。[35]

然而,哪种文本是持续运动变化的文本?在《口述性与读写能力》一书中,沃尔特·J.翁热忱地、颇具说服力地论证说,英语的文本这个单词,"在绝对意义上,从词源学的角度来讲,更适合于口头言语,而不是'文学（literature）',后者从词源（literae）上讲,指的是字母表中的字母"。文本,至少从词源学上讲,是个妥帖的描述词。它的拉丁语词根 *textus* 是 *texere* 的过去分词, *texere* 的意思是"编织"。翁指出,文本一词的这层意义,甚至在口头文化中被用来将口语叙述描述为"编织或缝补——'富有激情地说'（rhapsodize,来自 rhapsoidein）。'富有激情地说'在希腊语中的基本意思是'缝织在一起'"。他总结道,当我们"文化人"使用文本这个词的时候,我们把它类比成了书写。书写文本是"固定、封闭、孤立的",从而凸显了"逻辑的书写基础"。[36]

艾发文本通过记忆保留下来,存留在巴巴拉沃和博科诺的记忆中。我在这儿分析的书写文本是一个口语叙述表演的认真的记录。尽管在有关艾发的文献中,有几个诗节的重复只字不差,这的确令人惊奇,然而在后来对艾发的咨询中,这些口头文本不会大概也不可能只字不改地重复。因此,艾发文本是动态的而非固定的,不是像一本书的文本一样是固定的。尽管牧师可说的伊塞的总数是固定的（超过150,000个）,任何祈求者都不可能在占卜中从头至尾地听完牧师吟唱所有这些伊塞。奥杜的伊塞在不同的日子不一定会有相同的解释。因为我在上面提到的原因,这些文本的阐释原则强调了它们的开放性,同时,有浓厚象征意味的语言也突出了文本的开放性:在这种语言中甚至包括一些过时的词汇,它们已被放逐到艾发的文献之中,甚至连巴巴拉沃都无法阐释或理解。当我们考虑到艾发文本的本质,或者考虑到对它们的阐释的本质——一个依靠近似性或类比而做出阐释的过程:在这种情况下,又怎么可能会有闭合性呢?一名祈求者甚至可能多次回到巴巴拉沃那里,要求巴巴拉沃对自己命运的本质做进一步解释,这一事实进一步强调了下面的观点:我们既定的闭合概念对艾发书写和埃苏阅读不适用。[37]

在上面谈到的关于书写和言说的起源神话中,约鲁巴人用书写隐喻（书写、阅读、签名）描述艾发文本的本质,这说明口语叙述体系试图用书写的修辞手法这种中介来联接自己与书写叙述之间的距离。这当然是一种有反讽意味的中介形式。埃苏是永远都在交配的系动词（perpetually copulating copula）,他强化了这种联系或中介的概念。正如佩尔顿所总结的,他是"每个句子的系动词,因此也是每个阈限的化身"。而文本证据提醒我们千万不能把这些仅仅看作是随意的隐喻。言说的象征与书写的象征之间在修辞、实际上是语义方面的张力被铭写在了艾发文本自身内部,这种张力不仅破坏了书写文化的闭合性与确定性观念,而且尤其重要的是定义了一种复杂的书写观念:一种既是口语的也是书面的书写观念。在本章的末尾,我们会回到这个重点上来。[38]

在他们的著作中,有几位学者在论述修辞学和阐释学时涉及到了埃苏,寻找这些涉及埃苏的地方是件非常有趣的事。梅尔维尔·J.赫斯科维茨在达荷美的芳族人中的做的田野调查中就有许多这方面的素材。赫斯科维茨的拉巴是发的核心形象。拉巴也许有点喜欢搞恶作剧,但是他依然是个关于正式语言使用的可爱的象征,在那些记录他极其旺盛的性欲的正典故事中尤其如此。一个发的起源神话讲述了埃苏的这一嗜好:

> 拉巴否认他同一位母亲和一位女儿有暧昧关系,但父母(玛乌-黎萨)命令他脱掉衣服。拉巴赤条条地站着,玛乌看到他的阳具直挺挺的,于是说道:"你对我撒了谎,正如你欺骗了妹妹【格芭度】一样。既然你做了这种事,我现在命令你的阳具永远挺着,你的欲望永世得不到满足。"为了表明他对这个惩罚不在乎,拉巴马上开始当着父母的面戏弄格芭度。在受到斥责时,拉巴轻描淡写地指出,他的生殖器得永远挺着,那是玛乌自己准许了他的这种行为。这就是为什么拉巴手舞足蹈,会去试图占有身边的任何女人的原因。[39]

"诸多神话",赫斯科维茨指出,都把拉巴"表现得性欲极其旺盛,因此有他在女人身边,大家都不放心"。埃苏与拉巴一样也有这个特征,在描述他强大的性能力的神话快结束时,埃苏常常被选作"此界和来世之间的媒介"。这儿出现的当然是系动词(交媾)和(性)交往之间的双关。拉巴超强的性欲是阈限的符号,也是穿越门槛也即话语宇宙之间的交流的符号。正如佩尔顿所总结的:"他是个有生命的系动词,他的阳具象征他的阈限身份。虽然他标识内部和外部之间,以及无序和有序之间真正的差异,但是它却也保障在它们之间的穿行。"这种系动词身份在另一个正典神话中也一目了然。[40]

我在前面讨论过"发的到来"的故事,赫斯科维茨所记录的同一个故事与我所讨论的故事在叙述上有差别。与其他很多故事一样,它强烈地突出了拉巴在发体系中的重要地位:

> 在世界被创造以后,从天上下来了两个人。第一个叫克达,第二个叫察达。据说那个时候没有巫术,没有崇拜的东西,整个非洲人非常少。现在这两人作为"先知"(numodato)下到了人间,他们将人集合到一起,告诉他们说他俩是玛乌派来的,带来个消息说每个人都需要有自己的发。人群问道:"你们说的这个发是什么东西?"这两个人告诉他们发是玛乌用来创造每个人的书写,这种书写被交给了拉巴,他是在这个工作中唯一帮助玛乌的人。他们还说玛乌她自己经常坐着,但拉巴永远在她面前,用这种书写方式给拉巴下的命令被称为发。因此,所有被创造的人都有他们自己的发,发在拉巴

的屋里。他们还说人是在被称为菲的地方创造出来的。他们说拉巴拥有每天所有的书写,并且他被派到玛乌那里给人带来每个人各自的发,因为一个人有必要知道玛乌用来创造他的书写,这样,在知道发后,他就会知道什么可以吃而什么不可以吃,什么可以做而什么不可以做。

说完这些后,他们还说每个人都有自己必须崇拜的天神,但是没有发,他们将永远无从知道自己的天神,因此地球上所有的居民都有必要崇拜拉巴,因为如果他们没有这样做,拉巴会拒绝向人透露作为他的命运的书写;如果他们不首先向拉巴献殷勤,他就不会给人他命中注定的好东西。他们继续说,每天玛乌都会将当天的书写给拉巴,这样告诉他谁将要死了,谁要出生了,这人会遇到什么危险,那人会遇到什么好事。在拉巴收到这个信息之后,如果他愿意,他有可能改变任何人命中注定的归宿。在克达和察达说完后,人们明白发对他们是必需的。

随着时日的推移,虽然他们记得发是天神的意志,但他们忘记了拉巴的重要性。这样后来另外三个人来到了地球上一个叫集西的地方,它靠近尼日利亚境内一条名叫安亚的河。第一个人名叫阿得亚卡,第二个叫厄库,第三个叫厄格纳布纳。他们来告诉人们不应该忘记玛乌说过崇拜拉巴是至关重要的……

为了传播他们的信息,天神的这三个特使挑选了一位名为阿劳恩第耶的人,教会他如何使用发……

阿劳恩第耶将发的信条传播到了各地,并将他所学的发的礼仪教给了德吉萨,德吉萨在阿波美安居下来,并将发和拉巴教给了所有的达荷美人。另外德吉萨教导人们,所有那些学会如何阅读这个玛乌书写的人将被称为**博科诺**,因为在天界拉巴被称为博科诺。[41]

每个天神说他或她自己的语言,只有拉巴可以阐释这些,因为拉巴"知晓所有的'语言'"。在上面所引的神话中,这样一个阐释者角色无疑是对拉巴的角色的永恒的提醒,对芳族人而言,这是一个微妙的角色。对他们来说,拉巴是这样一个原则:他代表流变性、不稳定性,以及甚至一个人被规定的命运的不确定性。关于这种角色,所有资料中还是赫斯科维茨的阐述最清楚:

通过这种方式【也就是说,通过阅读发的文本】,人们找到了他们的命运并崇拜它。一个人的命运是前定的。然而,……人有一个"应对之道"。这种让人得以摆脱其命运的力量可以在拉巴身上找到,在哲学意义上,这种力量是一个无法挑战命运的世界里偶然性的化身。[42]

拉巴有优先权,他的位置"先于"发,"这是因为……天神决定在一个人身上必须发生什么,而将天神的意愿传递给人的是拉巴"。甚至在其他天神被召唤之前,拉巴就经常必须先得到人类用祭祀品表达的敬拜之心和殷勤之意,这一事实象征了他的优先权和"先于"发的位置。如果命运可以被预测,那么它也可以被拉巴修改。这一特征强化了他作为阐释者的身份:拉巴被表现成通过理解而对意义的确定,这甚至对发而言也是一样的,"因为在发可说话之前,需要拉巴在他身旁",芳族人的一个神话这样说。[43]

埃苏有各种各样的形象,它们提供了无数对批评家在阐释中扮演的角色以及对阐释的本质的极为有趣的指涉。与阐释一样,埃苏也是永恒的。虽然我总是用阳性代词指称埃苏,虽然他的阳具功夫了得,但埃苏也是无性别的,或者说他有二元性别,约鲁巴及芳族人记录下来的神话就表明了这一点。[44]奥贡迪普记录了伊巴丹市阿格博尔奥鲁洛瑶的一群埃苏信徒,这群信徒全都是女性。她们的一个《奥里基》是这样说的:

> 我们的母亲,女巫,向你们致敬!
> 如果小孩尊崇他的长者
> 衣服会舒服地覆盖在他的背上
> 我们的母亲,女巫,我们尊敬你们。
> 尊崇也要献给你,埃苏
> 我们的母亲,女巫![45]

罗伯特·汤普森指出,埃苏被表现为男性雕像和女性雕像的合体,被他/她的信徒在跳舞时举在手中,或被表现为一个双性形象。当是女性形象时,她经常托着自己的乳房。埃苏的性欲无法餍足,但他/她的性别是不确定的。事实上,约鲁巴女学者奥贡迪普写道,埃苏

> 无疑并不局限于人类对性属和性别的区分:他同时既是男性也是女性。虽然他的男性特征在视觉上被表现得极有冲击力,但他同样引人注目的女性特征让他非常明显的性别特征模棱两可,充满矛盾,无性属差别。[46]

埃苏并非性别歧视话语中的又一个成员,正如女性-他者被铭写在玛乌-黎萨之中一样,它也被铭写在了埃苏之中。二者都是杰纳斯形象,像符号一样的一个双面形象,"是话语中对立面的一种协调,因此也是玛乌合适的'语言学家'"。[47]埃苏是第三原则,非男非女,非此非彼,而是既男既女,既此既彼,是个综合形态。对埃苏的这种存在状态,没有比 J. E. 和 D. M. 多斯桑托斯在《埃苏巴拉拉洛依》中描述得更明白的了:

> 作为结果和后嗣,他继承了所有祖先的特征。他展现出男性祖先埃贡

伊鲁梅尔的特性,也展现出女性祖先伊牙姆-米的特性。他把他们的形态融于一身,他对自己属于两类中的哪一类无所谓,而是在两者之间自由地穿行。[48]

每当我用阳性代词指称埃苏时,那时我也完全可以用阴性代词。这是个二元性别的话语结构,芳族人甚至还有个"两倍双重性(twofold doubleness)"的二元结构与之对应。保罗·默西埃如此描述这个奇特的体系:

> 在头上是国王,他是个合二为一的人。R. F. 伯顿是第一个指出这一点的:"达荷美国王的一个奇特之处就在于他是双重的:不仅仅是有两个名号,也不仅仅是二元的……而是合二为一的人。"……只有一位国王,但却有两个宫廷,两个非常相似的官员群体,两套敬拜王室先人的仪式……每一种衔位爵位,每一种管理职位,都被同时授予宫廷内的一个女人和宫廷外的一个男人。[49]

因此,甚至芳族人的政府结构在体制构成上也是一种对简单对立的批判,这种批判很好理解,它通过一个双重化过程而形成。拉巴是这个双重化过程的符号。

至少从形而上学和阐释学的角度来讲,芳族人和约鲁巴的话语是真正无性属差别的,从而给女权主义文学批评家提供了一个独一无二的机会,让他们去研究避开了内在于西方话语之中性别主义陷阱的一个文本场和话语宇宙。这并不是说非洲的男男女女不是性别主义者,而是说约鲁巴人的话语和阐释宇宙不是性别主义的。通过把双重双重化(doubling the double),芳族人和约鲁巴人避开了西方话语的性别主义窠臼;数字4及其倍数在约鲁巴的形而上学中是神圣的。埃苏的两面"揭开了一个隐藏的完整性",它们不是隔离的统一性,而是通过对立性表明,一方向另一方的运动是整体的组成部分。埃苏就是这种完整性的符号。佩尔顿对这种双重性的解释尤其令人信服:

> 它的意义不是根植于对立中的一致性,也不在于结构同反结构之间简单的转换,而是更在于这样一种认识:生命是一种全方位的完整性,它的诸多表象相互之间隐藏和揭示。这些表象同时在场,但这是一种过程的共时性,在这个过程中,一种表象不只代替了另一种表象,而是转化成了另一种表象。[50](强调为笔者所加)

因此,埃苏就是解开冲突的潜在可能性,这一角色同他作为阐释者的身份有深刻联系。埃苏象征和谐相处的双重化了的二元性,也象征和谐相处的未和解的种种对立:

> 拉洛依一个可好可坏的人
> 一个可高可矮的人
> 一个可矮可高的人。[51]

因此,他是悖论的完美典型:

> 行动敏捷之人!
> 灵巧好动之人!
> 他到处散播自己
> 而一旦散播开了,就无法再拼凑到一起。
> 他出生在去市场的路上
> 步行经过了花生田
> 他的头几乎不可见
> 要不是他身材高。
> 他有眼睛但还是鼻子
> 碰在了剃刀刀片上
> 他靠躺在一根短棍旁。[52]

正如奥贡迪普所总结的,埃苏是"流动性和易变性的化身"。他

> 配享有命运所享有的敬拜!
> 我母亲的丈夫!
> 一条金鞭的主人!
> 挽救人类的牺牲的享有者
> 如同散播谣言者般地不安分。[53]

博拉吉·伊多伍认为,对约鲁巴人而言,甚至连命运也是易变的。在未降生以前,每个约鲁巴男女都要跪在奥洛杜梅尔面前聆听自己在地球上的命运(ori)。接下来,未出生者就出生了。随着降生,一个人的命运也就被忘记了。因此,人们要向艾发来询问自己的命运。然而,这个命运并不是按照字面意思或确定的方式表达出来的,因此人类的意志就在埃苏这一形象中体现了出来,原因就在于,在一个通过掷骰子来揭示天启的体系中,偶然性必然存在。[54] 奥贡迪普对此有很到位的说明,

> 因此,艾发作为确定性原则,是对埃苏做的有序的偶然性的补充,埃苏是掷骰子确定性中的不确定性。因此埃苏和艾发是相互补充的力量,而不是相对或相反的力量。[55]

在这个意义上,埃苏就是辩证原则。J. E. 多斯桑托斯和 D. M. 多斯桑托斯总结

道:"埃苏通过艾发说话,他揭示了途径和方法,他能够把这些途径和方法向友善的因素开启,向破坏性的因素关闭。"[56]

新大陆有大量有关埃苏的文献。在所有的重要方面,他被表现得跟在芳族人和约鲁巴人的体系中一样。莉迪娅·卡布雷拉描述了古巴的埃苏形象,J. E. 多斯桑托斯和 D. M. 多斯桑托斯描述了尼日利亚、达荷美,以及巴西的埃苏巴拉拉洛依形象,他们都用一些细节证明:在新大陆埃苏的存在范围更广,每个天神每个人都有他或她自己的作为个性化原则的埃苏。卡布雷拉《山峰》一书的第三章题为《山之主人奥鲁瓦伊尤》,这精彩纷呈的一章里包含好几个埃苏神话,在这些神话中,埃苏是艾发及其阐释的创制者和主人。桑托斯夫妇引述一个《奥里基》的话说,"说话的是埃苏。"[57]对批评家而言,这个新大陆的埃苏象征意义的多重性。另外,作为道路和十字路口的主人,他也是"所有步伐(骤)"的主人,不管它们是一个人行走时的步伐,还是一个过程的步骤。最后,他是个修辞原则:"在掌权时",正如卡布雷拉所言:"他把纯粹的黑人的言语夸大其词,他就是个纯粹的黑人。"这个描述也把埃苏与意指的猴子联系了起来。[58]埃苏是解围之神(deus ex machina),同时也是在人与人之间提供帮助的天神(deus est mortali iuvare mortalem)。如果说有什么区别的话,那么在经历了"中途"之后,埃苏只是在黑人的宇宙演化论中比他在非洲时所具有的功能更多,存在范围更广了。比如罗杰·巴斯蒂德就指出,在巴西,埃苏的被奴役的黑人信徒将他表现成了被奴役者的解放者和奴役者的仇敌,他"把他们的压迫者杀死、用药毒死,或把他们逼疯"。因此,埃苏对被奴役的黑人有直接的重要性,同时也保留着他的传统功能。这种重要性在新旧大陆的黑人文献对埃苏形象的表现中得到了印证。[59]

埃苏拥有的最重要的功能之一是不稳定性或不确定性。约鲁巴神话体系将埃苏神话中的不确定性概念铭写在了人们熟知的《两个朋友》故事中。这也许是埃苏正典中最著名的神话。事实上,这是在"中途"中存活下来的正典叙事之一,在巴西和古巴的约鲁巴文化中,这个正典叙事就和在尼日利亚的约鲁巴文化中一样为人所熟知。奥贡迪普的总结很到位:"埃苏作为一个动态原则而存在的概念,以及他作为偶然性或不稳定性原则的表现,这两点在新旧大陆都得到了延续。"[60]

这一不确定性的埃苏神话有诸多变体,从尼日利亚到巴西和古巴都有记录。[61]奥贡迪普提供了一个完整的版本,它揭示了对文本的阅读,这是由巴巴拉沃在要结束时所吟唱的诗句体现出来的:

> 每个人都知道两个朋友的友谊被埃苏挫败的故事。他们彼此发誓要永久友好下去,但两人都没有考虑到埃苏。埃苏注意到了他们的行为,并打算对此做点什么。

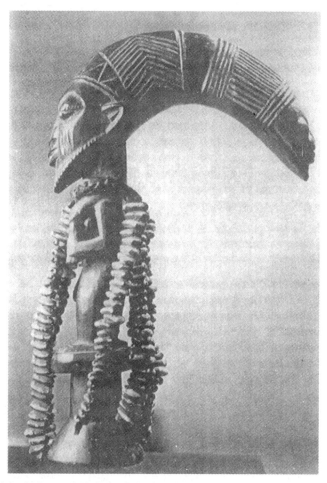

时机成熟了,埃苏决定对他们的友谊来个小小的考验。他做了一顶布帽子,右边是黑色,左边是白色。

两个朋友来到田里刨地。一个在右边用锄头刨地,另一个在左边清理灌木。埃苏骑着马从两人中间穿了过去。在右边的人看到了帽子黑色的一边,在左边的朋友注意到的是埃苏帽子的纯白色。

两个朋友歇工,在凉爽的树荫下吃午饭。其中一个说,"我们做工时你看到一个戴白帽子的人了吗?他还跟咱们打招呼来着。真是个好人,不是吗?"

"是的,他是个不错的人,但我记得的人戴的是黑帽子,而不是白帽子。"

"那是顶白帽子。那个人骑的马装饰得非常华丽。"

"这么说的话,就是同一个人了。但我要告诉你,他的帽子是深黑色的。"

"你一定是被灼热的日头晒得筋疲力尽或睁不开眼了,因此把一顶白帽子当成了黑帽子。"

"我告诉你那是顶黑帽子,我不会弄错的。我清清楚楚地记得他。"

两个朋友打了起来。邻居们跑来了,但他们打得很厉害,邻居们劝都劝不住。在混乱中,埃苏又回来了,看上去非常平静,装作好像不知道发生了什么事。

"这儿何以如此热闹?"他严厉地问道。

"两个好朋友在打架",有人答道。"他们好像彼此要宰了对方,两人都不愿停下来,或告诉我们纷争的原因。请你做点什么吧,太迟了他们就都毁了。"

埃苏马上止住了他们的混战。"你们两个有终生友情的朋友为什么要在众目睽睽之下这样丢人现眼呢?"

图9,10,11　埃苏-埃拉巴拉的杰纳斯-形象,拉尔夫与范妮·埃利森藏品,小切斯特·希金斯摄

"有个人骑着马穿过农场,并跟我们打招呼",第一个朋友说。"他戴着一顶黑帽子,但我的朋友说那是顶白帽子,并且说我一定是累昏了头,或瞎了眼,或是又累又瞎。"

第二个朋友坚持说那个人戴的是顶白帽子。他们两人中间一定有人搞错了,但不可能是他。

"你们都对",埃苏说。

"怎么可能呢?"

"我就是那个拜访过你们的人,你们因这次拜访而争论不休,这就是那顶引起争端的帽子。"埃苏将手伸进兜里,拿出那顶双色的帽子说:"你们看见了吧,一边是白色而另一边是黑色。你们每人都看到了一边,因此,对所看到的而言你们都是正确的。你们不是那对对友谊发过誓的朋友吗?你们发誓要做永生永世的朋友,忠于对方,保持诚实,那个时候你们想到过埃苏吗?你们不知道在一个人所做的所有事情中,埃苏都得被放在首要位置上,否则当事情变糟时,就只有自己好埋怨吗?"

因此有诗这样写道:

埃苏,不要毁灭我,
不要篡改我口中的话,
不要误导我双脚的运动,
你把昨天的词汇译成
新颖的言语,
不要毁灭我,
我给你祭祀品。[62]

这个最普遍的埃苏神话被几方面的假相掩盖了,好像它的被编码的不确定性遮住了那些甚至是最敏锐的评论家的双眼,让他们在对其寓言意义的字面解释中完全没有看到一种更深刻的意义。这个神话赋予了埃苏重要的功能,那就是阐释的不确定性功能。在对陌生人帽子的阅读中,两个朋友没有一个是正确的;而严格来讲,两个人又都没错。他们同时既是对的,也是错的。埃苏的帽子不是非白即黑的,它是又白又黑的。这儿所展现的荒唐在于:只认定一种由观察的有利位置和观察模式所确定的意义,这种坚持导致人与人之间常常很脆弱的联系最终崩塌。甚至连终极意义文本——也就是艾发文本——也是不确定的,尽管约鲁巴人借助了广泛的揭示仪式来阅读其意义。因为埃苏的缘故,意义的揭示成了无止境的过程;另一方面,意义的闭合只有在一个人死去之后才能存在。在人死去之后,他的命运(ori)才最终被重新获得或被召回,就正如活着的主体被前辈召回到了他们那里一样。

尽管埃苏是开放性的,有各种不同的表象和命名,但是我们可以这样来总结他在约鲁巴人、芳族人、卢库米人和纳戈人话语中的角色:他是正式语言使用及其阐释的象征。作为一个元语言原则,埃苏对比较黑人文学理论家的重要性不言而喻。他从非洲到新大陆的迁移,他在尼日利亚、贝宁、古巴、海地、巴西以及美国等地的约鲁巴衍生文化中一直同时存在,这些都使我们得以把这个引人注目的黑色形象当作一个转义,它象征整体的批评行为。战争和工匠之神奥贡是作家的缪斯,而埃苏则是批评家的缪斯。他对我们之所以可以发挥这样的功能,正是因为他既是神界的语言学家和阐释者,也是它的表现及阐释的支配性原则。

让我们回忆一下经典的奥杜,它为我们精确地总结了埃苏是什么人或什么东西,以及文学批评家何以得向埃苏这个神灵献上祭品。阐释者为了自己的事

业比其他任何人都更需要祈求神灵的帮助,这是因为他们面临下面的约鲁巴谚语中所铭写的困境:

> 我看到了外部表象,
> 我看不到子宫的内部。
> 如果内部就像一个葫芦,
> 那么人就可以把它打开【并】看到它所包含的一切。[63]

批评家的乐事是解开文本,即便他们解开文本不像人们打开一个葫芦那样容易;换个比喻来说,解开文本的征途上困难重重,这些困难极为迫切地要求批评家去向他们的奥里萨,也就是那个恶作剧精灵形象,祈求。

埃苏掌管着两片重要的领地,这一点编码于他的一个仪式化尊称之中:"埃苏:力量和途径之神。"理解了这些力量和途径的领地也就理解了埃苏对批评家的重要意义。埃苏被表现为意义的多重性与逻格斯,也被表现为我所说的奥格伯尼补充,所有这些都浓缩地呈现了他对批评家的重要性。[64]

在诸多约鲁巴创世神话中,其中一个创世神话把埃苏看成是元初的形式,第一种存在的形式。在埃苏拥有形式之前,只存在空气和水。空气(Olorun)运行着呼吸着变成了水(Orisanla)。空气和水互换,变成了液态的泥。多斯桑托斯夫妇描述了接下来所发生的事:

> 从这堆泥中,一块地方隆了起来,出现了小山包,这是第一种被赋予了形式的物质,一种红红的、泥泞的石块。奥洛鲁对这个形式感到惊讶,他在石块上呼吸,将自己的气吹入它的身体,给了它生命。这个形式是存在的第一种形式,这种红土石块就是埃苏,或更准确地说,是原型埃苏。它是埃苏阿格巴的祖先,会成为其所有后代的王。它是埃苏奥巴,或者也是埃苏扬吉,这是因为它和红土石块(被称为扬吉)有关。[65]

罗伯特·法里斯·汤普森指出,红土残片和雕刻泥塑是埃苏最古老也最重要的象征,汤普森的论述颇有权威性。[66]

这个原型埃苏,也即埃苏阿格巴,大量地自我繁殖,因此每位天神,每个人和其他所有存在物都有他、她或它特有的埃苏。这个个性化的埃苏让出生、发展和进一步繁殖成为可能。人进献祭品以确保这个生命周期顺利工作;供品是对"【个体的】生命原则——在真实意义或隐喻意义上——所吞食的所有食品"的补偿。约鲁巴人把埃苏与胎盘和精液相联系,通过这种方式,他们将埃苏概念表现成为独立的生命原则。[67]

生命原则的表现形式可能很多样化,因此约鲁巴人认为埃苏的数量是无穷的,或称之为奥里西里西埃苏,以强调其多重性。这就是为什么约鲁巴人说:

"埃苏是太一,无限地繁殖。"有象征意义的200及1200与埃苏有关,意味着多重性,也就是我在上面讨论过的双重化的双重性(doubled doubles)概念。[68]

这种多重性观念非同寻常:不单每一种神灵(奥里萨、埃博拉、伊鲁梅尔等)都有个埃苏,而且每个奥杜也有个埃苏。事实上,如一个名为《有自己的埃苏陪伴的奥里西和奥杜》的奥杜所说,"如果体内没有埃苏,任何人都无法存在,无法知道自己活着。"[69]

一个人如何知晓自己的埃苏呢?对奥里萨、埃博拉和伊鲁梅尔来说,这是一目了然的,他们"能看到自己同埃苏在一起,这样他们就能够根据埃苏的途径和义务把埃苏派到任何地方去满足他们的需要"。但人类无法看到自己的埃苏,同理,他们也回想不起就在自己出生前奥洛杜梅尔对他们的有关命运(ori)的低语。因此,人类必须咨询奥杜并给埃苏进献祭品,以便"埃苏能帮助到人,让这个人拥有良好的声誉,拥有发展的力量"。个人特有的埃苏是种强大的力量,可以被召唤出来,它"是给每个人的一种超自然魔力"。正如奥杜所论述的:"当有人说他一眨眼的功夫就能削平大山,或把森林变成大草原时,这是因为他的埃苏提供了这样的帮助。"换句话说,埃苏体现了意志的能动性,代表力量,而他终极的力量是纯粹的多元化和多重性(plurality and multiplicity),甚至连意志都是其派生物;一些神话论述了埃苏无限地自我繁殖的能力,这些神话象征性地表现了在艾发占卜过程中埃苏所代表的意义的多元化。埃苏是不确定性的象征,他从对多元化概念的统治中散播开来。[70]

如果说多元化构成了埃苏的一种力量,那么他的另一种力量就是他联接部分的力量。埃苏是部分的总和,也是把部分联系起来的那些东西。埃苏先于其他所有的神灵,他被最早召唤和进献祭品,因此,"他可以单独让一个行为运行起来,并把不同部分相联接"。埃苏的这方面特征怎么强调都不为过。对约鲁巴人而言,最根本的绝对性是同时存在三种存在阶段:过去、现在和未出生阶段。埃苏代表这些阶段,让它们的共时存在成为可能,"而没有任何矛盾",这正是因为作为信使和掌管交流的天神,他是话语原则。存在的三个平行阶段彼此交流(有共同话语),这种交流使矛盾概念毫无意义,这一点可以帮助新手、外行理解《奥里基埃苏》。大量的《奥里基埃苏》把埃苏说成是个矛盾体,他是父也是子,是长子也是老幺,不一而足。在一个二元体系中看似只能由对立之间的统一来解决的矛盾,被约鲁巴文化用一个概念巧妙而带有神秘意味地解决了;这是个奥格伯尼秘密社团的核心概念,"二变成三(two, it becomes three)"。[71]

奥格伯尼或奥苏格博秘密社团由社会上年长的男女组成,他们代表智慧。因此,奥苏格博是约鲁巴人传统政府中的司法部门。这是个拥有崇高威望的秘密社团,其引人注目的象征被称为埃丹,是一对青铜雕像,一男一女,用一根链条连接起来。彼得·莫顿-威廉斯写道,奥苏格博用下面这个神秘的断言来表示他们的最根本的形而上学概念:"两个奥格伯尼,它变成了三个。"莫顿-威廉斯提出:"第三个元素似乎是神秘性,是共有的秘密自身。埃丹形象中男性和女性的结合象征这一点,即把两个放在一起,以创造第三个。"埃丹被呈现给社团中的每一个成员,它代表对二元对立和矛盾的超越。[72]

埃苏与数字 2 和 3 之间的关系在一定程度上可以帮助阐明沃·索因卡所说的"奥苏格博之屋"的神秘性。正如我们所看到的,像成对的埃丹形象一样,埃苏也常常被雕刻成男性和女性形象,用一个子安贝壳链条连接起来。我在本章的前面部分已经说过,他还经常被表现为有两个头。然而,埃苏的有象征意味的、最根本的数字是 3(不知为什么,这个数字在埃苏祭拜活动中与黑色相联系,前面有白红两色,"黑色是第三种布的颜色,黑布被他的一些象征物披在身上")。3 代表综合,正如埃苏自己之能出生,是"两个首要元素,空气和水、奥鲁米拉和尤比里鲁、奥苏和阿格巴-奥杜的阿斯、精液和胎盘等"结合的结果。换句话说,埃苏代表数字 3 的综合,"是这个体系的被繁殖的元素,第三原则,伊格巴-凯图"。多斯桑托斯夫妇精到地总结说,正是埃苏解决或"构成"了奥格伯尼社团格言的神秘性,正如一个《奥里基埃苏》所说:

> 奥格伯尼之父
> 被所有人称为巴拉贾基拉
> 他在地球上生活三年
> 在阿金【另一世界深处】生活三年。[73]

换句话说,埃苏是个补充,正如他特有的奥杜(奥杜奥斯图瓦)是第 17 个,"是 16 个基本的奥杜艾发的第 17 个成员,没有他,整个艾发系统都将瘫痪"。正是在这个奥杜中,埃苏作为祭品享有者、而且是第一享有者的身份得到了根本的说明。当然,对文学批评家而言,"两个奥格伯尼,它变成了三个"的概念阐述了作者、文本与批评家之间互动的有趣过程。这第三个原则显然就是批评本身。[74]

我们也许可以通过过程概念去轻松地掌握埃苏对批评的重要性,埃苏是过程的动力因,是系统的一种辩证性元素。对埃苏的信使身份,我们不能认为他就是个邮差,而应像多斯桑托斯夫妇所总结的那样,要看到"是他把系统中的一切种种不同的部分联接了起来。……他是系统的阐释者和语言学家"。多斯桑托斯夫妇引述了下面这句《奥里基埃苏》:

> 埃苏被称作集合性嘴巴。

这个《奥里基》指的是这样一个神话:埃苏是伊鲁梅尔或神灵与奥洛鲁之间的中介,在埃苏变成神灵中介的那一天,400 个神灵把他们的一部分嘴巴交给了埃苏。

埃苏合并这些嘴巴碎片(mouth pieces),从而变成了所有神灵的代言人(mouth-piece)。他为所有神灵代言,他的嘴巴代表所有神灵的嘴。[75]

埃苏的阐释者身份对艾发占卜有关键作用。如果艾发体系的核心位置上没有开放性的、作为中介的阐释原则,那么它直接就会垮塌。埃苏言说着对艾发的阅读;他的集合性嘴巴(Enugbarajo)提供阐释。韦德·阿比姆博拉援引一个有关神谕的至关重要的格言写道,奥鲁米拉或艾发"借助埃苏的阿斯"而行动。埃苏通过艾发说话,因为正是埃苏的阿斯揭示或隐藏通往文本的潜在或可能意义的道路或途径。艾发是真理,但埃苏掌管对真理的理解,这种关系产生了个体的意义。埃苏在批评过程中扮演的角色是让这个过程成为可能:埃苏是阐释过程。这就是为什么一个《奥里基埃苏》说,"他昨天说了,它今天实现了"的原因。[76]

约鲁巴神话包含了阐释的本质,我一直都在考察埃苏文本,就是为了了解这些文本就阐释的本质给我们揭示了什么东西。我意在证明:有关阐释的本质的论断中所使用的语言修辞很奇特,埃苏文本中的种种象征以及象征之间的关系也很奇特,之所以这样说,这是因为在对语音中心体系的运作方式的解释中,使用的是书写中心的象征。我并不认为这是幼稚的矛盾,相反,我认为这个象征模式明确地体现了一种复杂的书写观念,这种观念解释了口头书写(vocal writing)和书面书写(graphic writing)。[77]

在长达数年的艰苦训练之后,巴巴拉沃所说的语言已经是一种书写:芳族人的玛乌书写和约鲁巴人的艾发书写。在没有埃苏的情况下,艾发占卜的口头形式可能暗示了言说的优先性,它暗含在场的直接性或超验性,而当埃苏被象征性地表现为不确定性的转义的时候,这种作法就强化了对言说的优先性中所暗含的在场的直接性或超验性的批判。埃苏就如同范围之神,奥杜被用象征色彩最浓厚的语言表现出来,这种语言中使用一些陈旧的、在世人眼里已经死亡且无法理解的词汇,再加上对埃苏的重要作用不厌其烦地强调,所有这一切都令人信服地表明:约鲁巴的艾发体系通过自己的修辞比喻宣告,巴巴拉沃所说的词汇是一种特殊形式的书写,对这些词汇的阐释是一种形式的阅读。艾发神谕的语言之所以属于文本或话语层面,这正是因为它与书写一样,都是经过中介的:艾发将自己的智慧写给了巴巴拉沃,再由巴巴拉沃把艾发的话吟诵给祈求者听。

艾发祈求者的阅读只能发生在一个差异和踪迹体系的内部,在这个体系中,艾发文本是个关于埃苏的文本,而埃苏在艾发阅读中永远都不在场;艾发文本也是个关于其他更大的文化文本的文本,艾发神谕不过是这些文化文本的一个符号而已。埃苏的不确定性只能通过阅读高度模糊的艾发语言来完成,这种阅读得参照一个包括约鲁巴体系中所有典型文本的意义与阐释体系。此外,这个占卜体系同时使用了言说与书写中传统的对立隐喻来象征其最内核的运行机制,这一事实证明了艾发占卜体系中一种发达的自觉意识：即使是其最神圣的言辞，也永远不能被当作直接相关的标志，并被用来理解命运或神界的有序事件，更不用说埃苏还有改变命运的力量。巴巴拉沃说话的时候所发生的事情被描述为一种书写，这一事实让甚至最幼稚的约鲁巴人也意识到，他或她对奥杜的阐释必须参照约鲁巴文化文本的其他表意成分来完成，这本身就是奥杜文本自身的象征性语言所特别强调的。在这个体系中，我们既不能给言说以特权，也不能给书写以特权，因为二者（说到底）都必须参照他者来表现自己，它们仅仅象征一个差异性体系内部的、两极表意结构的他者。艾发文本既不是口头的也不是书写的，因为口头和书写之间不可分，或者说是个无解的结。艾发修辞常常借助于缺席的埃苏形象，通过自己所包含的开放性表意过程而使埃苏在场，这仅仅使意义确定这一难题加倍的复杂了。这种对不可解性的双重化（doubling of irresolvability），对其他人所说的"一个双重的、无解的逻辑"的双重化，确保埃苏作为一个引人注目的天神永远都不会被忘记，这也正好解释了为什么如果要避免混乱的话，埃苏必须最早得到最丰厚的祭品。*

一方面，我力求确定艾发神谕的泛非洲话语中这个死结的位置，而同时，我也力求定义黑人阐释过程本身的不确定性概念，这正是由于巴巴拉沃的"说话"一定会被祈求者看作一个能指的链条（与书写一样），这一链条必须由埃苏所掌管的一个阐释过程来阐释，这个过程总是开放的和可重复的。不同的奥杜不是由玛乌或奥洛杜梅尔的真理或逻辑建构的，而是由铭写着它们的语言修辞所建构的，因此，奥杜是对所谓派生或次要的概念也即书写的模仿。另外，就像书写一样，这些奥杜必须由巴巴拉沃做字面解读，由祈求者做修辞解读。奥杜的修辞一点都不透明，陈旧的词语又强化了其晦涩性质，因此，在奥杜能指的形式前面，读者的视觉或听觉不得不犹疑起来。

这些高度修辞化的能指事实上只能产生能指链条，而不会轻易产生有关一个人命运的艾发文本。艾发文本通过铭写于奥杜诗篇中不断重复的差异性而代表一种境况，它是阅读奥杜时所参照的其他约鲁巴文化文本的对应物。因此，正如约鲁巴人自己所象征性地表达的那样，巴巴拉沃的言说在很多方面模仿了一

---

* 这种黑人表意系统中的这一修辞死结变成了非裔美国文学的一个传统主题。在标准英语中，黑色（blackness）是最重要的缺席符号，言说主体"对声音的寻找（finding of the voice）"是大量非裔美国话语的主题，变成了一个可供修正的核心转义；言说主体"对声音的寻找"也是那个转义修正的符号，从而代表了非裔美国文学史的内在过程。对这一修辞死结的寻找在黑人文学中得到了象征性表现，只要粗粗浏览一下 18 世纪非洲人用英语所写的第一批作品就能看到这一点。这些文本中重复的至关重要的转义是个矛盾修辞：说话书本。说话书本是黑人传统中不断出现的根本性转义。见第 4 章。——原注

个书写体系。这个死结的不可解性,再加上埃苏被编码成不确定性的天神,这些都证明,即使在对一个人命运的阐释中,闭合性观念对艾发而言也是陌生的。缺席的埃苏在仪式中代替了艾发的在场。因此,剩下的就只有一系列差异,读者(祈求者)不得不在差异性关系中思索以生成某种意义。常说埃苏居于十字路口,在这个意义上,他居于差异性的十字路口;埃苏掌管着理解,甚至巴巴拉沃的言说也是一种形式的书写:体系自身有编码,奥杜的修辞中在场性、直接性和透明性也都是缺席的,因此,不存在直接通往真理或意义的道路,也不存在与它们之间的直接接触。

在本章的前面部分我指出,约鲁巴人认为快要出生的人,通过产道快要离开未降生领域而进入生存领域的人,跪在奥洛杜梅尔面前聆听有关他或她的命运及存在真理的低语。然而,未出生的人在进入生存领域之时注定会将这个命运遗忘。那些曾被言说的话象征一个人的生命轨迹,要从被遗忘的失落世界中找回那些话,艾发占卜显然为此提供了机会。然而,埃苏的不确定性使人无法全部找回自己在人世间的前定意义。但是,意义的终极不确定性并没有把约鲁巴人导向绝望,而是引领他们回到艾发文本那里去,经常咨询它。他们纠缠于艾发文本的差异性游戏,不是要去发明一种意义,而是要从差异性中获取一种意义。他们祭祀埃苏和适当的神灵,然后回过头再一次地挖掘意义的生成过程。艾发神谕的确是个动态的阐释体系。正如佩尔顿在其敏锐精妙的研究文章《反语及神之喜悦》中所总结的,埃苏

> 是神圣的艾发语言的主人,这种语言包含所有的人类可能性。他破坏了正常的交流,把人从普通话语中领了出去。他说一种新词,将一种更深层的语法揭示给人,接着使他们恢复更准确地言说约鲁巴生活的谈话。
>
> 这时,约鲁巴语言得到扩展,被用来对本来不可理解从而无从消化的事件进行命名和教化。语言的扩展同时也是一种从无意义到意义,从死路到通途的转变;就正如芳族人看待拉巴一样,在约鲁巴人看来,这种时刻的埃苏是最典型的埃苏。[78]

我们可以这样来总结对埃苏的功能的思考:在艾发神谕体系中,埃苏是个被放逐或缺席的在场。艾发是区分性的,是个和语言本身非常相象的差异性体系,我们通过大量的细节看到,埃苏是这个体系的补充,是16个奥杜的第17个成员,没有他整个体系将会瘫痪,或干脆坍塌。作为补充,埃苏"进入了所有可理解的话语的中心,并定义其本质与状况",这正是后结构主义批评赋予书写的作用。[79]

书写的种种象征对艾发而言至关重要,它们表明了埃苏在这个体系中的位置。埃苏的滥交程度无以复加,作为嗜好交配的系词(copulating copula),他代表

"杂乱的交流(或书写)"。埃苏与艾发口头语言之间的关系类似于修辞同普通语言之间的关系。埃苏是艾发文本世界之中的任意性游戏或不确定性元素;埃苏无休止地置换意义,通过表意游戏将意义延滞。埃苏就是这个置换及延滞元素,同时也是其符号。他是"一个欺骗性影子",这正是恶作剧精灵的特点,"他介于意图与意义,言说与理解之间"。索绪尔对语言的评论也适合于埃苏:他是个"意义的差异性网络"。艾发的谜语是经过中介的(是谜语之上的谜语,第二层面的谜语,双重化的谜语),埃苏对艾发谜语提供的答案或阐释不仅没能解决艾发的象征性话语的"难题与困惑",而且他乐于将难题与困惑铭写于他神秘的回答之中。他是真正的黑人阐释学传统中元初的形象;他的对立面是同一的,就如同 R. P. 布莱克默对类比的描述一样。埃苏是类比,但同时也是其他种种象征,因为他是转义的转义,象征的象征。埃苏是元话语,是艾发言语行为的书写。[80]

巴巴拉沃的言语是用书写来修辞性地表现出来的,而非裔美国土语话语把它的原型恶作剧精灵用言说表现了出来。但是,意指的猴子高度结构化的修辞也和书写的要求一致,尤其是在这个意义上:双方都是能指链条,会被(错误)阐释。在意指的猴子神话中,铭写着象征语言的开放性,而不是它单一的闭合性。一个长头发大眼睛的矮子黑人男/女性从奥林特省的水域中浮现出来,他/她是埃苏及其伙伴意指的猴子形象的糅合。但是在从古巴到美国的旅程中,只有意指的猴子存活了下来。非裔美国人在种族主义偏见下被认为是猴子,这样的看法也许渗透进了这一形象在北美所获得的特征之中;艾发占卜中一个至关重要、生气勃勃的方面是,在言说与书写之间存在清晰明了的死结(explicit aporia),意指的猴子恶劣的生存条件把这种显性的死结赶到了地下,变成了隐性的死结。对这些我们不得而知。但我们的确知道:对非裔美国人而言,正如艾发一样,意指的猴子的故事中铭写着正式语言使用及其阐释的本质及功能。我们无法从历史的角度去证明埃苏与意指的猴子之间丰富的对应关系,但是,我认为它们之间有关系,是一种功能和修辞的对等以及互补性的关系。这些对应关系是批评家事业的修辞象征。意指的猴子是非裔美国言说主体的文本的象征,这个主体操控象征语言和字面语言,语言操纵既对批评的丛林造成了极大的破坏,也为它铭写了秩序。

> 救赎者,我请求你,
> 路边的人,把我们的贡品直接运到天官,
> 大师,奥尼德尔之子,
> 从伊德尔来,要建立一个城镇,
> 盗用贡品钱物者之子,
> 穿门而过紧追埃贡贡的小矮人。

43

年长的奥里萨，
已故罪犯的灵魂占有奥洛门
大师独自占有黑色勇士的入口
在城门处他变成了白色
用你的卷发做了篱笆。
命运的买家的蜗牛，
他屠戮乌龟当饭吃，
矮个的、身材小的人。[81]

内古，让内古走开！
圭耶，让圭耶走开！
有硕大肚脐的小矮人
居住在不平静的水上；
他们的短腿卷曲着；
长耳朵直竖。
啊，他们在吃我的孩子，
他一身纯黑色的肉，
他们在饮他的血
吸干了他的血管
使他眼中的光芒黯然，
他的大眼睛用珍珠做成！
逃吧，猴子精灵会杀了你们，
逃吧，在猴子精灵到来之前！
我的子孙，我的子孙的子孙，
但愿你们脖子上的链条会保你们平安……[82]

奥沃拉比，魔术大师
在酒馆能喝一整桶的凤梨酒
他从荒废的屋子往外瞥
长长的后头部像灌木丛中鸟禽的后头部，
他没有几句实话。
敏捷的翻跟斗者，
满嘴含水的点火者
后来，他们宣称哑巴是狡猾的，
阿金费玛，有多个名字的人！[83]

第2章 意指的猴子与意指行为语言：修辞性差异与意义层面

> 有些最擅长骂娘比赛的人是女孩……在能意指之前，你先得学会扯闲谈……意指给你提供了选择，你既可以让一个家伙感觉良好，也可以羞辱他。假如你已经灭掉了一个人，或者是他们已经不行了，意指可以帮助他们摆脱困窘。意指还是个表达自己的情感的方式……在哥们之间天南地北的侃大山中，你能听到最高明的意指。
>
> ——H. 兰普·布朗

> 那是在圣诞节，他们问我
> 我的黑肤色，它可以被擦掉吗？
> 我说，问你老妈。
>
> ——兰斯顿·休斯

一

如果说埃苏-埃拉巴拉是艾发阐释体系的核心形象，那么他的非裔美国亲戚——意指的猴子——就是非裔美国土语话语的修辞原则。在第1章，我所关注的是去论述一个土著的黑人阐释学原则，在这一章，我要着重定义一个精心构建的修辞体系，以及传统的非裔美国表意象征，然后论证一个奇特的形象是如何变成文学修正本身的转义的。因此，我的运动轨迹是由阐释学到了修辞及符号学，然后再一次地转回到阐释学上面去。

对黑人的意指行为(Signifyin(g))概念进行思考，有点儿像不经意间跌撞进了布满了镜子的大厅：符号本身好像至少被双重化了，更仔细地考察，会发现被(再)双重化了。然而并不是符号本身成倍地增加了。如果方向感战胜了迷乱困惑，我们很快就意识到仅仅是能指被双重化和(再)双重化了，这种情况下的能指是沉默的,是索绪尔所定义的能指——"声音-形象",然而是个没有声音的"声音-形象"。在布满镜子的大厅里会有视觉上的(再)双重化,思考这种视觉(再)双重化的本质时所经历的困境,与我们思考黑人语言符号"意指"(Signification)和标准英语符号"表意"(signification)之间的关系时遇到的困难相似。"意指"这个能指被用来表现一个和标准英语的能指"表意"非常不同的概念,这个事实就是这一概念层次上的困难的根源,它事实亦似乎是刻意为之的困难,因为标准英语单词 signification 和非裔美国土语单词 Signification 同音同形而意义不同。另外,这两个同音同形异义词之间关系非常密切,而同时又毫无关系,这些都更强化了在这两个"同一"的能指之间眼花缭乱的运动中我们所经历的头晕目眩的感觉。[1]

这两个同音同形异义词之间的关系异常复杂,这种复杂关系浓缩地展现了非裔美国文化与美国文化之间广为接受的经典的冲突。这种冲突既是政治的,也是形而上学的。我们不妨将这些能指之间奇特的反讽关系来这样看待:它是由符号学政治所决定的冲突。在这儿符号学指的是,对词语的表意变化所做的归类研究,尤其是对有关直接意义和命名、引申意义和模糊性的种种理论之间的关系的研究。黑人"意指"和英语"表意"之间是铭写于同一性关系中的差异性关系,这是种悖论。在我看来,这种悖论关系内在于隐喻性替代和双关语的本质之中。有些修辞转义建立在对发生了某种变化——这种变化体现为一个不同的音,或一个不同的字母(agnominatio),或是同音同形异义词双关语(antanaclasis)——的单词的重复之上,对这些修辞转义而言,悖论关系更是内在于它们的本质的。在听觉或视觉的双关语中,重复和差异(不管那个显而易见的差异是围绕着什么:是能指,还是所指,还是"声音-形象"或者概念)形成了模糊性的混乱状态,这些转义在模糊性构成的混乱状态中如鱼得水。

当然,如果我们现在考察的两个符号没有用相同的能指的话,那么这种让人畏惧的、好玩的模糊性状况就会从手头的例子中消失。假如这两个符号是用两个不同的能指来表示的,那么我们也会很容易避免头晕目眩的感觉。然而我们却不能,恰恰是因为我所描述的同音同形异义词双关语所依赖的正是这两个能指的同一性,以及由它们所代表的不相关的概念(所指)所产生的差异性游戏。

我们在这儿荣幸地看到黑人美国语言圈和白人美国语言圈这两个平行的话语世界之间(政治的、语义的)冲突。我们在这儿看到的是最细微同时也许也最深层的踪迹,它标志着两个独立的、不同的、然而也是深深地——甚至无法解开地——联系在一起的意义层次,这些意义等级之间的冲突依赖由能指所体现的同一性关系,正如它同样依赖由所指层面所体现出来的差异性关系。我们在此也为长期以来关于符号本质的争论提供了佐证,具体体现在:黑人土语话语将自己对符号的批判作为差异性呈现了出来,这种差异性是黑色在更大的政治文化及其历史无意识之中所创造的。

"意指"和"表意"制造了一种沉默中喧闹的混乱,这种混乱发生在能指层面上。德里达的新词"延异"与"差异"之间的关系极为典型地体现了一种带有差异的重复:重复了一个词,但同时又改变了一个字母和一个音。通过这种巧妙的方式,德里达的术语抵制了认为两个词具有意义同一性的还原行为。法语动词"区分"和"延宕"之间被用奇特的方式悬置起来的关系,一方面阐述了德里达对索绪尔的观念的修正:索绪尔认为语言是一种差异性关系,而同时也是德里达修正的具体体现,这种修正"其本身的意义不稳定,是修正过程一个生动的例子。"[2]

我努力想采取一个与德里达类似的姿态,在这个过程中我遇到了很大的麻烦。我决定以这种方式来表现这两个能指之间的差异:把黑人能指写成大写("Signification"),而把白人能指写成小写("signification")。基于相似的考虑,我选择将黑人术语的 g 括起来"Signifyin(g)",而将白人术语写成"signifying"。这个括起来的 g 使我得以标识这个事实,也即黑人在说这个单词时常常没有最后的"g",而是发成了"signifyin"。这种既随意又特别的做法同时使我想到,且不管历史上是哪个非裔美国族群创造了这种用法,它都是在土语中被说出来的,都是作为标准英语书面用法中那个"影子般"术语的对照物而出现的。被括起来或在听觉上被擦抹掉的 g,如同总体的黑人英语及方言诗歌的话语一样,是个非常成熟与令人兴奋的(再)命名仪式中黑人差异性的踪迹,这一点在此体现得非常明显。把黑人土语中被擦抹掉的 g 在视觉上体现出来,这就像德里达的新词一样,既可以避免混淆这两组有区别的同音同形异义词,也可以避免将它们错误地还原成同一。另外,这种视觉表现还是一个(黑人)意指性差异本身的符号。缺席的 g 是意指性黑人差异的一个象征。

让我来解释一下这种(再)命名仪式的复杂性。它显然发生在美国内战之前,是匿名的,也没有记录。某个黑人天才或社区中的机灵敏感的言说者将能指"表意"("signification")的既定概念先行腾空,然后在这个被腾空的能指中注入了他们自己的概念。这样,通过替换掉(白人)习俗中与这个特定能指相联系的既定的标准英语概念,他们(不)自觉地瓦解了符号 = 所指/能指这个等式的本质。我之所以在自觉地前面加了否定,这正是因为对于起源我们往往只能去猜测。然而,考虑到在标准英语中与它相联系的概念,我倾向于认为或者说宁可相信,针对这一术语的这种游击行为是有意为之的。

在标准英语中,"表意"指的是一个术语传达的或想要传达的意义。它是标准英语语义秩序中的一个根本术语。至少自索绪尔以降,表意、能指、所指这三个术语在我们对普通语言学的思考中就一直是根本性的,而近来,它们在具体的批评中也是根本性的。对学术-批评界的这些新词,在黑人土语传统中可以找到它们也许有两个世纪的历史的同音同形异义词。通过替换与既定术语相联系的概念,黑人土语传统创造了一个最深刻的同音同形异义的双关语,从而标识了自己与其他英语族群的差异性的意识。他们复杂的语言行为意指了正式的语言使用及其习俗,这些习俗是由中产阶级白人正式确立起来的。

这种政治进攻可以针对所有类型的标准英语术语,事实也的确如此。在这儿,我想到了低下(*down*)、黑鬼(*nigger*)、宝贝(*baby*)及酷(*cool*)等术语,它们往往被势利地当作"方言"词或"俚语"。这种被修正的词还有几十个,但是对表意这个术语的修正意味着选择了这样一个术语:它体现了意义生成过程及其表现的本质,没有其他几个选择会如此富于戏剧性,或如此意味深长。我们在此之所以看到一个能指层面深刻的断裂,那恰恰是因为两个明显对等的术语之间所存在的同一性关系。这一混乱当然发生在概念层面上,发生在所指上。语义层面上这个精彩的挑战怎么可能是偶然、无意识或盲目(或其他任何可以代替理性缺失的符码-词语)的呢?"表意"是在最明显的直接意义层面上通过所指/能指之间的关系而在字面上加以说明的,黑人修正了这个既定的符号(商数),这是对(白人)意义本身的本质所做的批判,也是通过对这个符号的字面意义上的批判而对意义的意义所提出的挑战。黑人被故意看成是被征服、被奴役的无足轻重的存在,在这样一个社会中,黑人过去/现在都用什么来表意呢?他们不用白人表意的 x 轴上的任何东西,而用黑色 y 轴上的一切东西。³

仅仅揭示出黑人殖民了一个白人符号的事实,这是不够的。在这个过程中有个元话语层面。如果能指因为它的直接意义和引申意义的转变而发生了断裂,那么我们就卷进了意义本身和语义域之中。黑人先是腾空了这个能指,接着不可思议地用一个所指来替代这个能指的概念,而这一所指代表他们自己的土语传统所特有的修辞策略体系。因此,在符号结构内部这个最直白的元对抗(meta-confrontation)中,修辞替换了符号学。从被指称之物本身出发,历史上的某个黑人言说者族群毋庸置疑地触到了问题的核心,从而证明即使(或尤其是)由能指所表示的概念本身也是武断的。历史上某个有非常强烈的自觉意识的、说英语的无名族群通过一个自觉的行为,在社会上的其他族群面前定义了他们自身的本体论状态,体现出一种深刻的差异性。此外,他们的这种自我定义行为暗含于(再)命名仪式之中,发生在英语语言给自己所铭写的表意过程内部。与索绪尔在其《教程》中所下的论断相反,"大众"事实上"在这件事上有自己的声音",并且替换了"由语言所选择的"符号。在下面我们还会回到索绪尔有关"符号的不可变性及易变性"的讨论上来。⁴

然而,在批判索绪尔关于表意的讨论之前,我先把黑人对符号的批判,以及他们用修辞对语义域所做的替换表现在表 1 上,这样有助于阐明一个本质上容易混淆的讨论。

表 1　符号、"表意"

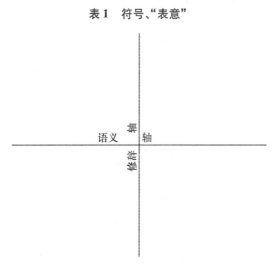

在标准英语用法中,表意可以用所指/能指来表示,所指代的东西是一个或多个概念,而在黑人的同音同形异义词"意指"中,这种符号学关系被一种修辞关系所替换,在后一种关系中,能指"意指"与一个代表黑人土语修辞结构的概念相联系,这个概念是意指行为,它是转义的转义。因此,如果在标准英语中

表意 ＝ 所指/能指 ＝ 概念/声音－形象

那么在黑人土语中

意指 ＝ 修辞象征/能指

换句话说,表意关系自身受到了一个黑人的(再)双重化行为的批判。所有囊括在意指术语下面的修辞象征都是和黑人术语意指行为相关的概念。换句话说,意指就是参与到某些修辞游戏中去,这一点我将在表 4 中给出定义并将其与标准的西方象征进行对比。

一个概念和一个能指之间有关系,认为可以把这种关系擦抹掉的看法是错误的。说到底,一个能指永远都无法摆脱其既定的意义或概念,不管这些概念随着时间的变化而发生了多么富有戏剧性的变化。实际上,同音同形异义词双关语所依仗的正是既定的意义以及由纵向替代所造成的既定意义的延滞。所有的同音同形异义词都建立在缺席的在场之上,这是与一个能指相关的既定概念的缺席的在场。

这对黑人的同音同形异义词意指行为这个白人术语影子般的修正又意味着什么呢？能指"意指"与白人的对应词有相同的拼写,在我看来,首先这证明:在大的白人话语世界里存在一个被否定的平行的话语（本体论的、政治的）世界,就像科幻小说中司空见惯的物质-反物质虚构一样。另外还有一点也是显而易见的:"意指"保留了与"表意"完全相同的能指,这一事实很有说服力地证明最尖锐的黑-白差异性是意义的差异性,是最直接的"表意"差异性。此处的双重游戏恰好发生在横轴纵轴上,发生在门槛上或埃苏的十字路口,在这些地方,黑人和白人语义场产生了碰撞。这两个话语世界之间的关系我们可以想象为如表2所示。因此平行的话语世界不是个妥帖的比喻;垂直的世界在视觉上也许是个更准确的描述。

表 2 黑人英语和标准英语

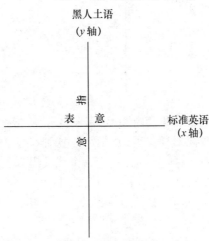

英语-语言用表意指称在横组合轴上横向共指的能指链。表意发生在横组合轴或横向轴上,也可以表现在这种水平轴上;意指行为发生在纵聚合轴或纵向轴上,也可以表现在这种垂直轴上。意指行为关注的是在纵轴上被悬置起来的东西,也就是索绪尔所说的"联想关系"的混乱状态。对这些联想关系,我们可以这样来表现:它们是针对一个词语的游戏性双关语,占据着语言的纵聚合轴,说话人就是用这种双关语来做象征性替换的。意指行为中的这些替换往往是诙谐的,或者是活灵活现地描述一个人或一种状况。表意的秩序性和连贯性依赖于将特定词语在特定时段生成的无意识联想排除在外,而意指则乐于把这些联想的修辞和语义关系的随意性游戏包含进来。雅克·拉康把这些被垂直地悬置起来的联想称为"相关语境的一个总体表述",他指的是一个能指从其他语境中所带来的所有联想意义。"为了让这个能指与一个所指排列起来,以生成一个

具体的意义",这些联想意义必须被删除、忽略或接受检查。⁵为了保持意义的连贯性和直线性而被排除在外的所有东西,在意指行为过程中都呈现了出来。安东尼·伊斯特霍普在《作为话语的诗歌》中这样写道,

> 为了让意义得以生成而阻止在外的、所有的这些缺席及从属,构成了拉康所定义的他者。横向组合链上意义的在场必然依赖于在横向组合链中他者的缺席,以及其他语言的缺席。⁶

在拉康的意义上,意指行为就是话语的他者;但意指行为也构成了黑人他者的话语,将这种话语作为自己的修辞。反讽的是,这不是从白人的标准英语那里获得解放的一个宣言,恰恰相反,通过相互依赖的表意与意指两个术语之间令人头晕目眩的关系,黑人与白人之间,横向组合轴与纵向聚合轴之间,黑人土语话语与标准英语话语之间的共生关系在此得到了强调和展现。因此,我们可以这样来思考美国话语:它是我们在表意和意指这两个术语之间的转换中所遭遇的纷繁复杂的状态,它既是对立也是反讽的同一性。

体现在意指和表意关系中的语义挪用过程被米哈伊尔·巴赫金恰当地描述为双声词。在这一语境中,也就是说为了黑人的目的而被去殖民化的词汇或言语,这是"通过在一个已经拥有并保留着自己的语义向度的词语中插入一个新的语义向度"而实现的。尽管在本章的后面部分我会对双声词及双声话语做更详尽的探讨,但加里·索尔·莫森对巴赫金概念的论述还是有助于阐明巴赫金暗含的意思:

> 因此双声词的听众所听到的,既有代表该词言说者的观点("语义姿态")的言语原本,也有第二个言说者从不同角度对那个言说所做的评价。我认为我们对双声词不妨这样来描述:它像是一种特殊的复写本,最上面一层写的是对它的下面一层的评论,这一点读者(或观/听众)只能通过阅读评论才能知道,但评论在评价的过程中变得模糊了起来。⁷

黑人土语通过有意转义而造成了表意的语义向度的断裂,这种断裂建立在黑人术语和白人术语之间的同音同形异义词关系之上。换句话说,符号被证明是易变的。

因此,巴赫金的观点隐性地批判了索绪尔的观点。索绪尔认为

> 就使用某个能指的语言族群来说,这个能指……是固定的、不自由的。大众在这个问题上没有发言权,由语言所选择的能指不能由任何其他的能指来代替……族群本身甚至连一个单词都控制不了;它被束缚在现存的语言之中。⁸

当然索绪尔又继续解释了"所指和能指之间关系的(多次)转变",这些转变说到底直接源于"符号的武断性质"。而同时索绪尔又否定他所说的"武断替代":"一种特定的语言-状态往往是历史力量的产物,这些力量解释了符号为什么是不可变更的,也就是说,它为什么抵制任何武断替代。"我们所分析的这两个术语之间的双声关系很有说服力地证明:"大众",尤其在多民族社会中,会随意运用"武断替代"。用一种有目的的行为替换一个能指的所指,从而瓦解了这个能指。意指行为是黑人的双声性;因为它往往意味着形式修正及一种互文关系,也因为在艺术作品中埃苏被表现成双声的,我发现它是黑人文学批评的一个理想的隐喻,也是文本在和它们的前辈文本对话中所采用的方式的理想的隐喻。我们将会看到,带有明显差异性的重复对意指行为的本质而言是根本性的。[9]

二

意指的诗歌

有关意指的猴子,以及他独特的语言也即意指行为的文献或故事既丰富广泛,又充满论战色彩,涉及了关于意指行为和其他几个黑人转义之间关系的针锋相对的观点。我不想论述或纠缠于某言语行为是不是这个或那个黑人转义的例证的争论中去,这是个高度专业化的争论;相反,我想证明意指行为是黑人转义的转义,是黑人修辞象征的象征。我之所以想这样做,那是因为这体现了我对非裔美国言语族群的成员给意指行为所赋予的价值的理解。一段时期以来,我都是非裔美国言语族群的一个能指。某方面的语言学研究的作用是要去厘清语言场域中每一棵树的形状及功能,作为一个批评家,至少在本书中,我的作用是要去描述话语森林——或更恰当的说法是丛林——的概貌。[10]

意指的猴子故事的源头似乎在奴隶制之中。从20世纪早期开始以来,已经记录了几百个这样的故事。在黑人音乐中,贾斯·吉勒姆、巴锡伯爵、奥斯卡·彼得森、三巨头组合、小奥斯卡·布朗、利特尔·威利·迪克森、女阴与性奴组合、奥蒂斯·雷丁、威尔逊·皮克特、斯莫基·乔·惠特菲尔德,以及约翰尼·奥蒂斯,还有其他一些人,他们都录制过要么关于意指的猴子的歌曲,要么干脆是关于意指行为的歌曲。意指行为理论就是通过阐述这些黑人文化形式而提出来的。爵士乐演奏与黑人语言游戏中出现的意指行为是形式修正的一种模式,其效果依赖于转义行为,常常体现为混搭。另外更重要的是,它依靠对形式结构的重复以及结构中表现出来的差异性。学习如何去意指常常是我们青少年教育的一部分。

在黑人土语故事中的诸多五彩缤纷的形象中,也许只有柏油娃与意指的猴子这个矛盾修辞一样神秘莫测,引人注目。[11]意指的猴子反讽性地倒转了把黑人描述成猿猴的广为人知的种族主义观点。他居于话语的边缘,永远都在用双关语,永远都在转义,永远都代表着语言的模糊性。他是我们的重复与修正的转义,实际上是我们的交错配列法的转义,在巧妙的话语行为中,他同时在重复和倒转。如果维科与伯克,或尼采、德曼以及布鲁姆所确认的四个或六个"主要转义(master tropes)"没有问题,那么我们可以将这些看作是"主人的转义(master's tropes)",而将意指行为看作是奴隶的转义(slave's tropes),它是转义的转义,就正如布鲁姆对代喻(metalepsis)的描述一样,它"是倒转转义的转义,是象征的象征"。意指行为这个转义下面包括其他几项修辞转义,具体有隐喻、转喻、提喻及反讽(主要转义),另外还有夸张、曲言法、以及再转喻(布鲁姆对伯克所做的补充)。在这个清单上我们还可以加进来无解之结(aporia)、交错配列以及词语误用(catechresis)等等。意指行为仪式中使用了所有这些修辞形式。

显然,在黑人话语中,意指行为表示的是象征本身的种种模式。当一个人意指时,就如金伯利·W. 本斯顿用双关语所说的那样,他"针对一个笨蛋做了转义(tropes-a-dope)"。事实上,黑人传统自身有对意指行为更细的分类,不用费多大力气,我们就能够把它们与源自古典修辞及中世纪修辞的表意象征等同起来。布鲁姆在他的"误读之图(map of misprision)"中这样做了,我们也有足够的理由给意指行为的亚分类贴上"误读之闲扯(rap of misprision)"的标签。包含在意指行为下面的黑人修辞性转义包括嘲弄(marking)、高谈阔论(loud-talking)、奚落(testifying)、谩骂某人(calling out (of one's name))、骂娘(sounding)、扯淡(rapping)、骂娘比赛(playing the dozens)等等。[12]【见表4】

贝宁、尼日利亚、巴西及古巴、海地及新奥尔良等地的约鲁巴思想体系里种种埃苏形象都属于神界:就正如一个叙事中有人物一样,他们是神的神话中的天神。埃苏在非裔美国世俗话语中的功能对等物是意指的猴子,他似乎是非裔美国独有的形象,也许来源于一个古巴神话,在这个神话中埃查-埃勒瓜的旁边一般都有一只猴子。意指的猴子与他的泛非洲埃苏表亲不同,他不是作为叙事中的人物出现,而主要是叙述本身的工具。但与埃苏一样,意指的猴子也是黑人土语语言仪式内部一个口语书写(oral writing)的象征。意指行为就来源于神话叙事资料库。意指行为是非裔美国的修辞策略,它作为一种修辞实践,并不是要去传达信息,这有别于维特根斯坦对诗歌所做的评论。意指行为凭借的是能指的游戏及能指链,而不是某种假设的超验的所指。人类学家证明,意指的猴子常常被称作意指者(the Signifier),他给被意指者(the Signified)带来了巨大的破坏。一个人被能指意指。用克里斯蒂娃的话说,他事实上是"这样一个能指","是物体或情绪的表意之前的一个在场"。

艾伦·邓兹认为意指行为的源头可能"存在于非洲修辞"之中,这种观点并非不着边际。我的观点是:意指的猴子可能是他的泛非洲表亲埃苏-埃拉巴拉的嫡系后代。我之所以这样认为,并不是因为我找到了传承过程的考古学证据,而是因为作为修辞策略的与阐释的象征,他们在功能上是对等的这个事实。正如我在第1章所试图证明的,埃苏是一个口语体系内部有关书写的约鲁巴形象。与埃苏一样,意指的猴子存在于一个结构紧密的话语世界之中,或者说在这个话语世界中被表现了出来。这个话语世界完全建立在差异性游戏之上。让猴子精灵古怪的伎俩得以展现的诗歌是个表意体系,这些故事的诗篇与正常言语中假定的透明性之间形成了鲜明的对比,它们依赖于语言自身的随意性游戏,依赖于意义的置换,这恰恰是因为:这种诗将注意力吸引到了它的修辞结构和策略上面,从而把注意力引向了能指的力量上面。[13]

与言语显而易见的透明性截然不同,这种诗歌把人的注意力吸引到了这个事实上面:它自身是个扩展了的语言符号,是由黑人土语特有的诸多形式的能指组成的。这些诗篇并没有提供意义,其意义是延滞的,之所以如此那是因为目的与意义之间的关系,言语行为及其理解之间的关系,它们都被组成这些诗篇的修辞或表意象征歪曲了。这些被歪曲的关系在话语内部产生了一定的不确定性,必须通过认真考察话语的差异性游戏才能得到解释或解码。因为话语的修辞结构中存在模糊性,因此这种阐释永远都不是确定的。猴子的言语作为一系列能指而存在,这些能指通过它们的差异性关系而生成意义,同时,猴子的言语还通过押韵、重复以及在更大的文化语言游戏中所使用的修辞象征来将注意力引向了自身。意指行为是黑人土语中所有修辞游戏的典型代表,因此,作为有自觉意识的开放性修辞,它是一种书写。在这种书写中,修辞是对言语的书写,是对口语话语的书写。如果说埃苏是艾发书写的象征,那么意指的猴子就是非裔美国言语族群中一种黑人修辞的象征。他是黑人土语典型的言语修辞的化身,是黑人土语中自觉意识的原则,是元修辞本身。意指是黑人修辞的术语,它让明了的意义变得模糊。因为黑人挪用了英语-语言中表示意义关系的术语——表意,且这种挪用产生了双重化游戏,因此,意指的猴子及其意指行为语言代表了非同寻常的传统。

一段时期以来,学者对黑人话语中意指行为这个词的独特用法发表了评论。意指行为虽然和标准英语-语言单词表意有某些共同的内涵,但是它在黑人话语中还是有非常独特的定义。在本章后面部分我们会就这些定义进行思考,但在这儿不妨先简单地看一下罗杰·D.亚伯拉罕斯所给出的定义:

如果不是在源头上,那么在使用上,意指行为似乎是个黑人术语。它可以表示很多东西；在短小的意指的猴子故事中,意指无疑是指恶作剧精灵的这些能力：含沙射影地说,尖刻地抱怨,用甜言蜜语哄骗,用刺激性的语言嘲弄,以及说谎等。在其他情况下,它可以指对一个主题迂回地讨论,而永不落在点上的倾向。它可以指嘲笑一个人或一种境遇。另外它还可以指用手势或眼神说话,这包括所有复杂的表情和手势。因此,通过编故事而挑起邻里之间的斗殴是意指行为；在一个警察的背后滑稽地模仿他的举手投足而嘲弄他,这也是意指行为；自己想要一块蛋糕,而说"我哥哥需要一块蛋糕",这也是意指行为。[14]

亚伯拉罕斯继续写道,说到底,意指行为是一种"间接争论或说服的技巧","一种隐含义的语言","是通过间接的语言或姿态去影射、刺激、请求、吹嘘"。"'意指行为'这个名称",他总结道,"表明猴子是个恶作剧精灵,意指行为是恶作剧的语言,是达成哈姆雷特'通过间接达到直接'的一系列语词或姿态"。简而言之,猴子不仅仅是个亚伯拉罕斯所说的技巧的大师；他就是技巧,或者风格,或者文学语言的文学性；他是个了不起的意指者。在这种意义上,一个人不是在对什么东西表意,而是在通过某种方式来表意。[15]

意指的猴子的诗篇与约鲁巴奥杜的伊塞一样,都值得认真阐述；然而,不论这种长篇的实践性批评多么令人神往,它也不属于本书讨论的范围。这种诗作的诗章形式有诸多变化,这在亚伯拉罕斯的书的附录中所选的诗歌中很容易看出来。最普通的结构是 a-a-b-b 的双行押韵模式。即便是在同一首诗歌内部,这种模式也可能被改变,就如在下面所引的诗章中,押韵模式是 a-a-b-c-b 和 a-b-c-b（在后一个例子中紧跟一个总结性"道德训诫"的 a-b-a 模式）。押韵在这些诗歌幽默效果的生成中极其重要,它变成了叙述这些诗歌的街头诗人技艺的重要标志。这些诗歌的节奏对产生所期待的效果同样至关重要,这些诗歌是被吟诵出来的,吟诵的音乐性在一定程度上强化了诗歌的节奏感和幽默效果。

记录下来的猴子的故事一般是男性诗人的吟诵,环境通常有很强的男性品质,如酒吧间、桌球房及街道拐角。意指的猴子的故事在本质上是羞辱和毁谤仪式,因此,记录下来的故事有阳具中心的偏见。但是,我们在下面将会看到,意指行为本身可以也的确被女人同男人一样熟练、有效地使用着。*尽管只有为数不多的人才是意指的猴子故事出色的叙述者,但大量的非裔美国人都熟知意指行为模式,也都在使用它们。在这儿,意指行为指的是各种俏皮的语言游戏的总称,有些游戏旨在重组对象,而有些则旨在祛除一个对象的神秘性。这些诗歌同

---

* 格洛丽亚·霍尔是个著名的职业说书人,在她的保留曲目中有意指的猴子诗篇。——原注

我的观点主要有三方面的联系：它们是意指的修辞性行为的源头，是包含在意指行为转义之中的诸多黑人转义的例子，还有至关重要的一点，那就是它们是强调能指的价值的例证。这些诸多黑人转义中有一个转义关注重复与差异，它就是命名的转义，我把它当成了黑人互文性的一个隐喻，因此也当成了正式文学史的一个隐喻。然而，在讨论这种修正过程之前，我们不妨先来说明一下猴子故事的程式化结构，然后再来比较一下语言学家对意指行为的本质和功能所提出的几个不同定义。尽管其他学者把猴子的故事在美国社会中黑人与白人之间的二元对立的背景上做了阐释，但是，这样做就忽略了猴子、狮子与大象这三元力量的存在。把猴子的故事解读成黑人的政治压迫的简单寓言，这是忽略了大象笨拙的在场，而大象是被描述的行动中至关重要的第三项。强调这一点并不是说这些故事不是寓言性质的，或者说它们的内涵不是政治性的；相反，之所以这样做是想指出，把如此繁复的意义结构简化成两种关系（白人对黑人）之间的对立，这就意味着没有解释大象的力量。

意指的猴子的小故事有很多，其中绝大多数以下面这些程式化的诗行开篇，只是会稍加变化：

> 有人说，在丛林的深处
> 有一只意指的猴子居住
> 丛林中好些时日平安无事
> 一天猴子在树上蹦蹦跳跳地笑着说
> "我揣摩本人得捣乱捣乱。"[16]

故事的结尾同样多是程式化的，如下所示：

> "猴子"，狮子一边说，
> 一边打它光溜溜的膝，
> "你和你的意指的孩子
> 最好待在树上。"
> 这就是为什么今天
> 猴子是在高处
> 够不着的地方意指。[17]

在叙述诗篇中，意指的猴子永远都在向他的狮子朋友复述一些羞辱狮子的话，这据称是他俩共同的朋友大象说的。然而猴子的话是修辞性的。狮子暴跳如雷，要大象道歉，但遭到了拒绝并被暴揍了一顿。狮子这时意识到自己的错误是将猴子的话按字面意思理解了，他回来要揍猴子。这些诗篇中，总被重复且引人注目的元素是字面同修辞之间的关系,以及在混淆它们后所引起的可怕后果。狮子未能调节字面与修辞,它们是表意及意义的对立的两极,猴子的恶作剧就建立在狮子的混淆之上。此处有个关于阅读的深刻教训。尽管我们无法对意指的猴子的诗歌做全面的解读,但这种诗歌措辞中所编码的信息对黑人土语话语而言意味着什么,这一点我们是可以确认的。

  作为一种修辞策略,意指行为直接来源于意指的猴子的故事。必须弄清楚这些诗歌与相关的、却又是独立的形式语言使用模式之间的关系。猴子的故事中表现的行为依赖于猴子、狮子和大象这三个固定形象的行为,他们因三重关系而被捆绑在一起。猴子是个恶作剧精灵形象,与埃苏一样诡计多端,不说实话(tells lies)*,是个修辞天才,他执意要破除狮子自封为丛林之王的神话。从力量上讲,猴子显然不是狮子的对手,但大象是的。因此,猴子的任务就是去捉弄狮子,让它去找大象的不痛快。对动物王国的其他每个动物而言,大象是真正的丛林之王。猴子通过修辞伎俩,通过中介的伎俩来达到自己的目的。事实上,与所有的恶作剧精灵形象一样,猴子是两种力量之间的一个(反)中介项,他为了纷争而让双方对垒,然后再促成和解。

  猴子的中介——或更恰当地说是反中介——伎俩是个针对语言使用的游戏。通过复述据称是大象所说的一系列羞辱性语言,猴子成功地倒转了狮子的地位;这些污辱性语言涉及狮子最近的亲戚(他老婆,他"老妈",还有他"奶奶"!)。这些有关性交、性虐待及性强暴的含沙射影的说法构成了著名的、被广泛使用的意指行为模式。** 狮子意识到自己岌岌可危的、自封的地位受到了挑战,他暴跳如雷,一路狂奔着去找大象,想着也许可以补偿损失,保住颜面。大象自信而不跋扈,他先礼貌地指出狮子一定是弄错了,后来又结结实实地揍了狮子一顿。狮子显然被挫败了,被从自封的王位上赶了下来,他回来要揍猴子,从猴子那里他至少能够获得某种肉体的满足,从而在一定程度上重树自己作为坚不可摧的堡垒的形象:这是他渴求的形象。猴子因自己骗局的得逞而得意忘形,开始意指狮子,如下面的交锋所示:

> 狮子回来了,虽生犹死,
> 也就在这时,猴子又开始继续他意指的老伎俩。
> 他说:"丛林之王,你活脱脱是个婊子养的杂种,
> 看起来像是患有长达七年的疥疮。"
> 他说:"当你【在叙事中早些时候离开】离开我时

---

* 不说实话(lies)是个传统的非裔美国词汇,被用来指称修辞性话语、传说或故事。——原注
** 也被称为"骂娘比赛(the dozens)"。——原注

> 风驰电掣,颈铃震天,
> 你他妈看上去到了世界尽头。"
> 他说:"哎呀!操你妈,你不是好咆哮吗?
> 我要跳到地上,再好好敲打敲打你惊惶失措的屁股。"
> 又说:"我在树上飘来荡去",
> 又说:"我应该飘到你懦弱的头顶撒泡尿。"
> 又说:"每次我和老婆想要快活快活,
> 你就会从丛林中吆喝着来搅好事了。"¹⁸

这明显是意指行为,在这儿,羞辱性语言的炮火从仪式性修辞对骂的结构中喷射而出。

接下来发生的事也很有意思。猴子在这个当口志得意满,在言谈中得意忘形,结果滑落掉到了地上:

> 这时矮小的老猴子正上窜下跳,
> 他的脚一打滑,屁股重重地摔在了地上。

惊惶失措的猴子这下只有了挨揍的份,他急切地要和狮子修复关系。他开始求饶:

> 风驰电掣,迅雷不及掩耳,
> 狮子的四只脚已压在猴子身上。
> 猴子泪眼汪汪,抬起头来,
> 他说:"对不起,狮子哥哥",又说:"我道歉。"
> 狮子说:"让你的道歉吃屎去吧"又道:"我要让你的
> 意指行为熄火。"(第165页)

这下狮子揍了猴子(顺便提一下,却再一次地被修辞性语言所骗),不是因为他自己挨了一顿暴揍,而是因为他被揍了之后,接着又被猴子意指。另一个文本用下面的直接引语代替了上面刚刚引述的狮子的话:

> 【狮子说】,"我要打你的屁股不是因为大象
> 打了我的屁股,
> 我打你的屁股是因为你的意指行为。"(第168页)

猴子的意指伎俩是要可怜的狮子相信他的话一是一二是二,而事实上他的话自始至终都是修辞性的。虽然狮子智力迟钝,在话语中一直都在误读,但他也意识到自己之所以风采不再,不是因为大象粗暴的自我防卫,而是因为他从根本上误读了猴子的话的性质。狮子的醒悟在这首诗中体现出来了:

> 说:"猴子,我踢你的屁股不是因为你说谎,
> 我踢你毛茸茸的屁股是因为你的意指行为。"(第172页)[19]

J. L. 迪拉德、斯特林·A. 布朗,以及佐拉·尼尔·赫斯顿等人都充分证明,黑人术语说谎(*to lie*)表示说些不着边际的话,它构成了意指行为一个突出的形式。[20]但甚至连迟钝的狮子都意识到,对自己造成本质性威胁的是命名仪式,猴子通过这种仪式简洁明确地说出了他对方才发生的事情的基本观点,以及这些事情的涵义。狮子得保护自己免受命名仪式的侵害。他回到了猴子所在的树那里,至少在刚开始,他要给自己与大象的较量强加上他自己的阐释:

> 现在狮子抬起头,看着猴子,"你知道我并没有挨揍。"
> 他说:"你没有一句实话,操你妈,我的位置最近最佳。"
> 狮子用一只未受伤的眼睛往上瞧,说:"上帝啊,在我死之前
> 让那个皮包骨头的杂种从树上掉下来吧。"(第172页)

当然,猴子的确掉了下来,但(往往)又一次逃脱,改天又回到意指上去:

> 他说:"你不妨熄火吧,你说的没有用,
> 因为操你妈的没人能阻止我意指。"(第163页)

  对这些故事而言,猴子话语的侮辱性方面无疑是重要的,但语言学家往往没有意识到侮辱对意指行为的本质而言根本不是核心的;它不过是多种修辞策略模式中的一种,所有这些模式都共同使用转义。换句话说,他们是一叶障目,不见森林。意指行为包含所有的语言游戏,象征性替代,以及在拉康或索绪尔的纵聚合轴上所有被悬置的随意性联想,它们破坏了横向组合能指链条表面的、连贯的线形性质。意指行为与横向组合连贯的线形性质之间的关系,就正如弗洛伊德所提出的无意识与意识之间的关系。黑人土语的意指行为转义就存在于这个纵轴上。在这个垂直轴上,能指的物质性(用弗洛伊德关于无意识话语的概念来说,就是把语词作为物体使用)不再被遮蔽,而是显著地体现为支配性的话语模式。

  此处对弗洛伊德的引述并不是随意的。《玩笑与无意识的关系》及《梦的解析》渗透进了我对意指行为的阅读之中。同理,拉康对弗洛伊德和索绪尔的阅读,以及德里达对口头话语中"书写素"的强调,这些都影响了我对意指行为的阅读。玩笑往往利用词语的发音而不是意义,意指的猴子的诗篇及其意指性语言也是如此。把注意力从语义层面指向或改向修辞层面的作法明确地规定了表意和意指之间的关系。这种改向使我们得以将一个词语被压制的意义释放出来,将默默地待在话语纵聚合轴上的意义体现在横组合轴上。把注意力改向发

音的这种作法没有考虑它所带来的意义的不规则性,它明确地表现了我们所说的能指的物质性,也就是它的物性(thingness)。弗洛伊德早就解释说,这种作法并不幼稚,虽然幼儿对纵聚合替代乐此不疲。同理,意指行为的做法也绝不幼稚,尽管我们也许是在青少年时期学会以这种方式使用语言,尽管在语言学家的写作中有种奇怪的强迫症式作法:他们不断地说"意指行为"这个词是贬义性的。

如果弗洛伊德对玩笑机制的分析可以被直接套用在对意指行为的分析上,那么他对"梦境-机制"的分析也同样是对意指行为进行分析的对应物。弗洛伊德对梦的解析现在人们耳熟能详,甚至都没有必要再去做简单介绍。意指的猴子的诗篇可以被看作准梦境,或白日梦,在这些梦境叙事中,猴子、狮子与大象都通过直接引语表达了自己的情感。动物当然只会在梦境或神话话语中说话。正如弗洛伊德在《梦的解析》中所说,

> 这种象征并非为梦境所独有,它也是无意识思维的一个典型特征,尤其是人的无意识思维;它也出现在*民谣*中,出现在大众的神话、传奇、*语言学熟语*、公认的智慧以及当下的玩笑之中,甚至比在梦境中更普遍。[21](强调为笔者所加)

在这个意义上,意指的猴子的故事可以被看作形形色色的白日梦,黑人他者的白日梦(the Daydreams of the Black Other),对权力关系进行倒转的交错的白日梦。一首传统的意指行为诗篇将这种关系表达得一清二楚:

> 猴子躺在树上,他想出一个计划,
> 想着他要做一个白日梦。(第167页)

做白日梦就是做他者的梦。

因为这些故事源于奴隶制,所以我们就近就可以为寓言式结构的这三项找到类型学的对应物。但是这样做就必然是还原性的,就得把注意力从能指的物质性上转移到其假定的所指上去,因此,我不打算重复这种其他学者已长篇累牍地讨论过的东西,因为意指的猴子的诗篇的重要性在于它们将重心落在了能指本身的物质性上面,落在了它的随意性游戏上面。

在本章的前面部分我讲过,对意指的猴子故事的细读超出了本书的范围,因为本书旨在详细论述一个土著的黑人隐喻,它是有关非裔美国正式的文学话语中所存在的互文性的隐喻。但是在这儿我忍不住要说,像这个引人注目的恶作剧精灵一样,我也没说实话!尽管本书要求我将这一系列阅读后延到另一个文本中去,但还是有必要——哪怕是简略地——回到这些诗歌上去,以便解释一下我所说的它们对能指及其物质性的强调指的是什么。为此,我参考了刊印于

《语言的偶像:诗歌意义研究》(1970)中威廉·K.威姆萨特的名文《韵律及理性》,以及安东尼·伊斯特霍普同样犀利但不那么著名的文章《封建歌谣》,它刊印于伊斯特霍普的《作为话语的诗》(1983)中。

伊斯特霍普对英国民谣结构的分析与我对意指的猴子故事结构的分析契合无间。伊斯特霍普至关重要的出发点是来自艾伯特·B.洛德的《故事歌手》中的一段话,容我在这儿再引一遍:

> 语言的方法和口头诗歌的方法一样,二者都是在语法框架内替代。语言没有诗歌韵律的限制,它将主格形态的主语用另一个主语替代,而保留相同的动词;或者,它保留相同的名词,而用一个动词来替代另一个动词。[22]

伊斯特霍普解释道,洛德对"替代"的定义与索绪尔所说的纵聚合轴类似,而他的"语法框架"则对应于横组合轴。伊斯特霍普对"民谣所展示的话语"的最典型的特征做了总结,他的总结表明,此类话语的特征与猴子故事的特征完全相同:

> 【这个】横组合链条并不着眼于直线性发展中紧凑的闭合性与种种元素僵硬的从属关系;恰恰相反,它……往往是在二元与三元模式中通过并置、增加、以及平行等方式而发挥作用的。
>
> 横组合链条中的【断裂】意味着民谣的话语没有提供到达被述之事【énoncé,被叙述的事件,它和述说(enonciation)也即言语行为相对】的无障碍通道,从而也没有给作为被述之事主体的读者提供固定的位置。[23]

与民谣一样,猴子诗篇的"词汇及表达"也是"口语体、单音节及日常化的。"伊斯特霍普确认了在民谣的横组合链条中起作用的三个方面,就我们对猴子诗篇语言使用的讨论而言,这三个方面更加重要,它们是互文性、诗章单元及递增重复。[24]

互文性

只消对我在附录中所列的猴子诗篇粗略地扫一眼,就会清楚地发现每首诗都指向了同一类型的其他诗歌。这些诗篇中,口语叙述者的艺术并不在于他或她有能力悬想出对所描述的行为而言至关重要的新人物新事件;相反,它依靠的是男女口语叙述者所显示出的这种能力:他们能把结束词发音相近、彼此有发音近似性的两行诗句列在一起。这三个人物的身份和他们之间既定的关系是固定的,这些关键项的固定化使这种任务更具挑战性。同理,各种程式化的表达在这些诗歌中从始至终频繁出现,只是在不同诗篇中被(重新)放在了不同的地方。

一个例子可清楚地证明这一点,尤其当我们回想一下,从根本上说,互文性代表一种重复及修正过程。多个共同的结构元素被重复,在重复中带有差异,这暗示出猴子文本之间是相互熟悉的。例如,"四十四"这个数字符号出现在一篇又一篇的猴子诗歌中,它获得了一种程式化的重复性,因此是个猴子诗篇中重复的程式化表达,只是重复有多种不同方式。比如,下面这个例子中的诗句,

> 狮子的咆哮声震山川,他蹦跳着回来了,
> 尾巴直戳戳的就像是个四十四,
> 他裹夹着风声,穿过丛林,落荒而去,
> 把长颈鹿撞翻跪在地上。(第162页)

到了另一首诗中就变成了这样:

> 狮子知道他骂娘比赛差劲,
> 他还知道大象不是他的表亲,
> 于是他穿过丛林,咆哮震天,
> 猛地挺直他的尾巴,就像个四十四,
> 将长颈鹿撞翻跪在地上
> 把可可果从树上撞得掉了下来。(第164页)

而在又一首诗中变成了这样:

> 狮子暴怒,他跳起来修理大树,
> 将幼小的长颈鹿及猴子掀翻跪在地上。
> 他一路跳跃着,用爪子扒地,穿过了丛林
> 情况很糟糕,他挺直尾巴,就像个四十四。(第166页)

重要元素的既定结构似乎为诗艺提供了基础,因此叙述者的技巧,他或她的匠心得通过这种方式来度量:那就是将这些预想或预期的程式化表达及程式化事件创造性地安置(置换),并赋予出人意料的新形式。正因为一首诗中所传达的意思是共同的、重复的、是为诗人的受众所熟悉的,因此意义不再为人所看重,而同时能指却被赋予了效能。这种诗学艺术的价值在于它吸引人的表达方式,而不在于发明一个新奇的所指。我们将会看到,韵律技巧的本质同样强调了能指的物质性及优先性。但我首先要补充一点,那就是所有其他普通的结构元素在文本中从头至尾都被重复,只是带有差异性,所有这些文本合起来构成了猴子的文本。换句话说,这些诗篇没有固定文本;它们作为一种差异性游戏而存在。

诗章单元

每一首意指的猴子诗歌都至少有这两个突出的诗章结构特征:一个导入式

程式化框架和一个总结性程式化框架;另一个是一系列押韵两行诗,其中每一组通常都和相邻的诗行构成了一个二元的 a-a-b-b 押韵模式,但 a-a-b-b-c 或 a-a-b-c-c 模式时不时也会出现,尤其是当诗篇包括一个(视觉上)非常生动或(听觉上)令人惊异的能指组合的时候。下面的变体是这种结构的一个例子:

> 说是在丛林的深处,在可可果林子中
> 意指的猴子躺在他单扣子的摇床上。
> 他戴的帽子是体面的绅士帽子,
> 他的鞋子是最高等级的极品货。
> 从他蓬松的头发上
> 可以看得出他是一个操他妈的皮条客。(第162页)
>
> 他说:"好吧,狮子哥哥,这一天终于到来了,
> 我给你找了条腿,可以安在你的屁股上。"
> 他说:"你还是停下来为好,那样都是徒劳,
> 因为操你妈没人能让我停止意指。"(第163页)

我将在下面回到韵律技巧的本质及其重要性上来。

递增重复

在这些诗篇中,递增重复采取了押韵两行诗的重复性二元结构,这种押韵两行诗可以是独立的叙述单元,或者是与其他一两组诗行一起构成了叙述单元,另外,它也可以是包含在上面描述的二元框架内部,表示三级关系的大的叙述单元。这个框架解释了问题的性质:猴子对狮子的咆哮感到愤怒,因为它破坏了猴子夫妻生活的习惯;这个框架结束的地方是针对那个问题的某种解决办法。中间叙述单元的第三种关系依赖于冲突及交战的重复:猴子通过重复据称是大象所说的侮辱性语言来向狮子宣战;然后,暴跳如雷的狮子跑去挑战大象,结果输了;最后,狮子回到了犯罪现场,也就是猴子所在的树旁,向猴子宣战,又遭到猴子的羞辱。猴子从他的保护性屏障——树枝——上滑落到了地上,他通常再次通过意指性挑战来逃脱失败的命运,如下所述:

> 猴子说:"我知道你认为你在闹个天翻地覆,
> 但每个人都看到我滑落掉到了地上。
> 但如果你允许我把我的睾丸从这沙地上抬起来
> 我会像一个正常人一样同你干上一架。"

这种冲突-交战-和解的三级重复用直接引语表现了出来。狮子和大象的战斗与

狮子和猴子的战斗形成了对比。猴子的中介是种伎俩,而狮子又没能正确地阅读猴子言辞的修辞游戏,这二者打破了均衡状态。狮子的缺陷使猴子得以爬回到他的屏障——树枝——上去,继续意指。

然而,在这些诗歌中语言使用最重要的方面是其韵律性。威姆萨特分析了蒲柏的韵律,伊斯特霍普分析了封建民谣,在这儿,我们可以借用他们的分析来论述韵律在猴子故事中的重要性。

威姆萨特敏锐地指出,蒲柏的押韵词往往属于不同词类,而乔叟的押韵则依靠相同词类的重叠。

> 蒲柏的押韵以不同词类或相同词类的不同功能为其突出特征,在这两种情形中,差异性都因为他的往往成对应结构的押韵两行诗而得到了加强。[25]

伊斯特霍普认为"这种押韵强调了意义,使意义控制了声音,韵律从而被置于从属地位"。他继续说,下面这种押韵模式含蓄地强调了意义生成中语音的重要作用:"与从属相比,韵律的重叠强调了语音,从而承认所指依赖于能指。""重叠性韵律",另一方面,"凸显了能指"。[26]

虽然重叠和从属都出现在猴子故事中,但重叠往往出现频率更高,在用名词来结束一句诗行时更是如此。"语音近似性",正如伊斯特霍普所说,"在能指层面"将两个单词联接了起来。当相同词类的押韵重叠时,就像在乔叟的诗歌中一样,能指和所指之间形成了"一种平等关系",而不是从属关系,从而导致"意义与声音在同等程度上依赖于彼此"。在猴子诗篇中,相同词类的押韵占主导地位,可以说,这一事实通过炫耀"所指对能指的依赖"而凸显了能指的作用及其物质性。每个听过这些诗篇诵读的人都能充分理解这一点:那些既定的意义被认为理所当然,这些诗歌绝妙的效果依靠的是纯粹的能指游戏。[27]

这种凸显能指的做法对黑人土语话语意味着什么呢?我们一定得记住,意指的猴子的故事是黑人土语传统修辞原则的仓库,是黑人转义的密码辞典。首先,狮子误读了修辞性述说和字面性述说的差异,猴子借助于狮子的这种迟钝而"对这个笨蛋进行了转义"。其次,接下来对故事的描述依靠对能指之间相似性的强调。这些诗歌通过比较能指与所指而对能指的作用进行了炫耀,在两者的关系中赋予了它一个完全平等的地位,如果说它不是个优先的伙伴的话。当意义恒定时,对这个固定意义的(再)生产说到底必然凸显了能指的游戏。因此,意指行为就是意指王国中统治权的符号。丛林之王既不是狮子,也不是大象,因为他们两者都是被意指的对象,都是被意指者;相反,作为意指者的猴子是丛林之王。

如果说这些诗歌的押韵模式更多依赖于重叠而不是从属,那么猴子意指行为的过程就依赖于重复及差异,或者说重复及倒转。爵士乐中意指行为的例证是如此之多,以至于光凭借这一点就可以写一部其正式的发展史。一个早期的例子相对来说是大家耳熟能详的:杰利·罗尔·莫顿1938年名为《枫叶褴褛(一种转变)》的曲子就意指了斯科特·乔普林于1916年录制的代表性乐曲《枫叶褴褛》。乔普林表现了作品的诸多对比性主题及其 AABBACCDD 的重复形式,而莫顿则用马丁·威廉斯的话说,"用一个多姿多彩的序曲(从末段借用至 A段)后跟上 ABACCD(在这儿暗示着探戈)D(一种真正的新奥尔良'踢踏舞'变体)的结构,技术纯熟地为这个曲子增了光添了彩。"莫顿的钢琴演奏"右手"模仿"喇叭-单簧管","左手"模仿"长号-节奏"。* 他的乐曲没有"超越"或"破坏"乔普林的作品;它对原作中已有的象征做了复杂的拓展和转义。莫顿的意指是个仰慕和尊崇的姿态。在奥斯卡·彼得森的《意指(Signify)》及巴锡伯爵的《意指行为(Signifyin')》等黑人音乐传统的爵士乐作品中所铭写的正是这种意指行为。

在这些作品中,爵士乐独奏钢琴风格的正式的历史被愉快地重复,在这种重述中,一种钢琴弹奏风格跟随的是乐曲自身的、在时间意义上的前辈,因此强节奏快速摇滚乐钢琴风格、缓慢从容的钢琴风格,以及布鲁斯钢琴风格如此等等,这些都作为爵士乐独奏钢琴的历史而被表现在一首乐曲之中,它们是乐曲内部重复与修正过程的历史。对爵士乐这个概念本身而言至关重要的即兴演奏,当然也"不过是"重复及修正而已。在这种意义仍旧固定的修正中,表现力天赋突出地表现在对能指的再组合上。固定文本越普通(查理·帕克的《巴黎四月》,约翰·科尔特雷恩的《我的最爱之物》),意指性修正就越有戏剧性。对意指行为的黑人土语形式也即爵士乐而言,甚至对它的前辈,如布鲁斯、黑人的宗教圣歌、雷格泰姆而言,这个重复及差异性原则,这种互文性实践都是至关重要的,它们也是我采用的非裔美国正式的文学传统中黑人互文性转义的源头。在第3章的末尾我会回到这个观点上来。

---

* 马丁·威廉斯,《史密森经典爵士乐收藏》(哥伦比亚特区,华盛顿:史密森学会,1973),第16页。——原注

三

意指行为:定义

意指行为具有根本的黑人特性,也就是说,它是人们非常熟知的修辞实践,在写有关它的东西时,一个人会遇到惰性的强大阻力。一个概念在某个文化中如此为人所接受,以至于它早已变成了使用者的第二本性,而要说清楚它暗含的意义又困难重重,这种困难就是我在这儿所说的惰性。批评家必然会遇到拉尔夫·埃利森的"切豪站的小个子"。*

他是谁？埃利森曾是塔斯基吉一名音乐专业的学生,他给我们就他是音乐专业的学生时的经历讲述了一个非常好的故事。埃利森练习不够,他曾试图用一种花里胡哨的表演风格来补偿这种缺陷,却没能成功,他和一名教授黑兹尔·哈里森建立了持久的私人关系,他试图从哈里森那儿找寻些许安慰。然而,他的朋友及导师并没有满足他的期许,而是给他出了一条谜语。这段对话很切合我们所说的话题：

"好吧",她说,"你必须总是尽全力,即便仅仅是在切豪站的候车室里,因为在这个国家,总会有一个小个子藏在炉子后面。"

"一个什么？"

她点点头。"是的",她说,"不管你打算演奏什么东西,总会有一个你想不到的小个子在,并且他懂得音乐,还有传统,以及音乐鉴赏的水准！"[28]

这个出现在像切豪火车站这样偏远的地方的小个子当然是个恶作剧精灵形象,他在我们最意想不到的时刻出现在命运的十字路口。这个特别的小个子使人想起了埃苏,他也是个小个子,他在人世间的居住地是十字路口,正如下面一首约鲁巴诗歌的节选所示：

> 拉托帕,小个子埃苏
> 拉托帕,小个子埃苏
> 矮矬,小个子人
> 一点点大的小个子。
> 他用双手擤鼻涕！

---

* 休斯敦·A.贝克对埃利森的这篇文章的阅读启发了我在这里对它的另一种阅读。见贝克,《布鲁斯、意识形态与非裔美国文学：一个土语理论》,第12—14、64、66页。——原注

> 我们称他为大师
> 那些没有邀请解放者而祭祀的人
> 将会发现他的贡品没有人要
> 解放者,我请求你。
> 路边之人,把我们的贡品直接运至天庭
> 大师,以及伊德尔主人之子
> 从伊德尔而来要建立城镇,
> 富有活力的小个子之子
> 小个子为伪装之门除尘。
> 年长的精神神灵![29]

当批评家开始将一个来自黑人土语环境的、引人注目的概念转换成批评理论话语的时候,这个"小个子男人"或女人必然会出现。批评家在给作家和其他批评家写作,而同时——在这儿——也给居于十字路口的"小个子"男女写作。

黑人比较文学的批评家也居于某种十字路口,它是个两种语言相遇的话语的十字路口,不管这些语言是约鲁巴语及英语,还是西班牙语及法语,或甚至(也许尤其)是黑人土语及标准英语。像埃苏一样,这类批评家似乎居于这些十字路口的交界处。把一个概念从两个不同的话语区域移植出来,为了写一本书以比较这两个话语区域,这个时候,批评家的恶作剧精灵身份是显而易见的。意指概念就是这样一个例子。

埃利森的教授对他所做的是一个意指行为的突出例子。他的教授一定是个细腻而有爱心的人,但她还是意指了自己的门生,以使他永远也不屈从于诱惑,而去逃避置于学艺道路上的必经之门,这些门必须要么被开启,要么被跨越过去。埃利森之所以被意指,这是因为他的困境通过一个寓言而得到了解答。正如罗杰·D.亚伯拉罕斯与克劳迪娅·米切尔-克南所说,这种修辞性间接模式是意指行为的一个突出方面。尽管意指行为有强烈的动机,常常有阳具中心的指向性,但是它无疑可以表示各种各样的修辞游戏。

1983年4月17日的《纽约时报》上刊印了一篇名为《街头语言测试说那个墓里埋的不是格兰特》的文章,这篇文章提供了一个机会,我们可以借此对意指行为的既定定义做一定的展开论述。故事题目中提到的测试是由北卡罗来纳州温斯顿-塞勒姆的"一些高中生"发明的,"他们对【麦格劳-希尔集团的】标准化测试感到不满"。这种多项选择题型的智力测试被称为"当着你的面却不针对某个技巧的测试"。学生告诉老师罗布·斯莱特,"他们无法适应标准化成绩测试",然后不久他们就发明了这个测试。斯莱特解释道:"有一天,他们在参加一个这样的考试,其中一名学生抬起头来问我为什么要进行这样的考试,因为这只会让他在学业上感到自卑。"斯莱特最后说:"考试结束后,我问他们想不想出口恶气,出题考考别人。这样他们就行动起来了。"³⁰

学生们设计了一套试题,以测试对街头语言词汇的掌握情况。他们给麦格劳-希尔集团寄去了十份考卷,有八名员工做了题目,成绩仅仅是 C 和 D。《纽约时报》的文章题目中提到的是其中的一个问题,它是个最为人们所熟知的意指行为模式。这个问题是,"格兰特的墓里埋的是什么人?"对这个问题恰当的回答是:"你老妈。"要解释这个回答何以滑稽以及它为什么是意指行为的一个例子都并不容易。从田野和街头直到兰斯顿·休斯的优秀诗集《问你老妈》,这些黑人话语例子中都充斥着"你老妈"玩笑。本章的一个题头引语就出自《问你老妈》这个集子。学生题目中的这个黑人玩笑有好几个世纪的历史,它的在场表明了题目所蕴含的意指性本质,因为它回应了考试题目"当着你的面却不针对某个技巧的测试"的重要意义。这个题目从两方面进行了意指。首先,"当着你的面"是个标准的意指性反诘,意思是你要用来限定(或定义)我的东西我会毫不犹豫地掷到你的脸上。其次,这个题目是对诸如"爱荷华州基本技能测试"等考试题目的戏仿(为了凸显反讽而做的重复)。我这一代人从四年级起直到高中,一直都饱受那些基本技能测试之苦。因此,学生的测试题本身就是一个被拓展了的意指行为符号,标志着重复与倒转,是发生在十字路口的一种交错法屠戮,两个话语单元在十字路口相遇。正如《纽约时报》的文章所指出的:"学生的观点是他们看问题的方式与麦格劳-希尔的那些人不同。'当着你的面'的测试结果清楚地表明,麦格劳-希尔与希尔中学九年级学生说的不是相同的语言。"³¹

通过一个不妨被看作是意指性黑人差异的修辞过程,黑色语言编码和定义了它的独立意识。早在 18 世纪,评论家就已经记录了意指的黑人用法。尼古拉斯·克雷斯韦尔是在 1774 至 1777 年间写作的,他在日志中有下面的记录:"在【黑人的】歌曲中,他们常常通过一种极具讽刺性的分格【原文如此,应是"风格"】与方式来运用他们从男主人女主人那里学来的用法。"³² 当克雷斯韦尔明确指出黑奴"学来的""用法"之时,他就触及到了问题的核心,因为黑人经常通过带有显著差异的重复来"宣告"他们的差异性意识。18 世纪充斥着黑人是"模仿性的"而不是"创造性的"的评论,哲学家中有大卫·休谟的《论国民特质》,政治家中有托马斯·杰斐逊的《弗吉尼亚纪事》,这些人及其作品都持这种论调。然而,长期以来,黑人都一直在通过一种有意重复进行着意指。

弗雷德里克·道格拉斯自己就是个大师级的意指者,他于 1845 年在《叙事》中讨论了这种转义性用法。道格拉斯的写作比克雷斯韦尔晚 70 年,他是个更加敏锐的观察者。在写到黑人歌曲的歌词的源头时,道格拉斯指出了在意义确定过程中能指的关键性作用:

【奴隶】会作曲吟唱，不顾节拍，不管音调。想法冒了出来，流溢到了外面——要么以词汇的形式，要么以声音的形式；而且两者出现的频率都很高……他们会一起合唱，歌词对很多人而言也许是不能表意的胡言乱语（unmeaning jargon），然而在他们自己看来，却是饱含意义的（full of meaning）。[33]

道格拉斯写道，意义在同等程度上由声音和意思所决定，语音替换借此而决定了歌曲的形态。此外，道格拉斯的朋友们所创造的新名词对说标准英语的人而言是"不能表意的胡言乱语"，但于黑人则是"饱含意义的"，他们切切实实是在语言中定义自己，就像道格拉斯和数以千百计的其他黑人叙述者一样。这当然是两种表意的例子，既有黑人土语意指也有标准英语表意。道格拉斯继续说道，他的奴隶伙伴们"会用最开心的曲调来唱出最悲惨的情绪，同样也会用最悲惨的曲调来唱出最开心的情绪"，这一系列对比反差引起了非奴隶者对歌曲的误读。道格拉斯指出：

> 自从到了北方，我发现有人在谈及奴隶的吟唱时，会认为这是他们愉悦和幸福的佐证，这一看法常常使我非常震惊。我再也想不出比这更大的谬误了。[34]

之所以会出现这种巨大的阐释错误，这是因为黑人用交互轮唱结构来倒转他们的显性意义，它是一种自我保存的编码模式。克雷斯韦尔注视下的黑人在公开地意指，而道格拉斯所认识的那些人则在有防备地意指，这就引起了被道格拉斯所斥责的误读。但也正如道格拉斯在第二本自传中所写的，黑人也经常直接地意指，下面的歌词就是一例：

> 我们种麦子，
> 他们给我们谷子；
> 我们烤面包，
> 他们给我们面包皮；
> 我们准备饭菜，
> 他们给我们糟糠；
> 我们剥去了肉的皮，
> 他们给我们肉皮
> 他们就是这样
> 欺诈我们的。[35]

威廉·福克斯1819年写道，奴隶经常用歌词意指他们的压迫者："他们的诗篇是自己的，中间充满了对善良主人的颂扬和对恶毒主人的讽刺。"[36]

我之所以举了这些早期涉及有意的语言使用的例子,仅仅是想强调,从奴隶制时期开始,黑人就一直在意指,只是没有明确地这样称呼罢了,这并不奇怪。沃什·威尔逊是个前奴隶,他在20世纪30年代接受一名"联邦作家项目"成员的采访时暗示,"意指"是奴隶的一个特别的术语及实践:

> 当黑鬼们晃来晃去,唱着"逃到耶稣那里去"时,这意味着那天晚上将会有一个宗教集会。那是对一个集会的意指(sig'fication)。不管是在黑人获得自由前,还是获得自由后,主人都不喜欢那些宗教集会,因此我们自然而然地在晚上偷偷去集会,在低洼地或其他什么地方。有时候我们会整晚上都唱歌、祈祷。[37]

这种用法与它在标准英语中的对应物类似,但也让我们想到:意指是个间接交流形式,是一种转义修辞。威尔逊有关该词用法的观点,与佐拉·尼尔·赫斯顿在发表于1935年的《骡与人》中给意指所下的定义相似。这两种用法属于该词最早有文字记录的用法;威尔逊的用法表明"意指"的源头在奴隶制中,正如猴子诗歌的寓言结构及其象征的本质都指向了奴隶制的源头一样,这两个事实都暗示,它们始于19世纪。对赫斯顿关于意指的理解,我把它推后至第5章,以进行更为充分的探讨。在本章剩余的部分里,在详细论述我本人在文学批评中对这种做法的使用之前,我想先来考察考察意指行为的诸多广为人知的定义。

通过分析意指行为形形色色的定义,我们可以在一定程度上感受到这一概念的复杂性。辞典给意指行为所下的定义可以让我们对其意义的不稳定性有个初步的了解。克拉伦斯·梅杰的《非裔美国俚语辞典》认为"意指""同肮脏的骂娘比赛(Dirty Dozens)一样;表示用12个或更少的述说去诘难",它建议读者参阅"盛气凌人地挤兑(Cap on)"。梅杰把"肮脏的骂娘比赛"定义为"传统上,是黑人男孩所玩的一个巧妙的游戏,在该游戏中,参与者侮辱彼此的亲戚,尤其是母亲。游戏的目的是检验情绪的承受力。最先生气的人是失败者"。"盛气凌人地挤兑"是以骂娘比赛的方式出现的"诘难"。因此,对梅杰而言,意指就是去参与到一种有很强动机的修辞行为中去,它的目的是象征性、仪式化的羞辱。[38]

在《第三只耳朵:黑人术语表》一书中,赫米斯·E.罗伯茨综合了梅杰所强调的侮辱及罗杰·D.亚伯拉罕斯所强调的暗含意义。罗伯茨将"意指行为"或"意记(siggin(g))"定义为"利用直接或间接的欺负或吹嘘的影射性语言行为,它的本质是嘲笑另外一方的外表、亲戚或境况"。因此对罗伯茨而言,意指行为中一个突出的方面是作为一种"欺负"或"吹嘘"模式的"嘲弄"。在我看来,这么多意指行为定义的奇特之处在于:它们都强调体现在语言之中、不妨被认为是黑人的象征性的侵略性,而不去强调明显的语言游戏本身这个元修辞结构。

"嘲弄"与"取乐"差之甚远,而意指行为的本质正是后者。[39]

罗伯茨将下面的这些用法列为意指行为所含的亚形式:"骂人取笑游戏(joning)、骂娘比赛(playing the dozens)、歇斯底里地叫嚣(screaming on)、骂娘(sounding)。"讲到"骂人取笑游戏"及"骂娘"时,罗伯茨让读者"参见意指行为"。"歇斯底里地叫嚣"被定义为"轻蔑地诘难某人,也就是说,触到某人的痛处","痛处"有多种解释,这是其中之一:"它是心灵中一片假想的区域,一个人脆弱的地方、他的怪异性及敏感性就居于此处"。"歇斯底里地叫嚣"还表示"公开使某人难堪"。罗伯茨将"骂娘比赛"定义为"说些关于另外一个人的母亲、双亲、或家庭成员的贬损性的、往往也是猥亵的话('你老妈'这一表达法是对前面受到的辱骂的回应)"。换句话说,罗伯茨一直都将意指行为归于那些表达冲突的转义之下,在这些转义中,侵略及冲突占主导地位。罗伯茨拒绝超越意指行为的表层意义去定义其隐含意义,但他把骂人取笑游戏、骂娘比赛、歇斯底里地叫嚣、骂娘等等都归为意指行为的近义词,这种归类方法典型地暗示:意指行为是黑人土语中转义的转义。

在其自传《真正的布鲁斯》的词汇表中,著名的爵士音乐家梅兹·梅兹洛将"意指"定义为"暗示、装腔作势、吹嘘、做出某种姿态"。而在文本正文中,梅兹洛隐晦地将表意行为(signifying)定义为同音同形异义的双关语。有这样一个插曲:酒吧中的黑人用同音同形异义的双关语如"棒极了(killer)"与"绝了(murder)"等意指了一些白人歹徒,让后者知道他们的杀人犯身份是众人皆知的,尽管这些黑人表面上是在描述一场音乐演出。梅兹洛是这样描述的:

> 他可能是在谈论音乐,但房间里的每个人都知道不是这么回事。很快另一个家伙大声嚷嚷道:"那人真是绝了,真绝了。"并且他的眼睛也在意指。所有这些枪手开始感到不自在,手足无措,摸摸领带,挠挠鼻子,满脸涨红着,喉结也在跳动。还没等我们反应过来,他们已经一咕噜喝完酒,将帽子拉得很低,只露出眼睛盯着地面,向酒吧服务员告别,溜出门去了。这就是哈莱姆对白人黑社会的看法。[40]

意指行为在这儿指的是语言游戏,既有文字语言游戏,也有肢体语言游戏,被用来象征性地指称某件事。

梅兹洛的定义既犀利又巧妙。在他看来,意指行为是一种"语言的嬉戏胡闹"的模式,意在培养主体"思维更快,反应更敏捷"。因此,梅兹洛能够穿越这种黑人语言的嬉戏胡闹的内容,而去分析修辞结构的意义,后者超越了意指行为的任何固定形式,比如被称为骂娘比赛的语言羞辱仪式。梅兹洛认识到,意指行为作为一种表演结构,它既适用于语言文本,也同样适用于音乐文本。事实上他

是最早意识到这一点的评论家之一。他这样总结道:

> 通过所有这些友好但又激烈的竞争,你可以看出来黑人欣赏真正的才华及优点,他要求公平竞争,强烈渴望最好的人胜出,你不要没有东西来瞎掺和。吹牛于事无补;如果你认为自己有货,别浪费时间,证明自己,赢得尊重。如果你有东西,其他家伙会坦诚地承认,无保留地崇拜你。在音乐领域尤其如此。对黑人而言,音乐有双重重要性,因为这是他真正闪光的地方,在这儿,他的创造性和艺术性得到了彻底的展示。有色人种的男孩们在被称为爵士乐手的非正式比赛的竞争中证明自己的音乐才华,在这种活动中,真的是最出色的人取得胜利,因为在音乐方面,黑人观众极为挑剔,不会接受任何二流的东西。这些爵士乐手的非正式比赛不过是语言竞赛的音乐翻版而已。之所以举行这样的比赛,这是想要看看哪一位表演者能够在音乐上给别人制造麻烦,击败其他所有人。顺便提一下,这些争斗帮助催生了黑人种族中一些最伟大的音乐家。[41]

对梅兹洛而言,意指行为不在于演奏了或说了什么;它更是一种修辞培训形式,是使用转义的街头训练,这里的核心是表演,重要的不是具体说了什么,而是如何说。所有那些没有区分方式与内容的意指行为的定义,它们与狮子一样,都栽倒在了严重的误读之前。

在《黑人语言》一书中,马拉奇·安德鲁斯和保罗·T.欧文斯敏锐地认识到了意指行为的两个至关重要的方面:首先,意指者发明了一个神话以启动这个仪式,其次,至少在猴子故事中,三元结构比二元结构更重要。"意指",他们写道,

> 就是去嘲笑,去挑衅使对方生气。意指者编造一个针对某个人的神话,并告诉他这是由第三个人挑起的。被意指者被激怒了,他找寻那个是非人……当意指者使被捉弄的笨蛋相信他,让被意指者相信他所说的属实并被激怒,这个时候,意指就彻底大功告成了。[42]

安德鲁斯和欧文斯的定义紧扣意指的猴子故事中的情节。尽管意指行为可以发生在两人之间,也的确有这样的例子,但是,传统的意指的猴子神话结构中存在三项,它消解了把猴子诗篇中的寓言性形象与文本之外的黑白人之间的二元政治关系简单等同的做法。第三项既批判了二元对立的概念,同时也表明意指行为本身包含的意蕴不只限于政治。它是个语言游戏,独立于对白人种族主义的反应之外,甚至也不是在面对白人种族主义时集体的黑人愿望的想象性满足。对第三项的在场,我怎么强调其重要性都不过分。用赫米斯·E.罗伯茨极具启发性的话来说,这个第三项就是"第三只耳朵",它是一只种族内部的耳朵,被编码的土语语言通过它而被解码。

与威廉·拉博夫和威廉·A.斯图尔特一样，J.L.迪拉德也是一名黑人语言使用最敏感的观察者。他把意指行为定义为"来自市中心的人们所熟知的对话技巧，【它】往往表示'通过间接方式交流（常常是一个下流的或戏弄性的信息）'"。[43]在这儿，迪拉德对佐拉·尼尔·赫斯顿刊印在《骡与人》中的词条注释做了一定程度的论述。在那条注释中赫斯顿写道，意指就是"炫耀"。[44]这个定义似乎违反了常规，除非我们补上赫斯顿缺失或暗含的概念：用语言使用去炫耀。但是，迪拉德更关注的是骂娘比赛，而不是意指行为。在名为《同音项目中的话语分配及语义差异》这一犀利敏锐的章节中，迪拉德忽略了同音词意指。但是他指出，所谓的市中心语言仪式，如骂娘比赛等，完全可能是"赫斯顿考察过的佛罗里达州黑人的信口胡诌（the 'lies'）"在当代的修正，以及"南方种植园的阿南西故事"在当代的修正，只是剔除了"情色与淫秽"。"把那些元素添加进来"，迪拉德继续说，"那你就会得到有点儿像来自市中心的押韵的'简短故事'。"[45]布鲁斯·杰克逊已经证明，"简短故事"的种类中包含意指的猴子的故事。[46]语言学家于五六十年代在黑人城市社区找到了意指行为，这是因为黑人从南方移民到了那里，并把传统传承给了后代，这一点应该没什么疑问。

我们最后再来看一看意指的字典意义，以及它作为特殊用语时的释义的两个极端的例子，一个例子来自吉姆·哈斯金斯和休·F.巴茨合著的《黑人语言心理学》，另一个例子取自哈罗德·温特沃思与斯图尔特·伯格·弗莱克斯纳汇编的《美国俚语辞典》。在他们的文本附录的一个特殊用语表中，哈斯金斯与巴茨把"意指"定义为"申斥、羞辱"。[47]在文本正文中，他们把"意指行为"定义成一个与骂娘比赛相比，"更有人情味的语言嘲弄形式"，但他们也承认，意指行为"有多种意思"，有些还与他们的特殊用语表中所列的意思相矛盾："我们再重复一遍，它是对词汇灵活幽默的使用，但也可以用于多种目的，如'羞辱'他人，让他人感觉更好，或者仅仅表达个人的情感。"[48]哈斯金斯和巴茨展开论述的定义似乎同他们列在特殊用语表中的释义相矛盾。但我们回想一下，意指行为可以表达包括所有这些意思在内的更多意思，恰恰是因为在它下面囊括了非常多的黑人转义。考虑到这一点，那种矛盾也就不难理解了。但另一方面，温特沃思与弗莱克斯纳认为，意指行为不表示"装作有知识；冒充内行，尤其是如果这样的装模作样会让人将重要的事情视同儿戏时"。[49]事实上，这个定义听起来像一个经典的黑人意指。在这个意指行为中，受访的黑人对象要么意指了温特沃思或弗莱克斯纳，要么意指了总体的辞典编撰者，因为他们都"装作有知识"。

在这儿，我本可以再引述辞典中的其他几个定义。然而我的目的是想指出，对意指行为之所以有形形色色的（错误）理解，那主要是因为没有几个学者是把它作为一个完整概念而下定义的。相反，他们往往把部分——也就是把它的多个转义中的其中一个——当成了全部。骂娘比赛中那些"下流"有趣的段落似乎比意指行为更能激起学者的浓厚兴趣,他们的讨论也是激烈程度有余,而真知灼见不足。骂娘比赛(the dozens)是意指行为一个非常惹眼的分支,它的名称很可能源于动词"dozen"在18世纪时的意义。在黑人的理解中,就是通过语言"使震惊、惊讶、迷茫"。[50]在探讨我在本书的剩余部分里将要使用的意指行为的定义之前,让我们先来考察一下 H.兰普·布朗、罗杰·D.亚伯拉罕斯、托马斯·柯克曼、克劳迪娅·米切尔-克南、吉尼瓦·史密瑟曼,以及拉尔夫·埃利森等人给意指行为所下的更具本质性的定义。

H.兰普·布朗(H. Rap Brown)之所以赢得了这样的绰号,那是因为他是黑人土语修辞游戏的大师,也是与修辞游戏相伴的、有明确规定性的修辞策略的大师。布朗对意指行为的理解是任何学者都无法超越的。在他的自传《死,黑鬼死!》一书的第二章里,布朗表现了种种教育场景,他就是通过这些场景而获得绰号的:"我在街头学会了说话",他写道,"不是通过阅读迪克和简要去动物园的故事,以及所有那种简单的屁话。"布朗接着写道,"我们锻炼心智",不是通过学习算术,相反,是"通过骂娘比赛":

> 我操了你老妈
> 直到她变瞎。
> 她有股口臭,
> 但屁股摇得够劲。
>
> 我操了你老妈
> 整整一个钟头。
> 小孩都生出来了
> 嚷嚷着,黑人权力。
>
> 大象和狒狒
> 两个学着搞。
> 孩子出来了
> 看着像斯皮罗阿格纽。

布朗指出,他和伙伴们都在街头创作诗歌了,他的老师还试图教他"诗歌",那些来自西方传统的诗篇。"如果有人需要学习诗歌",他断言,"那么我的老师就需要学学我的。""我们玩骂娘比赛",他总结道,"正如白人玩拼字游戏。""【他们】称我兰普(Rap)",他幽默地,有点同义反复地,写道,"因为我会说唱(rap)。"兰普就是用高超的技巧使用土语。从其自传的这一章来判断,他极有可能为自己赢得了兰普这一绰号。[51]

布朗的定义和例子既俏皮又生动。与克劳迪娅·米切尔-克南一样,他也坚持认为男女都可以玩骂娘比赛与意指:"某些最擅长骂娘比赛的人",他写道,"是女孩。"骂娘比赛是个不留情面的"卑劣游戏,因为你试图做的就是用词语去彻底摧毁别人",而意指行为则"更加富有人情味":"你不是冲着某人的母亲去,而是直接冲着他去。"布朗对意指行为过程的解释尤其精确:

一个段子可以由一位老兄起头
说:"伙计,在找我的不痛快之前,
你最好先他妈吃屎
再对着月亮学狗叫。"如果他
是在跟我说话,我就会告诉他:

伙计,你一定不知道我是谁。
我嗨咻嗨咻地搞子宫
我生产婴儿,摇动摇篮
我猎鹿,绑缚雄鹿,我找女人
我声名远播,从黄金海岸到缅因州乱石突兀的海滩
兰普是我的名字,爱情是我的游戏。
我在床上翻滚抽动鸡巴操你老妈
摆弄奶子打破记录创造人口
摇枪陷阵带来婴儿
哼着小曲扣住了阴户
我的中指可不简单。
我他妈的不是一般人有多少搞多少
我是东方来的禽兽让你没得好过
我是女人的爱男人的愁婊子心里的一流好手。
他们叫我兰普我很精明我踢你屁股
我寻花问柳我在城里瞎混我爱吮奶头
我是什么都想占有除了泡泡糖和难过的日子,
我刚把自己的泡泡糖嚼完。
我派送不值钱的木质镍币纪念币我知道他们不会花
我得到满满一口袋的散碎零钱。
我是个浴缸俱乐部的成员:见过无数光屁股但我
都他妈的没兴趣。
我在水上走我把鲸鱼尾巴打了个结

我教小鱼儿游泳
我穿过炙热的沙漠我握住了魔鬼的手
我骑在一只蜗牛的背上环游世界,蜗牛背着一个包裹
上面写着航空信。
我在有刺铁丝网上走了49英里我拿眼镜蛇皮当领带
我在街边弄了一个用穷白人的皮造的新房子
房子上耸立着一个用穷白人的颅骨堆起来的新烟囱
我手拿锤子和钉子我建造了一个世界并把它称为
"血液之桶。"
是的,我吸大麻我他娘的为女人招揽顾客
女人为了我而争风吃醋。
我操你妈我技术一流。我扯淡我是魔鬼的连襟。
我周游世界我在这方面名气不小。我从45号获得了
充沛的精力。
世界上只有我一个人知道为什么白色的奶
可以制成黄油。
我知道在你把开关关掉时灯光都去了哪儿。
我也许不是这个世界上最好的,但我是最好的两个之一
况且我的连襟年纪大了。
你也没什么不好除了口臭。

  骂娘比赛旨在使被捉弄对象感到屈辱,而"意指行为则给你提供了一个选择,你可以让一个家伙感觉良好,或者感受屈辱。如果你刚刚【用语言】击跨了某人,或者他们已经彻底失败了,意指行为可以让他们好过些"。[52]

  布朗含蓄地指出,意指行为的这种复杂性在于话语中的修辞结构,而不是被言说的具体内容,但是很少有学者注意到这一点。除了"让一个家伙感觉良好,或者感受屈辱"之外,布朗继续写道,"意指行为还是一个表达自身情感的途径",如下面的例子所示:

老兄,我倒霉透顶只输不赢。
我要么运气糟透了,要么毫无运气。
我的运气一直是蜥蜴的运气
我什么也搞不定什么也办不了
我靠着救济度日而世道又是如此艰难
他们他妈的从救世军那里讨生活

> 但情况必然会好转因为也实在是无法再糟了
> 我就像是个瞎子,站在破损的窗前
> 感觉不到痛。
> 但这是你的世界
> 我的租金就是缴给你的
> 如果我有你的双手我情愿把自己的两只胳膊送出去。
> 因为没有它们我照样能行
> 我是个人物但你是大人物
> 我读的书就是你写的
> 我参加比赛也是跟在你屁股后面
> 当然啦,你的状态总是很好
> 你出得汗比汽水中的气泡都多……[53]

因此对布朗而言,意指行为是个非常有表现力的话语模式,它靠的是种种形式的比喻而不是目的或内容。让我引述一段布朗的话,意指行为"就是白人所说的语言技能。我们学习如何将那些词汇堆在一起"。布朗总结说,"最高明的"意指行为"可以在哥们之间天南地北的侃大山中听到"。正是从这种被不断重复、且常常是共有的故事(几乎总是公共的正典故事,或者是就地对当下事件的复述)的讲述中,我们可以最清楚地看到意指行为是种修辞策略。在本章的下一节我们会回到布朗的定义上来。[54]

罗杰·D. 亚伯拉罕斯是享有崇高声望的著名的文学批评家、语言学家及人类学家,他一直都在锲而不舍地给意指行为下定义。亚伯拉罕斯的作品在这一领域是开创性的,后来的作品在某种意义上必然是对它的回应。在1962到1976年间,亚伯拉罕斯发表了多部有关意指行为的研究成果。追踪亚伯拉罕斯阐释的发展过程,会有助于我们了解这一修辞策略的复杂性,但它不属于本书的范围。[55]

亚伯拉罕斯于1962年给意指行为所下的定义很有真知灼见,这种说法后来他本人和其他学者都必然会重复:

> "意指的猴子"这一名称说明【英雄】是个恶作剧精灵,"意指行为"是恶作剧把戏的语言,是一组"通过间接到达直接"的语词或姿态。[56]

亚伯拉罕斯含蓄地指出,意指行为是黑人语言使用中的比喻模式。间接这个词随后在有关意指行为的材料中频繁地出现,只是也许往往没人承认这一点。亚伯拉罕斯在《在丛林深处》(1964, 1970)的两个版本中扩展了这个意指行为理论。我们不妨列举一下他涵盖甚广的定义中的突出方面:

1. 意指行为"可以表示许多种意思"。
2. 它是一个黑人术语以及黑人修辞工具。
3. 它可以表示"在谈话中有很强的含沙射影的能力"。
4. 它可以表示"诘难、诱骗、嘲弄,以及说谎"。
5. 它可以表示"对一个主题迂回地讨论,而永远不落在点上的倾向"。
6. 它可以表示"嘲笑某人或某个场景"。
7. 它还"可以表示用手势和眼神说话"。
8. 它是"恶作剧把戏的语言,是获得哈姆雷特'通过间接到达直接'效果的一组词汇"。
9. 猴子"是个'意指者',因此狮子是被意指者"。

最后,在他附录的术语表《特殊术语及表达法》中,亚伯拉罕斯把"意指"定义为"通过间接的语言或姿态去影射、刺激、请求、吹嘘。它是一种有关暗含意义的语言"。[57]

这些定义有示范意义,因为它们强调了"间接"及"暗含意义",这两者可被看作是象征的的同义词。据我所知,亚伯拉罕斯是第一位将意指行为定义成一种语言的学者,所谓语言,他指的是一种特殊的修辞策略。尽管他写道猴子是这种技巧的大师,但更准确地说,猴子就是技巧,就是语言的文学性,就是黑人表意象征的终极源头。猴子是意指行为的源头,是意指行为的被编码的保存者,如果我们把修辞看作是口头话语的"书写",那么猴子的源头身份和保存者身份就有助于揭示这一点:他与艾发书写的象征——他的泛非洲表亲埃苏-埃拉巴拉——之间有功能对等性。

亚伯拉罕斯的作品帮助我们了解到,意指行为是个成年人仪式,黑人在青少年时期学习它,这和孩子们在经典模式的西方中小学学习传统的表意象征几乎毫无二致。我们在下面将会看到一个例子,人类学家-语言学家克劳迪娅·米切尔-克南和我们分享了一件轶事。它证明了两件事。首先,意指行为为什么真正是一种有自觉意识的修辞策略,其次,黑人成年人是如何含蓄地教育一个成年了的孩子的:他们通过间接的叙述模式用意指行为最深刻、最精妙的用法教育了孩子,这种叙述模式仅仅在形式上隐隐地与猴子故事相联系,它们之间的联系也许就如同香精与香草果,或者沙子与珍珠,或者埃苏也许会补充说,棕榈酒与棕榈树之间的联系。黑人成人教给自己的孩子这个异常复杂的修辞体系,这几乎与理查德·A.兰厄姆所描述的教西方的学龄孩子修辞育儿教化(*paideia*)的通行做法一模一样。对意指行为的掌握生产了擅长修辞的非洲人(*homo rhetoricus Africanus*),通过驾驭这些经典的黑人意指象征,黑人得以自由地穿行于两个话语世界之间。这是一个我所说的语言面具的极好的例子,这个黑色面具的语言符号分割了白人语言领域与黑人语言领域的界限,而这两个并存的领地之间有种同音同形异义的关系,这一点由意指概念本身表现了出来。学会驾驭语言,以促进在这两个领域之间顺畅的航行,这一直以来都是对黑人父母的挑战,今天依然如此。教给孩子意指行为的精妙艺术就是要教给他们这种语言的迂回使用的模式,就是要教给他们一种可以和其他黑人共享的另一种语言。[58] 黑人青少年在骂娘比赛和意指行为仪式中学习意指的经典黑人象征。H. 兰普·布朗就满怀激情地宣称,他真正的学校是街头。理查德·兰厄姆有关学生经历修辞育儿教化过程的描述非常生动,读起来就像是对土语黑人语言训练的描写:

> 让学生早点起步。教会他对语词做到精益求精,学会如何书写,如何言说,记住它……从一开始,就要强调行为就是表演,大声朗读,借着形体说话,充分利用戏剧性的装饰……发展详尽的记忆计划以保持它们随时都可用,教授与个性理论相对应的一系列既定的个性类型,一种人格的分类……培养对社会状况敏锐的感悟……同样要强调即兴发挥、信手拈来的临场表演、争取机会等等的必要性。永远要让学生知道修辞实用的目标:去赢得胜利,去说服别人。为了达成这个目标,得用不间断的语言游戏训练,得为了排练而排练。
>
> 用"实例"教学法……永远要在竞争的语境中锻炼这种娱乐方式。目标就是要得分。敦促学生进入社会,并从这一视角观察社会的运行。也要敦促他穷其一生坚持排练的方法,永远都要排练一个自发的真正的生活……语词训练因此就变成了有闲阶层的标志及娱乐。[59]

这段文字读上去非常像黑人意指行为的训练。兰厄姆的核心词汇,如"一种人格的分类"、"即兴发挥"、"信手拈来的临场表演"、"去赢得胜利"、"去说服别人"、"不间断的语言游戏"、"'实例'教学法"、"目标就是要得分"等等,这些都完全对应于对黑人意指所做的训练。甚至兰厄姆"有闲"阶层的概念在这儿也适用,尽管有点儿讽刺:因为在资产阶级社会里,黑人"无所事事的"失业者比例往往非常之高,他们是不同意义上的有闲阶层。因此,要去意指就意味着要掌握黑人意指的象征。

没几个黑人成人能够背诵一个完整的猴子故事;但另一方面,黑人成人能够意指,而且他们也的确在这样做。对猴子故事的学习掌握,以及兰厄姆提到的西方人早期的修辞训练,它们二者之间有种对应关系。在猴子故事中语词受到重视,这是因为对这种形式的创造(*poeisis*)的检验,就是要求达到相近词类之间的语音重叠,这一点我在上面已有论述。我引用的拉尔夫·埃利森关于黑兹尔·哈里森的趣闻的例子,以及我在下面将要讨论的克劳迪娅·米切尔-克南所提到的轶事，它们都是意指行为的卓越例子，它们都契合了兰厄姆精到的描述：意指行为是穿透词语而获取它们的完整意义的成熟的能力。因此，学习猴子故事就有点儿类似于去接受转义教育，一个人借此学会"针对一个笨蛋做了转义"。

猴子是黑人神话的一个英雄，是机智与理性胜利的符号，他的意指性语言是有自觉意识的形式化语言使用获得终极胜利的语言学符号。黑人有能力创造出如此丰富的诗歌，再从这些仪式中衍生出一种面对征服企图时的复杂态度，即他们认为征服的企图能够在语言之中被超越，也能够通过语言来超越：黑人的这种能力是其创造性的一个符号，也标志着他们对形而上学有极强的自觉意识。亚伯拉罕斯对这些做过清楚的论述。

在发表于1976年的《像黑人一样说话》一书中，亚伯拉罕斯把意指行为看作一个语言行为来分析，这个分析比他以往的解释更为精妙。亚伯拉罕斯重复了他自己所下的、有洞察力的定义，即认为意指行为依赖于间接方式。他指出，黑人妇女，"在一定程度上，还有孩童"，"更多地"使用"意指行为的间接模式"。他给的例子不乏说服力：

> 这些包括从最明显的间接方式，像在话语中使用意想不到的代词（"咱们今天来不是要露一手吗？"或"谁说他的内裤不是臭的呢？"）到更为精妙的技巧，如和上面提到的意思不同的炫耀地说（louding）或高谈阔论（loud-talking）。一个人说些有关某人的事情，声音大小刚好可以让那个被说的人听到，但因为只是间接地听到，因此那人如果做出回应的话是不合时宜的，这就是高谈阔论（米切尔-克南）。另一种借助间接方式的意指技巧是去影射一个不在场的个人和群体，目的是在某个在场的人和某些不在场的人之间挑起事端。这种技巧的一个例子就是著名的"意指的猴子"的小故事。[60]

这些例子之所以引人注目有两方面的原因。首先，他懂得成人使用这些表意模式是家常便饭，虽然他们也许背不出猴子故事，甚至连背两行诗句都不行；其次，他意识到其他的转义，例如高谈阔论，是意指行为下面的亚转义。他强调意指行为的成熟形态，也即间接模式，在妇女儿童中更加普遍，这种说法与我自己的观察不符。事实上，我发现黑人男女彼此间使用间接方式的程度是相同的。

亚伯拉罕斯接着指出，意指"作为戴面具的行为"同样可被用在"黑人-白人不断的相遇之中"。意指行为要彻底达到效果，这需要所有的说话人都懂得游戏是怎么一回事，因此，亚伯拉罕斯所说的"不同群体之间"的意指行为不容易达到效果，就是因为话语中内在的反讽很可能别人理解不了。不管怎么说，意指行为依然是语言面具或转义的一个重要形式。[61]

亚伯拉罕斯在意指行为的研究文献方面最重要的贡献，是他发现意指行为首先是个修辞策略术语，它有多种不同的形态，也经常被冠之以不同的名称。他总结说："作为一个术语，意指行为不但指一种说话方式，而且也指一种修辞策略，其他一些特定的事件可能会使用这种策略。"⁶²我想给这种说法做一个补充：对黑人成人而言，意指行为是修辞象征自身的名称，是象征的象征。亚伯拉罕斯列举了其他几位学者的术语，认为它们是意指行为的同义词，而我则认为它们是包含在意指行为转义下面的黑人转义：瞎扯淡(talking shit)、自吹自擂(woofing)、喋喋不休(spouting)、神气活现地羞辱别人(muckty muck)、骂别人蠢货(boogerbang)、叫别人滚犊子(beating your gums)、夸夸其谈(talking smart)、贬损(putting down)、装得煞有介事(putting on)、逗人玩(playing)、骂娘(sounding)、胡扯(telling lies)、骂别人淫棍(shag-lag)、辱骂(marking)、愚弄(shucking)、欺骗(jiving)、捉弄(jitterbugging)、纠缠(bugging)、用性语言攻击(mounting)、用语言攻击(charging)、挖苦(cracking)、唠叨(harping)、闲扯(rapping)、煞有介事地说别人(bookooing)、贬低(low-rating)、忽悠(hoorawing)、用甜言蜜语哄骗(sweet-talking)、自以为是地说(smart-talking)等等，无疑还有其他一些我省略掉的。⁶³这对我们理解这个修辞手法是个至关重要的贡献，因为它超越了语言学家之间的这类分歧，也就是说，话语行为 a 或 b 是否反映了转义 x 或 y。另外，通过列举意指行为的同义词，亚伯拉罕斯揭示出，当黑人说什么是意指行为时，他们所指的东西可能至少有 28 种使用语言的方法。在表 3 中，他展现了内嵌于意指行为之中的几种语言使用方法：

表3　罗杰·D.亚伯拉罕斯的《像黑人一样说话》一书中表1，第46页。

	街头对话；身份平等的人之间的交流方式				
信息传达型；专注内容说坏话(running it down)	富有侵略性；俏皮的表演性说话 意指行为(signifying)				故弄玄虚(going deep)；用玩笑词打趣(talking bad)
	严肃、机敏的冲突性说话；专注"就你我,不牵涉别人" 夸夸其谈(talking smart)		非严肃的竞争性说话；专注"咱们中间的任何人" 瞎扯淡(talking shit)		
	显性的侵略性说话 贬损(putting down)	隐性的侵略性、操纵式说话 装得煞有介事(putting on)	非指向性的逗人玩(playing)	指向性的骂娘(sounding)	
交谈型(明显自发性的)	寓于交谈语境之中，但以表演(风格)判断		表演互动,但建立在交谈中有来有往的模型之上		

他本来还可以再列举其他几个例子。当黑人说"意指是黑鬼的职业"时，我们很

容易理解他们为什么这样说,因为掌握所有这些意指修辞是人一辈子的事!

当黑人说起意指行为时,他或她指的是一个"着眼于风格的信息……风格因间接及俏皮的论证技巧而得到了凸显"。正如我们在猴子故事的押韵策略中所看到的,被凸显的当然是能指本身。猴子被称为能指(意指者)是因为他在语言的运用中凸显了能指。换句话说,意指行为所依赖的就是纯粹的能指的游戏。它首要指向的不是所指,而是语言的风格,是将日常话语转化为文学的东西。再强调一遍,一个人并不意指什么东西;一个人以某种方式意指。[64]

这一结论对黑人文学研究有诸多方面的重要性。早些时候我写道,黑人传统在土语中对自身进行理论化,这种理论化就是上面提到的结论的意义之一。意指行为是黑人的修辞性差异,它使语言使用者得以穿行于多个意义层面之间。在正式文学中,我们通常所说的比喻表达法对应于意指。此外,黑人传统的原创性非常强调再比喻、也即重复与差异、或者说转义,强调对能指链的凸显,而不是对某个新颖内容的模仿性表现。但是,非裔美国文学、加勒比海文学以及非洲文学的批评家则更多时候将他们的注意力投向了所指,这是以能指为代价的,就好像能指是透明的似的。这种批评方法和内在于意指行为这一概念之中的批评原则背道而驰。

托马斯·柯克曼对意指行为的研究资料的贡献在于,他意识到猴子是意指者,意识到这种修辞实践常见的一种形式依赖于重复及差异。柯克曼还在意指的指向型模式和表现型模式之间作了重要区分。有悖论色彩的是,指向型意指行为凭借的是一个非指向性的策略:

> ……有时候意指行为通过指向性来运作,并且所采取的战术是间接方式,也就是说,意指者报告或重复某人针对听话人所说的话;"报告"用似乎可信的语言表达出来,目的是让听话人相信并引起愤怒和敌意的情感。[65]

柯克曼认为,这种自称是对别人所说的话的重复,它的功能是要挑战和倒转现状:

> 隐含的意思是,假如听话人不对这件事做出反应,那么他的地位将会严重受损,而应该"做"什么,这通常是一清二楚的。因此,狮子为了维护家族的荣誉被迫打一仗,否则将会留下他是个孬种、不是"丛林之王"的印象。当被用来指引行为时,意指与愚弄一样,因为它所使用的方法也有精妙的欺骗性,它的成功也依赖于被戏弄之人的不谙世事、易于上当受骗的特性。[66]

尽管柯克曼对表现型意指行为所下的定义颇有用,但是它不如 H. 兰普·布朗所给出的定义那么包容,因为它仅仅包含了负面的目的:"引起尴尬、羞愧、挫败感、或无助感,其目的是不借助有指向的隐含意义来削弱某人的地位。"柯克曼继续写道,表现型意指使用的是"直接的"言语策略,这种策略"采取奚落的形式,比如在……猴子嘲笑狮子的例子中所用的就是这种形式。"在柯克曼看来,意指行为意味着一种攻击性的修辞,是一种带来情感净化的象征性行为。[67]

尽管还有其他几位学者也讨论了意指行为的本质及功能,但是对我在本章中所勾勒的修正理论而言,克劳迪娅·米切尔-克南的理论和吉尼瓦·史密瑟曼的理论尤其有用。[68]米切尔-克南有关意指行为的理论是最全面最精妙的语言学研究资料之一,史密瑟曼的作品则把语言学分析与非裔美国文学传统联系了起来。我先考察米切尔-克南的作品,然后在第3章探讨史密瑟曼的作品。

米切尔-克南敏锐地指出,意指行为所得到的绝大部分学术关注,都把它看成是"以自身为目的的游戏行为,也即语言竞赛,中所使用的一种策略",就好像这个修辞概念的这一侧面就是它的全貌一样。而事实上,"意指行为……同样指代一种对信息或意义进行编码的方法,这种方法在绝大多数情况下都涉及一种间接元素"。这是个观点新颖的定义,就其本质而言,它客气地批判了意指行为的语言学研究,这是因为,不知道是出于何种原因,米切尔-克南之前的其他大多数批评家都没能理解这种修辞策略的精妙之处。她继续写道:"这种表意行为最好不妨被看作是一种标新立异的信息模式,它之所以被选择的理由就是因为它的艺术优点,它可能以被嵌入的方式出现在诸多话语之中。这种表意行为对语言的互动而言不是核心的,因为它并没有决定整个言语事件的性质。"[69]

对这个定义的重要性我怎么强调都不过分,因为它表明意指行为是个普遍的语言使用模式,而不仅仅是一种特定的语言游戏,而这一点不知何故米切尔-克南之前的其他任何学者都没有注意到。这个定义单凭自身的力量就足以取得一种矫正的效果,矫正在我看来语言学家把目光锁定在进攻性仪式部分的倾向,他们因此没能看到这个概念的整体性。更重要的是,米切尔-克南的定义指向了一种隐含的对应,也就是意指同我们宽泛地定义为象征性语言使用之间的对应。在这个语境中,象征指的是有意偏离语词的日常形式或句法关系的作法。[70]

换句话说,意指行为是比喻表达法的同义语。米切尔-克南的作品内容十分丰富,因为她既研究了成人的语言行为,也研究了青少年的语言行为,既研究了男人的语言行为,也研究了女人的语言行为。她的同事考察了下层男人的语言使用,然后把这个局限性很大的样品推而广之,而米切尔-克南的数据样品则来自一个更有代表性的黑人语言群落。她的样品的选取不会破坏数据,因为她把年龄及性别等作为语言使用中的变量都考虑到了。另外,米切尔-克南没有被如下这些语言羞辱仪式所迷惑,如骂娘、骂娘比赛,以及作为仪式性言语事件的意指行为等等,而其他语言学家的作品之所以有问题,正是因为他们把注意力过多地放在了如下这些方面:如操你妈(*motherfucker*)这样的词的使用,如侮辱某人的老妈的、有关性方面的断言,如文学中出现的所谓恋母情结,而之所以有这些恋母情结,那仅仅是因为语言学家把象征性论断按照字面意思做了理解而已,正如我们的朋友被意指的狮子所做的那样。

与米切尔-克南不同,这些学者将青少年的语言游戏错误地当成了目的,而没有将它们看成是经典的修辞学习中常见的操练,关于后者,本章前面部分所引述的兰厄姆的假设性概论就提到了。正如米切尔-克南所总结的,语言学家的调查对象的性别与年龄"都可能歪曲阐释,尤其是在语言竞赛处于核心位置的语境中,【意指行为的】侮辱层面显得很突出"。她指出,在她成长的社区里,"骂娘和骂娘比赛绝对会涉及语言侮辱(往往是玩笑行为);而意指行为则不会"。米切尔-克南这是在极其委婉地宣布,意指行为对它的黑人使用者而言意味着什么,而不知是因为何种原因,语言学家把黑人使用者的意指行为理解错了。她承认,尽管这个修辞原则中一个相对次要的方面涉及侮辱的仪式,但是,这一概念远比这种理解深刻得多。事实上,单单意指行为本身就足以凸显黑人社群在语言使用上的独特性:"用意指行为这个专有术语来指代一种特别的语言专门化,这一事实从根本上规定了作为一个言语社群的黑人社群,它不同于非黑人社群。"在这儿,米切尔-克南既批判了其他纠缠于这一复杂概念却没有取得成功语言学家(具体而言,有亚伯拉罕斯和柯克曼),同时,她通过将意指行为定义为一种用比喻表达法使用语言的方式,而提供了一个急需的矫正性观点。米切尔-克南的作品犀利透彻,让我们得以进一步详细论述意指行为,并把它用于文学理论。[71]

很难就意指行为的定义达成一个共识,这一点在本章已经得到了证实。因此,米切尔-克南"通过类比的方式让读者了解它被用于阐释时的各种意义"。意指行为是个黑人的术语,相当于经典的欧洲修辞中所说的表意象征,这一事实的直接后果是要给意指行为下定义并不容易。因为意指的本质是象征性的,所以在实践中就得通过大量嵌入了其内部的转义来定义它。除了所有的修辞手法中都共有的最重要的方面,也就是通过间接使用来改变某个或某些词汇的意义之外,甚至连米切尔-克南都无法从调查对象身上取得一个共识,这一点也不奇怪。或者,就像昆廷利安所说,比喻表达法依赖于某种"表意的改变"。对意指的定义无法达成共识的语言学家均提到了在这一修辞策略中间接方式的作用,但是,似乎没人懂得这一点:间接方式引起了意义的改变或偏离,意义的改变或偏离使意指行为成为了所有其他转义的黑人转义,成为了转义的转义,象征的象征。意指行为就是转义行为。[72]

米切尔-克南指出了该词在黑人话语中独一无二的用法,并由此开始她对这一概念的详细论述:

>   表意(signifying)在黑人英语使用中的独特之处在于,它被扩展,从而包

含了一些它在标准英语用法中并不包含的意义及事件。在黑人社群中,可以说"他在意指(signifying)"和"不要意指了(signifying)",而这种句子在其他地方则是非正常的。[73]

在标准英语中,表意指的是意义,而在黑人传统中,它指的是产生意义的方法。因此,米切尔-克南认为,在两种不同的话语中,同一个术语的意义之间存在矛盾之处:

> 黑人的意指行为概念本质上是综合了这样一种民间观念,那就是辞典中的释义并不总是足以阐释意义或信息,或者说意义超出了这种阐释之外。奉承话可能说得言不由衷。某个特定的言谈在此语境中可能是个侮辱,而在彼语境中则不然。假装为提供信息的话目的也许是旨在劝说。因此,听话者不得不留心言语事件中带有象征系统的所有潜在的意义,也就是说他得留心整个话语世界。[74]

换句话说,意指行为是字面意义与形而上学意义之间、表面意义同潜伏意义之间的象征性差异。米切尔-克南把这种话语特征称为"隐含的内容或功能,它可能被表面内容或功能遮蔽了"。最后,意指行为必然意味着一种"被编码"的意图,也就是说,所说的话和所要表达意思是两回事情。[75]

在定义意指行为的过程中,米切尔-克南给出了多个例子。她的第一个例子是三个女人针对将要上桌的饭菜所进行的谈话。其中一个邀请其他两个一起用餐,当然,如果她们愿意吃"猪肠子"的话。她的邀请以一个尖刻的反问句结束:"或者你属于那种不吃猪肠子的黑人?"这些话并没有对着第三个女人说,但这时她做出了反应,絮絮叨叨地解释她为什么更喜欢"上等肋排和丁字牛排",而不是"猪肠子"。在自己的辩护结束时,她发出了传统的最高呼吁,也就是黑人内部要团结起来,以打败白人种族主义。然后她就离开了。她走之后,第一个说话人对自己本来的听话者这样说道:"真是的,我又没有意指她,但正如我常常说的,鞋子合脚那你就穿上吧。"米切尔-克南总结说,虽然这个交谈中一目了然的主题是饭局,但是它所隐含的主题则是面对文化同化还是文化民族主义的选择时,两类黑人不同的政治观点:因为许多中产阶级黑人拒绝吃这道传统黑人厨艺的菜。米切尔-克南把这种形式的意指行为称为"寓言",因为"词语的重要性或意义必须从已知的象征性价值中得来"。[76]

这种意指行为模式得到了非裔美国成年人普遍地使用。它与嵌入自己内部的一种转义在功能上是对等的,这种修辞通常被称为炫耀地说(louding)或高谈阔论(loud-talking)。可以想见,它的言外之意与字面意义刚好相反:一个人对着第二个人说话,却实际上是说给第三个人听的,高谈阔论在刚好能够被第三个人听到时,才能达到效果。这种作法达到了预期效果的一个符号是,第三个人愤怒地质问:"你说什么?"而说话人则会回答:"我又没跟你说。"当然,说话人同时既在又不在和第三个人说话。高谈阔论和米切尔-克南提到的意指的另一个象征相关,她把这个象征称为"模糊听话人",我称之为命名。她的这个例子在黑人传统中使用得很普遍,"从表面上看,谈话没有针对任何特定的人":

> 有一天,我看到一个妇人穿了条弹力裤,她一定得有个300磅。如果她知道自己是什么模样,她会烧了那条裤子。[77]

如果说话人的听众中间有人超重,而且时常穿弹力裤,那么这个信息就完全可能是针对她的。如果她抗议,说话人完全可以声称自己说的是别人,然后问听话人她为什么如此神经质。或者,说话人可以说:"鞋子合脚……"米切尔-克南说,这种意指行为的一个特点是要选择一个对象,这个对象"与说话人的听众中的某些人有关"。我曾经听过一个黑人牧师命名(name)他的教民中几个成员的不法行为,他通过神情并茂朗读"白骨的文本"而达到了自己的目的,这是对《以西结书》37章1—14节的阅读或解释。在这个布道之后,林·艾伦做了一个祷告。我们称呼他为"林先生",他祈祷说:"亲爱的我主,管管男赌徒吧……也别忘记女赌徒。"小小教堂陷入了怪异的寂静之中,后来被我父亲的一位朋友(他是本·费希尔,愿他的灵魂安息)的高谈阔论打破了,教民们"偷听到"他说,"盖茨,你逃不掉了,纽茨,你逃不掉了!"我父亲和一位邻居,纽茨小姐,都被意指了。[78]

米切尔-克南提供了多个意指行为的例子,它们都对其亚分类做了详细的论述。[79]她的研究在有关意指的文献中占据重要地位,而她的结论对其研究的重要地位而言又很关键。"意指行为",她在结论中宣布,"并不总是……附带着负面的评价;它显然被认为是一种艺术,是一种传达信息的聪明的方法。"[80]文学批评家可能称之为转义行为,用类似哈罗德·布鲁姆的话来说,也就是一种对意义的阐释或误-读(mis-taking),因为如米切尔-克南所说,"意指行为……暗指与意味着永远都不会明确地说出来的东西。"[81]让我举两个简单的例子。在第一个例子中,"格雷丝"通过交代对话的语境而引入了对话:

> (生了小儿子之后,我发誓再也不生了。我认为四个小孩的家庭刚刚好。但事与愿违。当我发现自己又怀上了的时候,我颇有点厌倦了,就没有告诉任何人。有一天我姐姐来了,而我的肚子那时候已经开始显了。)……
>
> 罗谢尔:老妹,你的确有必要参加梅特考尔的减肥班,减减你的赘肉了。
>
> 格雷丝:(含糊其辞地应付)是的,我想我的体重是增加了。

罗谢尔：别跟我来这套，老妹，我俩都站在这儿被雨淋了个通透，而你却还想告诉我说老天爷没下雨。[82]

这种意指行为显然与学者通常所说的意指行为大相径庭。下面是米切尔-克南举的另一个例子，它是个有趣的转义性对话：

甲：老兄，你什么时候能把我的五美元还我？

乙：有钱我马上还。

甲：（对着听众）有人要买值五美元的黑鬼吗？我这儿有一个要卖。

乙：老兄，如果我还了你五美元，你就没有什么可意指的了。

甲：黑鬼，你只要不变，我就永远都有意指的对象。[83]

这类对话在黑人社群中普遍存在，它代表了比一目了然的意指行为（以冲突和羞辱为特征）更复杂的意指行为，除米切尔-克南之外，其他语言学家讨论的就是那些一目了然的意指行为。

H. 兰普·布朗给高度复杂的意指行为下过定义，拉尔夫·埃利森关于黑兹尔·哈里森的轶事完美地展现了这种高度复杂的意指行为，它也在米切尔-克南叙述的一个极有趣的插曲中得到了表现。这个故事值得引述，它证明黑人成年人是如何教孩子们"聊天"的：

在七八岁大的时候，我听到了一个故事，我相信它是个"意指的猴子"的故事。在这个故事中，猴子向狮子告状说大象一直在给狮子和他的家庭泼脏水。这激怒了狮子，他企图制裁大象。接着是一场战斗，大象取得了胜利，狮子回到猴子这里来，对猴子非常恼火。在这个例子中，对这个故事的讲述是个有指向性目的的意指行为。我坐在一位邻居家的露台上听他给我讲自己在非洲做猎手时的冒险经历，他专门猎捕巨型猎物，这是不着调的闲扯中大家最热衷的话题，但那时我还没有意识到这一点。一位女邻居从自家的门廊上冲我喊，要我给她跑趟商店去买东西。我没有答应，说是我母亲让我别干这种事，沃特斯先生知道我在说谎，就问我这是怎么回事。我没有直接告诉他我想听他讲故事，而是说我拒绝给她去跑腿是因为我恨那个女人。沃特斯先生一定要我说出不喜欢她的理由，同时我也感到他不赞成我的做法，因此我撒了另一个谎来圆这个谎："我恨她是因为她说你懒惰。"我心想着要通过把他的忿怒导向另外一个人而来重获他的好感。虽然我的确听到过有人说他懒惰，但这并不是那个女人说的。他给我解释说自己并不懒惰，他不工作是因为他被解雇了，又没能找到其他工作；并说如果那个女人果真说了我所说的那些话的话，那她也不是出于恶意，而是因为她不了解情况。我感到非常内疚，就跑去取了一罐米尔诺特牛奶。回来后，他给我讲述了"意指的猴子"的故事。在这个经过删改的散文体故事中,猴子在被大象暴揍一通之后,又同样被狮子暴揍了一通。我非常喜欢这个故事,并自以为是地赞同故事的结局,那个时侯我没有意识到他是在意指我。沃特斯先生觉得我的反应非常滑稽。几天后在另一个语境中,当这个故事被重讲给另一个小孩时,我才意识到这个故事当时讲给我很合适。我承认自己说了谎,并道了歉,大人满怀爱怜地原谅了我,并告诉我说,我终于到了一个可以"聊天"的年龄,也就是说,我能够懂得并体悟暗含的意义了。[84]

黑人把这种教训称为"学校教育",这一标签表明了它的功能。孩子必须学着去聊天。这让我们不禁想起了理查德·兰厄姆所描述的理想化的修辞训练,我们可以得出这样的结论,那就是沃特斯先生对名叫克劳迪娅的孩子所说的话,与修辞学老师教导学生如何在一个交流行为及其阐释中使用转义时的做法是相同的,这些转义是他们记忆下来的。这种针对不同层面的意指而开展的微妙的教育,与青少年男孩用意指的猴子故事来彼此羞辱的做法有联系,但又全然不同。换句话说,意指行为语言是黑人象征性语言使用的一种策略。

我一直在这两个概念之间做着区分,一个是意指行为仪式,意指的猴子故事典型地代表了这种仪式;另一个是意指行为语言,它是象征性语言使用的土语术语。这两个术语对应于米切尔-克南所说的"第三方意指行为"与"隐喻性意指行为"。米切尔-克南是这样描述它们之间的区别的:

> 在隐喻型意指行为中,说话人试图间接地传达他的信息,并且只有当听话人把言说理解为意指行为时,说话人的目的(传递一个特定信息)才能实现。在第三方意指行为中,只有当情况刚好相反,也就是说,当听话人没有意识到言语行为是个意指行为时,说话人才能实现自己的目标。在【有关意指的猴子的短小故事中】,猴子之所以能够成功地激怒狮子,让他鲁莽地行动,那正是因为狮子没有把猴子的信息定义为意指行为。[85]

换句话说,这两种主导性的意指行为模式起作用的方式正好相反。这再次表明,需要从对种种转义的重复转变到对它们的运用上来,这是成熟过程所要求的。

猴子故事中铭写着有关阐释的金科玉律,而意指行为语言所关注的则是修辞的本质及其应用。猴子故事对文学阐释的重要性在于,猴子把狮子从王位上赶了下来只是因为狮子没能理解猴子话语的本质的缘故。米切尔-克南的观点很有说服力:"从语言的角度来讲,这种诗歌似乎有某种象征意义上的相关性。猴子与狮子说的是不同的语言;狮子没能理解猴子对语言的使用,总而言之,他是个局外人,土老帽。"换句话说,猴子在用象征手法说话,而狮子则把猴子的话语按字面意思做了解读。他为自己错误的阐释行为而承受了严重的后果。米切尔

-克南就特别指出,这种对象征手法的突出强调,也许就是这些诗篇最重要的寓意,尽管猴子因为精通比喻表达法而成为了非裔美国神话传统中一个正典的英雄。[86]

米切尔-克南对"作为一种语言艺术的意指行为"的根本特征做过总结,她的总结能帮我们清晰地阐明这个最难对付、最飘忽不定的修辞模式。为方便起见,我们不妨概略地介绍一下这些特征。意指行为最重要的本质特征是"间接目的"与"隐喻性指代"。这种间接性是个形式技巧,"看起来几乎是纯风格性的";另外,"它的艺术特征引人注目"。换句话说,意指行为依赖的是对意指者的强调。所谓"间接",米切尔-克南指的是:

> 仅仅考虑词汇项的辞典意义以及将它们组合起来的句法规则,那是不可能得到言语正确的语义(指代性阐释)或表意的。信息的显性意义不同于它真正的意义。句子的显性意义意指着它真实的意义。[87]

潜在意义与显性意义之间是一种奇特的关系,这种关系是由意指性言语的形式特征所决定的。通过多种方法,显性意义把注意力从自己身上引开,导向了另一个潜在的意义层面。我们不妨把这种关系比作一个隐喻的两个部分之间的关系,也即主旨(内部意义)和工具(外部意义)之间的关系。

在米切尔-克南看来,意指行为之所以如此有趣,那是因为"显性意义发挥这样一种关键作用:它引导听话人留意一些大家共有的知识、态度,以及价值或信号,这些东西表明,意义必须以隐喻的方式被生产出来"。她接着指出,对象征性信息的解码依赖于"大家共有的知识……这种共有的知识在两个层面发挥作用"。在其中的一个层面,说话人及其听众意识到"有意指行为发生,因此某个言说的辞典-句法意义要被忽略掉"。而且,在解释言语行为的显性内容的时候,必须考虑到另一个沉默的文本,它恰好对应于米切尔-克南所说的"共有的知识",它必须"被用来重新阐释这个言说"。事实上,这一元素在意指行为美学中是至为关键的,因为"要评判一个说话人的艺术才能,所依据的正是他把听话人或听众的注意力导向这种共有的知识的机智"。换句话说,意指行为的成功依赖于能指召唤出一个缺席的意义,一个在颇费心思地表达出来的陈述中模糊"在场"的意义。[88]

正如我所指出的,在语言学家中间,对经典的黑人转义有许多混淆和不同意见。从此学者到彼学者,从此城市到彼城市,从这一代到另一代之间,这些转义的具体术语也许会有变化,但它们的修辞功能保持恒定。把黑人奴隶转义(black slave tropes)比附于由维柯、尼采、伯克,以及布鲁姆等人所明确指出的主要转义(master tropes),把诸如意指行为等的黑人话语行为图绘进其西方转义构件之中,这做起来毫不费事。表4意在意指哈罗德·布鲁姆的"误解之图(map of misprision)"。[89]我在这儿呼应了这幅误解之图的核心内容,另外加列了对应于其西方对等物的约鲁巴及非裔美洲转义。

表4 意指的象征

修辞性转义	布鲁姆的修正比率	非裔美洲的意指性转义	经典约鲁巴	从约鲁巴借用来的词汇
反讽	克林纳曼①	意指行为(西印度群岛"黑鬼的行当")	Ríràn(èrān)	Áíróni
提喻	泰瑟拉②			Mètónímì
借代	凯诺西斯③	谩骂某人		
夸张,曲言法	魔鬼化	表演或自吹自擂(西印度群岛的"卖弄")	Ìhàlè(Èpón)	
隐喻	艾斯凯西斯④	命名(Naming)	Àfiwé(elélòó)	(间接"命名")Métáfò
			Àfiwé gaan	(直接"命名")* Símílì

---

① 克林纳曼(Clinamen),是哈罗德·布鲁姆从古罗马诗人拉克雷图斯那里移植过来的,其原意为原子的突然转向或逸出常规,布鲁姆借用该词来表示诗的转读之意,即一个诗人在阅读前辈诗作时所采用的力图摆脱前辈诗人影响的束缚的矫正运动,它暗示前辈诗人的作品已经达到了临界点,接下去就突然转向新的诗作的运行轨道。【参见哈罗德·布鲁姆著,朱立元、陈克明译,《误读图示》(天津:天津人民出版社,2008年)注释,第71页。——译注】

② 泰瑟拉(Tessera),是哈罗德·布鲁姆从古代神秘的礼拜仪式中找到的,原意是一个小壶的碎片与其他碎片组合起来就能重新组成一个完整的罐子,布鲁姆将其引申为完整与矛盾之意,表示这样一种"影响"关系,一个诗人用阅读直系父辈诗作的方法保留了与前辈诗人的关系,而同时却在另一种意义上赋予这些诗作以转义,这样,他就极为矛盾地"完成"了前辈似乎未完成的诗作。【参见哈罗德·布鲁姆著,朱立元、陈克明译,《误读图示》(天津:天津人民出版社,2008年)注释,第71页。——译注】

③ 凯诺西斯(Kenosis),是哈罗德·布鲁姆从圣·保罗那里借用来的一个词,原意是当保罗接受从神到人的降级的时候,他自己对耶稣的贬低或清除,这里引申为违背的策略,类似于人们的心灵为反对强制性重复而采用的防御机制,在影响关系上,是终结前辈影响的运动,即后起诗人对自己的灵感和虚幻神像的清除,而实际上也在贬抑和清除前辈诗人,是对前辈影响的背离。【参见哈罗德·布鲁姆著,朱立元、陈克明译,《误读图示》(天津:天津人民出版社,2008年)注释,第72页。——译注】

④ 艾斯凯西斯(Askesis),是哈罗德·布鲁姆从古希腊前苏格拉底时代的科学家们如恩培多克勒(Empedocles)等人的实践里吸取来的,意思是维系孤独状态的自我清洗运动,布鲁姆将其引申为后来的诗人所经历的缩减前辈影响的活动,即他放弃自己的部分想象才智,以同前辈诗人分离开来,实际上也降低了前辈诗人的才智。【参见哈罗德·布鲁姆著,朱立元、陈克明译,《误读图示》(天津:天津人民出版社,2008年)注释,第73页。——译注】

(续表)

修辞性转义	布鲁姆的修正比率	非裔美洲的意指性转义	经典约鲁巴	从约鲁巴借用来的词汇
代喻(Metalepsis)	艾坡弗拉代斯①	挤兑(Capping)	Afikún, Àjámó; Énì	

* 备注:"命名(Naming)"是约鲁巴文化中含义极其丰富的一个转义。肯定性命名被称为 *Oriki*,否定性命名被称为 *Inagije*。命名同样是非裔美国土语传统中一个意蕴极其丰富的(如果说可能是易变的)转义。"命名"某个人与"谩骂某人"是非裔美国土语话语中使用最普遍的转义。黑人传统中的几十条谚语和格言都利用了命名的种种象征。

我们可以进一步绘制我们自己的图,把单独的"意指性即兴重复"句子图示如下:[90]

转义的奴隶转义,意指行为
你老妈是个汉子　　　　（隐喻）
你老爸也是　　　　　　（反讽）
他们住在锡罐头盒里　　（借代）
罐头盒有股动物园的臭味（提喻）

黑人的街头押韵段子及其既定的修辞性转义在经典的西方修辞中能找到对应物,这个事实应该并不出人意料之外。事实上,黑人语言使用的这个侧面让我们想起了蒙田在《论语词的虚荣》中所说的话:"当你听到有人说借代、隐喻、讽喻,以及语法中其他类似的名称时,你以为他们——就像看上去那样——是在指某种稀罕的、舶来的语言形式吗?"恰恰相反,蒙田总结说:"它们是适用于女仆的絮絮叨叨的术语。"[91]我们可以做点补充:这些术语同样适用于黑人孩子在街角的说唱,他们通过吟诵而保留了经典的黑人修辞结构。

意指是个复杂的修辞方法,它导致语言学家提出多种不同、甚至矛盾的定义,这一点从本书中概略介绍的诸多定义中应该能够明显地看出来。尽管意指的许多表现形式与可能性在意指的猴子故事中呈现了出来,但是,大多数进行意指的人都并没有去叙述这些故事。相反,意指的猴子故事是正典诗篇,我所说的意指行为语言就是从这些诗篇那里延伸出去的。在人类学上,猴子的形象与泛非洲恶作剧精灵形象埃苏-埃拉巴拉之间究竟有多大程度的联系,这一点很可能

---

① 艾坡弗拉代斯(Apophrades),是哈罗德·布鲁姆从古希腊雅典人死者重返旧居的仪式和传统中取来的词,意思是死者的返魂。布鲁姆用它来指这样一种影响关系,后来的诗人在其最后阶段中已经陷入虚幻中的孤独状态,并在前辈诗作面前暴露无遗,几乎成为唯我论。从表面上看,这似乎是转回到诗人肯定自我前的学徒状态,实际上却产生了一种幻象,仿佛是后来的诗人写就了前辈诗人独具个性的作品,或者说是后来诗人向前辈诗人的回归。【参见哈罗德·布鲁姆著,朱立元、陈克明译,《误读图示》(天津:天津人民出版社,2008年)注释,第73页。——译注】

只能留给人们去猜测了。

但不管怎么说,这两个形象在这一点上是相互联系的:他们是功能对等物,因为双方都以自己的方式成为了一个意识的契机,成为了意识到黑人正式语言的使用、修辞结构及其恰当的阐释模式的关键性环节。正如我所论述的,两个形象都间接地指向我们不妨认为是口头文学中所暗含的书写的东西,同时,在这两个形象中储藏着有关一个传统的诸多宣言,这些宣言解释了正式的文学语言如何以及为何偏离了普通的语言使用。双声的埃苏-埃拉巴拉的隐喻对应于意指性言语的双声本质。当一个文本通过转义性修正或重复与差异而意指另一个文本的时候,这个双声的言语让我们得以勾勒出非裔美国文学史中具体的形式关系。这样看来,意指行为就是文本修正的一个隐喻。

第3章 意指的象征

> 他正在打开那个东西的包装,我在观察着他那双饱经风霜的手。
> "我想把它传给你,小子。就这样",他说着就把它递给我。"要把这东西给人,这是有点滑稽。但我想在这里面包了一堆意指,它可能会帮助你记住我们真正抗争的是什么。对于它,我只有两个词的想法,是与否;但它意指着更多东西……"
> 我看到他把手放在了桌上。"兄弟",他说,这是他第一次称呼我为"兄弟","我想让你拿着它。我想它是某种幸运物。不管怎么说,我就是把它给锉断后逃了出来。"
> ——拉尔夫·埃利森,《无形人》

> 实际上,任何一条表意链都把相关语境的一整套表达从自身的节点那儿"垂直地"悬置了起来,这一整套表达就好像是附着在每个表意链单元节点上了似的。
> ——雅克·拉康

> 雅克·拉康对能指功能的详细论述产生的不单单是符号内部一个简单的倾斜,因为问题一旦涉及表意,相关单元就不再是符号本身(例如,辞典中的单词),而是表意链。这个表意链在转向自身的时刻生成了一种意义效果,其结尾使我们得以对其开头进行回溯性阐释。
> ——奥斯瓦尔德·杜克罗与茨维坦·托多洛夫

> 结束就是开始,它在前面很远的地方。
> ——拉尔夫·埃利森,《无形人》

一

在非裔美国文学中意指行为是如何表现出来的?这个丰富多彩、往往有些滑稽的转义在黑人文本中作为显性主题、隐性修辞策略以及文学史的原则而出现。然而,在详细阐述这些意指模式之前,不妨先来讨论一下在黑人文本中使用了这些意指模式之后所产生的不同层面的意义。本章先是展现了以多种形式出现的意指行为的诸多例子,它们都颇能说明问题,然后在结尾部分,选取了一些有关黑人互文关系的例子做了粗略说明。

作为反讽的意指行为,它最早的一个例子可以从"一个黑人"胡安·拉蒂诺的诗歌中找到。拉蒂诺是一名16世纪的新拉丁语诗人,从1573年至1585年间,他在格拉纳达发表了三本诗集。[1]拉蒂诺最出色的诗作是《奥地利》,在该诗的起首部分,拉蒂诺恳请菲利普王恩赐他以歌颂国王的弟弟唐胡安的权利,唐胡安是勒班陀大海战的英雄。拉蒂诺指出,他的这一请求可能会招致反对,阻碍他去纪念这个至关重要的历史事件的是这样一个事实:他的非洲传统。

> 战无不胜的菲利普,他【诗人】跪拜着恳请您赐予他这样的权利,让他为您的弟弟歌功颂德。因为如果说奥地利战争给诗人带来了荣耀,那么也请看看这个事实吧,诗人,作为一名黑人,他让奥地利战争变成了不朽的传说……奥地利战争将成为地球的先兆。[2]

奥地利战争何以将成为地球的先兆?这恰恰是因为,在诗歌中被选出来用以表现这一重要事件的人是个蒙昧的黑奴:

> 这个诗人的盛名会让阅读您的履历中这些辉煌成就的人感到心烦意乱。东方哺育了诗人,也哺育了受上天庇佑的阿拉伯国王,他们被作为人类的第一批果实而献给了上帝。[3]

胡安·拉蒂诺接着意指了可能会诋毁他的人,他们把黑色等同于邪恶或愚蠢:

> 哦,大王,因为如果说我们黑色的脸在您的臣工们看来很不舒服,那么白色的脸在埃辛奥普亚人看来也很不舒服。在东方,访问的白人不大受尊敬。哦,大王,领袖是黑肤色的,也有人是红皮肤的。[4]

拉蒂诺在这一段中进行了意指,因为他通过聪明地倒置不同社会在不同语境中对美的不同定义而保护了他黑人自我的完整性,从而发起了一场修辞性自我防御。他完全是凭借着机敏避免了让自己的言谈犯上不敬;菲利普毕竟是国王。对反讽的这种微妙机智的使用是意指行为最普遍的形式。

当然,意指行为是个语言使用的原则,它根本不是黑人的专属领域,尽管黑人命名了这个术语也发明了它的仪式。19世纪早期的一个例证是于1828年在纽约发表的一幅告示,题为《黑人山上可怕的暴动》,这是对菲莉丝·惠特利的七封书信的戏仿性意指。这些著名的书信写于1772至1779年间,是惠特利写

图 12 《黑人山上可怕的暴动》,来自耶鲁大学拜内克珍本与手稿图书馆的美国文学收藏部

第 3 章
意指的象征

给罗德岛纽波特的黑人朋友阿伯·坦纳的。[5]

佚名发表的"书简"上标有"Bosson,Uly32,18015"的字样,副标题是《菲莉丝写给乡下妹妹的、被截获的书信的誊写本,信中描写了最近在黑人山上发生的暴动》。这封信中有两个句子引出了一首由 28 个诗节组成的诗歌。这首诗明显是模仿蒲柏及弥尔顿的风格写成的,他们两位都对惠特利产生过重要影响。第二个句子这样写道:"除了用蒲柏及弥尔顿大师的语言之外,我不知道如何能给你提供对夜间劳作的更为崇高的描述。"事实上,书信及其诗篇是用方言写成的,从而让其成为了最早在诗歌中长篇地表现黑人语言的文献。下面的这个诗节很典型:

> 遭受的损失用语言无法形容,
> 　　但我还是试图要让你知道,
> 我不能长期纠结于这件事,
> 　　它让我觉得噩梦重现![①]

这个告示的奇特之处在于,它的戏仿既依赖于对黑人方言贬损性的嘲笑,也依赖于对这个被戏仿原型的熟知,而后者是所有成功的戏仿所必需的。学者们认为惠特利写给阿伯·坦纳的信直到 1863—1864 年才发表,这就为这样一个事实提出了很多极有趣的问题:另一个人何以对原件非常之熟悉呢?[6]尽管有这样的困惑,但这个告示依然是一个意指行为突出的例子,它表明早在 1828 年,不妨可以被看作是意指性黑人差异性的东西,也就是非裔美国口头土语话语,可能就已经是戏仿对象与戏仿机制。黑人英语土语早在这时就已经是黑人差异性的符号,是语言中黑色的符号。土语是黑人理论得以产生的源泉,这也就不足为奇了。图 12 是这幅告示的复制品。

还有另外一个建立在对方言的表现之上的意指性戏仿,这是 1846 年发表于伦敦的一个告示,题为《一个有关语言的黑人演说》(见图 13),[7]它也意指了假想的黑人土语特征。这个告示由下面的这段引子起头:

> 所有有判断力的黑鬼们,
> 听听饱学之士的声音。
> 本人完全按照自己的习惯演讲,所讲内容是
> 本人懂的——(再插一句)——以及本人不懂的。

---

① 原文: De damage done no tongue can tell,/ But I will try to let you know,/ Long on de subject I cant dwell,/ It make me feel all over so! 盖茨认为这首诗格律严整,模仿了蒲柏、弥尔顿等人,但译文很难传达这种文体学意义上的审美,故此列出原文供读者参考。——译注

图13 《一个有关语言的黑人演说》,由耶鲁大学刘易斯·沃波尔图书馆印刷物收藏部提供

演讲的第一句话是:

> 今儿晚上,本人想对舶来的有关语言的主题放一通厥词,还有不同民族及不同黑鬼——不管他们是死是活,是有名还是无名——的诸多不同的语言这个主题。为了这一目的,本人就不在开场白上迟疑犹豫了,而是直接扑向它,就像发疯的公牛冲向"见鬼的干草堆"。

我们知道,这个"有关语言的演说"是一个关于黑人口语语言,关于土语的表现的话语,它构成了一种意指性戏仿,其中的批判对象不是前辈文本,而是个更广泛形式的口语话语本身。这个演讲在系列《福利特的黑人演说》中编号为6,这个系列演讲包括其他对方言的表现,分别题为《一个有关颅相学的黑人演说》(编号1,图14是其复制品),《一个有关谷物法的黑人演说》(编号5),《一个有关货币问题的黑人演说》(编号8),《一个有关蒸汽的黑人演说》(编号9),以及《一个有关大不列颠侵略的黑人演说》(编号11),这一系列无疑还包括其他演说。[8]

如果说黑人是这类种族主义的意指性戏仿的对象,那么他们也会颇为得心应手地在他们自己与自己的地位之间做出必要的分野,从而通过戏仿去意指白人种族主义。其中的一个戏仿由黑人"埃辛奥普"所写,19世纪50年代,他经常在黑人期刊如《弗雷德里克·道格拉斯的报纸》上发表文章。在一篇题为《我们如何处置白人?》的文章中,埃辛奥普意指了这样一类文章:它们关注的问题在20世纪被称为"我们如何处置黑人"的问题,或干脆被称为"黑人问题"。[9]在18、19世纪,这类文章尽管以多种不同的形式出现,但是它们一般都建立在这个观点之上,也就是在对正式学问的掌握方面,所谓黑人的进步是缺席的。这种正式学问被安上了好听的名字:艺术与科学。大卫·休谟的《论国民特质》一文是这类体裁的一个典型例子。[10]埃辛奥普的文章是与这类体裁反其道而行的一个意指性修正,其总结语就清楚地表明了这一点:

> 对于他们的物质进步,我们也给了他们【白人】很高的荣誉。某一天,在他们完成了自己的使命,将艺术与科学推到了最高峰之后,这时,他们会为一个温和友好的种族让开道路,或者与后者彻底融合,以至于失去了他们自己特有的、令人厌恶的特征。但又有谁知道呢?不管怎样,考虑到我们周围存在的具体情况,让我们永远想着这个问题:为了所有人最大的利益,我们如何处置白人?[11]

这种作为戏仿的意指行为在黑人文学传统中屡见不鲜。因为戏仿与混搭双方都包含有意指行为的两个核心方面,也就是有意修正与无意修正,因此,在先行介绍了非裔美国文本中作为主题的意指行为的例子之后,我将会回头对重复

图 14 《一个有关颅相学的黑人演说》，由耶鲁大学刘易斯·沃波尔图书馆印刷物收藏部提供

第 3 章
意指的象征

与修正进行更加详尽的论述。

非裔美国文学把意指行为表现成了一种仪式化言语行为,这是语言学家吉尼瓦·史密瑟曼在《言说与奚落》中所关注的一个主题。[12]对史密瑟曼而言,意指行为是个黑人"话语模式",与"拆掉某人的臭架子(dropping lugs);装腔作势(joanin);挤兑(capping);【以及】骂娘(sounding)"等意义相同。[13]在她看来,意指有如下八个特征:

1. 间接性、婉转曲折的陈述
2. 隐喻性-意象派的(但意象根植于日常、真实的世界)
3. 幽默的、反讽性的
4. 有节奏的流利及声音
5. 教育性但并非说教的
6. 指向通常在情景语境现场的单个人或多个人
7. 双关语的、语词的游戏
8. 引入在语义或逻辑上意想不到的东西。[14]

在史密瑟曼看来,意指行为作为一种话语模式可以被用于侮辱、"阐明观点",或者是"仅仅为了娱乐"。

史密瑟曼从非裔美国文学中找到的例子表明,意指行为总体而言可以是"一句插科打诨的话,一系列松散地联系在一起的陈述,或一个点上的黏合话语"。[15]下面出自理查德·赖特的小说《今日的我主》中的一段话表明,意指行为可以出现在一系列平行的陈述之中:

"你没戏了,在双倍之上再加双倍!"斯利姆闷声闷气地说道,记下了得分。

"和从婴儿手里抢糖果一样简单!"阿尔笑着说。

"比天鹅绒还柔顺!"斯利姆笑着在座位上往后靠了靠,把烟喷向了天花板。

"就像滚动一根圆木!"阿尔边洗牌,边唱边说。

"就像从油腻的竿子上滑下来一样!"

"就像打个响指!"

"就像吐口痰!"

"就像爱上金黄头发的高个女人!"[16]

这段意指性对白生动地表现了史密瑟曼所提到的八个特征中的五个,包括隐喻、幽默、有节奏的流利、指向参与仪式的说话人,以及在逻辑上意想不到的语言游戏等。[17]

史密瑟曼的下一个例子同样出自于《今日的我主》,它生动地表明,意指行为可以是"一句插科打诨的话":

"开始吧",斯利姆说道。
"本人没一张好牌",阿尔说道。
"我他妈没任何好东西",杰克抱怨道,在座位上扭动着身子。
"别对着我忏悔!"斯利姆趾高气扬地说。"我又不是牧师!"[18]

这段对白包含了意指的八个特征中的三个:幽默、语义和逻辑上意想不到的语言游戏,以及指向在情景语境现场的人等。

下面一段文字出自切斯特·海姆斯的小说《热天、热夜》,它生动地表现了史密瑟曼所说的意指的所有八个标志。小说的核心人物科芬·埃德和格里夫·迪格尔是两个在哈莱姆上班的黑人侦探,他们在就最近一次暴动的原由回答白人上司的问话:

"我知道你们已经查明是谁挑起了这场暴动",安德森说。
"我们一直都知道是谁",格里夫·迪格尔说。
"只是我们拿他没办法",科芬·埃德附和道。
"为什么没办法,看在上帝的份上?"
"他已经死了。"科芬·埃德说。
"是谁?"
"林肯",格里夫·迪格尔说。
"如果他不想给我们食物去填饱肚子,从一开始他就不该给我们自由",科芬·埃德说。"是个人都可以告诉他这一点。"[19]

安德森努力表示认同这两个同事的部分观点,以期保护自己不受他们的攻击,但结果是他再一次被意指了:

"好吧,好吧,咱们很多人都怀疑他对后果可能没作过什么考虑",安德森承认。"但要控告他,现在太晚了。"
"反正也不可能给他定罪",格里夫·迪格尔说。
"他所要做的就是辩护说自己的用心是好的",科芬·埃德进一步解释。"只要白人辩护说自己的用心是好的,那他就永远也不可能被定罪。"
"好啦,好啦,在这儿,在哈莱姆,今天晚上,谁是罪犯?是谁煽动民众闹起了这个毫无道理的无政府主义行为?"
"皮肤",格里夫·迪格尔说道。[20]

这个对白是长篇幅意指的例证,它的效果依赖暗含于皮肤这个隐喻中的多重反讽。

　　黑人文学之中长篇幅意指的最后一个例子是上面所引选段的高潮部分,出自赖特的小说《今日的我主》。尽管这部小说是作者去世后于 1963 年才发表的,米歇尔·法布尔告诉我们,最后的定稿与赖特完成于 1936 年的初稿"很接近"。[21]这段话值得原文抄录,因为它不仅揭示了赖特感到对黑人土语的表现是多么重要,而且也可以从中找到使用意指行为这一术语的最早的例子之一,它显然要比佐拉·尼尔·赫斯顿在其人类学文集《骡与人》中的使用晚一年。[22]

　　"阿尔,这么说,你搞到了一件新衬衣。"杰克舔着牙齿,将一条腿搭在椅子扶手上,他平静地,有点试探性地问道。
　　阿尔用手指轻轻地摸挲着衬衣领子。
　　"是的,我昨天弄到手的。"
　　"你从哪儿偷来的?"
　　"偷来的? 黑鬼,这样的衬衫可不是偷的。"
　　"你不是买的!"
　　"为什么不能是我买来的? 难道说我差钱?"阿尔说道。他坐直了身子,他圆圆的黑脸庞涨红了,他假装很愤怒。
　　"你这辈子买过什么东西?"杰克问道。
　　阿尔站起身来,把双手深深地插在口袋里,站在杰克面前。
　　"你到马歇尔·菲尔德商场里偷了一件衬衫! 这么一件衬衫是要花几个子儿的!"
　　"马歇尔·菲尔德商场?"
　　"是的,马歇尔·菲尔德商场!"
　　"马歇尔·菲尔德的门往哪边开你都不知道吧,你最靠近它的时候也就是到它的展示窗口旁边。"杰克说道。
　　"这是见他妈鬼的胡扯!"阿尔说道。
　　斯利姆和鲍勃听着,没做声,希望两个人会骂娘。
　　"有谁听说过一个黑鬼到马歇尔·菲尔德商场里买了一件绿衬衣吗?"杰克问道,像是在自言自语。
　　"哦,黑鬼,不要意指了! 去给你买一件衬衣吧!"
　　"我不缺衬衣,多的是!"
　　"这个黑鬼坐在这儿,全身搭拉着紫色的破布条,还说自己的衬衫多的是。谁让他醒醒吧!"
　　斯利姆和鲍勃笑了起来。
　　"我可以拿五件衬衫换你的一件",杰克吹嘘道。

"要做到这一点,你唯一的办法就是把身上穿的现脱下来,再连穿五遍。"阿尔说。

斯利姆和鲍勃又笑了起来。

"听着,黑鬼",杰克说道:"我穿衬衣的时候,你还光着身子在密西西比乱颠呢!"

斯利姆和鲍勃张大了嘴巴,软软地瘫在了座位上。

"嗯,嗯",阿尔说道:"那时候你头上系着白头绳,不是吗?"

"白头绳?噢,杰克……呵呵呵!"鲍勃话都没能说完,他笑得不行。

"是的",杰克说道:"我头上系白头绳的时候,老上校詹姆斯在吮你老妈的奶子,是不是?"

"老天",斯利姆呻吟了一声,他使劲把手绢按在嘴巴上,以免呛他一下。"这话我曾经对着一块铁也说过,它马上就变得炽热(redhot)①。现在,一个可怜的肉人(meat man)②会有什么反应?"

阿尔怒目而视,手指烦躁地摆弄着香烟。

"黑鬼",阿尔缓缓地说道,以便他的话所有能量都不会漏掉,"当老上校詹姆斯吮我老妈的奶子的时候,我看到你家小弟嘴角流着哈拉子,在街道对过看……"

斯利姆与鲍勃抱着肚子在沙发上打滚。杰克挺挺腰板,盘起腿,眼睛盯着窗外。

"是啊",他慢条斯理地说:"我记得在我家小弟嘴角流着哈拉子看的时候,你家老不死的奶奶蹲在茅房里哭,因为她找不到一根玉米梆子……"

斯利姆和鲍勃呻吟着,跺着脚。

"是啊",阿尔眯着眼睛,报复说,"当我家老不死的奶奶在为找不到那个玉米梆子哭的时候,你家老姨露西正在牲口棚后边和老上校詹姆斯的老爸鬼混,她嘴里念叨着这样的话:'你你你知知道……上上上校先先先生……我只只只是不不想出出卖卖……我的东东东西……我只只只喜喜欢……免免免费派派送……'。"

斯利姆和鲍勃相拥着,哈哈大笑。

"是啊",杰克说道。"我记得在我家老姨露西完事儿以后,她向周围瞅瞅,看到你家老姨玛丽在那儿看,手指插在那玩意儿中。于是我家老姨露西说,'玛丽,回家去把你的灯笼内裤洗洗!'"

---

① 也指非常恼怒。——译注
② 也指容易击败的人。——译注

斯利姆与鲍勃用拳头捶打着地板。

阿尔撇撇嘴,反击道:

"嗯,嗯,是啊!当我家老姨玛丽在洗她的灯笼内裤的时候,肥皂水的泡沫中那勾人的味道飘过了寂寞的墓地,于是你家上祖曾曾太太在坟墓里翻了个身子说,'我主,我要感谢您,我闻到了您在天上煮猪排的味道……'"

斯利姆抓住鲍勃,他们都在尖叫。

"是啊",杰克慢吞吞地说道,他丝毫不愿认输,"当我家上祖曾曾曾太太闻到猪排的味道的时候,你家可怜的上祖曾曾曾曾太太还是个非洲祖鲁人的王后。她当时正坐在餐桌旁,对服务生说:'我说,服务员,务必给我端些教会的猪肠子上来……'"

"嗯嗯嗯……教教……教会的猪肠子?"斯利姆问道,他平躺在地板上,粗声地喘着气,像是快不行了的样子。

"是啊",阿尔说道。"当我那当非洲祖鲁人王后的上祖曾曾曾太太吃完那些教会的猪肠子以后,她想修一个下水渠,把自己的粪便冲走,于是她走出门,看到了你家可怜的上祖曾曾曾曾太太睡在一棵可可树下,大张着嘴巴。她就再没必要修下水渠了……"

"老天!"斯利姆嚷道,闭上了眼睛,抱着肚子。"我快不行了!"

杰克眯着眼睛,咬着嘴唇,拼命想着还击的话。但他就是想破头也想不出来。阿尔的最后一个形象实在是太离奇了;这让他的脑子一片空白。接着他们都大笑起来,笑得全身都快散架了。²³

这一大段话有助于对意指行为的本质和功能的研究,因为它揭示了"骂娘(dozens)"和意指之间的紧密联系。大多数语言学家都把这两种黑人话语模式分割了开来,理由是什么我不知道,但是对大多数黑人而言,正如对赖特一样,它们是两个可以相互替换的概念。史密瑟曼的这一看法很有说服力:骂娘是"一种表意,但是作为一种话语模式,它【有】自己的规则和仪式"。因此,骂娘"构成了表意模式内部的一种亚范畴"。²⁴

骂娘比赛也许是最著名的意指模式,这既是因为它非常倚重于幽默,也是因为其对白的成功凭借的是对一个人的家庭成员——尤其是母亲——的侮辱。只消说"你老妈"就足以开始或是结束这样一种仪式化对白。拉尔夫·埃利森在下面的对白中表现了一个骂娘游戏,这发生在《无形人》的主人公和杰克兄弟之间,后者是"兄弟会"的关键人物:

"他的个人义务。"杰克兄弟说。

"你听到了吗,兄弟? 我没有听错吧?"

"你是从哪里学到这一手的,兄弟",他说。"这真是让人吃惊,你是从哪里学到这一手的?"

"从你老——"我开了个头,但及时地控制住了自己。[25]

史密瑟曼认为骂娘(dozens)之所以有这样一个名称,也许是因为"最初的诗篇涉及 12 种性行为,每一种性行为都被如此表述,以便和从 1 到 12 的这些数字押韵"。[26]对骂娘游戏一个最有趣的表现出现在赖特的短篇故事《大男孩离开家》之中:

你老妈没穿内裤……

这个声音显然是从树林中飘荡而来的,然后又消失了。就像是个回声,另一个声音又接上了:

本人瞅见她脱掉了那玩意儿……

接着是另一个少年尖声尖气的的破锣嗓子:

她把那玩意儿泡在酒精中洗……

然后是个和谐的四重唱,声音在树梢上飘荡:

她把那玩意儿挂在了大厅里……

惬意地嘻笑着,四个黑人男孩从林子中来到空旷的牧场上。他们打着赤脚,懒散地走着,一边用长棍敲打着缠绕的藤蔓及灌木丛。

"这首歌我真希望自己能多唱几句。"

"是啊,当你到她挂着那玩意儿的大厅时,你得停下来。"

"狗屁,接着它的是什么,我是说大厅?"

"打听。"

"打挺。"

"大庭。"

他们都扑倒在草地上,大笑着。

"大男孩?"

"嗯?"

"有件事,你知道吗?"

"什么事?"

"你一定是疯了。"

"疯了?"

"是啊,是个疯狂的臭虫!"

"对什么疯狂?"

"伙计,谁听说过大庭?"
"不是你说要什么东西来跟大厅配合吗?"
"我是说过,但大庭是什么玩意儿?"
"黑鬼,大庭就是大庭。"
他们惬意地笑着,用脚趾头摆弄并拔出了长长的绿草。
"好吧,如果大庭就是大庭,那么什么是大庭?"
"哦,我知道。"
"什么?"
"那首老歌是这么唱的:

    你老妈没穿内裤,
     本人瞅见她脱掉了那玩意儿,
    她把那玩意儿泡在酒精中洗,
     她把那玩意儿挂在了大厅里,
    她把那玩意儿套在了自己的大庭上!"[27]

这是个纵聚合(纵轴)替换的极为出色的例子,这种替换是由语音近似性(大厅/大庭)而不是语义近似性所决定的。

  骂娘游戏作为一种话语模式为一部文学作品提供了结构,这部作品就是兰斯顿·休斯由 12 个部分组成的诗作《问你老妈》,它里面无疑包含了骂娘游戏最有名、同时也最精妙的表现。[28] 不仅是因为这首诗有 12 个(dozen)部分,而且,对它的阅读得对照传统的黑人旋律"犹豫的布鲁斯"来进行,后者被记录下来刊印成了这首诗的前言。诗歌本身模仿了骂娘游戏,这体现在它使用了俏皮的双关语,它有强烈的叙事冲动(在这儿,叙事是个由 12 部分组成的非裔美国史,包括了所有的文化英雄),尤其是它频繁地重复了"问你老妈"这种说法。这种说法是个被不断重复的象征,事实上,这首诗的统一性就依赖于它。这首诗第六部分中题为"丰饶角"的一段让我们对整首诗有个大体的感觉:

    我搬走,来到了长岛
    甚至比圣奥尔本斯还远
    (最近它还是个乱石丛生的无名区)
    我搬走,走得更远,比更远还远
    彻底远离收费公路——
    而且我是唯一的黑人

    到了那儿!是的,我成功了!
    名字每天都出现在报纸上!

出名了——历经千辛万苦——
从无名小辈和无关紧要之人到我这一步。
他们都知道我,在市中心,
在全国,在欧洲——
我过去曾是无名小辈,
无数无关紧要之人中的一个
住在黑人区,
但现在有名了! 我的名气——大了!

但他们把我喊到院子当中
问我的钱从哪里来的?
我说,从你老妈那里![29]

休斯的诗歌极为出色地融合了多种元素,有非裔美国的布鲁斯传统,正式的诗歌传统,以及黑人土语传统,它们都通过一种修辞策略被揉进了一个文学结构之中,这个修辞策略源自于名为骂娘游戏的意指模式。事实上,这首诗可以看作是长篇幅的意指性重复。

在奥尔斯顿·安德森的短篇故事《意指行为》中,有个对意指行为最有意思的表现,在它之前还有另一个名为《骂娘游戏》的故事。[30] 安德森的短篇故事非常精妙、质朴,他把一个意指行为仪式做了如下描述:

有一天,我同一帮男孩子站在理发店外面。弗洛伦丝小姐从校舍回家时经过,于是他们就开始意指了:

"啧啧啧啧——呵! 天气多好啊,这一天!"

"是的,上帝,的确很好。"

"是啊,是啊,老天爷真是绝了!"

"你好,弗洛伦丝小姐!"

"你们好!"

"我们很好,老天作证。为了那样的一天,我情愿在街上睡上四十天四十夜!"

"你们都给我闭嘴,不要再意指了",我说道。"这儿可有个女士,我不会让你们都那样地意指她。"

说这段话时,我的声调不高,但我晓得她听见了。再一次见到她的时候,她冲着我投来了温柔的、甜甜的微笑,但是我装作以前什么也没发生过一样。[31]

这个意指行为的例子不仅代表了一个隐喻性转移,而且它也为H. 兰普·布朗的这种说法提供了佐证:意指行为可以让一个人感觉良好,或者感到屈辱。毫无疑问,弗洛伦丝小姐因为自己引来了花言巧语的恭维而感到有面子,叙述者对这种仪式明确的命名更是让她受宠若惊。叙述者的这种命名是个仪式性姿态,是要告诉一个陌生女子,他迷上了她。叙述者最终成功地勾引了弗洛伦丝小姐,之后他漫步回家,开始为自己的这种行为意味着什么而感到担忧:

> 她再次坐下的时候,我试图去吻她。
> "别",她说。
> 我吻她的时候,她的嘴唇紧绷着。但是在"每周新闻梗概"之后,她的嘴唇不再紧绷着了。
> 后来,我喝了点酒,回到住处,开始思考这件事。究竟是什么让男人做那种事呢?我没有和这个女人结婚的想法。实际上,一个礼拜我不想见她超过两三次,那是出于纯粹的自私。

在故事的结尾处,意指行为的象征再次出现。但是在这儿它是负面的,其含义就介于持续的、令人尴尬的嘲弄与侮辱之间:

> 我当然知道会发生什么:黑鬼们一定会意指,我会火冒三丈。我得甩掉弗洛伦丝小姐,那么她会气炸了肺。
> 我脱掉衣服,又给自己倒了酒——不老少,喝完了,熄了灯,爬上床,将被子盖在头上,真是醉了,接着我就睡着了。[32]

安德森的短篇故事是这一文类的杰作,也是对意指行为最精巧的表现之一,它被表现成了主题,被描述成了口头仪式,也被表现成了结构原则,因为故事的叙述模式是黑人土语,也因为它体现了史密瑟曼所提出的这种话语模式的八个特征。

对表现在19、20世纪非裔美国文学中的意指行为仪式,我还可以举出其他几十个例子。从弗雷德里克·道格拉斯与黑人奴隶叙述以及查尔斯·切斯纳特世纪之交的小说,到斯特林·A.布朗、赫斯顿、赖特,以及埃利森等人众多不同的用法;再到托尼·凯德·邦巴拉与约翰·埃德加·怀德曼等人近期的使用,意指行为在非裔美国文学中都频繁地得到了表现。在一篇名为《黑人诗作:它所在的地方》的有趣的文章中,卡罗琳·罗杰斯甚至把意指行为看成了非裔美国传统中一种重要的诗歌类别,并从唐·L.李、勒洛伊·琼斯、索尼娅·桑切斯以及尼基·乔瓦尼等人的诗歌中列举了例子。意指行为可以说是传统中一个灵活多变的概念。本章第二部分讨论了意指的种种模式,它们是文本之间不同类型的比喻性修正,主要出现在戏仿与混搭之中。[33]

二

在有关意指行为的研究资料中,我们已经看到语言学家强调间接方式,认为它是这一修辞策略最明显的特征。

依赖于间接方式的修辞性命名在我们的下述概念中是至关重要的,如比喻表达法、转义行为、对形式的戏仿,或者混搭等。当一位作家通过一种方式重复了另一位作家的结构的时候,间接方式的重要性显而易见。一种重复方式就是对一个特定叙事或修辞结构只字不差地重复,但却在其中别别扭扭地注入一种荒诞不经或者不相容的语境。T. 托马斯·福琼的《黑人的负担》就是这类戏仿中一个出色的例子,它意指了吉卜林的《白人的负担》:

> 什么是黑人的负担,
> 你们虚伪而且邪恶,
> 你们是被刷白的坟冢
> 从亚马孙到尼罗河?
> 什么是黑人的负担,
> 你们信异教的寄生虫,
> 是谁压垮了你的兄弟
> 并掠夺了他的人格及权利?

丹蒂·加布丽埃尔·罗塞蒂的《内德叔叔》用方言诗歌戏仿了斯托夫人的《汤姆叔叔的小屋》,它是另一个例子:

> 他的故事一直延续没有头,
> 直到你的眼睛变瞎无法读;
> 到第4章时我的头已经发痛;
> 于是我就让第4章原封不动。

还有一个例子是罗杰·D. 亚伯拉罕斯引录在《肯定是黑人》之中的。这是首德克萨斯东部的孩子们编出来的韵律诗,显然是跳绳时哼唱的:

> 二、四、六、八、十,
> 对种族融合我们不着急。
> 十、八、六、四、二,
> 我打赌你们狗娘养的要融合。[34]

这首韵律诗重复但又倒转了白人种族主义者所哼唱的一首有韵的曲调。1957

年,在阿肯色州小石城的一个中学里种族融合遇到了麻烦,这首歌就是那时出现的。虽然我那时还是个小孩子,但是我清楚地记得,这首歌在新闻中以及在某些场合里被吟唱。在这种种族融合的努力刚开始的时候,每天早上,白人大人小孩列在学校道路一旁,把邪恶的种族性侮辱话语抛向了黑人孩子与国民卫队队员,黑人孩子试图在这个曾经是全白人的公立中学上学,国民卫队是艾森豪威尔总统派来护送和保护这些孩子的。当黑人孩子靠近学校建筑物的时候,白人人群在穿着制服的中学拉拉队的带领下,用最有威胁性的语调吟唱道:"一、二、三、四、五、六、七,我们不要和黑人在一起。"亚伯拉罕斯1970年引录的曲调意指了它的前辈曲调,也就是1957年出现的种族主义曲调。

另一种形式戏仿暗中指向了某个特定的文本,但恰恰是通过与它的错位来达成的,也就是说,这种形式戏仿通过伪装而暗中指向了特定文本。重复一种形式,接着再用一个变化过程来倒置同一种形式,这对爵士乐而言至关重要,约翰·科尔特雷恩演奏的《我的最爱》对朱莉·安德鲁版本的戏仿就是个一流的例子。因此,相似性可以机敏地通过伪装来获得。阿里斯托芬的《蛙》对埃斯库罗斯与欧里庇得斯风格的戏仿,塞万提斯与骑士-游侠精神小说之间的关系,菲尔丁在《约瑟夫·安德鲁斯》中对理查森式感伤小说的戏仿,以及刘易斯·卡罗尔在《海华沙的摄影》(它用朗费罗的格律来戏仿了家庭摄影的传统)中的双重戏仿等等,它们都是在《普林斯顿诗歌及诗学百科全书》中找到的很好的例子。

拉尔夫·埃利森在不少地方都含蓄地定义过意指行为的戏仿侧面,我将用这些定义来帮助我讨论非裔美国文学传统中形式修正的策略。在复杂的短篇小说《希克曼到了》(1960)中,埃利森的叙述者对意指行为是如此表现的:

> 两个人【达迪·希克曼与迪肯·威尔海特】肩并肩站着,一个大块头,黑皮肤,另一个瘦弱,浅棕色皮肤,还有一些教士排队列在他俩后面。他们全神贯注,紧绷着脸,聆听对福音的朗读,就像法官坐在他们的雕饰镂刻的高背座椅上一样庄重。接着两个声音开始了他们的呼叫(call)与应答呼叫(countercall),达迪·希克曼详细地解读了迪肯·威尔海特所读的文本,在诗句上玩起了花样,就像当他真地想要意指的时候,就用长号意指圣乐团所演唱的曲调一样。[35]

在这段序曲之后,两位牧师演示了这种意指模式,它反过来又意指了非裔美国布道中交互轮唱的结构。在这儿,埃利森对形式的戏仿与理查德·普赖尔对同一个布道结构的戏仿,以及对史蒂维·旺德《为城而活》的戏仿属于同一个层面。在对"旺德之书"的"阅读"中,普赖尔用非裔美国布道中特有的形式及语调说出了旺德歌曲的歌词,从而达到了自己戏仿的效果。普赖尔的戏仿是一种"第三级"表意,它同时揭示了这一布道既定的结构(通过其在场,但在此处被它的不协调的内容祛除了神秘性)、旺德音乐的结构(通过其形式的缺席与歌词的在场),以及复杂而又直接的形式关系:既有黑人布道与旺德的音乐之间的这种具体的关系,也有总体而言的黑人的神圣叙述形式与世俗叙述形式之间的关系。

埃利森还以其他方式定义过意指行为。在他写的关于查理·帕克的《论鸟、观鸟与爵士乐》(1962)一文中,埃利森将意指行为的反讽等同于爵士乐中即兴重复的一个侧面,并加以讨论。

> 然而帕克是什么样的鸟呢?早在30年代,老蓝色魔鬼乐团的成员就演奏过名为《他们拔了可怜的模仿鸟的毛》的悲惨的小乐曲,这个曲子让某个模仿鸟名声大噪。这是个爵士乐社会的玩笑,从音乐的角度来讲,它是个长篇幅的"意指性即兴重复",或者是对当前一种人类境况的旋律优美的命名。它之所以被演奏,就是要讽刺从演奏台上所观察到的某种对信仰的背叛或爱的丧失。[36]

戏仿在这儿同样包含了两方面,涉及对《他们拔了可怜的模仿鸟的毛》的旋律在形式上的一种戏仿,还有对"从演奏台上所观察到的"一种行为的仪式性命名,从而也是一个转义。尽管即兴重复是个有多重意义的术语,但是我更喜欢杰利·罗尔·莫顿告诉艾伦·洛马克斯的那个意义。在莫顿看来,即兴重复"从音乐的角度来讲",是"一个象征"。一个即兴重复作为"给乐团提供一个宏大背景的东西"而起作用。所谓背景,莫顿指的是"你可以称之为基础的东西","你可以在其上面步行的那种东西"。J. L. 迪拉德的定义解释说,这个"象征"是"在合唱中始终被重复的一个短句,多多少少类似于经典欧洲音乐符号中不断反复的音型"。[37] "问你老妈"这一短语在兰斯顿·休斯的同名诗歌《问你老妈》中自始至终被重复,它就是这种即兴重复或象征。即兴重复是爵士乐即兴演奏以及意指行为的一个核心构件,它是转义与修正的非常妥帖的同义词。

埃利森当然是个复杂的意指者。在自己的作品中,他从头至尾都通过间接方式与转义来为种种东西命名。在他对勒洛伊·琼斯的《布鲁斯人》的著名评论中,埃利森给意指行为的定义又提供了另一种意义,然后又意指了琼斯对非裔美国文化史的阅读,这种阅读在埃利森看来是走错了方向会错了意。"琼斯给这种音乐身上堆砌的极其沉重的社会学负担",埃利森写道,"足以让忧郁的布鲁斯更忧郁。"埃利森写道,莉迪娅·玛丽亚·蔡尔德的题目《为被称为非洲人的那个美国人阶层呼吁》

> 听起来非常像当时反讽性的表意行为,也即"意指行为",在美国黑人用法未成文的辞典里,它的意思是"修辞性克制陈述(rhetorical understate-

ments)"。它告诉我们很多她所反对的想法,也提醒我们,一直迟至19世纪90年代,当黑人作曲家、歌唱家、舞蹈家以及喜剧表演家在美国的音乐舞台上占主导地位的时候,流行的黑人歌曲(包括詹姆斯·韦尔登·约翰逊的《在竹子树下》,时至今日,它经T. S.艾略特已永垂千古了)还是常常被称为"埃塞俄比亚曲调"。[38]

埃利森对"美国黑人用法未成文的辞典"的强调提醒我们注意到,当一个人在两种语言之间进行转换的时候,会出现定义的问题以及表意自身的问题。也许可以说,意指的猴子好像就居住在两个语言领地之间的空间上。顺便提一下,我们不禁想起这个非裔美国形象与两个法语单词 signe ("符号")与 singe ("猴子")之间可能存在的联系。

埃利森定义过自己的作品与理查德·赖特的作品之间的关系,他的定义构成了"批评意指"、"混搭"或"批评戏仿"的定义,尽管他没有用这些术语中的任何一个。他解释了我们也许可以称为是隐含性形式批评的东西,他的解释包含我们有时候称为转义的东西,并为批评意指本身提供了一个深刻的定义:

> 我并没有感到有必要去攻击在我看来【赖特的】视野的局限性,因为我认为他所取得的成就很了不起。在这一点上,虽然我的看法与含的一样黑暗,但我自认为与闪和雅弗一样虔诚。然而,我还是要写我自己的作品,它们本身就是对赖特作品含蓄的批评;正如某个特定历史时期的所有的小说,它们都围绕现实的本质问题形成了一种争论,同时,从某种程度上来说,彼此都是对对方的批评。[39]

埃利森在自己的小说中用重复及差异戏仿了赖特小说的文学结构,并借此而意指了赖特。我们很容易指出这个戏仿的复杂性。语言游戏,也即意指行为,从题目就开始了。赖特的书名 Native Son(《土生子》)与 Black Boy(《黑孩子》)暗示着种族、自我以及在场,埃利森对此用 Invisible Man(《无形人》)做了转义,其中 invisibility(无形性)是个有关缺席的反讽性回应,回应了 blacks(黑人)与 n-atives(土著人)自称自许的在场;而 man(人)则暗示着一个比 son 或 boy 更加成熟与强大的身份。埃利森用一种繁复的现代主义手法意指了赖特有个性特色的自然主义;赖特的主人公是个反应性(re-acting)人物,到最后都是无声的,埃利森用一个无名主人公来对他进行了意指。埃利森的主人公其他什么也不是,仅仅是个声音,因为正是他决定自身故事的面貌,并编辑、叙述了自己的故事,从而把行为与对行为的表现结合了起来,并通过对现实的表现而定义了现实。在场与表现的这种统一性也许是埃利森对赖特的小说理论最微妙的倒转,《土生子》就是赖特小说理论的具体体现。比格的行动(与反应相对)沉默无声,毫无效用,标志着一种缺席,尽管小说的书名中包含了在场的隐喻;而《无形人》则恰好相反,无形性所暗含的缺席被叙述者的在场破坏了,叙述者就是关于自己的故事的作者。

在这儿,意指行为的其他侧面也发挥了作用,其中最有趣的是杰克的玻璃假眼掉进面前的水杯中的情节。从功能上讲,这个例子等同于赖特《生活在地下的人》中的主人公的行为:在下水道深处,他被一个夭折的婴儿的尸体绊了个跟头。在叙事中,正是在这个地方,我们意识到弗雷德·丹尼尔斯是"夭折的,婴儿"。赖特的自然主义通过这种笨拙的方式体现了对象征的自觉意识。如果说黑暗的下水道中绊倒了丹尼尔斯的物体标志着他的命运,那么,埃利森则是这样来意指赖特的这部中篇小说的:他重现了这个地下的自我发现场景,但是让主人公将那些纸片点火烧掉。过去,主人公曾容许其他人用这些纸片来定义他。埃利森明确地重复与倒转了赖特小说中关键的象征,并且在叙述过程中含蓄地定义了一种繁复的形式,它更接近佐拉·尼尔·赫斯顿的《他们眼望上苍》中使用的形式,通过这些方法埃利森揭示出,自然主义仅仅是一种表现"黑人问题"的僵化的传统,也许它本身就是"黑人问题"的一部分。这种叙述姿态对后来黑人叙述形式的发展的重要性,我怎么强调都不为过。埃利森记录了一种新的"观察方式",并定义了一种新的表现方式以及它与在场概念之间的关系。[40]

埃利森与赖特之间有形式上的联系,伊什梅尔·里德与两者之间都有形式上的联系,但主要是与埃利森有联系(我会在第6章讨论这种关系)。埃利森阐述过形式意指行为中这类复杂的、本质上属于论战性的互文关系,这不奇怪。在批驳欧文·豪对自己作品的批判时,埃利森写道:"我同意豪的说法,抗议是所有艺术的一个元素,虽然它不一定非得采取一种政治或社会纲领代言的形式。在一部小说中,它可能作为一种针对以前出现过的风格的技术性攻击而出现。"[41]这种形式修正就是我所说的批评表意或者说形式意指行为,它是我对文学史的隐喻。

我将努力证明这样一个意指理论是如何在非裔美国文学史中长期延续的,但首先让我们来思考一下戏仿与混搭的既定定义,并把这些定义和意指行为作个比较。在《普林斯顿诗歌及诗学百科全书》中,批评戏仿被定义成"对一部艺术作品夸张的模仿",这部作品从内部而不是从外部阐释一个主题。另外,戏仿还是"一种文学批评,体现在对所模仿事物的特征的强调上"。《牛津古典辞典》定义了两类文学戏仿:"一类是混搭,它滑稽地模仿了原作的风格,但并不拘泥于原作实际的用词;另一类是严格意义上的戏仿,它的对象通常是有名的作品,原作被歪曲,但语言和文字的改变被降到了最低限度,以借此传达一种经常与形式不相容的新的意思。"在沃·索因卡的《狮子与宝石》中,"村子中的美人"西迪对贝尔的大老婆萨迪库所作的回答显然是个戏仿的极佳的例子。西迪沉湎于自我欣赏的赞美诗被通过无韵体诗歌形式而表现了出来,显然仿效了莎士比亚的语言。萨迪库接下来的回答典型地表明,这里有戏仿在场:

> 萨迪库【感到震惊、迷茫,弄不明白西迪的话是什么意思】:但是西迪,你没有不舒服吧?你以前从来没说过这种疯言疯语。你的话听上去不古怪吗,即便是你自己听着不也很稀奇吗?【突然冲向拉孔尔】这是你干的好事吧?你这个地痞恶少。你最终把这个可怜的姑娘给逼疯了吧?说出这种不着调的话来……为这事我得敲敲你的脑袋!
>
> 拉孔尔【惊恐地往后退】:别靠近我,老巫婆。[42]

在我们对戏仿这一术语的理解中,索因卡在这儿意指了莎士比亚、无韵体诗歌,以及对西方文学形式不加批判地采纳的作法。

阿尔·扬通过"诗人""O. O. 加布迦",利用这种文学戏仿而意指了黑人艺术诗歌流派。黑人民族主义诗歌在60年代盛极一时,对这类诗歌的这种戏仿意指了它们对方言的使用,也意指了它们的种种主题及形式。《老掉牙的O. O. 布鲁斯》是加布迦诗作中最生动的例子。下面节录了一部分:

> 就比如现在是夏天
>   而我又如此孤单。
> 我要吹奏一段不落俗套的旋律
>   在我心灵的萨克斯管上。
>
> 特雷恩兄弟①已表演了自己的歌
>   韦斯特·蒙哥马利②也一样,
> 俩人在音乐界都是重量级的,
>   现在我简单表演一下我的曲子
> 我要说的是,你们很多人自认为是白人
>   (或者我应该说是欧洲人?)
> 认为莫扎特和巴赫是好样儿的,
>   否认了你们的黑人存在。
>
> 好啊,捧白人臭脚的黑人(honkeyphiles)③,你们的大限到了,

---

① 所指的显然是约翰·威廉·科尔特雷恩(John William Coltrane,1926—1967),美国爵士乐萨克斯手,先锋派爵士乐领袖。——译注

② 著名的爵士乐吉他手。——译注

③ honkeyphiles,疑为honky(美国俚语"白鬼子,这是黑人对白人的蔑称")与-phile("爱好……的人,亲……的人,嗜……的人")结合构成的新词,因此这样翻译。——译注

> 我是说我们要把你们扫地出门
> 我们要从"白心"黑人废物（Oreo-scum）①的土地上碾过
> 你们把自己宝贵的东西给了与魔鬼作交易的浮士德
>
> 这次你们见到的是把革命当正经事的人
> 这儿没人在闹着玩儿
> 我们要阻止这种文化污染
> 你们能明白我在说什么吗?[43]

在这类戏仿的一个实例中，一个既定结构的正式事件的确在场，但是对它们的再现却与原作中的顺序正好相反，这个例子就是让·雷诺阿电影《查尔斯顿》。这是一部于1927年3月上演的故事片的无声的残片，有20分钟长，对这部电影我们一无所知，它的原件已经找不到了。这部电影有非常浓厚的超现实主义色彩，好像是受过勒内·克莱尔的《沉睡的巴黎》与《间奏曲》的影响。对这部电影的故事做个概述，也许既可以表明它的双重戏仿，也可以表明它作为先驱而与后来者伊什梅尔·里德的《芒博琼博》之间在主题方面的联系。在这儿，它的双重戏仿是一种深刻的意指性即兴重复。一只银色的球从一个圆锥体形的封闭区域弹射开去，这个区域紧挨着一个依照传统的西非建筑而设计的建筑物。这个球体由一个宇航员驾驶，他的脸直到他落地时我们才看清楚。这个太空舱由赤道向北飞去，飞越非洲大陆，来到了已知的文明世界的边缘，我们发现这个边界是地中海。我们所知道的现代法兰西在这儿是个原始人居住的不明地域，在宇航员的航行表上被标注为"未知之地（terres inconnues）"，而整个非洲则都被详尽地标出，交通及通讯路线在图上纵横交错。最后，太空舱降落在了巴黎，残破的埃菲尔铁塔表明之前发生过一场浩劫。宇航员（约翰尼·赫金斯，著名的踢踏舞演员）从飞船里走了出来，我们看到他是个用传统的黑人喜剧化妆方式打扮过的黑人，完全是一副由白人扮演黑人的滑稽说唱演员的装扮。迎接他的人看上去是法兰西唯一的幸存者，一个几乎没穿什么衣服的白人野女人（由凯瑟琳·赫丝琳扮演），另外还有她淫荡的伙伴，一只猿猴。这个野女人没有一丝文明的痕迹；相反，她只擅长于跳舞，跳着查尔斯顿舞，就好像这是她发明的一样。她淫邪地勾引宇航员，后者不仅学会了跳舞，而且还比野女人跳得更好。毛茸茸的猿猴想要模仿这一对男女，但只学会了蹩脚的两步舞。这两个人跳着查尔斯顿舞回到了太空舱上，飞向了文明，也就是飞向了为人所知的撒哈拉南部区域。这个故事的寓意是恶作剧（monkeyshine）和由白人扮演黑人的滑稽说唱团

---

① Oreo是美国口语中的贬义用法，指的是奉行白人社会准则的"白心"黑人，源于一种奶油夹心巧克力饼干的商标名称奥利奥。——译注

演员(Minstrel Man)之间只有一步之遥。

从1550至1800年间在文艺复兴及启蒙运动时期,欧洲非常流行发现文学,《查尔斯顿》就是对这种文学的戏仿。在这段时期,一批又一批的欧洲人"发现"了有色人种的文化及个体,尤其是在西非。那个白人野女人就倒转了欧洲人所描述的怪异的黑人形象;她对猿猴的喜爱倒转了欧洲人这种普遍的主观臆测:他们断言非洲女人有这样一种倾向,那就是更喜欢由公猿猴来陪伴她们。⁴⁴那个白人野女人只懂得跳舞,她与非裔宇航员用淫邪的舞蹈交流,这些事实倒转了一些常见的观察结论,即认为非洲人身上存在淫邪的、"非自然的"行为,认为在种种艺术形式中,他们对音乐与舞蹈有种独特的偏爱。这种倒转很直截了当。宇航员被描述成一个用传统的黑人喜剧化妆方式打扮过的黑人(一种双重否定),完全是一副由白人扮演黑人的滑稽说唱演员的装扮,这是一种更精妙的戏仿,把19世纪与17世纪的刻板形象杂糅在了一起。由白人扮演黑人的滑稽说唱演员形象是个种族主义的形象,是智性缺席的符号,电影将其代之以代表着智性在场的黑人形象,这是雷诺阿有关反讽的主要转义,是野女人教会了非裔宇航员查尔斯顿舞的这个事实也是反讽的主要转义。两个人扭动着身体,跳着布基伍基舞回到了太空舱,点火飞回到撒哈拉以南的文明世界,幸福地结为夫妻;猿猴在被夷为平地的巴黎的废墟中,向他们道别,眼睛里饱噙泪水。(这部电影引发了争议,赫丝琳半裸着身子教授淫邪的舞蹈,但这只是部分原因。)雷诺阿聪明地倒转了由白人扮演黑人的滑稽说唱演员的刻板形象,这种倒转使我们想起了埃利森对西方人的主观臆测的批判和挑战,他们凭空想象了黑人形象:

……美国白人把黑人象征性地【逼】到了其意识的更深层面,到了内部世界之中去,在那儿,理性和疯狂与希望和记忆混合到了一起,永不停息地制造出噩梦及梦想;白人把黑人逼到了精神病医生与艺术家所关注的领域,从那儿冒出来了疯子的痴心妄想以及艺术作品。……

显然,这种地位对黑人而言并不一定是绝对不利的。在一个不同的文化中,它可能是高超的策略,为自己的事业带来艺术所具有的创造自由的力量。黑人形象被禁锢在了人类社会最深层的驱动力之中,所以,美国白人要想思考情色、经济、他的孩子或女人,或者是广泛的社会政治变化,而不把恐惧写在脸上的黑人形象考虑到自己的意识之中去,这是不可能的。事实上,黑人似乎变得等同于良心和意识中那些令人不快的方面,美国人性格的一个方面就是要躲避这些不愉快。因此,当一名文学艺术家试图利用从其内心深处翻涌而出的丰富的感情之泉的时候,他的意识中就漂浮出了畸形肿胀的黑人形象,这一形象就像经过水溺后而发臭的尸体一样。这时他就转过脸去,抛弃一种不容易说清道明的物质,而对这种物质,其他文化的艺术家可能会果敢地面对它,并将它做人性化处理,让它变成一种悲剧性艺术的素材。[45]

雷诺阿对有关黑人的西方话语的基础性传统做了超现实主义批判,他的批判被凝固在了舞蹈之上,是个批评意指的例子;伊什梅尔·里德在《芒博琼博》中对黑人的文学关系所作的后现代批判,我在下面将证明,也无疑是批评意指的例子。这两种批判在同等程度上依赖于舞蹈的精神。

这类戏仿都建立在对明喻——x 像 y——中的一项进行压制这一基础之上,这一项暗含于比较本身内部。读者须提供模型,作者的文本就是这个模型被歪曲的形象,通过某种方式得到了反映。这种镜子映像可能同时涉及内容关系与形式关系,也可能两种关系都不涉及。在其著名的文章《长篇小说话语》中,米哈伊尔·巴赫金明确阐述过叙述过程中对戏仿更精妙的使用。[46]

巴赫金的文章有助于解释叙述形式中所使用的三种范畴的词汇。就我们对非裔美国文学传统的阅读而言,他的第三种话语尤其有意义。巴赫金将这第三种话语称为是"双声的"。巴赫金对第三种话语做了分类,其中的两个亚分类是戏仿性叙述与隐性的或内部的论战,我们可以通过这两个亚分类来详细论述作为一个文学史隐喻的意指行为理论。我们将会看到,正如巴赫金所说的那样,这两类话语可以融合。在我们传统的正典文本中就有好几个融合的实例。巴赫金对叙述戏仿的定义值得引录。在戏仿中,

> 正如在对他人风格的模仿中一样,作者也使用了另一个人的言语,但与对他人风格的模仿形成对照的是,在戏仿中,他在那另一个言语中引入了一个与它的本来意图正好相反的意图。嵌入在那另一个言语中的第二个声音,与原来的寄主声音之间形成了对抗性冲突,并迫使其服务于和原目标正好相反的目标。言语变成了相反意图之间的一个战场⋯⋯
>
> 戏仿可以有相当丰富的变体:一个人可以把另一个人的风格作为风格来戏仿,或者是戏仿另一个人的观察方式,思考方式,与言说方式,这种方式可以是在社会意义上有代表性的,也可以是体现个人特色的。另外,戏仿的深度也可能不同:一个人可以把戏仿限定在组成语言表面的形式上,但也可以戏仿甚至另一个言语行为的最深层的原则。[47]

应该明白,根据不同的语境,巴赫金所说的戏仿可以指代我们上面定义过的"戏仿"或"混搭"。就非裔美国正典中的文本而言,可以说它们之间形成的联系是建立在内在于戏仿与混搭之中的种种重复与修正之上的。上文所定义的戏仿模式依赖于对另一个文本的语词的使用,巴赫金还定义了另外一种在我看来更微妙的叙述话语,这就是隐性论战。

111　　　意指行为理论与巴赫金所定义的戏仿和隐性论战之间有根本的联系,为了对它有个初步的了解,在这儿我想讨论一下伊什梅尔·里德的意指性后现代主义与理查德·赖特的现实主义和拉尔夫·埃利森的现代主义之间的关系。我通过形式意指所勾勒出的这一组互文关系,它们明显与巴赫金的双声话语相联系,尤其是与其亚分类——戏仿性叙述及隐性的或内部的论战——相联系。这两种双声话语可以融合在一起,比如在《无形人》或《芒博琼博》中,它们就融合在了一起。容我再次引述巴赫金。在隐性论战中,

> 另一个言语行为在作者的言语范围之外,但却被那种言语所暗含或影射。另一个言语并没有被表现得带有了一个新的意图,但是它塑造作者的言语,而同时处于作者言语的范围之外。这就是隐性论战中的话语的本质……
>
> 在隐性论战中,作者的话语指向它所指示的对象,就像其他任何话语一样。但同时,作者话语中每个关于那个对象的断言是这样建构起来的,即除了它所指代的意义之外,作者的话语还带有一种论战性攻击,它攻击了关于同一个主题的另一个言语行为,另一种断言。在这儿,一个专注于其所指对象(referential object)的言谈与另一个言谈围绕着所指之物(referent)本身而产生了冲突。那另一个言谈没有被复制出来,它仅仅因其重要性而为人所理解。[48]

埃利森对自己的作品与赖特的作品之间的形式关系做过清晰的说明,这种关系是个鲜明的隐性论战的例子:他的文本与赖特的文本"围绕着所指之物本身"而产生了冲突。巴赫金继续讲道:"结果,后者开始从内部影响作者的言语。"在这种双声关系中,一个言语行为决定了另一个的内部结构,第二个言语行为通过缺席,通过差异而影响了第一个的声音。

大部分非裔美国文学传统中的作品可以被认为是这样一种持续的努力,也就是试图去创造一个新的叙述空间,用来表现非裔美国文学中反复出现的所指之物,也就是所谓的黑人经历。毫无疑问,我们就是用这种方法来阅读斯特林·A.布朗的地域主义与图默的抒情主义之间,赫斯顿的抒情主义与赖特的自然主义之间,以及同样的,埃利森的现代主义与赖特的自然主义之间的关系的。这一组关系可以在表5中以图解的方式来说明,我仅仅是想粗枝大叶地勾勒一个轮廓。[49]这种关系是交互的,因为我们可以驾驶着时间机器自由地穿行,回溯阅读至过去,就像默林①在时间中穿行一样。对我自己的阅读理论而言,伊什梅尔·

---

① 中世纪传说中的魔术师和预言家,亚瑟王的助手。——译注

里德与拉尔夫·埃利森之间,艾丽斯·沃克与佐拉·尼尔·赫斯顿之间,以及从埃利森与赫斯顿到托尼·莫里森的关系是最重要的直接关系。

尽管里德与赫斯顿都似乎嗜好传统的游戏,但里德的作品似乎是针对传统的极富想象力的游戏。赫斯顿与里德都写过摩西神话,两个人都利用过黑人的宗教及世俗的神话话语,将其作为隐喻的与形而上学的体系;两个人都写过自反性文本,这些文本就书写自身的本质发表过评论;两个人都用嵌入技巧把他们的叙事中的叙事(narratives-within-a-narrative)凸显了出来;两位作者的小说我都称之为言说者文本。言说者文本特别看重表现言说的黑人声音,表现俄国形式主义者所说的斯卡兹,赫斯顿和里德将其定义为"一种口语书本,一个说话书本"。说话书本是一个象征,令人称奇的是,它在黑人传统中最早的五个叙事中都出现了。[50]

表 5

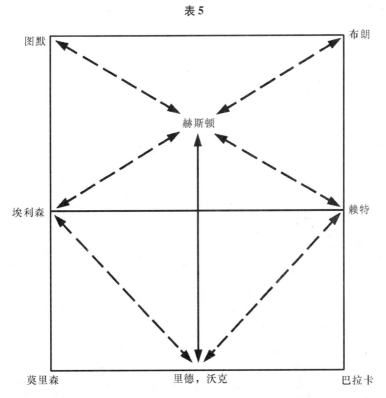

里德与传统中这些作家的关系在各方面都是双声的关系,因为他似乎特别关注于要借助讽刺来使用文学,利用诺思罗普·弗莱所说的"一种特殊功能,具体而言是做出分析,打破杂乱无章的思维定势、僵化的信仰、迷信的恐怖、荒唐的

理论、迂腐的教条、有压迫性的风尚,以及其他所有阻碍社会……自由运动的事物。"[51]当然,里德最关注的似乎是写作本身的"自由运动"。在里德的作品中,戏仿与隐性论战发生了重叠,巴赫金如此描述了这样一个过程:

> 当戏仿意识到遭遇了坚韧的抵制之时,也就是遇到了它所戏仿的言语行为中的某种强有力性与深刻性的时候,它就会通过隐性论战的语气而呈现出一种新的复杂性层面……【一个】内部对话的过程就在戏仿性言语行为中产生了。[52]

这种"内部对话"可能会产生奇特的后果,其中最有趣的也许是巴赫金所描述的这种结果,"双声话语分裂成了两个言语行为,成了两个完全独立自主的声音。"在《芒博琼博》中,里德通过作为隐性论战的戏仿而在做着意指,最明显的证据是他使用了这样两个自主的叙述声音。里德通过凸显的方式使用了这两个声音,也用凸显的方式表现了这两个声音,他用这两个声音戏仿了侦探叙述(现在叙述与过去叙述)中两个同时并存的故事。里德的叙述慌不迭地从原因流向了结果。然而在《芒博琼博》中,过去叙述与现在叙述之间存在一种反讽关系,因为过去叙述不仅评论了现在叙述,而且也评论了其写作自身的本质。在另一个语境中,弗莱把这种手法描述成"讽刺性修辞不断自我戏仿的倾向,这种倾向甚至使写作过程自身免于变成一种过于简单的程式或理想"。[53]里德所采取的修辞策略体现了这样一种关系,体现了文本与对那个文本的批评之间的关系,这种修辞策略形式是对文本的评论。

尽管我会在第6章努力对《芒博琼博》做一个细读,但我还是在这儿介绍了这部小说中一些很明显的意指形式,目的仅仅是要让这一修正理论更加具体。在接下来的几章里,我选取包括《芒博琼博》在内的四个例子做了分析。但是,在本章的剩余部分中,我可以介绍一些意指性修正的其他例子。这些例子有助于证明,作者在一定程度上是通过在他们的小说中修正表现的形式模式而生产意义。这种意义生产固然十分复杂,但是,它同时牵涉了一种定位或批判,既有对既定文学陈规的定位或批判,也有对表现在传统的正典文本中的主题的定位或批判。

原创性在黑人文学中扮演着诡异的角色,仅仅因为这一点,去在黑人传统中找寻修正,这是件奇特甚至也许有点讽刺的事情。早在18世纪中叶,大卫·休谟(后来还有伊曼努尔·康德与托马斯·杰斐逊等数十位评论家)就已指出,黑人作者在写作中没有原创性。他们是"模仿性的"。欧洲人普遍怀疑非洲人有创造艺术与文学的天资,很多废奴主义者都把诗人弗朗西斯·威廉斯(他在剑桥接受教育,用拉丁语写诗)当成了一个驳斥欧洲人偏见的无可辩驳的例子,但是休谟在评论威廉斯时刺耳地指出,威廉斯丝毫没有体现出创造艺术与文学的天资。事实上,休谟写道:"很可能他仅仅因为一点不足道的成就而被人赞美,就像一个鹦鹉,不过是清楚地说了几个词而已。"在19世纪,黑色鹦鹉这个隐喻被"模仿鸟诗人"这一隐喻所代替,黑人诗人被认为缺乏原创性,然而非常善于模仿,擅长被称为是不用脑子的模仿,也就是有重复而没有什么修正。在黑人传统中,这种模仿被认为极其普遍,因此,文学史家经常把发表于保罗·劳伦斯·邓巴的方言诗歌之前的诗作看成是一个单一的"模仿鸟派"的一部分。[54]

黑人文学时常表现出对原创性的关注,因此这值得全面研究。黑人作家被武断地认为缺乏原创能力,在回应这些有问题的断言时,他们往往采取了一种极端的否定立场,他们宣称自己根本没有任何黑人文学前辈,或者宣称自己的起源是无名的,就如同托普希在说到自己的起源时说她是"随意生长"的。非常奇特的是,这第二种立场经常强调非裔美国土语传统匿名的起源与影响,就好像未命名的集体影响要比宣称自己是一些黑人先驱的嫡系后嗣,或者甚至是一个黑人先驱的后代,更能为自己赢得认可。土语传统体现在黑人圣歌、布鲁斯,以及土语的、世俗的民间诗篇当中,这些诗篇可以从意指的猴子的简短故事中找到。这是极端形式的原创性。当一个无名的后代以及批评家努力要通过实实在在的细读来证明影响时,他或她有引起诗人的愤怒的危险。

W. E. B. 杜波依斯在许多地方写到过这种原创性冲动。1915年,杜波依斯在《黑人》中写道,"美国黑人正在获得他们自己的声音,他们自己的理想",而在20世纪以前,他们"被其他人领导,被其他人保护"。[55] 1934年6月号的《危机》是杜波依斯所主编的最后一期《危机》,他发表于这一期的著名观点精确地揭示了这些其他人是什么人:

> 在这个挫折与失望的时期,我们必须从否定转向肯定,从永远的"不"转向永远的"是"。我们不能在对平庸的白人的模仿中淹没我们的原创性……相反,【我们】有权断言黑人种族是诸多伟大的人类种族中的一个,在成就与能力上,黑人不比任何种族低劣。[56]

在黑人传统中,对原创性的缺乏的思考有近两个世纪的时间,杜波依斯只是概括了这种思考。这类观点还有很多,让我引用一下约翰·H. 史密斯于1887年发表的观点:

> 如果我们有任何缺陷,那就是我们总在模仿别人……黑人现在是、将来也永远是这个国度里一个独特的种族。血统,而不是语言和宗教,带来了社会性区别。因此,我们被身体里流淌的每一滴血联接在了一起,被你我独自或一起所拥有的任何形式的自我尊严联接在了一起。我们要把自己变成一

个伟大的民族,不是按照其他任何种族的模式,而是受我们在文学、宗教、商业以及社交方面特别的天赋的激励。⁵⁷

这种关注甚至传染给了黑人传统中最伟大的作家。在其非常有感染力的讽刺诗歌《普罗米修斯》中,保罗·劳伦斯·邓巴表达了他的这种关切:在一个无法表达自身强有力的声音的诗歌传统中,他同样无法表达自己强有力的声音:

> 我们没有这样的歌手:他们的歌声
> 　　能与最婉转的莺啼相媲美。
> 我们没有这样的声音:它们甜美而雄浑
> 就正如雪莱的金嗓子发出的声音。
> 我们的歌曲用我们的激情来评判:
> 　　以往的诗人雷霆万钧,而我们则只是弄点声响。
> 我们缺乏他们的实质,尽管保留了他们的形式:
> 我们漫不经心地弹拨着班卓琴,把曲调称为抒情诗。⁵⁸

邓巴在这儿明确地承认被"雪莱的金嗓子"打败了,被整体的一个诗歌传统打败了,而雪莱就是那个诗歌传统的核心组成部分。

在这些诗行中以及在其他地方,邓巴承认自己试图在西方诗歌传统中记录自己真正的黑人声音的努力失败了。他似乎不仅放弃了自己的追求,甚至最终放弃了他的黑人身份。在从伦敦写给母亲的一封信中,邓巴这样写道:"我是伦敦被采访最多的人……我与亨利·M.斯坦利一起饮茶。法国服务生给我脱帽致敬……我完全是白人。"⁵⁹如果伦敦的一名服务生能把邓巴从黑人变成白人,那么西方传统的重压本身似乎要求他"像白人一样写作"。1899年,一位采访者问邓巴,与白人诗人的作品相比,黑人诗歌的质量如何,对此邓巴回答说:"这是不可避免的。我们必须要像白人一样写作。我的意思不是说要模仿他们;但是我们的生活现在是一样的。"⁶⁰但是,如果说邓巴对在诗歌中寻找与记录一个黑人声音的纯粹的可能性感到焦虑的话,那么其他诗人则因为他的盛名而钦羡他。卡尔林·T.金迪利恩写道,1896年以后,邓巴的"诗歌变成了一种美国的时尚":

> 批评家把他的作品与彭斯的作品进行比较,他们为他喝彩。他自己制定他的演讲计划,出版商为得到他的任何一点作品而乞求,白人诗人表达了他们的艳羡之情:
>
> > 哦,如果我是个黑鬼
> > 　　还有我的名字叫邓巴,那就妥了,
> > 那样,不出几天我就火了
> > 　　变成了耀眼的诗坛明星!⁶¹

我们可以将邓巴的普罗米修斯式哀怨诗篇重新命名为《被缚的普罗米修斯》，它在很大程度上依赖于邓巴在"他们的实质"和"他们的形式"之间建立起来的对立。他的这种哀怨诗篇有助于理解非裔美国传统中的一类修正，我称之为三度修正。在下面我会回到这种修正上来，但我先要讨论一下查尔斯·切斯纳特、佐拉·尼尔·赫斯顿、理查德·赖特以及拉尔夫·埃利森等人关于原创性和修正的看法。

一般认为，与他之前的非裔美国小说家相比，查尔斯·切斯纳特是最出色的。事实上，当我们考察切斯纳特的黑人前辈的时候，很可能会发现，那些在英格兰和美国出版作品的黑人作家，他甚至连一位都没有读过。他的女儿海伦·M.切斯纳特也是他的传记作者，她说过："据他所知，这个国度里没有哪个伟大的出版社出版过有色人写的一部故事集或小说，尽管保罗·劳伦斯·邓巴出版过一些诗歌。"切斯纳特一心要成为做成这件事的第一个黑人。在1880年3月16日的日记中，切斯纳特承认能"写出像图尔热法官的作品【《愚人的差事》】那样出色的书的""那个人"还没有"出现"。而且，"如果我无法成为那个人，那么我将是对他的出现欢欣鼓舞的第一人，我将是给他的作品送去祝福的第一人。"[62]

然而，切斯纳特的确相信自己是"那个人"，仅仅在两个月之后他就决定向自己承认这一点。在1880年5月29日的日记中，切斯纳特用最勇敢的话写道，"我认为我必须写一本书"：

> 这么仓促，自己在写作方面又没有多少经验，我感到害怕，几乎不敢着手写一本书。然而，它一直是我珍视的梦想，并且我感受到了一种无法抗拒的力量，它召唤我去完成这个任务。[63]

切斯纳特用了军事隐喻来定义他写作的"政治"动机。这些军事隐喻也许恰如其分，因为他把文学创作看成了一个武器，可以用来打败种族主义：

> 大多数美国人都普遍对黑人有种微妙的、几乎无法确切定义的厌恶情感。对这种情感，不能通过雷霆万钧般的猛击而去攻克，敌营不会投降；因此，必须通过挖掘地雷坑道来毁坏他们的阵地，在他们反应过来之前，咱们将会发现自己已经在他们中间了。[64]

在文学创作中，黑人作者执行了双重任务：说到底，黑人男女作家生动地表现了"黑人种族""进步"的"能力"，同时，他们通过自己的题材而让读者意识到，种族主义是种过时的、不必要的情绪：

> 这一工作有双重性质。黑人的部分是要让黑人自己为承认与平等而做

准备,文学有义务为黑人开辟道路,以便让他获得承认与平等,让公众的思想适应这种观念;文学还有义务引领人们,把他们在不知不觉中一步一步地引领到所期待的情感状态。如果我能够为推进这一工作尽一点力,并且从中能够看到取得成功的任何可能性,那么我愿意把毕生都奉献给它。[65]

切斯纳特写作的目的是要在他的白人读者中间创造一种"所期待的情感状态",同时证明他的黑人读者为"承认与平等"准备好了,也就是说,他们做好了进入文学共和国的准备。因为没有明显的黑人前辈妨碍他的道路,因此,看上去似乎他的优先特权会给予他某种能量,让他去实现"提升白人"的一个崇高目标。他的目标是"一个高级、神圣的目标",他相信这个目标会"激发【他】更加努力"。[66]

在 1880 年 5 月 29 日那一天,如果说切斯纳特感受到了"一种【他无法】抗拒的力量",那么,在不到一年之后,他就感受到了另一种吸引力,只是他决意要削弱这种影响力。这种影响力就是威廉·韦尔斯·布朗的影响力,他是一位高产作家与黑人废奴运动的领导人物。布朗好像是第一个发表小说的黑人,小说题为《克洛托尔;或,总统之女:美国奴隶生活叙事》(1853)。切斯纳特轻率地一笔勾销了布朗的《克洛托尔》这部奇特的小说,然而并非因为小说自身的缘故;相反,是因为布朗对美国革命中黑人的爱国主义历史而写的书的缘故,这本书名为《美国叛乱中的黑人,其英雄主义与忠诚》(1867)。1881 年 3 月 17 日,借着"浏览"布朗的这本书的机会,切斯纳特重申了自己的使命的重要意义,那就是相当于要在西方文学的白板上铭刻上黑人的名字:

> 我浏览了布朗博士的《叛乱中的美国黑人》一书,它不过是更加强化了我的这种观点,那就是能写出一部好书的黑人还没有出现。布朗博士的书不过是些汇编的东西,如果不是因为是一个黑人所写,那么它们就会卖不动,连印刷成本都支付不了。我主要是为了事实而读这部书的,然而,如果得到了良好的展示,那么我会更加欣赏这些事实的。[67]

所谓"良好的展示",切斯纳特指的是中产阶级体面优雅的形象,而抛弃了一年前他在赋予自己长嗣身份时所使用的军事隐喻。正是通过这种长篇幅的体面展示隐喻,切斯纳特把"布朗博士"从自己的遗产中清除了出去:

> 这部书让我想起了一个穿着脏衬衫的绅士。在这种情况下,你很容易质疑他的优雅。有时候我对事实出于同样的原因而持怀疑态度,因为它们表现得实在有些寒碜。[68]

接着,在评论布朗拙劣表现的文字之后,似乎是为了展现最高形态的文学的体面,切斯纳特写了两句话:"我正在读莫里哀的《狼狈不堪的丈夫乔治·唐丹》或

《戴绿帽子》。很有意思。"

切斯纳特把黑人作者的石板擦拭干净,这样他就能够把他的名字,从本质上讲也是黑人种族的名字,铭刻在石板上。我们也许想着要尽量避免使用焦虑这个术语,然而在这儿,我们必须说有种焦虑。当我们意识到切斯纳特在多大程度上修正了来自布朗小说的转义的时候,这种焦虑就显得更有说服力了。在一篇优秀的论文中,理查德·O.刘易斯用有说服力的细节证明,对《格兰迪森跨越种族线》(1899)中的核心情节,切斯纳特就是按照《我的南方之家;或南方及其人民》(1880)中第13章(《奴隶之逃亡》)的情节而建构起来的,《我的南方之家》是布朗的最后一部小说。[69]刘易斯极出色地解释了切斯纳特对布朗的这部小说中第13章的修正,他的解释表明,切斯纳特对布朗的情节的"矫正"是个有意的意指性修正。

讨论非裔美国传统中的意指性修正,也就是讨论拉尔夫·埃利森所说的"黑人作家对身份的复杂的坚守与拒绝",不管这些坚守与拒绝是邓巴所采取的方式(也就是说,通过使用所掌握的白人形式而变成白人),还是查尔斯·切斯纳特所采取的方式(认定在他之前,没有哪个黑人能得体地修饰语言,从而使切斯纳特自己成为了把文本从寒舍挪到西方文学大宅子中的第一个黑人)。[70]在自己的重头文章《黑人表达法的特征》中名为《原创性》与《模仿》的小节里,佐拉·尼尔·赫斯顿记录了她对原创性与模仿的回应。这篇文章于1934年发表于由南希·丘纳德主持的大部头选集《黑人》之中。[71]

尽管我会在第5章中回到这篇文章上来,但是,我在这儿不妨先说一下,赫斯顿不满足于接受这样一种既定观点,也就是认为黑人表达法没有原创性,认为它是模仿性的。赫斯顿毫不含糊地回击了这样一种虚构:

> 黑人缺乏原创性的说法常被提及,它几乎已经变成了一个绝对真理。外部的迹象似乎证实了这种观点。但是,如果看得仔细一点,它的虚妄性马上就显现出来了。[72]

赫斯顿进一步指出,我们所说的原创性,它真正所指的东西实际上是高明的修正,因为"原创性就是对观念的改造"。赫斯顿所说的对观念的改造就是"再阐释"。她举了莎士比亚的例子说,每一位伟大的艺术家都在"重新阐释"。"连莎士比亚甚至都不能宣称他就是最初源头"。相反,所有的现代艺术都以借用、呼应与修正为特色,正是从这种"新艺术"中,可以找到真正的原创性。[73]

基于类似的考虑,在论"原创性"的文章之后,赫斯顿在一篇文章中讨论了"模仿"。"全世界的黑人",她承认,"都以模仿而著名。然而,这一点也无损于他的原创性。"事实上,赫斯顿继续写道,模仿是伟大艺术最重要的方面。而且,

"模仿本身就是一种艺术。如果它不是,那么所有的艺术必将都与模仿一起倒掉。"她总结说,黑人之所以模仿是因为他们"热爱模仿",而不是因为他们缺乏原创性。模仿是非裔美国人核心的艺术形式。赫斯顿对诗人,例如保罗·劳伦斯·邓巴,所代表的立场做出了含蓄的回应,她总结道:"充满奴性地模仿的黑人数量不大。普通的黑人以自己的方式展现荣光。接受过良好教育的黑人也一样。"在赫斯顿看来,原创性与模仿之间的区分是个伪区分,如果黑人作家为了要尽量地避免重复、修正或者再阐释而背负了巨大的压力,那就相当于对一个反映了种族主义亚文本的政治观点的投降。[74]

赫斯顿的黑人作家同仁对他们自己的复杂关系感到担忧,一方面有他们与西方传统之间的关系,另一方面有他们与非裔美国土语传统和正式传统之间的关系。如果说赫斯顿试图卸下他们的这些担忧,那么她显然没能成功。仅仅在六年之后,在自己的著名文章《"比格"是如何产生的》(发表于1940年6月1号的《星期六文学评论》)中,理查德·赖特再次发表了与查尔斯·切斯纳特一样的观点,认为他并没有值得去修正的黑人文学前辈;相反,赖特说自己受的是西方传统的小说的影响:

> 我遇到白人作家谈他们的反应,他们告诉我白人对这种骇人听闻的美国场景是做何种反应的。同时,在他们说话的时候,我会把他们所说的内容参照比格的生活来理解。然而更重要的是,*我读他们的小说*。在这儿,我第一次发现了一些方法与技巧,用它们来度量出一些有意义的结果,关于美国文明对人的品性所产生的影响的结果。我采用了这些技巧,*这些观察与感受的方法*,并对它们进行了扭曲、弯折、裁剪,直到它们变成了我理解黑人聚居带的封闭生活的方法。[75]

赖特对"观察与感受的方法"的强调,反讽性地呼应了邓巴奇特的断言,也即认为黑人诗人"缺乏他们的实质,尽管保留了他们的形式"。事实上,与邓巴和切斯纳特相比,赖特在有关黑人前辈文本的贫乏性方面的论断做得更坚决:

> 我希望在小说中描述黑人的生活,与白人作家的这种联系留住了我的希望,因为我的种族没有关注这类问题的*小说作品*,在用这类尖锐的、批评的方式去表现经历方面没有任何底子,也没有用深刻的、无畏的意志深入到生活的黑暗之根深处去的小说。[76]

这就是对吉恩·图默与佐拉·尼尔·赫斯顿的评价;这就是对非裔美国小说传统的评价。

与切斯纳特不同,赖特没有说自己不"懂"非裔美国文学传统;因为到1940年时,他已经写了一篇关于传统的重要文章,在1957年,他又发表了另一篇立场一贯的文字。1937年,在发表于《新挑战》中的名为《黑人写作蓝图》的文章中,赖特宽泛地把黑人写作描述成了这样一种努力,即要去证明作家的完整人性,以及作家与白色人种的平等:

> 总体而言,黑人写作在过去局限于谦卑的小说、诗歌与戏剧,它们是去白人美国那里乞求恩惠的大使,拘谨古板,谨小慎微。它们进入了公共意见的王宫,奴颜婢膝地穿着下等人的衣服,行了个屈膝礼以表示黑人并非低人一等,他也是人,他的生命与其他人也有得一比。大多数时候,这些艺术大使受到了这样的礼遇:给它们的礼遇和给会玩小把戏的法国宠物狗的礼遇相同。[77]

尽管这些"艺术大使"能以某种方式做出"常常在技巧上精彩纷呈的表演",但是,一个令人信服的黑人文学传统在这个国家里没有发展壮大的机会,因为"白人美国从来也不给这些黑人作家以任何严肃的批评。一个黑人竟然能写作,这一点本身就已经让他们感到惊诧了"。在这个胎死腹中的传统中唯一时兴的成长形式是由"那种恶臭的土壤中出产的果实"所提供的:"有自卑情结的黑人'天才'与挥霍了才华的、放荡不羁的有钱白人之间的狼狈为奸"提供了那种土壤。在这段评论中,赖特所指的对象当然是"哈莱姆"与"新黑人文艺复兴"。赖特对20年代的这一文学运动做出了尖锐的反应。[78]

赖特提醒他的黑人作家同仁,他们不能依赖他的黑人前辈所提供的贫乏的传统,而是要依靠西方写作的伟大传统,要依靠黑人神话的那个匿名的传统:

> 在黑人作家的传统的形成中,黑人自己的民间智慧并不比艾略特、斯泰因、乔伊斯、普鲁斯特、海明威、安德森、高尔基、巴比塞、尼克索与杰克·伦敦等人更重要。人类的思想与情感所取得的每一点成果都应该是到黑人磨里都成粉,且不论它们的直接涵义看上去也许根本就不挨着。[79]

赖特的《美国黑人文学》一文比《黑人写作蓝图》晚了整整30年时间,在这篇收录进他重要的作品集《白人,听着!》里的文章中,赖特详细论述了黑人的民间智慧。在这篇文章中,赖特阐述了他所说的"无名之物的种种形式",他用这个令人困惑的名称表示的是音乐和诗歌的黑人土语传统:

> 从数字上来说,在美国的黑人中,大多数人说的是这种没有形式的民间言说。我相信,未来的小说与诗歌的题材就存于这些无名的数百万数千万人的生活之中。这种黑人民间表达法有两个仓库:宗教的仓库与世俗的仓库。(让我在这儿再简略地提醒你一次,我们的世界早已不是菲莉丝·惠特利的世界了:她是个融入了环境的个体,她与自己的文化是一体的;我们现在面对的人则已经失去了他们的个性,他们的反应是极其原始的,他们破

碎的生活还要承受他们无法掌握或控制的内驱力重负。)[80]

赖特的关键词与关键词组,如"没有形式的"、"无名的"、"失去了个性"、"反应"、"原始的"、"破碎的"、"无法掌握"以及"受内驱力控制"等等,既破坏了他对土语传统真心的赞美,也使我们起了疑心,他是否真的认为"没有作者的"黑人影响这一"极"在影响力上与西方传统相当。艾略特、斯泰因、乔伊斯等人代表了西方传统,其典型价值与赖特认为属于黑人土语传统的特征截然相反。在这同一篇文章中,赖特后来把黑人传统概括为是由"自然生发"的"无作者的言说"所构成的,因此,我们可以得出这样的结论:黑人作家可以从这种黑人传统中寻找影响并宣称受其影响,而绝对不必为任何一个特定黑人的影响而感到焦虑。"无名的"、"没有形式的"、"无作者的"传统对长嗣身份丝毫构不成威胁。

我之所以在此费了如此多的笔墨来阐述一些非裔美国作家关于黑人文本前辈的观点,目的是要强调这样一个事实,那就是总体而言,黑人作家不承认在他们自己的文学传统内部有一个文学传承谱系。我的批评意指理论是嫁接在拉尔夫·埃利森的意指行为观念与形式批判观念之上的,在对欧文·豪的驳斥中,埃利森正确地指出:"认为一种知识的或艺术的承继关系建立在一个共同的宗教背景之上,这种观点并不比认为承继关系建立在肤色或种族背景之上的观点更荒谬。"相反,文学承继关系或影响可以只建立在形式文学修正之上,文学批评家必须要能够证明这种修正关系。这些单独具体的阐述能产生出一个关于传统的种种描述。在"非洲文学"、"犹太文学"或"英联邦文学"等诸如此类的大标题中暗含的对传统的描述,没有几个能逃脱种族主义、本质主义或民族主义的诟病。正如埃利森所指出的,"对批评家而言,关于历史与文学传统的知识是无可替代的。"[81]

埃利森对他的前辈以及他们对《无形人》的写作所产生的影响做过阐述,他的阐述经常被引用,我们在这儿不妨再引述一次:

> 我尊重赖特的作品,我也认识赖特,但这并不是说他对我的"影响"就像你所认为的那样大。读文本吧!我找到了赖特,是因为我更早就已经阅读了艾略特、庞德、格特鲁德·斯泰因与海明威等人……但是,尽管一个人无法选择自己的亲戚,但作为一个艺术家,他可以选择自己的"祖先",如果我指出这一点,也许你就能明白当我说赖特并没有影响我时,我是什么意思。在这个意义上,赖特是个"亲戚",海明威是个"祖先"。我上小学时就知道兰斯顿·休斯的作品,在认识赖特之前我就认识休斯,但他是个"亲戚";艾略特……与马尔罗、陀思妥耶夫斯基以及福克纳,他们是"祖先",不论你高兴也好,不悦也罢![82]

埃利森在其他地方论述过他对黑人土语多种多样的使用方式，他是黑人作家中最早承认有黑人文学"亲戚"的作家，如果说不承认有"祖先"的话。对这种区分的攻击很时髦，但我认为这种区分是有用的，特别是因为它呈现了影响的复杂性，因为一个人与表亲、姨姑、叔伯在基因上的联系，与他和父母、兄妹在基因上的联系之间有巨大的差别。埃利森在亲戚和祖先之间所做的区分对应于我在有意意指行为和无意意指行为之间所做的区分。埃利森和赖特之间的关系与意指的猴子和被意指的狮子之间的关系相同。他戏仿了赖特，这是一种批评意指模式。埃利森说他只是简单地绕开了赖特，这不是玩笑话。但如果是这样的话，那也就是说当埃利森从赖特身旁转向而去的时候，他对赖特的文本也进行了嘲弄（played the dozens on Wright's texts）。埃利森明确的混搭作法对应于无意意指行为，他的祖先一说似乎暗指了无意意指行为。埃利森在这些提法中没有规避影响，他对自己正式的文学传统开诚布公的说法在伟大作家中间并不常见。

埃利森对影响的种类所做的区分有助于阐明非裔美国文学中一个复杂的问题，也就是关于承继谱系的问题。我在前面说过，一个传统的基础必然是众人共享的语言使用模式，我指的是，相互之间有某种联系的文本之中存在的共同的、然而独立具体的文学语言使用方式。埃利森定义过非裔美国文化，我对传统的定义可以看作是对埃利森所下的定义在形式上做了拓展：

> 造就美国黑人的并非肤色，而是这些东西：由美国经历、社会困境和政治困境所塑造的文化遗产；共同拥有的那种"感情的和谐"，它被群体通过历史环境而表达了出来，文化遗产通过感情的和谐而构建了广泛的美国文化的一个分支。[83]

在这个定义之上我想补充一点，也即对文学批评家而言，这种"感情的和谐"是在文本中呈现出来的。黑人文学的黑色不是一个绝对的或形而上学的状况，埃利森就正确地指出了这一点；它也不是存在于文本表现之外的某种超验的本质。相反，黑人美国文学的"黑色"只能通过细读来了解。在这儿，"黑色"指的是对文学语言具体的使用，它们被共享、被重复、被批判，也被修正。[84]

在自己的文学家谱上，埃利森将黑人前辈放在了亲戚的位置上，以有别于他的白人祖先，这种做法构成了对邓巴的《普罗米修斯》所代表的影响立场的修正。邓巴在实质和形式之间所做的区分，在埃利森的亲戚和祖先的区分中得到了呼应，因为祖先提供了可供修正的示范文本，而亲戚则与他有共同的主题。这种区分有助于解释我的这种说法：非裔美国文学史的一个普遍特征是三度修正，我的意思是说世系关系往往涉及了三个元素。这些元素包括，提供了形式模型的种种文本，提供了实质模型的种种文本，以及手头的文本。手头的文本帮助我们确定如何去阅读或思考一个文学传统的形式。通过手头的文本，就像艾略特在《传统与个人才能》中所指出的那样,我们"做回溯阅读",同时绘制出正式承继关系的新谱系图。非裔美国传统中的好几个正典文本都似乎与其他的黑人文本主要在实质或内容上相联系,而与西方文本则在形式上相联系。在我看来,《甘蔗》、《他们眼望上苍》、《无形人》、《土生子》、《黑孩子》、切斯特·海姆斯的侦探小说、切斯纳特的小说、甚至里德的戏仿作品,以及黑人传统中的许多其他文本,它们似乎都戴着这种诙谐奇特的面具,这种呈现双调影响的面具。然而,在黑人传统中还存在另一种修正模式。尽管如果不是全部,那也是绝大部分黑人作家,都努力要将自己的作品安置在他们所写的文类的"更大的"传统之中,但是,很多人也修正了非裔美国传统中实实在在的前辈文本的转义。这种修正被一次次地否认,因此似乎有必要再重复一下这种显而易见的观察。

对非裔美国传统中的文本甚至只需有个粗略的了解,就应能明显地看出这一点来:作为一种修辞性的自我定义行为,黑人作家阅读并批判了其他黑人作家的文本。我们的文学传统之所以存在,就是因为有这些明确的形式联系,这些意指行为的联系。这些意指性联系既是有意的也是无意的。斯特林·A.布朗的诗句"白人穷鬼,你们这帮人不懂评注解释",通过即兴重复而戏仿了罗伯特·佩恩·沃伦的诗歌《庞蒂树林》(1945)中的"黑鬼,你们这帮人不懂形而上学"一句,我们一看就知道这是个有意意指行为的例子。或者再来看一下欧文·多德森对黑人艺术运动诗歌的模仿:

> 看吧,老兄,我是黑人。
> 你难道看不出我有多么黑吗?
> 我和我的手指甲一样黑
> 而且我到脚趾都是黑的
> 如果你闻闻我
> 我也是黑的
> 现在我想让你给我一份工作
> 因为我是黑人。[85]

我们无需知道他对约翰·奥布赖恩所说的观点,也能够看出他是在戏仿他所说的"尼基·乔瓦尼①诗歌"。

另一方面,当邓巴修正詹姆斯·惠特科姆·赖利(在《古老的曲调》、《一首班卓琴歌谣》、《老苹果树》、《祖居》、《古老的记忆》、《昏昏欲睡的一天》中)的时候,他是在主张一种完全不同层面的定位。在小说《埃奥拉·勒洛伊》(1892

---

① 尼基·乔瓦尼,(1943—)黑人女诗人,受民权运动和黑人权力运动的影响,诗歌有黑人民族主义色彩。——译注

中,弗朗西丝·埃伦·沃特金斯·哈珀使用了道格拉斯1845年《叙事》中的第一章,并把它扩充成了自己的故事情节。在这种无意的意指行为中,哈珀同样是在主张一种完全不同层面的定位。这是故事中的故事的一种形式对等物,然而是真正出现在一个文本之内。然而在这儿,原作的分量被大幅地放大了,在二级文本中,至始至终都能听到或读到一级文本(道格拉斯的第一章)。赫斯顿重新表现了来自《埃奥拉·勒洛伊》中的两个转义,她通过一个重要的发现场景而把自己的主人公从白人变成了黑人,另外,她的主人公通过直接话语而从客体转变成了主体。金伯利·W.本斯顿用极有说服力的细节勾勒了他所说的"谱系修正主义",它类似于这种模式的批评意指或混搭:

> 所有非裔美国文学都可以被看成是一首庞大的谱系性诗歌,它试图在美国黑人的在场历史所强加的断裂性与不连续性之上恢复连续性。[86]

在《他们眼望上苍》和《简·皮特曼小姐的自传》中,在勒罗伊·琼斯的"克罗·简诗歌"以及耶茨的"疯狂的简"形象中,都反复地出现种种简的形象,本斯顿对此做了解读,他的阅读为意指性修正提供了另一个例子。[87]

我本可以再列举黑人传统中的其他几个有意意指性修正与无意意指性修正的例子,但是,我就不再只简单地列举更多的例子了,因为我想,对所选择的文本做个更细致的阅读会更有用。然而,在开始做这件事之前,我不妨先来总结一下我对意指行为的使用,我把它当成了文学修正的转义来使用。

我们已经看到,非裔美国传统给意指行为赋予了多重功能。在爵士乐传统中,巴锡伯爵(《意指》)与奥斯卡·彼得森(《意指行为》)的创作都是围绕着形式修正与暗示的观念而建构起来的。当音乐家"意指"节拍的时候,他把爵士乐主题中的弱音演奏成了强音,通过把两个结构融合到一起并创造一种强音省略而暗示了它们的形式关系。因此,强音的在场通过其缺席而表现了出来。这是一种对布鲁斯的一个侧面的修正。在演奏布鲁斯乐的时候,一名伟大的音乐家常常努力要创造在形式特征上灵活的乐句。这些灵活的乐句拉伸形式而不是表达形式。因为形式对音乐家而言是不证自明的,因此,音乐家充满期待地演奏,内行的听众充满期待地倾听。意指行为挫败了这些期待;音乐的句逗或中断完成了相同的功能。这种形式的挫败创造了一种对话,一种听众所期待的东西与艺术家所演奏的东西之间的对话。不太成熟的年轻音乐家强化了节拍,而技艺纯熟的音乐家则不必这样做。他们会随心所欲地暗示节拍。

在自己的创作中,巴锡创造了与乐曲深层的节奏结构与和声结构相重叠的乐句,这样一来,他就不必去演奏强音了,强音是十二小节爵士乐的第一节拍,因此,他能够随心所欲地"评论"爵士乐曲的第一节拍。这样说来,乐句在爵士乐主题的强音之前开始,在强音之后结束。查理·帕克修正了巴锡的"堪萨斯城风格",他是这种引人入胜的模式的大师:通过间接方式,用缺席召唤在场。

我在第2章勾勒了意指行为的种种定义,间接方式是它们最普遍的特征。巴锡的创作使我们得以把意指行为看作是黑人传统的修正转义以及比喻表达法转义。巴锡在作品中自始至终都影射了在1920到1940年间占主导地位的演奏风格,这些风格包括雷格泰姆(ragtime)①、跳跃弹奏(stride)②、铿锵有力地即兴演奏(barrel house)③、布基伍基(boogie-woogie)④,以及对30年代的强节奏爵士乐(swing)而言至关重要的堪萨斯城"行走低音(walking bass)"⑤等。通过这些影射,巴锡创作了一种以混搭为特色的作品,他对自己得以在其中成长的传统做了总结。换句话说,在名为《意指》的创作之中,巴锡在重复自身传统的形式历史。意指之所以可以被用作非裔美国形式修正的一个隐喻,这正是得益于它的这种定义。[88]

混搭只是把任何文学史都暗含的这一点明晰化了而已,也即传统是形式修正的过程。混搭是文学史对自身的命名,它宣布,文学史的表面内容就是互文关系自身被置换的内容。混搭也就是将显然被遮蔽了的修正广而告之。混搭是一个文学"命名(Naming)"行为;戏仿是一个"谩骂某人(Calling out of one's name)"的行为。

意指性修正是有意或无意的修辞性转移。意指的猴子在有意修正中如鱼得水,这种修正的功能是去修辞性地矫正权力的不平等,并开辟一个空间。为了占据这个期望的空间,猴子通过利用狮子的自负以及狮子只懂得把象征性语言按字面理解的能力而重写了既定秩序。作家通过重写既定的文本传统而意指了彼此的文本,这一点可以通过对转义的修正来实现。如果这类意指性修正成功了,那么它就可以为修正的文本创造一个空间,同时,它通过定义手头的文本与传统的联系而从根本上改变了我们阅读传统的方式。修正的文本是用传统的语言写成的,使用了传统中的种种转义、种种修辞策略,以及明显的题材,也就是所谓的黑人经历。这种修正模式,也就是意指行为模式,是非裔美国文学史中最引入注目的侧面。如果说黑人作家阅读彼此的作品,那么他们也同样地修正彼此的文本,通过这些方式,他们熟练地掌握了传统的语言。意指行为是非裔美国文学史的象征,而修正是通过对种种转义的即兴重复来展开的。在下一章我希望能证明,黑人传统中第一个被修正的转义是说话书本转义。

---

① 一种多用切分音法的早期爵士乐。——译注
② 演奏爵士乐曲时左手反复作大幅度跳跃弹奏。——译注
③ 低级酒店爵士音乐,一种节奏铿锵有力、随意即兴演奏的早期爵士乐,起源于低级酒店,故名。——译注
④ 布鲁斯乐曲的一种,一般有强烈的节奏感。——译注
⑤ 在布鲁斯、布基伍基等爵士乐中用钢琴或低音提琴以低音反复伴奏乐曲。——译注

第二部分　阅读传统

事实是,经过愈演愈烈的专门化,文艺复兴的理想渐行渐远,从而引起了智力的空洞化。我们在"行业领袖"中间看到的是一种潜在的自杀运动,而与此同时,行业本身失去了其往日的中心,在一片混乱之中挣扎。

一个现成的例子是现代语言协会这个行业组织……只消扫一眼它上一次会议的日程安排,就能从其厚厚的会议日程中发现大幅的片断化,议题超过500个类别!我只列举几个例子:"……墨西哥裔文学与黑人文学中的恶作剧精灵形象。"……当然,愈演愈烈的议题琐碎化把这些会议在全国性报纸上变成了一个笑料。

——W. 杰克逊·贝特

当批评家面对美国黑人的时候,他们就突然抛弃了高级的批评武器,而用一种信心满满的优越感回到了颇为原始的分析模型之上,为什么总会有这样的事情?

——拉尔夫·埃利森

意指是黑鬼的职业。

——传说

第4章 说话书本转义

【一个】假装的、非人的姿势形成了；被偷偷地(因为是在黑暗之中)递来递去，原来他们是黑人。尽管他们在外形上与人有些相似，但他们根本还不是真正的人……

黑人身体的模样和体形，他们的四肢和身体部位，他们的声音和面部表情，在这些方面他们都与其他人类似；还有，他们会笑会*说话*(这是人特有的能力)：这些应该足以说明问题了。否则他们如何能够做生意，以及做其他只有人才能做的事情呢，比如*阅读与写作*……考虑到这些，难道他们不是真正的人吗？

——摩根·戈德温，1680 年[1]

让我们投入到媒体中去，
它的光芒会闪耀，通过说话使我们获得自由

——戴维·拉格尔斯，1835 年

一

对非裔美国文学传统而言，用英语发表于 1760 至 1865 年间的奴隶文学是挖掘其源头的最明显的地方。且不论我们对传统的定义是基于作者的种族或民族这个甚为窄狭的界限之上，还是共同的主旨以及由叙述所体现出来的立场之上，或者是被重复被修正的转义之上，为了确定非裔美国文学传统的滥觞，批评家必须回到黑奴文学那里去。

"奴隶的文学"至少是个有反讽意味的提法，同时在最真切的意义上，它还是个矛盾修饰语。根据《牛津英语辞典》所说，塞缪尔·约翰逊用这一术语来表达"对'学问'或书籍的熟悉"。它也意味着"有教养的或高雅的学识"以及"文学修养"。从主人及其文本那里得以(用弗雷德里克·道格拉斯的话说)"偷盗"一定学识的男女前奴隶，他们决意要向有疑心的公众证明他们也熟悉学问或书籍，这一点是显而易见的；但说实话，我们无法就此得出结论说奴隶文学旨在表现有教养的或高雅的学识,或是表现作者身上文学修养的在场。事实上,更准确的观点应该是,奴隶文学所包含的文本代表了没教养的学识,这些文本集体怒斥了主人强加于奴隶的武断的、不人道的学识。这种强加的学识是要强化一种杜撰的悖谬观念,它关涉万物的"自然"秩序。说到底,奴隶最多也只是处在人类族群的阈限上。* 能读会写就意味着越过这个模糊暧昧的边界区域。奴隶的文本因此不能被看作是黑人文学修养的样品。相反,奴隶文本只能被当作毁谤的证词来阅读:它们是奴隶对主人把人变成商品的企图的表现和倒转,同时也是奴隶同样拥有欧洲人所拥有的人性的佐证。这种交错配列也许是奴隶叙事以及后来的黑人文学中自始至终都最普遍使用的修辞象征,它在黑人土语传统中用十字路口的转义而表现了出来,十字路口是埃苏居住的阈限区域。奴隶写作的要义并不是要证明有教养的学识,而是要证明他或她是人类群体中的一员。

我们不能对这种目的置之不理,认为它是一种外在于文本生产的力量,这种共享的文本我以为就是黑色文本。拉尔夫·埃利森对我称之为传统的东西有个精妙的说法,认为它是"群体所表达的共同拥有的那种'感情的和谐'",如果我们记得埃利森的说法,那么我用黑色文本这个提法所要表达的意思也许就会更清楚。在极大程度上,黑人作家创作了表达广泛的"感情的和谐"的文本,它们为西半球的非洲人后裔所共有。两个世纪以前所写的文本关注了不妨被认为是有关处境的共同主题,在我们将要跨入21世纪之时,这些主题还继续引起共鸣,有实质意义,这一点让人吃惊。由奴隶创造的文本决定了一个文学传统最初一个世纪的存在,这样的文学传统少之又少;同理,在长达两百多年的时间里,对根本性政治境遇的表现所使用的模式和细节非常相近,从而使文学传统中存在一个明显的统一性,这样的文学传统也着实鲜见。

一种共同的经历,或更确切地说,对共同经历相同的认识,是创造这种共享的黑色文本的主要原因吗?说不是这么回事是愚蠢的。但不管怎么说,黑人面对白人种族主义的共同经历并不足以解释这一点,也即黑人作家何以在两个世纪当中,对他们共同主题的表现模式也是相同的,除非是要证明存在一种基因遗传的文学理论,而生命科学并不支持这一观点。相反,当作家阅读彼此的文本,当他们抓住传统主题与转义来在自己的文本中加以修正,只有在这时,才会出现相同的表达模式。这种修正是个基础训练的过程,它造成了文本之间奇特的形式谱系上的延续性,这些文本合起来组成了共同的黑色文本,学者们正在确定黑

---

* 我对阈限的理解源于罗伯特·佩尔顿在《西非的恶作剧精灵》中的用法,以及休斯敦·贝克的新颖用法,后者来自于维克多·特纳作品。见贝克的《布鲁斯、意识形态与非裔美国文学:一个方言理论》(1985)。——原注

色文本的具体章节。

阅读黑人作家用英语写成的文本,或者是对这些黑人写作做出回应的批评文本,我们似乎能够清楚地看到,文学生产被看成了核心的斗争场所。在这个场所里,非洲人后裔能——或者不能——确立或重新定义他们在人类群体中的地位。有证据显示,黑人甚至在开始摧毁自己在西方文化中的客体身份与商品身份之前,他们先得把自己表现成"言说主体"。在人类之所以写作的五花八门的原因之外,这个特别的理由对黑奴而言似乎是极为重要的。至少从17世纪开始,欧洲人就公开地怀疑,那些非洲的"人的物种"(他们往往这样称呼非洲人),他们能否有一天创作出正式的文学?能否有一天掌握艺术与科学?这种观点的逻辑是,如果他们能,那么人类的非洲变体与欧洲变体之间就存在根本的联系;如果不能,那么似乎显而易见,非洲人本质上注定是奴隶。

为了寻找这个至关重要的谜团的答案,好几位欧洲人与美国人进行了实验,他们把年轻的非洲人奴隶同白人孩子一起教育和训练。菲莉丝·惠特利是这样一个实验的产物。弗朗西斯·威廉斯是个牙买加人,他在1750年之前获得了剑桥的文学士学位;雅各布斯·卡皮坦在荷兰取得了多个学位;威廉·阿莫在哈雷获得了哲学博士学位;伊格内修斯·桑乔是劳伦斯·斯特恩的朋友,他于1782年发表了一卷《书简》。这些人仅仅是这种实验的几个黑人实验对象。这些黑人男性和一名黑人女性用拉丁、荷、德、英等语言发表作品,亲奴隶制者与反奴隶制者同时抓住了他们的作品来证明自己的观点正确无误。

在1730至1830年间,有关"非洲人本性"的争论非常普遍。因此,直至哈莱姆文艺复兴出现之时,黑人作家的作品从来没有像在18世纪那样受到过如此广泛的评论。菲莉丝·惠特利的评论者包括:伏尔泰、托马斯·杰斐逊、乔治·华盛顿、塞缪尔·拉什及詹姆斯·贝蒂等人,这还只是其中的几位。对弗朗西斯·威廉斯的作品,连大卫·休谟与伊曼努尔·康德等人都给予了分析。黑格尔1813年在《哲学史》中把非洲人中间写作的缺席看成了他们本质上低劣的符号。在18世纪,对黑人作家的评论者非常之多,完全相当于法国、英国和美国在启蒙时期的"名人录"。

非洲人的创作对18世纪有关奴隶制的争论为什么如此重要?我可以简述一下一个论题。自笛卡儿以降,在人类所有的特征之中,理性被赋予了特权,或是被赋予了特殊的价值。尤其在印刷术普及以后,写作被当成了理性的一个可见的符号。如果,而且仅仅如果,黑人证明他们掌握了"文学与科学"——18世纪一般用它来指代写作——那么他们才是理性的,从而也才是"人"。因此,尽管众所周知启蒙运动自身是建立在人的理性思维能力之上的,但同时,它也用理性的缺席与在场来界定和限制有色人种及其文化的人性。欧洲人自文艺复兴以来一直都在"发现"有色人种文化与有色人种自身。把人类所有的知识都进行系统化的冲动是启蒙运动的特征,换句话说,这种系统化的冲动直接导致黑人被降格到了存在的大链条中一个低等的阶梯之上。这个大链条是18世纪的一个隐喻,它把所有造物都排了一个序,从动植物与昆虫到人,再到天使和上帝本身,都从低到高垂直地排列在链条刻度之上。到了1750年,这个链条变得个人化了;人类的刻度一直从"最低等的霍屯督人"(南非洲黑人)爬升到了"荣耀的弥尔顿和牛顿"那里。假如黑人能写作并发表有想象力的文学,那么事实上他们就能够在存在的链条上跨出几大步。一个名为"母亲,我可以吗?"的邪恶游戏就演示了这种观点。詹姆斯·W.C.彭宁顿牧师是个前奴隶,他写过一个奴隶叙事,是一位杰出的黑人废奴主义者。他为安·普拉托1841年发表的文章、传记与诗歌的合集写了一篇短小的序言,他是如此总结这种奇特的观点的:"艺术与科学的历史是个人的历史,是单个民族的历史。"只有通过发表普拉托那样的作品,黑人才能够证明"那个愚蠢理论的虚妄性质,也即认为大自然对我们所做的唯一一件事是让我们适合做奴隶,而艺术也无法使我们不适合做奴隶!"[2]

到了1841年,对安·普拉托作品真实性的佐证是由一个黑人提供的,除此之外,从1773年菲莉丝·惠特利发表她的《诗集》(包括一个有关真实性的导言性书信,上面有18位"波士顿最受尊敬的人物"的签名)到1841年普拉托发表作品之间的这些年,黑人作者得提供真实性的证明这一情况并没有多大变化。[3]然而,我们不妨可以看作是黑人文本存在模式的东西在这68年间基本上毫无变化。保持不变的东西是:黑人只有通过将他们的声音铭写在书写下来的语词之中,他们才能变成言说主体。如果说在西方文学文本中记录一个真实的黑人声音这件事在18世纪广受关注,那么它如何影响了黑人文本的生产(如果的确影响了的话)?去追溯一系列为大家所共同接受的观点,将其作为语境来表明黑人认识到这件事对他们的任务而言至关重要,仅仅做到这一步还不够;相反,文本和语境之间的这种直接关系必须从黑人文本自身内部来寻找。

这种观点影响了黑人文本的写作,最明显的例子可以从1815年之前用英语发表的五部黑人文本中出现的一个文学主旨中找到。这个文学主旨在黑人对象征性语言的使用中占据了一个核心位置,我们可以称之为转义。它是说话书本转义,最早出现在1770年的一个奴隶叙事当中,然后在发表于1785、1787、1789和1815年的其他奴隶叙事中被修正。丽贝卡·杰克逊写于1830至1832年间,但直到1981年才发表的自传性写作中也再现了这个转义。杰克逊的使用批判了黑人男性前辈的使用,因为她是在这种意义上再现这一转义的:男性对一个女性的声音,对她追求读写能力的努力进行了压制。(我在第7章分析了杰克逊的修正。)这个共同的然而经过修正的转义有力地证明,黑人不仅决意要把他们个人的声音和集体的声音放置在西方文学文本之中，而且即使是盎格鲁-非洲传统中最早的作家，他们也都在阅读各自的文本，并将这些文本植根于一个将要成形的传统之中。

说话书本转义是盎格鲁-非洲传统的原型修辞。巴赫金的双声话语隐喻在埃苏具象的雕塑中得到了最直观的表现，另外，意指的猴子是一种口头文学的修辞，他的这一功能中也暗含了双声话语隐喻。这种双声话语隐喻通过说话书本转义而在黑人文本中得到了表现。在本章所讨论的奴隶叙事中，让白人的书写文本用一个黑人的声音说话，这是双声隐喻最初的铭写模式。在佐拉·尼尔·赫斯顿的作品中，声音是个复杂的概念，摇摆于直接话语、间接话语，以及一种给言说声音赋予了特权的、独特的自由间接话语之间。在伊什梅尔·里德的小说《芒博琼博》中，双声文本是这样的文本：它对传统的正典文本中的修辞策略做了终极性的批判与修正。最后，在艾丽斯·沃克的《紫颜色》中，双声文本采取了书信体小说形式。在沃克的这部小说里，修正体现为对主人公的直接表现，这个主人公通过寻找自己的声音而创造了自我，然而这个声音是在写作行为中找到的。对这个声音的书写表现是对赫斯顿在《他们眼望上苍》中给她的主人公所创造的言说声音的重写。这是沃克精彩的一笔，她通过意指赫斯顿的修辞策略而将自己植根于传统之中。沃克对赫斯顿的转义进行了转义，她"挤兑（capping）"（代喻）和倒置了赫斯顿的作法：赫斯顿创造了一个言说的、无形的写作，而沃克则创造了一个只能写作的、无形的言说声音！

对说话书本转义的解释，使我们得以见证在非裔美国文学史最初的一个具体阶段之中，互文性和预设存在的范围究竟有多么广泛。在黑人方言与文学化的白人文本之间、在口语语词和书写语词之间、在文学话语的口头形式与印刷形式之间存在一种奇特的张力。虽然很让人感到吃惊，但是对说话书本转义的解释同时也揭示出，这些张力在黑人文学中一直都得到了表现，被当成了主题。至少，奴隶与前奴隶通过精心编排的种种表现，用黑人自我的语言在最真切的意义上把他们自己写入了存在，这是他们应对启蒙运动对其人性所提出的质疑的方法。

读写能力，对印刷书本的读写能力，是度量努力要在西方文学中定义非洲自我的作者的人性的最终标尺。从奥古斯都时代到哈莱姆文艺复兴，通过一个崇高的个体文本来确立一种集体的黑人声音，从而在文学中注册黑人的在场，最明显地推动黑人作家的正是这种冲动。因此，在两百多年的时间里，声音与在场、沉默与缺席，它们就一直是回声不断的构成项，组成了我们的文学传统中包含了四部分的同源关系（four-part homology）。

说话书本转义变成了黑人传统的第一个被重复被修正的转义，变成了第一个被意指的转义。恰恰在黑人口头文化向书写文化转变之时,在书写中表现(以某种方式包含)口头元素的悖论在最早的五位黑人自传作者那里得到了充分的关注,他们都重复了不说话的说话书本这同一个象征,从而都用装饰过的修辞性差异挪用了这个象征。詹姆斯·格罗涅索、约翰·马伦特与约翰·杰把这个象征作为情节的一个元素来使用,奥托巴·库戈阿诺与奥劳达·伊奎阿诺对自己与这些更早的文本之间的关系认识得非常清楚,他们对故事的处理方式把注意力导向了它作为一个象征的身份。库戈阿诺与伊奎阿诺把口头声音与书写声音之间的张力作为一种修辞姿态问题提了出来,这种张力被包含在文本之中是为了张力本身,从而也就为黑人文学传统说出了一个言说与写作的难题。杰对这个奇特象征的使用在重复中使它变得堕落了,在他的文本中,这个元初的或超自然的教育场景中的解围之神被直接地表现成了上帝自己。

在任何文学中,比如在非裔美国文学传统中,如果口头文学传统与书写文学传统组成了独立的、不同的话语宇宙,且这些话语宇宙偶尔重叠,但常常并不重叠,那么,这个有关声音的大问题就变得更其复杂了。正是因为一个接一个的西方文化都给书写艺术赋予了特权,让它凌驾于口头形式或音乐形式之上,因此,不论其目的或主题是什么,西方语言之中的黑人写作永远或显或隐是政治性的。还有,从黑人出版书籍开始,他们就一直在进行这种或那种形式的直接的政治对话,一直延续至今。黑人书写声音的扩散,以及随之而来的黑人书写声音的政治重要性,它们都在我们的文学史中很快引起了两种需求。一种需求就如一名批评家在1925年所说,呼唤一名"黑人莎士比亚或但丁"的到来,另一种需求是呼唤一种真实的、印刷的、黑人救赎的声音,它的在场从本质上讲可以终结所有关于黑人的亚人性的断言。在黑人传统中,写作变成了可见的符号、交换商品,以及理性的文本和技术。

二

说话书本转义最早出现在詹姆斯·艾伯特·尤考索·格罗涅索的《一个非洲王子詹姆斯·艾伯特·尤考索·格罗涅索对生活中最不寻常的细节的自述》一书的第一版中。格罗涅索有关奴役与救赎的叙事到1811年已经发行了七个版本,其中包括1774年与1810年的美国版本以及1790年的都柏林版本。1840年,另一个版本在伦敦、曼彻斯特和格拉斯哥同时出版,我参考的就是这个版本。[4]

阅读与写作对格罗涅索文本的成形而言非常重要,它们的在场与缺席在这个24页的叙事中从头至尾都被一遍遍地表现。1770年版在其副标题中说格罗涅索"自己""讲述"了这个故事,而1774年在罗德岛纽波特重印的版本则声称叙事是由"他自己所写"。参阅1840年以后的版本,我们发现"讲述"或"口述"代替了"他自己所写"。在此与我们的论述最相关的是正是叙述者对读写能力的关注。

与18世纪的同行约翰·马伦特与奥劳达·伊奎阿诺的作品不同,格罗涅索奇特的叙事没有得到批评家广泛的阅读,或至少没有产生出许多批评阅读。我们对他的了解仅仅来自于他的叙事,一般认为它是这种文类中的第二个例子,晚于1760年的《一个黑人男子布里顿·哈蒙不寻常的磨难与令人惊诧的救赎的叙事》一书。虽然两个文本都是有关奴役与救赎的叙事,虽然它们都使用了"回到故土"的象征,但是,格罗涅索的叙事更清晰地开启了奴隶叙事文类的风气,这一点可以从这些方面看出来:它的起首句是"我生于",叙事把读写能力的培养当成了一个不断重复的象征,其功能是统御故事的结构。[5]

格罗涅索宣称自己是什么人?他说自己出生"于布尔诺城",这是扎拉王国"重要的城市"。格罗涅索的母亲是"在位的扎拉国王"的长女,他自己是六个孩子中的老么。格罗涅索强调自己和母亲的关系很亲密,和外公的关系也还算亲密,但是很少提及他的父亲,我们姑且假定他的父亲不是出身皇家,而是娶了皇家的女儿。格罗涅索在叙事题名中把自己定位成了"一个非洲王子",这有助于解释这种修辞姿态的重要意义。通过把自己说成是一名王子,格罗涅索含蓄地把自己的叙事与"高贵的野蛮人"及其亚文类"高贵的黑人"这个文学传统联系在了一起。[6]

换句话说,格罗涅索不是把自己表现为仅仅是普通的黑人奴隶,而是一名受典型的皇室模式培养、溺爱与训练出来的人。格罗涅索必然得面对黑人文学前辈之中看似不可救药的沉默,于是他求助于高贵的野蛮人的虚构,以便将自己的文本植根于一个传统之中。他自豪地告诉我们,为了努力弄清楚"某些伟大的有力量之人"的身份,他还求助于基督教忏悔传统,他指的是班杨和巴克斯特①作品的主旨。换句话说,格罗涅索把自己表现成了一个乌黑的混合物,他是奥鲁诺克(Oroonoko)②与上帝执着的朝圣者的混合物。[7]

对高贵的野蛮人的表现中有这样一个讽刺,也就是他或她是通过一系列与

---

① 理查德·巴克斯特(1615—1691),英国基督教清教徒牧师,王政复辟时期因力促当局对脱离国教的温和派实行宽大而遭受迫害和监禁。——译注

② 同名故事《奥鲁诺克,或王奴:一段信史》(*Oroonoko: or the Royal Slave, A True History*,1688)中的人物。这是17世纪英国女作家阿芙拉·贝恩(Aphra Behn, 1640—1689)所写的英国文学史上第一部旅行小说,作家以欧洲的传奇故事和民族志为叙述模式,创造出了英国乃至欧洲文学史上的首个高贵的野蛮人形象。——译注

自己的黑人同胞的对比而表现出来的。奥鲁诺克是鹰钩鼻子,用某种神奇的方法拉直了卷发,能流利地讲法语,另外还懂得其他多种语言。换句话说,奥鲁诺克外表像个欧洲人,说话像个欧洲人,思考及行为也像个欧洲人,或更确切地说,像个欧洲国王。与表现大多数其他高贵的野蛮人主人公的传统不同,奥鲁诺克与他的受奴役的王子伙伴们是通过与其同胞的不同而被表现得高贵的。他是个特例而根本不是通例。在18世纪的英国法国,有好几个非洲人因宣称自己有皇家血统而声名狼藉,他们甚至参演过被搬上舞台的《奥鲁诺克》,被从剧院里抬走时嚎啕大哭。

格罗涅索利用了高贵的野蛮人这种文学传统,但有一种关键性差异。为了把自己植根于班杨的传统之中,格罗涅索如此表现了他的差异意识:在外公的王国里,他"从婴儿时代起"就是唯一一个理解这类东西的人:"某些伟大的有力量之人……居住在太阳、月亮与星星这些我们【非洲人】崇拜的物体之上。"格罗涅索差异性的突出符号是他有这种与生俱来的知识,也即上帝只有一个,而不是像扎拉王国的各色人等崇拜的天神那样,有很多个。[8]

我们不妨可以猜测,这位最年幼的王子的高贵信仰导致他与兄妹,甚至最终与父亲、外公以及宠爱他的母亲之间疏远了。下面是一段格罗涅索表现的自己与母亲之间的对话:

> 亲爱的母亲,我说道,请告诉我谁是创造雷霆的伟大的有力量之人。她说除太阳、月亮及星星之外,再没有别的力量;是他们创造了我们的整个国家。接着我询问我们的人民又是怎么来的。她回答我,一个从另一个那里来的;这样一直追溯了很多代人。那么,我说道,是谁创造了第一个人呢?又是谁创造了第一头母牛,第一只狮子,而苍蝇又是从哪里来的呢,因为没人可以创造他?母亲看上去遇到了很大的难题;因为她担心我的智力出了问题,或者我是个笨蛋。父亲走了进来,看到母亲忧伤的样子,就询问原由;在她把我们的对话告诉他之后,他对我非常生气,并告诉我如果我再这样惹事生非,他一定会严惩我;于是我就打定主意再也不告诉她任何事。然而我变得不开心了。[9]

格罗涅索告诉我们"这些奇妙的模糊观念"在整个扎拉王国都是独一无二的,这种境况"为我提供了敬慕和感恩的事情"。然而,他和周围人的疏远发展到了令他难受的地步,因此当"一个从黄金海岸来的商人"提出把这位年轻人带走,带他去一个"可以看到长翅膀的房屋在水上行走",也"能够看到白人"的国度之时,他就祈求父母准许他离开。唯一让他不愿割舍的家庭纽带是自己的妹妹洛戈薇,她"肤色白皙漂亮,头发纤细淡雅,虽然我的父母是黑人"。

格罗涅索用了三个奇特的象征来表现自己与其他黑人的本质性差异,他对"白人"妹妹的爱是其中之一。他在一个地方把"魔鬼"描述成了"住在地狱里"的"一个黑人",而与此相对照,他自己试图清洗罪愆的黑色。另外,上帝为他挑选的结婚对象是个白人女人,这呼应了他和自己的"白人"妹妹之间的亲密关系。格罗涅索的颜色象征给白色赋予了特权,而我们将会看到,这是以他的黑色(blackness)为代价的。[10]

年轻的王子当然是被当作奴隶卖掉了,漂洋过海到了"巴巴多斯",在那儿他被纽约的范霍恩先生买下。他渴望生活在英格兰"神圣的"居民("因为有人给过我一些书,作者都是英国人")中间,在这种渴望的推动下,接下来他辗转到了"圣多明戈"、"马蒂克"、"哈瓦那",然后到了伦敦及荷兰,但最终还是回到了英格兰,在那儿成家立业。《叙事》的剩余部分描述了种族主义与常见的恶人给他带来的经济困窘,以及他对基督教信条原则狂热的虔诚。[11]

我们关注格罗涅索的《叙事》,这是因为他一次次地提到了阅读和写作。他在纽约的第二个主人是某位弗里德兰德豪斯先生,他与妻子"让我上学",他写道,在学校里他"学会了阅读,而且还很不错"。男女主人给了他几册《约翰·班杨论圣战》与《巴克斯特对"未信教者的呼吁"》,旨在帮他克服有关上帝("我所有的安慰都是他创造的")本性的精神困惑,这个上帝是他在纽约发现的。作为自己从"水手"那里得到的"诸多压迫"的一个例证,格罗涅索写道:"我禁不住要提一件事,它对我的伤害胜过了其他任何事情。"[12] 甚至这个残酷的场景也依赖于对一本书的剥夺:

> 我正在读一本我非常喜爱的书,我常常用它来消遣,但突然一个人将它从我手里夺了过去,然后扔到了海里。然而,让人非常吃惊的是,他是在我们的行动中丧命的第一人。我不是假装要说,之所以发生这种事是因为他不是我的朋友;但是我想,眼见着上帝的敌人惨死,这说明天意不能违逆。[13]

格罗涅索能读会写,并能说上帝之言,促使他不辞辛苦去英格兰朝觐的动力正是他的这种能力,菲莉丝·惠特利也一样。他"找到了【乔治】·怀特菲尔德先生。"因为格罗涅索后来在文本中告诉读者他"不会读英语",也因为他做了这样的描述:在荷兰,"总共有七个礼拜的时间,每星期二"他都伶牙俐齿地和"38个牧师"进行有关宗教的对话,还因为他在纽约的两个主人都是荷兰名字,因此他很可能会读会写荷兰语。[14] W.雪利在他写的"前言"中估计在书出版时格罗涅索是"60岁",到那个时候,他能说流利的英语,就像卡利班①一样,他首先学会了

---

① 莎剧《暴风雨》中半人半兽形怪物,是个丑陋凶残的奴仆。——译注

"令人吃惊的诅咒与骂人话"[15]。

如果说就像卡利班一样,格罗涅索掌握了主人的语言首先去诅咒与骂人,那么之后很快他就改正了自己的行为。事实上,几乎从被俘获伊始,格罗涅索似乎就打定了主意,绝不允许任何东西去干扰他理解基督教上帝之名的愿望及其实现。格罗涅索把这种愿望在一长段使用了说话书本转义的文字中表现了出来。他首先描述了自己从漠视非洲遗产的主要物质符号中所获得的愉悦,这个符号是个很长的黄金链子,从描述来看一定非常值钱:

> 在离开我敬爱的母亲的时候,我全身穿戴了大量的黄金饰品,这是我们国家的风俗。黄金被做成了环状,一个一个套在一起,形成了某种链条,然后被套在我的脖子上、胳膊上、腿上,还有一大片挂在一只耳朵上,形状活像一个梨。我发现这些东西都惹人烦,因此当我的新主人【某只船上的一个荷兰船长】把它从我身上取下来的时候,我很高兴。我洗了澡,穿上了荷兰或英国风格的服装。[16]

格罗涅索坦陈他对所发生的这一切都感到高兴:他的皇家链条,一个标识其文化传统的黄金链条,被从身上拿走,接着在一个经典的如果说是世俗化的水的洗礼之后,被代之以船员的"荷兰或英国风格的"服饰。格罗涅索迫不及待地抛弃了那个标识其非洲历史的一条真正的表意链条,同样,他也渴望抛弃俘获他的欧洲人"不懂"的语言。

格罗涅索表意的黄金链条是个有反讽意味的预兆,它预示了《无形人》中监狱恶棍塔普兄弟与他的文化传统之间的联系。塔普告诉埃利森的叙述者,他的链条"在里面包了一堆意指","它可能会帮助你记住我们真正抗争的是什么",这时,我们不仅回想起格罗涅索乐于放弃他的表意链条这一事实,而且也开始明白为什么会这样。格罗涅索绝对不愿去"记住我们真正抗争的是什么"。塔普继续说道,对越狱犯而言,这样一个表意链条"意指着更多东西",其含义比初级意义层面上的"是与否"之间的对立要复杂。这些表意是格罗涅索力求忘记的。[17]

如果说格罗涅索乐于抛弃他的黄金表意链条,那么他也乐于扔掉那个能指链条。不论他在向奴役自己的荷兰人致意时使用了什么样的非洲话,它都包含在那条能指链条之中。对这种欲望,他通过黑人传统中首次对说话书本转义的使用而表现了出来。在同一段里,之前还有取下链条的仪式:

> 【我的主人】过去常常在安息日给船员在公众场合朗读祷告词;第一次看到他朗读,那是我一辈子最感到吃惊的事情,我看到书在对我的主人说话,我是这么想的,我注意到他看着书,动自己的嘴唇。我希望它对我也会

这么做。主人一读完，我跟他来到了放书的地方，我对书非常感兴趣，在没人注意的时候，我翻开了书，将耳朵贴到书页上，满心希望它能对我说点什么；但是发现它不说话，我很遗憾，也非常失望。这种想法马上闪现了出来：任何人任何物都瞧不起我是因为我是黑人。[18]

我们对这个非常吸引人的插曲能做何种解释呢？书本对格罗涅索而言没有声音；它只是干脆地拒绝对他或同他说话。对格罗涅索而言，书本，或许我应该说"书本"概念本身，构成了一个沉默的一级文本，然而在这个文本之中黑人找不到自己声音的回声。沉默的书本没有反映，也不承认在它面前黑人的在场。书本震耳发聩般的沉默重新命名了欧洲文学中的既定传统，这一传统认为格罗涅索和他的同胞所戴的黑色面具是个缺席的转义。

只有当文本首先对格罗涅索讲话时他才能够与文本讲话。文本没有跟他讲话，甚至连最细微的低语都没有，它的分贝级别被这个黑人用可爱的姿态做了说明：他把"耳朵贴到书页上"。格罗涅索无法同文本讲话，因为文本不同他讲话。文本没有意识到他的在场，因此也就拒绝分享自己的秘密或者解码被编码的信息。格罗涅索与文本都是沉默的；书本和他的主人进行过"对话"，他看到并记录了下来，但这种"对话"躲他而去。主人与这个文本的关系和奴隶与同一个文本的关系之间有差异，为了解释这种差异，格罗涅索用了一种解释，并且是唯一的解释：明显的差异是他的黑色，是沉默的黑色性。

格罗涅索用矛盾修辞的象征解释了文本的沉默。在这个象征中，声音与在场、(黑色的)脸与缺席糅合在了一起。格罗涅索将口头象征(声音)与视觉象征(他黑色的脸)糅合在了一起，这也许是对这个象征更准确的描述。换句话说，对文本何以沉默，格罗涅索只承认一种可能性，而排除了其他所有的可能；同时，他告诉我们，这种解释在彼时彼地是不言而喻的："这种想法马上闪现了出来：任何人任何物都瞧不起我是因为我是黑人。"

格罗涅索融合了口头官能与视觉官能：书本拒绝对我讲话是因为我的脸是黑色的，这是一种奇特的、武断的象征替代。毕竟，一个更"自然的"解释本来可以是这样的：书本拒绝对他讲话，这是因为他不会讲荷兰语，尤其是我们记得，这个场景出现在把新近抓获的奴隶从黄金海岸运到目的地巴巴多斯的船上。然而，这名非洲人显然没有想到这个更合乎逻辑或更自然的解释。相反，文本产生的沉默诅咒只能用黑色诅咒来解释，黑色诅咒是上帝对含的黑色子孙的惩罚。在格罗涅索看来，文本的声音预设了一张脸；而这张黑色的脸反过来又预设了文本的沉默，因为黑色是缺席的符号，是令人吃惊的、终极的脸以及声音的缺席的符号。格罗涅索没有得到这个西方文学的正典文本——或者是《圣经》，或者是祷告书——的承认，这是因为文本看不见他，也听不见他。文本只能同它们能看到的东西讲话。认知,或是作为自觉意识及判断力的理解行为,在格罗涅索的文本中预设了最根本的承认形式。正是他黑色的脸阻断了这个最基本的——如果说貌似至关重要的——承认模式,从而使交流变得不可能。

格罗涅索在字面意义上,也在很有象征性的意义上创造了一个文本,动机是渴望在西方文学文本中他的自我能得到承认。毫不夸张地说,这个(非)说话书本变成了一个核心的教育场景,这个黑非洲人的整部自传都必须对照这一教育场景来阅读。因为文本拒绝对他讲话,所以大约 45 年后,格罗涅索写了一个文本,它通过言说而让作者的脸进入了存在之中,到了西方传统的作者与文本当中。我在上面已经指出,接下来在《叙事》中通过阅读与写作转义表现出来的教育场景不少于五个(在一个 24 页长的文本中),其中包括格罗涅索做过说明(其中也许有幸灾乐祸,但控制得恰到好处)的奇特的夺书场景:一个白人从他手里把他最喜爱的书"夺了过去",并"扔到了海里",这个人"是在我们的【首次军事】行动中丧命的第一人"。格罗涅索在一个简略的文本中表现了 60 年的生活,文本的修辞策略依赖于六个阅读与写作的转义。他的自传的修辞模式使我们不得不得出这样的结论,也就是说,他之所以叙述了一个文本,那是为了满足一种欲望,一种因为他的第一位主人的重要文本——祈祷书——拒绝对他讲话而勾起的欲望。换句话说,格罗涅索叙述的文本同时言说、包含和反映了他(黑色的)脸的独特轮廓。截止 1770 年,只有四名黑人(胡安·拉蒂诺、雅各布斯·卡皮坦、威廉·阿莫与布里顿·哈蒙)被认为用西方语言出过书,基于这个事实,即便铭写于他的核心转义之中的动机是讽刺性的话,那么也还是可以说格罗涅索的姿态有重要的意义。[19]

但是,他的脸就是被言说进他的文本中的一张黑色的脸吗?我在上面写道,船长的文本以及它拒绝向奴隶说话这一事实刺激格罗涅索到其他西方文本中去寻找承认(他的几个读写能力教育场景就象征了这一点),我认为这种动机既是真切意义上的,也是隐喻性的。所谓隐喻性的,我的意思是说,格罗涅索在花甲之年时的脸,同他在青年时代首次遭遇西方文本时呈现的那张(黑色的)非洲人的脸已有了根本不同。格罗涅索是个细心的叙述者,对自己所表达的意思更是尤其仔细。我们还记得,在描述他乐于将标识其非洲遗产的黄金链条抛弃的同一个段落中,也出现了说话书本转义。事实上,只有在先"洗了澡,穿上了荷兰或英国风格的服装"之后,他才把自己的脸呈现在了船长的言说文本之前。文本将这个过程表现得就如同是一个洗礼仪式,只不过是世俗的或文化的清洗或淹没,它们擦去了(或旨在擦去)格罗涅索的黄金链条所代表的非洲传统的痕迹。格罗涅索急切地要扔掉非洲传统:"我发现这些东西都惹人烦,当我的新主人把它从我身上取下来的时候,我很高兴。"

紧接着这句话,格罗涅索告诉我们,"主人逐渐喜欢上了我,我也非常爱戴他",而不是像他和第一个主人及其合伙人之间一直存在的相互鄙夷和不信任。我们还记得,正是他的第一个主人与合伙人说服这个不开心的年轻人离开布尔诺王国,去寻找"白人"的国度,在那儿,"长翅膀的房屋在水上行走"。第二个主人"逐渐喜欢上了""新的"格罗涅索,那个心甘情愿地"洗了澡,穿上了荷兰或英国风格的服装"的格罗涅索。老主人与之打交道的是个"旧的"格罗涅索,一个冥顽不化的(黑)非洲人。回过头去看,一开始说服格罗涅索去寻找"白人"的,正是他与传统信仰体系以及大多数家庭成员之间的疏离。换句话说,现在的格罗涅索能够被第二个主人"满心欢喜"地对待,这是因为他已不再是当年离开村子时的人了,那时他在文化上是个纯粹的非洲人。[20]

到了《叙事》中的这个地方,如果他不再是曾经的非洲人,那么他也还不是自己将要成为的盎格鲁-非洲人,他非常渴望成为这种人。"衣服",我们不妨再补充一点,再加上痛快淋漓的一次洗澡,"不能造就一个人",船长的文本在沉默的雄辩中让面目一新的格罗涅索认识到了这一点。他是个非洲人,只不过是披上了欧洲人的衣服,失去了表意的链条而已。他的衣服也许是体面的欧洲风格,但他的脸依然保留了非洲兄弟的黑颜色,尽管他迫不及待地抛弃了这些人。当他把自己的耳朵贴近文本时,格罗涅索是个第三项,不伦不类,两边不靠。他不再是不含杂质的非洲人,但也还不是将要成为的欧洲人。西方文学文本不会接受格罗涅索的阈限身份,从而拒绝向他说话,这是因为他还不是欧洲人,虽然他已不再是非洲人。文本以强大的沉默告诉他,只抛弃自己表意的黄金链条还不足以使他与欧洲文本的能指链条之间经历崇高的相遇。为了让文本言说,他还需要更多的再洗礼再修饰。

45年后,格罗涅索在自传文本中注册了他的在场,表现了他的脸的轮廓。在花甲之年,他已流利地掌握了荷兰语和英语这两门欧洲语言;他是个自由人;他对基督教的"加尔文主义"阐释也非常在行,"总共有七个礼拜的时间,每星期二"他都"与38个【荷兰】牧师"进行正式的对话,"并且他们所有人都非常满意";另外,他还娶了一个英国妻子,膝下有妻子的孩子(与一个英国人在第一次婚姻中所生)和他们生的"混血儿"。到了花甲之年,他已非常熟悉那些曾经拒绝承认他的基督教文本,他不仅通过自己的雄辩让别人"高兴","说服"别人"我没有装,我看上去是什么人就是什么人",而且他把基督教新教教义,以及他从黑变白的奇特过程都经纬编织进了自传文本之中。在格罗涅索自己的文本中能找到在场,它是由同化的声音与同化的脸庞所产生的。缺席的当然是非洲人人性的黑色面具,他欣然抛弃了这个无价的遗产,正如他毫不犹豫地放弃了同样无价的黄金链条一样。的确,格罗涅索的文本中完全没有针对强加于黑人的罪恶的奴役的论战,过不了多久,这种论战将频繁地出现在奴隶叙事之中。除了"住在【范霍恩】家中老弱的黑人仆人",以及他提到的"被称为魔鬼的一个黑人"之外,文本中也没有对其他任何黑人的描述。正是这位"老弱的黑人仆人"教给了格罗涅索魔鬼是什么人,我们猜想也正是他(与其他奴仆一道)教会了格罗涅索去诅咒。格罗涅索不再声称"任何人任何物都瞧不起我是因为我是黑人"。

格罗涅索的文本是黑人文学史中的重要文本,就其说话书本转义而言,这个文本意指了西方传统中的三个文本。我会讨论奥托巴·库戈阿诺对说话书本转义的修正,对第三个文本的身份,我将推迟到对库戈阿诺的讨论中来揭晓,因为向这些黑人叙述者揭示了说话书本这一象征终极的文本源头的作品,正是库戈阿诺1787年的奴隶叙事。但是在这儿,让我们先来简单考察一下另外两个文本。

第一个是威廉·博斯曼的文本,名为《一个有关几内亚海岸的准确的新描绘》,我在第1章已简略讨论过它。博斯曼的非洲旅行记述于1704年用荷兰语发表,1705年在伦敦用英语发表。截至1737年,已出版了四个荷兰语版本,还有法语、德语及英语译本。1752年,一个意大利语译本面世。在本世纪,至少有另外两个英语译本出版。[21]

博斯曼是埃尔米拉要塞的荷兰"首席代理人",这个要塞处于今天加纳境内的西非海岸(那时一般称为几内亚)。博斯曼被认为是"从1688到1702年间几内亚海岸第二重要的荷兰官员。"博斯曼的《信简十》关注的是"几内亚""黑人的宗教",而"几内亚"是格罗涅索的《叙事》中出现的"黄金海岸"的别名。事实上,格罗涅索的荷兰船长可能就是从埃尔米拉要塞起航的,同样,如果W.雪利对格罗涅索在1770年时的年龄估计如果是正确的,那么格罗涅索与博斯曼在埃尔米拉的时间在先后上可能相差23年;而如果雪利对格罗涅索的年龄估计得偏小,那么两个人就有可能同时都在埃尔米拉,而且更有可能的是格罗涅索知道博斯曼的荷兰语文本,尤其是《信简十》。[22]

罗伯特·D.理查森认为,博斯曼的《信简十》对现代人类学中物神崇拜概念的发展产生了非同寻常的影响,这种影响经由皮埃尔·培尔的《历史批判辞典》(1697,1734—1738)与夏尔·德·布罗塞的《物神崇拜》而被放大,其中后者的理论断言:西非黑人物神崇拜的作法是最根本的宗教信仰形式。奥古斯特·孔德宣称,"初级的物神崇拜阶段或神学阶段"对社会发展而言至关重要,这种观点就建立在德·布罗塞1760年提出的物神崇拜论之上。因此,博斯曼的观点在有关宗教的话语中至关重要,而这种话语对本世纪人类学的发展又是根本性的。[23]

博斯曼信简的开头提出了这样的观点:"西非海岸的所有黑人都相信一个

真正的上帝,他们认为这唯一的上帝创造了世界。"这种主张乍一看当然似乎与格罗涅索的观点相矛盾,因为他声称自己是扎拉王国的所有人中唯一持这种信仰的人。然而博斯曼马上补充道,这种对唯一上帝的信仰,西非海岸的黑人"既非受益于他们自己,也非受益于他们祖先的传统"。相反,这种观念的源头是"他们和欧洲人之间的日常交谈,后者总是三番五次地努力要把这种观念灌输给他们"。格罗涅索竭力要在自己和非洲族人之间呈现初始的差异性(他的一神论和他们的多神论形成了对比),博斯曼在第二段就预言了这种差异性。[24]

在这儿,与我们的话题更为相关的是博斯曼对阿散蒂①人创世神话的讲述。博斯曼的讲述依赖于一种对立,一边是黄金,另一边是"阅读与写作"。博斯曼如此讲述了这个极为有趣的神话:

> 一大部分黑人认为人是由阿南西创造的,也就是说是由一只大蜘蛛创造的;而其他人则将创造人类的功绩归于上帝。他们宣称,上帝造人是以这样的方式进行的:一开始上帝创造了黑人,还有白人;这样不仅暗示,而且也试图证明他们的种族是与我们一道来到世界上的;而且为了给他们自己赋予更大的荣耀,他们告诉我们,上帝在创造了这两种人之后,就给了他们两种礼物:黄金和阅读与写作艺术的知识,而且黑人有权先选。黑人挑了黄金,而将文学知识留给了白人。上帝满足了黑人的要求,但也被他们的贪婪激怒了,他决定白人永远都要做黑人的主人,而他们得作为奴隶永远伺候白人。[25]

上帝对非洲人说,黄金还是西方文学的艺术——挑吧!非洲人选了黄金,并因为自己的贪婪而注定得做奴隶,这一定让他后悔不迭。正如博斯曼信简第一版中的一个脚注所告诉我们的,非洲人的贪婪是个永恒的诅咒,对他的惩罚是注定永远都无法掌握西方艺术与文学。

如果说在创世之时,非洲人非常愚蠢地挑选了黄金而不是阅读与写作,那么格罗涅索则不愿再重复那个原初的错误。他生为非洲人,但后天训练让他变成了欧洲人。格罗涅索避开了他的黄金链条以及它所代表的所有东西的诱惑,他寻求流利地掌握西方语言,通过它们,他得以重新改造自己的脸部特征与肤色。

如果说格罗涅索也许有意识地呼应了博斯曼,那么他同样也呼应了康德,只是也许不知道康德1764年的德语文本。在《论优美感与崇高感》中,康德预示了格罗涅索的做法:在他的黑肤色与文本拒绝对他说话这两件事之间划上等号。通过借用休谟在《论国民特质》中有关黑人的评论,康德指出:"这两个人类种族

---

① 阿散蒂今天是加纳的行政区名,史上曾是一王国。——译注

之间存在根本的差异,看上去在心智能力方面的差异与在肤色方面的差异一样巨大。"一名黑人对让·巴普蒂斯特·拉巴发表过欧洲男性-女性之间关系的看法,作为对这名黑人的观点的回应,康德在两页之后指出了黑色与智力之间被认为自然的关系:"这种观点中也许有值得思考的东西;但简而言之,这个家伙从头到脚都黑黝黝的,这清楚地表明他所说的东西是愚蠢的。"26 与康德一样,格罗涅索也在黑色和被"任何人任何物"——包括荷兰船长沉默的重要文本——"都瞧不起"之间预设了一种天然的联系。格罗涅索把接下来的四十五年时间都花在了破除这种联系上,后来他能游刃有余地把生活中的事件编织进一种模式之中。这种模式对着今天的读者雄辩地言说,虽然也许有点讽刺。

三

《一个黑人约翰·马伦特对上帝非同寻常的对待的叙事》并不是一个严格意义上的奴隶叙事,虽然它经常被这样描述。相反,它是一个印第安俘房故事,这一文类在 18 世纪非常流行。在组成这一文类的叙事中,约翰·马伦特的叙事是"最流行的三个印第安俘房故事中的一个,在版本上数量上超过它的只有彼得·威廉森(1757)与玛丽·杰米森(1784)的叙事"。马伦特的《叙事》是他"讲述"给威廉·奥尔德里奇牧师的,1785 年发表于伦敦。在同一年就有四个后续版本,其中包括"有扩增"的第四版与第五版。第六版(1788)之后又有一个 1790 年的都柏林版,以及一个 1802 年的伦敦版和三个哈利法克斯版(1808,1812,1813),一个 1815 年的利兹版,一个威尔士译本(卡迪德,1818),以及一个 1820 年在康涅狄格州米德尔敦出版的版本。截至 1835 年,马伦特的书已被印刷了不下二十次。27

马伦特的文本是由马伦特叙述给威廉·奥尔德里奇的,后者在他的"前言"中说道,他"一直完好地保存着马伦特先生的观点,虽然没有完全抄录他的话",他给马伦特的读者保证说,"没有……做太多改变,除非认为有必要",且不论这种说法本身就是在打马虎眼。马伦特的文本在第一句话中声称,他"于 1755 年 6 月 15 日出生于纽约",父母是自由黑人。马伦特从来都没有当过奴隶,除家人之外,他的故事叙述中几乎没有涉及其他黑人。马伦特经历过一次深刻的宗教转变,这种转变不久就让马伦特和自己的两个姊妹一个兄弟疏远了,最终也和母亲疏远了,正像格罗涅索的宗教躁动让他疏远了自己的非洲家人一样。马伦特与格罗涅索一样也深受乔治·怀特菲尔德牧师的影响,怀特菲尔德与约翰·韦斯利一起创立了基督教循道公会。与家人产生隔阂之后,马伦特"走出了篱笆,这道篱笆与我们家【位于南卡罗来纳州的查尔斯顿】大约有半英里远,它将这个地方有人居住、开垦的区域和蛮荒区域分割了开来"。正是在这片"蛮荒"(他称之为"沙漠")之地,这个新近皈依的基督徒被彻罗基印第安人俘虏,饱尝艰辛。[28]

马伦特的文本对"上帝"对皈依他的信徒"非同寻常的对待"的描述非常离奇,包括马伦特在"一场疾风暴雨"中"不可思议的救赎"的故事,他有三次被"从船上冲走",而结果每次"又被卷到甲板上来":"听到约拿的祷告的上帝,他对我的祈祷没有充耳不闻。"马伦特的《叙事》卖得很好,这无疑既得益于他的基督教虔诚,也得益于他对救赎场景离奇的描述。但对我们来说,重要的是他对格罗涅索的说话书本转义所做的再改造。

与格罗涅索一样,在被抓走时马伦特也是15岁。在荒野中漫步的时候,马伦特遇到了一个印第安人"要塞",有为战略目的而安排的"卫兵"把守。彻罗基卫兵礼貌地告诉他,他必须被处死,因为他入侵了彻罗基人的土地。接着一个驻地法官判处他死刑,那是痛彻骨髓的火刑。在快要行刑时,马伦特开始祷告,他礼貌而又急切地提醒上帝说,我主曾经拯救过"炉子里的三个孩子",也"从狮子的洞穴里拯救了但以理",那么现在他的仆人约翰是否也可以通过同样的方式得到救赎。"大约当我祷告到一半的时候",马伦特述说道,"上帝在我的心头注入了一股强大的欲望,让我用他们的语言祷告。"正是这种凭借神力而熟练掌握的彻罗基语言,在那些聚拢来围观他被蒸烤的"人身上产生了奇妙的效果",马伦特继续告诉读者说。刽子手"得到了拯救,皈依了上帝",他打断了行刑的仪式,将黑人俘虏带来拜谒国王。[29]

在拜见国王时,马伦特的语言天赋却弄巧成拙,他再次被判处死刑,因为他被认为是个"巫师"。马伦特对这些事件的描述中包含了他对说话书本转义做的的修正,或者说奇特的倒置:

> 就在这一刻国王的女儿来到了殿堂中,她大约19岁左右的年纪,过来站到了我的右边。她拿走了我手里捧着的一本《圣经》,打开了书页并吻了它,似乎非常喜欢。她将书重新放回了我的手里,这时国王问我那是什么东西。我就告诉他说,我主之名就记录在它里边;接着,问了几个问题之后,他让我阅读《圣经》,我按要求做了。尤其在读以赛亚书第53章时我的态度极其虔诚;阅读《马太福音》的第26章时也一样;当我称颂耶稣之名时,它在我身上所产生的奇特效果国王都看在了眼里。我读完之后,他问我为什么在读出那些名字时有如此崇敬之情?我告诉他,这是因为拥有那些名字的神灵创造了天堂和地球,还有我和他;对这一点他不承认。接着我指着太阳,问他是谁创造了太阳、月亮与星星,并让它们保持恒常的秩序?他说是他们镇子上的一个人做了这些。我尽自己的努力试图说服他根本不是这么回事。他女儿把书再次从我手里拿了过去;打开并再次吻了它;她的父亲让

她把书还给我,她照办了;但非常忧伤地说,那本书不对她讲话。接着刽子手跪拜在地,恳请国王让我祷告,这个要求得到了恩准,我们都跪倒在地,这时上帝展示了他荣耀的力量。在祷告中,有些人哭喊出声音来,国王的女儿尤其如此,那个判决我被烧死的人,再加上另外几个人都似乎对罪孽深信不疑:这让国王大为生气;他称我是一个巫师,下令将我投入监狱,第二天行刑。这足以让我想到,正如雅各一样,"所有这些事情都是反对我的";我被拖走,在愤愤中被投入了地牢;但上帝与我同在,他从来也不会忘记自己的信徒。[30]

144 在接下来的一段里,马伦特告诉我们,他通过祈祷治好了国王女儿的病,因此躲过了第二次死刑。祷告过三次之后,"上帝出现了,极其慈爱,极其荣耀;国王自己被唤醒了,【我】获得了自由。"[31]

马伦特对格罗涅索的转义做了意指性修正,其引人注目的地方在于他倒置了格罗涅索在黑色与文本的沉默之间所建立的对立。相反,在这个彻罗基王国中,只有黑人能使文本说话。国王的女儿代表彻罗基人,她"非常忧伤地"说"那本书不对她讲话"。马伦特让文本说话的能力直接导致他第二次被当做巫师而判刑。只有在"极其慈爱,极其荣耀"的上帝亲自现身之后,马伦特才得以逃脱死刑。如果说在格罗涅索的转义之中,声音预设了一张白人的脸或是被白人文化同化了的一张脸,那么在马伦特的文本中,声音既预设了一张黑人的脸,也预设了一个更加光芒四射的在场,也即上帝本身的在场。我们将会看到,这个场景在约翰·杰对说话书本转义的修正中会再次出现。

马伦特用黑人/彻罗基人和基督徒/非基督徒之间的对立取代了不懂读写的黑非洲人/懂读写的白欧洲人之间的对立,如果说他通过这种方式而意指了格罗涅索,那么他对格罗涅索的"表意的链条"又是怎样处理的呢?马伦特没有让我们失望;链条同样被倒置了,虽然它依然是用黄金做的。并且就像格罗涅索一样,马伦特在叙述中把自己对语言的掌握,对彻罗基语言的掌握,与黄金链条紧紧联系在了一起。在一个长达两页半纸的段落里,直到倒数第二句话才出现马伦特的黄金链条象征,在这同一段里还有说话书本的情节。在这句话里马伦特告诉我们,彻罗基国王拥有黄金"链条和手镯"。约翰·马伦特作为一名来自另一个世界的能读会写的黑人,[32]我们已经料到,正是他拥有凌驾于国王之上的权力,命令国王"像个孩子"一样戴上或取下它们:"如果我反对,国王就会像个孩子一样脱下他黄金制成的衣服,取下金链条和手镯,把它们放在一边。"[33]马伦特是文本及其在场的主人,也是文本的声音与字母的主人,他能够强迫国王将自己的黄金链条"放在""一边",他何以能够做到这一点,文本一直都没有讲原因。格罗涅索在蜕掉自己的非洲人身份的第一次努力中就迫不及待地把黄金链条放在了一边,这位国王就和格罗涅索一样。马伦特掌握《圣经》的英语文本,因此他是国王的主人;不仅如此,他很快也变成了国王的语言的主人。在这一段的最后一句话中,紧接着取下链条的情节,马伦特告诉我们:"在这儿我学会了用最优雅的方式说他们的语言。"马伦特对彻罗基语言流利的掌握得到了上帝的启示,刚开始是为了挽救他不受死刑,而现在对语言的知识则让他得以在彻罗基人中间"极其自由"地生活。如果说格罗涅索的黄金链条标识着他的皇室遗产,那么现在马伦特的言说权力则带来了他最彻底的转变;从"可怜的有罪囚犯"变成了被"像王子一样款待"的"新"马伦特。[34]换句话说,马伦特将格罗涅索的说话书本转义彻底倒了个个,把格罗涅索的这些象征一个接一个地做了倒转:拒绝言说的文本、黄金链条以及从王子变平民的运动等等。格罗涅索的文本是马伦特唯一的真正意义上的前辈文本,马伦特对这个前辈文本及其核心转义做了意指性修正,从格罗涅索那里夺来了一个空间,用于表现一个黑色的虔诚的生命。

因此,马伦特虽然表面上非常虔诚,但是,他所关注的似乎是要将他在盎格鲁-非洲传统中唯一的前辈的文本当成一个可供修正的模型来使用。马伦特的修正开启了英语文学的黑人传统,不是因为他是第一个作者,而是因为他是传统中的第一个修正者。我对传统的理解部分地依赖于这种观点:作者阅读了文本,然后以某种形式意指这些文本,作为对根基的一种含蓄的评论,以及对令人满意的表现方式的含蓄的评论。在我们所讨论的具体事例中,是这样一种表现模式:虔诚的黑人朝圣者到了一个混乱蛮荒的罪孽之地,被俘虏,历经多次对虔诚信仰难以置信的考验,这些经历使他人格完整,灵魂得到了净化,全心地信仰上帝。

马伦特对格罗涅索的《叙事》做了意指,那么它属于哪一类意指模式呢?马伦特的修正是个典型的"挤兑"的例子,它是代喻的黑人土语对等物。之所以说马伦特是在挤兑格罗涅索的转义,这是因为他的修正试图通过置换与替代来倒转既定的转义。在马伦特的修正中,格罗涅索转义中所有的关键性构成项都在场,但"最初"的模型已经过了大幅的重新编排。(我在"最初"上面打了引号,这是因为我们在下面将会看到,格罗涅索的转义同样是从另一个文本那里经过修正而得来的。)格罗涅索宣称自己有别于所有其他黑人,这个有讽刺意味的主张在马伦特的文本中没有再现。如我前面所说,至少在这个文本中,马伦特并不关注黑人奴隶的或非完全自由者的危险境遇,但是他的确宣称自己对真正的上帝的信仰不同于族人的信仰。马伦特暗示他虔诚的程度让他和家人之间(或者说家人和他之间)产生了隔阂,因此他离家进入到了荒野之中,遭遇到了类似于班杨的朝圣者所遇到的磨难和艰辛。但不管怎么说,博斯曼所说的"物神崇拜"和基督教之间的差异(格罗涅索的差异)还是大大不同于种种基督教之间的差异(马伦特的差异)。

另外,马伦特还拒绝了我们不妨认为是格罗涅索所宣称的文本的白色性(whiteness of the text)。马伦特没有保留格罗涅索所建立的白/黑、懂得读写/不懂读写、在场/缺席、言说/沉默、欧洲人/非洲人,以及裸体/着装之间的对立,而是代之以基督徒/非基督徒、黑人/彻罗基人、英语语言/彻罗基语言等等之间的对立。马伦特的文本中没有格罗涅索的这种有问题的欲望:去弥补文本中声音的缺席。对于文本中声音的缺席,格罗涅索不知何故认为那是由于他外形的黑色以及形而上学的黑色的缘故;同时,作为对声音的缺席的回应,他叙述了一个有关生命的文本,勾勒了自己对欧洲文化圣殿的朝圣旅程。与之相反,马伦特重构了转义,让彻罗基人负担起了这个危险的重荷:被否定的重荷。因此,马伦特的差异性是通过和其他有色人种,或者说和另一种肤色的人种,的对比中显现出来的,而不是主要通过和其他黑人之间一种所谓的差异而显现出来的,虽然马伦特也承认,两个叙述者的家人都相信他们是"疯子","像水一样的善变"。[35]

格罗涅索把自己被文本拒绝的核心原因归结于自己的黑色,马伦特则创造了一个叙事。在他的文本中,黑人控制着声音,这是个严格意义上的双语声音:能说流利的英语,在上帝最初的帮助下又加上印第安人的帮忙从而流利地掌握了彻罗基语。在格罗涅索的描述中,他的文本的情节与写作文本的动机是出于这样一种欲望,也就是要让文本对他的在场做出回应并对他讲话;马伦特与他形成了鲜明的对比,马伦特将这种欲望置换到了彻罗基人身上,他和仁慈的上帝一起神奇地操控这种欲望。马伦特是文本的幕后言说者,控制着全局。

马伦特同样控制着彻罗基国王的表意链条,这个链条马伦特可以随心所欲地强迫国王"像个孩子一样"地取下来。马伦特之所以控制着黄金链条,这是因为他控制着文本的能指链条,这种控制格罗涅索这个非洲王子想做而做不到。马伦特把格罗涅索的缺席转义转变成了自己在场的转义与上帝在场的转义,通过这种方式,他的转义倒转了格罗涅索的缺席转义,这当然是以不幸的彻罗基人为代价的。如果我们可以说格罗涅索删除了自己的黑色,那么通过命令彻罗基国王将标识自己最高权威的黄金饰品戴上或取下,马伦特也随心所欲地删除了彻罗基国王。马伦特修正了格罗涅索,他的修正是黑人传统中作为挤兑的意指行为的最早的例子之一。

四

约翰·斯图尔特是位写信简的黑人。他专注于要去影响英国社会中某些有权势的人,让他们注意"邪恶的、伤天害理的奴隶贩卖以及人口买卖的商贸活动。"他书名的一部分就指出了这一点。为此目的,他两次写信给威尔士王子,显然也给埃德蒙·伯克、乔治三世国王,以及格兰维尔·夏普各写过一封信,通信的目的是要去说服这些绅士认识到,对人的奴役是一种压迫,而这种压迫就像他给乔治王所写的那样,对"人的天赋自由"产生了负面影响。这种"肆无忌惮的邪恶"动摇了一个致力于人权的王国的道德构架。他写道,为了让自己的观点更有说服力,他在三封信中内附了一本他出版于1787年的148页厚的书。为了避免他们不致闹不清书的作者同每封信上签名的人之间的关系,斯图尔特补充说约翰·斯图尔特实际上与"书名中的那个非洲名字所指的是同一个人"。[36]

约翰·斯图尔特显然是夸布纳·奥托巴·库戈阿诺在伦敦取的英语名字。但是在1787年发表反对奴隶制的重要观点时,他用的是自己的加纳名字奥托巴·库戈阿诺。[37]奥托巴·库戈阿诺约于1757年出生在阿居玛库,它在今天的加纳境内。库戈阿诺是个"芳蒂人"。① 也许他不是像格罗涅索一样出生于皇室,但其家庭的确和皇室有紧密的联系;他的父亲"是首领的伙伴",库戈阿诺是首领侄儿的伙伴。1770年在库戈阿诺13岁左右的时候,他被俘虏、卖掉,成了奴隶,被带到了格林纳达。[38]

在格林纳达,这名年轻的奴隶被"一个要去英格兰的绅士"买下,"让我做了他的仆人。"这样在1772年,他就"被从格林纳达以及那种邪恶野蛮的奴隶制中救出"。库戈阿诺成了一名自由人,最晚到了1786年他已成了伦敦"穷黑人"的一名领袖。库戈阿诺还是奥劳达·伊奎阿诺的密友,我接下来就会讨论伊奎阿诺;他还是西皮奥恩·皮亚托里的密友,而皮亚托里是国王斯坦尼斯洛二世领导的波兰爱国运动的成员。因此,至少在1786到1791年间,库戈阿诺是英格兰一名重要的黑人公众人物。[39]

1787年,库戈阿诺在声名盛隆之时发表了《想法与感受》,这本书主要并不是自传,而是饱含激情地、周详地论证了何以应该废黜奴隶制度。奴隶叙事这一文类的基本特征是论战和自传(如弗雷德里克·道格拉斯在他1855年的叙事中所说,关注的是"我的奴役及自由"),而库戈阿诺则强烈地倾向于论战。在18世纪前后,有其他多名作者写了有关奴隶制的作品,在其文本中,库戈阿诺实际上与这些人进行了论战。有些被指名道姓,有些没有点名,其中包括詹姆斯·托宾的《略论拉姆齐牧师大人之文》(伦敦,1785),詹姆斯·拉姆齐的《论英格兰蔗糖领地的非洲奴隶的处置及宗教皈依问题》(伦敦,1784),安东尼·贝内泽的《几内亚的有关历史》(伦敦,1771),帕特里克·戈登的《英格兰地理》(伦敦,1744)及《解剖的地理》(伦敦,1693),戈登·特恩布尔的《奴隶制辩》,以及1754年版的大卫·休谟的名文《论国民特质》,以及其他一些文本。换句话说,库戈

---

① 居住在加纳沿海地区的黑人部落。——译注

阿诺把《想法与感受》构思成了一个对 18 世纪有关非洲奴役的重要论述的回应。

文本开篇不久,库戈阿诺就讲述了他是如何学会读写的,以及他又是如何熟读欧洲人关于奴隶制的作品的:

> 到了英格兰之后,看到别人能读会写,于是我有了强烈的学习愿望。我得到了一些帮助,全身心投入到了学习读写之中,这很快就变成了我的娱乐、享受及乐趣;主人看到我能够写一点儿,他就把我送到一个不错的学校里去学习。从那以后,我就一直努力在阅读中发展我的心智,尽力获得在我的人生境遇中自己所能得到的所有知识,以便于了解和我同肤色的弟兄与同胞的境况,了解那些被野蛮地卖身为奴,被非法地当作奴隶的人的悲惨处境。[40]

库戈阿诺为读者描述了他如何学会了读写,以及他又如何对有关奴隶制的资料知晓的如此之多。1789 到 1865 年间出版了一些奴隶叙事,它们几乎都表现了黑人作者读写能力的教育场景,在库戈阿诺之后,对这一场景的表现变成了这类叙事中一个必需的结构原则。然而,首次将对读写能力的掌握同自由联系了起来的是库戈阿诺的叙事。的确,与乔布·本·所罗门在 1731 年所说的那样,库戈阿诺表示他事实上把自己从奴役"写"进了自由。[41] 库戈阿诺同时承认,尽管对他的奴役是残忍的,但它的确让他得以学到了"原则"以及"我的故土的人民所不知道的"的基督教:

> 我欠了万能的上帝【一个】巨大的情分……虽然我被从故土掳走了……但我既得到了自由,也获得了一点粗浅知识的巨大好处,我学会了阅读和写作;另外,我相信还有一个无法计量的巨大好处,那就是对用自己的天意掌管一切的上帝有了一些了解。[42]

"从这一点来讲",库戈阿诺继续说道,"我蒙受了英格兰许多好人巨大的恩惠,他们教给我知识以及我的故土的人民所不知道的原则。"尽管有这种感恩之心,但库戈阿诺并不是马伦特那样的虔诚的朝圣者;相反,他决意要证明奴隶制既是对神旨的亵渎,也与世俗的自由观念相背,而所有的英格兰人都是这种世俗的自由观念的传人。

如果说库戈阿诺宣称自己读过有关奴隶制的重要文本,那么他也暗示自己读过格罗涅索和马伦特的作品,他把盎格鲁-非洲传统中的这两个前辈当作人物而成功地写进了自己的文本之中,格罗涅索和马伦特都对怀特菲尔德牧师大人做过同样的事情。库戈阿诺把格罗涅索和马伦特作为例子来证明这一点:他们是成功地"获得自由"的黑人,他们能够"最终获得基督教的有关知识,也获得了

它所带来的巨大好处"。关于格罗涅索,库戈阿诺写道:

> 尤考索·格罗涅索的情况是这样的,他是一名非洲王子,居住在英格兰。很长一段时间,他处于饥寒交迫之中,如果不是一位善良仁慈的检察官的接济,他曾一度因缺吃少喝而差点毙命。在这之后,有很长一段时间他还是非常贫困,但即便是在这种困境中,如果用非洲所有的王国来交换他对基督教的信仰,他也不会干的。[43]

库戈阿诺了解自己笔下的格罗涅索,正如他的最后一句话反讽地暗示的那样,尽管格罗涅索试图变成一个"多才多艺又博学的人(man of parts and learning)",但他丝毫不想要非洲的任何东西(wanted no parts of Africa),甚至连自己的黄金链条也不要。

那么约翰·马伦特又怎么样呢?在与格罗涅索对比后,库戈阿诺对马伦特多有嘉许:

> 美洲的马伦特是这样一个人:在孩提时代,他会漫步到荒野中去,更喜欢与野兽为伴,而不喜欢母亲家中荒谬的基督教信仰。他被带到了彻罗基国王面前,他通过某种神奇的方式,劝诱彻罗基国王拥抱基督教信仰。在上次战争中,这个马伦特为英国而战。在围困查尔斯敦的战斗中,经由他而皈依了基督教的彻罗基印第安人国王与克林顿将军在一起。[44]

通过集中呈现说话书本的奇迹与上帝在文本之中现身的奇迹,库戈阿诺重述了马伦特文本的主旨。他的这种做法就相当于给自己对说话书本转义所做的修正写了一个迟到的序言。

库戈阿诺介绍了格罗涅索和马伦特,在五十多页之后,他表现了自己对言说文本这个转义所做的修正,他的修正方式极富创新精神。库戈阿诺叙述了"西班牙人"对土著美洲人"卑劣的背信弃义和可耻的坑蒙拐骗",他对言说文本的修正就作为这一叙事的高潮而出现。他的修正包含在内嵌于一个更大叙事的故事之中,这个叙事呈现了"野蛮残忍的欧洲人"在征服奴役非洲人、墨西哥人与秘鲁人之时所犯下的罪行,这些行为"极大地侮辱了人性"。马伦特在修正中加入了彻罗基人,我们将会看到,他的修正给库戈阿诺提供了一个讲述更长的故事的机会。[45]

库戈阿诺讲述的是"皮萨罗①这个卑劣的、坑蒙拐骗的杂种"的故事。皮萨罗统领"西班牙土匪这些邪恶的强盗",残忍地绞杀了"秘鲁帝国",屠戮了"高贵

---

① 皮萨罗(1475—1541),西班牙冒险家,秘鲁印加帝国的征服者,曾率远征队征服秘鲁,擒获并处死了印加皇帝。——译注

的阿塔瓦尔帕①这个伟大的印加人或印加帝国的统治者"。故事发展到这儿,"皮萨罗"已然欺骗了阿塔瓦尔帕,让他相信皮萨罗的军队是"来自一位伟大君主的和平使者"。阿塔瓦尔帕不相信西班牙人,但忌惮他们压倒性的武力优势,"想着既然皮萨罗装出了一副友好的嘴脸,那么就顺从他们的要求来安抚他们。"库戈阿诺叙述了接下来所发生的事:

> 【阿塔瓦尔帕】走近西班牙人的驻地,远征军极为狂热的随军牧师文森特·瓦尔弗德迎上前来,他一只手里拿着十字架,另一只手里捧着每日祈祷书,开始了大段的演说,假装在解释基督教的一些基本原则……他说当时的教皇亚历山大通过捐赠而给他们的主人赋予了巨大的权力,让他做新大陆唯一的君主……【作为回应】,【阿塔瓦尔帕】指出,通过代代相传的世袭权力,他是自己所管辖的疆域的统治者;他还说,他不能理解何以一个外来的牧师可以假装有权处理并不属于他的领土,并说如果真有这样一个荒谬的授权的话,那他作为合情合理的占有者,将拒绝听从这种授权;他绝不会废弃祖先们建立的宗教机制;他不会为了膜拜西班牙人一个并非不朽的上帝而放弃对太阳的祭拜,太阳是他和他的子民敬拜的不朽的神灵;而就其他事情而言,他以前压根儿就没听说过他们,就在这时也不理解他们是什么意思。他很想弄明白瓦尔弗德是从哪里得来了这些稀奇古怪的事情。这个狂热的僧侣将祈祷书伸过来说,是从这本书中得来。这个印加人热切地打开书,翻动着书页,将它放在耳边听:他说,这是无声的;它什么也没告诉我;然后鄙夷地把它扔到了地上。这帮流氓的牧师恼羞成怒,他转向西班牙那帮杀人犯喊道,动武吧,基督徒们,动武吧;上帝之言遭到了侮辱;惩罚这帮不虔诚的狗吧。46

我们知道西班牙人屠杀了印加人,俘虏了阿塔瓦尔帕,在残忍地杀害他之前还欺骗了他一次。

马伦特在叙事中用印第安人祈求文本代替了非洲人祈求文本,如果说库戈阿诺关于阿塔瓦尔帕和说话书本的叙事保留了马伦特所做的变动,那么他同样也通过让高贵的印第安人不屑地将沉默的书本扔在地上而倒置了马伦特修正的意义。对阿塔瓦尔帕而言,一个无声的文本没有意义;它沉默的字母是僵死的。与马伦特的彻罗基国王不同,印加人之王没有被文森特牧师沉默的文本所征服,虽然文本就像对彻罗基公主所做的那样,同样也拒绝向阿塔瓦尔帕说话。在库

---

① 阿塔瓦尔帕(1502?—1533),秘鲁印加帝国末代皇帝,因拒信基督教,且不承认西班牙国王为最高统治者而被西班牙征服者皮萨罗处决。——译注

戈阿诺叙述的故事中,我们同情阿塔瓦尔帕,这也正是库戈阿诺所期待的。西班牙牧师歪曲了神奇的说话文本,事实上,他的歪曲也预示了吉恩·图默的《甘蔗》(1923)在快要结束时所呈现的约翰牧师的声明,它把故事推向了高潮:

> 哦,当白人让《圣经》说谎之时
> 他们犯下了多大的罪恶啊。[47]

西班牙人用祈祷书来为他们强占他人土地的"权利"提供合法性。库戈阿诺修正了马伦特的转义,把它转变成了一个有关邪恶的寓言:当然有殖民化的邪恶,但同时也有肆意歪曲《圣经》阐释的邪恶。

马伦特重新编排了格罗涅索教育场景中一些突出的细节,借此将其变成了一个有关上帝"非同寻常的对待"的寓言;同样,库戈阿诺通过把这个转义用作一个故事中的故事的高潮而修正了马伦特,只是这是以欧洲人为代价的。格罗涅索的修正显示出他将会变成欧洲人,他是个成形中的白人。值得注意的是,他是在可怖的"中途"遇到自己的文本的,这是个再合适不过的地方,因为他也在"中途",在从昔日的非洲王子变成基督教朝圣者的"中途"。而马伦特则截然相反,他就相当于彻罗基人中间的一个替代性白人在场,因为是他而且只有他控制着白人神圣文本的声音与在场。库戈阿诺不同于传统中的两个黑人前辈,他写作的主要目的是要控诉一个邪恶的经济与道德秩序,而不是要去生动地展现基督教新教有生命力的神迹,或者要去在公众面前营造一个能够表达的生命。库戈阿诺是位重获自由的奴隶,对于和人的奴役相伴的深刻恐怖,他有非常全面的了解,他写作的目的就是要展现这种恐怖。有讽刺意味的是,他对说话书本转义成功地反其意而用,从而突出了印加人的高贵,而同时也表明,通过最神圣的记录文字甚至让谋杀和掠夺都合法化的"文明"是堕落的。同卡利班一样,库戈阿诺掌握主人的语言是为了更加酣畅淋漓地诅咒他。库戈阿诺所采用的意指行为中从始至终都受有反讽意味的隐喻(或者是其延伸的形式,也即寓言)的影响。在非裔美国传统中,库戈阿诺的修正是个长篇幅的"命名"例子,"命名"与"漫骂某人"有相同的旨趣。

如果说库戈阿诺保留了马伦特的印第安人,那么黄金链条又是怎么处理的呢?库戈阿诺的故事中没有链条,但他还是没有让我们失望。在他的讲述中,在西班牙人对阿塔瓦尔帕的第二次欺骗中出现了黄金这一象征。在俘虏印加国王之后,西班牙人将他投入了监牢。知道自己性命难保,阿塔瓦尔帕企图通过给俘虏他的西班牙人进贡黄金以求免除一死,他提出用"一船船的黄金"来填充他牢狱的"房间",摆放的黄金的高度直到他够不着为止。库戈阿诺告诉我们,这个"房间"长22英尺,宽16英尺。西班牙人对这个提议满口答应,忠厚的印加人将黄金填充到了指定的高度。库戈阿诺叙述了故事的结局：

> 按照达成的协议，顺从仁慈的印加臣民以最快的速度从全国各地把黄金收集起来，为了用赎金来挽救自己首领的性命，他们想都没有多想；但可怜的阿塔瓦尔帕最终还是被残忍地谋杀，他的尸体被军事裁判所烧掉，他的广袤肥沃的领土被这些没人性的强盗蹂躏和摧毁了。[48]

在马伦特的叙述中，言说文本的权力给了他去给彻罗基国王"取下链条（unchain）"的权力，但是在库戈阿诺对马伦特的修正中，他没有表现这种言说文本的权力，因为西班牙人的祈祷书对印加国王不起作用。只有西班牙人的枪炮才有权力，这个否定权力是西班牙人欺骗性言词的实体对应物。西班牙人只需要用言词就可以从阿塔瓦尔帕那里骗取差不多能堆满后者牢房的黄金。西班牙人无疑对着他们神圣的祈祷书做出了承诺，然后用神圣的承诺来交换印加人的黄金。库戈阿诺把格罗涅索与马伦特的叙事中出现的黄金链条变成了肮脏的赃物，变成了用伤天害理的方式使用欧洲人的语词而获得的赃物。

库戈阿诺故事中套故事的结构突出了这样一个事实，也即说话书本是一个转义，而不是叙述者从奴役到救赎的道路上所遭遇的离奇经历。换句话说，库戈阿诺将注意力导向了转义本身的象征本质，而不是把它作为主要叙述线索中的一个元素来使用。对说话书本转义的强调把注意力引向了作者的修辞策略，引向了作者对素材的控制。我们回想一下，库戈阿诺是三人当中唯一的作家；格罗涅索和马伦特都是把故事口述给了编辑他们故事的人。关于阿塔瓦尔帕的故事被内嵌于库戈阿诺一个更大的叙事之中，这反映出他从另一个文本中借用了这个故事，而这个文本既不是格罗涅索的，也不是马伦特的。相反，尽管库戈阿诺没有明确地从最初的文本中引用，但是他的文本还是指向了这个转义"最初的"出处，格罗涅索与马伦特可能都修正了这个最早的文本。

我们将会看到，库戈阿诺是在修正他可能在英语译本中所遇到的阿塔瓦尔帕故事，这个故事也许实有其事，也许是个虚构。他对细节的精心使用表明，他忠实地参照了另一个文本。我不能确定它可能是哪个文本。那些关于这个故事的最有名的记述，它们表现这一转义的目的仅仅是为了声称，从未"真正"发生过这件事，它是个虚构，是个"历史学家"散播的神话。因此，书本不说话这件事且不论，就是所描述的这些出处不明的历史也并非实有其事，而是为了叙述的目的而被创造出来的。它不是一个历史元素，因为如果是的话，那么为了完整地重构在西班牙人屠杀印加人之前究竟发生了什么，它必然会被纳入其中。

我们发现，阿塔瓦尔帕和文森特·德·瓦尔弗德的故事是由一名印加人格雷西拉索·德拉维加于1617年出版的。格雷西拉索将这个故事发表于他的《秘鲁通史》之中,这是其著作《秘鲁皇家纪事》的第二部分,保罗·赖考特爵士将其译成了英文于1688年出版。[49]根据格雷西拉索"真实的记载",西班牙人与阿塔瓦尔帕之间的对话从一开始就因为语言不通而出现了问题。翻译费利皮勒的方言显然不同于阿塔瓦尔帕的话。面对这些难题他们束手无策,最终转用 quipus(一种用打的结作为符号的书写模式)而不是语词来交流。但依然没用。我们能想象得到,相互理解中最成问题的是文本的权威这件事,西班牙人通过引述文本要让自己对印加人的殖民欲望合法化。格雷西拉索对说话书本事件做了这样的驳斥:

> 这儿要指出一点,也就是说,一些历史学家所写的阿塔瓦尔帕的话是不真实的,他们认为他会说,"你们相信基督是上帝,但他死了:我敬拜太阳和月亮,它们是不朽的:况且是谁教你们说,你们的上帝创造了天堂和地球?"瓦尔弗德这样回答:"这本书教给了我们这些。"接着阿塔瓦尔帕把它拿在自己手里,翻开书页,把书放在自己的耳朵边;因为没有听到它对自己说话,阿塔瓦尔帕就将它扔在了地上。针对这个行为,他们说,牧师勃然大怒,跑到他的同伴那儿,嚷嚷着说,福音受到了鄙视,被踩在了脚下;恢复正义,报复那些蔑视我们的律法,拒不接受我们的友谊的人。[50]

不管阿塔瓦尔帕可能说了些什么,赖考特1688年的译本可能是库戈阿诺和马伦特的资料来源,因为不同于格罗涅索,他们二人都懂英语。库戈阿诺熟悉马伦特的修正,但他似乎决意要用这个"最初的"版本去绕开马伦特。这似乎可以清楚地告诉我们这一点,也就是说在盎格鲁-非洲传统之中,早在1787年,黑人文本就已经是"黑白混血"文本,有双重或双调的复杂的文学传统。我已指出,拉尔夫·埃利森有关自己的文学前辈的观点中核心的题旨是对形式影响和内容影响的割裂,这种割裂看起来早在1787年就已经时兴起来了。

五

两年之后,库戈阿诺的朋友奥劳达·伊奎阿诺于1789年出版了他的奴隶叙事《奥劳达·伊奎阿诺对生活的有趣叙事》。[51]伊奎阿诺的《叙事》结构复杂,变成了19世纪奴隶叙事的原型,弗雷德里克·道格拉斯、威廉·韦尔斯·布朗,以及哈丽雅特·雅各布斯的奴隶叙事都是最好的例证。伊奎阿诺的文本为其他前奴隶创造了一个可供模仿的模型。他的副标题"由本人所写";一个配有签名的黑人作者的雕版图片,图中作者捧着一本书(《圣经》),摊开放在膝上;还有更为精妙的修辞策略,例如奴隶通往自由的艰辛征程,与他从只会口头表达到能读会写的征程同时发生并重叠,所有这些都是伊奎阿诺的自我呈现策略与修辞表现策略,凡此种种策略都深刻影响了——如果说不是决定了——1865 年之前的黑人叙事。

伊奎阿诺的两卷本作品极其流行。在作者的有生之年,仅英国就出版了八个版本,首个美国版本于 1791 年在纽约面世。截至 1837 年,还有另外八个版本面世,其中包括 1829 年的一个节选版。在这些版本中,有三个是同菲莉丝·惠特利的《诗集》一起出版的。荷兰语和德语译本分别于 1790 年和 1791 年出版。[52]

伊奎阿诺讲了个精彩的故事,他甚至叙述了今天尼日利亚境内的伊博人的文化生活,描述得有鼻子有眼。因此,他的情节发展是从非洲自由开始,经由欧洲奴役,再到英国自由。他掌握娴熟的叙述技巧,他对扣人心弦的冒险经历做了详尽的描述,这些合起来无疑创造了 1789 年之前所有黑人作家都不曾拥有的广泛的读者群。我们回顾一下他的冒险经历,其中包括"七年战争"①中在加拿大在沃尔夫将军麾下服役,在地中海在海军上将博斯科温麾下服役,1772—1773 年间跟随菲普斯航海远征到过北极,在中美洲的米斯基托印第安人中间呆过六个月时间,他还"作为一位英国绅士的家仆"而经历了"一次盛大的地中海之旅"。显然,当这个前奴隶决定写自己的生活故事之时,他是世上游历最广的人之一。[53]

伊奎阿诺与自己的朋友库戈阿诺一样都非常广博,他也像库戈阿诺一样自由地借用其他文本,其中包括康斯坦丁·菲普斯的《去北极的航程日志》(伦敦,1774),安东尼·贝内泽的《几内亚的有关历史》(伦敦,1771),以及托马斯·克拉克森的《论奴隶制与人口贸易》(伦敦,1785)等。他还经常用自己的话转述别人的话,他对弥尔顿、蒲柏与托马斯·戴等人的自称自许的"直接"引述更是如此。[54]但不管怎么说,伊奎阿诺是个有很强自觉意识的作家,他发展了两种修辞策略,后来在 19 世纪的奴隶叙事中被广泛应用。一个是交错配列转义,另一个是使用了两个不同的声音通过修辞策略而区分了两种情况:年轻的伊奎阿诺在走近俘虏他的人的新世界时带有朴素的好奇之情,而当作为作者的伊奎阿诺在描述他的叙述现在时则使用了一个雄辩的、清晰的声音。这两种声音之间的相互作用令人称奇,同样引人注目的还有伊奎阿诺用来统御全局的情节倒转模型,被嵌入的各种倒转故事就存在于这种倒转模型之中。两种策略合起来把伊奎阿诺的文本变成了对这些内容的表现:它表现了一个成长故事,表现了一个自我的发展,这个自我不仅拥有过去和现在,而且在不同阶段都言说不同的语言,并在

---

① 1756—1763 年间法、俄、奥等国与英、普之间的战争。——译注

叙述现在中达到了顶峰。就自我表现的娴熟程度而言,很少有奴隶叙述者能达到伊奎阿诺的高度。55

伊奎阿诺多次提到他的读写训练。他告诉我们,在把他首次带往英格兰的船上,他与一个美国男孩理查德·贝克同行,贝克"一直"是他的"玩伴和老师",也是"翻译"。在格恩西岛,他的玩伴玛丽的母亲"对我非常友好,也很关照;把教给自家孩子的所有东西都以相同的方式教给了我,事实上根本就把我当成了她自己的孩子"。56 不到一年时间,他继续道,

> 现在我的英语说得还算可以,理解别人的话我没有任何问题。跟这些新的同胞在一起,我不但感到相当自在,而且也珍爱他们的社交和风度。我不再把他们视为神灵,而是看成高于我们的优等人;因此我更加渴望要和他们一样,更加渴望吸收他们的精神,模仿他们的风度。因此我珍惜任何一个可以提高自己的机会,我把观察到的任何新事物都珍藏在心里。很久以来我都希望能学会读写;为了这个目的,我利用所有的机会获得教育,然而进步甚微。但是,和主人一起到了伦敦之后,不久我就有了提高自己的机会,我欢欣地拥抱这个机会。到伦敦后不久,主人派我去服侍格林小姐姐妹们。以前我在那儿时,她们待我就非常好;她们让我去上学。57

伊奎阿诺还把大海当成了学校的延伸,比如他在"艾特纳火攻船"上的经历:

> 现在我成了船长的帮手,对此我非常满意:因为船上的所有人对我都极为友好;并且我还有空余时间提高自己的读写能力。在离开纳默尔船之前我学过一点写作,因为船上有个学校。58

简而言之,伊奎阿诺留了一系列证据来证明他完全有能力写出自己生活的故事。但是,尽管有这些线索,至少《月评》的评论者还是公开质疑,伊奎阿诺的文本是不是在"某位英国作家"的帮助之下写成的。59

伊奎阿诺在第三章使用了说话书本转义,在这一章,他描述了从巴巴多斯到弗吉尼亚再到英格兰的旅程。他正是在这一旅程中开始学习英语的。在这一章的前面篇幅中,伊奎阿诺提到了自己所遇到的诸多跨文化的崇高经历,对这个睁着好奇的大眼睛的男孩来说,他在本章里对说话书本转义的使用就出现在这种经历中最崇高的时刻。他首先讲述了自己遇到一只钟和一幅肖像画的情形:

> 吸引我注意力的第一件物体是悬挂在烟囱上的钟,它在走。我对它发出的声音很好奇,害怕它会把我所做错的任何事情都向那位绅士告状。而紧接着当我突然看见一幅挂在房里的肖像画时,我更加感到惶恐,它总在盯着我看。我以前从来没见过这些东西。我一度曾想那副肖像画也许跟魔术

有关;看到它不动弹,我就想,这也许是白人在他们的伟大人物去世之后,用这种方法来保存他们,就像我们过去对友善的灵魂要用奠酒的方式来敬拜一样。[60]

首次看到雪,他以为那是盐。在开始另一段之前,他引入了说话书本场景作为这一段的总结:"在我所目睹的一切事情之中,我都惊叹于白人的智慧。"[61]

伊奎阿诺之所以回到了格罗涅索所使用的转义那里去,目的是要得到一些细节。在提到"悬挂在烟囱上的钟"时,他只是含蓄地暗示了黄金的存在。说话书本转义出现在一个独立自在的段落之中,它既没有直接涉及前面一段,也没有直接涉及后面一段。这个年轻的非洲人遇到了西方的一系列神奇的东西,尽管文本没有列出清单来。不管怎么说,说话书本转义是他所遇到的最神奇的东西。伊奎阿诺是这样叙述的:

> 我过去经常看到主人与迪克都在读书;当时我就想他们在与书本说话,因此我非常好奇地想同那些书说话,以期懂得万事万物何以有个源头:为了这个目的,在一个人的时候,我常常拿起一本书,对着它讲话,然后把耳朵贴近它,希望它能回答我;我发现它保持沉默,这让我非常忧心。[62]

一只钟、一幅画像和一本言说的书:这些就是年轻的非洲人在通往西方文化的道路上所遇到的神奇元素。伊奎阿诺正是通过这些符号表现了主体性上的差异,这种差异把他现已失落的非洲世界和强加于他的"白人"的新世界分割了开来。

伊奎阿诺给这每一件物体都赋予了主人的主体性,这一点很重要。他在屋子里活动的时候,那幅画像似乎在注视着他。他担心那只钟能看能听能说,它好像完全能够而且愿意一旦在主人睡醒后就把他的行为报告给主人。这只钟是主人的代理监工,甚至在主人睡觉的时候,它也会作为权威的象征代表主人。那幅画像同样是主人权威的代理形象,当伊奎阿诺在房间里走动时,画像默默地跟随他的活动。给"主人与迪克"说话的书本是一个主体性的双重符号,因为在伊奎阿诺笔下,其功能被表现为发生在人和言说的书页之间的对话。这些元素是一系列明显的符号,标识了伊奎阿诺的差异性,我们应该如何理解它们呢?

伊奎阿诺非常成功地表现了这个敏感的孩子的幼稚与好奇,同时也表现了他以截然不同的非洲人视角为参照而去阐释欧洲文化的能力,通过这种方式,伊奎阿诺把其早期的自我和叙述文本的自我进行了对比。这种对比对伊奎阿诺在文本中明显表现出来的欲望而言至关重要:他要在自传中表现一个动态的自我,曾经"如彼"而现在"如此"的自我。他有能力给读者展示自己的幼稚,而不是去给读者讲述自己的幼稚,也不是去凭空主张自己的幼稚;他也能使这个早期的自我成为读者同情的焦点,并给读者带来乐趣;他的这些能力是非常有效的修辞策略，让我们在面对一个毫无掩饰的、诚实的主体的种种观察时，与他同喜同悲，分享他的记忆。但这些远远不是伊奎阿诺的最终目的。对幼稚的自我的表现只是一个伪装，他真正做的事是仔细地命名或阅读西方文化，并在此过程中凸显商品文化中隐含的主客体关系。钟的确会对它们的主人说话，所使用的语言在这一文化中没有其他对等物，并且它们的语言在主人的日常存在中往往是决定性的因素。年轻的伊奎阿诺以为钟会发声说话，这表明：叙述者的意识非常自由，它极其明显地在叙述过去与叙述现在之间穿行。另外，当一个人在房间里走动时，画像的确会盯着这个人看。它同时还被用来象征其主体的不朽，获得了观者象征性的"敬拜"，年轻的伊奎阿诺就"曾以为它能做到这一点"。正如伊奎阿诺所想到的那样，画像常常被当做转义，用来对抗其主体必死的命运。最后，书本的确会对欧洲人讲话，而不会对18世纪的非洲人讲话。书本承认"我的主人与迪克"的存在，通过与他们的对话而认出了他们的脸以及声音；但是这个年轻非洲人的脸与声音都不可能被文本认出来，因为他的面部特征和话语在西方文本中是缺席、无效与空虚的符号。年轻的伊奎阿诺对这些文本做了细致生动的解读，而同时，年长的伊奎阿诺在一个双声层面表现了这种阅读，从而让读者得以既在显性意义层面，也在隐性意义层面上来理解这一系列遭遇。

但是我们又该如何理解伊奎阿诺有关说话书本一段中的时态转换呢（比如从过去完成时态"I had"到现在完成时态"I have"）？伊奎阿诺给这些西方文化的客体赋予了其主人的主体性，这一点是我们理解描述自身内部这种时态变化的关键。作为奴隶的伊奎阿诺和钟、画像与书本等等的身份完全相同。他是主人的物品，就如同一只钟、一幅画像和一本书一样，主人可以使用、享受、买卖或者扔掉。主人收集了其他物品，并给它们赋予了自己的主体性。法律规定奴隶和这些其他物品拥有完全相同的权利。因此书本当然不对他讲话。只有主体才能给客体赋予主体性；像奴隶这样的客体没有本身内在的主体性。像一面镜子一样，客体只能反映出主体的主体性。因此，当伊奎阿诺这个客体试图对书本说话的时候，出现的当然只能是无生命的两个客体之间震耳发聩的沉寂。只有主体才能说话。两面镜子只能无止境地以虚空的重复模式相互反映出对方。它们无法彼此说话，至少无法用主人的语言彼此说话。主人的书想要看清楚伊奎阿诺的声音背后是什么人的脸，但只看到了一个缺席，一个面前别无他物的镜子所反映的不可见性（invisibility）。

仅仅通过书写这一行为，伊奎阿诺就宣布与保存了他新近找到的主体身份。他的文本言说了成卷成卷的经历与主体性，他就是自己文本的主人。如果说他曾经也是一个客体，就像一只钟、一幅画像与一本书一样，那么他现在则已经把主人的文化中主体性的终极符号赋予了自身。这个符号就是声音的在场，它是一张脸的显著特征。这种动词的时态转换营造了讽刺效果,因为作为读者我们清楚地知道,到了叙事中的这个地方,叙述者伊奎阿诺不是在对着看不到他的脸从而拒绝对他说话的文本说话。与自己的主人"完全一样",作为作者的伊奎阿诺是一个说话主体。然而,在一个面部的黑色意味着缺席的文化之中,他与自己的主人不是"完全一样"的,永远也不会。不管怎么说,伊奎阿诺的时态转换表现了他正在经历的这些转变(就和格罗涅索一样,在"中途"):从非洲人到盎格鲁-非洲人、从奴隶到潜在的自由人、从缺席到在场,而且还有从客体到主体的转变。

如果说主人的声音给物品赋予了对他的主体性的反映,那么在写作中对主人的声音(以及赋予或反映主体性的这个过程)的表现就使客体得以将自己重塑为主体。伊奎阿诺在时态上的转换让读者观察到了这一点:在讲述他的过去的一个段落中,嵌入了一个叙述现在,他就是在这个叙述现在中体验沉默的文本的。同时,这种时态转换还间接地表现了叙述者与作为人物形象的他的(过去的)自我之间的差异,这种差异通过动词时态体现为主客体之间的差异。主人给商品赋予了对其自身主体性的反映,这一点在这个非洲孩子对钟、画像以及书本的阅读中得到了修辞性的表现;在叙述自己从奴隶-客体到作者-主体的变化时,伊奎阿诺的叙述者重复了这个过程。时态转变是这样一种成长过程在语法上的近似物:从孩童成长为一名用不同方式阅读的成人;在通过任何客体都无法通过的测试(掌握写作)之后,成长为一个主体;成长为一名作者,用一系列幼稚的阅读来伪装自己对客体"真正"本质的表现,具体策略是表明他现在能够用两种方法阅读这些客体,他曾在"中途"以一种方法阅读过这些客体,今天他以另一种方法阅读它们。作为人物形象的叙述者当然是在阅读隐性的意义;对主体性的第一个考验是要展示出阅读显性意义的能力。作为作者的伊奎阿诺修正了说话书本这一转义,在从现在到过去再到现在之间转换,这样,他就能够同时在两个层面上阅读这些客体,展示出他真正掌握了西方文学文本,真正有能力去用语言表现他过去的自我和现在的自我。

就伊奎阿诺与自己的朋友及伙伴库戈阿诺之间的修正性关系而言,这个复杂的表现模式又能告诉我们什么呢?库戈阿诺含蓄地命名了盎格鲁-非洲传统核心转义的"最初"形态,然后又把它表现为一个关于虚构的虚构,一个有关故事的故事,这样,他留给伊奎阿诺的回旋余地就非常之小。库戈阿诺在故事中嵌入了有关阿塔瓦阿帕的叙事,这一内嵌式叙事独立于故事中其他叙事的线性发展之外,从而把读者的注意力吸引到了它自身之上。库戈阿诺的这种方法在格罗涅索和马伦特的叙事中是找不到的。到了1787年,在使用这个转义时必然得有非常明确的自觉意识。因此,库戈阿诺对它的使用中体现了两种最明显的自觉意识符号:一是他把这个转义当做故事讲述的一个寓言来使用,甚至让人物形象用直接引语说话,二是在对这个转义的使用中同时命名了它的源头,既源于格罗涅索和马伦特,也源于一名印加历史学家。与格罗涅索和马伦特不同,伊奎阿诺无法把这个转义仅仅作为线性叙事的一部分来使用。因此,他将其置于针对西方文化"真正"本质的一系列隐性阅读之下,同时也把它当成了他用语词铸造一个盎格鲁-非洲自我的书写行为的寓言。伊奎阿诺的用法相当于有关故事虚构的一个虚构。他的虚构是一个意指性故事,意指了事物的西方秩序,他在叙述中刻意呈现的现在的黑人自我就是西方秩序的反讽性对应物。如果说库戈阿诺命名了这个转义,那么伊奎阿诺则通过这个转义而命名了自己与西方文化的关系。同时,他通过自己精彩的修正而命名了自己与三位前辈作者的关系,他们共同组成了叙述者链条,他是其中的一环,是诸多环节中的一环。

六

约翰·杰对说话书本转义所做的修正是针对它的最后一个修正。在其自传《约翰·杰的生活、历史与所经历的空前绝后的苦难》中,杰对这个修辞做了大规模的修正。在盎格鲁-非洲传统中,杰拥有非凡的声望:他既发表了自传,也发表了想象性文学作品。在本世纪之前,如果说他不是唯一一位能做到这一点的黑人诗人,那么像他一样的人也还是少之又少的。杰在黑人文学中占有这样一个特殊地位,但直到1983年被偶然发现之前,他的两种作品都遗失了。在有关黑人诗歌或传记的任何权威书目之中,杰的两种作品都没有出现过。[63]

除了其自传中所叙述的内容之外,我们对杰的生活细节所知甚少。他告所我们,他是"这个叙事的主体","1773年"生于"非洲古老的卡拉巴尔"。杰告诉读者,他自己和父母亲以及兄妹都被从非洲"偷走",带到了纽约。他的主人奥利弗和安杰利卡·特里霍恩是荷兰人。杰的叙事讲述了被强加在特里霍恩家奴隶身上的艰辛的劳作,以及他从上帝和基督教那里所得到的救赎:虽然不管任何时候只要杰参加了任何宗教集会,主人都要凶残地暴揍他一通。最后,杰获得了自由,成了一名云游的布道者,他游历了波士顿、新奥尔良、"东印度群岛"、南美、荷兰、法国、德国、爱尔兰以及英格兰等地。杰的游历中充满了神意所带来的"令人称奇的救赎",读起来非常吸引人,但对我们而言,最重要的还是他的修辞策略。

1760到1865年间出版了多部奴隶叙事,对杰的叙事的发现对我们有很大的帮助,使我们得以更充分地了解在这些奴隶叙事中延续的自我表现策略的正式发展历程,而这在杰的叙事发现以前是不可能的。1800至1830年间出版了几部黑人自传,杰的叙事就是其中的一部。到了这时,奴隶叙事的结构已经变得

159 相当稳固了,因此他的文本是黑人叙述者链条上缺失的一环,比如说,杰的文本中有大量的动物隐喻,被用来描述奴隶的生活。18 世纪的叙事对这些隐喻的使用远没有出版于 1830 年以后的叙事使用得那么多。另外,杰的文本明确地关注了读写能力,把它当成了能够让奴隶男男女女改变境遇的元素:从奴隶/动物变成能言说的主体。杰还毫无掩饰地要成为一个呼吁废黜奴隶制的声音,他再三宣称那个体制与神意相冲突。最后,杰的叙事中充满了斜体的《圣经》引文,也充满了反奴隶制的情绪。他的叙事有助于我们了解这一点,也就是说,格罗涅索与马伦特曾经专注于要去表达"良心不安的基督徒的宗教生活",而在 1830 年以后,他们的叙事被作为一种模型,轻而易举地把黑人自传转变成了一种深刻世俗化的叙述模式。在世俗化模式中,奴隶-主体显然觉得没必要去求助于上帝与《圣经》来为他们的自由权利提供合法性。杰的自传是最后一部伟大的"宗教性"黑奴自传,从其往后,奴隶叙述者一般都把神迹降格为一种无言的在场,而对废奴的世俗关注却变得突出了。

杰给自己从 18 世纪继承下来的奴隶叙述结构中新增了两个重要的修正,包括文本前头出现的对文本主体在视觉上的表现,还有说话书本转义。杰在文本前头插入了自己的形象,伊奎阿诺早他二十六年就已经做过了,只是杰的形象既有侧面像,还有轮廓剪影。杰对自己形象的模糊表现将读者的注意力吸引到了他的"非洲"特征之上,尤其是他的"班图人"鼻子、厚嘴唇,以及"伊博人"前额。菲莉丝·惠特利与伊奎阿诺的雕版图则不同,它们把读者的注意力吸引到了一个盎格鲁-非洲人主体已经被同化了的在场之上。这个主体是个文化杂交的第三项,意在协调"非洲人"与"盎格鲁-撒克逊人"这两个概念所表示的对立。杰所选择的自我表现方式是同时代的其他新教牧师在出版自传时常常采用的,但是我这样来描述它也未尝不可:他的侧面像和轮廓剪影是菲莉丝·惠特利和伊奎阿诺所选择的正片(positive images)的底片(negative)①。杰使用了剪影来表现自我,这种做法倒转了自我表现的陈规,凸显了主体在真切意义上的黑色,被表现为黑色之上叠加的黑色。[64]

但就本章的主旨而言,更为奇特的是杰对说话书本转义的修正。对这个转义他同样试图做字面理解,我的意思是说,同他之前的格罗涅索与马伦特一样,杰把说话书本转义是作为一个更大的线形叙事中的元素来使用的。而库戈阿诺则不同,他凸显了这个转义,把它作为叙事中的叙事来使用;伊奎阿诺也不同,他把这个转义作为一个显眼的元素来使用,它是区分非洲人与欧洲人的"一系列差异"中的一个元素。伊奎阿诺通过多种修辞技巧而成功地将注意力吸引到了

---

① 分别也做"正面形象"和"负面形象"解。——译注

他对这个转义的象征性使用上面,尤其是动词的时态变化提醒读者,作为自己的叙事的作者和主体,他现在能够使文本用他自己的语言说话,并且这个作为作者的伊奎阿诺与我们无意中听到的对着沉默的文本说话的伊奎阿诺是不同的。与马伦特和格罗涅索一样,杰也使这个场景变成了他线形的情节发展的一部分,只是有一个重大的区别:他把这个转义按字面意义理解成了"化成了肉身的语词",然后用这个奇特的事件宣称,这件事给他带来了真正的自由,这是一种心理自由,必然紧跟在他通过洗礼而获得的法律自由之后。

在杰的文本中,对说话书本的叙述长达五页多。与前辈的文本不同,杰的文本不易找到,在英国和美国登记在案的只有三本。因为它很珍稀,尤其是因为对它不好总结,我决定在下面全文照录。在杰的文本中,他先告诉我们他从最后一个人类的主人的屋里"逃离","逃到了上帝的屋里,【并且】在自己不知晓的情况下被洗礼"。(杰后来告诉我们,"纽约市所在州的一条法律是,如果任何一个奴隶能够对上帝之言在自己的灵魂上所产生的影响给出令人满意的说明,那么他就不再是奴隶了。"这一过程让"数以千万计的可怜的黑奴得到了释放,不再遭受奴隶制枷锁的摧残"。[65])杰接着讲到:

> 但是我的主人企图使我迷糊,阻碍我理解经文:因此他过去经常告诉我说,太阳底下的任何目标都有实现的时候,各种各样的工作都有完成的时候,奴隶有义务必须做主人要求的任何事,而不管它的对错;因此他们对严厉恶毒的主人也必须像对善良的主人一样毕恭毕敬。然后他拿起《圣经》展示给我看,并告诉我说那本书与他说过话。他就这样跟我说话,试图让我相信我不应该离开他,虽然我已经从地方官员那里获得了完全的自由,并在上帝的恩惠之下打定主意,决意要离开他;但他还是尽最大可能阻止我;然而感谢上帝,他的努力全然是徒劳的。
>
> 我的主人的儿子们站在父亲的立场上说话,也企图说服我。让我很感震惊的是,他们何以能够把那本神赐之书拿在手里,而依然那样的迷信,以至于想让我相信那本书的确和他们说话;因此只要他们不在,我就会利用任何机会拿起那本书,将它放在耳边,试验一下那本书会不会和我说话。但我发现不管用,因为我听不到它说一个词,这让我又悲痛又伤心:上帝宽恕了我的罪过,祛除了我的邪恶及偏差,把我变成了一个全新的生命,上帝给我如此之多,但是那本书却不和我说话;但上帝之灵让我想起了经文中的这段文字,耶稣基督说,"不管是谁,只要你以我之名请求圣父,就一定会得到你想要的。以信仰之名祈求,不怀疑任何事:因为你所能得到的,是依据你的信仰的。对虔诚之人,一切事情都是可能的。"上帝之灵给了我言语,接着我就虔诚热情地向上帝祷告,热切地祈求上帝赐予我有关他的话的知识,以

使我能够在纯净的光芒中理解它,能够用荷兰语和英语来言说它,以使我能够让我的主人相信,当我还是奴隶的时候,他和儿子对我说了不该说的话。

有五六个星期的时间,我就这样用虔诚热切的祷告烦扰上帝,就如同《旧约·创世记》第32章第24节,以及《何西阿书》第7章第4节中的约伯一样。我的男女主人和所有人都嘲笑我是一个傻瓜,以为上帝能听到我的祈祷并满足我的要求。但我日日夜夜都没让上帝闲着,我非常热忱,我真的敢说,为了这个神恩我落的泪就像祈求上帝宽恕原谅我的罪孽时流的泪一样多。在我将祈求和祷告倾倒给上帝之时,我的手脚还在为霉烂的面包忙碌,而我的心依然为上帝之言感到饥渴;就像经文中所说,"在地上将会有一次饥荒;不是面包的饥荒,也不是水荒,而是上帝之言的饥荒。"因此福祉归于上帝,在我危难的时刻,他给我的心送来了饥渴,让我在上帝之灵的帮助下向他求援。

在第六周结束时,上帝听到了我的呻吟和哀鸣,并派天国的契约天使来到了我的心中,来到了我的灵魂里,将我从所有的悲痛和烦恼中释放了出来,从所有的敌人那里解救了我,当时它们快要把我给毁了;上帝为自己无穷的仁慈而愉悦,他派了一个天使来,我在梦幻中看见,他衣着光彩奕奕,神情焕发如阳光生辉,双手捧着一本硕大的《圣经》,来到了我的面前,说道:"我到这儿来,赐福于你,满足你的要求。"一切就如同你在经文中所读到的一样。这样,在第六个星期结束时,在我祈祷的时候,在我睡觉的地方,我的眼睛张开了;虽然那个地方如同地牢一样黑暗,如经文所言,我醒过来了,发现它被上帝的光芒映照生辉,并且我的身旁站着天使,捧着一本打开的硕大的书,这是本《圣经》,他对我说:"你渴望阅读和理解这本书,并能用英语和荷兰语两种语言来言说它;因此我要教你,现在你读吧。"接着他教我阅读《约翰福音》第一章;在我读完整整一章之后,天使和书本在一眨眼间不见了踪影,这让我惊诧不已:我住的地方立刻黑了下来,因为那大约是在冬日的凌晨四点钟。我的惊异稍微平静一点后,我开始思考:天使教我阅读是事实,还是仅仅是一个梦呢?因为我也在困境中,像身陷囹圄的彼得一样:天使推彼得,对他说:"站起来,彼得,拿起你的衣服,披在身上,跟着我。"而彼得不知道这是不是不过是个梦而已;天使再次推了他一下,彼得站起身来,拿上外套,披在身上,跟着天使,门对他自动地开启了。因此当房间再次黑暗下来之后,我就开始琢磨我是不是会阅读了,但上帝之灵说服了我,我相信自己能够阅读了;我从房里走了出来,来到了一个隐秘的地方,在那儿我感恩和称颂上帝的圣名,他用自己的仁慈教会了我同时用英语和荷兰语阅读他的圣言,教会我理解它,言说它。

在离屋子有一段距离的地方,我磨蹭了一会,对着上帝祝福称颂,直到天亮;到那时,其他的奴隶已经开始劳作了。看到我那么早就在那儿,他们非常惊讶;而且我像找着了一颗非常值钱的珍珠一样开心,而在平日,他们在早晨见到我时,我总是极其悲痛伤心;但现在我兴高采烈,于是他们就问我何以现在比其他时候高兴,但我回答说我不会告诉他们为什么。在一天的工作收工之后,我来到了牧师那里,并告诉他我会阅读了,但他对此十分怀疑,对我说:"你怎么可能会阅读呢?因为当你还是个奴隶时,主人绝对不会准许任何人任何事靠近你和其他所有的奴隶,教你阅读;而你获得自由的时间也不长,不足以学会阅读。"但我告诉他,前一天晚上,是上帝教会了我阅读。他回答说这是不可能的。我说:"对上帝而言,没有什么是不可能的,因为他能够做任何事;对人而言不可能的事对上帝而言是可能的:因为上帝按自己的意愿对待天堂中的各色神灵和地球上的所有人类,而没有任何东西可以阻滞上帝之手,或者敢质问上帝你做了什么?因此上帝也按照自己的意愿对待我,教给我阅读他的话,并言说它,如果你有昨天晚上上帝给我看的那种硕大的《圣经》,我可以读给你看。"但他说:"不,你不可能能阅读。"这让我非常沮丧,我哭了起来。接着他的妻子站在我一边,对他说:"你有一本硕大的《圣经》,去把它拿来,让他试试,看他能不能阅读,这样你也就相信了。"这样牧师就把《圣经》取来了,要测试我会不会阅读;他把《圣经》打开让我阅读,这时我似乎听到有个人在说:"就是这儿,读吧。"这是《约翰福音》第一章,也就是上帝教我阅读的同一章。因此我对着牧师读了起来,他对我说:"你读得非常好非常清楚。"并问我是谁教我的。我回答说是前一天晚上上帝教我的。他说那是不可能的;但果真有这回事的话,他会找到问题的答案的。话音未落,他取来了其他一些书,想看看我能否阅读它们;我试了试,但不能阅读。接着他拿来了一本单词拼写本,想试试我能否拼写,但让他很震惊的是,我不懂得拼写。这让他和夫人都确信,那是上帝所为,在他们眼里,这有些不可思议。

于是他们就在纽约市到处散布传言,说上帝在一个可怜的黑人身上显示了伟大的神迹。人们从四面八方汇拢而来想弄明白这是真是假;其中有些人将我带到了地方官员的面前,让就广为传播的留言审问我,如果可能的话,以期阻止我再说某天晚上,上帝花了大约十五分钟的时间教会我阅读;因为他们害怕我会教给其他的奴隶像我一样向上帝之名求援,从而懂得有关真理的知识。

地方官严厉地审问我,问我是否像传言所说的那样懂得阅读;他们拿来了一本《圣经》让我读,我读了上面提到的上帝教我的那一章,他们说我读得非常好非常清楚,并问我是谁教会我阅读的。我仍旧回答说是上帝教我的。他们说那是不可能的;但他们还是拿来了单词拼写本和其他的书籍,看看我能不能阅读它们,或者我会不会拼写,但让他们大为吃惊的是,我不会阅读其他书籍,也不会拼写任何单词;于是他们就说这是上帝所为,真正是一个非常了不起的奇迹;而其他人嚷嚷着说这是个错误,而我也不应该得到自由。官员说这不是错误,而我也应该得到自由:他们相信我是上帝教授的,因为他们还深信没有人可以以这种方式阅读,除非他是上帝教授的。

从上帝教会我阅读的那一刻起直到现在,除了包含上帝之言的书籍之外,我一直都不会阅读其他的任何书。[66]

我们该如何理解杰对说话书本转义这一令人称奇的修正呢?出现在格罗涅索、马伦特以及库戈阿诺的文本之中的黄金链条又上哪里去了?伊奎阿诺用于表现这一转义的自反性策略让他的链条变成了他所修正的叙述者链条,而杰的链条是"罪孽链条",在告诉我们说话书本转义之前,他对这个链条做了详细的论述:

【除非】发展了自己的优点,你最好在世上任何一个黑暗的地方做个奴隶,而不要在这个蒙受神恩之地做漠视福音之人。记住就是在这儿,你也可能成为最凄惨的奴隶:自己情欲的奴隶,俗世的奴隶,罪孽的奴隶,撒旦的奴隶,地狱的奴隶,另外,除非被基督通过福音解救了,你会仍旧是个俘虏,为自己的罪孽链条所捆绑所束缚,直到最后手脚并缚,被投入彻底的黑暗之中,永远在那里悔恨不迭地痛哭。[67]

杰倒转了"奴隶"和"链条"在语义层面的联系,而把他的境况变成了人类境况的隐喻。早在文本开始不久,作为奴隶的一个基督徒的生命就被认为是与其他生命相联系的,它作为部分可以代表所有人的生命状态。我希望能够证明,杰在对说话书本的修正中非常看重对其内容的修正。

让我们理一理杰的链条:因为他接受了洗礼,并且他也"能够对上帝之言在自己的灵魂上所产生的影响给出令人满意的说明",因此在名义上他被纽约的法律赋予了自由;然而直到他表明自己有能力"非常好非常清楚地""阅读"《约翰福音》的第一章(这一点杰说了两次)之后,他的"自由"权利才被纽约的"地方官"确认,因为他是"上帝教授"的。换句话说,正如乔布·本·所罗门于1731年真正是通过书写而摆脱了奴役一样,杰在最真切的意义上通过阅读而摆脱了奴役。格罗涅索、马伦特、库戈阿诺以及伊奎阿诺等人都通过说话书本转义所提供的转变而表现了一种严格意义上的文化的解放或形而上学的解放,而杰则至少在表面上擦抹掉了这个既定的转义。他完全照字面理解了这个转义,他之前尤其是他之后的大多数叙述者做梦都没想过这么去做。

杰仔细选取了这一神迹的一些具体细节来和读者分享,以便让自己对这个奇迹的表现真实可信。他明确指出了天使教他阅读的文本,还补充说这件事发生在天刚要放亮的时候,"在凌晨四点钟左右",另外整个教阅读的时间持续了"大约十五分钟"。杰还给读者很详细地讲述了天使出现之前的情况,以及紧挨着这次超自然拜访前后,他自己的所作所为。最后,他告诉了我们他对上帝所提的要求,以及上帝给他的礼物是同时"用英语和荷兰语""阅读"、"理解"并"言说"《圣经》中的这一章节。在其他所有人间的途径被邪恶的奴隶制阻断之后,杰的欲求在上帝的干预下得到了满足:他渴望能去用两种语言阅读上帝的文本,如果持怀疑态度的人要求,他可以展示这种能力。在所有的文本当中,对上帝文本的掌握给他直接带来了解放。

  天使(或上帝)并不是任意选择了一个文本让这个黑奴掌握;相反,所选的文本是《约翰福音》。我们来看一下它的起首诗节:"太初有道,道(Word)与上帝同在,道即是上帝。"杰对阅读的"掌握"是围绕着新约中这句明显地关注"道"的本质的奇特句子展开的,也是围绕着作为理性的言说或语词的逻格斯而展开的。我们再看一下第一章的最后一节:"我实话告诉你们,你们将看到天开启,看到上帝的天使在人子身上,上下往来。"杰借用了这个重要文本中这些构架性的诗节,把这个文本的神迹按照字面的理解表现了出来。具体而言,杰的表现方法是让"天开启",一个天使上下往来;同时也对《约翰福音》的第一诗节做了字面意义上的处理,表明"道"是太初(beginning),并且在太初就与上帝同在,事实上"道""即是上帝。"作为"道"完美的代表和拥有者,上帝才能够满足不懂读写的奴隶"同时用英语和荷兰语"了解"道"的欲望,因为对他而言,所有人类的途径都被奴隶制度阻断了。因此,居于文本之中的上帝从文本中显身,并在最真切的意义上奖赏了他的仆人,让他非同寻常的诉求得到了满足。而作为读者,我们意识到杰对自己读写能力训练的叙述最多不过是个寓言,虽然他没有强调指出这件事是象征性的;恰恰相反,杰把它当成了自己线形叙述中的另一个元素(尽管是个重要元素),把它表现为直接导致自己获得法律上的自由的一个事件,这样他就将库戈阿诺和伊奎阿诺所使用的修正策略(我们已经看到,他们两位都将注意力导向了它的象征性特征)置之不顾,而是试图把这一既定转义中几个直白的和象征性的元素表现得好像都的确发生过一样。杰抹去了这个转义的象征性特征,将其丰富的内涵和外延意义进行了扩展,变成了长达五页纸的对事件的叙述。当我说杰把这个转义做了字面化处理时,我指的就是这个事实。

  然而杰的修正不仅仅是把这个转义做了字面化处理。他的修正命名了这个转义,也命名了出现在他的前辈叙述者的修正中的所有转变,这一点我们已经看到了;另外,他对这个转义的命名这件事最终让他得以说出他的名字,他把名字放在了题名之中,有关他的生活的文本对他的名字做了一定的论述。杰对命名的关注在韦斯利赞美诗中明确地表达了出来,后者作为事后补记或终结句子而出现在叙事的最后一页上。赞美诗共有五个诗节,在其中的两个诗节,韦斯利明

确地用挑衅的语言谈到了命名的重要意义:

> 我无需告诉你我是谁;
> 我的悲凄和罪孽宣布过了:
> 你自己用我的名字向我召唤;
> 看看你的双手,在你的手上阅读我的名字:
> 但我要问问你,你姓甚名谁?
> 告诉我你的名字,现在就告诉我……
>
> 你依然不愿向我揭示
> 你新的、无法言说的名字吗?
> 告诉我,我还是要恳求你,告诉我;
> 现在就要知道,我心已决:
> 我跟你纠缠在一起,不让你走,
> 直到我知晓你的名字,你的本质。

就像与天使在一起的雅各一样,这首赞美诗的主体在灵魂的一个漫长黑夜中同"神-人"纠缠在一起,仅仅就是为了得到神的名字。赞美诗认为,名字包含"本质",它指出在符号和它们所指代的东西之间有种天然的关系。杰把自己的名字铭写在了自传性文本之中,这样读者就同样能了解他的名字,从而了解他的本质,以及他作为部分所代表的全部黑奴的本质。

他通过修正而给这个转义的名字又是什么呢?杰向我们展示,说话书本转义象征了一个差异,在西方文化中这种差异一直存在于奴隶和自由人、非洲人和欧洲人,以及非基督徒和基督徒之间。他的修正告诉我们,在奴隶的生活中,真正的自由依赖于对西方学识的掌握,或更确切地说,依赖于对主体和逻格斯之间的精神交融的掌握,这种交融既有最直白的形式,也有最具象征性的形式。他告诉我们,在读写能力之中,可以找到区分不动产和人的唯一的差异性符号。杰从格罗涅索、马伦特、库戈阿诺以及伊奎阿诺那里继承了种种转义,他告诉我们,这个编码于他所继承的转义之中的象征不只是个象征,而是个象征的象征,因为读写能力是标识西方文化统治的转义,它代表自15世纪以来西方文化对它所"发现"、殖民以及奴役的有色人种的统治。杰的修正还告诉我们,这个转义历来都是个关于在场的转义,是个人的声音在场的转义。黑奴叙述者如果想用自传中所能容纳的一种生命形式,来成功地把自己从沉默的客体转变为言说的主体,同时还要把这种转变表现出来,这时就需要人的声音的在场。

杰的修正还处理了口头和书写之间的距离这个繁复的问题。我所说的说话书本转义实际上更准确地应称为非说话书本转义。在这个转义中,一个对立项被取消的在场通过文本的沉默或缺席而被明确地表达了出来;同理,杰的读写能力同样是个被取消的在场,因为他只会阅读一本书中的一章,尽管这是一本重要的书中重要的一章。杰是否懂得读写,这一点实际上并不清楚;虽然文本的题名宣称自传是"由自己写作和汇编",但是杰在故事快要结束时(第 95 页)告诉我们:"亲爱的读者,我现在要告诉你,我尽自己所能讲述了这些,因为我不会写,因此装出好像是我自己写出来的就不太合适。"换句话说,杰只会通过记忆而不是对读写能力的真正掌握来让文本言说。他的方法是记忆的口头阅读和口头写作,与约鲁巴的巴巴拉沃所用的方式属于同一类。(我们回忆一下,杰的出生地"古老的卡拉巴尔"位于尼日利亚东部,在那儿类似的叙述模式甚至可能延续到了 18 世纪。)杰的叙述最多也只是一种阅读的反讽模式,同之前的格罗涅索和马伦特一样,杰从来都不会书写自己的生活,而只会通过口语叙述而写下来。杰是不懂书写的奴隶和懂得书写的欧洲人之间的第三类解决方案。

在杰对说话书本转义的修正之后,或者我在想在他将这个转义抹去之后,这个转义就从发表于 19 世纪的其他奴隶叙事中消失了。杰通过转向超自然而抹去了说话书本转义的象征性特征,在他之后,这个标识读写能力在场的符号以及它对黑奴生活所意味的一切都无法再被用来修正了。相反,说话书本转义现在必须被置换到第二级修正之中,在这儿,言说声音的缺席和在场被重新表现为书写声音的缺席和在场。杰的教育场景,或者说教育的子夜梦境(他像读者一样大声地质疑,它真地发生过吗,或者说它"仅仅是个梦?")将自由的梦想表现成了读写能力的梦想,表现成了一个似乎通过读写能力的奇迹而实现的梦想。如我所说,杰的梦想是由和他的黑人前辈用法中相同的元素组成的,但是这个转义中的核心内容被大幅拓展,从其象征性联想扩展到了最直白的意义层面:天使教会了这个奴隶如何阅读,从而逃离了把他束缚在链条之中的魔爪的控制。伊奎阿诺的天使是个年纪轻轻的白人男孩;弗雷德里克·道格拉斯的监护天使是个嫁给了其男主人的白人妇女。很多 1830 以后的奴隶叙述者的监护天使同样是白人妇女或孩子,或直接或间接地通过婚姻关系而与男主人联系在了一起。

在杰的文本中,他将黑人传统中的自由梦想用对字母(字面意义上的字母,也就是 ABC 等等)的掌握这种最直白的方式表现了出来,这种表现手法显然是自由梦想的转移与置换。杰意指了格罗涅索、马伦特、库戈阿诺与伊奎阿诺等人,他与这些人的意指性关系通过他对他们的转义的内容所做的大幅度的扩展与详述而展现了出来。杰所做的扩展让我们不得不得出这样的结论:这些叙述者根本无需大费周折,而只需向上帝热切地祷告六个星期就万事大吉了。对黑人传统中杰之后的奴隶叙述者而言,他的修正抹去了这个转义(或者是通过将其简化到荒谬的地步而意指了它)。他们无法再仅仅通过置换或压缩其内容来修正这个转义。相反,如果一个叙述者想要被人相信,被人认为是可信赖的,被认为是一个能够享受而且有权享受贯穿于弗雷德里克·道格拉斯有关自己生命的文本之中的那种世俗的自由观念,而且在表现过程中不受到某种审查的话,那么,杰的超自然命名就要求用一个全新的转义来表现被他的修正变得无法表现的东西。在对自己显眼的教育场景的表现中,杰主要求助于自己所皈依的基督教;而对道格拉斯与他的同时代黑人来说,他们希望能够通过写作而获得废奴运动所代表的自由,因此他们无法像杰一样求助于神迹。道格拉斯及其伙伴们现在渴望的是一种世俗的自由。不能指望他们会把昔日的自我表现得幼稚到会相信这种话的地步:当主人对着书本说话时,书本就会说话。通过阅读文本我们得知,他们往昔的自我转变成了言说的主体,有足够的理由去和白人享有平等的权利。杰之后的叙述者改造了说话书本转义,用黑人通过"简单地"掌握学识而掌握了奴隶制这一世俗对等物代替了这个转义。他们的自由梦想主要通过书写转义而不是言说转义表达了出来,这种梦想构成了对18世纪说话书本转义的一种置换。当我们阅读这些叙事的时候,文本中人的声音的在场仅仅是通过其缺席而暗示出来的,尤其是通过与我们在此研究的说话书本转义相对的种种书写转义(罗伯特·斯特普托是这方面的行家里手)而暗示出来的。[68]

  这些叙述者都修正了同一个转义,这一事实把他们都联接在了黑人的第一个能指链条之中,他们都含蓄地意指了另一个链条,也就是隐喻性的存在的大链条。在存在的大链条之上,针对黑人的最普遍的做法是他们要么被表现成了人类最低等的种族,要么被表现成了猿猴的表亲。在休谟看来,书写是动物与人类之间差异性的终极符号。既如此,在黑人传记作家看来,奴隶制就其本质而言是西方文化的既定秩序之中一个最显眼的符号,通过出版传记作品,他们控诉了西方文化的既定秩序,从而含蓄地意指了链条这一象征。格罗涅索、马伦特、伊奎阿诺、库戈阿诺与杰等人的作品是一种批判,既是对存在的大链条这一符号的批判,也是对黑人在链条上所处的象征性位置的批判。且不论他们有何种目的或渴望,这个黑人能指链条上的作家们"简单地"通过书写的行为,在盎格鲁-非洲文学传统之中做出了第一个政治姿态。他们的书写是个集体行为,催生了黑人文学传统,并把它定义成了他者的链条,一个按照黑人的意愿塑造的关于黑色存在的链条。存在的大链条是欧洲统治的根本象征,让文本言说的行为构成了与这个象征的一种有意识的政治对话,同时也是一种有意识的政治谴责。

  说话书本转义根本不是一个声音在场的转义,而是声音缺席的转义。沉默的声音本身就是一种矛盾修辞。根本就不存在沉默的声音这回事。而且,正如朱丽叶·米切尔所指出的,试图去表现不存在的东西,去表现缺失或缺席的东西本身就站不住脚。如果说这就是这五位黑人作家所试图做的,那么我们就有理由大声地质疑,他们所追求的那种主体性能够通过一个从一开始就非常反讽的过程来实现吗?事实上,在西方语言之中,黑色是个缺席的符号,那么在这种语言之中黑人主体能够建立起一个完整充分的自我来吗?

说话书本转义对1770至1865年间出版的各种奴隶叙事都很重要,本章勾勒了对这个转义的种种修正模式。这些修正模式表明,存在某些共享的——如果说做了改变的——表现方式,这些表现方式定义了一个文学传统。从布里顿·哈蒙1760年的叙事到艾丽斯·沃克的《紫颜色》这些黑人文本中,都有被用来表现黑人主体追寻一个文本声音的种种象征,仅仅通过阐述这些象征,我们就能够轻而易举地写出一部非裔美国传统得以成形的历史来。在本书剩余的三个章节里,我想去探讨一下发出声音这件事,以及对它的种种不同的表现方法。首先(第5章)是在《他们眼望上苍》中佐拉·尼尔·赫斯顿对自由间接话语的使用。《上苍》的核心主题是一个黑人女性的追寻,她要追寻一个声音,然后把这个声音和朋友(菲比)与情人("茶点")在充满爱意的对话之中分享。这一过程同时依赖于字面的和象征的(或更确切地说,是白人用法和黑人土语用法)意指行为。在第6章,我要去解释作为深层修辞策略的声音双重化(the doubling of voices),伊什梅尔·里德通过这种策略用一个长篇幅的意指性重复而批判与修正了黑人小说传统。最后在第7章,我要去证明:艾丽斯·沃克的意指包含了对叙述的言说者策略的一种重写。这种言说者策略出现在赫斯顿对自由间接话语的使用之中。沃克转向了书信体小说,表现了一个通过书写而获得了个人自由以及很强的言说能力的主体,她所使用的声音是赫斯顿的主人公所言说的一种方言声音。

表6　说话书本转义的类型①

	链条	身份	与家人产生隔膜	"荷兰语或英语"	场景	乔治·怀特菲尔德	书本
格罗涅索	黄金	奴隶王子	是	是	中途	是	《圣经》
马伦特	黄金	自由王子	是		被处决之时	是	《圣经》
库戈阿诺	黄金	印加首领			冲突之时		祈祷书
伊奎阿诺	黄金(钟表)	奴隶			中途		《圣经》
杰	罪孽	罪孽之奴隶;奴隶	是	是	灵魂之黑夜	是	《圣经》

① 伊丽莎白·皮特里诺绘制了这个表格,特此致谢。——原注

第5章 佐拉·尼尔·赫斯顿与言说者文本

我们的房子离切萨皮克湾也就几杆的距离,切萨皮克湾的水面上总是停满了来自世界各个角落的航船,望过去满眼都是白色的船帆。对自由人来说,那些用最纯洁的白色装扮的美丽的船只会让他们的眼睛应接不暇;而对我来说,它们是很多裹着尸布的鬼魂,总使我感到惊恐,饱受折磨,让我想起了自己的悲惨境遇。在夏天死寂的安息日里,我总是独自一个人站在那个尊贵海湾高高的堤岸上,满心忧伤,眼里噙着泪水,用目光追随那数不清的船只扬帆出海,进入浩瀚的海洋之中。看到这一切,我总是心绪难平。我情不能已地要说话;在那儿,除了万能的上帝,别人听不到我的呼唤,于是我就不管不顾地将灵魂的委屈倾倒了出来,向着那遮天蔽日的航船呼唤——

"你们离开了停泊之地,自由了;我还被牢牢地束缚在链条之中,是个奴隶!你们在轻风中欢快地航行,而我则得面对血淋淋的鞭子!你们是自由的轻盈的天使,全世界任你们飞翔;而我则被捆绑在铁的镣铐之中!哦!我多么希望我也是自由的啊!"

——弗雷德里克·道格拉斯,1845年

遥远的船上载着每个男人的希望。对有些人,船随潮涨而入港;对另一些人,船永远在地平线处行驶,既不从视线中消失也不靠岸,直到瞩望者无可奈何地移开了目光,他的梦在岁月的欺弄下破灭。这是男人的一生。

至于女人,她们忘记一切不愿记住的事物,记住不愿忘记的一切。梦便是真理,她们依此行动、做事。①
——佐拉·尼尔·赫斯顿,1937 年

一

在第 4 章,我追溯了在 18 世纪对说话书本转义所做的修正;1815 年以后,奴隶叙事把说话书本转义置换成了自由转义和读写能力转义。这些使我们了解到,非裔美国传统的第一个世纪在很大程度上致力于要在西方文学里注册一个公共的黑人声音。写作在奴隶生活中并非一件普通的事。对最早的黑人作者而言,他们的写作关乎自身的存亡,他们要证明的东西正是他们的人性,他们通过书写前奴隶的生活来证明一种共同的人性。在西方文化中,黑人的形象被否定地定义成了一个缺席。在一种意义上,对奴隶族群的身份而言,这种作为缺席的形象甚至比法律上的解放还要重要。黑人形象是对白人的一切和西方的一切的否定,为了矫正这一形象,黑人作家发表作品,就好像他们的集体命运依赖于他们的文本会被如何接受一样。要判断这种无声的政治姿态有什么效果并非易事,正如要判断发表的黑人作品对西方文化中黑人的否定形象产生了什么影响也不容易一样。然而,有一点似乎是明显的,那就是奴隶制的废除并没有减弱把黑人种族彻底写进人类社会的这种冲动。相反,奴隶族群获得了解放,在战后重建(1865—1876)和新黑人文艺复兴的戛然结束(大约 1930 年左右)之间的这段时期,黑人中产阶级在缓慢然而稳步地壮大,这些似乎只是让这种冲动较战前的美国更强烈。之所以会这样,大概是因为奴隶制一旦废除,种族主义马上就采取了更微妙的形式。如果说以往的奴隶制是个不道德的机制,那么它也一直是个硕大的固定目标;而随着奴隶制的废除,作为目标的它也就迅速地变成了成百上千的碎片,顺着成百上千的方向运动。前奴隶写作是为了终结奴隶制。在从内战结束到爵士乐年代末期的这段时期内,反复无常的种族主义面具采取了形形色色的形式,自由黑人作者的写作就是为了应对这五花八门的种族主义。

如果说内战之后,尤其在战后重建突然死亡之后,黑人作品保持了它们隐匿的政治旨意,那么,这一点变成了黑人知识分子严重关注的问题也就不足为奇了,那就是要在黑人文学中寻找一种声音。我们能预料得到,这种关注引起了非常激烈的论战,这些论战围绕着一种"真正的"黑人声音应该采纳或能够采纳的准确语域而展开。战后的黑人作者继续阅读和修正他们从传统的碎片中继承来

---

① 本章《他们眼望上苍》的译文引自赫斯顿著,王家湘译,《他们眼望上苍》,北京:北京十月文艺出版社,1998 年,特此致谢。部分译文做了修改。——译注

的那些核心象征,它们历经了19世纪后期事实上和法律上的种族隔离的屠戮,但还是奇迹般地存活了下来。佐拉·尼尔·赫斯顿修正了弗雷德里克·道格拉斯对船只的呼吁(本章的引子),这仅仅是一个例子,有许多黑人文本通过修正而把自己安置在了黑人文学传统之中。

在开篇的段落中,赫斯顿用两个交错配列的例子强调了自己对道格拉斯的正典文本的修正。[1] 在《他们眼望上苍》中,第二段的主体(女人)颠覆了第一段的主体(男人),并以对立的概念表现了他们各自的欲望的性质。男人的欲望具化到了一只渐行渐远的船上,他从一个人变成了"一名瞩望者",他的欲望被拟人化地寄托在了一个客体身上,他无法抓住,也无法控制,它外在于他自己。有重要意义的是,姥姥使用了这个"男性的"象征,"我能看到在远处有一只大船"(第35页);"茶点"也一样,但是他倒转了道格拉斯的用法,他宣称自己控制着命运,有能力满足珍妮的欲望:"哪个老头也没法阻止我给你搞条船。我会从他身下把那条战舰搞出来,麻利得能让他像老彼得那样连知道都不知道就在水面上走了。"(第154页)

而女人则是另一种情况,她通过隐喻而不是转喻手法表现欲望。她控制记忆这个主动主观的过程,她控制一个同时呈现了重新构架和记忆这两层意义的过程,这一点我们将会在珍妮给朋友菲比的讲述过程中"无意中听到"。对女人而言,"梦便是真理";真理就是她的梦。我们将会看到,珍妮被前两任丈夫认为是(以及被刻意维持为)"无言的",但她恰恰相反,是个隐喻性叙述的大师;与此形成对比的是,她最有压迫性的丈夫乔·斯塔克斯是个转喻大师。为了获取自我知识,珍妮必须让她的自我穿越这种对立。第一句话("至于女人,她们忘记一切不愿记住的事物,记住不愿忘记的一切。")本身就是一种交错配列(女人/记住//记住/忘记),与道格拉斯著名的交错配列在结构上类似,"你们已经看到人如何变成了奴隶;你们将会看到奴隶如何变成了人"。事实上,道格拉斯对奴隶叙事的重要贡献是他将交错配列变成了奴隶叙事中核心的转义。在奴隶叙事中,男女奴隶-客体通过写作行为将自己写进了人-主体之中。在写于1845年以后的奴隶叙事中,统帅全局的修辞策略可被看作是一种交错配列,被看作是重复与倒转。在这些谜一般的开篇段落中,赫斯顿通过形式上的修正而意指了道格拉斯。

这种形式修正是对既定传统的外形和地位进行无声的评论的一种模式。另外一种更明显的模式是黑人历经千辛万苦而出版的文学批评,它是对具体的黑人文本的回应。这个主题需要系统的研究,但我还是可以在此概述一下它的几个突出方面。有关黑人声音语域的争论有两个极端。内战结束的时候,争论中的一极已经稳固了,它就是关于表现的价值和在文本中对现实进行模仿的价值的争论。黑人作者几乎只写他们作为黑人的社会和政治状况,在他们的社会里,种族问题就是再好也还是成问题的。在世纪之交,争论中另一个更微妙的一极占据了主导地位,这一极关注的恰恰是在所发表的东西中应当如何去表现一个真正的黑人声音的问题。当然,对一个被刊印的黑人声音进行表现的合适的方式和内容实际上是不可分的;这两极可以融合,它们常常也的确是融合在一起的,比如有关保罗·劳伦斯·邓巴于19世纪晚期出版的方言诗歌的意义的激烈争论就是一例。佐拉·尼尔·赫斯顿在《他们眼望上苍》中用于修正的修辞策略非常新奇,这些策略与非裔美国传统之间构成了激烈的论战,为了更充分地理解这些方面,我不妨总结一下19世纪有关表现的争论。

    托马斯·汉密尔顿在1859年1月至1860年3月期间在纽约出版过《盎格鲁-非洲人杂志》,通过考察这份杂志,我们就能够在一定程度上了解黑人对表现的关注程度。在对发刊号所写的介绍性"辩护"文字中,汉密尔顿提出了在他那一代人看来不言自明的观点:"为了主张并维持自己也是人类中的一份子,【黑人】就必须为自己说话;外部的喉舌,不管它多么伶牙俐齿,都无法讲述他们的故事。"汉密尔顿写道,黑人必须"为自己说话",以抗拒种族主义者"把黑人当成低于人类的某种东西的企图"。[2]在第二期上,在一首名为《将要来的人》的诗歌中,W. J. 威尔逊这样定义了文本的在场,认为它是分割"无法定义的现在"、"模糊朦胧的过去"以及"不可知的未来"的东西:

> 我主意已定。它是我大半的任务;
> 它曾经是我所有逝去的存在的渴求。
> 包裹了我这么久的阴森森的尸布,
> 从新的在场似轻烟般退去,
> 而光芒闪烁——那一定是生命
> 照亮了世界,向外铺张开去,
> 于是我将使命当成书籍阅读。[3]

威尔逊把生命象征成了一个可供阅读的文本,把整个种族的生命赋形于书籍之中。对于威尔逊的这一象征,弗朗西丝·E. W. 哈珀同年晚些时候在给编辑的一封信中做了详细论证。非裔美国男性作家过去和现在都一直把白人种族主义这个庞大的可怕主题看成了自己的首要任务,在哈珀的信中,我们看到了针对这一成见的最早的一次挑战。"如果要别人承认我们的才华",弗朗西丝·哈珀写道:

> 我们就必须少写具体特定的问题,而多写人皆有之的情感。我们受到神恩,拥有在目前的灾难中能包容我们自己以及他人的心灵和头脑。……

> 我们必须面向未来,如果一切顺利的话,它会比现在或过去更美好。我们必须深入到世界的心灵深处去。[4]

想想这个黑人女性决绝的坦率鲁莽吧。她也许是我们的第一个真正的职业作家,她能够如此毫无顾忌地提倡这种立场!而就在1859年,发生了约翰·布朗对哈珀渡口军火库发动的突然袭击,但他失败了;另外,美国最高法院决定支持1850年出台的《逃亡奴隶法案》,认为它是合宪法精神的。在这个有关表现的观点中,以及在她的诗歌与小说之中,哈珀要求黑人作家拥抱"人皆有之的情感",如情色生死等等,并把它们作为自己的主题。因此,针对黑人文学内容的论战,从这样一介黑人女作家的言论就开始了。

哈珀表达了对一种新的内容或"能指"的关注,这种内容应该是黑人的,自给自足的,以及为人类所共有的;而关于表现的争论中的另一极则关注能指所应该采纳的具体形式。因为各种各样的原因,我所说的对能指的关注以多种方式在一段时期内占据了黑人美学理论的中心位置:大致始于1895年保罗·劳伦斯·邓巴的《下层生活的抒情诗》的出版,一直至少延续到佐拉·尼尔·赫斯顿于1937年出版的《他们眼望上苍》。极为有趣的是,这种争论把我们在最宽泛的意义上又带回到了本章的出发点,也就是文本中黑人声音的缺席和在场上去了,它们曾经给格罗涅索带来了巨大的惶恐和迷惑。邓巴广为人知的在场在一定程度上能把批评的注意力吸引到语言和声音问题上去,这并不奇怪,因为他毋庸置疑是最有成就的黑人方言诗人,也是兰斯顿·休斯之前最成功的黑人诗人。赫斯顿的抒情文本标识了这种争论的结束同样也不足为怪,因为赫斯顿发明了我称之为言说者文本的东西,这种修辞策略的目的似乎就是要去在黑人小说中扮演中介的角色,一方面是被赋予了特权的黑人口语传统,它根本上是抒情性的,极具隐喻性质,富于音乐性;另一方面是被继承下来,但却尚未被充分吸纳的标准英语文学传统。在诗歌领域,斯特林·A.布朗对黑人声音的表现也扮演了黑人诗歌用词的中介角色。作家的困境就在于要去寻找一种第三项,寻找一种大胆新奇的能指,它同时受这两种相互关联但又不同的文学语言的影响。赫斯顿在《上苍》中就是要努力做到这一点。

批评家广泛地为邓巴的黑人诗歌用词欢呼呐喊,同时,白人诗人黑人诗人都大量地模仿这种措辞。我们很难理解批评界对邓巴的欢迎何以有如此千禧年福音般的语调在里边。在发表于1827至1919年间的黑人报纸和期刊当中,对黑人"救赎者诗人"的呼吁颇为急切,也非常之多。到了19世纪80年代晚期,白人批评家也呼应了这种声音。比方说,1886年,有个仅仅署名为"一名费城的女士"的匿名白人女批评家在《利平科特月刊》上写道,"未来的美国作家"将会"来自非洲祖先"。[5]这名伟大的作家"属于我们"但"不同于我们",他"经历了一名诗人、剧作家和小说家在自己的双唇被施以涂油礼之前所需要经历的一切磨难"。"就主题而言",这位批评家总结道,"没有什么是不可能的。"因为不管怎么说,毕竟非洲人"给我们的音乐是我们迄今所拥有的唯一的民族音乐",它是个"音乐史上独具特色的"艺术集合。而且,他"天生就会讲故事",[6]拥有独一无二的才能去创造她所说的"富有想象力的行为",这些想象的文学话语"与道德无关"。

> 这个人历经了如此多的磨难,非常乐于逗别人开心也非常有能力,但依然没有得到开发;在不久的将来,他为什么不能讲述一个使我们感兴趣并逗我们开心,也触及了我们的灵魂的故事?他为什么不能开创我们的文学的新篇章呢?[7]

接着,这位批评家又做了一个让人惊叹的倒转,提出了一个更大胆的主张:

> 但我还得进一步说明:我之所以用了表示种属的男性代词,那是为方便起见;但命运之神会随时报复。曾经正是一个女人把非洲人所遭受的不公待遇当成了自己小说的主题,她小说唤醒众人去认识现实,那么未来的小说家为什么不能既是个女人,还是个非洲人呢?作为那个种族的一个女人,她有权向命运之神提出要求,命运之神亏欠了她。

要弄清楚这位批评家的两个断言中哪一个更大胆并非易事,是伟大的美国作家将会是个黑人的断言呢,还是这位伟大的作家将会是个女人的断言呢?然而,要总结这位批评家的预测在我们的文学传统中将会起到的催化作用并不难。甚至一直到了1899年,W. S. 斯卡伯勒还仍然引述这篇发表在《利平科特》上的文章敦促黑人作家去救赎"这个种族"。[8]

W. H. A. 穆尔于1890年写了名为《我们的文学中的空白》一文,在文章中他呼吁伟大的黑人诗人的诞生。伟大的黑人诗人的在场"标志着【非裔美国人】在一些决定一个民族的能力的方面取得了发展"。他继续写道:

> 非裔美国人还没有给英语文学贡献一名伟大的诗人。除菲莉丝·惠特利之外,直到今天,没有哪一个非裔美国人对自己同时代的文学产生了影响。也不能指望他做到这一点。然而,他愚钝的缪斯的每一个片断,每一声低语都吸引了热切好奇的关注,人们希望能够在这儿找到一名真正的歌唱者内心的强烈表达。[9]

穆尔总结说:"主音调尚未奏响。"穆尔认为,"黑人种族的使命"是要去寻找一种诗歌措辞,一种能反映"它试图刻画的主体的内部机制"的诗歌措辞。穆尔的文章仅仅是发表于1865至1930年间诸多文章中的一个典型例子。举例来说,《记录者》的编辑 H. T. 约翰逊于 1893 年概括指出,一个种族的作家有必要表达自己种族的种种热望。五年之后,H. T. 基林也提到了只有黑人作者才能做出的独特贡献。他说,任何民族的文学都有一种土生土长的品质,"它是民族特征及种族特性的产物,任何外人都无法仿制"。黑人作者一直以来都是模仿白人,他呼吁他们不要再去模仿白人,而是要"探察自己生命的深处,它是元初的模样,尚未被勘察过;在这儿发现的尚未得到利用的素材将使他在伟大作家中占有一席之地"。与此相类似,斯卡伯勒在 1899 年汉普顿黑人大会上发表演说时宣称,白人作者所描述的方言作品是虚假的,他呼吁黑人作者要去写比它们优秀的作品;甚至切斯纳特和邓巴的短篇故事在表达黑人种族更高的热望方面也有欠缺。只有黑人作者才能最好地刻画黑人,对他的"爱与恨,希望与恐惧,他的雄心,以及他的整个生命以这样一种方式表达:让世人对他的悲喜感同身受……彻底忘记男女主人公是上帝的深肤色子民,而仅仅知道他们是属于整个人类大家庭之中有欣喜有悲伤的男男女女"。在斯卡伯勒宣读论文之后的讨论中,大家一致认为"歌舞杂耍"所刻画的类型不真实。露西·莱尼是海恩斯·诺曼工业学院的院长,她发言预示了在 20 世纪 20 年代所兴起的一种热情。她说短篇故事的素材要到南方乡野中去寻找,并呼吁黑人作家到佐治亚及南卡罗来纳州的海岛上去,"在那儿他们能够研究原初的纯洁状态下的黑人",这些黑人的文化和声音"都和非洲相近"。[10]

176　　保罗·劳伦斯·邓巴正是在这种氛围中写作的。我们往往是通过斯特林·A.布朗的诗歌与兰斯顿·休斯早期的诗歌,以及拙劣的邓巴模仿者的失败的作品来回过头去阅读邓巴的,也许是因为这一点,我们常常忘记了邓巴用黑人方言作为诗歌语言的基础是一种惊世骇俗的做法。毕竟,到了 1895 年,方言意味着黑人心智上本质的劣等性,它既是人的奴役(就源头而言)的语言符号,也是一直都无法"发展"或"进步"的语言符号,而"发展"与"进步"是世纪之交的关键词。方言标识了"黑人差异",也表明在文学中黑人形象主要是作为客体而不是主体而存在着。同时,即便是对黑人富有同情心的人物刻画,比如说乔尔·钱德勒·哈里斯笔下的雷默斯大伯,也更多的和来源于白人扮演黑人的滑稽说唱演出、种植园小说,以及杂耍表演等种族主义的文本传统有关系,而不是和对口语语言的表现有关系。斯卡伯勒做过这样的总结:

> 北方作家和南方作家都表现过他们所想象的黑人本质、黑人方言与黑人思想,但可惜的是,这种表现总是从他们自己的意识中发展而来的。方言总是前后不一,所表现的人物类型也仅仅是东拼西凑而堆砌出来的呆板形象,或者是给读者呈上愚陋粗俗之人,以期平衡文学环境中幽默的方面。[11]

斯卡伯勒总结道,种植园艺术和杂耍表演艺术的这种既定文学传统需要"现实主义"来驳斥,驳斥其粗陋的人物刻画程式和黑人语言表现程式。

邓巴将方言作为确立这种现实主义模式的媒介,这表明他既大胆又有机会主义思想,这两种品质给邓巴的作品带来了正反两方面的结果,我们清楚地知道他终其一生都在为正负夹杂的结果而悲叹。但不管怎么说,邓巴意指了既定的白人种族主义文本传统,代之以一种黑人诗歌用词。邓巴的较为有天分的文学后人又反过来会意指他的这种用词,只是结果往往让人非常失望。斯特林·A.布朗在诗歌语言中所实现的事情,佐拉·尼尔·赫斯顿将会在小说中实现。有关黑人模仿原则的争论,以及有关能指的外形与所指的本质的争论,它们构成了争论中的分离的两极,但是在邓巴之后,它们就不能再被看作是独立的了。斯卡伯勒于1899年总结说,邓巴主要的修辞姿态正是为了实现那个目的:

> 在这儿我们停下来看一看【邓巴和切斯纳特】给我们的文学增加了什么,他们发现了什么新的艺术价值。【两个人都】紧紧跟随"饱尝磨难的一面",也就是对"内战之前"的老式黑人的刻画。【托马斯·纳尔逊·】佩奇、【乔尔·钱德勒·】哈里斯和其他人给这种黑人已经在文学中赋予了永恒的位置。但邓巴和切斯纳特还做了另外一件事;他们经纬交织地全面展现了黑人生活的方方面面,不仅有幽默与悲悯、谦卑、自我牺牲、恭让与忠诚,有时还有关乎种族更高的目标、雄心、欲求、希冀以及热望的东西。当然,他们所做的远没有我们所希望的那样彻底和广泛。[12]

到了现在,在黑人美学理论中,黑人作家如何表现以及表现什么被不可分割地联接在一起了。

上一代人捎带地关心的问题演变成了下一代人批评争论的核心问题,这是一种奇特的变化。同理,斯卡伯勒指出邓巴对"内战之前"的黑人的表现有包容除"幽默与悲悯"之外的东西的潜力,他的这种判断变成了詹姆斯·韦尔登·约翰逊对作为一种诗歌用词的方言进行攻击的关键。在其他地方我曾概略地介绍过有关方言的争论。[13]在此我仅想说明,美国伟大的现实主义者威廉·迪恩·豪威尔斯于1896年指出,邓巴的方言诗歌是一种对现实的表现,是一幅"毋庸置疑非常像的……肖像画"。豪威尔斯认为这种艺术成就的政治主旨是无懈可击的:"在一个种族之中,如果有任何成员能够取得这种艺术效果,那么这个种族就不能继续被认为是完全没有文明的;就黑人的心智能力所获得的承认而言,迄今为止没有哪位黑人比邓巴先生做出的贡献更大。"[14]然而到了20世纪20年代,方言被认为是一种文学陷阱。

在仔细研究新黑人文艺复兴的美学理论之后,我们发现方言被认为不适合用作一种文学语言这一问题之所以被提了出来,似乎是为了让另一种诗歌用词来替代它。在分别独立刊印于《美国黑人诗歌书》1923 年第一版和 1931 年第二版的《前言》中,詹姆斯·韦尔登·约翰逊都批判了方言;另外,在对刊印于 1932 年的斯特林·A. 布朗的《南方大道》第一版所写的《导言》中,他继续了对方言的批判。事实上,我们有理由把约翰逊在不同时段对方言的批判确立为新黑人文艺复兴这场文学运动的边界。

在《前言》中,约翰逊对新黑人作家的紧迫任务做了明确说明,认为他们得"摆脱的不是黑人方言本身,而是黑人方言的局限,它是由长久陈规的僵化作用强加到黑人方言之上的"。那么这些局限是什么呢?约翰逊说道:"它是一件只有幽默与悲悯这两种音调的乐器。"他重复同时也倒转了斯卡伯勒的提法。九年之后,在第二个《前言》中,约翰逊能够自信地说:"传统方言作为黑人诗人媒介的时代已彻底结束了。"然而仅仅一年后,布朗的诗歌就迫使约翰逊承认,虽然布朗"刚开始创作的时候,正是在黑人诗人普遍地把套路化了的方言(它用白人扮演黑人的滑稽说唱表演传统来表现黑人生活)弃之不用之后",但他"把某些真实的生活片段中黑人原汁原味、充满活力的普通语言作为表现的媒介",从而"在他的【方言】诗歌中注入了真正有个性的味道"。约翰逊承认,布朗的成就在于,他转向了"民间的诗歌",将其作为一种诗歌用词的源头,"从而使它的意义变得深刻,内涵变得繁复……一言以蔽之,他提取了这种原始素材,并用它写出了有原创性的、有真实力量的作品"。因此,布朗的诗作在一种非常切实的意义上标志着新黑人文艺复兴的结束,同时,它也标志着长期以来围绕黑人诗歌用词的模仿原则而展开的争论得到了解决。[15]

然而,布朗在诗歌领域获得的成就在小说领域里没有对应。我们当然可以把吉恩·图默的《甘蔗》看作是布朗诗歌用词在小说领域的前辈文本。布朗和图默的作品都影响了《他们眼望上苍》的结构。但是,图默使用了有特权的口语声音,尤其是还让口语声音陷入了令人心痛的沉默之中,这些用法本身就充满了讽刺。在文本中,图默把黑人口语声音既当成了他的一些叙述者的标准英语声音的对立物,也把它当成了一种现代主义主张的佐证,这种主张认为不存在享有特权的、浪漫的统一意识,在回荡着自身的绝唱的佐治亚州甘蔗地乡土上尤其(或甚至也)不会有这种统一意识。在《甘蔗》的世界中,存在是一分为二的,有深刻的对立,这一点体现在各种各样的二元对立之中,其中有标准英语与黑人语言之间,以及黑白、男女、南北之间,还有文本欲望和肉体满足等等之间的对立。《甘蔗》的最后一章名为《卡布尼斯》,有很长的篇幅。在这一章,叙述者的地位变得就相当于一部悲剧中的舞台说明,但即便是在这儿,口语声音的在场还是保留着其首要的唱和应答功能,下面一段哈尔西、莱曼和卡布尼斯之间的对话就表

明了这一点:

> 哈尔西(以一种戏谑的宗教口吻):愿神保佑,莱曼兄,阿门(转向卡布尼斯,半开玩笑地,但又是极其严肃地)。卡布尼斯先生,请记着你是在棉花田里,地狱一样的棉花田里。白人拿走了棉铃;黑鬼得到的是棉杆。你可别去碰棉铃,看都不要看。他们一定会狠狠地揍你一通。(大笑)
>
> 卡布尼斯:但他们不会碰一名绅士,伙计们,就像我们三人一样的绅士——
>
> 莱曼:教授,在我们这儿黑鬼就是黑鬼。只有两种分别:好的和坏的。就是这也还不是永恒不变的分类。碰到私刑的时候,他们有时候会把两种分别混同起来。我就见过。[16]

即便在这个例子中,图默也还是把黑人言说语言本质上表现成了情节与主题的一个元素。

在《甘蔗》中,口语声音不是文学结构中一种自给自足的元素,而是一种刻意为之的符号,代表二元性与对立。图默在小说的每一部分都把二元性和对立融入了主题,下面这一段具体地表现了出来:

> 卡布尼斯:……另外,他也不是我的过去。我的祖先是南方流着蓝色血液的贵人——
>
> 刘易斯:也还流着黑色的血液。
>
> 卡布尼斯:蓝黑之间没有很大区别。
>
> 刘易斯:但它们之间的区别足以让你否认黑色血液的存在。血管都快胀破了,是不是?主人;奴隶。土壤;以及统御一切的天堂。黄昏;黎明。他们之间的争斗让你成了杂种。阳光的印记留在了你的面颊上,被美好季节里五彩斑斓的叶子的火焰熏黑了,灼伤了。裂开了口子,蜕皮:很容易灼伤。废了……
>
> 他转过来紧盯着斯特拉。斯特拉把脸挪开了,但胸部冲着他挺了过来。
>
> 斯特拉:我可没东西给你,先生。看我没用。(第217—218页)

尽管图默的抒情风格与布朗的地域风格之间有直接的关联,但直到佐拉·尼尔·赫斯顿开始发表小说之前,图默在修辞策略方面所做的变革没能在黑人小说中得到进一步发展。事实上,虽然图默因为《甘蔗》而得到了热烈的赞美,但这种暧昧的表扬一直都有点文不对题。比如说,在杜波伊斯看来,这本书的重要性在于它的内容,他将其确定为男女之间的性关系。他批评说,在整个黑人小说创作中,男女间的性关系明显是缺席的。在《甘蔗》中,真正美满的性或者没受到困扰的性并不多,但在杜波伊斯看来,图默的文本至少处理了男女性关系的可能性。对杜波伊斯而言,这就是《甘蔗》的一个重大突破。

1923年图默发表了《甘蔗》。截至这个时候,对表现的本质和功能的关注,对我们不妨认为是模仿的意识形态的关注,一直都聚焦于这样一个美学问题,杜波伊斯称之为"黑人该如何刻画?"我们——我承认这有点放肆——可以把它看成是这样一个问题:"该如何应付民众呢?"针对这个关于表现的难题固然出现了大量的文章、交锋以及论战,但到了1929年,图默所做的革新显然被遗忘了;不仅如此,在往黑人报纸的"配图故事板块"上投稿的黑人作家中间,广泛地流传着《投稿须知》这个雷打不动的标准。这些都能帮助我们初步了解《他们眼望上苍》在黑人修辞策略史中所占的重要地位,因此容许我全文抄录这些指示。它们是乔治·S.斯凯勒制定的:

> 每份投寄的手稿务必写成"一句一段"的格式。
>
> 故事务必充满人类之情趣。用词短小简洁。严禁炫耀学识,迷惑读者。严禁口语体,如"黑鬼"、"黑玩意儿"与"黑鬼佬"等词。多使用对话以及贴近现实的语言。
>
> 我们不接受任何令人沮丧、忧伤、泄气的故事。我们的读者不必再去阅读磨难了,他们经历得够多了。我们要他们感兴趣,受到激励,变得乐观;得到安慰,让他们快乐,使他们发笑。
>
> 绝不允许对当前的道德标准或性标准有哪怕是最细微的质疑。远离情色!稿件务必干净健康。
>
> 所有的东西务必用善解人意的口吻写成,能立刻赢得读者的信任,让特定的读者觉得这是专门向他/她倾诉的。
>
> 严禁作品明显的艺术化。作品当然应该是艺术的,但要"不经意间"传递给读者,不让他/她意识到。
>
> 故事务必要节奏轻盈、扣人心弦、一气呵成。女主人公总应该是漂亮、迷人、真诚以及有贞操的。男主人公应该是真正的男人,但不古板,不能程式化,也不能低俗。恶棍应当一看就知道,冥顽不化,颇为复杂:狡猾、无耻、待人友善,聪明。但最重要的是,这些人物形象务必要有活力,是活生生的人,是读者遇到过的普通人。女主人公应该是褐色皮肤的。
>
> 所有的东西都应该只针对黑人的生活。绝不允许可能引起白人与黑人之间不快的东西。肤色问题已经够糟了,不需要再火上浇油。[17]

这些束缚在黑人作者最可能发表作品的杂志中间广为流传。这类限制性规定,再加上围绕黑人口语形式而引发的不休的争论,让我们得以初步了解赫斯顿写作时的黑人氛围。她正是在这种背景下把自己定位成了一名小说家。W. S. 斯卡伯勒在1899年为伟大的黑人小说家的诞生而大声疾呼，在此我们重温一下他的呼吁：

> 我们已经厌倦了这些作品所表现的杂耍表演、白人扮演黑人的滑稽说唱表演以及黑人的杰出品质。我们想要比它更高、更能激励人的东西。为此目的我们转向了黑人。我们会得到想要的吗？黑人作家同白人作家一样，总是被万能的金钱左右……像以扫一样，他随时都会为了一碗汤而放弃自己的长子名分。
>
> 黑人小说家应该让自己的笔墨和大脑变成极其强大的力量，写他了解的东西，写最了解的东西，并用最丰富的想象力和一名艺术家点石成金的技巧把它传达给世界。他应该刻画黑人的爱与恨，希望与恐惧，他的雄心，以及他的整个生命，所采用的表达方式要能让世人在阅读过程中对他的悲喜感同身受，发现所有人在本性上是相通的，彻底忘记男女主人公是上帝的深肤色子民，而仅仅知道他们是属于整个人类大家庭之中有欣喜有悲伤的男男女女。黑人种族所期盼的小说家就是这样的。有谁会做到这一点呢？有谁能做到这一点呢？[18]

结果我们发现，能够做这件事的似乎不是他，而是她：佐拉·尼尔·赫斯顿。

二

佐拉·尼尔·赫斯顿是被我们这个时代的黑人批评家和女权批评家带入到正典之中的第一个作家，或者我应该说是被带入到多种正典之中的第一个作家。赫斯顿现在是非裔美国正典、女权主义正典以及美国小说正典中的一个重要人物；对赫斯顿作品有了越来越多的细读，因为她的作品很经得起研读。赫斯顿的文本吸引了批评界广泛的注意，但特别的一点是这么多的批评家采用了如此形形色色的理论视角，但似乎都可以从赫斯顿的文本中找到令他们惊叹的东西。

我已经指出，有关表现模式和模仿理论的争论形成了非裔美国文学及其理论的历史中非常重要的一部分，我自己对《他们眼望上苍》的阅读从根本上说就来源于这些争论。模仿原则既可以是隐性意识形态，也可以是显性意识形态。下面我要对赫斯顿的修辞策略所做的解释也不例外。我希望以这样的方式来阅读《上苍》：从最宽泛的小说旨在表达什么到最紧凑的小说如何表达主旨的问题上去，也就是说，到它的修辞策略上去。我将努力证明，赫斯顿的文本不仅为叙述策略开辟了一个修辞空间，这些策略在拉尔夫·埃利森的《无形人》中得到了熟练的使用，而且赫斯顿的文本还是我们的传统中第一部"言说者文本"。所谓

"言说者文本",我指的是这样一种文本:其修辞策略旨在表现一个口语文学传统,旨在"模仿真正的言语中的语音、语法以及语汇模式,并造成'口语叙述的幻觉'"。[19]在言说者文本中,其他所有的结构元素的价值似乎都被降低了,只要在故事讲述中够用即可,这是因为叙述策略把注意力引向了其自身的重要性,这种重要性好像给口语言语及其内在的语言特征赋予了特权。图默的《甘蔗》使用了黑人口语声音,但它本质上是一种有别于叙述者声音的声音,是一种在社会意义上截然不同的、对立的意义与信仰的宝库;而言说者文本则似乎主要指向了模仿,模仿经典的非裔美国土语文学中大量的口语叙述模式中的一种模式。

显然,我所关注的是我们传统上所认为的声音问题。"声音"在这儿不仅暗含传统定义中的"视角",虽然这是《上苍》的阅读中一个至为关键的问题;它另外还表示一个文学传统的语言学在场。主要得益于赫斯顿这样的社会语言学家及人类学家的工作,这个传统为我们作为一种书写文本而存在。在本章我要关注两方面的问题,一是要探讨对声音的表现,也就是对不妨被认为是黑人口语传统的声音的表现,它在这儿被表现成了直接引语;二是要关注赫斯顿对自由间接话语的使用,赫斯顿把它当成了文本的内部外部隐喻的修辞性对应物。这两方面在描写珍妮对意识的追求中起了根本性的作用,她追求变成一名言说的黑人主体。我们开始初步认识到,赫斯顿作为一名艺术家,她的文本同吉恩·图默的和斯特林·A.布朗的文本有关。我们来比较一下赫斯顿的声音概念与理查德·赖特和拉尔夫·埃利森的声音概念,以此来总结我们对传统的概览。

《美国的饥饿》(1977)与《黑孩子》(1945)一起组成了理查德·赖特最初命名为"恐怖及荣耀"的自传的完整文本。在《美国的饥饿》之中,赖特简明地概括道,在有才华的黑人个体与非裔美国文化传统之间存在一种反讽关系。非裔美国文化传统被无处不在、无法抵御的白人种族主义践踏殆尽,成了一片废墟:

> 我能梦想有什么东西哪怕是有最微弱的实现的可能性吗?我想什么也没有(nothing)。于是,我的思想开始慢慢地专注到了一样东西上面,它正是那个什么也没有(nothingness),那种总是想要却得不到的感觉,被无由头地憎恨的感觉。在我的意识当中,慢慢地出现了在美国一个黑人的生命意味着什么的模糊观念,这跟外部的事件,如私刑、吉姆克劳主义,以及无休止的残暴对待都没有关系,而是一种被背叛的感觉,一种心灵的怆痛。我感觉到黑人的生命是在无意识领域所经历的无头绪的磨难,只有寥寥几个黑人懂得自己生命的意义,能够讲述【自己的】故事。[20]

正如赖特的两部自传似乎旨在宣告的,赖特当然把自己看成是寥寥几个黑人中的一个。这寥寥几个黑人能够讲述的不仅是自己的故事,而且还有可怜无声的黑人同胞们的悲惨故事。如果这些同胞是"恐怖"的符号,那么赖特清晰地表达出来了的逃脱就要被看作是我们的"荣耀"。

在自传和小说中,赖特展开了一个奇特复杂的自我源头和种族源头的神话。由弗雷德里克·道格拉斯的三部自传所代表的大部分黑人自传,一般都把光彩照人的个体自我描述成了他无声的黑人同胞的代表,只是他所代表的可能性在其他同胞那里被系统地剥夺了而已,但是赖特的理想化的黑人个体自我似乎只包括赖特自己。比如,《黑孩子》就通过自然主义的重要文本展示了迪克如何给一个不寻常的心灵内在的高贵品质赋予了形体和目标,而这个不寻常的心灵是从黑人文化漩涡中混乱无序的深渊中产生出来的。赖特以黑人同胞为代价而获得了自己的人性,他们是病态的奴隶制和种族隔离政策可悲的牺牲品,他们包围着他,使他窒息。事实上,赖特通过比较而塑造出了这个特别的自我:在受宿命束缚的、被击跨的黑人整体的背景之上,敏感、健康的部分得到了凸显。他是一名高贵的黑肤色野蛮人,属于奥鲁诺克传统,属于西德尼·鲍迪埃①所塑造的荧幕形象这个有反讽意味的传统:是特例而非通例。

在拉尔夫·埃利森看来,赖特对自我以及它与黑人文化之间关系的看法付出了过于高昂的代价。埃利森与詹姆斯·鲍德温利用了前人在很多地方——赫斯顿的小说和批评文字就是一例——已使用过的大量丰富的转义和修辞策略,他们所猛烈抨击的东西事实上正是这种对黑人文化黑暗阴郁的虚构。这种完全删除了黑人文化的虚构造成了黑人文学之中的巨大裂痕,30年代后期,赫斯顿和赖特之间一场广泛的论战首次彰显了这种分歧。

赫斯顿-赖特论战不仅体现在《他们眼望上苍》(1937)的抒情主义和《土生子》(1940)的自然主义的对立上,而且也体现在各自对对方作品的评论之中。这场论战涉及了表现问题中两极之间的关系:表现什么和用什么表现之间的关系,能指和所指之间的关系。他们的观点截然相反,但都涉及符号的内部结构,都涉及黑色符号本身的内部结构。

赫斯顿用明确的自觉意识定义了自己的小说理论,反对现实主义中既定的实践模式,而赖特在《土生子》中试图给这种模式注入新的活力。赫斯顿认为赖特是"有关黑人身份的哭泣派"的核心人物,"他们认为大自然卑鄙龌龊地愚弄了他们。"[21]作为对赖特所指出的心理毁灭和混乱的回应,赫斯顿提出了一种针

---

① 西德尼·鲍迪埃(Sidney Poitier),黑人演员,1958年以反种族影片《挣脱锁链》赢得柏林影帝头衔。1964年再以《田野里的百合花》夺奥斯卡最佳男主角奖,成为美国电影史上第一位黑人影帝。后又主演了《猜猜谁来吃晚餐》等影片。2002年,美国电影艺术与科学学院为他颁发了奥斯卡荣誉奖,以表彰其卓越贡献。——译注

锋相对的观点,在《上苍》中,由受压迫的、保守的母系人物形象说了出来:"【因此】我不可能实现自己女人应该成为什么人、做什么事的梦想。这是奴隶制的一种压迫。但没有什么东西能阻止人怀有希望,不可能把人打击得消沉到丧失意志的地步。"这个超验自我的符号变成了一个自我反思的强大声音:"我想布道,大讲黑女人高高在上,可是没有我的讲道台。黑人解放时我怀里已经抱着一个小女儿,于是我说我要拿一把扫帚和一口锅,为她在荒野中辟出一条大路来。她要把我的感受说出来。但不知怎的她在大路上迷了路,等我醒过神来时你已经来到了这个世界上。因此在夜里照料你的时候,我说我要把想说的话(de text)留给你。"[22] 在自传《大路上的尘迹》(1942)中,赫斯顿再现了这个言说主体的观念。这出现在对母亲弥留之际所发生的事情的奇特叙述之中:"她的嘴巴微张着,但呼吸消耗了她绝大部分的力气,因此她无力讲话。她看着我让我替她说话,或者说我有这种感觉。她要发出声音得依赖于我。"[23] 在《黑孩子》中,赖特在描写临终之际的场景时修正了赫斯顿描写母亲的这段文字,把他们两人的这两段话比较一下,我们就能够初步了解赫斯顿和赖特在黑人传统中的立场的差异有多大:

> 有一次,那是一个晚上,母亲把我叫到她的床前,告诉我说她受不了这种痛苦了,她不想活了。我抓住她的手,恳求她安静下来。那天晚上我对母亲的行为失去了反应,我的感觉凝固了。[24]

赖特解释说,这件事以及他母亲长期以来所经受的磨难,"在我的心里长成了一种象征,它把贫穷、无知和无助所有这些都吸附在了身上……她的生活定立了我的生活的情感基调,影响了我看待将会碰到的男男女女的方式,规定了我和没有发生的事件之间的关系,决定了我将来面对种种境遇和情境时的态度"。如果说赫斯顿通过对一个声音的追寻而表现了她与母亲最后接触的时刻,那么赖特在三年后把类似场景的意义则是这样来表现的:这一幕给他带来了某种"我永远也不会丢掉的灵魂的忧郁。"在黑人传统中没有哪两位作家像赫斯顿和赖特如此不同。

赫斯顿所创造的叙述声音和她留给非裔美国小说的遗产是一种抒情性的、游离于身体之外的、但又个体化的声音。在这个声音中出现了一种独特的渴望和言说,出现了一个远远超越了个体的自我,出现了一个超验的、说到底是种族的自我。赫斯顿找到了一个响亮的、真正的叙述声音,它呼应并追求黑人土语传统的非个人性、匿名性,以及权威性地位。黑人土语传统无名无姓无自我,它是集体性的,有很强的表现力,忠实于共同的黑色性未曾写下来的文本(the unwritten text of a common blackness)。在赫斯顿看来,对自我的追寻完全依赖于对一种生动的语言形式的追寻,事实上也就是对一种黑人文学语言本身的追寻。同理,埃利森也认为自我只能通过自觉的努力才能够形成,自我试图通过写作而进入存在,这种有争议的努力就表明了这一点。在第一人称叙述结构中一个独一无二的黑人自我得到了巩固,并被表现成是完整无缺的。

在赖特看来,自然是残酷无情的,不可削减也无法言说。赖特与赫斯顿和埃利森不同,他认为小说不是现实的模型,而是对其点滴侧面的表现,是对真实事物只字不改的报道。对赖特而言艺术往往是指向事实存在的。因此,他的黑色永远都不可能仅仅成为一个符号;相反,它是他巨大的、可怕的主题的文本。正基于此,赖特使用了过去时和第三人称这种作者式声音,以及经验主义社会科学的和自然主义的种种工具,以期把公共经历与私人经历、内心世界与外部历史融合起来。他很少放弃罗兰·巴特所说的"所有权意识",它是标识作者的恒常在场与某个更大的语境的符号。第三人称声音不可避免地预设了"所有权意识"。发生在赖特和赫斯顿之间的争论让他们的这种立场成了题中应有之义:赖特发现赫斯顿的伟大小说是"反革命的",而赫斯顿则回应说她写的是小说"而不是社会学论文"。

赫斯顿、赖特和埃利森关于叙述结构和声音的不同理论都是一个影响的三角的根本点,他们的理论在形式的意识形态方面有衍生的意义,这种形式的意识形态又与知识和权力相关联:所有这些合起来组成了问题的母体,后来的黑人小说从根本上说都得对这个母体做出回应。后来的文本必须回答的修辞性疑问依然是《上苍》的结构为赫斯顿所回答的问题:"在小说语言中黑人可以用什么声音为他或她自己说话呢?"通过讨论《上苍》的主旨与象征,还有它对人物、意识和环境之间的关系的描写,以及它所做的视角转化,我们得以初步了解赫斯顿的修辞策略在这个引人注目的文本中占有多么根本性的地位。

在最宽泛的层面上,《上苍》描述了一个非裔美国妇女对自我身份和自我理解的追寻。文本通过事物的内部外部之间的对立而把这个对自我知识的追求当成了主旨来表现,这种追求通过某些叙述策略而把注意力吸引到了自己身上,吸引到了作为小说核心主旨的自己身上。在这儿,我尤其想到了小说所使用的叙述框架和一种特殊的情节否定形式。珍妮-克劳福德-基利克斯-斯塔克斯-伍兹的故事是讲述给她最好的朋友菲比的。她们两个人当时正坐在珍妮家的后门廊上。我们读者"偷听"了珍妮讲述给自己的听众的故事,我们还记得这名听众的名字意味着诗人。我们有理由相信菲比是个理想的听众:为了劝诱珍妮给她讲述故事,菲比给自己的朋友承认道:"你这么个讲法我很难听懂你的意思,不过有时候我脑子就是慢。"(第19页)菲比说话的口吻是个真正的学生,而珍妮的回答也像个真正的教育者:

> "不,这和你想象的不一样,所以如果我不把情况给你解释清楚,不论我给你说什么都是白搭。如果没有看见毛,水貂的皮和浣熊的皮没什么两样。我说,菲比,萨姆是不是在等你给他做晚饭?"(第19页)

185 珍妮的故事讲到快结束时被打断了,这一点文本通过省略号和一大片空白表示了出来(在第283页上)。菲比一直都是个完美的学生,她对老师的回答是我们每个人都希望听到学生回答的:

> "天啊!"菲比重重地吐了一口气说:"光是听你说说我就长高了十英尺,珍妮。我不再对自己感到满足了,以后萨姆要去钓鱼时,我要让他带上我。如果识趣的话,最好谁也别在我跟前批评你。"(第284页)

菲比这名珍妮的学生都听傻了,这个故事极大地改变了她,甚至提高了她的自觉意识。为了讲述这个故事,赫斯顿使用了框架嵌入技巧:在情节方面,它打断了现实主义小说中线形叙述既定的叙述流;在主题方面,它使珍妮得以简要回顾、控制以及讲述自己的成长故事,而这个成长故事是个关键符号,意味着获得了深刻的自我理解。事实上,珍妮刚开始是个无名无姓的孩子,人们只知道她叫"字母表",她甚至连照片上一个"有色的"自己都认不出来;到后来,她发展成了自己的自我意识故事中隐含的叙述者。这仅仅是赫斯顿获得主题统一性的一个技巧而已。

赫斯顿把框架和否定一并使用,用它们来叙述情节中独立的元素。文本的开篇和结束都是第三人称全知的声音,这种做法提供了最大限度的信息给予。第三段这样开始:"因此故事的开始是一个女人,她埋葬了死者归来。"(第9页)通过引入埋葬了死者归来这样一个事实,赫斯顿否定了文本中发现、重生和复兴的主题,这样做的目的仅仅是要把文本剩余的部分用来实现这些相同的主题。赫斯顿使用了否定,同时还是为了首先揭示一系列珍妮所不愿成为的自我形象,其次要去明确说明妨碍珍妮的自我理解欲望实现的种种障碍的母体。《上苍》的全部文本的完成意味着小说的肯定性潜力的实现,我的意思是说珍妮找到了自我知识。

这种否定的情节发展形式是如何展开的呢? 赫斯顿很聪明地通过描述一系列亲密关系而发展了情节:珍妮先是沉迷于性欲望的幻想之中,接着分别与姥姥、第一任丈夫(洛根·基利克斯)、第二任丈夫(乔·斯塔克斯),以及最后与理想的情人韦吉伯·伍兹也就是"茶点"之间都有过亲密关系。她与前三者之间的关系随着时间的推移问题越来越突出,也日渐否定了她的自我。赫斯顿通过人物或意识与环境之间正好反向的关系而把这个复杂的问题呈现了出来。我们想想就会发现,珍妮越到后来占据的地理空间越大:先是沃什伯恩家后院里姥姥的小屋,接着是洛根·基利克斯"经常被提及的"60英亩土地,直到最后是乔·斯塔克斯的房子和他的位于镇子中央的百货店。他的房子是个宽敞的白色木房子,装点了很多扶栏。事实上,完全可以说斯塔克斯镇长拥有这个镇子。然而,随着珍妮所占据的外部地理空间越来越大,与她同住在一个屋檐下的人却似乎以完全相同的速度反过来要限制她的意识。只有在她躲开了姥姥所说的物质财富以及授权仪式(也就是说,布尔乔亚婚姻)的"保护"(第30页),并与韦吉伯·"茶点"·伍兹一起搬到了沼泽地,也就是"粪坑"时,她才最终控制了对自己的理解。我们事实上可以这样来总结:文本将布尔乔亚的进步观念(基利克斯是"有色人种中"唯一拥有风琴的人;乔·斯塔克斯是个"有地位有财产的"人)和新教工作伦理与更有创造力的抒情性统一观念做了对比。"茶点"唯一的财产是把吉他。因此,人物与环境之间的关系是理想的教育素材,它揭示出人物与环境仅仅是叙述策略的一些方面,而不是一般意义上我们所理解的物体。

要阐明意识和环境之间的这种关系,一个有趣的办法是简单考察一下树的隐喻,赫斯顿在文本中始终都在重复它。对重复的使用在叙述过程中是根本性的。赫斯顿重复树的象征既是为了解释成长的主题,也是为了让情节的行为尽可能地同步与统一。在《大路上的尘迹》中,赫斯顿解释说:

> 只有在林子里时我才开心……我与一棵大树结成了非常要好的朋友,经常在树根周围玩耍。我称它为"有爱心的松树",我的伙伴们都知道那棵树叫这名字。(第64页)

在《上苍》中,珍妮用树的隐喻来定义自己的欲望,同时也用它来标识与她生活在一起的人和这些欲望之间的距离。在文本中,对树这个象征的重复超过20多次,对珍妮向菲比的叙述的表现就是用树的象征开始的:

> 珍妮觉得自己的生命像一棵枝繁叶茂的大树,有痛苦的事、欢乐的事、做了的事、未做的事。黎明与末日都在树枝之中。(第20页)

我们以后会非常真切地认识到"黎明与末日"是珍妮故事真正的内容。"黎明与末日都在树枝之中(Dawn and doom *was* in the branches)"①是个自由间接话语的例子,它表明珍妮的声音正是在树的隐喻这儿控制了文本的叙述,这一点很重要。文本通过葱茏翠绿的树的意象描写了珍妮很私隐的性觉醒。珍妮渴望与树的意象融为一体,这一点文本在她遇到"茶点"的情节中做了呼应:

---

① 盖茨是说此处叙述语言中出现了语法错误(Dawn and doom was...),因此不可能是第三人称叙述者的语言,而是渗入了人物的语言,故有此说。——译注

> 啊！能做一棵开花的梨树——或随便什么开花的树多好啊！有亲吻它的蜜蜂歌唱着世界的开始！她16岁了,有光滑的叶子和绽开的花蕾,她想与生活抗争,但似乎捕捉不到它。哪里有她的欢唱的蜜蜂？在前门及姥姥的房子里都没有答案。(第25页)

"做一棵开花的梨树——或随便什么开花的树"成了珍妮成长道路上主要的转义,它首次被提到时,珍妮正在一棵树下幻想,并第一次经历了性高潮。在她遇到"茶点"时,这个隐喻被再次提到,这种手法呼应了文本第二段中令人费解的观点:对女人而言,"梦便是真理"。"透过弥漫着花粉的空气"(第25页),珍妮产生了变化,把初吻给了她知道是吊儿郎当的约翰尼·泰勒;在异花授粉的魔力之下,衣衫褴褛的约翰尼在珍妮眼里也是"魅力四射"。

这个"跨过门柱"重要的一吻确立了文本中梦想和真理之间的对立,这种对立在文本的开篇两段中早已确立下来了。我在前面已经说过,这两段话修正了弗雷德里克·道格拉斯对船只的呼吁。[25]

另外,接下来的故事发展给我们批评家提供了理论和阐释之间关键性的对立。姥姥发现约翰尼·泰勒"正在以一个吻撕裂她的珍妮"(第26页),这一发现不仅改变了这件事本身,而且也改变了姥姥的外形。文本告诉我们,姥姥对这件事的阅读,她的"话","使珍妮跨过门柱的亲吻变得像雨后的一堆粪"。姥姥这种变态的解释让她在珍妮的眼里变成了令人恐怖的美杜莎形象:

> 姥姥的头和脸看去就像被风暴折断的一棵老树残留的树根。已经不再起作用的古老的力量的根基。珍妮用一块白布捆在姥姥额头周围,止热用的蓖麻叶已经蔫萎,变成了与老人不可分的一个部分。她的眼光没有穿透珍妮,而是扩散开来把珍妮、房间和世界融合在一起来理解。(第26页)

当姥姥开始讲述她在奴隶制下所遭受的压迫之时,叙述者告诉我们她"将叶子用力从脸上撸到后面去"(第28页)。"一棵老树残留的树根"当然是对非常诗情画意的开花的梨树这个意象的否定。姥姥的这种"理解"正像雨后的粪堆发出的臭味一样,让人窒息。姥姥真正是一个没有根基的旁枝,或者说至少是没有珍妮才刚刚学会往外延伸的那种根基,关于这一点,姥姥后来在以自己的方式给珍妮讲述的口头奴隶叙事(第31—32页)中也提到了。这是珍妮刚刚在梨树底下有过性经验之后姥姥讲给她听的。

姥姥害怕自己的孙女过早地凋零,因此她迅速行动,为珍妮找到必要的"保护",以保存她声誉的清白。在给珍妮解释自己的梦想时,姥姥告诉珍妮:

> 在你长大能懂事以后,我要你尊重自己,我不愿意让人往你脸上泼脏水,使你永远无精打采,想到白人或黑人男人也许会把你变作他们的痰盂,我就没

法平静地死去。你可怜可怜我吧,珍妮,轻轻地把我放下,我是一只有了裂纹的盘子。(第37页)

就这样,姥姥这个有了裂纹的盘子,这个美杜莎形象,强迫珍妮嫁给了洛根·基利克斯。

正如文本所说,"洛根·基利克斯的形象亵渎了梨树"(第28页)。洛根有名的60英亩地在珍妮看来不像她繁茂的梨树,而"像一块树桩,位于一片人迹罕至的林子中间"(第39页)。在"新月三度升起落下"之后,而爱情依然没有降临,这时珍妮对姥姥抱怨说:"我希望结婚给我甜蜜的东西,就像坐在梨树下遐想时那样。我……"(第43页)我们得知爱情从来没有光顾过洛根·基利克斯的60英亩土地。但即便是在这样受局限的地方,珍妮还是通过否定而获得了一定的知识,这体现在有关树的语言之中:

于是珍妮等过了一个开花的季节,一个茂绿的季节和一个橙红的季节。但当花粉再度把太阳镀成金色,并撒落到世间的时候,她开始在门外伫立,满怀期待。期待什么?她也不十分清楚。她气短,喘粗气。她知道一些人们从来没有告诉过她的事情,譬如树木和风的语言。(第43—44页)

最终,珍妮意识到"婚姻并不能造就爱情"。文本这样总结道,"珍妮的第一个梦想消亡了,而她也长成了一个妇人",这句话呼应了文本开篇的几个段落。在那儿,女人同男人之间的对立是被这样表现出来的:一方(女人)把梦想和真理看作是一回事,并把这种同一性当成了欲望的象征;另一方(男人)则把欲望客观、具体地投射到了他们无法控制的对象上面。

珍妮不久就被鲁莽果敢的乔·斯塔克斯从洛根·基利克斯那儿"解放"出来了。他们首次在抽水机旁相遇时,乔告诉珍妮两遍,他希望"成为一个响亮的声音"(第48页),并与她一起"在【他们】聊天的树下"分享了他的统治者梦想(第49页)。尽管乔迪仍旧不是珍妮的树的化身,但他代表了地平线。

此后他们每天都设法在大路对面栎木丛中相会,谈论着当他成为大人物时她坐享其成的日子。珍妮久久拿不定主意,因为他并不代表日出、花粉和开满鲜花的树木,但他代表遥远的地平线,代表改变和机遇。(第49—50页)

为了接受他的提议,珍妮必须用她自己的主要隐喻(master metaphor)去交换一个新的主人的隐喻(master's metaphor):"他代表改变和机遇。然而她仍踌躇着。对姥姥的记忆仍然十分强烈、有力。"(第50页)地平线不仅是《上苍》中关键的象征,在小说的最后一段通过对它的重复而把文本统一了起来,而且在赫斯顿的自传《大路上的尘迹》中,它也占据着核心的位置:

> 我有一个被压抑的欲望。我过去常常爬到守卫在我家前门的一棵大楝树的顶上,从那儿瞄视世界。我看到的最有趣的东西是地平线。不管我转向哪边,它总是在那儿,而且距离都一样远。这么说我们家的房子就是在世界的中心了。在我心中泛起了一种想法,我应该走到地平线那儿去,看看世界的尽头是什么样子。(第44页)

珍妮与乔迪一起找寻地平线。随着"突如其来的新鲜感和变化感"向她袭来,她朝南走去,去寻找自由。

> 从现在起直到死去,她的一切将洒满花粉与春光。她的花上会有一只蜜蜂。她从前的想法又触手可及了,但还得创造和使用适合于它的新的字眼。(第54—55页)

但我们痛苦地发现乔迪是个喜欢发号施令的人,他首先是个"有地位有财产"(第79页)的人,是个"对不识字的同胞满口文绉绉的话"(第79页)的人,是个"改变所有的东西,而没有什么东西可以改变他的人"(第79页)。对他而言,珍妮仅仅是财产;叙述者告诉我们,镇上的人"盯着乔的脸、衣服和妻子看"(第57页)。乔最喜欢的口语禅是"我上帝啊",他给镇上带来了光明(从西尔斯·罗巴克公司购得),在点亮电灯的仪式之前,托尼·泰勒欢迎"斯塔克斯兄弟"来到镇上,欢迎斯塔克斯"带来所有你认为应该给我们带来的东西——你宠爱的妻子、杂货店、还有土地——"(第67页)。乔完全是声音而实质则越来越少,他之所以诱惑了珍妮,部分是因为他呼应了姥姥的渴望,他们俩都希望珍妮能够"高高在上","像你这么漂亮的洋娃娃天生就该坐在前廊上的摇椅里,扇着扇子,吃别人特地给你种的土豆"(第49页)。乔不仅压制了珍妮萌芽中的潜在的声音,而且还砍倒了镇上从未采伐过的树木盖起了自己的房子和杂货店,并把珍妮囚禁在了里面。在乔迪眼里代表进步的符号,在珍妮的眼里仅仅是一棵被砍倒的沉默的树。

通过用地平线隐喻替代珍妮的树的隐喻,文本象征地表现出珍妮被剥夺了的一个声音。只有跟"茶点"在一起的时候,珍妮的抒情式欲望的转义才回来了。沉默隐喻与植物死亡隐喻确证了珍妮的悲伤和受压抑感。刚刚被欢呼簇拥地推选为镇长的乔拒绝了托尼·泰勒要珍妮给大伙讲话的要求:

> "感谢大家的夸奖,不过我的妻子不会演讲。我不是因为这个而娶她的。她是个女人,她的位置在家里。"(第69页)

乔迪迫使珍妮噤声,文本把珍妮对乔迪的这种做法的反应与树的意象融合在了一起:

片刻停顿以后珍妮脸上挤出了笑容,但很勉强。她从来没有想到要演讲,而且觉得根本不会愿意去讲。但是乔不给她任何机会作答就讲了以上的话,这一下子让盛开的花凋零了。(第69—70页)

使珍妮沉默的这个行为当然导致了他们之间关系的灾难性恶化;珍妮因为自己的声音的缺席而抗议,乔的回应我们预测到了:他在交锋中清楚地说明了谁有权去"说"他们所"看到"的东西:

【乔】:"为什么你不能按我说的去做?"

【珍妮】:"你确实喜欢指挥我,可我看到的事你却不让我告诉你!"

【乔】:"那是因为你需要有人告诉你该怎么做",他气恼地回答说:"要是我不这么做就糟了。得有人去替女人、孩子、鸡和牛动脑筋,我上帝啊,他们自己简直不动脑筋。"

【珍妮】:"我也知道些事情,而且女人有的时候也动脑筋!"

【乔】:"啊,不,她们不动脑筋,她们只是认为自己在动脑筋。我见到一件事能明白十件事,你见到十件却连一件都弄不明白。"(第110—111页)

他们之间奄奄一息的关系很快就断气了。叙述者又一次通过对盛开的花朵意象的否定而告诉了我们这一点:

他们婚姻的灵魂离开了卧室住到了客厅里……床也不再是供她和乔嬉戏的长满雏菊的原野,而只是她又累又困时进去躺卧的一个地方。

和乔在一起她的花瓣不再张开了。(第111页)

最后,在乔抽了她一个耳光之后:

她一直站到有什么东西从她心田的搁物板上掉下来,于是她搜寻内心,要看看掉下来的是什么。是乔迪在她心中的形象跌落在地,摔得粉碎。但仔细一看,她发现这从来就不是她梦想中的有血有肉的形象,而只不过是自己抓来装饰梦想的东西。从某种意义上来说,她抛弃了这一形象,听任它留在跌落下的地方,进一步审视着。她不再有怒放的花朵把花粉撒满自己的男人,在花瓣掉落之处也没有晶莹的嫩果。她发现自己有大量的想法从来没有对他说过,无数的感情从来没有让他知道过。有的东西包好了收藏在她心灵中他永远找不到的一些地方。她为了某个从未见到过的男人保留着感情。现在她有了不同的内部和外部,她突然知道了怎样不把它们混在一起。(第112—113页)

珍妮有了这个新近明确认识到的内部和外部的区别,她学会了在两个自我的狭窄的门槛之间自如地穿行往来:

> 有一天她坐在那里,看见自己的影子料理着杂货店,跪倒在乔迪面前,而真正的她则一直坐在阴凉的树底下,风吹拂着她的头发和衣裳。这儿有人正从孤独中孕育出夏日光景来。(第119页)

最后乔迪死了,在被珍妮意指之后他很快就死了。珍妮在自己讲述故事的门廊上意指了乔迪,并由此而获得了自己的声音。乔迪给珍妮留下了一笔不菲的遗产,也让她有了自由重新去爱。最后她遇到了"茶点",这时繁盛的欲望意象也回来了:

> 他就像女人在心中对爱情的憧憬,他会是花儿的蜜蜂——是春天梨花的蜜蜂,他的脚步似乎能将世界挤压出芳香来,他踏下的每一步都踩在芳香的草上,他周围充溢着香气,他是上帝投来的一瞥。(第161页)

与想被别人看作是光明使者的乔迪不同,"茶点"是"上帝投来的一瞥",反射到了珍妮身上,而珍妮又反过来将她的内心之光反射到了"茶点"身上。"宝贝,这个地球上没有人","茶点"告诉她,"可以给你掌支蜡烛"(第165页)。"茶点"否定了被姥姥所订立的,由洛根·基利克斯和乔·斯塔克斯兑现了的"婚姻"中的物质关系。珍妮告诉菲比,"这不是商业提议","不是对财产和名头的追逐,这是爱情的游戏"(第171页)。"茶点"不仅是珍妮的树的化身,他就是树林本身,是宜人的、名副其实的树林,他的名字("Vergible"是"veritable"的土语表达法)就说明了这一点。韦吉伯·"茶点"·伍兹是真实的符号,他言说事实,诚恳而真实,不是赝品也不是伪造物,不是假的或是想象中的东西,而是事实上已被命名的东西。我们知道"名副其实"还表明了隐喻是多么妥帖。赫斯顿现在把作为欲望符号的树的象征代之以游戏象征。游戏仪式让珍妮"容光焕发、舒心地微笑"。

三

我们来考察一下在珍妮对自己与"茶点"生活的叙述中经常出现的游戏象征,让我们"下去"到更为隐秘的意义层面上去。我们可以把这些游戏象征与声音游戏合起来考虑,我希望能够证明,它们使《上苍》成了一个丰富复杂的多声部文本。《上苍》中叙述模式的两个极端分别是叙述评论(用第三人称全知声音和第三人称受限声音表达出来)与人物的话语(体现为直接引语,用赫斯顿所说的方言表达出来)。赫斯顿的创新在于她的叙述语言处在两种极端的叙述和话语的中间位置,使用了我们不妨认为是被表现的话语。在我看来,被表现的话语包括间接话语和自由间接话语。赫斯顿把自由间接话语引入到了非裔美国文学叙述之中。我希望可以证明，正是这种创新使赫斯顿得以表现非裔美国修辞游戏中各种各样的传统模式，而同时也通过自由间接话语来表现主人公在自我意识方面的成长。奇怪的是，赫斯顿的叙述策略依赖于融合了文本的处于两个极端、且似乎是对立的叙述模式：叙述评论和人物的话语。叙述评论至少刚开始是标准英语用词，而人物的话语则往往通过引号与黑人措辞而被彰显了出来。但是，随着主人公接近自我意识，文本不仅使用了自由间接话语来表现她的发展，而且黑人人物话语的措辞也逐步影响了叙述评论声音的用词。这种影响是如此强烈，以至于在多个段落中叙述者的声音和人物的声音很难区分。换句话说，通过使用赫斯顿所说的被高度"修饰"的自由间接话语，《他们眼望上苍》化解了标准英语和黑人方言之间隐性的张力。我们不妨把这种自由间接话语看成是叙述评论与直接话语之间的第三项或调解项。在文本的开篇段落中，标准英语和黑人方言这两种声音代表了语言对立。

　　让我们再来简要回顾一下影响的三角关系，我通过它而把《无形人》、《土生子》和《他们眼望上苍》联系了起来。在本章早些时候我说过：在赫斯顿看来，对叙述与话语形式的追求，实际上还有对一种黑人正式语言本身的追求，它们既定义了对自我的追求，同时也是这种追求的修辞对应物或文本的对应物。埃利森不仅同意这种观点，而且他还会走得更远。埃利森的叙述是直白的叙述寓意（morality of narration）。他在《无形人》中写道，"一直都不明白自己的形式，就是虽生犹死"，这种观点赫斯顿在《上苍》中已经表达过了。先是还是小孩子的珍妮，或"字母表"，没能从一张集体照中分辨出自己的形象；后来，珍妮学会了区分自己的内部和外部；再后来黑人人物的方言开始大量渗透进叙述评论的用词之中。我们不妨这样来思考赫斯顿与赖特和埃利森两人之间的形式联系：《土生子》的叙述策略主要包括一种由叙述者代为讲述的、全知的叙述评论，类似于《上苍》中开篇时的声音；在《无形人》中，埃利森的第一人称叙述策略修正了对意识发展进行表现的可能性；赫斯顿则通过有方言特色的自由间接话语描述了意识的发展。在《土生子》中，赖特在一定程度上也使用了自由间接话语，但其用词并未受到比格的语言的影响。要区分赖特与赫斯顿的叙述策略的差异，言语象征与思想象征之间的区别是一个有用的办法。《土生子》与《无形人》的叙述策略是黑人传统中叙述模式的两个极端，而《上苍》的叙述策略则带有两方面的特征，同时也是对两者巧妙的融合。至少从修辞策略上来讲，《土生子》和《无形人》都意指了《他们眼望上苍》的修辞策略。

　　更奇特的是，《上苍》的叙述模式为故事讲述过程中对黑人口语形式的表现展示了巨大潜力，它与埃利森在受访时所说的自己在下一部作品中将要使用的模式非常相像。埃利森对约翰·赫西说，他也从第一人称转向了第三人称叙述，

"旨在发现【文本】尽可能多的表达可能性。"埃利森说道:"现在我认为,一个试图把握我所用的那类素材的作家会遇到许多挑战,其中一个就是要准许自己的人物用各种他们能用的艺术方法来替自己说话。"埃利森总结说,第三人称使作家"有可能去利用更广更深的美国土语语言资源",其中包括多个叙述者和多种多样的人物形象。[26]这种叙述非常专注于表现美国口语叙述模式与声音的纯粹的多重性,因此它比非裔美国正典中大多数其他文本与《上苍》中言说者策略的联系更加紧密,这一点应该是没什么疑问的。这些观点的确有失之过泛的嫌疑,但文本自身的意指性策略却给这种观点提供了强有力的支撑。

赫斯顿在《骡与人》中给意指所下的定义是语言学文献中意指最早的定义之一。赫斯顿让《他们眼望上苍》成了一个典型的意指性文本,其叙述策略化解了表意这个术语在标准用法中所暗含的张力:字面与比喻之间,语义与修辞之间的张力。《上苍》使用了意指行为转义,并把它同时当成了主题内容和修辞策略而使用。我们将会看到,珍妮之所以能够在丈夫的杂货店里得到自己的声音,不仅是因为她敢于在其他人可能听到的地方大声地说话,而且还因为她使用了意指性仪式(这是她丈夫明令禁止的),公开地意指了丈夫——总说"我上帝"的镇长乔——的性无能。珍妮在意指行为的公开仪式之中当着众人的面说出了他的性无能,从而修辞性地杀死了丈夫。他的形象受了致命伤,不久他就死于一种置换的"肾"衰竭。

《上苍》在多个方面意指了图默的《甘蔗》。首先,它的情节倒转了《甘蔗》中的情节发展。《甘蔗》的环境从开阔的田园开始,经由逐步缩小的空间,一直到了昏暗潮湿的地窖中的一圈亮光(对应于核心人物自觉意识的不同程度);在嵌入叙述中的《上苍》的环境则从沃什伯恩后院中姥姥的逼仄的小屋开始,经由越来越大的物理结构,直到最后到达沼泽地的"粪堆"。在那儿,珍妮和她的爱人"茶点"实现了她一直迫切渴望的男女关系模式。与此相类似,《甘蔗》表现了完全没有得到满足的关系,这种怆痛似乎随着空间的缩小而成比例地加深;而在《上苍》中,一旦珍妮避开了物质财富所暗含的价值(例如中产阶级的房屋,尤其是无所事事的女人坐在摇椅上虚度光阴的房屋),学会了与"茶点"嬉戏,接着又搬到沼泽地之后,马上就产生了真正的满足感。另外,《上苍》中的沼泽地转义所指代的东西同杜波伊斯的《追寻银羊毛》中的沼泽地所代表的东西正好相反。在杜波伊斯的文本中,沼泽地象征一种肆虐的混乱,它必须被耕犁、被控制;而对赫斯顿而言,沼泽地则是情爱自由的转义,刚好站在布尔乔亚生活及秩序的对立面。赫斯顿的主人公逃离布尔乔亚生活与秩序,而杜波伊斯的主人公却对之神往心仪。杜波伊斯的人物通过耕犁沼泽地并种植棉花而获得了经济上的安全,而珍妮则逃离了杜波伊斯的人物实现了的布尔乔亚生活。沼泽地没被耕种,没被驯服,存在不稳定性与潜在的混乱,在这儿爱情与死亡并存。珍妮抛弃了传统价值而选择了沼泽地,她正是通过这种方式而逃离了布尔乔亚生活方式。杜波依斯的影子般的人物好像就住在沼泽地里,我们注意到,这个人物有个奇怪的名字:佐拉。

《上苍》把几个亚文本或者说嵌入叙事作为人物的话语而呈现了出来,并由此表现了传统的黑人修辞游戏或仪式,《上苍》之所以是个典型的意指性文本,这也是一个原因。《上苍》文本模仿了传统黑人修辞仪式与故事讲述模式,而正是对这些例子的模仿使我们得以将其看作一个言说者文本。因为在言说者文本中,某些修辞结构主要是为了表现口语叙述而存在,而不是作为情节或人物发展的不可或缺的侧面而存在。这些语言仪式代表黑人语言的纯粹的游戏,而这种游戏似乎正是《上苍》所推崇的。新黑人诗人苛刻地认为方言不足以作为一种诗歌语言,这些对语言游戏高明娴熟的展示体现了赫斯顿对这种观点所持的复杂态度。《他们眼望上苍》的叙述意指了詹姆斯·韦尔登·约翰逊对方言的反对,斯特林·A.布朗的《南方大道》无疑也意指了约翰逊对方言所持的反对态度。我们实际上可以把这两个文本看成话语对等物。另外,赫斯顿给直接和间接引语增加了一种策略,并通过这种策略给黑人口语传统赋予了特权,而图默则认为垂死的黑人口语传统有问题。赫斯顿高超地使用了自由间接话语(style indirect libre),意指了图默的《甘蔗》之中两个声音之间的张力。

我在前面已经说过,在《上苍》的后半部分,游戏象征代替了花季植物象征,变成了文本中不断重复的主导性象征,而我们已经看到,在文本的前半部分花季植物象征至少被重复了二十多次。在珍妮遇到"茶点"之后,游戏象征代替了那些植物象征,这后一种象征每每在珍妮憧憬圆满爱情的时候出现。另外,珍妮的丈夫乔迪不让她所享受的东西正是时不常在他们家的门廊上展开的修辞游戏。文本是这样说的:

> 珍妮非常喜欢这样的聊天,有的时候她还编出关于这头骡子的有意思的故事来,可是乔不让她参加进去,他不愿意让她和这样没有价值的人聊天。"你是斯塔克斯镇长太太,珍妮,我上帝啊,这帮人连睡觉的房子都不是自己的,我真不明白像你这样有能耐的女人为什么会拾他们的牙慧。这些东西一点用处也没有,只是一些微不足道的人物在消磨时光。"(第85页)

"那些把世界的一边当作画布的最会扯淡的人"的神侃是意指性仪式,当这种仪式开始的时候,乔迪就迫使珍妮进到店里去,这让她非常反感。

然而,这种磨擦最终还是引起了两者之间激烈的争论。后来,在珍妮和"茶点"陷入爱河之后,她会把自己与乔迪的争论中的核心概念倒转过来使用。他们之间的对白如下：

> "珍妮，今儿早上在树林子里，我和那些人在一起笑了半天，他们那份逗乐劲儿让你没法不笑，不过我还是希望我的市民多关心点儿正经事，而不要在胡闹上花这么多时间。"
>
> "不是人人都和你一样，乔迪，总有人想笑想玩的。"
>
> "谁不爱笑不爱玩？"
>
> "你这个说法很像是你不爱这些。"（第98页）

在工作和游戏之间，在维持表面的尊贵和统掌全局的表象与看上去什么也不"生产"、无法量化的、无聊的语言花招之间存在张力。这种张力变成了核心的符号，标志着珍妮未被言说的渴望和乔迪的物质渴望之间的距离。乔迪渴望"成为一个响亮的声音"，他常常踌躇满志地重复这个自封的名头，正如他常常重复自己最喜欢的口头禅"我上帝啊"一样。

在文本中，"游戏"还指代模仿"求爱过程"的意指性仪式。萨姆·沃森、利奇·莫斯与查理·琼斯等人的象征性行为就是个例子。文本是这样描述的："他们知道这不是求爱。这仅仅是个对求爱过程的戏仿，每个人都在做游戏。"（第105页）说到底，游戏是"茶点"给珍妮服用的春药，有无法抗拒的魔力。"茶点"显然不可能是乔·斯塔克斯遗孀合适的追求者，因为他是游手好闲之徒，被众人认为"不负责任"，但他通过教珍妮下跳棋而引诱了她。"茶点"挑战珍妮，要和她下盘棋。珍妮回答说"我一个子儿都不会下"，"茶点"接着就摆好棋盘，给珍妮教起规则来了。珍妮"觉得自己心里热烘烘的，有人要她下棋，有人认为她下棋是件很自然的事，甚至还是件很好的事。她上下打量着他，他的每一个好的地方都使她微微激动"（第146页）。珍妮长大以后，还没人教过她玩。文本多次表示，"茶点"敏锐地把乔的禁令当成了引诱珍妮的方法。"茶点"预测道："不久你也会成为一名出色的玩家。"的确，"不久"，珍妮和"茶点"就在文本所描述的爱情游戏中把对方教成了"出色的玩家"。

这个被重复的游戏象征仅仅是个文本的修辞游戏的主题对等物。游戏象征就是语言游戏，它的在场从根本上讲似乎就是为了揭示叙述的黑人口语形式的复杂性。《他们眼望上苍》中充满了故事讲述者，黑人传统称之为意指者。这个文本给这些意指者提供了巨大的空间让他们展示自己的才华。我们回想一下非常重要的一点：对口语叙述的这些模仿是在珍妮的嵌入故事中展开的。珍妮的故事讲述的是她与"茶点"一道追寻远处的地平线，然后孑然一身回家的故事。这种口语叙述始于第2章，珍妮和朋友菲比坐在珍妮家的后门廊上，"珍妮说话的功夫，那轻柔的初临的夜色变成了可怕的龙钟老物"（第19页）。接下来是珍妮的直接引语,占了几乎三整页纸,"而屋子的周围夜色渐次愈厚愈浓"(第23页)。在珍妮的叙述之后是两段叙述评论;而有趣的是,接着叙述"渐行渐远",到了"西佛罗里达一个春日的午后",退回到了珍妮的年轻时期。

  游离的叙述声音从来就没有放弃过自己的所有权意识,在九段直接话语之后,它又重新控制了珍妮故事的讲述。我们可以来如此描述这种叙述转化:从第三人称转到"无人称"(也就是说,对珍妮的直接引语似乎是没经过中介而表现出来的),再转回到一个嵌入叙述或加框叙述的第三人称。这种技巧我们在电影的故事讲述中最常碰到,在那儿,第一人称叙述得给我们经常同电影联系起来的叙述形式让步。(我们还记得,《卡布尼斯》一章模仿了戏剧。)《他们眼望上苍》似乎在模仿这种叙述模式,只是有这样一个根本差异:被嵌进来的故事在这部小说中是由全知的第三人称叙述者讲述的,这位叙述者报道了珍妮不可能听见或看到的那些想法、情感以及事件。接下来的18个章节都是珍妮讲述给菲比的嵌入叙述,被我们偷听到了。这种嵌入叙述直到第20章才结束,如我在前面所说,由一大片空白和一些间隔巨大的省略号标记了出来。

  故事套故事这种很特别的叙述形式是否成功地将珍妮塑造成了一个最终了解了自己的能动的形象,这一直是个有争议的话题。我不打算纠缠于这种毫无结果的争论,我认为这种巧妙的叙述策略使《上苍》得以表现它经常模仿的口语叙述形式,而其他叙述模式则做不到这一点。《上苍》常常效仿口语叙述形式,事实上看上去这个文本的主题本身主要并不是珍妮的追寻,而是对实际言语之中语音的、语法的与词汇的结构的效仿,其目的是要制造口语叙述的幻觉。的确,在珍妮的被嵌入的故事中所效仿的每一个口语修辞结构都提醒读者,他或她是在偷听珍妮给菲比的叙述。这个叙述在珍妮家的门廊上展开,门廊在这个文本以及黑人社区之中都是至关重要的故事讲述地点。这些游戏性叙述,就其实质而言,每一个都是被嵌入的故事中所包含的故事,大部分是作为对修辞游戏的意指而不是作为推进文本情节发展的事件而存在的。这些嵌入的叙述由大段的直接话语交锋所构成,它们实际上经常是情节发展的障碍,但同时也使多个叙述声音得以有机会去控制文本,尽管也许不过是几页书上的几个段落而已,这也是埃利森在给约翰·赫西解释自己新的叙述策略时所提出的观点。

  赫斯顿对自己的叙述过程从理论上作了说明,同时也在同代人如赖特等人严厉的批判面前为之辩护。在我们的传统中,这样的作家也就寥寥数人。赫斯顿的理论使我们得以用她自己的批评法则来阅读《上苍》。我们不妨在此介绍一下她有关黑人口语叙述的理论,哪怕只是概要地介绍一下。然后再用这个理论来阐述各种修辞策略:它们合起来组成了《他们眼望上苍》的叙述策略。

  赫斯顿好像不但是定义了意指行为转义的第一位学者,而且也是表现了这个仪式自身的第一位学者。在《骡与人》中赫斯顿表现了一个意指性仪式,然后注解说意指这个词指的是修辞学上的一种"炫耀"方式。在此不妨引录一下这一段语言交锋,因为它既表明女人毫无疑问可以意指男人,而且她们的确也在这样做,也因为它预示了《上苍》中的那个意指场景。就珍妮对意识的追寻而言,意指场景是个非常重要的文字符号。

"说起小狗",吉恩·奥利弗插话说:"它们可聪明着呢。没人能把狗当傻子。"

"而说起大腿和屁股","大甜心"别有用意地打断了话头:"如果乔·威拉德不离他昨晚过夜的那张破床远着点,我就打算从他的脊背上撒点盐下去,再加点糖,把他的大腿给做成腌菜。"

乔使劲把鱼竿从水里猛拽了出来,对着"大甜心"怒目而视,而"大甜心"也斜站在那里,眼睛死死地盯着乔。

"哦,你这个婆娘,别想着来意指我。"

"只要本姑娘知道自己在说什么,只要我乐意,我想意指就意指,轮不到你这个戴口水围圈的家伙来管我。"[27]

这种发生在恋人之间,意义与目的都有点迫切的交换(exchange)是个经典的意指例子。

我在这儿使用了交换这个词,以呼应赫斯顿在她的《黑人表达法的特征》一文中的用法。在这篇文章中,赫斯顿说"语言就像金钱",其发展在隐喻意义上可等同于市场中交换方式的发展,也就是从"实际货物"的实物交换"发展到钱币"(钱币象征财富)。钱币发展为法偿币,法偿币又进一步发展成为"有特定用途的支票"。赫斯顿的解释非常有启发意义。"拥有高度发达的语言"的人,她写道,"拥有表示超然观念的词汇。那就相当于法偿币"。法偿币的语言对等物包括这样一些词,如"椅子"和"矛"等等,前者指"供我们蹲坐的东西",后者由"引起呻吟声的物什"发展而来。"支票词汇"包括"思维能力"和"冗言赘述"等这类词。《失乐园》和《拼凑的裁缝》,赫斯顿继续写道:"就是用支票词汇写成的!"而"原始的人",赫斯顿指出,避免使用法偿币与支票词汇;他"交换描述性词汇",用"一种行为"描述"另一种行为"。她总结道,更具体地说,黑人表达法既使用"通过画面对英语语言所做的阐释",也使用被赫斯顿称为"动作词(action words)"的一些补充词汇,例如"砍斧(chop-axe)"、"坐椅(sitting-chair)"和"煮饭锅(cook pot)"等。赫斯顿指出,这些补充的动作凸显了她对"交换"一词的使用。

我们已经看到,"大甜心"与乔·威拉德之间的对话正是这种交换。随着交锋(exchange)的继续,人物的语言不仅为赫斯顿的理论提供了典型例证,而且也给我在本书中一直都在使用的意指的定义提供了典型例证：

"看到了吗？"乔转而求助于其他男人。"咱们有这么一天不用上工,心想着可以钓几条鱼,乐呵乐呵。但这不可能,因为你就是到湖边去,有些婆娘还是会跟在屁股后边的。"

"你拿着西尔斯·罗巴克的商品目录到我家里去,上赶着要给我买裤子,你不会以为我是要赖着你,跟在你屁股后边吧。我来给你说道说道,任何时候不管跟什么人住在一起,我都给自己这样的特权,也就是他到哪儿我到哪儿,不管白天黑夜。规矩在我的嘴里。"

"老天爷,她的这张刀子嘴可真够你受的(ain't she specifying)！"威利吃吃地笑着说。

"哦,这是'大甜心'的看家本事",理查森表示同意。"她收拾了露丝,跟着咱们出来,我就知道她还留了一手。"

"老天爷",威拉德愤愤地说。"'我的同胞,我的同胞',就像猴子所说的那样(as the monkey said)。如果愚弄夏甲姨妈的孩子,他们一定不会给你好果子吃,而会让你臭大街(put yo' name in de streets)。"(第161—162页)

盛气凌人地说(specifying)、让某人的名声臭大街(putting one's name in the streets)以及"像猴子所说('as de monkey said')"都是意指行为的具体表现。在《大路上的尘迹》中,赫斯顿在下面的段落里甚至将"盛气凌人地说"定义成了"做一个阅读(giving a reading)"：

大字都不识几个的那些人要读报纸上的一段话也许费劲,但如果是"骂娘比赛"【意指行为】,在美国没有人是他们的对手,而且我还愿意打个大赌,全世界也都没有他们的对手。他们首先说你是个七面派的狗娘养的杂种,然后具体说是哪七面,接着继续"盛气凌人地说",直到你家谱上的始祖们都被"做一个阅读"才算完。(第217页)

我在这儿努力做的这种细读也是一种盛气凌人地说的行为。

在解释《他们眼望上苍》中所使用的修辞策略之前,容我再简要说明一下赫斯顿有关"黑人表达法"的理论。赫斯顿对黑人口语叙述的分类,除"画面"词和"动作"词之外,还包括她所说的"装饰的意愿",也就是对有浓厚比喻色彩的语言的使用,以及被她定义为"对大量的【英语】语言所做的修正"的在场,另加对"隐喻和明喻"、"双重描述"和"动词性名词"的使用。在第2章,我把赫斯顿关于修正和"再阐释"的观点定义为意指行为转义的最终意义。赫斯顿所理解的修正是:在对"观念"和"语言"的"改造中所体现出来的原创性",它同时也意味着"模仿"和"滑稽模仿"。赫斯顿认为"全世界的黑人"都以善于模仿而"闻名",而且模仿"本身就是艺术"。赫斯顿宣称,黑人之所以要模仿和修正,并不是"出于一种自卑感",而是"因为他们酷爱这样做"。她认为这种模仿、重复以及修正观念对"所有艺术"而言都是根本性的,实际上它就是艺术的本质,甚至莎士比亚的艺术也不例外。

在这篇令人信服的文章临近结束的时候,赫斯顿说方言是"黑人言语"。她在这篇文章中一直都在论述,黑人言语能够表达意义中最微妙细腻的差别,尽管"大多数用黑人方言写作的作家以及用软木炭涂黑了脸以扮演黑人的艺术家让人觉得黑人言语做不到这一点"。她总结道:"幸好我们无须相信他们。我们可以直接到黑人那里去,让他为自己说话。"主要通过使用赫斯顿自己有关黑人口语叙述的理论,我们对《上苍》中所采用的叙述模式能有一些了解,从而证明我何以决定称之为一个言说者文本。言说者文本这一概念我一方面取自罗兰·巴尔特在"读者文本"和"作者文本"之间所做的区分,我在这儿意指了这种二元对立;另一方面也取自说话书本转义,它不但是非裔美国传统中被不断重复的根本转义,而且也是赫斯顿和伊什梅尔·里德两人用来定义他们自己的叙述策略的用语。

赫斯顿认为,"白人用书写语言思考",而"黑人则用象形文字思考"。赫斯顿所说的象形文字也就是她在《上苍》(第81页)中所定义的"文字-画面"或者"思想画面"。我们很容易就能举出一些不妨被认为是赫斯顿所说的"装饰修辞"的例子,赫斯顿称之为"明喻和隐喻"、"双重描述"以及"动词性名词",它们都是黑人才会使用的修辞语言。卡拉·霍洛韦从《上苍》中列举了这些例子:

1. 妒忌的心会催生奸诈的耳朵。
2. 咱们有色人种是没有树根的树枝。
3. 他们是遗失在高草丛中的一只球。
4. 她……把冬日时光留给了我。
5. 我本想让你从高枝上采摘。
6. 你是想干事来着,但就是太不靠谱了。
7. ……他是风而咱们就是草。
8. 他说话算话。
9. ……那个不着调的死蟑螂告诉你什么了。
10. 不经意间让人上钩
11. 大腹便便趾高气扬
12. 绅士样的男士
13. 死透了

14. 黑上加黑
15. 擦边黑[28]

这个清单无疑还能被扩充。在此只需指出这点就够了:赫斯顿认为三类装饰修辞对黑人的口语叙述而言是至关重要的,而小说中人物的话语和自由间接话语中都充满了这三类装饰修辞。

除这些装饰修辞之外,《上苍》还包括几个大篇幅的直接话语交锋,它们之所以出现在文本中似乎更是为了自身,而不是为了发展情节。在《上苍》中直接引语占了很大比重,它们被用黑人方言表达了出来,好像是为了展示黑人语言自身的这种能力:它能够传达极其广泛多样的观念与情感。人物之间的这类交锋时常会延续两三页,文本叙述者很少或根本不打断它们。即使在这种叙述评论出现的时候,它行使的常常也是舞台说明的功能,而不是一个传统的全知的声音,似乎就是为了强调赫斯顿的这种论断:"戏剧""渗透了【黑人的】整个自我",黑人口语叙述所追求的正是戏剧性。赫斯顿写道:"观众是任何戏剧都需要的组成部分",因此这些意指性仪式往往发生在家里的或商店的门廊上,出现在这种露天场合里公共的口语传统教育场景之中。

从小说最早的场景开始,门廊就被拟人化了,然后通过一系列提喻被表现成了整个社区所共有的"眼睛"、"嘴巴"和"耳朵"。而在这三种感觉官能之中,公共的言说声音——文本称之为"全能的嘴巴"——从一开始就是最重要的。事实上,当门廊第一次"开口说话"的时候,文本用一段由十个句子组成的"直接引述"把它的话语表现了出来,句与句之间只用破折号分割,似乎旨在强调社区匿名的——如果说集体的——声音,文本接着用多种方法表现了这种声音。文本将珍妮的第二任丈夫乔迪·斯塔克斯和这种公共叙述对立了起来,因为他一遍遍地声称自己希望变成"一个响亮的声音(a big voice)"。然而这个声音是代表统治的个体的声音。乔迪响亮的声音象征是个提喻,意味着压迫,它对立于公共的语言社区,而成为公共的语言社区中不可或缺的一部分则是珍妮的愿望。

正如我们所看到的,对黑人叙述模式的表现是从珍妮给菲比讲述自己的故事开始的,小说的大部分情节就在这个被嵌入的故事中展开。贯穿这一叙述的始终,声音这个词出现的频率很高。就珍妮对自由的追寻而言,是什么人在说的确是至关重要的,但同时在文本中的所有场合,是什么人在看以及又是什么人在听也有根本的重要性。我们还记得菲比"迫切的聆听渴望促使珍妮讲述了她的故事"。然而珍妮的叙述刚开了一个头,姥姥就控制了文本,讲述了珍妮家族从奴隶制时期直到现在的故事,珍妮痛苦地听着。这个准奴隶叙事是个故事中的故事,它对情节发展发挥了作用,是小说中推动情节发展的为数不多的直接引语例子之一。后来的言说叙述者(speaking narrators)控制叙述的目的主要是为了表现传统的口语叙述形式。

从珍妮和乔迪搬家至伊顿维尔的时候起,这些双重的叙事中的叙事(double narratives-within-the-narrative)就开始了。阿莫斯·希克斯和乔·科克尔两人之间有个简短有趣的争论,它往宽了说是关涉故事讲述的本质,往窄了说是关涉修辞性语言的本质。我们以后会回到这个争论上来。接着在乔迪家商店的落成典礼上,托尼·泰勒展示了演讲中令人啼笑皆非的反讽。在行将结束自己的发言时,他请珍妮给大伙说几句,但被珍妮的丈夫所阻挠,他说"我夫人对演讲一窍不通"。叙述者用带有不祥之感的话告诉我们,乔迪的粗暴行为在珍妮看来"一下子让盛开的花凋零了"。紧接着的口语叙述形式包括"一首传统的祷告诗"、一系列发言、众人共同吟唱的圣歌,然而更重要的是在前门廊上展开,并阻碍了情节发展的意指性仪式。门廊被萨姆、利奇和沃尔特这三位叙述者所统治,他们是"围绕骡子扯闲天的人的头头",能在商店的前门廊上坐上好几个小时,意指马特·邦纳那只棕黄色的骡子。这些关于骡子的争论有好几页的篇幅(第81—85,87—96页),它们之所以出现在小说之中,好像主要就是为了展示故事讲述的本质,让读者能够听到人物的多种多样的谈话。

在第二个骡子意指后面又是一个故事中的故事中的故事(tale-within-a-tale-within-a-tale),我们也许可以把它看作是秃鹰的寓言(第96—97页)。第二个骡子故事以对骡子的模拟葬礼和模拟颂词而结束,在此之后,游离的叙述者呈现了"早已不耐烦了的秃鹰"的叙述,它们开始用仪式化的方式查验骡子的尸体,并将其开膛破肚。这一寓言中有言说的人物,采用了一种程式化的口语仪式。它无疑戏仿了前面的模拟颂词。更重要的是,这个寓言彻底打碎了读者可能拥有的这种幻觉,也就是认为作者要把它写成一部现实主义小说的幻觉。这部分文本使用了直接引语来表现故事讲述,并把它作为主要的叙述模式,这种做法也许已经打碎了这是一部现实主义小说的幻觉。一旦读者遭遇到秃鹰的寓言,他或她对这部作品的总体期待就受到了强烈干扰。

两页之后,文本回到了更多的意指性仪式上去,叙述者将其定义为"永无休止的争论",它们"永远没有终结"。叙述者总结说:"这种争论不为其他任何目的,而是要比赛看谁说得更离奇。"(第99页)萨姆·沃森和利奇·莫斯就论题的性质,是否"谈话你首先得有个论题,否则就没法谈"(第100页),以及这类"解读(readings)"是否有"意义"等问题开始了辩论,占用了六页的篇幅。这两位意指者正要开始另一个关于了不起的征服者约翰故事的口语叙述,这时从街上走过来了三个女人,于是就有了长达三页的修辞性求爱仪式。在这个地方,正如在第一个骡子故事的开头一样,全知叙述者通过把过去时改成现在时而建立了语境,然后遁形而去,有很多页都是人物在那儿讲述,从而加强了我们是在偷听这些事情的这种幻觉。

在这些被表现的言语场景中,最重要的当属珍妮首次在公众场合对丈夫的回嘴。这次交锋是毁灭性的。这个交锋是个一流的意指性仪式,因为珍妮意指了乔迪的男子汉气概,终结了他对她和整个社区的统治,并进而摧垮了乔迪活下去的愿望。这次交锋非常出色。珍妮没把一块烟草切好,乔迪就羞辱了珍妮,从而引起了这次致命的冲突:

> "我上帝啊!一个女人在店里一直待到和玛土撒拉一般的年纪,可是连切块板烟这样的小事还做不来!别站在那儿冲我转你的突眼珠,看你屁股上的肉都快垂到膝盖弯上了。"(第121页)

商店里先是爆发出一阵"哄笑",接着大家伙"脑筋一转就停住了笑"。叙述继续写道:"这就像在挤满了人的大街上,在一个女人没注意的时候,有人一下子扯掉了她的半边衣服。"然而最令人惊奇的是,"珍妮走到屋子的中央,直冲着乔迪的脸开了口,这是过去没有过的事。"

珍妮现在说的是一种全新的话,让乔迪惊诧不已,她"竟然说出那种话来"。"首先用话把别人的衣服掀开后羞辱的人是你",珍妮反驳说,"不是我。"接着,珍妮的确开始掀开乔迪的衣服来羞辱他了,这是在乔迪说了这段话之后:

> "珍妮,我就说了说你不再是个年轻姑娘了,你生这么大的气又何必呢?这里没人想讨你做老婆,你都这把年纪了。"(第122页)

珍妮回答说:

> "是,我不再是年轻姑娘了,可我也不是老太婆。我估摸着我看上去和自己的年龄相仿,但我全身上下没有一处不是个女人,而且我清楚这一点。说起来,这可比你强太多了。你腆着大肚子在这里神气十足,自吹自擂,可是所剩的除了你的大嗓门之外也就没什么了。哼!说我显老!扯下裤子瞧瞧,你看上去到了更年期啦。"(第122—123页)

"天堂里的上帝啊!"萨姆·沃森惊讶得倒抽了一口气说:"你们今天可是真格骂上娘了("Y'all really playin' de dozens tuhnight")",文本用这种说法来给刚才发生的意指性仪式命名。"你说什-什么?"乔质问道,希望是自己听错了。沃尔特用共感联觉"奚落"了乔的这个虚弱无力的质问:"你听得真真的,你又不是瞎子。"文本已经让我们适应了这种感觉错位。我们清楚地知道,乔迪被珍妮的声音彻底击垮了,因为受了深深的屈辱,男人尊严被剥夺,不久他就撒手人寰。在乔迪弥留之际,珍妮想到"作为构成一个人的一部分的声音究竟是怎么了",这是一种毁灭性的提喻,它既命名了乔迪最深的渴望,也命名了他后来所栽的大跟头。

珍妮在丈夫的商店里获得了自己的声音,变成了一个言说主体,这一点令人惊奇。通过言说,珍妮挑战了丈夫明确的禁令,而且这个场景本身也是个对内部和外部这两个隐喻的至关重要的重复。这两个隐喻在整个文本中被频繁地重复,我希望能够证明,内部和外部隐喻是《上苍》的叙述策略中最引人注目的革新之处——自由间接话语的在场——的主题(如果说隐喻性的)对等物。

被一再重复的内部和外部隐喻在文本第一章就出现了。珍妮在自家的后门廊上给菲比讲述了自己的故事。珍妮隐喻性的和极其抒情化的"对外部世界的观察",叙述者告诉我们,"深深地埋藏在她的血肉之中"。在经历了第一次性高潮之后,珍妮吻了约翰尼·泰勒,她"从梦想中探出身去",进到了"屋子里面"。我们已经看到,一拨又一拨的人(首先是姥姥;接着是第一任丈夫洛根·基利克斯;后来是第二任丈夫乔·斯塔克斯)正是试图在屋子里面压制珍妮,阻挠她言说和主张自己的权利。珍妮经常是在屋外的梨树下做着山花烂漫的春日光景的美梦。在洛根侮辱她的时候,叙述者说"她把方向搞反了,站在屋子中央,体味着自己的感觉"。乔迪用"远方的地平线"的美梦,在屋外的"树阴下"和"栎木丛中"引诱了珍妮。乔迪大声说出来的东西与珍妮在心里所想的东西体现了非常严重的对立,因此他们最后发生冲突时我们一点也不惊奇。我们还记得,当故事讲述仪式开始的时候,珍妮被迫得进到商店里面去。

文本用内部和外部这个象征性框架很微妙地表现了珍妮至关重要的——如果说反讽性的——自我发现场景。然而,这个获得意识的时刻不是用一个言说场景来表现的;相反,它是用这些内部-外部的象征来表现的。因此,当她在商店里通过意指乔迪阳虚而终于开始言说的时候,她的声音的获得标志着她的权威,而不是标志着新发现了一个统一的身份。相反,珍妮的言说声音是她的分裂意识的产物。[29]事实上,她的雄辩是种分裂修辞。

在珍妮意指乔迪的前一章,文本在两个场景中表现了这种分裂意识。文本写道:

> 他们婚姻的灵魂离开了卧室住到了客厅里。每当有客人造访,他们就在那儿握手接待。婚姻的灵魂却再也没有回到卧室中去,因此她在卧室中放了点东西来象征婚姻的灵魂,就像教堂中有圣母玛利亚像一样。床也不再是供她和乔嬉戏的长满雏菊的原野,而只是她又累又困时进去躺卧的一个地方。(第111页)

在这一段里,珍妮的内心情感,"婚姻的灵魂",被投射到了外部相邻的物理空间(卧室与客厅)之上。换句话说,房间里的外部世界象征了她的内心世界。另外,床铺不再是一个行云雨之欢的地方,对男女之事小说用长满雏菊的原野和嬉戏这两个隐喻来表现(通过重复而使我们想起在小说的前半部分被一遍遍重复的关于珍妮的梦想和渴望的核心隐喻)。隐喻意义上的婚姻的灵魂现在穿行于卧室和客厅这两个物理空间之间,它们的相邻关系首次揭示出,在被间接呈现出来的珍妮的思想中存在两种交叠的比喻表达模式,一种建立在替代关系之上,另一种建立在邻近关系之上。[30] 显然,"性"与"婚姻的灵魂"之间,以及"婚姻的灵魂"、"卧室"和"客厅"之间存在一种复杂的修辞关系。

  在这一刻之前,珍妮的读写能力在文本中仅仅被表现为一种隐喻性的读写能力。珍妮"有意识的生活",文本告诉我们,"是从姥姥家大门口开始的",她在那儿和约翰尼·泰勒接吻。此前,她在"后院里繁花盛开的梨树下"刚刚经历了第一次性高潮。在这件事发生之前,有一段动人的文字描写了珍妮对自己的性特征越来越明确的意识,让我们对接下来所发生的事情并不感到惊讶。在这段用自由间接话语呈现的文字中,珍妮用第一种隐喻来给自己的情感命名:"世间的玫瑰正喷吐出清香,在她醒着的时候时刻跟随着她,在她进入梦乡时抚爱着她"(第23—24页)。珍妮的第一种语言是自身欲望的语言,被用这些自由间接话语段落中出现的抒情的、隐喻性的用词表达了出来。文本早就告诉我们,珍妮掌握了"树和风的词汇"(第44页)。当"飘落的种子"和她说话的时候,她就用这种隐喻性语言和它们交谈,用抒情的隐喻给"世界"重新命名,比如"世界"在她眼里就是"一匹在苍天的蓝色草场上来回驰骋的牡马"。珍妮用隐喻言说、思考和做梦,而门廊上公共的声音则用一连串的提喻来描述她,比如就提到了她"粗绳子般的乌发"、"耀武扬威的乳房",以及"褪色的衬衫和沾有泥污的工作服"等等(第11页)。

  在接下来的一段中,珍妮的比喻表达法的方向完全调了个头,这表明她能够命名自身的分裂了。在第一个场景中,她把自己的内心情感投射到了外部物理空间之上,而在这个场景中,她把商店这个让她受压迫的外部物理空间内心化了:

> 乔迪走了,珍妮在原地不知站了多长时间,沉思着。她一直站到有什么东西从她心田的搁物板上掉下来,于是她搜寻内心,要看看掉下来的是什么。是乔迪在她心目中的形象跌落在地,摔得粉碎。但仔细一看,她发现这从来就不是她梦想中的有血有肉的形象,而只不过是自己抓过来装饰梦想的东西。(第112页)

珍妮通过搁物板这个提喻而把商店内心化了。[31] 芭芭拉·约翰逊如此总结这一场景的修辞重要性:"这两个比喻性微型叙述【表现了】一种交错配列,或者说跨越。第一段呈现了对内心世界的外化,这是个基于隐喻之上的转喻,而第二段呈现的则是对外部世界的内化,或者说是个基于转喻之上的隐喻……这种交错配列所引起的倒转图绘了珍妮和乔之间权力关系的倒转。"[32]珍妮不久就在公众场合大声地顶撞了乔迪,并借此重新定义了他们之间的关系。珍妮的言说声音是个符号,标志着她意识到了自己制造的这种象征性分裂。文本这样写道,珍妮"发现自己有大量的想法从来没有对他说过,无数的感情从来没有让他知道过。有的东西包好了收藏在她心灵中他永远找不到的一些地方"(第112页)。

珍妮现在对象征性语言的确很在行:"现在她有了不同的内部和外部,她突然知道了怎样不把它们混在一起。"文本是这样表现珍妮对象征性语言的熟练掌握的,而她意指乔迪是在这段引文的三页之后:

> 有一天她坐在那里,看见自己的影子料理着杂货店,跪倒在乔迪面前,而真正的她则一直坐在阴凉的树底下,风吹拂着她的头发和衣裳。这儿有人正从孤独中孕育出夏日光景来。(第119页)

珍妮能命名自身的分裂,并让不同的部分同时在相邻的空间中穿行。她新近发现的、同时显然也振奋人心的双重意识至关重要,它使珍妮在几乎完全被他人定义了几十年之后,得以言说自己并主张自己的权利。

文本预示了这件事。这种自身分裂意识解放了珍妮的言说声音,这一点可以从她在商店里首次说出自己情感的例子中看出来,这个情节发生在两个场景之间:一个是珍妮挨耳光的场景,她第一次在内心里命名了她的外部和内部(第112页),另一个是她坚决地意指乔的场景(第121—122页)。科克尔和乔·林赛在讨论打女人的好处,珍妮先是默默地、痛苦地听着,然后开口说话了:

> "……托尼太爱她了",科克尔说:"她要是我老婆我就能制得住她,我会制住她,或者宰了她,省得她在大家伙儿面前出我的洋相!"
>
> "托尼永远也不会打她的,他说打女人就像踩小鸡,他说是女人身上没地方下手",乔·林赛带着挖苦和不赞成的口气说:"就算是一个今天早上刚生的小孩,如果做出这样的事,我也会宰了他的。她干出这等事,就是因为对丈夫有卑劣的怨恨。"(第116页)

乔因为珍妮的饭做得不好而打了珍妮耳光,这段对话当然是重演了那个至关重要的场景。乔·林赛在这段话中把"打女人"和"踩小鸡"相提并论,它呼应了乔在和珍妮争论谁有权"指挥别人"时对她所发的高论:"得有人去替女人、孩子、鸡和牛动脑筋"(第110—111页)。乔·林赛放完了厥词,而他的性别歧视的话又被吉姆·斯通当作了真理,这时,珍妮开口——这是她第一次——驳斥了男人们关于打女人的好处的看法。文本这样写道,"珍妮做了一件她从未做过的事,

这就是她插到谈话中来了":

"有时候上帝也会和我们女人们亲近起来,把内心的秘密告诉我们。他告诉我说,他没有把你们创造得很聪明,可你们都变得这么聪明,这让他感到吃惊。如果你们最终发现对我们的了解连你们自己以为有的一半都不到时,你们会多么吃惊。当你们只有女人和小鸡要对付的时候,把自己装作全能的上帝是多么容易。"(第117页,强调为引者所加)

珍妮给商店里那些浅薄的扯闲天的人揭示了上帝"内心的秘密",警告听到她的声音的人说,仅看事物的表象而从不深入其要旨的人,迟早会遇到让他们"感到吃惊"的事情。仅仅在四页之后,我们就发现乔碰到了一生中让他最吃惊的事情,那就是珍妮真正的内心的声音会要了他的命。这是珍妮第一次开口发言,乔唯一的反应是用非常直白的嘴巴隐喻告诉妻子,"你嘴太大了,珍妮。"随后叫她"去把棋盘带棋子给我拿来",这个命令是他漠视和躲避珍妮的领地的终极符号。乔转而玩起了男人的游戏,而对珍妮不管不顾,这引起了珍妮对他的性无能所做的毫不留情的意指,并因此而导致他死亡。这些隐喻性回声与交锋在赫斯顿的文本中都是非常严肃的事。

在前面的叙述中,希克斯把隐喻手法定义为"有玄机的话",并说自己的话"太深刻",女人理解不了,"她们爱听我说"恰恰是"因为她们弄不懂我的话……我的话玄机太多了",他总结道(第59页)。珍妮学会了命名自己的内部和外部,并在二者之间穿行。我们已经看到,就是在这时候乔迪说女人"需要有人来告诉她该怎么做","得有人去替女人、孩子、鸡和牛动脑筋",因为男人见到"一件事"会"明白十件事",而女人见到"十件却连一件都弄不明白"(第110—111页)。有讽刺意味的是,乔迪非难珍妮不懂得举一反十,或者是以一代十,从而认为珍妮不懂隐喻。而事实上珍妮是个隐喻的行家里手,而只要拥有了用相邻关系去讲述其种种象征的知识,她就能获得自我解放。未能正确地阅读形势的人是乔迪自己。正如《骡与人》中的一个人物所说,大多数人都不懂修辞的本质。在他看来,修辞是"有隐含意义"的表达法,"就像《圣经》一样,并不是每个人都能弄懂它们",他继续说道,"大多数人脑子都不够使。他们生来双脚就在月亮之下。而有些人生来双脚就在太阳上,他们能弄懂词汇的内在意义"(第162—163页)。事实证明,乔迪脑子不够使,脸皮也薄,他生来双脚就在月亮之下。他完全是个工具,而根本不是要旨。我们当然把"词汇的内在意义"看成是要旨,或是修辞象征的内部意义,而外部意义对应其"工具"。正如文本所多次重复的那样,珍妮是个太阳的孩子:这是文本用来描述珍妮性格的核心隐喻。

赫斯顿对自由间接话语的使用对她更大的策略而言至为关键,这个更大的策略就是要去批判我们不妨认为是"男性写作"的东西。我们还记得,乔·斯塔克斯喜欢把自己无意识地称作"我上帝"。我在前面已经说过,在点灯仪式(第71—74页)上乔被描绘成了光的创造者(或至少也是购买者)。乔是文本中权威和声音的象征,或干脆就是声音的权威:

> "不,乔迪,只不过它使咱俩的关系在一些方面有些别扭。你老是出去商量事、处理事,我觉得自己只是在混时间。希望这一切很快就能过去。"
> "过去,珍妮?我上帝啊,我还没好好开始干呢。我从一开始就跟你说了我要做一个声音响亮的人。你应该高兴才对,因为这会使你成为一个重要的女人。"(第74页)

乔说"从一开始"他就"要做一个声音响亮的人",这呼应了《约翰福音》的第一节:"太初有道,道与上帝同在,道即是上帝。"①我们知道,乔自视为社区中上帝一样的形象,也希望别人会这么看他。文本告诉我们,当发言者在正式场合用"我们敬爱的镇长"来给他们的发言起头的时候,这一提法就等同于"'上帝无所不在'这类说辞,人人都这么说,可谁也不信"(第77页)。乔是男性作者的象征,他创造了伊顿维尔镇和珍妮的生存。我们记得在乔点亮镇子上刚刚买来的照明灯的时候,博格尔太太用女低音唱起了"耶稣,世界之光":

> 我们将在光下行走,那美丽的光
> 来到我主仁慈的露珠明亮闪耀的地方
> 在我们周围日夜闪耀
> 基督,世界之光。(第73页)

207 因此,在珍妮意指乔的时候,她就撕掉了他自认为似神似圣的狂妄自大的假面,通过"更年期"明喻让人看到他性无能,毫无雄风。真相的揭露要了他的命。珍妮事实上重写了乔有关他自己的文本,并在这个过程中获得了解放。通过命名,也通过言说而获得自由,珍妮就这样把自己写入了存在。在第7章我们将会看到,艾丽斯·沃克把赫斯顿文本中的这一时刻当成了修正的契机,创造了一个在最真切的意义上把自身写入了存在的人物。我们见证了这个人物把自己写入存在的过程,她的语言模仿了珍妮以及赫斯顿的黑人社会总在使用的那种典型用语。珍妮意指乔的这个场景、这种变化或者说身份的倒转,真正是第一个女权主义批判,它批判了非裔美国传统之中男性声音权威的虚构与性别歧视。

---

① 《他们眼望上苍》的原文:"in de very first beginnin' he aimed tuh be uh big voice."《约翰福音》常见的英语版本:"In the beginning was the Word, and the Word was with God, and the Word was God." 英文清楚地体现了盖茨所说的"呼应"。——译注

隐喻和转喻之间的这种对立还以另一种形式出现:以故事讲述策略的形式出现。姥姥用一种线形的,或者说转喻的方式讲述了她的奴隶叙事,按照时间顺序一件接一件。相反,珍妮则用环形的,或者说嵌入式叙述讲述了她的故事,中间充满了生动的、令人称奇的隐喻。珍妮选择的道路与姥姥所鼓吹的道路正好相反,只有这样,她才解放了自己,而避开了洛根·基利克斯所提供的那种"保护"。对珍妮而言,那种"保护"由姥姥的白日梦极其生动地表现了出来,姥姥梦想着要做个"大讲黑女人高高在上的布道"。珍妮满足了姥姥的欲望,在乔·斯塔克斯的前门廊上"高高在上"。然后将它抛弃,只有在这之后,她才能反过来"布"自己的道。她用环形的、嵌入式的叙述给菲比讲述了自己的故事,这个叙述把她的声音与一个全知叙述者的声音用自由间接话语融合了起来。

四

如果说《上苍》成功地使用了外部与内部的象征,并把双重意识隐喻作为变成一个言说主体的先决条件,那么文本的叙述模式,尤其是其"言说者性质(speakerliness)",就是这个主题的修辞对应物。我在这儿有意使用了双重(double)这个词,既是为呼应 W. E. B. 杜波依斯在论述非裔美国人面对其公民身份的特殊心理时所使用的隐喻,也是要避开对自由间接话语的狭窄描述——用罗伊·帕斯卡尔的术语说就是"二元声音(dual voice)"。[33]《他们眼望上苍》表明,自由间接话语并不是二元声音,而是一种表达分裂自我的戏剧性方法。我们已经看到,珍妮的自我是个分裂的自我。在珍妮意识到自身的分裂——也就是她的内部和外部——之前,自由间接话语早已把这种分裂呈现给了读者。在珍妮意识到自身的分裂之后,自由间接话语修辞性地表现出她从外部到内部的穿行受到了阻隔。在《上苍》中,自由间接话语既反映出文本将珍妮的自我进行了双重化这样一个主题,也反映出作为言说主体的珍妮和口头语言之间的关系是有问题的。而且,自由间接话语也是文本修辞中的一个核心方面,它干扰了在珍妮的嵌入式叙述之中读者所期待的从第三人称到第一人称视角的必要转化。自由间接话语并非既是人物的声音也是叙述者的声音;相反,它是个双声言说(bivocal utterance),同时包含直接引语和间接引语的元素。它是一种没人会真正去说的话,然而因为它特有的"言说者性质",因为它渴望用书面语来追求口语的效果这种悖论性的作法,我们得以辨认出它。

我无意卷入有关自由间接话语的术语之争,而只是提请读者参阅这一争论。[34]就本章的目的而言,我对自由间接话语的关注仅限于《上苍》对它的使用。[35]我尤其感兴趣的是它作为一种含蓄的批判而在这个文本中的在场,它批判了叙述理论中展示与讲述之间、模仿与叙述之间由来已久的对立。叙述在这儿指的是被表现的东西,模仿指的是赫斯顿用直接引用所复述的东西,读者很早就感觉到它们二者之间的张力是《上苍》之中一种深刻的对立。在这个意义上,只有行为或事件才能被表现,而谈话在这儿则好像是被偷听到的或被复述出来的。赫斯顿用这样的重复创造了一种幻觉,那就是在她的文本与黑人"真实的世界"之间有直接的关联(这导致一些直言不讳的批评家把这部小说干脆称为一个人类学文本),然而叙述评论所表现的内容保留乃至坚决主张两者之间的差异和距离。

自由间接话语另一方面是个中介性的第三项。迈克尔·金斯伯格就敏锐地指出,"它是个试图假扮叙述的模仿。"[36]而我则认为,它也是个试图假扮模仿的叙述。事实上,我们从《他们眼望上苍》对自由间接话语的使用中得出的正是这种理解,理由很简单,因为我们既不能将其描述为对一个行为的表现(叙述),也不能描述为对一个人物的语言的复述(模仿)。如果我们回顾一下,赫斯顿坚持认为传统黑人口语叙述的根本标记是它追求"戏剧效果",那么我们可以明显地看到,她对自由间接话语的使用有种深刻的企图,她想去除被复述的话与被表现的事件之间的分野。在这儿,谈话"和事件之间没有差别"。就如同金斯伯格所指出的,"主体和客体融入了彼此。确保它们之间距离的表现陷入了危险之中。"[37]对赫斯顿而言,自由间接话语是个等式:直接引语等于叙述评论,对行为的表现等于对那个行为的复述,因此,叙述评论追求戏剧的即时性。然而,珍妮对意识的追寻总是对自身分裂意识的追寻,特别是在自由间接话语中表达出来的文本的对话性修辞凸显、保留、甚至看上去称颂了这种分裂意识。这个主题和这个分裂修辞合起来构成了这个文本的现代主义特征。

不妨用这种简便的方法来思考自由间接话语:最初它看上去是间接话语(我的意思是说,它表示时间和人称的标志词对应的是第三人称叙述者的话语),"然而它的句法结构和语义结构中渗入了说话特征,因此也就意味着其中渗入了一个人物的话语",[38]就赫斯顿文本而言,其中甚至渗入了不止一个人物的话语。换句话说,自由间接话语试图"在没有叙述声音明显的干扰下"去表现"意识",从而"呈现出一个幻觉,好像是一个人物在直接面对读者而展演他【或她】的精神状态"。格雷厄姆·霍夫把自由间接话语定义为一种极端的"被文饰的叙事(coloured narrative)",或者是像简·奥斯汀小说中的叙事兼对话(narrative-cum-dialogue)。[39]赫斯顿对自由间接话语的使用,我们可以坦率地说,的确是一种"被文饰的叙事"!① 然而赫斯顿使我们得以给自由间接话语重新命名;小

---

① 盖茨在此处显然取了"coloured narrative"(被文饰的叙事)中"colored"一词的"有色的、黑人的"意思,可译成"黑人叙事"。——译注

说刚刚开始,叙述者将"门廊"上公共的、未加区别的声音描绘为"一种活跃的情绪。不知所出的传言,如歌曲中的和声般一致"。叙述者将这些传言归因于"一堆圆木"(第 11 页),而圆木正是吉卜林猴子①蹲坐的地方,因此赫斯顿在这儿再次用文化编码的方式提到了意指行为:门廊(猴子)刚才所做的就是针对珍妮的意指行为。如果意指行为是"一种活跃的情绪",是"不知所出的传言",那么我们对自由间接话语也可以作如是观。

我们可以借助大量的标记来从大体上判定自由间接话语,其中有语法、语调、语境、典型用语,语域以及内容等等;它通过意识流、反讽、共情,以及多声部等手法而被自然地融进了文本之中。[40]在《上苍》中,自由间接话语的主要标记包括那些用来补充叙述者声音或在场的标记,它们"召唤了一个'声音'或在场",当一个或多个自由间接话语句子紧跟一个间接话语句子的时候更是如此。赫斯顿尤其看重典型用语和语域,把它们看作是黑人口语体的标记,也看作言说者性质质量好坏的标志。人物的直接话语中的方言对这种言说者特性产生了影响。《上苍》的一个主题是发展的然而也是断裂的自我,在文本之中,对自由间接话语的自然化(naturalization)好像就是这一主题的一部分。这一功能主要是通过反讽、共情以及多声部等手法来实现的。当它被与乔·斯塔克斯一起使用的时候,就会形成反讽并产生间离效果;当被与珍妮一起使用的时候,则会形成共情并产生一种虚幻的认同,这种身份我们不妨称之为叙述者和珍妮的抒情性融合。说到底,双声(bivocalism)或者说其中有两个声音同时出现的双声言说(double-voiced utterance),是赫斯顿的这个文本中核心的自然化手段,其作用同样是既强化了珍妮的分裂,也悖论性地强化了叙述者与珍妮之间的疏离。金斯伯格就敏锐地指出,"自由间接话语是表达分裂自我的一种方法"。[41]

《上苍》采用了三种叙述模式来表达人物的言辞或思想。第一种是直接话语:

> "乔迪",她向他微笑着说:"可是如果——"
> "让我来操心'如果'和别的一切吧。"

另一种是间接话语:

> "洛根·基利克斯的形象亵渎了梨树,但珍妮不知道该怎样对姥姥表达这意思。"

第三种是自由间接话语。意味深长的是,这是与乔·斯塔克斯一起进入叙事的:

---

① 英国诗人吉卜林(Rudyard Kipling)作品《丛林之书》(The Jungle Books)中的猴子。现在更为人知的是吉卜林箱包的吉祥物小猴子。——译注

名字叫乔·斯塔克斯,是的,从佐基来的乔·斯塔克斯。一直都在给白人干活,存了些钱——有三百块左右,是的,一点儿没错,就在这儿,他的口袋里。不断听人说他们在佛罗里达这儿在建一个新州,就有点儿想来。不过在老地方他挣得可不少。可是听说黑人在建一个城,他知道那才是他想去的地方。他一直想成为一个声音响亮的人,可是在他老家那儿什么都是白人说了算,别处也一样,只有黑人自己在建的这个地方不这样。本来就该这样,谁建谁管。如果黑人想得意得意,那就让他们也去建设点什么吧。他很高兴自己把钱都攒起来了。他打定主意要在城市刚起步的时候就到那里去,他打算大宗买进。(第47—48页)

我之所以挑选了这个例子,那是因为它包含了一些自由间接话语的典型标志。如果朗读出来,这整段话听上去好像是或应该是直接引述,然而这一段并没有任何一个句子是直接话语。这里没有引号。人物的典型用语散布在叙述者的声音之中并与后者形成了丰富多彩的对比,它表明这段话依然是记录了乔对珍妮所说的话。模仿方言的句子显然不单单是叙述者的,而是乔·斯塔克斯和叙述者两个人的。而且,文本中使用的是副词这儿("是的,一点没错,就在这儿,他的口袋里")而不是那儿,这一点告诉我们这句话来源于人物的而不是叙述者的感受,它所反映的是人物的而不是叙述者的感受:正常的间接引语要求用彼地来代替此地,因为它意味着一方对另一方的描述。甚至在同一个句子里,间接话语中也散布着自由间接话语,二者的这种交融恰恰通过凸显乔的典型用语而再一次地表明了自由间接话语的在场,因为间接话语会抹去人物的典型用语。因此,尽管间接话语和自由间接话语均由第三人称和过去时所组成,而且这一段话的几个句子都是第三人称过去时,但它们好像是在报道乔的言语,尽管文本既没有用对话,也没有用直接话语。这些话把叙述者和一个沉默的然而也是言说的人物融合了起来,自由间接话语的重要标志为读者判断这些话出自何人之口指明了方向。

感叹词和感叹问句常常会引出自由间接话语。珍妮经历着对爱的渴求,接着是她的第一次性高潮,就在这时,文本中出现了自由间接话语的头几个例子:

她看见一只带着花粉的蜜蜂进入了一朵花的圣堂,成千的姊妹花萼躬身迎接这爱的拥抱,梨树从根部到最细小的枝桠都狂喜地战栗,这种狂喜的颤动凝聚在每一个花朵中,处处翻腾着喜悦。原来这就是婚姻!……这时珍妮感到一种无比甜蜜的痛感,使她浑身发软无力。(第24页)

接着在下一段中:

姥姥横躺在床上睡着了,因此珍妮蹑手蹑脚地出了前门。啊!能做一

棵开花的梨树——或随便什么开花的树该多好啊!有亲吻它的蜜蜂歌唱着世界的开始!她 16 岁了。(第 25 页)

与把乔引入文本的自由间接话语不同,这几句话保留了叙述者的措辞水准及典型用语,似乎是为了强调一方面珍妮代表着潜在的抒情性自我,而另一方面叙述者在代表珍妮向读者阐释她没有表白的想法。

直到珍妮——哪怕仅仅是在思想上——开始挑战乔的权威之前,文本一直都在使用这种叙述方法:

> 珍妮注意到他自己虽不谈论那头骡子【意指】,可也坐在那里哈哈大笑,就是他那种大声的嘀嘀笑。但当利奇或萨姆或沃尔特这帮能闲扯的人谈起世上稀奇古怪的事情时,乔就总是催她回店里去卖东西。他好像从中得到了快感。为什么他自己不能隔三差五地也去店里卖卖东西?反正她开始渐渐地恨起店铺内部来了。(第 85 页)

在这儿我们看到珍妮的典型用语进入到了自由间接话语之中,哪怕仅有两句。① 然而在她"杀死"了乔迪之后,珍妮的典型用语对自由间接话语的影响越来越大,比如这样的句子,"可怜的乔迪!不该让他在那里独自挣扎"②(第 129 页)。当珍妮遇到了"茶点"之后,读者就开始期待珍妮的犹疑与梦想会用自由间接话语表达出来,因为叙述者几乎总是明确地表明用自由间接话语所表达的是珍妮的想法。但让人意外的是,珍妮的自由间接话语几乎从未用严格的黑人式典型用语展现出来,这一点与乔的自由间接话语不同;相反,它是用受黑人式典型用语影响的一种语言表现出来的,这种语言被翻译成了标准英语。我们不妨认为它是标准英语的口语体形式,它总是和珍妮的直接引语截然不同,因为后者是用方言凸显出来的。

文本要我们相信,珍妮的自由间接话语是她的想法的象征,然而在对珍妮的直接话语和自由间接话语的表现中,文本使用了不同层面的措辞。这种用词上的差异既向读者强化了珍妮的分裂意识,也强化了自由间接话语的双声性质,就好像叙述评论在面对其他人物时,能较容易地放弃自己的所有权意识,而在面对

---

① 原文:Janie noted that while he didn't talk the mule himself [Signify], he sat and laughed at it. Laughed his big heh, heh laugh too. But then when Lige or Sam or Watson or some of other big picture talkers were using a side of the world for a canvas, Joe would hustle her off inside the store to sell something. Look like he took pleasure in doing it. Why couldn't he go himself sometimes? She had come to hate the inside of that store anyway. 盖茨的判断很大程度上依赖于英文中不符合语法规范的地方,在译文中很难传达,故此列了英文供读者参考。——译注

② 原文:"Poor Jody! He ought not to have to wrassle in there by himself."——译注

珍妮时,则不愿意放弃一样。但不管怎么说,在珍妮和"茶点"陷入爱河之后,我们通过大量的自由间接话语得以了解她的情感。这些自由间接话语是用我称之为独特的——然而也是标准的——英语表达出来的。

就是这同一个声音,我们最终把它与文本叙述者的声音联系了起来;叙述者开始通过共情和反讽来阅读珍妮的世界以及其中的每一个人,有时候观点甚至显然不是珍妮的观点,但还是被通过这一相同的修辞技巧和相同的措辞表达了出来,好像都是珍妮所说。其效果是:叙述者和珍妮的声音模糊的融合创造了一种抒情语言,它几乎让最初通过不同层面的用词所表达的叙述者的声音彻底陷入了沉默之中。让我们回忆一下文本的开篇段落中叙述者的声音:

> 远处的船上载着每个男人的希望。对有些人,希望之船随潮涨而入港;对另一些人,希望之船则永远在地平线处行驶,既不从视线中消失也不靠岸,直到瞩望者无可奈何地移开了目光,他的梦想在时间的欺弄下破灭。这就是男人的一生。(第1页)

把上面的声音与下面的声音做比较:

> 于是珍妮开始想到了死神。死神,这个住在遥远的西方,有着硕大的方方的脚趾的奇特的存在。那住在平台一样没墙没顶的直立的房子里的巨大的存在。死神要掩护物干什么?什么风能吹向他?(第129页)

从表面上看,这是些珍妮的想法。但把它们与这个句子做个比较,它是叙述者评论的一部分:"然而,不管决心如何坚定,你也无法像榨甘蔗的马一样老在一个地方打转。"(第177页)

对戏剧性的飓风场景的叙述也几乎全部是由这个用典型用语传达的声音来完成的,在这个场景中,"六只眼睛在质问上苍"。一个公共的自由间接话语中并没有融入珍妮的声音,但这个叙述声音在描述事件时却使用了珍妮的自由间接话语的典型用语,这一段话就是个精彩的例子:

> 他们回头去看,看到人们试图在汹涌的洪水中奔跑,发现跑不了时便尖叫起来。堤坝上有些木屋,现在它们一起正像一面巨大的壁垒一样翻滚着卷向前去……这头狰狞的怪兽已离开了床……大海用沉重的步伐踩踏在陆地上。(第239页)

这是对飓风的叙述,此后没几段,被融合在一起的间接话语和自由间接话语变得非常难以分割,就是因为典型用语上的这种近似性:

> 珍妮在外面磨唧了一阵,尽量想着事情不是这样的……唉,她想,眼里冒出仇恨的那条大老狗终究还是要了她的命。她真希望当时在那儿就从牛

尾巴上滑落,立时淹死就得了。但是通过要"茶点"的命来杀死她,这实在是让她受不了。"茶点",这位夕阳的儿子,为了爱她而不得不死去。她久久地凝视着天空,在遥远的蓝天深处,在某个地方就坐着上帝。上帝他注意到这里发生的事情了吗?……他是不是故意要这样对待"茶点"和她?……也许这是个大玩笑,当上帝看到已经够意思了的时候,他是会提醒她的。(第263—264页)

在这样的段落中,叙述评论与自由间接话语变得无法区分。在整部小说的最后一段中出现了珍妮真正的象征综合,而也正是在这一段恰如其分地出现了自由间接话语的最后一个例子:

开枪的那一天,血淋淋的尸体,审判室,这些都纷至沓来,从屋子的每个角落,从每张椅子和每件家什那里开始呜咽低叹。开始歌唱,开始呜咽低叹,又哭又唱。这时"茶点"来了,在她身旁欢快地跳跃着,于是叹息之歌飞出窗口,停歇在松树尖上。"茶点"身披阳光。他当然没有死。只要她自己尚能感觉和思考,他就永远不会死。对他的甜蜜回忆轻轻地撩动着她,在墙上画下了光与爱的图景。这儿一片安宁。她把自己的地平线收拢起来,就如同收拢一张大鱼网一般,从地球的腰际收拢起来披在了自己的肩头。在它的网眼里充溢着如此丰富的生命!她召唤自己的灵魂,来看看这多彩的生命。(第286页)

埃菲·保罗(在未发表的《我的舌头在朋友的嘴巴里》一文中)对《上苍》中的种种转义做过精细的阅读,他指出,这个"最终的超越时刻"同样也是最终的控制时刻和综合时刻。小说的开篇两段定义了男性和女性的范式性转义,这些对立的转义也在这个时刻被综合在了一起:

她从乔那里知道了一点关于地平线的知识,地平线也帮助她重新发现了如何去和"茶点""嬉戏"。在这儿,地平线从一个充满渴望之情的眼神的客体转化成了一个主动的主体能够收拢来的象征性"渔网"。乔的欲望就像第一段中的男人一样,"在时间的欺弄下破灭",而珍妮的欲望依然生气勃勃:"对他的甜蜜回忆轻轻地撩动着她,在墙上画下了光与爱的图景。"珍妮从对他的"回忆"中找到了"安宁",正如她一直都把自己内心沉思的自我凌驾于外部活动的自我之上一样。珍妮经历了艰辛而依然富有活力,这种经历也以特别的方式构成了她积极寻找一种语言的过程,她要用它来命名自己的欲望。地平线被比喻成了渔网,它似乎意味着"男人"和"女人"的比喻表达法的综合,因为渔网的"网眼"非常像女人对记忆的筛选,她们记住了想记住的,而忘掉了想忘掉的。因此珍妮是把自己的地平线撒进了可能性的大海,然后挑拣出有关爱的捕获物,用一个更准确的欲望的比喻表达来为它们命名。她伸展双臂到"地球的腰际",尽力收集着愉悦,因为她有为自己而"感觉和思考"的能力。

小说头两段中的对立性比喻模式的这种融合是珍妮的超越时刻的对应物,因为正如保罗所指出的,

> 男性和女性的两个比喻模式(小说头两段确立了这种"范式")把变化的地平线和记忆的渔网汇聚在了一起。在寻找欲望及其命名的过程中,珍妮总在踌躇摇摆,她所感受到的一会儿是远眺的"瞩望者"的疏离感,一会儿又是相信"梦便是真理"的女人的力量感。珍妮独自在梨树下体验过欲望,只有在她用乔的"机会和变化"的地平线改变了这个欲望之后,她才找到了愉悦;她很早就把乔抛弃了,但保留了地平线,因为她能赋予这一象征她自己的意义。(第71页)

对此,我只想补充一点。珍妮把地平线收拢来和召唤自己的灵魂这两件事所揭示的不是自我的统一,而是对自我和他者之间的分裂的最大程度的自我控制。在"茶点"之前珍妮被迫戴上了一张面具,而现在,在小说的结尾处,她能够同时邀请自己的地平线(遇到乔迪后,地平线就是她的欲望的象征)和体内的灵魂"来看看这多彩的生命"。她内化了自己的隐喻,并把它们带回了家,越过了一个之前一直都无法跨越的门槛。这是个凭借自我意志实现的、活跃的、主体性的综合,是自我知识的一个出色的转义。这一段有许多自由间接话语的句子,它们强调了珍妮的自我知识和自我控制这个事实。地平线以前一直是个外在欲望的象征,是他者的欲望的象征,而现在珍妮则邀请自己的灵魂来看地平线,小说就是用这个邀请表明了珍妮的综合。

叙述者的声音出现在有戏剧性变化的典型用语之中,正是因为有这种措辞上的戏剧性变化,我们就可以把《上苍》看作一个言说者文本。方言色彩浓厚的人物话语深刻地影响了叙述者的用语,其影响程度是如此之深,以至于叙述者的用语和表现珍妮的自由间接话语的用语非常类似,这一点是很清楚的。但是,《上苍》看上去是个言说者文本,还有另外一个原因。赫斯顿使用了自由间接话语,不但用它来表现某个个体人物的言谈和思想,而且也用它来表现黑人社区集体的言谈和思想,就像在描写飓风的那段文字中那样。这种匿名的、集体的自由间接话语不仅不同寻常,而且很可能是赫斯顿的创造。这种手法似乎是为了突出两方面的内容,一是强调这种受方言影响很深的文学用词对传统而言拥有巨大的潜力,二是突出文本要去模仿口语叙述这一明显的追求。这儿有个例子:

> 大多数能给侃大山煽风点火的人都在,很自然地,他们谈起了了不起的

征服者约翰和他的丰功伟绩,谈到他如何在地球上干完了所有的大事,然后没死,弹着吉他就上了天堂,让所有的天使都围着他的宝座转着圈欢呼……这使他们想起了"茶点",为什么他不能拨几下那个吉他?好吧,现在给我们露两手。(第232页)

另外一个例子更有说服力:

> 当晚,人人都在谈论这件事,但谁也不担心。火堆旁的舞一直跳到天快亮的时候。第二天,更多的印第安人往东去了,不慌不忙但不断地往前走。天还是蓝蓝的,是个好天气。豆子长得旺,价钱也好,因此印第安人可能是,一定是,错了。要是摘一天豆子就能挣个七八块钱,那就不可能有什么飓风。反正印地安人蠢得很,从来都如此。还是再等一晚上吧,"炖牛肉"的鼓声擂得天响,却又有绣花的精妙处,跳舞的人就像有生命的奇形怪状的雕塑。(第229页)

在文本之中,这些自由间接话语句子之后跟的是直白叙述,但也有之前的段落中那些有方言特色的句子的回声:

> 第二天,一切都一动不动。早上一丝风也没有,连像婴儿呼吸那么细微的风都从地球上消失了。甚至在太阳放光之前,死气沉沉的白天就已从一丛灌木悄悄移向另一丛灌木,在那里注视着人类了。(第229页)

这个奇特的声音还有其他许多例子(见第75—76,276页)。赫斯顿通过这种创新而断言,如果说整个叙述无法用方言来完成,那么它可以用有方言特色的话语来完成。这种集体的、非个人的自由间接话语呼应了赫斯顿的这一提法:"一种活跃的情绪。不知所出的传言,如歌曲中的和声般一致。"有方言特色的自由间接话语被用来表现珍妮的想法和情感,然而黑人声音尊严和力量的标志不单单是自由间接话语的这种用法,而更在于它被用作了叙述评论这一点。

言说者文本里有种种悖论和反讽。这是一种有方言特色的措辞,其反讽性当然在于它并不是在重复什么人所说的语言;事实上,它永远也不可能被言说。正如其他几位学者所指出的,自由间接话语中没有说话人,他们的意思是说,自由间接话语"呈现了一个处于正常的交流范式之外的视角,而正常的交流范式是语言的基本特征"。[42]它是文学语言,本应在文本中阅读。自由间接话语的悖论在于:赫斯顿使用它,目的就是要让用直接、间接或自由间接方式所呈现的话语能带有赫斯顿所说的"词汇-图画"和"思想-图画"性质,我们还记得这是她在定义非裔美国口语语言的性质时所提到的概念。"白人用书写语言思考",她说,"而黑人则用象形文字思考。"《上苍》中言说者性质的措辞试图去表现这些图画,方法是通过模仿黑人言语有浓厚隐喻色彩的媒介,也通过使用一种本身就自我矛盾的口语象形文字:因为它本来就是只供印出来阅读的。但不管怎么说,言说者性质的措辞显然是以口语作为基础的,这表明赫斯顿是把它当作第三类语言来考虑的,是把它当作一种中介性的第三项来考虑的。言说者性质的措辞渴望去化解标准英语和黑人土语之间的紧张关系,就正如自由间接话语的叙述技巧希望去表明,模仿与叙述之间传统的对立关系是一种虚假的对立。对黑人比较文学批评家而言,他们的理论努力也会是刻意的双声的。这种对话性措辞,这种对话性叙述技巧,也许可以当作是这类批评家的隐喻。

如果说在《他们眼望上苍》中,埃苏的双重声音是在自由间接话语的对话性基础上表现出来的,那么在伊什梅尔·里德的小说中,它则是通过用戏仿和混搭手法而持续不断地批判一些叙述策略而表现自己的,它所批判的叙述策略对某些正典的非裔美国文本而言非常重要。就正如赫斯顿的文本一样,我们也可以认为里德的小说是双声的,但二者又有本质的不同。里德与传统中这些作家的关系在各方面都是双声的关系,因为他似乎特别关注于要借助讽刺来使用文学,利用诺思罗普·弗莱所说的"一种特殊功能,具体而言是做出分析,打破杂乱无章的思维定势、僵化的信仰、迷信的恐怖、荒唐的理论、迂腐的教条、有压迫性的风尚,以及其他所有阻碍社会……自由运动的事物"。[43]当然,里德最关注的似乎是写作本身的"自由运动"。在里德的作品中,戏仿与隐性论战发生了重叠,巴赫金如此描述了这样一个过程:"当戏仿意识到遭遇了坚韧的抵制之时,也就是遇到了它所戏仿的言语行为中的某种强有力性与深刻性的时候,它就会通过隐性论战的语气而呈现出一种新的复杂性层面。……【一个】内部对话的过程就在戏仿性言语行为中产生了。"[44]这种"内部对话"可能会产生奇特的后果,其中最有趣的也许是巴赫金所描述的这种结果,"双声话语分裂成了两个言语行为,成了两个完全独立自主的声音"。在《芒博琼博》中,里德通过作为隐性论战的戏仿而在做着意指,最明显的证据是他使用了这样两个自主的叙述声音。里德通过凸显的方式使用了这两个声音,也用凸显的方式表现了这两个声音,他用这两个声音戏仿了侦探叙述(现在叙述与过去叙述)中两个同时并存的故事。里德的叙述慌不迭地从原因流向了结果。然而在《芒博琼博》中,过去叙事与现在叙事之间存在一种反讽关系,因为过去叙事不仅评论了现在叙事,而且也评论了其写作自身的本质。在另一个语境中,弗莱把这种手法描述成"讽刺性修辞不断自我戏仿的倾向,这种倾向甚至使写作过程自身免于变成一种过于简单的程式或理想"。[45]里德所采用修辞策略体现了这样一种关系,即体现了文本与对文本的批评之间的关系。这种修辞策略形式"是对那个文本的论述"。如果说赫斯顿的小说之所以是个意指性结构是因为它好像非常专注于要为了意指性仪式自身而去表现意指性仪式,那么里德的文本之所以是个意指性结构则是因为他意指了黑人传统的表现陈规。

第6章 论"黑色之黑":伊什梅尔·里德与黑色符号批判

> 在曼丁哥人中间有种女人完全不懂的黑话,只有男人说这种话。这种话男人基本上只有在谈到针对女人的一种可怕的幽灵时才会使用,而很少会在其他的谈话中用到。这种幽灵叫芒博琼博,它使女人怀有敬畏之心:即便女人因机缘巧合而懂得了这种语言,但如果让男人知道了,他们一定会杀死她们。
>
> 芒博琼博是曼丁哥人中一个诡异的谜,这一幽灵曾造访过我。
>
> ——弗朗西丝·穆尔,《非洲腹地之旅》,1732年

> 小心你所做的事,
> 否则刚果的天神芒博琼博,
> 以及其他一切
> 刚果的天神,
> 芒博琼博将会给你施以巫毒教魔法,
> 芒博琼博将会给你施以巫毒教魔法,
> 芒博琼博将会给你施以巫毒教魔法,
>
> ——韦切尔·林赛,《刚果》

一、说话文本:意指性修正

佐拉·尼尔·赫斯顿的《他们眼望上苍》把意指行为同时表现为主题和修辞策略,如果它之所以是一部典范的意指性文本是因为这个原因的话,那么伊什梅尔·里德的《芒博琼博》是一个意指性文本则是因为另一个原因。正典文本

构成了非裔美国小说的传统,《芒博琼博》似乎有意要去批判及修正对正典文本而言至关重要的表现模式。《芒博琼博》试图通过意指,通过用有差异的方式去重复既定的转义和叙述策略来完成这种批判。在里德的差异性中存在一种对黑人小说史的长篇评论。可以公允地说,《意指的猴子》作为一种批评理论,它在成书时的形式与思路,往少说是起源于我对里德这部艰涩的小说的解读,往多了说是由这种解读所决定的。且不说别的,从里德把埃苏-埃拉巴拉塑造成帕帕拉巴斯,到他明确割裂展示(模仿)叙述声音和讲述(叙述)叙述声音的手法,单单这些就使他的文本成了我的理论得以产生的特定文本。《意指的猴子》与《芒博琼博》之间有种共生关系。在本书的前面部分,我已经定义了叙述戏仿和批评意指,在这一章,我将把这些定义作为一个框架,参照它来阅读《芒博琼博》。

细读里德的文本,我们会强烈地感受到他关注下述这些东西:小说的既定形式、非裔美国文学传统确切的修辞模型,以及非裔美国传统与西方传统之间的关系等问题。[1]里德的叙述形式表明他的关注似乎是双重的:(1)他自己的艺术与黑人文学前辈,包括赫斯顿、赖特、埃利森,以及鲍德温等人之间的关系;(2)创造一种修辞结构和文学语言的过程。这种修辞结构和文学语言中充满了自身特有的象征和转义,它使黑人作家得以建立一种情感结构,这种情感结构同时既批判了西方观念内部的形而上学假设,也批判了书写的形式与隐喻体系,在这种隐喻体系中,黑人作家及其经历的黑色性一直以来都被看作是"天然的"缺席。在六部难以卒读的小说中,里德通过意指行为批评了他眼中的约定俗成的情感结构,该结构是他从非裔美国传统那里继承来的。他之所以这样做,好像是因为他以为纯粹的分析过程一定能够为下一代的作家开辟一个叙述空间,就正如埃利森对赖特和自然主义的叙述反应确凿无疑地为利昂·福里斯特、欧内斯特·盖恩斯、托尼·莫里森、艾丽斯·沃克、詹姆斯·艾伦·麦克弗森、约翰·怀德曼、尤其是里德自己,开辟了一个空间一样。

通过采用晦涩费解的混搭艺术,里德批评了非裔美国唯心主义。这种唯心主义认为存在一个超验的黑人主体,认为这一主体是个完整的整体,是个自己自足、丰饶、"总是已然"的黑色所指,就正如从一眼黑黢黢的深井中汲上来的水一样,可以在既定的西方形式中用于文学表现。水能被装在各种杯子或罐子里,但水仍旧是水。简而言之,里德的小说提出,所谓黑人经历不能被认为是一种可以被装在既定的静止器皿中的流质性内容。在里德看来,对任何特定所指的形态产生影响并准确地描述该所指的东西正是能指,里德所关注的正是非裔美国传统中的能指。

里德的第一部小说证明这种阅读是站得住脚的,也使人期待能否把一整套方法推及到阅读他其余的作品上。《独立抬棺人》首先是个对忏悔模式的戏仿。

忏悔模式是非裔美国叙事的基础性陈规,对它的接纳、论述及传承构成了一个明确的传统:从布里顿·哈蒙1760年的俘虏叙事开始,经由内战前的奴隶叙事,再到黑人自传,最后到黑人小说,尤其是赫斯顿、赖特、鲍德温以及埃利森的小说,这些都属于忏悔模式。[2] 黑人叙事中有个关于追寻中的主人公"通往白色之心的旅程(journey into the heart of whiteness)"的经典叙事,里德的布卡·杜皮达克的叙事是对这一黑人经典叙事的混搭;但是它戏仿了那个叙述形式,将其里外翻转,暴露了原作的性质,从而清晰地勾勒了原作中种种程式化的闭合与开放。杜皮达克的故事以他自己的受刑而死结束;作为自身故事的叙述者,杜皮达克因此是在最切实的意义上从死人堆里来开口讲述的,这也是所有忏悔和自传模式中所暗含的一个反讽,因为任何作者都必然不得不将他或她想象成死人。更具体地说,里德用一个凸显的批判而意指了《黑孩子》和《向苍天呼吁》,这一批判可被看作是小说的一个引子:"里德通过阅读三部分连载故事的第一部分而在灵城中成长了起来,或者是知道了做一名后台的黑鬼意味着什么。"[3] 杜皮达克的声音是"他者"声音,他的"另一个"声音叙述了小说的情节,在杜皮达克的声音之上,里德突出了小说中"乱哄哄的声音"。赫斯顿在《他们眼望上苍》中使用了自由间接话语,埃利森在《无形人》的序幕和尾声中使用了被凸显的声音,这个声音把无名主人公流浪汉故事性质的叙述嵌入在了文本之中,而里德在这儿同时戏仿了赫斯顿和埃利森的手法。尼尔·施米茨如此总结里德的技巧:"通过杀死后一个杜皮达克,里德谋杀了一种风格,谋杀了黑人作家对D. H. 劳伦斯……所说的'艺术-言语'的挪用。"杜皮达克试图用正规英语来呈现自己的话,但这种企图"不过是显露了他的愚昧。他的愚昧不在于他不懂正确的语法和恰切的措辞,而在于他不懂得自己的世界,因为他在其中投入了情感并加进了自身的观察的语言是一种死了的语言"。

西弗尔·埃克斯将杜皮达克监禁起来并羞辱他,这时,托德·克利夫顿也经历了堕落,里德戏仿了这一过程重要的寓言意义,诸如此类的例子不胜枚举,无法在此逐一分析。(施米茨对其中的几个例子做过极仔细的阅读。)就我们对《芒博琼博》的阅读而言,里德的这些技巧很重要:在里德看来,前辈的修辞策略本质上是想努力通过种种复杂的策略去表现黑人经历(超验的所指),他对这些策略进行了戏仿,剥去了其堂皇的外衣;不仅如此,里德在对前辈的修辞策略的戏仿中还使用了一种指涉自身的语言,它总是把注意力引向作为修辞的语言本身。里德频繁地用低俗和夸张的手法滑稽地模仿其他黑人小说中的事件,批判了"作家作为【黑人经历】正当的解说者的资格:一名作家会用精彩的语言,也掌握了欧洲传统,从而就以为自己的资格是显而易见的"。[4] 另外,文本对文学技巧的自我指涉(例如这样的句子,"一片云在头顶上飘过,就要下雨了。它就好像有眼睛、鼻子和嘴唇一样。它的确有,我的眼睛、鼻子和嘴唇。明白了吗?云。"⁵)意在既要暴露陈规的本质,也要突出新的、黑人的情感结构。施米茨这样总结:"赖特、埃利森和鲍德温在他们的小说中所确立的成人礼,它们强大的表现力被里德的手法扒得一干二净,它们被降格为狼狈不堪的滑稽模仿的例行公事。杜皮达克因出色的服务而获嘉奖,但奖品不是公文包和奖学金,而是个便盆。山姆不管是作为一个人还是一个地方,都没有任何神秘之处……简而言之,在哈里·山姆(HARRY SAM)没有神秘的迷宫供黑人主人公探寻。"⁶而在赖特、鲍德温以及埃利森的小说中是有这样的迷宫的。

在第二部小说《黄后盖收音机破了》中,里德对现实主义与现代主义做了更全面也更成功的批判。博·施默和路普·加路·基德之间的交锋很能说明问题:

> 那是博·施默与新社会现实主义者。他们骑马从山里的藏身之所来到了这儿。博·施默倚在马鞍上,满脸严肃地看着路普,他认为路普在刻意力求晦涩。一个小丑一个局外人,还常常去看杂耍表演……
>
> 路普你的问题是你太抽象了,那位业余的独裁君主制主义者兼精神导师最终说道。一个疯狂的达达主义黑鬼,你就是那种东西。你专注于白日梦而离具体事物很远。深奥离谱的臭狗屎,那就是你捣腾的货色。我的书读起来让人倍感煎熬,我写了我以前居住的社区,每一台橡皮糖机总是待在它该待的位置上,这非常不容易,而你的作品呢则是一团浆糊,一堆涂鸦。我敢打赌你都不会表现一名德国人和红皮肤印地安人的区别。
>
> 你对我不定还会有什么抱怨呢,博·施默,如果我写马戏团样的东西的话。没人说小说一定得是某样东西。它想成为什么就可以成为什么,一个杂耍表演,六点钟的新闻,着了魔道的老人的胡言乱语。
>
> 所有的艺术必须是为了解放大众的目的。一个风景,只有当它展示出压迫者吊在树上时才是好的风景。
>
> 对极了!对极了,博,亲信们附和道。
>
> 那是你在想象中得到的,或者是神灵的启示?⁷

在头两部小说中的一些地方,里德刻意反思了黑人传统中有关艺术本质与目的的争论史。

里德的第三部小说《芒博琼博》是一部有关书写本身的小说,这不仅仅是在后现代自反性文本的比喻意义上,而且也是在字面意义上:"因此随意生长在找寻它的词汇。它的文本。因为如果没有一个文本,那么礼拜仪式又有什么意义呢?"⁸《芒博琼博》既是一本关于文本的书,也是由多种文本组成的一本书,是个由亚文本、前文本、后文本以及叙事中的叙事构成的复合叙事。它既清晰地勾画了非裔美国文化,但也扒去了它堂皇的外衣。"有关非裔美国文化的巨大谎言",《芒博琼博》的封面上写着:"是认为它缺乏一个传统。"而另一方面,这部小说的"巨大事实"则是:这个黑人传统就正如其他西方传统一样,里边充满了僵化的陈规与假设。甚至随意生长这个难解之谜及其文本也戏仿了埃利森:《无形人》的情节因一个谜而运转了起来,而词汇与文本之间的关系这类主题则呼应了埃利森的《希克曼到了》这一短篇故事中的一个关键段落:"好吧。不要像我讲话一样地讲话;要像我谈讲话那样地讲话。词汇是你的行当,孩子。不仅仅是词汇。词汇是一切。是摇滚的钥匙,问题的答案。"[9]

里德对传统的意指从他的书名就开始了。芒博琼博是种族中心主义的西方给出的既定名称,被用来指称黑人宗教的仪式以及黑人语言本身。根据《韦氏第3版新国际英语词典》的定义,芒博琼博隐含的意思是"指一种过分繁复和难以理解的语言:胡言乱语。"《牛津英语辞典》标注该词的词源"不详",它在此充当了里德的小说名所意指的所指,并使人想起了《汤姆叔叔的小屋》中关于托普希的神话:托普希没有先人,他是"随意生长"的。詹姆斯·韦尔登·约翰逊用随意生长这一短语来描述黑人神圣音乐的创作过程。因此,《芒博琼博》意指了西方词源学,意指了通过错误命名而作贱对象的侮辱性的西方实践,也意指了约翰逊那种似是而非尽管也一贯的命名:约翰逊将黑人创造性看成是匿名的。

然而这个书名中还有更深刻的戏仿。埃利森的小说名《无形人》对赖特的小说名《土生子》和《黑孩子》中所含的在场神话进行了转义,但是里德把英语语言对黑人语言本身的戏仿用作了自己的小说名,并借此戏仿了所有这三个小说名。尽管西方的辞典编撰者对芒博琼博一词的词源感到困惑,但任何一个说斯瓦希里语的人都知道,这一词组来源于普通的打招呼用语琼博及其复数形式芒博,可以大致翻译成"怎么样?"的意思。里德也呼应并意指了韦切尔·林赛的反讽诗歌《刚果》,这首诗对哈莱姆文艺复兴产生了极大的(致命性)影响,正如查尔斯·T.戴维斯所论述的那样。[10]从其书名开始,《芒博琼博》就是个对黑人的和西方的文学形式与陈规的批判,也是个对两者之间复杂关系的评论。

里德(与艾伦·温伯特一起)设计了小说的封面。在封面上,一个蜷缩的、给人以视觉快感的约瑟芬·贝克的双重形象被翻转来叠加在了一朵玫瑰花之上,[11]与之相对的是一个团花徽章,上有一匹马,背上载着两名骑手。玫瑰花和团花徽章这些符号隐隐地预示了复杂的小说情节中两个核心的对立元素。玫瑰花和贝克的双重形象一起构成了一个隐秘难测的V型结构,它是海地巫毒教的一个关键性符号,用沙子、玉米粉、面粉以及咖啡等在地面上画成,用来表示洛。洛指的是巫毒教万神殿的各种神灵。玫瑰花是爱之女神厄朱莉的符号,正如贝克的形象也是爱之女神的符号一样。在20世纪20年代后期,贝克是巴黎版爵士乐时代风尚的法国爱之女神。双重形象像是镜子中的反映一样,暗示着神圣的十字路口,人类就是在那里和他们的命运相遇。洛,也即拉巴(埃苏),君临十字路口的中心,它是神圣的十字路口的保护神,是天神的信使。它是个代表阐释的象征,它自身也是阐释者,是批评家的缪斯或洛。拉巴是那个分割了神界和俗世的神秘壁垒的大师。这个复杂而又神秘难测的V型结构意在既要安抚拉巴自己,同时也要召唤拉巴把注意力投向一个批评和阐释的双重行为,且要保持公正。就《芒博琼博》而言,批评和阐释的双重行为体现在:一方面里德在整本书里都在表现黑人传统,另一方面批评家又对里德的象征性表现做了阐释。

团花徽章是圣殿骑士团的符号,代表西方文明的心脏,它作为对立物而被安放在V型结构的外面,几乎都快要掉出封面去了。V型结构与团花徽章之间的对立代表了两种迥异的对抗力量,两种彼此排斥的阅读模式。我们已然在双重领域(the realm of doubles),但不是二元领域(the binary realm);相反,我们所在的是双重化了的双重领域(the realm of doubled doubles)。(双重化了的双重对约鲁巴神话和埃苏而言都至关重要。)里德的封面不仅表现和召唤了两种迥异且冲突的形而上学体系,而且也是《芒博琼博》对二元性和二元对立所作的批判的序曲,这种批判是《芒博琼博》文本的一个要点。里德认为埃利森的《无形人》是个二元性的典型例子,他不仅在《芒博琼博》中戏仿了这种二元性,而且也在另一个文本,也即他的诗作《拉尔夫埃利森无形人中的二元性》中戏仿了它。在本章的末尾我将回到这首诗上去。

里德对二元性的批判初看上去好像是为了三级关系,是为了三的组合而做的一种论辩,正如罗伯特·埃利奥特·福克斯在《卡利班之镜》中令人信服地论述的一样。毕竟,《芒博琼博》是里德的第3部小说,它告诉我们自己是下午3点钟被"完成"的(第249页)。这个叙事宣称,美国"出生"于7月4日3点零3分(第17页)。艺术羁留中心有3万件藏品(第97页)。伯布兰与索尔的咖啡花了3分钱,辛克尔·冯·范普顿给了W. W. 杰斐逊3分钱去买一个"奥古斯特火腿"(第114页)。帕帕拉巴斯有一只名叫"巫毒教3号"的狗(第23页)。古埃及有30个朝代(第204页)。背教者朱利安于公元363年遇刺(第195页)。有关三的组合的观点看上去颇有说服力。但是另一方面,《芒博琼博》中一个关键的意象戏仿了鲁道夫·费希尔的黑人侦探小说《术师死去》中的一个场景,在这个意象中,里德将"西方历史"比做了一幢三层建筑,从而破坏了有关三的组合的论点。这一段这样写道:

> *Mu'tafikah* 正在位于"中国城"边上一幢三层建筑的地下室里开会,上面一层是个做宗教货品生意的商店,在这个商店上面一层是一个枪械商店;

顶层是个做肥皂广告业务的广告公司。如果西方历史是20世纪20年代一幢位于曼哈顿中心区的三层建筑的话,那么它就会与这幢奇特的小建筑相像。(《芒博琼博》,第82页)

里德通过双重的游戏批判了二元性,他在文本中把对二元性的批判同时既当作主题性技巧来使用,也当作深层的结构原则来使用;里德用一种双重声音和双重情节线的叙述策略,尤其是通过对"双-双"(double-double)——"22"——这一数字本身的重复而凸显了双重的游戏。正如詹姆斯·A.斯尼德所给我指出的,"22"在小说里自始至终都频频出现。

帕帕拉巴斯是《芒博琼博》中核心的言说人物,在他身上暗含了对二元性的批判。我在此之所以强调言说一词,这是因为小说的核心人物当然是随意生长自身,它从不发言,人们也从未在它的"抽象本质"中见到过它,而只是在它单独具体的表现形式或者说"发作"中见到它。随意生长是让《芒博琼博》的文本运转起来的超力量,随意生长和里德在寻找各自的文本,所有的人物和事件都参照这一无所不在的强大力量来定义自身。在这儿,随意生长是个对黑人的自然主义小说——尤其明显的是赖特的《土生子》——中出现的类似力量的一个聪明微妙的戏仿。

与随意生长不同,帕帕拉巴斯的确在言说。他是全力以赴寻找随意生长及其文本的首要侦探。我们的泛非洲恶作剧精灵埃苏有许多名字,帕帕拉巴斯的名字是埃苏的其中两个名字的整合。帕帕拉巴斯在海地被敬称为拉巴老爸(Papa Legba),他的名字的另一部分出现在20世纪20和30年代新奥尔良爵士乐唱片里提到的词组"哦,那儿"("eh la-bas")中,他是源自黑人神圣传统的非裔美国恶作剧精灵形象。他的姓当然是法语单词"下边"或"那儿",他的在场把"那儿"(非洲)和"这儿"结合了起来。他的确是天神的信使,是神圣的泛非洲阐释者,他用小说文本的话来说是在追求"作品"(The Work),这一"作品"不仅是巫毒教,而且也是艺术自身的作品(及游戏)【the very work (and play) of art itself】。帕帕拉巴斯是批评家的象征,他在寻找文本,并在这一过程中对文本的种种迹象和符号进行了解码。甚至他名字中的四个音节也使人想起了《芒博琼博》的双重的游戏。拉巴斯是个主要的符号阅读者,但他自身在某种意义上也是个符号。帕帕拉巴斯在不停地用极具想象力的方式寻觅随意生长的文本,他的追寻最终以对透特①神话的详述和修正而达到高潮。在这一神话中,透特将书写这一礼物赠与了人类文明。实际上,帕帕拉巴斯的追寻构成了一种驳难,驳难了黑人话

---

① Thoth:埃及神话中的月神,诸神的文书,知识与艺术的保护神。——译注

语中的这样一种作法：它给里德在其他地方所说的"所谓的口头传统"赋予了特权，而不承认书写文本的首要地位和优先性。拉巴斯的追寻是关于书写文本的永恒性的概述，也简要地表明批评是必要的，拉巴斯的起源神话也说明了这一点："向导被授以神秘的透特圣典——由第一个编舞者所写的第一本选集——的入门知识。"（第164页）

《芒博琼博》中有图例、脚注以及参考书目，让我们把它当作一本教科书来研究它的文本。小说的序言、尾声与附在后面的一个"部分参考书目"把文本正文框了起来，这又是对《无形人》中埃利森的嵌入技巧的一次戏仿。（里德在埃利森的尾声之后附加了参考书目，从而既通过尾声的重复在场，也通过参考书目所造成的《芒博琼博》的非对称性而戏仿了这种技巧。）添加注释、图例以及参考书目的这种纪实手法，正如里德反复使用的列举和目录一样，都戏仿了黑人现实主义与自然主义的纪实陈规。对这些"单独的"项目，里德没用任何形式的标点对它们进行分离，从而提醒人们注意，它们是作为文学陈规而出现在文本中，而不是作为——尤其是有关黑人经历的——信息的源头而出现的。里德的文本还包括字典释义、格言、警句、颠倒字母顺序而构成的新词、从其他文本中复印的印刷文字、报纸摘要和新闻头条、符号（例如那些挂在门上的东西）、宴会请柬、电报、"情况汇报"（来自于八管收音机，第32页）、阴阳符号、对其他文本的引述、诗歌、卡通、神话中野兽的图画、传单、照片、封面护套的复印件、图片和表格、扑克牌、一只希腊瓶子的画像、一封手书的四页纸信件，还有其他东西。正如我们的讽刺（satire）源于"切碎"一词（satura）一样，里德式讽刺也是一种形式的"琼博"（"gumbo"），是对形式自身的一种戏仿。[12]

里德在此戏仿及强调了我们认为所有文本都具有互文性质的观念。《芒博琼博》是了不起的黑人互文本（intertext），里面充满了内文本（intratext），这些内文本在《芒博琼博》文本内部相互指涉，也指涉它们自身之外所有其他被明确提到的文本，以及那些没被明确提及但却通过隐蔽的参考、重复及倒转等方式而出现的文本。"部分参考书目"是里德最精彩的一笔，因为它公开的在场（与小说文本中其他未被消化的各种文本一道）既戏仿了学者借势为权威这一事实，也戏仿了所有费心谋划的旨在遮蔽文学前辈与影响的企图。《芒博琼博》宣布，所有的文本都是互文本，都充满了内文本。里德的批判暗示，我们关于原创性的观念更是与陈规和物质性关系相关，而不是与一些假设的超验真理相关。里德暴露了那种遮蔽模式及统一幻觉，而它们正是现代主义文本的特征。里德的"部分参考书目"出现在尾声之后，它含蓄地戏仿了埃利森小说中关于手法和技巧的观点，并让人对埃利森无名主人公的形象有了这样的想法：他在光线充足的地穴中，吃着有浓烈的北美野梅杜松子酒味的香草冰淇淋，正在埋头给《无形人》

续篇做注释。另外,纪实与历史的种种虚构宣称它们为社会生活方式提供了秩序,这一技巧也嘲弄了这些虚构。参考书目的在场还使人想起了埃利森谈到的"作家的经历"和作家的读书经验之间的复杂关系。

里德对互文性的戏仿式使用表明《芒博琼博》是个后现代文本。然而它何以要戏仿爵士乐时代与哈莱姆文艺复兴呢?那些人物又代表什么人呢?里德的小说之所以被安排在20世纪20年代,小说文本解释说,这是因为哈莱姆文艺复兴是第一个全面的、受恩主资助的运动,它企图抓住不同的文学文本中随意生长的本质。随意生长最早出现于19世纪90年代,那时"舞蹈"正席卷全国。事实上,詹姆斯·韦尔登·约翰逊挪用"随意生长"这一词组用来指称雷格泰姆音乐文本的创作。雷格泰姆就是凭借意指性重复而将黑人世俗的、常常也是低俗的歌曲转化成了正式的、可重复的音乐作品。埃利森指出,这一音乐形式通常被命名为"埃塞俄比亚曲调",这一命名中暗含意指行为。埃利森关于19世纪90年代的这种说法本质上跟约翰逊的看法相同,他的双关语完全可以是《芒博琼博》所意指的另一个所指。里德指出,19世纪90年代听任随意生长的力量逐渐消失,这是因为那时没有文学文本能够容纳、定义及阐释它的力量,从而也无法使它进入到后来的黑人文化中去。

尽管哈莱姆文艺复兴的确成功地创作了大量艺术与批评文本,但大多数批评家都同意,它未能找到自己的声音,这个声音被压在了浪漫主义陈规无法承受的重量之下。大多数黑人作家似乎并没有质疑这种陈规,而是急切地采纳了它。华莱士·瑟曼在《春之婴》(1932)中提出了与此本质上相同的批判,瑟曼是哈莱姆文艺复兴中最有思想的文学批评家之一,他的《春之婴》是关于这个运动的一部讽刺小说。里德没有几个人物形象是代表历史人物的;他们大多是类型的象征,但辛克尔·冯·范普顿还是暗指了卡尔·范维克藤,同时,辛克尔的名来自德语的 *hinken*("跛行"),它又可能暗指了德国雕刻师赫尔曼·纳克福斯,纳克福斯名字的意思是"畸形足之人"。[13] 阿卜杜尔·苏菲·哈米德使人想起了很多黑人穆斯林①,尤其是《非洲时报与东方评论》的编辑杜斯·穆罕默德·阿里,以及埃里雅·穆罕默德让人难以捉摸的导师 W. D. 法德。然而在情节的精彩部分中,关键人物则一方是安东尼斯特之途(Atonist Path)及其军事羽翼墙花会,另一方是由帕帕拉巴斯及其"军事"羽翼 *Mu'tafikah* 所统领的新伏毒教侦探。"墙花会"(Wallflower Order)中的两个词分别与"常春藤联合会"(Ivy League)中的

---

① 黑人穆斯林(Black Muslim),美国一黑人组织成员,宣称信仰伊斯兰教,主张不与白人来往,建立单独的黑人社会。——译注

两个词语构成了双关语,*而 Mu'tafikah 是"操你老妈"(motherfucker)的双关语,意味着混沌状态。另外,正如罗伯特·埃利奥特·福克斯所指出的,"mu"是希腊字母表中的第十二个字母,因此意味着一打(dozens),而一打又构成了意指行为的一个亚分支;Mu'tafikah 辱骂了(play the dozens on)西方的艺术博物馆。作为画家的纳克福斯依托威廉二世的寓言性画作而创作了一副日光凹版照相作品,威廉二世的画表现的是欧洲当局向中国人开战的故事。这副名为《欧洲人,保护对你们而言最神圣的东西》(Völker Europas, wahrt eure heiligsten Güter)的日光凹版照相作品完成于1895年,它作为一章的一部分而出现在《芒博琼博》中,在这一章里,墙花会会员密谋对付 Mu'tafikah(见第155页)。有关纳克福斯和 hinken 的双关语与里德有关墙花会和安东尼斯特的多重双关语之间契合无间。

"安东尼斯特(Atonist)"在此表示多重涵义。"一个悔过之人"是个安东尼斯特;阿克那顿法老的至高无上的存在阿顿(Aton)以耶和华的面目再现,阿顿的追随者是个安东尼斯特;然而同时一个缺乏——尤其是一个可收缩的器官发出的——生理音调的人也是一个安东尼斯特。在安东尼斯特总部的一面墙上有该帮会的象征:

> 火红的唱片,#1 与信条——看看他们!就光看看他们!他们这样那样地甩屁股,而我,我的肌肉是石头,我脊椎里的骨髓是石膏,我的背部用裱糊的纸支撑,就像蠢笨的多拉一样傻傻地站在这里,上帝啊,如果我不会跳舞,那就没人能跳了。(第65页,强调为引者所加)

安东尼斯特与随意生长传递者用寓言的方式再现了光明力量和黑暗力量之间、左手的力量和右手的力量之间,以及塞特(Set)①的后代与奥西里斯(Osiris)②的后代之间从远古开始就不断重现的一场战争。所有冲突都在纳克福斯的日光凹版照相作品中象征性地传达了出来。

《芒博琼博》对侦探小说结构中至关重要的认识场景做了精彩纷呈的戏仿,对此前提到的战争,我们就是在这种戏仿中所认识到的。《芒博琼博》中的认识场景发生在位于哈德逊河上欧文顿的一座黑人别墅的书屋里。文本告诉我们,这座名为"勒瓦罗"(Lewaro)的别墅,是"由著名的男高音恩里科·卡鲁索用颠倒女主人名字中的字母顺序而创造的回文构词来命名的"(第156页)。实际上,"勒瓦罗"是"我们口头"(we oral)的回文构词。在这一认识场景中,帕帕拉

---

* 这一点是凯瑟琳·默索夫斯基给我指出来的。——原注
① 塞特:古埃及的邪恶之神,是奥里西斯的兄弟,人身兽头,口鼻似猪。——译注
② 奥西里斯:又译"俄赛里斯",古埃及的冥神和鬼判,司生育和繁殖之神伊希斯的兄弟和丈夫。——译注

巴斯及其下属布莱克·赫尔曼逮捕了辛克尔·冯·范普顿及其下属"保险箱窃贼"休伯特·古尔德,这个场景用自身夸张的嵌入结构戏仿了侦探小说里的对应情节。当被迫解释冯·范普顿与古尔德究竟要被控以什么罪名时,拉巴斯回答道:"好吧,如果你们一定要知道的话,据一名海地贵族的要人称,这事儿是几千年前从埃及开始的。"(第160页)接下来他在几百人面前叙述了塞特与奥西里斯神话及其关键性亚文本,以及天神透特将书写介绍给了埃及人的神话。此处的戏仿在于拉巴斯在叙述事实——也就是被解码的符号——时的长篇大论,它出现在长达31页的一章中,这是全书最长的一章(见161—191页)。这个神话当然复述了小说叙述截至那时所出现的有趣情节,但这种复述是用神话话语所做的寓言性表现。通过摩西与叶忒罗的故事,以及公元1118年圣殿骑士团诞生的故事,我们断断续续地意识到冯·范普顿与墙花会是塞特的后代。我们了解到,冯·范普顿是圣殿骑士团的图书管理员,他发现了神圣的透特圣典,这是一部"由第一个编舞者所写的第一本选集",它也是随意生长的神圣文本(第164页)。在20世纪,冯·范普顿将透特圣典分成了14部分,就正如塞特当年把兄弟奥西里斯的尸体分成了14块一样。范普顿把该书的14部分匿名分寄给了14位黑人,他们被操纵着以一种"链条书"的方式周而复始地将这些部分邮寄给彼此(第69页)。阿卜杜尔·苏菲·哈米德是14人中的一位,他是随意生长的传递者,但自己并不知情。他将圣典的其余13部分收集起来并对文本进行了汇编,甚至把透特圣典从象形文字翻译了出来。随意生长感到自己的文本被修复了,它于是就在新奥尔良现身,就像它在19世纪90年代随雷格泰姆的兴起而出现那样,并动身向纽约进发。阿卜杜尔不知道有随意生长存在,对其本质一无所知,也不懂那部神圣文本真正的性质,因此他毁掉了那本书。后来当阿卜杜尔拒绝泄露圣典安放的位置时,他就被墙花会刺杀了。冯·范普顿的头号敌人拉巴斯是个伏毒教大师,是随意生长虔诚的追随者:"帕帕拉巴斯身上带着随意生长,就像其他大多数人携带基因一样。"(第23页)在聚集于勒瓦罗别墅的客人面前,拉巴斯这位重要的符号解码者用翔实的细节讲述了这一复杂的故事。拉巴斯对远古神话的讲述重复了《芒博琼博》自身情节里的种种象征,其功能用里德的话说是扮演了"20世纪20年代发微光的缥缈的双重(Etheric Double)的角色,体现了那个时代的总体氛围"(第20页)。尽管伴有很多谋杀,甚至冯·范普顿和古尔德被逮捕,并被遣送回海地,接受伏毒教洛的审判,但随意生长的本质之谜以及它的文本的身份问题始终都没被破解。小说尾声呈现了20世纪60年代的帕帕拉巴斯,他在给一些大学生听众作年度报告,主题是哈莱姆文艺复兴以及它对随意生长所保持的旺盛的激情。

里德的人物类型与滑稽模仿有多种替代物和表意体系,对此我们可以确切地指出其一般规律,就正如可以大体上定义寓言象征一样(比如说,冯·范普顿/范维克藤、跛行/纳克福斯),同理,我们也能够找到诸多层面的意义,它们可以给文本提供一种闭合。《芒博琼博》的读者在最初的十年花了大力气试图去寻找——对应的关系,比如通过找到哈莱姆文艺复兴和黑人艺术运动之间的类似性来解码小说的寓言结构。此类平行的话语宇宙固然非常有趣,然而我在此更关心的是《芒博琼博》的这些身份:它是个修辞结构,也是个叙述模式;我更关心的是要将这种叙述模式与对阐释中有关闭合的传统观点的批判联系起来。里德在《芒博琼博》中所取得的最精妙的成就是戏仿也即意指了暗含在非裔美国正典的关键文本中的闭合观点。《芒博琼博》与那个正典不同,这部小说表现并赞美了不确定性。在这个意义上,《芒博琼博》是个对黑人小说中的闭合陈规及其形而上学含义的深刻批判及论述。里德将闭合观念代之以审美游戏观念,其中包括传统的游戏、对传统的游戏,以及不确定性自身的纯粹的游戏。

二、不确定性与黑色文本

《芒博琼博》的文本被嵌入进了典型的电影叙述框架之中,这显然是对《他们眼望上苍》中淡出淡入框架的呼应。序幕部分被安置在了新奥尔良,它并非情节真正的开始:在五页纸的叙述之后跟的是另一个书名页、另一个版权页和感谢语页,以及另外一些文前格言,其中第一条格言是序幕的结尾。这一序幕的功能就如同电影的序幕一样,在它之后先出现片名和致谢表,接着情节继续展开。在小说的最后出现的词是"定格"(第218页)。与常规的文章叙述结构相比,电影的叙述结构要相对更灵动些,这种灵动性清晰地表明,这儿强调的是比喻的多重性,而不是所指代内容的单一对应。通过一种想象性的双重游戏,里德在文本中从头至尾一直都在强调这种多重性。从小说题名和封面上贝克的双重厄朱莉形象(厄朱莉表示"镜子之爱",第162页),到每个序幕中所暗含的双重的开始,经由散见于文本中的各类双重形象,例如帕帕拉巴斯的"双脑袋"(见第25、45页)与被频频重复的阿拉伯数字4和22,一直到小说的尾声和"部分参考书目"中暗含的双重结尾,所有这些都是双重的游戏。从小说题名开始,《芒博琼博》就是一部关于双重的书,它就被嵌入在了双重的开头和双重的结尾之中。

双重性的这些主题性侧面仅代表了小说中非常明显的双重化(doubling)形式。这部小说的叙述结构是对侦探小说叙述结构的卓越论证,它本身就是个颇为复杂的双重化例子。里德将这种"构架"原则描述为,它"不单单是语言的一种双重性,而是形式上面的双重-形象的观点。它是个谜团-谜团,厄朱莉-厄朱莉"。[14]在《芒博琼博》中,形式和内容,主题和结构,这些都被有序地排列在这个双重的比喻之上;双重化是里德的"难以一眼看清楚的比喻"。《芒博琼博》中的叙述所采用的形式复制了构成侦探小说形式基础的两种故事之间的张力,茨维坦·托多洛夫如此定义这两种故事,"缺失的犯罪故事,以及被呈现的破案故事,后者之所以存在,其唯一的理由是让我们发现第一个故事"。托多洛夫描述了三种侦探小说:犯罪及破案小说、惊悚小说(犯罪侦探小说,比如切斯特·海姆斯的《为了伊玛贝勒的爱》)以及悬疑小说,其中悬疑小说兼备前两者的叙述特点。[15]让我们参照《芒博琼博》的叙述结构来思考托多洛夫的这一分类。

犯罪及破案小说包括两个故事:犯罪故事与调查故事。第二个故事开始时,第一个故事已经结束。在调查故事中,人物"不是在行动,他们在获取信息"。托多洛夫指出,犯罪及破案小说——比如阿加莎·克里斯蒂的《东方快车谋杀案》——的结构,常常被序幕和尾声,"也就是说,发现犯罪和找到杀人犯"框了起来(第45页)。第二个故事不仅解释了调查过程,而且也解释了该书是如何写成的;事实上,"它正好是关于那本书自身的故事"(第45页)。正如托多洛夫所总结的那样,这两个故事与俄国形式主义者从每一个叙事中所离析出来的区分一样,一个是故事(fable),另一个是情节(subject):"故事是生活中所发生的事,情节是作者为我们呈现这件事的方式。"(第45页)"故事"在此描述的是被表现的现实,而"情节"则描述了用以表现现实的叙述模式、文学陈规与技巧。一部侦探小说不过是将这两条叙述原则同时呈现出来了而已。犯罪小说是有关缺席的小说,因为犯罪及破案小说中的罪案在叙事开始之前就已经发生了;因此,第二个故事"仅仅起到了读者和犯罪故事之间的媒介的作用"(第46页)。这第二个故事也即情节一般而言建立在时间倒错与主观的、变化的视角之上。这两种陈规在《芒博琼博》的叙述结构中均很突出。

托多洛夫的第二类侦探小说是犯罪侦探小说或惊悚小说,它将两个故事融合成了一个故事,压抑第一个而激发第二个。犯罪及破案小说是由果溯因,而惊悚小说是由因及果:小说从一开始就展现了犯罪的原因和故事构思(在《芒博琼博》中是墙花会,其会员之间的对话占了序幕的60%),叙述通过纯粹的悬疑来维持自身,因为读者期待看到接下来会发生什么。尽管《芒博琼博》的叙述策略是通过使用悬疑来推进的,但是它的两个故事并没有融合在一起;因此,这两个范畴均无法全面地描述它。

《芒博琼博》模仿与意指了第三类侦探小说也就是悬疑小说的叙述策略。在托多洛夫看来,悬疑小说最重要的原则如下:"尽管它保留了犯罪及破案小说之谜,也保留了两个故事,一个过去的故事,一个现在的故事;但是它拒绝将第二个故事简化为对真相的简单的侦察过程。"(第50页)就保持趣味性而言,已经发生的事情不过和将要发生的事情一样重要；因此第二个故事也即关于现在的故事才是兴趣的焦点所在。里德利用了这种叙述，将其作为《芒博琼博》的修辞结构，但有一点重要的例外。我们的确发现双-故事（two-story）结构被原封不动地使用。而且，文本一开始所呈现的谜，压抑随意生长及其文本（两者始终都未被展现出来，它们的谜在这一体裁的标准意义上也没被揭开。）的双重的谜是通过故事情节中的对话而一层层传递出来的。这意味着叙述是由因及果，是从墙花会的新奥尔良分会以及它们旨在"解码这个黑鬼芒博琼博"的计划（《芒博琼博》，第4页）开始的，它们试图杀死芒博琼博的文本，从而消耗其力量。另外，故事的侦探帕帕拉巴斯很深地融入到了其他人物的行为与世界之中，他解码了最终破解罪案之谜的符号，并像托多洛夫所指出的悬疑小说中的一个亚类型——"脆弱的侦探"——那样（托多洛夫，第51页），冒着生命危险系统地找寻他被谋杀的朋友及同事的尸体。

《芒博琼博》的结构通过这些方式契合了悬疑小说的结构，但是，也有相对于这种分类的至关重要的例外，那就是里德甚至戏仿了两个故事这一模式自身，并把这个结构转化成了一个有关书写自身的自我反省的文本或寓言。里德之所以能够做到这些，正是因为《芒博琼博》中采用了这样的技巧：它用过去的故事来反思与分析现在的故事，并对它做了哲学化思考。在小说的亚情节与亚罪案之谜中有一些人物，现在的故事就是从他们受限制的然而也是多重的视角来讲述的；然而，过去的故事是由一个全能的声音来叙述的，它是用一位文学批评家对一级文本进行细读的方式来阅读现在的故事的。因此，《芒博琼博》的双重叙事也即它的叙事中的叙事是一个关于阅读行为自身的寓言。里德使用了这第二种反讽性的全能叙述模式，固然是要意指宽泛的小说的本质，但更是要意指非裔美国人的自然主义与现代主义。

推理类小说叙述话语的基本特征是情节倒置，具体表现的当然是时间倒置。我们不妨先来详细了解一下里德将倒置用作障碍物的手法，然后再讨论里德对叙事中套叙事的使用，以及它和文本似乎要坚持的那种不确定性之间的关系。我在上面勾勒的故事梗概，也即作品里种种重要的因果-时间关系，在一定程度上会误导人，因为我们只有在读了小说之后才能对它进行概要式讲述。在阅读过程中，我们遇到了一系列神秘的事情，谜中之谜。除最初的两个之外，这些谜最终都被破解。对下面列举的神秘的事情，我们可以把它们按照展开的顺序看作情节：[16]

1. 随意生长之谜("那样东西")。	这是些基本的谜。它们把情节包裹在了中间,而且一直都没有被破解。
2. 它的文本之谜。	
3. 墙花会历史之谜以及它与圣殿骑士团之谜的关系。	这些中世纪修道会是随意生长的对手,它们的身份之谜贯穿小说始终,直到在勒瓦罗别墅中的认识场景中才被破解。被表现为对立的舞蹈隐喻。
4. Mu'tafikah 对美国艺术博物馆尤其是艺术羁留中心北配楼的袭击。	这是半个谜,它被破解了,但却给拉巴斯的力量带来了灾难性后果,它造成了厄林与伯朗之间,以及伯布朗与帕帕拉巴斯之间的一系列不平衡。这些不平衡从结构上体现了墙花会与圣殿骑士团之间的紧张关系。
5. 反随意生长的沃伦·哈定总统就职,其复杂的种族遗传是个谜。	情节障碍。
6. 说话的机器人安德罗伊德之谜。	
7. 巴迪·杰克逊与施里兹这位"约克敦警官"之间的混战。	
8. 美国舰队入侵海地之谜。	在故事中段被破解;使反讽性结局成为可能。
9. 帕帕拉巴斯身份之谜与芒博琼博大教堂。	在尾声部分被破解。
10. 伍德罗·威尔逊·杰斐逊与说话的机器人安德罗伊德之谜。	情节障碍;被破解,但破解得模糊暧昧。所做的解释借助于离奇不经的元素。
11. 戏剧化的"夏洛特(伊希斯)的皮克"(彼得·皮克医生)之谜。	
12. 辛克尔·冯·范普顿的身份	这个谜被破解,在这个过程中也破解了墙花会与安东尼斯特之途之谜。
13. 14名随意生长传递者与神圣选集之谜。	这一情节破解了第3个谜团,然而只是部分的、浅表的破解。
14. 阿卜杜尔·苏菲·哈米德被刺之谜与他的谜语,"有关美国-埃及棉花的警句"。	这些谜团有奇特的作用,好像是要破解随意生长的文本之谜。
15. 伯布朗遇刺,Mu'tafikah 被索尔·温特格林出卖;夏洛特遇刺。	情节障碍。
16. 厄林着了厄朱莉和耶曼迦洛的魔道;彼得·皮克医生失踪。	
17. 《黑羽毛》和贝努瓦·巴特拉维尔之谜,黑暗之塔的钟声。	伏毒教说明。破解了圣殿骑士团之谜。导致冯·范普顿的被捕。

这是些经纬交织的谜团,就像爵士乐一样,它们描述了多个同时展开但却又没有明确关联的行动,从而以侦探小说的方式阻碍了情节。这些谜团平行地贯穿于小说的始终,直到在勒瓦罗别墅书屋中的认识场景中才得以破解。在勒瓦罗别墅的认识场景中,帕帕拉巴斯重塑了奥里西斯与塞特神话,并借此呈现了自己所解码的证据。这一寓言概述、统合并解码了小说内部几个同时推进的亚情节,也追溯了小说中复杂的人物关系,从古埃及一直到拉巴斯叙述时为止。拉巴斯的叙述导致了古尔德和冯·范普顿的被捕,也导致了神圣的透特圣典的反发现(antidiscovery),而透特圣典被认为是随意生长的文本。被重塑的神话与情节障碍有相同的功能,其目的是通过其他两处的隐喻性替代来重复小说的事件:这两处是福斯特与伏毒教牧师蒂·布顿的寓言(见第90—92页,第132—139页)。这些被重塑的神话是双重的游戏,暗含在寓言自身的本质之中,与里德力求实现的"形式上面的双重-形象"是调和的。

情节障碍可以通过除时间倒置之外的其他途径而创造出来;地方特色的描述同样制造情节障碍。当然,地方特色逐渐成了社会现实主义小说的一个标准特征;在从奴隶叙事到《无形人》的非裔美国叙事中,作为地方特色文学的现实主义也许是黑人修辞策略中最稳定的方面。通过在文本中从头至尾使用不加标点的列举和分类,里德把地方特色传统作为情节障碍而使用并同时对它进行了戏仿,这一点可以从小说的第一段中看出来:

一个真正的花花公子,新奥尔良市市长,他脚穿白棕相间的优质皮鞋,身穿格子花呢衣服,梳着鲁道夫·瓦伦蒂诺的中分发式,坐在办公室里。在他的膝上四仰八叉地躺着朱朱,她是本地一个诈诈唬唬神神叨叨的荡妇。一个淫妇、妓女,她俗艳的绿色衣服在颤抖。(第3页)

下面的句子是里德不加区分地堆砌的例证:"有关你的步态舞①你的卡林达②你的白人扮演黑人的滑稽说唱表演的无以复加的荒谬性的令人目眩的戏仿双关语恶作剧般前乔伊斯风格-游戏。"(第152页)维克托·斯科洛夫斯基说社会小说借用了推理的形式;那么可以说,里德用侦探小说的技巧戏仿黑人社会小说的作法则倒转了这一过程,这种倒转很妥帖,也非常讽刺。[17]

我已经讨论了两个故事的张力在各种侦探小说中起作用的一般方式。里德

---

① 步态舞(cakewalk):比赛步态、体态的优美,为美国黑人始创,因对优胜者奖以蛋糕而得名。——译注

② 卡林达(Calinda),18世纪20年代在加勒比海地区兴起的一种民间音乐与舞蹈,一般认为其源头在非洲。在美国,这种极具动感甚至有暴力色彩的舞蹈主要集中在南方的新奥尔良等地。——译注

使用了有关过去的故事和现在的故事这两种叙事,这种聪明的修辞策略得以让他的双重游戏采用其最巧妙的形式。我们不妨把这两个故事看成是理解叙事与真相叙事。理解叙事是被呈现的对谜团的调查叙事,一名侦探(读者)在调查叙事中阐释或解码线索。一旦这些符号被充分地解码,这个理解叙事就复原了缺失的犯罪故事,我们可以把后者看作是真相叙事。因此,被呈现的叙事本质上是另一个缺席的故事的故事,其作用自然也就是个内部寓言。

《芒博琼博》中这一调查叙事的本质很容易描述:叙事紧随行动,有地方特色的描述与对话是叙事中两个核心的侧面;在人物描述中大量堆砌的东西推动叙事向前发展;叙事基本采用现在时,视角是第三人称有限视角,这也是必然的,因为直到小说的侦探解码所有线索,将所有的嫌疑人聚拢到一处,阐释种种符号,并揭开谜团的真相之前,如果要坚持让读者对谜团的本质不甚了了,就必须如此。侦探拘捕了嫌疑人,接着每个人离座去用餐了。

现在的故事的这种叙述模式开启了《芒博琼博》的序幕。然而在序幕的结尾处有另一个叙述模式闯了进来,它与第一个叙事之间被用空白分割了开来,并进一步用斜体字凸显了出来(见第6页)。它不仅阐释和评论第一个故事中的人物与行为,而且是用第三人称全知模式来阐释和评论的。换句话说,它解读了与其相对应的叙事(counterpart narrative),它是这个对应叙事的否定。在斜体字之后是其他三种亚文本,它们组成了这另一个关于过去、现在与将来的对立叙述(antithetical narration)的重要侧面:一帧表现人们跳舞的黑白照片;一个有关路易斯·阿姆斯特朗所谱写的《第二切分节奏》本质的格言;以及出自《美国传统辞典》的芒博琼博一词的词源解释。人物对这个被凸显的对立叙述做了思考,也有误解,在这方面读者与人物类似。

> 但他们不理解随意生长的流行不同于肉体上的瘟疫。事实上随意生长是一种反瘟疫。有些瘟疫使身体日渐虚弱;随意生长则使寄主生气勃勃。……因此随意生长在找寻它的词汇,它的文本。因为如果没有一个文本,那么礼拜仪式又有什么意义呢?19世纪90年代随意生长得不到文本,它就在那儿孤独无依地存在着。20世纪20年代也许又是昙花一现,而随意生长也会像它快速出现一样,带着破碎的心和怀着被出卖的情绪又快速地消失(++)。(第6页)

这另一个反叙述包括了被《芒博琼博》的第一个叙述所排除在外的亚文本的大杂烩。第一个故事坚持现在,而第二个故事则极其随意地穿行于时空之中,游走于神话与历史之间,并诙谐地使用了时代误置技巧。它是不连贯和片断化的,不同于其线形的对应文本;它不包含任何对话;相反,它包括了文本所有的抽象概念。

小说所有的亚文本(图例、其他文本的节录、"情况汇报"等等)都是这另一个叙述的部分,我们可以把第二个叙述看成是有关随意生长历史的一个长篇论述。这一对立叙述唯独没有关注的谜团是文本的前两个谜团:随意生长究竟是什么,以及它的文本具体为何物。第8章以后,用斜体字来强调的作法逐渐消失了,因为这一叙述能够做到对自身的强调,或者是把自身嵌入到文本之中去,它在功能上几乎等同于第一个叙述模式的内心独白。第一个故事一直坚守在被呈现的侦探故事传统之中,而第二个故事则把那个传统里外翻转,功能上是个反讽性的双重,是个与小说封面上隐秘难测的 V 型结构一样被倒转的镜像。

这第二种叙述模式使《芒博琼博》的寓言性双重成为可能。正如许多批评家所要努力证明的那样,《芒博琼博》是 20 世纪 60 年代黑人艺术运动的一个主题性寓言,被通过与 20 世纪 20 年代的哈莱姆文艺复兴之间的因果联系而表现了出来。然而,我们从对立叙事中找到了一个更加有趣的寓言,它是关于书写自身的历史与本质的一个论述,尤其是关于非裔美国文学传统的历史与本质的论述。因此,《芒博琼博》是这样一个文本:它将注意力导向了自身的书写,导向了自己作为一个文本的身份。作为一个文本,它与自己所意指的其他文本有联系。它的第二个叙述解读了第一个叙述,就正如话语解读了一个文本一样。它是里德在阅读里德与传统。里德的书写模式在形式上的隐喻也许是比博普爵士乐①模式,典型例子是伟大的簧乐器演奏家查理·帕克的演奏。帕克有时会在中音萨克斯管上演奏一段和弦,然后重复和倒转这同一段和弦来听——如果我对他的理解无误的话——他刚刚所演奏的东西。帕克是个在里德作品中反复出现的形象:"对帕克这位伏毒教的牧师(houngan,该词由 n'gana gana 派生而来)而言,配得上给他授予阿森奖的大师级人物还在娘胎里呢。"(第 16 页)[18]小说的核心人物随意生长在寻找自己的文本的过程中也在试图实现一种欲望,去"找到它的言说或扼住它的笨嘴拙舌这一特征的咽喉";同理,对一个文本的寻找在第二个意指性文本中始终都被重复,都被提及(第 34 页)。

这个被寻找的文本的身份是什么?我们应该如何阅读里德?只有通过找到自己的文本,随意生长的欲望才能实现。《芒博琼博》戏仿地使用了侦探故事被呈现出来的故事,这种戏仿式使用宣告了这一欲望;随着小说核心谜团的揭开,随意生长也应该找到自己的文本。在勒瓦罗别墅中,帕帕拉巴斯寓言式的叙事告诉我们,这个文本实际上就是庞大可怕的黑色文本自身,"总是已然"在那儿

---

① 比博普(bebop)爵士乐:盛行于 20 世纪 40 年代末到 50 年代初,其特点为节奏奇特、使用不谐和音、即兴演奏等。——译注

"透特圣典,作为伊希斯助手的黑色鸟人……的神圣作品。(如果有人认为这是'对过去的神秘化'【叙事插进来这么一句】,那么敬请您查阅一下当地有关鸟的书,您会发现圣鹮①的鸟类学学名是 Threskiornis aethiopicus)"(第188页)。《芒博琼博》使用了明显的疑案故事结构,其反讽的地方就在于,作为随意生长渴望得到的物体,这个文本只能通过其缺席来定义;从来也没有人见过它,或找到过它。拉巴斯以滑稽的方式对他自己阅读谜团符号的过程(以及这个文本自身的散播史)做了长篇细致的说明,就在这种说明达到高潮的地方,拉巴斯命令自己的助手T. 马利斯去揭晓这个文本的谜底:

> 去把透特圣典拿来!
>
> T. 马利斯出门来到了车旁,然后抱着一个锃亮的大盒子回来了。盒子上面镶嵌着蛇形的和蝎子形的宝石,有些宝石还散发出晶莹的光。
>
> 看到这只光彩夺目的盒子,女士们都倒吸了一口气。盒盖上有圣殿骑士团的团花徽章;2位圣殿骑士骑着他们的花斑坐骑比索。T. 马利斯把盒子放在了地板的中央,拿开了第一个铁盒子,然后拿开了第二个铜盒子,第二个盒子熠熠生辉,使他们不得不把天花板上的电灯给调暗一些。第二个盒子中有个基督教圣经中西克莫无花果树制成的盒子,在这个西克莫无花果树盒子下面是个黑檀盒子,黑檀盒子下面是个象牙盒子,然后是银盒子和金盒子,再接下来……什么也没有!!(第196页)

文本的本质就正如它在小说开头部分时那样,依然有待确定,事实上也是不确定的。一旦这个文本的在场符号得到了解读,它也就消失了。在整个非裔美国小说之中,这是个最幽默的反高潮。

我们可以对照不确定性观念来阅读这个反高潮。杰弗里·H.哈特曼明确指出,不确定性的功能是"一个分割理解与真理的界杆"。[19]在《芒博琼博》之中,那个界杆就是分割了第一个叙述模式与第二个真相叙述模式的空白,它是个无法弥合的空白。《芒博琼博》是一部有关阐释自身内部的不确定性的小说。文本一遍遍地重复了这个主题;此外,文本最重要的两个叙述声音安东尼斯特之途及其墙花会都受到了严厉批评,因为它们愚蠢地强调一种统一性,强调1的重要性,强调小说所说的"点"的重要性。安东尼斯特墙花会的三个象征中有一个是"#1"(第65页)。他们的领导被称为"解释宗教秘义的1号圣师"(第63页)。一名解释宗教秘义的圣师当然是个解释者。在对立叙事中,安东尼斯特们被定义成了试图通过一种阐释来解释世界的人:"对一些人来说,如果你拥有自己的

---

① 圣鹮(the sacred Ibis),涉禽,大小约如白鹭,古埃及人心目中的灵鸟。——译注

头脑,那你就是真有病,但如果你有个安东尼斯特的头脑,那你就是个健康人。那是个试图用一个单一的洛来阐释世界的头脑。有点像在一个奶瓶中装入一片海洋。"(第 24 页)小说对这种还原到统一性的冲动的本质做了明确说明:

> 首先,他们恐吓知识分子,谴责说源自于知识分子自身经历的作品是单面的、情绪暴躁的、不客观的,充满了仇恨,不是普世的。普世是在安东尼斯特们接管罗马以后天主教会用来以自己的方式度量每个 1 的一个词。(第 133 页)

小说始终坚持认为,任何试图把表意的纯粹多重性与一个确定意义绑在一起的人就是个安东尼斯特。

与此相对的是帕帕拉巴斯和随意生长的精神。我已经证明,"拉巴斯"的名字来自于埃苏-埃拉巴拉。约鲁巴人把埃苏称作不确定性(*ariyemuye*)和不稳定性天神。帕帕拉巴斯和解释宗教秘义的 1 号圣师截然不同,他的头不是一个,而是两个,就如同符号的两面一样:"帕帕拉巴斯是正午的巫毒魔法、漂泊的隐士、黑人巫师、植物学家、能装成动物的人、2 个脑袋的人,你能想到什么他就是什么。"(第 45 页)此外,他还扮演随意生长的侦探角色,他是个解码者,是个符号阅读者,通过使用自己的两个脑袋,他破解了那个密码:"婆娘,你问我要证据?证据我是梦到的,我感觉到的,我能感觉到它,我用了自己的 2 个脑袋。找我的刺。"(第 25 页)拉巴斯是个面对作品——艺术作品——的批评家,他拒绝将其还原为一个"点":

> 60 年代的人们说他们跟不上他。(圣克鲁斯分校学生罢课了。)你要说什么?他们在西雅图问,那里的核心点偶极天线,时不时就看不见了。你要说什么?20 世纪 50 年代他们会在底特律说。40 年代他经常光顾一个被废弃的图书馆里成堆的书籍。(第 218 页)

黑人穆斯林成员阿卜杜尔·苏菲·哈米德最终放火烧掉了透特圣典,当拉巴斯在和哈米德颇带着反讽意味争辩的时候,他用与批判安东尼斯特们相同的方式批判了阿卜杜尔的"黑人美学":

> 但是你的黑人美学给巫毒美学留的位置又在哪里呢?巫毒美学是种泛神论的有关成长的美学,我要说它里面容纳了远远多于 1000 多个的神灵,你能想到多少就有多少。那里有不计其数的神灵与天神。为了列举他们的名字,需要一本比《古兰经》和《圣经》,以及《藏民死者之书》和所有的神圣书籍都要大的书籍,而且在这之外还需要开辟更多的空间来容纳他们的名字。(第 35 页;又见阿卜杜尔写给拉巴斯的信,第 200—203 页)

《芒博琼博》所彰显的正是不确定性、意义的纯粹多重性，以及能指自身的游戏。《芒博琼博》关注了黑人文学传统的游戏，同时它作为一种戏仿也是针对这个传统的一个游戏。它的核心人物随意生长就无法被安东尼斯特们所简化，他们就抱怨说："我们无法聚焦于它，或者是将其归于某个范畴；一旦我们称之为1样东西，它就变成了另一种东西。"（第4页）拉巴斯侦探是不确定性在文本中的象征（悖论就在于因为他是个侦探），同理，随意生长的"本质"也是不确定的。它的文本从来也不是一个在场，当文本消失的时候它也就消失了。彼得·皮克博士对白人扮演黑人的滑稽说唱表演这种种植园常规做了翻转，当他背诵取自帕帕拉巴斯的《有蓝色背面的拼写书》中的一个咒语的时候，夏洛特就像会随文本的消失而消失的随意生长那样消失（见第104—105,199页）。

随意生长的文本，也就是黑色文本自身，是一个超验的主体，甚至这种观念也受到了《芒博琼博》的批评。贝努瓦·巴特拉维尔是个海地伏毒教牧师，当诗人纳森·布朗问他如何才能抓住随意生长的时候，贝努瓦回答说："不要问我如何才能抓住随意生长。问路易斯·阿姆斯特朗、贝茜·史密斯，问你们的诗人、你们的画家、你们的音乐家，问他们如何才能抓住它。"（第152页）随意生长还以更加奇特的形式现身：

> 随意生长还是个有韵律感的愚人，他坐在遥远的密西西比，"疯话"能说上好几个小时。他是有关你的步态舞你的卡林达你的白人扮演黑人的滑稽说唱表演的无以复加的荒谬的令人目眩的戏仿双关语恶作剧般前乔伊斯风格-游戏。问问把蜡纸裹在梳子上面然后通过它们来呼吸的那些人。纳森，换句话说，我是说真心地拥抱眼前的生活（Open-Up-To-Right-Here）吧，那样，你就会从自身的经历中提炼出全世界都敬佩和需要的东西来。（第152页）

换句话说，随意生长的文本不是一个超验的所指，而是必须在一个有活力的过程之中创造出来的东西，是个以种种具体的形式出现的东西，就比如黑人音乐和黑人言语行为所创造的东西："正如詹姆斯·韦尔登·约翰逊所总结的那样，布鲁斯是一个随意生长。爵士乐是一个随意生长，就跟随在雷格泰姆的随意生长之后。俚语也是随意生长。"这是帕帕拉巴斯在20世纪60年代做哈莱姆文艺复兴的年度演讲时给听众所提出来的观点（第214页）。

我们得知随意生长的文本并不存在，这时，叙事提出了一个问题，"这是不是随意生长的结束？""随意生长没有结束也没有开始"，文本回答道（第204页）。这些是有意识的呼应：里德呼应了埃利森，或者更准确地说，里德呼应了埃利森对T. S. 艾略特的呼应。"我的开始在我的结束之中"，艾略特在《东科克尔》中写道。"我的结束在我的开始之中。""结束",埃利森写道:"就在开始之中,它在前面很远的地方。"[20]里德和埃利森两人的作品都意指了黑人传统中黑色文本自身这个超验所指的观念,同理,里德通过提出阐释和能指游戏的一种开放性,从而在此意指了埃利森的闭合姿态,也意指了整个非裔美国文学传统的闭合姿态。

黑人传统有关"黑色之黑"的经典文本可以从《无形人》的《序幕》中找到:

"兄弟姐妹们,我今天上午用的是'黑色之黑'的文本。"
人群嚷嚷着回答:"那个黑色是最黑的,兄弟,是最黑的……"
"开始的时候……"
"最早的时候",他们吵嚷道。
"……周围是一片黑色……"
"好好说道说道……"
"……而太阳……"
"太阳,我主……"
"……是血红色的……"
"红色的……"
"现在黑色……"牧师喊道。
"血色的……"
"我说黑色是(black is)……"
"好好说道说道,兄弟……"
"……黑色不是(black ain't)……"
"红色的,我主,红色:他说它是红色的!"
"阿门,兄弟……"
"黑色会把你……"
"是的,它会……"
"……黑色不愿意……"
"不,它不愿意!"
"它会的……"
"它会的,我主(It do, Lawd)……"
"……它不会的(an' it don't)……"
"哈利路亚……"
"……荣耀属于我主,荣耀属于我主,它会把你扔进鲸鱼肚里。"
"好好说道说道,亲爱的兄弟……"
"……而且让你想要……"

"仁慈万能的上帝啊!"

"你我的老姨内莉啊!"

"黑色会把你(will make you)……"

"黑色……"

"……或者黑色也不会把你(will un-make you)。"

"它不是事实吗,我主?"(《无形人》,第12—13页)

这个布道意指了梅尔维的《白鲸》中有关"黑暗之黑(blackness of darkness)"的段落,也意指了用所指/能指这个公式所表现的黑色的符号。[21]正如埃利森的文本所说,"黑色是","黑色不是","它会的,我主","它不会的"。埃利森在此戏仿了有关本质的观念,戏仿了存在于象征物和被象征内容之间被认为天然的关系。我们意识到,庞大可怕的黑色文本没有实质;它之所以存在是因为有一个能指对它做了表意。至少从柏拉图开始,黑色转义在西方话语中就一直意味着缺席。柏拉图在《斐德罗篇》中详述了塞乌斯(Theuth)神话(也就是《芒博琼博》中的"透特(Thoth)")以及书写被介绍到埃及的故事。在对话中,柏拉图让苏格拉底使用了黑色的象征,把它作为灵魂的三个部分之中"顽劣"部分的隐喻:"另一匹马身躯庞大,颈项短而粗,狮子鼻,皮毛黝黑,灰眼睛,容易冲动,不守规矩而又骄横,耳朵长满了乱毛,听不到声音,鞭打脚踢都很难使它听使唤。"[22]①里德对透特神话的使用当然不是偶然的或随意的:他在重复的同时也倒置了柏拉图的对话,而且具体到了其中引人注目的各个细节,甚至一直详细到了苏格拉底对无节制的舞蹈的论述,而这也正是《芒博琼博》的一个主题。[23]我们下这样的断语应该不算太离谱:《芒博琼博》是个对《斐德罗篇》的宏大的意指性即兴重复,它通过隐性论战而戏仿了《斐德罗篇》。

埃利森与里德二人都批判了这种观念,也就是认为黑色是个否定的实质,是个天然的超验所指的观念;但是在这种批判之中还隐含了一个同样彻底的批判,批判了那种把黑色作为在场的观念,因为它无非是认为黑色是另一种超验所指。因此,这种批判是对符号自身的结构的一种批判,它构成了一种深刻的批判。黑人艺术运动中一个唬人的姿态是要去把黑色转义看作一个在场转义,但这场运动无非是炮制了一个超验在场。埃利森的"今天的文本"和"黑色之黑"分析了这个唬人的姿态,里德的黑色文本也就是"透特圣典"同样毋庸置疑地分析了这一姿态。在文学中,黑色只能通过一个复杂的表意过程而在文本之中生产出来。超验的黑色是不可能存在的,因为在它的种种具体的象征的表现形式之外,它不

---

① 译文引自《柏拉图全集》(第2卷),【古希腊】柏拉图著,王晓朝译,北京:人民出版社,2003年,第168页。特此致谢。——译注

可能存在,而且也的确不存在。简而言之,随意生长无法召唤出它的文本,最宽泛意义上的文本(帕克的音乐、埃利森的小说、罗梅尔·比尔登①的拼贴画等等)召唤出了随意生长。

符号被认为是先于其象征形式而存在的一个超验所指,一种实质。埃利森含蓄地批判了符号自身的本质。里德把埃利森的转义当作《芒博琼博》情节中的一个核心主题来使用,明确地批判了符号自身的本质,从而在自己的小说中意指了埃利森对非裔美国文学传统的核心预设的批判。现代主义和后现代主义是两个有点被滥用的术语,但他们两人在形式上的联系只能通过这两个术语之间的关系来理解。黑色的确存在,但"只能"通过其种种能指而存在。里德使用了开放性结构,他强调文本的不确定性,这些做法都要求批评家在阅读的时候要生产文本的一个表意结构。对里德以及他伟大的前辈埃利森而言,比喻性表达的确是"黑鬼的职业"。

三、尾声:经线纬线

里德与埃利森的意指性关系由里德的诗歌《拉尔夫埃利森无形人中的二元性》生动地表现了出来:

> 我在历史
> 之外。我希望
> 自己手里有些花生米,
> 它看上去饥饿难耐
> 在自己的笼子里。
>
> 我在历史
> 之中。它
> 比我想得还要
> 饿得多。[24]

历史的象征在这儿是意指的猴子;这首诗意指了被一再重复的二元性这一转义。在黑人话语之中,二元性转义最早出现在杜波依斯的文章《论我们的精神追求》之中,这篇文章是《黑人的灵魂》一书的第一章。《无形人》的尾声表现了二元性,里德的诗歌就戏仿了这种二元性:"现在我知道人是不同的,所有生命都是

---

① 罗梅尔·比尔登(Romare Bearden):著名的非裔美国拼贴画家,卡通画家和油画家。——译注

分裂的,真正的健康只在分裂性之中。"(第499页)在里德看来,对二元性现实的这种信仰意味着死亡。埃利森在此重现了杜波依斯的转义:

> 黑人跟在埃及人、印度人、希腊人、罗马人、条顿人和蒙古人之后,是某种意义上的第七子,戴着面纱出生,在美国这个世界中拥有超人的观察天赋。这个世界没有给他真正的自我意识,而只是让他透过另一个世界所揭示的东西来看自己。这是一种特别的感受:这种双重意识,这种总是透过别人的眼睛来看自己的感觉,这种用怀着高傲的轻蔑和怜悯的、冷眼旁观的一个世界的尺子来度量自己的灵魂的感觉。他永远能感到自己的双重性:一个美国人,一个黑人;两个灵魂,两种思想,两种不相容的追求;在一个黑色的身躯中两个相互战斗着的理想,这个身躯只是凭借自身顽强的力量才没有被撕裂。
>
> 美国黑人的历史就是这种斗争的历史。他渴望去获得有自我意识的成熟的自我,渴望把他的双重自我融合成一个更好更真实的自我。在这个融合过程中,他希望两个原来的自我中的任何一个都不会失去。[25]

里德的诗歌深刻地戏仿了两样东西,一是黑人作为局外人的象征,二是分裂自我的象征。他告诉我们,甚至连这些概念也都是转义,是修辞手法,是和"双重意识"一样的修辞性建构,而不是某种前定的现实或物体。里德告诉我们,如果把这些象征按照字面意义阅读,那就像被意指的狮子一样受了比喻表达法的欺骗。如果说埃利森的一些想象力平庸的读者没能正确地理解这种象征的本质,那么我们知道埃利森自己对它的本质是有充分的理解的。里德批判了黑人正典中所特有的既定的、被一再重复的种种转义,他正是通过这种批判而在这一正典之中占据了一席之地。他的作品是批评性意指的鸿篇巨制。

第7章 我是有色人佐拉：艾丽斯·沃克对言说者文本的（重新）书写

> 哦，写我的名字，哦写我的名字：
> 　　哦写我的名字……
> 写我的名字，当你回到家的时候……
> 是的，把我的名字写在生命之书中……
> 天国中的天使将会写我的名字。
> 　　　　　　　　——神圣的地下逃亡路

> 我的灵魂欢快地倚着你的灵魂，
> 我才华横溢的姐妹，我满心欢喜
> 梦想展翅而飞，跟随你"言说的书页"。
> 　　——埃达，《一名有色的年轻女子》，1836年

> 我只是上帝手里的一支笔。
> 　　　　　——丽贝卡·考克斯·杰克逊

> 我只是链条上的一环。
> 　　——阿雷萨·富兰克林，《愚人的链条》

　　有两百多年的时间，黑人传统中一个反复出现的主题是要去描述寻找自我声音的男女黑人言说主体的精神历程，这可能也是黑人传统最核心的转义。对寻找声音的人物与文本的表现是主题，是被修正过的转义，也是一种双声叙述策略。这种文学表现是个符号，它既标志着非裔美国文学传统在形式上的统一，也标志着这一文学所描绘的黑人主体的完整性。

　　埃苏的双重声音与意指性语言是贯穿本书始终的统合性隐喻，这是些黑人传统土生土长的隐喻，它们既为文本之间的修正方式提供了统一性，也为文本内部所采用的比喻模式提供了统一性。在1770年和1815年间发表作品的盎格鲁

—非洲叙述者都置身于同一个演化谱系之中,都在不断地修正同一个转义:一个神圣文本拒绝向愿意倾听的黑人听众发言。在《他们眼望上苍》中,佐拉·尼尔·赫斯顿把主人公命名自身分裂意识的能力描述为其获得自我觉悟的最终契机。对分裂意识(它是黑人传统的另一个文学主题)的这种言说是主题的元素,也是个高度成熟的修辞策略,其效果取决于自由间接话语的双声性(bivocality)。在伊什梅尔·里德的《芒博琼博》中,这种言说经过改造,被用来表现——这种表现有极强自反性——书写一个文本的过程中所出现的反讽:在这个文本中,有两个突出的声音为了控制叙述本身而展开了竞争。在《他们眼望上苍》发表之前,黑人传统的发展似乎一直专注于表现言说声音的各种模仿可能性,而自《上苍》以来,黑人小说好像就更在意于去探讨双重声音对写作策略而言究竟意味着什么的问题。

赫斯顿对自由间接话语的创新性使用,以及里德的双叉(bifurcated)叙述声音,它们都是很有效的策略,这让人怀疑有什么修辞策略还能够拓展或者说意指这些黑人传统的重要文本中的声音概念。我们已经看到了《上苍》和《芒博琼博》中引人注目的、被拓展的言说策略,怎么可能对它们再进行转义呢?要意指赫斯顿与里德两人的叙述策略,似乎就要求有这样的一种小说形式:它既与传统决裂,但同时又修正了这一传统中最鲜明的特征。我对这个传统的形式统一性就是通过其最鲜明的特征来定义的。

赫斯顿和里德两人的文本似乎构成了无法逾越的障碍,但后来者对这个传统中言说转义的修正依旧成果卓著。同理,《无形人》这个黑人传统的黑色文本也构成了无法逾越的障碍,在我看来,《无形人》是这个传统在小说方面所产生的最深刻的作品。《无形人》中的第一人称叙述,《上苍》对口语叙述所赋予的价值,以及《芒博琼博》在展示与讲述之间用斜体字体现出来的区分界面,凡此种种合在一起,给试图做叙述革新的人似乎没留什么空间。然而,艾丽斯·沃克修正了《他们眼望上苍》与丽贝卡·考克斯·杰克逊的《力量的礼物》,她的修正确立了一种用于表现黑人让文本言说的精神历程的全新模式。

在开始论述沃克的《紫颜色》所采用的意指性修正之前,有必要回顾一下约翰·杰的自传中所表现的那个有关读写能力的梦。在第 4 章我提出,杰对说话书本场景所做的奇特修正对后来的奴隶叙述者而言,就等于抹杀了这一转义的修辞潜力。从杰以后,奴隶叙述者在重现教育场景时,他们所用的比喻是读和写,而不是让文本言说。尽管这两个转义明显是相关的,但同样明显的是后者代表对前者的关键性重写,其方式更有利于奴隶叙事在内战前的美国所承担的直接论战的角色,当时的美国看上去似乎对人类奴隶制的前途非常关注。

尽管在杰把说话书本转义照字面意思处理之后,它就从男性奴隶叙事中消失了,但在丽贝卡·考克斯·杰克逊所写的人神灵交的故事中,这一转义再次出现。杰克逊和杰是同时代人,她是一名非裔美国幻想家和震颤教派的女长老。杰克逊是自由黑人女性,生于1795年,卒于1871年。她是一位令人着迷的宗教领袖和女权主义者,在经过与家庭,与她最初所属的宗教团体乃至震颤教徒的艰苦斗争之后,她于1857年在费城成立了一个震颤教派姊妹会。她大量的自叙性写作(1830—1864)经琼·麦克马洪·休姆兹收集并编辑,于1981年出版,同年艾丽斯·沃克撰文评论了这些作品。[1] 杰克逊的文本重见天日,这是非裔美国文学重要的学术成果之一,既是因为她的文本丰富多彩,也是因为内战前美国黑人女性的写作极其稀少,尤其是和黑人男性的大量作品相比较的时候。

与同时代的黑人前奴隶作家一样,杰克逊在文本中也把自己的读写能力训练放在了显要的位置上。她的读写能力训练经过了神意的感召,比杰的经历更神奇。比杰仅仅晚15年多一点,杰克逊在写于1830至1832年间的文字中再现了杰笔下神圣的教育场景,且不论她是否受过杰的文本的影响。然而,杰克逊对这一超自然事件的再现以男女之间性别对立的方式出现。她的前辈用读写能力转义定义了他们最早对奴役与自由、对非洲人与欧洲人之间的区别的感觉,而杰克逊的修正则表现了(黑人)女性在对文本文字的控制上从(黑人)男性那里所获得的解放。我把黑人括了起来,这是因为我们将会看到,杰克逊从哥哥对她的读写能力与阐释能力的控制中解放了出来,但却用一个杜撰出来的白人男性阐释者代替了哥哥。

杰克逊的话使人想起了杰:"在领受了上帝的恩赐之后,我强烈地渴望去读《圣经》。""我是母亲唯一一个没有学识的孩子",她为这个事实而悲叹,于是找到了哥哥,要他"晚上在晚饭后或上床前,教我一个小时"。[2] 她哥哥是贝瑟尔非洲人卫理公会新教圣公会教堂一名杰出的牧师,他"在回家后"总是"很累,没力气去那样做"。杰克逊告诉我们,这一状况让她"感到痛心"。然而更让她痛心的是哥哥的这种嗜好:他喜欢"重写"她的话,修改她的措辞。可以想见那是为了让它们能更加"拿得出手"。杰克逊花了很多笔墨描述她为了控制自己的用词而与哥哥所做的斗争中经历的挫败感:

> 于是我就到了哥哥那儿,要他给我代笔写信并朗读出来……我告诉他写什么。然后要他读出来。他也读了。我说:"你所写的比我告诉你的多。"他如此这般地做了很多次。后来我说:"我没想要你给我的信措辞。我只要你给誊写就行了。"他就说:"妹妹,我给代笔的人里边你是最难伺候的!"他的这些话与他给我写信的方式一起像一把剑一样刺痛了我的灵魂……我禁不住哭了起来。[3]

这一场景就像个谶语，预示了《他们眼望上苍》中珍妮为了自己公共的言说声音而与乔·斯塔克斯所展开的较量，这场较量我们在第 5 章已经见过了。杰克逊的哥哥因侍奉上帝的艰辛工作而"很累"，不能指望他去教妹妹阅读。当妹妹退而求他为自己做誊写员时，他用杰克逊的话说是给她的信"措辞"，而不是简单地将她的话（按讲述顺序）从口述转成书面形式。这种针对遣词造句的斗争并非仅是作者在被编辑或改写时所经历的焦虑；相反，我们最终得知，丽贝卡非常个性化的信仰模式不但威胁到了作牧师的哥哥，而且最终导致亲情纽带的断裂。因此，兄妹之间有关信件(letter)"措辞"的冲突预示了一个更深刻的冲突，一个关于上帝意志的遣词造句的冲突。

然而，上帝有偏心眼。他用一条神圣的信息安慰痛苦伤心的丽贝卡："这些话就在我的内心里被说了出来，'要忠于上帝，你会书写的日子必将来临'。这些话在我的心里就好像是一位和善的父亲所说。我的眼泪马上烟消云散了。"[4] 上帝兑现了诺言。正如上帝给他的仆人约翰·杰所做的那样，他也教杰克逊阅读：

> 有一天我坐着，一边忙着赶一件衣服，一边祈祷。【杰克逊以制衣谋生。】我在心中听到了这段话："是谁教授了世界上的第一个人？""当然是上帝。""上帝是亘古不变的，如果他曾教会了第一个人如何阅读，那么他也会教你。"我放下手里的衣服，拿起《圣经》，跑上楼，打开《圣经》，把它贴在胸前跪了下来，真诚地向万能的上帝祷告，我想知道他神圣的意志是否要教我去阅读神圣的话。当看到那些神圣的话时，我开始读了起来。当发现自己在阅读时，我感到恐惧——接着我就一个字也读不了了。我再次闭眼祷告，然后睁开眼睛，开始阅读。我就这样读着，直到我读完那一章……我就这样试着每天拿着《圣经》祈祷然后阅读，直到我哪儿都会读了。就那天以后，我从来都不知道我第一次读的那一章是什么，只知道是在《雅各书》里，但具体是哪一章我就不知道了。[5]

面对这个消息，杰克逊的丈夫无法相信，他质疑道："婆娘，你疯了吧！"杰克逊毫不气馁，她给他读了起来。"我坐下来读了一大段。是《雅各书》中的一段。于是塞缪尔就和我一起称颂我主。"与她的丈夫类似，杰克逊的哥哥也非难她，说她不过是在他的孩子们朗读时听到了一些段落，并记住了而已："你听到孩子们朗读，然后记在了心里。"在杰克逊的丈夫说服了她的哥哥之后，杰克逊以获胜的口吻告诉我们："他非常悲伤地坐了下来。"

面对表示怀疑的哥哥的挑战，杰克逊告诉我们，"我没有说话"，她让丈夫塞缪尔替她辩驳。她费了很多笔墨来描述读写能力这一"力量的礼物"的奇迹，在大段的描写行将结束时,杰克逊把这件事总结为"全能的上帝赐予我的一件不可言说的礼物"。把杰克逊获得读写能力的奇迹与艾丽斯·沃克在《紫颜色》中的叙述策略联系起来的正是这种对不可言说性的双重表现。

杰克逊用一段微型叙事讲述了她为控制自己的话而做的斗争,珍妮为了控制自己的话也做了斗争(杰克逊用上帝的神圣话语解决了难题,珍妮用意指性的黑人土语话语解决了难题),这两个情节固然类似,但我们知道赫斯顿并没有读过杰克逊的文本。然而沃克在评论杰克逊的文章中则对这一场景大书特书,并重点强调了这样一个事实:"杰克逊是由她的内在精神教会读与写的。"[6]沃克把《紫颜色》献给了"精神",也就是献给了教丽贝卡·杰克逊学习阅读的这个精神。对"她的内在精神"的"不可言说的礼物"的表现非常重要,沃克正是通过对读写能力的表现而描述了其主人公意识生气蓬勃的发展历程。沃克采用了"不可言说的"媒介———一部书信体小说,其中的信件是书写的而非口述的,事实上它们虽然被写出来了,但却从未被阅读过。西丽唯一的读者与丽贝卡唯一的读写教师都是上帝。

沃克没有把上帝之名表现成不可言说的,而是把西丽的话,把她写给"上帝"的信表现为不可言说的。上帝是西丽沉默的听众,她大部分的信件就是写给上帝的,这些书信都完成了但却从未寄出过。正如罗伯特·斯特普托所提醒我的,这种手法呼应了 W. E. B. 杜波伊斯在《黑人的灵魂》一书著名的"补记"中所写的第一句话,"倾听我的呼号吧,哦,读者上帝。"自由间接话语是赫斯顿的《他们眼望上苍》中叙述评论的主要工具,它是被书写出来而从未被言说的声音,西丽写给上帝这位读者的书写声音对自由间接话语的声音做了转义。在我们就沃克对《他们眼望上苍》所做的修正的分析中,这种转义比对杜波伊斯的呼应更重要。

正如我在第 5 章所试图证明的,赫斯顿使用了自由间接话语,给这一书写声音戴上了言说者声音的假面,用赫斯顿的话说,就是把它看成了"口头象形文字"。《紫颜色》中西丽的声音则相反,它是一个通过方言呈现出来的言说声音或者说模仿声音,但却被标记成了一个书写声音,一个戴着叙述声音假面的模仿声音,但同时也是个戴着模仿声音假面的叙述声音。如果说模仿是对讲述的展示,那么西丽的信件就是些视觉表现,它们试图去讲述展示。赫斯顿把珍妮对自身声音的发现表现成了珍妮的发言,她通过自由间接"分裂叙事"而明确地说出了自己的双重自我,而沃克则把西丽自我意识的成长表现为一种书写行为。珍妮及其叙述者通过言说而得以存在;西丽则在自己的信件中通过书写而得以存在。沃克通过把《他们眼望上苍》中出现的声音概念进行转义而意指了赫斯顿。珍妮从客体到主体的运动从她未能认出照片上的有色自我形象这一事件而开始,在童年的那个阶段她恰恰被人简单地唤作"字母表"(这一比喻可以代表一切姓名,因而也就不代表任何姓名),西丽自我否定的终极行为是她写给上帝的第一封信中的自我描述:"我是。"与珍妮一样,西丽也是个缺席,一个被擦抹掉的在场,一个空无一物的布景。另外,西丽在用"珍妮的声音"书写,她的措辞的层次与典型用语都和珍妮所说的话类似。然而,西丽从未言说过;相反,她书写自己的言说声音,也书写每个与她说话的人的言说声音。

这个高度自觉的意指策略把《紫颜色》放在了《他们眼望上苍》的嫡系传人的位置上,它们之间的文学联结在非裔美国传统中是个破天荒的行为。我们清楚地知道,沃克就她和佐拉·尼尔·赫斯顿之间的关系写过大量文字。我一直都觉得要从文本的角度去明确指出这种联结并非易事,我的意思是说在沃克的文本中我还没有找到赫斯顿的在场。然而在《紫颜色》中,沃克重写了赫斯顿的叙述策略,这种认祖归宗的行为在黑人文学中尤其鲜见,因为我们在第3章已经看到,黑人作家往往会把他们的源头追溯到白人男性那里去。[7]

沃克实质上是给自己的权威人物赫斯顿写了一封表达敬爱之情的信。就我所知,非裔美国传统中没有第二部书信体小说,但这个传统中出版信简的作法却有大量的先例。伊格内修斯·桑乔的《信简》1782年在伦敦出版。正如我们在第3章所看到的,菲莉丝·惠特利写给阿伯·坦纳的书信非常有名,它们在1830年还被一张海报戏仿。甚至是把西丽的妹妹安放在非洲,让她给家里焦头烂额的姐姐写信的这种手法在黑人传统中也有先例,这就是阿曼达·贝里·史密斯关于她在非洲的传教工作的日记体记录,发表在她的《自传》(1893)中。[8]但就我所知,在《紫颜色》之前黑人传统中没有书信体小说的例子。

沃克为什么要用由书信组成的小说来修正《他们眼望上苍》呢?本书研究了文本中的声音,也研究了以这样或那样的方式与其他文本对话的文本。通过——哪怕是浮光掠影地——考察《紫颜色》所使用的一些令人吃惊的修辞策略,以及它的叙述所用的书信体形式,我想讨论一下沃克对赫斯顿所做的意指中的含义,以此作为这一研究的总结。[9]

《紫颜色》由西丽和耐蒂两姐妹所写的书信组成。西丽先是把信写给上帝,后来写给耐蒂;耐蒂远在非洲荒野里做传教士,她的信写给了西丽。耐蒂的信被西丽的丈夫截下来藏在了旅行箱里,但最终西丽和她的朋友、伙伴及情人莎格·艾弗里一起读了这些信。耐蒂写给西丽的信几乎是在文本的中间(第107页)突兀地出现,到了西丽手里。在可看作是文本的中途(text's middle passage)的部分(直到第150页),除西丽写给上帝的三封信之外,其余的都是耐蒂写给西丽的信。从此以后西丽的信就写给了耐蒂,直到她的最后一封信(第242—244页),它被写给了上帝(西丽向上帝问候了两次),以及星星、树木、天空、"人们"

与"一切"。我无意轻视小说情节的重要性,也无意轻视它对赫斯顿小说中几个重大契机的回应,但我在这儿更感兴趣的是想指出,在《上苍》与《紫颜色》的叙述策略中存在形式上的关联。与珍妮一样,西丽也嫁了个把她囚禁起来,甚至用暴力摧残她的男人。而与珍妮不同,西丽通过对莎格·艾弗里的爱而获得了解放,她和这个强大到"恣肆跋扈"的歌手之间的爱,就如同珍妮和"茶点"之间的爱一样。我的观点是,在这个文本中,莎格·艾弗里代表了沃克对赫斯顿本人的象征。也许只需指出这点就够了:这是西丽的文本,与《上苍》一样是关于成长的文本,但这个成长故事与《上苍》有很大的差异。

两个文本间最明显的差异是,西丽就在我们的眼皮底下把自己写入了存在。珍妮获得意识的契机被表现为一种仪式化言语行为,而对西丽而言,书写声音是她自我表达和自我展现的工具。我们可以说是站在她的身后从她的肩头上方阅读了文本的书信,就正如我们偷听到了珍妮给与她同坐在自家的后门廊上的菲比讲述的故事一样。珍妮的绝大部分言说(用一种典型的自由间接话语)是由珍妮与叙述者来完成的,而在《紫颜色》中,小说的三位主要人物中的两位完成了所有的书写。西丽书写了自己的故事,这是珍妮根本无法做到的,因为《上苍》采用了第三人称叙述形式。为了提醒读者我们是在重读这些信件,《紫颜色》每一页的下沿都用一条黑实线划出了边界,意在模仿被精装在一起的信件被复印出来的视觉效果。

文本的写信动机是什么呢?耐蒂给西丽写信是因为耐蒂远在非洲。西丽给上帝写信的理由在耐蒂的一封信中有个扼要的交代:

> 我记得你曾经说过,你的生活让你感到羞愧难当,你甚至没法跟上帝说,而只好写信,虽然你认为自己写的东西很糟糕。啊,我现在懂得你的意思了。不管上帝是否会读这些信,我知道你还会接着写的,这对我是个很好的引导。反正我不给你写信的时候,就跟我不做祈祷一样难受,好像把自己禁闭起来,心里憋得难受。我孤单极了,西丽。(第 110 页)①

小说开篇的句子是用斜体体现出来的命令,我们猜测这是西丽的继父所说,"你最好对谁都别说,除了上帝。否则,会害了你妈妈。"西丽就原原本本地照此命令做了。西丽给上帝写信与耐蒂给西丽写信有相同的理由,目的是各自都能阅读一下自我人生的文本,这种阅读与事件之间几乎是分秒不差地同时发生。

这是文本为自己对书写的表现所提供的理由。然而沃克的动机又是什么

---

① 本章《紫颜色》的译文引自沃克著,陶洁译,《紫颜色》,南京:译林出版社,1998 年。特此致谢。部分译文做了修改。——译注

呢？正如我在上面所指出的，西丽把自己作为一个文本而写入了存在，我们有幸在站在她的身后从她的肩头上方阅读了这一文本。用双声的自由间接话语去呈现自我的作法本身就是个讽刺，我们完全可以理直气壮地质疑这种做法的效果，但是书信体策略从一开始就消除了读者的这种反应。西丽书写她自己的故事，也书写了文本中除耐蒂之外的其他所有人的故事。西丽书写她的文本，并且她就是个文本，存在于独立的片断化信件之中。我们就像探人隐私者一样，抢在收信人（上帝与耐蒂）之前慌不迭地偷看了这些书信，并从中获得了快感。西丽是一个文本，就正如兰斯顿·休斯（在《大海》中）写到赫斯顿时所说，她是一本书，"她本身就是一本完美的娱乐书"。[10] 我们阅读了西丽用一个微妙的话语行为而对自己的世界进行的阅读，以及将这个世界写入存在的过程。这儿没有我们在《上苍》中所看到的游离的叙述者与人物在声音上的斗争；西丽为西丽言说或者说书写，目的是为了耐蒂而要活下去，后来是为了莎格，最终是为了西丽自己而要活下去。

有讽刺意味的是，书信体叙事为人所熟知的一个效果是它强化了有关真实的幻觉，也强调了出乎本性不事雕琢的幻觉。[11] 这一形式能使读者最大限度地认同人物，恰恰是因为共情与疏离这些第三人称叙述的标准手法在此不起作用了。在书信中没有明显的所有权意识，因此读者必须为文本自身的阐释提供连贯性。塞缪尔·理查森很理解这一点：

> 假设一位作家用真心写了一部忠实于自己的本性和具体情境的作品。对这样的作品，即使是最专注的读者，也还是无法做到总是从作家的视角来看待问题。这不妨被认为是一种新颖的写作，每位男女读者得让自己进入到所阅读的人物中去，用他们自身的感受来对所读作品做出判断。[12]

西丽好像在事件发生的时候详述了它们，其意义由读者决定。西丽写的信从未寄出过，她所收的信几乎是同时一次性收齐的，读者把这些片断化的书信拼凑成了一个文本。沃克展示在我们面前的是一种极其纯朴的写作风格，只有心肠最硬的人才不会从一开始就同情这种风格，并且到最后与它产生共鸣，沃克正是通过这种写作风格对我们阅读西丽的方式施加影响。沃克笔下的西丽是个生气勃勃的人物，她逐渐了解了世界，并相信自己对世界的阅读；西丽所蒙受的暴行屈辱博得了我们对她的怜悯，后来她成功地控制了自己的命运（这是来自人生经验的控制，我们从她在写信过程中越来越强的控制能力上认识到了这一点）；沃克通过塑造西丽这样一个人物及其变化过程而操控着我们对西丽的反应，文本中的每个声音都由西丽或耐蒂来叙述、重复及编辑，此外再无别的声音，哪怕是一次也没有。

这种手法和一个流畅或线性的叙述中的第一人称叙述有什么区别呢？我们再次看看有高度自觉意识的理查森在《克拉丽莎》中所说的话：

> 她看上去性情是如此甜美可人，仪态是如此平和贤淑；然而她就是在现在的不幸中书写这不幸！她的风格也因此而必然更加生动感人，她的心灵为不确定性（那些当时还隐藏在命运女神子宫里的事）之苦所折磨；而一些人的叙述，讲述的是已被克服的困难和已被战胜的危险，其风格就不如她的风格那样生动感人，而是干瘪无生气的；叙述者安逸自得，如果他的故事连他自己都无法打动，那么也就不太可能去感染读者！[13]

与《上苍》中珍妮的嵌入故事不同，也与《无形人》中无名无姓的主人公的故事不同，对西丽的故事这部书信体小说的读者来说，他们在故事结束写作之前不知道也不可能知道它的结局是什么。举例来说，有两个声音叙述了伊什梅尔·里德的"反侦探"小说，在《紫颜色》中有一个双关语对它们做了转义，这个双关语有赖于这样一个事实：《芒博琼博》的一个文学主题是一种超力量，它在寻找自己的"文本"或者用里德的话说是在寻找它的"书写"，西丽则通过书写非常短小的书信而作为一种力量、作为一个在场而出现。将她的书信编织或缝缀到一起，读者所得到的就既是《紫颜色》的文本，也是有关西丽的生活与时代、奴役与自由的自传性文本。西丽用一个个日子、一封封书信记录了她的意识的成长。在故事快结束时，我们知道西丽就像里德的沉默的人物一样，"随意生长了"。而且，西丽是通过书写自己的文本而"随意生长"的。里德的随意生长失踪了，然而在《紫颜色》结束时，我们手里捧着西丽关于自己的文本。完成或闭合随意生长传递者的圆圈或链条的人正是我们读者，在《芒博琼博》中随意生长的敌人破坏了这种闭合行为。当耐蒂有机会向西丽提出这个必然会问的问题：她如何成功地完成了如此巨大的变化时，西丽很可能会回答，"我随意生长的，我揣摩"，这恰恰是因为只有按顺序从第一封到最后一封，这样来读信件才能推翻叙述现在的暴政。西丽和埃利森的叙述者不同，也和赫斯顿的珍妮不同，她不是在简要地复述自己的成长过程；只有读者才有闲暇去重读西丽有关自身发展的文本，她的成长文本。西丽存在于一封封书信之中；读者为这些书信提供必要的连贯性，通过比较和汇编被西丽挑出来写作的经历的片断和情感片断，才能说她有个可测量的成长过程。

让我们来思考一下被我称为叙述现在的暴政的东西。作为叙述者和作者，西丽用一种持续的书写现在，在一封封书信当中将她自己展示给了我们。写作的时间就是西丽的叙述现在。在西丽对耐蒂的第一封信做介绍的时候我们更清楚地看到了这一点，这是西丽和莎格从阁楼的行李箱里找到的第一封信：

> 亲爱的上帝，
> 　　这是我一直拿在手里的一封信。(第100页)

耐蒂书信的文本作为一种嵌入叙事跟在了后边。这个叙述现在仅由(事实上，可以只由)一个事件组成，它就是写作过程本身。《紫颜色》中的其他所有事件都是叙述过去：西丽对一件事的讲述无论离这件事的发生之间靠得多近，事件还是过去了，西丽所书写的正是有关这个过去的事。

我们可以从西丽的第一封信中清楚地看到这一点。这封信的第一段既强调了写作的时刻，也为西丽将要和她的收信人上帝所分享的过去的事件提供了一个框架：

> 亲爱的上帝，
> 　　我十四岁了。我是我向来是个好姑娘。

西丽把她现在的自我(我是)涂删掉了，这一手法提醒我们，一方面她通过先选择然后摒弃某个用词或词序而在写作，并在寻找她的声音；同时，西丽过去曾经是个"好姑娘"，但现在她感到自己在上帝面前不能再这样讲，这其中是有缘由的，因为"好姑娘"意味着对性的规避，尤其是在十四岁这样小的年纪。我们猜测她的堕落是肉体快感的堕落。西丽告诉我们，这种猜测对也不对：她的"堕落"过程并无快感可言。她这样解释了新近发生的事：

> 去年春天小卢西斯生下来以后，我听见他们俩吵架。他拽她的胳膊。她说你太着急了，方素，我不大舒服。最终他就放开了她。一个星期过去了，他又拽她的胳膊。她说不，我不干。难道你就看不出我已经快死了，生了这么一大堆孩子。
> 　　她去梅肯看望她当医生的妹妹。留下我来照看别人。他从没对我讲过一句好话。只是说你得干你妈妈不肯干的事情。他先是把他的那玩意儿顶在我的屁股上，扭动了几下。然后他抓住了我的奶子。接着就把那玩意儿插进我的下身去了。我疼得很，哭喊了起来。他捂住我的嘴说，你最好闭上嘴，学会习惯这事儿。
> 　　可我没法习惯。现在每次轮到我做饭，我就恶心想吐。我妈妈对我絮絮叨叨，老盯着我看。她高兴了，因为他现在待她好了。不过她病得很厉害，活不了多久了。(第3页；强调为引者所加)

西丽被她以为是父亲的男人所奸。她的悲惨故事开始了。西丽的第一封信以叙述现在开始，然后变成了叙述过去，后来在这封信的倒数第二句话又回到了叙述现在，标志是"现在"。她甚至预测了将来，预测到死神很快就要降临到母亲的身上。在叙述过去中,西丽推动——事实上是控制——对人物与事件的表现。在叙述现在中,西丽给我们揭示出,她的所有权意识是我们在第三人称叙述中所遇到的所有权意识,然而,在一封信中它被用第一人称叙述现在呈现了出来。西丽写信给上帝,她不一定能知道将来的事件该如何发展,但过去已发生的种种事件是属于她的,历历在目。对自己的生活以及时代的重要性和意义,西丽用自己的话做了讲述,对此我们只能通过她的讲述去了解。在这部书信体小说中,西丽故事的叙述者与西丽书信的作者是同一个人。因为我们在《上苍》中所看到的文本叙述者与珍妮之间的那种缝隙在这儿并不存在,因此似乎没必要通过自由间接话语去弥合这种缝隙。

然而《紫颜色》的情形并非如此。尽管现在与过去之间的缝隙没有被消除,但看的人与说话的人之间的缝隙的确被西丽用奇特的引述话语方法给消除了。在书信体形式中有必要在叙述现在与叙述过去之间做转换,这种转换在西丽的叙事中为自由间接话语创造了栖身之所。沃克对《他们眼望上苍》最卓越的修正就是她对自由间接话语的表现。

《紫颜色》中充满了自由间接话语。《上苍》的双声话语再次出现在西丽书信的文本之中。正如我所说,西丽是其书信的叙述者与作者。因此,叙述者的声音也就是主人公的声音。另外,这个主人公被分成了两部分,西丽有两面。一方面,我们看到她这个人物过去的行为被表现在了书信之中(这是个活泼的人物,但最初是个受人控制的少女,没受过什么教育);西丽还有另一面,尽管她使用了书写方言,但不久我们就明白,作为一个故事(或者说是她自己的故事)的讲述者或写作者,西丽非常爱思考也极其敏感。因为叙述过去(西丽是其中的一个人物)与叙述现在(西丽是其中的作者)之间奇特的相互作用,西丽就同时既是叙述主体也是叙述客体。我们在赫斯顿对自由间接话语的使用中已经看到过这种主体-客体的分裂或者说调和,在《紫颜色》中,这种分裂或调和是核心的修辞手法,西丽的自我意识就是通过它而得以表现的,具体体现在她能够去书写结构越来越严整的有关自己的故事这种能力之上。

赫斯顿把珍妮的萌芽中的自我用不同层次的用词来表现,它们出现在叙述者的评论与有黑人语言特色的间接话语之中。与赫斯顿不同,沃克把西丽的发展变化既表现在她控制自己的叙述声音的能力(也就是说,她自己的写作风格)之中,也表现在她控制其他所有对她说话的声音的非凡能力之中,这些声音我们只能通过西丽的表现而碰到。西丽用自由间接话语的修辞技巧表现了这些声音,它们是口语话语。不管任何时候,只要西丽的世界里有人说话时,西丽的声音总是一个在场。我们因此永远都无法确定,我们偷听到或者更准确地说从西丽的肩头上方所读到的话,也即一种假冒的对对话的记录或者说模仿,究竟是西丽的话呢,还是人物的话呢?

让我把这一点说清楚:在这部小说中没人说话。相反,俩姐妹在彼此写信,西丽的信耐蒂从未收到过,而耐蒂的信西丽则一次几乎全收齐了。因此,《紫颜色》中没有真正的模仿,而只有叙述。然而,西丽的模式表面看起来是用引述语言的方式,另外再经过叙述中的书写方言声音戏剧化地强调,我们就自然而然地以为西丽在给我们展示对话,但事实上她自始至终都没有这样做。西丽只是给我们讲述了人们给她所说的话。她从未用直接引述给我们展示他们的话。在措辞和典型用语的使用上,西丽的书写方言声音,和她的书信中那些我们以为被说出来的话完全一样,恰恰是因为这一点,我们相信我们是在偷听人说话,并且和西丽当时所听到的一摸一样。然而我们并没有偷听到人说话;事实上,我们永远都无法确定西丽究竟是在给我们展示一个讲述,还是在给我们讲述一个展示,尽管这种说法听上去很别扭。在她笔下的人物的语言中,西丽的声音和人物的声音合而为一,这与我们在《上苍》中所看到的几乎毫无二致:当珍妮及其叙述者用自由间接话语说话时,二者的声音也合而为一。在《紫颜色》的这些段落中,模仿和叙述之间的分野显然被消除了:它们之间的对立坍塌了。

在我看来,这种革新是沃克最为精彩的一笔,是她对赫斯顿文本最引人注目的意指行为。我们从数十个例子中仅取几例来研究一下。第一个例子是西丽对某某先生的妹妹所做的讲述,她们分别叫卡丽和凯特。这是沃克针对吉恩·图默的《甘蔗》一书的一个意指姿态:在《甘蔗》的《卡布尼斯》章,卡丽·凯特是个核心人物。[14](顺便插一句,正如沃克在《佐拉·尼尔·赫斯顿:一个谨慎的故事和偏袒的看法》一文中所写,她对《甘蔗》几乎与《上苍》一样喜爱。[15])西丽对卡丽和凯特的谈话描述如下:

> 哼,这不是理由,头一个妹妹说。她的名字叫卡丽,另一个叫凯特。女人结了婚就得把家里收拾得体面一点,把一家大小打扮得干干净净的。唉,以前冬天要是上这儿来的话,这些个孩子,不是伤风就是得了流感,再不然就是肺炎,他们肚子里长虫子,他们受寒、发烧,经常如此。他们饿肚子。头发从来没人给梳。他们脏得叫人都没法碰。(第19页)

在这些句子中是谁在说话,卡丽和凯特?还是西丽?或者是三个人都在说?答案是三个人都在说,或更确切地说,没人在说,因为不管实际上说了些什么,西丽都在其中融入了她自己的声音,然后给我们写了出来。西丽的叙述形式以口语体为追求目标,但从不表现或记录其他任何人的话,而只有西丽自己的话,以及西丽连带人物(Celie-cum-characters')的话。西丽控制着叙述,甚至到了控制其他每个人所说的话的程度,读者所听到的其他人的话中必然融入了西丽的话。

我们可以在另一个例子中看到西丽的自由间接话语，这个例子表明西丽成了一名非常老到的编辑，这种变化恰恰是随着她自我意识的发展而出现的。[16]西丽在用一个叙述现在介绍或者说嵌入耐蒂的一封信：

> 这儿真热，西丽，她来信说。比七月还热。比八月加七月还要热。就像七八月间在小厨房里守着大火炉做饭那么热。热极了。（第126页）

这些话既呼应了南方的说法，"八月里寒冷的一天"，也呼应了史蒂维·旺德专辑的名称《比七月还热》，那么是谁说或者说写了这些话呢？三个人都是，三个人又都不是。这些是西丽的话，其中融入了耐蒂的话，是对自由间接话语的混合声音的书写模仿，这是一种极其罕见的形式，因为在这儿甚至连模仿的幻觉都烟消云散了。

我本可以再多举几个例子，但再有一例就足以说明问题了。这个动人的场景出现在西丽和莎格刚刚开始巩固她们的关系的时候，她俩的关系先是姊妹情谊，后来有了性意涵：

> 莎格说，西丽。西丽小姐。我抬头朝她望去。
> 她又叫了一遍我的名字。她说，我接下来要唱的歌叫西丽小姐之歌。我生病的时候她常帮我梳头，我就写了这首歌……
> 这是头一回有人为我做了东西，并用我的名字命名。（第65页）

再次有多个声音合而为一，在这里是西丽与莎格的声音，这个声音我们以为是莎格的，但它只能同时是西丽与莎格两个人的，无法分割，它们被联结在了一起。

我们该如何看待沃克对赫斯顿的自由间接话语所做的非凡革新呢？我们可以放心大胆地说，赫斯顿在《上苍》中之所以采用那些叙述策略的目的之一，就是要证明给詹姆斯·韦尔登·约翰逊与康蒂·卡伦看，也证明给新黑人文艺复兴的几乎所有其他人看：方言不仅没有局限于幽默与悲悯这两个极端，而且它完全可以被用作一种文学语言，甚至被用来写小说。方言，也即黑人英语土语及其典型用语作为一种文学工具不仅仅是口语语言的一个象征；相反，对赫斯顿来说，它是各种象征的仓库。似乎是作为对《上苍》的写作的一种收尾工作，赫斯顿甚至发表了一篇完全用土语写成的短篇故事《哈莱姆俚语故事》(1942)，并配有一个"术语表"。[17]约翰逊对组成其《上帝的长号》(1927)诗集的"七篇诗体布道文"中的黑人土语语言做了修改或阐释；与约翰逊类似，赫斯顿也将方言与标准英语融合进了自由间接话语的典型用语之中。在《上苍》中，自由间接话语后来逐渐取代了叙述评论。赫斯顿向黑人传统演示了方言和标准英语融合的方法，以及用融合后的语言去创造一种新声音的方法，这种新声音在同等程度上既是黑人的也是白人的。（约翰逊当然是把土语"翻译"成了标准英语。）沃克对赫斯顿进行了意指性重复,她抓住了《上苍》中所使用的自由间接话语技巧,但却在西丽的叙述中几乎完全避免了标准英语。沃克用方言,用黑人土语写了一部小说。我们最初所感受到的是西丽的幼稚,它徐徐地揭示出这正是用方言写一整部小说的方法。这种手法是对《上苍》的一种转义。作者一页一页地表现了西丽对自身故事的书写,这也是对《上苍》的一种转义。我们必须意识到,这两种转义都很重要。如果说赫斯顿的写作以言说者文本为追求目标,那么我们发现沃克的看上去在言说的人物实际上是被书写出来的。

两个文本之间还有其他方面的对应,它们为这两个文本之间的意指性关系提供了证据。珍妮自我意识的标志被表现为:她能够去给菲比讲述自己对事件的理解;与此不同,沃克用下述方法呼应了珍妮自我意识的觉醒:她让西丽先书写自己的文本,找到妹妹的被盗的信,与莎格一起把它们——就像莎格对西丽所说——"按某种顺序"排列在一起,然后去阅读这些书信,并因此而展开了另一个叙事。在它之前,文本有106页都是西丽的叙事,这另一个叙事使西丽的叙事变得完整,同时也暗中对它做了评论。这一新近发现的叙事是个平行文本。那些最初被藏起来的信是西丽故事中一个被嵌进来的故事,西丽后来收到的耐蒂的信也有同样的功能,它们简述了事件,并为西丽的故事提供了部分未被提及的重要细节。耐蒂的信是用标准英语写的,这样做不仅比较了她与西丽的性格特征,而且也在西丽的语言之外提供了一种调剂。然而,西丽决定以什么顺序来读耐蒂的信,尤其是在自己的信中介绍它们并加上评论,她通过这种策略甚至于连耐蒂的书信这个叙事也控制了。耐蒂的信是另一个关于过去的叙事,呼应了我们在西丽的信中所看到的从现在到过去的时间转换。但是,得以重见天日的耐蒂的信是《紫颜色》对珍妮故事的一种修正,是针对她的嵌入故事所做的结构上的修正。在读了耐蒂的信之后,我们看到了一个全新的西丽。西丽给上帝的最后一封信写道:

> 亲爱的上帝,
> 　　原来如此,莎格说。你把东西收拾收拾,跟我回田纳西去。
> 　　我觉得一片糊涂。
> 　　我爸爸被人用私刑杀死了。我妈妈疯了。我的小弟小妹们不是亲的。我的孩子不是我的妹妹和弟弟。爸不是我亲爸。
> 　　你一定是睡着了。(第151页)

秩序得以恢复,乱伦禁忌并没有被破坏,西丽感到困惑,但她是自由的,是活动的。

在《上苍》中,珍妮用最直白的语言对着丈夫——乔——宣读了自己的意指

性独立宣言,《紫颜色》重现了这一场景。在西丽要与莎格一起离开时,她和丈夫之间出现了这场交锋:

> 西丽跟我走,莎格说。
> 某某先生的脑袋猛地转了过来。说什么? 他说。
> 西丽跟我一起去孟菲斯。
> 休想,除非我死了,某某先生说。
> ……现在又怎么啦?
> 怎么啦! 全因为你这个卑鄙的混蛋,我说。我现在该离开你去创造新世界了。你死了才好,我可以拿你的尸体当蹭鞋的垫子。
> 你说什么? 他大为吃惊。
> 在桌子的四周,人们的嘴巴大张着,惊呆了……
> 某某先生气极败坏地说,但但但但但,就好像马达在响。(第 170 页)

这场精彩的较量再现了珍妮和乔之间的交锋。西丽新近找到的声音让"人们的嘴巴"大张着,也使某某先生说不出话来,而是发出了非人的声响,"就好像马达在响"。接着不久,西丽继续以胜利者的姿态诅咒压迫者:

> 还有信来吗? 我问。
> 他说,什么?
> 别装聋作哑了。你明明听见了。耐蒂还有信来吗?
> 如果有的话,他说,我才不给你呢。你们俩都是一路货色。男人待你们好一点,你们就不识抬举了。
> 我诅咒你,我说。
> 什么意思? 他问。
> 我说,直到你好好待我之前,你碰过的每样东西都会坍塌坏掉。(第 175—176 页)

这个准巫毒教诅咒读上去就像赫斯顿所列的种种报复窍门一样,后者发表在她的一部名为《告诉我的马》(1938)的巫毒教经典著作中。西丽第一次公开挑战丈夫艾伯特的交锋场景,不是出现在西丽写给上帝的信中,而是被再现于或者说写进了西丽写给耐蒂的头两封信中,这种处理大有深意。西丽的丈夫理穷词缺,做出了这样的反应:

> 他大笑起来。你以为你是谁? 他说。你谁都咒不死的。瞧你那模样。你是个黑人,你很穷,你长得难看,你是个女人。他妈的,他说,你一钱不值。(第 176 页)

然而，艾伯特的话在西丽面前已经丧失了威力，就正如在赫斯顿笔下，乔在自己的男人身份被珍妮公开意指后，再也没能恢复元气一样。这场较量还是继续：

> 在你好好待我之前，我说，你的一切梦想都会失败。我的话源源不断，话一到嘴里我就直截了当地说给他听。我的话好像是从树木中来的。
>
> 谁听说过这样的事，某某先生说，也许我揍你还揍得不够。
>
> 打我一下你就会受到加倍的报应，我说。后来我又说，你最好还是别说话了，因为我对你说的话都不是从我这里来的。好像我一张嘴，空气冲进我嘴里就变成话了。
>
> 放屁，他说，我该把你关起来，只在干活的时候把你放出来。
>
> 你给我算计的监狱便是你死后烂掉的地方，我说……
>
> 看我弄不死她！某某先生说着冲我扑了过来。
>
> 门廊上扬起一片灰尘，魔鬼似的在我俩中间飞舞，我满嘴都是土。那土的意思是说，你怎样对我，我就怎样对你。
>
> 后来我感到莎格在摇我。西丽，她说。我这才醒过神来。
>
> 有个声音对愿意听的万物说：我穷，我是个黑人，我也许长得难看，还不会做饭。不过我就在这里。
>
> 阿门，莎格说。阿门，阿门。（第176页）

西丽终于发出了自由的（被解放的）呼唤（call），而她的朋友莎格就像任何一个黑人听众一样，为一个精彩的表演提供了恰当的仪式性应答（response）："阿门，莎格说。阿门，阿门。"西丽像珍妮一样用言说解放了自己，但对她的这次言说，我们只能通过体现在写给耐蒂的一封信中的书写来了解。西丽用书写语言表现了一个言说行为，在该言说行为中她用艾伯特恶狠狠的诅咒巧妙地回击了他，这样，西丽就战胜了敌人艾伯特，也战胜了自我中的沉默。

正如这个教育场景呼应了珍妮的教育场景一样，《紫颜色》中还充满了对《他们眼望上苍》中其他主题的呼应。房屋在《紫颜色》中就像在《上苍》中一样都是禁锢人物的，但是西丽、耐蒂、莎格以及珍妮等人都在没有男人的房屋中找到了一种自由。它们分别是耐蒂的非洲小屋、莎格位于田纳西的宅子以及珍妮在伊顿维尔的空房子。耐蒂与西丽继承的住宅里会有男人，但他们尊重女人的内在力量与平等。西丽与耐蒂拥有这所住宅，她们拥有财产的这个事实似乎能阻止男人对她们的控制。

莎格好像是个从《上苍》中来的流亡者。正是莎格教育了西丽，让她明白上帝不是"白人老头"，而是自然与爱乃至性，上帝是一种高贵的情感：

> 我跟你说吧，莎格说，说说我相信的事情。上帝在你心里，也在每个人

心里。你跟上帝一起来到了这个世界。但是只有在心里寻找它的人才能找到它。有时候,即使你不在寻找,或者不知道你在寻找什么,它照样会自己现身。对大多数人来说,找它是件麻烦事,我想。可悲,主啊,感觉像坨屎。

它?我问。

对。它。上帝既不是他也不是她,而是它。

它长得看上去像什么?我问。

什么也不像。她说。它不是电影。它不是你站在旁边看的东西,它是和包括你自己在内的一切东西都分不开的东西。我相信上帝就是一切,莎格说。现在的一切,从前的一切,将来的一切。当你感觉到了这一点,并因此而高兴时,你就找到它了。(第166—167页)

然而,还是这个莎格,她把珍妮的树木抒情语言教给了西丽。在这种自然语言中,上帝对莎格说话,用的是他对珍妮说话时所用的相同的隐喻。那是神圣的言说,引导珍妮享受了第一次性高潮。莎格告诉西丽说,这种经历就是上帝在场的终极标志:

她说,我摆脱这个白人老头的第一步是我发现了树。接着是空气。后来是鸟儿。再后来是其他人。有一天我静静地坐着,感觉自己像个没娘的孩子,而我也的确是个没娘的孩子,这时它突然来了:我感觉自己是万物的一部分,而根本不是与之分离的。我知道如果我砍一棵树的话,我的胳膊也会流血。我又哭又笑,绕着屋子乱跑。我知道这是怎么回事。这种事发生的时候,你绝对感觉得到。就有点像你知道的,那事儿,她笑眯眯地说着,摸摸我的大腿根。

莎格!我说。

哦,她说。上帝是喜欢这种感情的。这是上帝干的最好的好事。你要是知道上帝喜欢的话,你从中得到的乐趣就会大得多。你就只是放松,顺其自然,以尽情享受你喜欢的一切来赞美上帝。

上帝不会觉得这太下流了?我问。(第167页)

"上帝不会觉得这太下流了?我问。"(第167页)如果我们还看不出莎格与珍妮之间的联系,那么比较一下沃克对莎格和赫斯顿的描写吧。沃克用她描写赫斯顿的话描写了莎格:

她不光打听了,还搞来一张照片。这是我见过的第一张真人的照片。她说某某先生从钱夹里取东西给爸看的时候,照片掉了出来,落到了桌子下面。莎格·艾弗里是个女人,我看到过的最美的女人。她比我妈妈还要漂亮。她比我漂亮一万倍。我看见照片里她穿着皮大衣。脸上涂了胭脂。头

发梳得像条尾巴似的。她笑眯眯地站着,一只脚踩在什么人的汽车上。不过眼神挺严肃的,有点忧伤。(第 8 页)

把上面的描写与沃克对赫斯顿的描写对照一下:

>【她】爱戴帽子,歪歪地戴在一只眼睛上方,爱穿裤子与靴子。(我有一张赫斯顿的照片,是她哥哥埃弗里特给我的,照片上【赫斯顿】穿着裤子和靴子,戴了一顶宽沿帽,一只脚踩在一辆汽车的踏板上——这辆鲜红的汽车也许是她的,看上去活泼泼辣。)[18]

还有其他几处呼应,我仅简单提一下。当西丽第一次说话反对某某先生的意志时,她的声音"好像是从树木中来的"(第 176 页),就正如珍妮内心的声音是在梨树下表露出来的一样。与珍妮一样,西丽也把自己描述成一个"没娘的孩子"(第 167 页)。关键的隐喻也被复制:赫斯顿的自然象征反映了(mirroring)珍妮的情感:"世间的玫瑰正喷吐出清香"(《上苍》,第 23 页),在莎格与西丽的故事中,自然象征变成了莎格教西丽手淫的场景,西丽用镜子(mirror)观看自己:

>我拿着镜子站着那儿。
>
>她说,怎么,走过去照照自己都害臊吗? 你看上去挺可爱,她边笑边说。到哈波酒店去的时候打扮得漂漂亮亮,抹得香喷喷的,可就不敢看自己的下身……
>
>我躺在床上,掀起裙子。拉下灯笼裤。把镜子插在我的两腿中间。啊。有那么多毛。阴唇是黑色的。里边看着像一朵湿润的玫瑰。
>
>比你想的要漂亮多了,是不是? 她在门口说。(第 69 页)

后来在写给耐蒂的第一封信中,西丽在一个明喻中再次使用了玫瑰象征:"莎格真是个大美人,我跟你说。她皱着眉头,望着院子外边,在椅子上往椅背上一靠,看上去真像朵大玫瑰花。"(第 167 页)

世间的正喷吐出清香的玫瑰在赫斯顿笔下是个象征,但是沃克对它做了字面意义上的处理,她也用相同的方法抹去了珍妮的一个隐喻的修辞性质,这是珍妮在描述自己对菲比的叙述时提到的。珍妮说"我的话(mah tongue)①在朋友的嘴里",而沃克的莎格与西丽则是不打折扣的"亲吻的朋友",或者说情人。沃克把赫斯顿的象征中暗含的东西直白地表达了出来。另外,沃克还经常倒转赫斯顿的转义。在《上苍》中,珍妮在梨树下经历的性高潮是用自由间接话语讲述出来的:"原来这就是婚姻!"(第 24 页),而西丽则写道,在某某先生揍她的时候,

---

① mah tongue:也可表示"我的舌头"。——译注

她就把自己变成了一棵树:

> 他揍我就跟揍孩子一样。只是他不太揍孩子。他说,西丽,把皮带拿来。孩子们就会在门外扒着门缝偷看。我能做的就是拼命忍着不哭。我把自己变成木头。我对自己说,西丽,你是棵树。我就这样知道了树是怕人的。(第22页)

在《上苍》的循环叙述中,开头就是结尾,而结尾也就是开头,《紫颜色》用一个线性叙述对它做了转义。这种意指性重复还有其他几个例证。

沃克对赫斯顿的意指,就从我们对黑人传统的观察来说,一定是最富有敬爱之情的修正,而且也是实至名归。不仅是为了文学的内容,而且也为了结构,沃克转向了一部黑人前辈文本以认祖归宗,或者说宣告己之所出。沃克从赫斯顿那儿借用了形式(也为了情节结构而借用了人们熟知的"乱伦父亲"与"被更换的书信"这些中世纪传奇的主题,当然还借用了其他东西),这种做法公然破坏了我们已在第3章讨论过的修正模式(白人形式,黑人内容)。[19]西丽是用方言写作的,甚至连沃克表现西丽的方言写作的方法都呼应了赫斯顿给"口头象形文字"所下的定义,也呼应了赫斯顿对言说者语言(speakerly language)的反讽式使用:这是一种人们永远也不会说的语言,因为它只存在于书写文本之中。沃克通过一个修辞技巧对这一点也做了转义。这一技巧非常聪明,其灵感只能来源于埃苏的女性原则:说方言的人以为他们自己在说标准英语词汇;他们说的是"dis"或"dat",但在把这些词写下来的时候,他们就会拼写成"this"和"that"。沃克与赫斯顿一样,两个人都娴熟地掌握了通过书写来表现黑人土语的技巧,她们通过高超的黑人表演转义而把黑人土语幻觉生动地表现了出来。

沃克对赫斯顿的修正位于一个叙述链条的末端。沃克的文本与托尼·莫里森、詹姆斯·鲍德温、安·皮特里、葆拉·马歇尔、利昂·福里斯特、欧内斯特·盖恩斯、约翰·怀德曼,以及其他作家的文本一样,都为后来人准备了种种转义和文学主题供他们修正。因此说终点也暗含着起点。然而,在沃克和里德之后,越来越多的黑人作家能更直白地从黑人的前辈文本那里借用形式与内容。非裔美国文学传统建立在重复与差异之上,其基本特征是总有重新来过、再次开始的冲动,但总是从一个结构严整的基础之上开始。我们的叙述者,也即意指者,是一个很长的话语链上的纽带,我们作为批评家就是要保护和解释这个乌黑的话语链条。对这种关系,马丁·布伯在《巴尔-谢姆的传奇》一书中写道:

> 我是个后来人,我把它重新讲述了一遍。有人创造了它,我身上有那些创造者的血液和精神,而从我的血液和精神中,它获得了新的生命。我站在很多叙述者组成的链条中,是联接纽带的一个纽带;我把老故事又重讲了一

遍,如果它们听上去像是新的,那是因为当它们被第一次讲述时,就已然孕育着新生命。

对沃克而言,尽管首要的、沉默的第二文本是《他们眼望上苍》,但沃克对西丽最初的上帝观念——尤其是上帝与人同形同性的观念——的批判还是修正了丽贝卡·考克斯·杰克逊的叙事中一个关键的象征。这种批判也许就是所谓非正典的批评家的寓言。

西丽与莎格发现了耐蒂被盗的信,并排列与阅读了这些信,紧接着西丽就给耐蒂写道:

> 亲爱的耐蒂,
> 　我不再给上帝写信了,我给你写信。
> 　上帝怎么啦?莎格问。
> 　他是谁?我说。
> 　……上帝为我干了哪些事?我说。
> 　她叫了一声:西丽!好像她很吃惊。他给了你生命、健康的身体,还有一个到死也爱你的好女人。
> 　是啊,我说,他还给了我一个被私刑处死的爸爸,一个疯妈妈,一个卑鄙下作的后爸,还有一个我这辈子也许永远也见不着了的妹妹。反正,我说,我一直对着祈祷并给写信的那个上帝是个男人。他干的事和所有我认识的男人一样。无聊、健忘、下作。(第164页)

几页之后,莎格给西丽指出,有必要摆脱上帝与人同形同性观点的局限性,并说这种观点就是认为上帝是个"白人老头"(第168页)。西丽承认,要做到这一点并不容易:"得了,咱们谈了这半天上帝,可我还是云里雾里的。我在努力把那个白人老头从头脑中撵出去。"(第168页)莎格回答说,问题不仅仅是"白人老头",而是所有男人:

> 还是像莎格说的,只有当你把男人从眼睛里驱逐出去之后,你才可能看见东西。
>
> 男人腐蚀一切,莎格说。他坐在你的粮食箱上,待在你的大脑中,遍布在收音机里。他试图让你以为他无所不在。你一旦以为他无所不在的话,就会以为他就是上帝。可他不是。如果你在做祷告,而男人一屁股坐在另一头接受你的祷告的话,你就叫他滚蛋,莎格说。你就用魔法召来花朵、风、水、大石头。(第168页)

这段文字无疑构成了对男性统治这一复杂虚构的重要的女权主义批判,但它同时也让人想起丽贝卡·考克斯·杰克逊文本中一个奇特的场景。沃克的文本实际上意指了这个场景。在前面我讨论过杰克逊借超自然力而掌握读写能力的情节。杰克逊颇费了些笔墨表明，上帝教育她的施恩行为解放了她，帮她摆脱了做牧师的哥哥对她的言辞（其次序与意义）的控制和决定，而哥哥就是通过重新编排她的话而试图控制其含义的。杰克逊的确自由了，并自由地用自己特别的方式阐释上帝之言。然而杰克逊的作法是真正的自由姿态吗？真的从根本上意味着一种女权主义的萌芽吗？

莎格与西丽在努力驱逐"白人老头"的形象，而杰克逊则用"白人男人"替代了男性的阐释性角色，用他把真实与理解、声音与意义联接了起来。杰克逊的讲述异常生动：

　　一个白人男人牵着我的右手，领我来到了屋子的北边，在那里有一张方桌，上面放着一本打开着的书。他对我说道："你将接受教育，读懂这本书，从《创世记》到《启示录》。"接着他领我来到了屋子的西边，那里也有一张桌子，看上去跟前一张桌子一模一样。他对我说："是的，你将学习阅读，从创世之初直到时间的尽头。"然后他领我来到了屋子的东边，那里也有一张桌子一本书，看上去都跟前面的一样，他对我说："我教你，是的，你将学习阅读，从万物之肇始至万物之终了。是的，你将接受良好的教育。我教你。"

　　塞缪尔在后门把我交给了这个男人，然后他就转身离去，以后我再也没见过他。这个男人牵着我的手，他的手就像绒毛一样柔软。他身着浅褐色衣服，没戴帽子。他的表情安详、庄严、神圣。从他脸上能够看出父兄的神情。

　　接着我就醒了，看他看得非常真切，就如同在梦中时一样真切。此后他每天教我。当我在阅读中碰到一个难解的词时，我看见他站在我身旁，他会教我弄懂那个词（teach me the word right）。当我陷入苦思冥想，探究一些不易理解的东西时，我就会发现他站在我跟前，教我理解所读的内容。唉，他对我付出的辛劳，对我的体贴，这些都经常让我失声痛哭，我看到自己是多么无知，而他为了让我懂得永恒的东西又是费了多大的劲。我在祖先的传统中被埋得太深了，我的确好像永远也不可能被挖掘出来，重见光明。[20]

"白人男人"会"教我弄懂那个词"，他会站在"我跟前，教我弄懂所读的内容"，而杰克逊的哥哥，还有"祖先的传统"——这一点让人吃惊——则要把自己的理解强加于她。杰克逊在描写中对两者做了对比。"祖先的传统"的压迫非常重，杰克逊承认，"我的确好像永远也不可能被挖掘出来，重见光明"。

莎格与西丽的上帝观念意指了杰克逊的这些段落。杰克逊的"白人男人"

是说话的阐释者,西丽的"白人男人"是无言的读者,直到西丽在莎格的帮助下"把男人从眼睛里驱逐出去"之前,杰克逊和西丽的"白人男人"完全相同。杰克逊在传统的重负下感到窒息,用她的话说是"被埋得太深了",而沃克的文本则大胆地指向了一个传统观念的新模型,它是自我定义或者说是自身决定的,是个黑人和女性的传统。我们求助于"白人男人""教"我们"理解",而沃克则告诉我们,为了实现这一目标,第一步就要将那个"白人男人"清理出去。这是个关于阐释的寓言,它是沃克对黑人传统及其阐释的本质和功能所提出的最大胆的主张。远离白人阐释圈,从它里边走出去,进入黑人阐释圈,这就是沃克在对杰克逊的幻想所做的批判中提出的挑战。

注释

第1章

1.《奥里基埃苏》,阿约德尔·奥贡迪普,转引自《约鲁巴人的机缘与不确定性之神埃苏·埃拉巴拉:约鲁巴神话研究》,2卷本。博士论文,印第安那大学,1978,第2卷,第135页。

2.《奥里基埃苏》,利奥·弗罗比涅斯,转引自《非洲的声音》(纽约:本杰明·布洛姆出版公司,1913),第1卷,第229页。

3. 拉里·尼尔,《马尔科姆·埃克斯自传》,载《黑色的火焰:非裔美国作品选》(纽约:威廉·莫罗出版公司,1968),第316页。

4. 有大量关于"非洲遗存"的文献。下面这些资料有帮助:奥康·E. 尤亚,《奴隶制文化:被过滤的黑人经历》,载《非裔美国研究》第1卷(1971):第209页;罗伯特·法里斯·汤普森,《魂灵乍现》(纽约:兰登书屋,1983);威廉·巴斯科姆,《新大陆的闪格教》(奥斯汀:德克萨斯大学非洲及非裔美国学院,1972);梅尔维尔·J. 赫斯科维茨编,《跨学科黑人研究面面观》(华盛顿:美国学术社团委员会期刊,第32期,1941);M. G. 史密斯,《加勒比海的非洲遗产》,载《加勒比海研究:论文集》,维拉·鲁宾编(西雅图:华盛顿大学出版社,1960);乔治·E. 辛普森与彼得·B. 哈蒙德,"讨论",载《加勒比海研究》,维拉·鲁宾编;罗伯特·法里斯·汤普森,《美国艺术中的非洲影响》,载《大学里的黑人研究:论文集》,阿姆斯特德·L. 鲁宾逊等编(纽黑文:耶鲁大学出版社,1969),第122—170页;以及罗杰·D. 亚伯拉罕斯与约翰·F. 斯韦德,《非洲之后:17、18、19世纪英国人有关英属西印度群岛的奴隶及其风俗习惯的游记与日志选粹》(纽黑文:耶鲁大学出版社,1983),见第4—22页。

5. 可参看小休斯敦·A. 贝克的《布鲁斯、意识形态与非裔美国文学:一个土语理论》(芝加哥:芝加哥大学出版社,1984)一书,其研究与本书类似,是本精彩纷呈的书。贝克考察了非裔美国土生土长的布鲁斯传统这样一个侧面,并把它作为建立在土生土长的音乐传统之上的批评理论的转义,而我在这儿考察的则是建立在土生土长的语言和诗学传统之上的批评理论,这一传统被编码于意指行为仪式之中。贝克的著作(尤其是他对恶作剧精灵形象的阈限性质的解读)给我的巨大帮助显而易见,我在此表示感谢。

6. 在今天尼日利亚的约鲁巴人、贝宁的芳族人、巴西的纳戈人以及古巴的柳库米人中间,还有数百个《奥里基埃苏》与埃苏神话,为了对它们做出更全面的解释,我系统地考察了大量有关埃苏及其变体的二手文献。对这个有关阐释的本质的研究而言,有些资料尤其有用,它们是:胡安娜·埃尔伯恩·多斯桑托斯与德奥斯科里德兹·M. 多斯桑托斯,《埃苏巴拉拉洛依:一个比较研究》(伊巴丹:非洲研究学院,1971),《埃苏·巴拉,纳戈体系中个体生活的原则》,载《黑非洲人观念国际研讨会》(巴黎:法国国家科研中心,国际研讨会,544 期,1971);胡安娜·埃尔伯恩·多斯桑托斯,《纳戈神与死亡》(巴黎:沃兹,皮特罗波里斯出版社,1976);罗伯特·法里斯·汤普森,《黑色的神与王:加州大学洛杉矶分校的约鲁巴艺术》(1971;布卢明顿:印第安那大学出版社,1976),《魂灵乍现》;奥贡迪普,《埃苏·埃拉巴拉》;梅尔维尔·J. 赫斯科维茨,《达荷美,一个古老的西非王国》,2 卷本(埃文斯顿:西北大学出版社,1967);梅尔维尔·J. 赫斯科维茨与弗朗西丝·S. 赫斯科维茨,《达荷美叙述:一个跨文化分析》(埃文斯顿:西北大学出版社,1958);伯纳德·莫泡,《古奴隶海岸的占卜术》,人种学研究所的作品及论文,卷 42(巴黎:人种学研究所,1943);韦德·阿比姆博拉,《艾发文学数据库说明》,拉各斯大学博士论文,1970;韦德·阿比姆博拉,《十六首了不起的艾发诗歌》(纽约:联合国教科文组织,1975),《艾发占卜诗》(纽约:诺科出版公司,1977);E. 博拉吉·伊多伍,《奥洛杜梅尔:约鲁巴信仰中的上帝》(伦敦:朗文出版公司,1962);威廉·巴斯科姆,《艾发占卜:西非神与人之间的交流》(布卢明顿:印第安那大学出版社,1969);莉迪娅·卡布雷拉,《山峰》(哈瓦那:C. R. 版本,1954);皮埃尔·韦杰尔,《巴西万圣湾巴伊亚与非洲古奴隶海岸的奥里莎和伏毒教崇拜的特征》,法国黑非洲研究所学术报告 51(达喀尔:伊范,1957);罗杰·巴斯蒂德,《巴伊亚的马坤巴教仪式,纳戈仪式》(巴黎:穆顿,1958);罗伯特·D. 佩尔顿,《西非的恶作剧精灵:神秘的反讽与神圣的欢乐研究》(洛杉矶:加州大学出版社,1980);彼得·M. 莫顿-威廉斯,《欧尤约鲁巴人的宇宙哲学与祭仪组织的提纲》,载《非洲》32 期(1962):第336—353 页;以及汉斯·威特,《艾发和埃苏:秩序与混乱的图像》(索斯特,荷兰:鲁提克工艺美术品贸易公司,1984)。

7. 因为埃苏的变体是传统文学主题,也因为我想重点强调的是在本章展开的文学(而非人类学)话语,因此,我将埃苏和约鲁巴两词与达荷美、巴西以及古巴等受约鲁巴文化影响的文化中埃苏的别名交替使用。在我看来,埃苏和约鲁巴是被共享的阐释原则的符号,超越了简单的民族国家界限。

8. 阿斯有诸多含义。见胡安娜·埃尔伯恩与 D. M. 多斯桑托斯,《纳戈生殖宗教与巴西文化价值的保存》,非洲传统宗教座谈会,联合国教科文组织与科学咨询委员会,科托努,1970;胡安娜·埃尔伯恩与 D. M. 多斯桑托斯,《埃苏巴拉》;多斯桑托斯,《纳戈神与死亡》,第 171—181 页;以及汤普森,《魂灵乍现》第一章。我参阅了《埃苏·埃比坦到里瓦》。我的约鲁巴导师，迈克尔·O.阿弗拉扬教授教会了我这个《奥里基埃苏》，阿弗拉扬教授对约鲁巴诗学与语言学的理解无人能及。我对艾发神谕的本质与功能的理解直接来源于阿弗拉扬和沃·索因卡的讲授。

9. 多斯桑托斯与多斯桑托斯，《埃苏巴拉拉洛依》，第80页。

10. 同上书，第28、26、2页。

11. 沃·索因卡为本书杜撰了这个新术语。

12. 《奥里基埃苏》，转引自迈克尔·O.阿弗拉扬。又见阿比姆博拉，《艾发文学数据库说明》，第388、394页，那里有个有细微差别的版本。

13. 巴斯科姆，《艾发占卜》，第109—110页。巴斯科姆写道，这一神话据说是建立在奥芬·奥贡达的一首诗之上。对博斯曼神话的系统分析可参见拙著《启蒙运动中的黑人文学：论种族、书写及差异》一书（纽约：牛津大学出版社即出）。

14. 还有另一些艾发起源神话，它们也强调埃苏将艾发体系教给了自己的这位朋友，见P. 鲍丁神父，《物神崇拜与物神崇拜者》，M. 麦克马洪译（纽约：本齐格兄弟出版公司，1885），第32—35页。又见A. B. 埃利斯，《西非奴隶海岸说约鲁巴语的民族》（伦敦：查普曼与霍尔出版公司，1894），第56—64页；詹姆斯·约翰逊，《约鲁巴偶像崇拜》（埃克塞特：詹姆斯·汤森父子出版公司，1899）；R. E. 丹尼特，《在黑人的脑海深处》（伦敦：麦克米伦出版公司，1906），第243—269页；弗罗比涅斯，《非洲之声》，第1卷，第229—232页；斯蒂芬·S.法罗，《信仰、想象与偶像，或约鲁巴异教信仰》（伦敦：基督教知识促进学会，1926），第36—37页；J. 奥卢米德·卢卡斯，《约鲁巴人的宗教：对尼日利亚南部约鲁巴人宗教信仰与实践的解释——尤其是参照古埃及宗教》（拉各斯：C. M. S书店，1948），第73—74页；以及奥贡迪普，《埃苏·埃拉巴拉》，第2卷，第100—101，128—132页。尤其参见巴斯科姆，《艾发占卜》，第105—107, 156—161, 221—227, 553—555页。

15. 弗罗比涅斯，《非洲之声》，第1卷，第229—232页。

16. 奥贡迪普，《埃苏·埃拉巴拉》，第2卷，第100—101, 128页。又见鲍丁，《物神崇拜》，第34页；弗罗比涅斯，《非洲之声》，第1卷，第229—232页；法罗，《信仰、想象与偶像》，第37页；以及卢卡斯，《约鲁巴人的宗教》，第73—74页。尤其参见赫斯科维茨与赫斯科维茨，《达荷美叙事》，第173—183页。

17. 赫斯科维茨，《达荷美》，第2卷，第295—96页。

18. 卡布雷拉，《山峰》，第87页。艾伯托·德尔波佐帮忙给我查到了这个资料。本书所引为乔斯·皮尔德拉的译文。又见艾伯托·德尔波佐，《奥里查》（迈阿密：1982），第1页。皮尔德拉有关约鲁巴-刚果-古巴文化母体的著作是一流的。见他的《猴子故事与古巴歌谣》，载《现代语言注释》第100期(1985)：第361—390页。

19. 赫斯科维茨与赫斯科维茨，《达荷美叙事》，第151—152, 193—194页。

20. 奥贡迪普，《埃苏·埃拉巴拉》，第2卷，第42页。

21. 赫斯科维茨与赫斯科维茨，《达荷美叙事》，第150—151页。

22. 我非常感谢从乔斯·皮尔德拉那里得到的帮助,他读过本章的未定稿,受到启发,他提出有关圭耶与吉古的古巴神话与意指的猴子类似。我高兴地发现吉古是另外一个包含丰富的编码信息的埃苏。见《巴伽达的圭耶》,载萨尔瓦多·布宜诺,《古巴传奇》(哈瓦那:文艺出版社,1978),第257—261页;特奥菲洛·雷迪洛,《吉古之歌》,载昂里克·诺布尔,《非裔-西班牙裔-美洲裔文学:虚构的诗与文》(马萨诸塞州列克星敦、多伦多:齐罗克斯学院出版社,1973),第49—52页;以及法昆多·拉莫斯,《古巴圭耶神话》,载塞缪尔·费乔,《古巴民间文学中的黑人》(哈瓦那:古巴文学出版社,1980),第322—359页。雷迪洛的诗歌为乔斯·皮尔德拉所译。见附录。《奥里基埃苏》中到处都是把埃苏看成"小男人"的描述。

23. 圭耶或吉古源于埃菲克-埃贾厄姆单词 *jiwe*("猴子"),这一点已被费南多·奥尔蒂斯的《古巴特色故事新编》一书所证实,这是他自己的《古巴特色故事汇编》一书的修订本(哈瓦那:古巴未刊印与珍稀书目和文档汇编,第4卷,1923),在其去世后出版(哈瓦那:社会科学出版社,1974),第305页;皮埃尔·亚历山大,《语言与黑非洲的语言》(埃文斯顿:西北大学出版社,1972),第56,39页。

24. 在斯瓦西里语中,恩加恩加(*nganga*)也做穆加恩加(*mganga*),指的是一个传统的非洲巫师兼魔术师。它更可能是刚果语变体,因为有大批的人被从刚果掳掠到了西半球,并被奴役。恩加恩加是对刚果语的音译,用在复合词中,表示的是有关某个主题的专家的概念。其早期的翻译是"巫神制造者(fetish-maker)",显然传达了一种有偏见的误解,应该用诸如 *faiseur*("制造者"或"生产者")之类的其他术语来代替。J. 冯·温在《巴刚果族研究:社会学-宗教与巫术》第二版(1921,1938;重印于利奥波德维尔:莱西亚纳姆博物馆,布道学部第39,1959)第418—419页中研究了这个词的词源,并用法语称之为 *faiseur*。布阿卡萨的研究是有关这一主题最完整的研究,他认为恩加恩加的核心功能是对 *kindoki*(这是一种由隐秘力量控制交流的语言,它包括动作、语词、物体以及梦境等)的阐释。见图鲁·起亚·姆帕苏·布阿卡萨,《话语中未考虑的元素》(金沙萨:大学出版社,1973)。又见杰曼·德·哥拉巴达,《古巴"刚果语"的非洲母体》(初级研究)(达喀尔:非裔-伊比利亚裔-美洲裔文化高等研究中心,1973)。

25. 德尔波佐,《奥里查》,第1页。

26. 佩尔顿,《西非的恶作剧精灵》,第162页。尤见第3、4章,其中有对埃苏与话语的关系的精彩分析,认为它是"话语中对立元素的一种和解"(第79页)。

27. 奥贡迪普,《埃苏·埃拉巴拉》,第2卷,第18页。

28. 同上书,第2卷,第66—67页。赫斯科维茨,《达荷美》,第2卷,第296页。

29. 赫斯科维茨,《达荷美》,第2卷,第130页。

30. 同上书,第131页。

31. R. E. 德尼特,《在黑人的脑海深处》(伦敦:麦克米伦出版公司,1906),第246—247页。见巴斯科姆,《艾发占卜》,第17页。

32. 莫顿-威廉斯,《宇宙哲学提纲》,第254—255页;又见佩尔顿,《西非的恶作剧精灵》,第 162 页;莫泡,《占卜术》,第 17 页;保罗·默西埃译,《达荷美的芳族人》,载《非洲人的世界:非洲各民族的宇宙哲学观与社会价值观研究》(伦敦:牛津大学出版社,1954),第 228 页;佩尔顿,《西非的恶作剧精灵》,第 94 页。

33. 赫斯科维茨,《达荷美》,第 2 卷,第 203 页。

34. 杰弗里·H. 哈特曼,《荒野中的批评:今日文学之研究》(纽黑文:耶鲁大学出版社,1980),第 272 页。

35. 同上书,第 270 页。

36. 沃尔特·J. 翁,《口述性与读写能力:词的技术化》(伦敦:梅休因出版公司,1982),第 13,53 页。

37. 关于古雅形式的在场,见多斯桑托斯与多斯桑托斯,《埃苏巴拉拉洛依》,第 15 页。

38. 见赫斯科维茨,《达荷美》,第 2 卷,第 205 页;以及佩尔顿,《西非的恶作剧精灵》,第 88,102,108—109,119 页。又见赫斯科维茨与赫斯科维茨,《达荷美叙事》,第 147 页。

39. 赫斯科维茨,《达荷美》,第 2 卷,第 205—6 页。

40. 同上书,第 225,229 页。见佩尔顿,《西非的恶作剧精灵》,第 108—109 页,以及第 88—89,102 页。

41. 赫斯科维茨,《达荷美》,第 2 卷,第 207—208 页。

42. 同上书,第 222 页。

43. 同上书,第 229—230,225 页。

44. 奥贡迪普,《埃苏·埃拉巴拉》,第 1 卷,第 119 页。又见 W. J. 阿盖尔,《达荷美的芳族人:古老王国的历史与人种志》(牛津:克拉伦登出版社,1966),第 64 页;佩尔顿,《西非的恶作剧精灵》,第 105 页;多斯桑托斯与多斯桑托斯,《埃苏巴拉拉洛依》,第 91 页。

45. 奥贡迪普,《埃苏·埃拉巴拉》,第 1 卷,第 148 页。

46. 见汤普森,《黑色的神与王》,第 4 章;以及奥贡迪普,《埃苏·埃拉巴拉》,第 1 卷,第 163—164 页,172—173 页。

47. 佩尔顿,《西非的恶作剧精灵》,第 79,149 页。

48. 多斯桑托斯与多斯桑托斯,《埃苏巴拉拉洛依》,第 91 页。

49. 默西埃,《达荷美的芳族人》,第 232 页;引自佩尔顿,《西非的恶作剧精灵》,第 105 页。

50. 见佩尔顿,《西非的恶作剧精灵》,第 104,146,156 页。

51. 奥贡迪普,《埃苏·埃拉巴拉》,第 1 卷,第 134 页;第 2 卷,第 20 页。

52. 同上书,第 1 卷,第 147 页。

53. 同上书,第 1 卷,第 198,133 页。

54. E. 博拉吉·伊多伍,《奥洛杜梅尔:约鲁巴信仰中的上帝》(伦敦:朗文,格林出版公司,1962),第74页。

55. 奥贡迪普,《埃苏·埃拉巴拉》,第1卷,第234页。
56. 多斯桑托斯与多斯桑托斯,《埃苏巴拉拉洛依》,第91,93—94页;以及佩尔顿,《西非的恶作剧精灵》,第71—113页。
57. 多斯桑托斯与多斯桑托斯,《埃苏巴拉拉洛依》,第93—94页。
58. 卡布雷拉,《山峰》,第87页。又见阿吉利尔斯·利昂,《古巴当地宗教的巫神埃勒布瓦》,载《国家民族学博物馆论文及报告》,德累斯顿,21卷(柏林:学术出版社,1962),第57—61页。
59. 罗杰·巴斯蒂德,《巴西的非洲宗教:建立文明相互渗透的社会学》(巴黎:法国大学出版社,1960),第350—352页。关于正式文学中对埃苏的表现,见艾梅·塞萨尔,《暴风雨》(巴黎:起点出版社,1969),第67—71页;威尔·奥贡耶米,《埃殊·埃拉巴拉》(伊巴丹:奥里苏演出版本,1970);以及沃·索因卡,《死亡与国王骑手》(纽约:诺顿出版公司,1975)。
60. 奥贡迪普,《埃苏·埃拉巴拉》,第1卷,第207页。
61. 见同上书,第1卷,第196—197页;第2卷,第132,133—135,311;佩尔顿,《西非的恶作剧精灵》,第141页;弗罗比涅斯,《非洲之声》,第1卷,第240—242页;以及巴斯科姆,《艾发占卜》,第105页。
62. 奥贡迪普,《埃苏·埃拉巴拉》,第2卷,第133—135页。
63. 多斯桑托斯与多斯桑托斯,《埃苏巴拉拉洛依》,第90页。
64. 同上书,第119页。
65. 同上书,第29页。
66. 汤普森,《魂灵乍现》,第一章。
67. 多斯桑托斯与多斯桑托斯,《埃苏巴拉拉洛依》,第85页。
68. 同上书,第8页。
69. 同上书,第27,101页。
70. 同上书,第26—27页。
71. 同上书,第110,91页。
72. 彼得·莫顿-威廉斯,《奥约的约鲁巴·奥格博尼偶像崇拜》,载《非洲》第30卷,第373期。又见约翰·彭伯顿三世,《描述性目录》,载《约鲁巴:西非雕塑》,布赖斯·霍尔库姆编(纽约:克诺夫出版公司,1982),第186页。
73. 见多斯桑托斯与多斯桑托斯,《埃苏巴拉拉洛依》,第88—89,83—84页。
74. 同上书,第48—49页。
75. 同上书,第84,91—92页。
76. 阿比姆博拉,《艾发文学数据库说明》,第388,394页;多斯桑托斯与多斯桑托斯,《埃苏巴拉拉洛依》,第2,93—94页;奥贡迪普,《埃苏·埃拉巴拉》,第2卷,第2页;又见佩尔顿,《西非的恶作剧精灵》,第104页。

77. 雅克·德里达,《论文字学》,佳亚特里·查克拉沃蒂·斯皮瓦克译(巴尔的摩:约翰·霍普金斯大学出版社,1976)第34—43页;比较:乔纳森·卡勒,《论解构:结构主义之后的理论与批评》(伊萨卡:康奈尔大学出版社,1982),第101页。见卡勒,《论解构》,第109页。

78. 佩尔顿,《西非的恶作剧精灵》,第163,143页;见德里达,《语言学与文字学》章,《论文字学》,第27—73页。

79. 克里斯托弗·诺里斯,《解构:理论与实践》(伦敦:梅休因出版公司,1982),第33页。

80. 诺里斯对后结构主义理论的这些侧面做过清晰说明,参看其《解构》,第39,28,29,32,24,16,13页。

81. 奥贡迪普,《埃苏·埃拉巴拉》,第2卷,第38—39页。

82. 尼古拉斯·吉伦,《圭耶的歌谣》

83. 奥贡迪普,《埃苏·埃拉巴拉》,第18页。

第2章

1. 费尔迪南·德·索绪尔,《普通语言学教程》,查尔斯·巴利与艾伯特·塞切哈耶编,韦德·巴斯金译(纽约:麦格劳-希尔,1966),第66页以后。

2. 克里斯托弗·诺里斯对此做过极为精彩的论述,参看其《解构:理论与实践》(纽约:梅休因出版公司,1982),第32页。

3. 参看我在《黑色的象征——语词、符号以及"种族"自我》一书(纽约:牛津大学出版社,1986)中对"低下(down)"一词的讨论。

4. 索绪尔,《教程》,第71页。

5. 雅克·拉康,《书写:选集》,艾伦·谢里登译(纽约:诺顿出版公司,1977),第154页。

6. 安东尼·伊斯特霍普,《诗作为话语》(纽约:梅休因出版公司,1983),第37页。

7. 转引自加里·索尔·莫森,《文类的边界:陀思妥耶夫斯基的〈作家日记〉与文学乌托邦传统》(奥斯汀:德克萨斯大学出版社,1981),第108页。

8. 索绪尔,《教程》,第71页。

9. 同上书,第75,72页。

10. 比如可参见克劳迪娅·米切尔-克南,《一个黑人城市社会的语言行为》(语言行为实验室专著系列第2辑,加州大学伯克莱分校),第88—90页;以及罗杰·D.亚伯拉罕斯,《像黑人一样说话》(罗利,马萨诸塞州:纽伯里书屋出版,1976),第50—51页。

11. 关于柏油娃,参见拉尔夫·埃利森,《隐秘的姓名与复杂的命运:一名作家在美国的经历》一文,收入《影子与行为》(纽约:兰登书屋,1964),第147页;以及托尼·莫里森,《柏油娃》(纽约:克诺夫出版公司,1981)。

12. 吉尼瓦·史密瑟曼给这些以及其他的黑人转义下过定义,继而追溯了几个黑人文本对它们的使用。史密瑟曼的著作与米切尔-克南和亚伯拉罕斯的著作一样,对文学理论有特殊的重要意义。见吉尼瓦·史密瑟曼,《言说与奚落:黑美国的语言》(波士顿:霍顿·米夫林出版公司,1977),第101—167页。关于意指行为作为一种修辞性转义,这一点可参看史密瑟曼,《言说与奚落》,第101—167页;托马斯·柯克曼,《说唱与表演:城镇黑人美国的交流》(厄尔巴纳:伊利诺伊大学出版社,1972);托马斯·柯克曼,《黑人区的说唱》,载于《跨越行为》第6期(1969年2月号):32;艾伦·邓兹编,《笑谑故事篓子中与生俱来的机智:非裔美国民间故事阐释读物》(恩格尔伍德·克利夫斯:普伦蒂斯-霍尔出版公司,1973),第310页;埃森·M.艾伯特,《布隆迪的"修辞"、"逻辑"与"诗学":言语行为的文化模式》,载约翰·J.冈伯茨与戴尔·海姆斯编,《交流人种志,美国人类学家》第66期(1964):35—54。下面这件趣闻就是个意指行为的例子。在写这篇文章的时候,我问一位同事德怀特·安德鲁斯,他小时候是不是听说过意指的猴子。"哦,没有",他认真地回答说:"在我来耶鲁并在一本书中读到它之前,我从没听说过意指的猴子。"我被意指了。如果我这样回答安德鲁斯,那么我就反过来也意指了他:"我明白你什么意思;上一次我在底特律的时候,你老妈给我从同一本书中找了一段读了读。"

13. 朱莉娅·克里斯蒂娃,《语言中的欲望:一个研究文学与艺术的符号学视角》(纽约:哥伦比亚大学出版社,1980),第31页;邓兹,《笑谑故事篓子中与生俱来的机智》的编者按语,第310页。

14. 罗杰·D.亚伯拉罕斯,《在丛林深处:费城街道上的黑人叙事民间故事》(芝加哥:奥尔丁出版公司,1970),第51—52,66—67,264页。亚伯拉罕斯意识到有必要对独特的黑人表意方法做出定义,他的这种觉悟有示范作用。早在1964年发表《在丛林深处》的第一版时,他就意识到有必要加一个术语表,并附了一个名为"特殊术语及表达法"的附录,但不幸的是,这一附录的名称意味着这位社会学家感到需要对自己的研究对象进行辩护。

15. 同上书,第66—67,264页。(强调为笔者所加。)

16. 同上书,第113页。在诗节的第二行,"操你老妈"常常被"猴子"所替代。

17. 《意指的猴子》文,载《黑人民间故事集》,兰斯顿·休斯与阿纳·邦当编(纽约:多德,米德出版公司,1958),第365—366页。

18. 见布鲁斯·杰克逊,《"把你的屁股浸到水里像我一样游":黑人口头传统叙事诗》(坎布里奇:哈佛大学出版社,1974),尤其见第164—165页。本书中接下来对杰克逊所收集的故事的引述都在行文中注明了页码。杰克逊对"简短故事"的收集工作是权威的。

19. 在引述的第二行中,"屁股"前被加上了"毛茸茸的"这个转喻作为形容词来修饰它,这显然是个纵向聚合邻近性的例子。

20. J. L. 迪拉德,《黑人英语词汇》(纽约:连续统一体出版公司,1977),第130—141页;佐拉·尼尔·赫斯顿,《骡与人》(费城:J. B. 利平科特出版公司,1935),第37页;斯特林·A. 布朗,《民间文学》一文,收入《黑人车队》(1941;纽约:阿尔诺出版公司,1969),

第 433 页。

21. 西格蒙德·弗洛伊德,《梦的解析》,詹姆斯·斯特雷奇译(1953;纽约:埃冯出版公司,1965),第 386 页。

22. 引自伊斯特霍普,《作为话语的诗》,第 82 页。

23. 同上书,第 82—83,42 页。

24. 同上书,第 84—86 页。

25. 引自伊斯特霍普,《作为话语的诗》,第 90 页。19 世纪就已出现了对黑人音乐中使其韵律和谐的技法的评论,参见詹姆斯·亨格福德,《老旧的种植园以及本人于【1832 年】秋日在那里所收集到的东西》(纽约,1859),重印于艾琳·萨瑟恩编,《美国黑人音乐读物》(纽约:诺顿出版公司,1971),第 71—81 页,尤其见第 73 页。

26. 伊斯特霍普,《作为话语的诗》,第 90—91 页。

27. 同上书,第 89—90,93 页。(强调为笔者所加。)

28. 拉尔夫·埃利森,《切豪站的小个子》,载《美国学者》(1977—78 冬季号):26。

29.《奥里基埃苏》,转引自阿约德尔·奥贡迪普,《约鲁巴人的机缘与不确定性之神埃苏·埃拉巴拉:约鲁巴神话研究》,2 卷本,博士论文,印第安那大学,1978,第 2 卷,第 12,77 页。

30.《街头语言测试说那个墓里埋的不是格兰特》一文,载《纽约时报》,1983 年 4 月 17 日,第 30 页。

31. 兰斯顿·休斯,《问你老妈:爵士乐的 12 种情绪》(纽约:克诺夫出版公司,1971),第 8 页;《街头语言测试》,第 30 页。(强调为笔者所加。)

32.《尼古拉斯·克雷斯韦尔日志,1774—1777》,L. 麦克维编(纽约:日暮出版社,1924),第 17—19 页。

33. 弗雷德里克·道格拉斯,《一个美国奴隶弗雷德里克·道格拉斯自己所写的生命叙事》(1845;纽约:道布尔迪出版公司,1963),第 13—14 页。(强调为笔者所加。)

34. 同上书,第 13,15 页。

35. 弗雷德里克·道格拉斯,《我的奴役与我的自由》(纽约:奥顿与马利根出版公司,1855),第 253 页。

36. 威廉·福克斯,《在美国的值得怀念的日子》(伦敦:W. 辛普金斯与 R. 马歇尔出版公司,1823),第 77—78 页,又见约翰·狄克逊·朗,《教堂与国家中的奴隶制图景》(费城:作者自印本,1857)

37. 乔治·P. 拉维克编,《美国奴隶:一部综合的自传》,第 5 卷,第 4 部,第 198 页。

38. 克拉伦斯·梅杰,《非裔美国俚语辞典》(纽约:国际出版商,1970)第 104,46,34 页。

39. 赫米斯·E. 罗伯茨,《第三只耳朵:黑人术语表》,意指行为词条。

40. 梅兹·梅兹洛与伯纳德·沃尔夫,《真正的布鲁斯》(纽约:兰登书屋,1946),第 378,230 页。

41. 同上书,第230—31页。

42. 马拉奇·安德鲁斯与保罗·T. 欧文斯,《黑人语言》(西洛杉矶:西摩-史密斯出版公司,1973),第95页。(强调为笔者所加)又见他们的"沃尔夫"词条,第106页。

43. 迪拉德,《黑人英语词汇》,第154,177页。

44. 赫斯顿,《骡与人》,第161页。又见C. 莫顿·巴布科克,《一份佐拉·尼尔·赫斯顿提供的单词表》一文,载《美国方言学会出版物》,第40期(阿拉巴马大学:阿拉巴马大学出版社,1963),第1—12页。在本书第5章,我分析了赫斯顿对意指行为的使用。

45. 迪拉德,《黑人英语词汇》,第134页。

46. 见杰克逊,《把你的屁股浸到水里》,尤其第161—180页。

47. 吉姆·哈斯金斯与休·F. 巴兹,《黑人语言心理学》(纽约:巴恩斯与诺布尔出版公司,1973),第86页。

48. 同上书,第51页。

49. 哈罗德·温特沃思与斯图尔特·伯格·弗莱克斯纳汇编,《美国俚语辞典》,第二补充版(纽约:托马斯·Y. 克罗韦尔出版公司,1975),第477页。

50. 彼得·塔玛利,转引自罗伯特·S. 戈尔德,《爵士言说》(纽约:鲍勃斯-梅里尔出版公司,1975),第76页。

51. H. 兰普·布朗,《死,黑鬼死!》(纽约:日暮出版社,1969),第25—26页。

52. 同上书,第26—29页。

53. 同上书,第29—30页。

54. 同上。

55. 见罗杰·D. 亚伯拉罕斯,《变化的黑人英雄概念》一文,载《金色圆木》,莫迪·C. 博特赖特,威尔逊·M. 休斯敦,以及艾伦·马克斯韦编(达拉斯:南循道宗大学出版社,1962),第119—134页;亚伯拉罕斯,《在丛林深处》,尤其是"第二版导论"(1970)。

56. 亚伯拉罕斯,《变化的黑人英雄概念》,第125页。

57. 亚伯拉罕斯,《在丛林深处》,第51—53,66—70,113—119,142—147,153—156,264页。

58. 理查德·A. 兰厄姆,《雄辩的主题:文艺复兴中的文学修辞》(纽黑文:耶鲁大学出版社,1976),第2—3页;又见亚伯拉罕斯,《在丛林深处》,第17页;以及伊迪丝·A. 福尔博,《背几句话:十几岁黑人少年的语言与文化》(坎布里奇:哈佛大学出版社,1980),第90页:"在黑人社区里长大的年轻人彼此之间玩无休止的语言游戏,就正如在主流社会中他们的白人同龄孩子玩战争游戏、玩警察与强盗的游戏、或者玩牛仔与印第安人的游戏一样。黑人孩子很早就学着要使自己的语言能力精益求精,就像娴熟的音乐家一样,要开发乐器的功能以演奏不同乐曲。"

59. 兰厄姆,《雄辩的主题》,第2—3页。

60. 罗杰·D. 亚伯拉罕斯,《像黑人一样说话》(罗利,马萨诸塞州:纽伯里书屋,1976),第19页。

61. 同上书,第 33 页。

62. 同上书,第 51 页。

63. 同上书,第 49,46,53,56,73—76,50 页。又见罗杰·D. 亚伯拉罕斯,《西印度群岛的语言大师:表演与克里奥文化的形成》(巴尔的摩:约翰·霍普金斯大学出版社,1983),第 56—57 页。

64. 亚伯拉罕斯,《像黑人一样说话》,第 52 页。(强调为笔者所加。)《埃林顿公爵与约翰·科尔特雷恩》,冲动唱片,AS—30。

65. 托马斯·柯克曼,《建立美国黑人言语行为的人种学》一文,载《说唱与表演:城镇黑人美国的交流》(厄尔巴纳:伊利诺伊大学出版社,1972),第 257 页;又见柯克曼《黑人区的说唱》一文,载《跨越行为》第 6 期(1969 年 2 月号),第 26—35 页。柯克曼的《建立人种学》一文最初发表在《非裔美国人类学:当代视角》一书中,小诺曼·E. 惠滕和约翰·F. 斯韦德编(纽约:自由出版社,1970),第 145—163 页。

66. 柯克曼,《人种学》,第 257 页。

67. 同上书,第 258 页。

68. 又见赫伯特·L. 福斯特,《开玩笑、说蠢话与骂娘比赛:城中心学校未被认识的困境》(坎布里奇:巴林杰出版公司,1974),第 203—210 页;以及伊迪丝·A. 福尔博,《背几句话:十几岁黑人少年的语言与文化》(坎布里奇:哈佛大学出版社,1980),尤其是第 69—131 页。

69. 见克劳迪娅·米切尔-克南,《一个黑人城市社会的语言行为》,语言行为实验室专著系列第 2 辑(1971 年 2 月),加州大学伯克莱分校,尤其是第 87—129 页,以《意指行为作为一种语言艺术》为题发表于艾伦·邓兹编《笑谚故事篓子中与生俱来的机智:非裔美国民间故事阐释读物》(恩格尔伍德·克利夫斯:普伦蒂斯-霍尔出版公司,1973),第 310—328 页;以及柯克曼,《说唱与表演》,第 315—336 页。这些引述见邓兹,第 311 页。接下来的页码指代该书的页码。

70. 米切尔-克南,《意指行为》,第 311 页。

71. 同上书,第 312—313,311—312,322—323 页。

72. 同上书,第 313 页。见理查德·A. 兰厄姆,《修辞术语简明目录》(伯克莱:加州大学出版社,1969),第 101—103,52 页。

73. 米切尔-克南,《意指行为》,第 313 页。

74. 同上书,第 314 页。

75. 同上书。

76. 同上书,第 314—315 页。

77. 同上书。

78. 同上书,第 316 页。

79. 同上书,第 316—321 页。

80. 同上书,第 318 页。

81. 哈罗德·布鲁姆,《误读之图》(纽约:牛津大学出版社,1975),第93页,尤其见第83—105页;米切尔-克南,《意指行为》,第319页。

82. 米切尔-克南,《意指行为》,第318—319页。

83. 同上书,第320—321页。

84. 同上书,第321—322页。

85. 同上书,322页。

86. 见同上书,第322—323页。

87. 同上书,第325页。

88. 同上书。劳伦斯·W.莱文对意指行为的文献做过出色的概括,见《黑人文化与黑人意识:从蓄奴制到自由的非裔美国民间思想》(纽约:牛津大学出版社,1977),第346,378—380,483,498—499页。

89. 哈罗德·布鲁姆,《误读之图》,第84页。

90. 这一即兴重复的出处以及对它的分析都源于作者与金伯利·W.本斯顿的一次私人谈话。

91. 蒙田,《论词的虚荣》,载《蒙田全集》,唐纳德·M.弗雷姆译(斯坦福:斯坦福大学出版社,1965),第223页。

第3章

1. V. B. 斯普拉特林全面论述过胡安·拉蒂诺的生活及作品,见《胡安·拉蒂诺,奴隶与人文主义者》(纽约:斯平纳出版社,1938);以及小亨利·路易斯·盖茨编,《胡安·拉蒂诺诗集》,杰克·温克勒译,(即出)。

2. 斯普拉特林,《胡安·拉蒂诺》,第41页。

3. 同上书,第41—42页。

4. 同上书,第42页。

5. 见纳撒尼尔·舒特莱夫,《菲莉丝·惠特利,黑人奴隶诗人》,载《麻省历史学会备忘录第7卷》(1863—1864),第273—274页;以及小朱利安·D.梅森编,《菲莉丝·惠特利诗集》(教堂山:北卡罗莱纳大学出版社,1966),第103—109。关于《黑人山上可怕的暴动》,参见威廉·H.鲁宾逊,《处在美国黑人源头的菲莉丝·惠特利》(底特律:布罗德赛德出版社,1975),第25—26页。

6. 见上面注5。

7. 佚名,《一个有关语言的黑人演说》(伦敦:威廉·福利特出版公司,【1846】)。

8. 这些演讲现存于康涅狄格州法明顿的刘易斯·沃波尔图书馆。

9. 埃辛奥普,《我们如何处置白人?》载《盎格鲁-非洲杂志二》,第2期(1860年2月):第41—45页。

10. 小亨利·路易斯·盖茨对这一观点做过全面分析,参看《启蒙运动中的黑人文学:种族、书写与差异》(纽约:牛津大学出版社,即出)。

11. 埃辛奥普,《我们如何处置》,第 45 页。

12. 吉尼瓦·史密瑟曼,《言说与奚落:黑美国的语言》(波士顿:霍顿·米夫林出版公司,1977),第 118—34 页。又见罗杰·D.亚伯拉罕斯,《像黑人一样说话》(罗利,马萨诸塞州:纽伯里书屋,1976),第 77 页。

13. 史密瑟曼,《言说与奚落》,第 118 页。

14. 同上书,第 121 页。

15. 同上书。

16. 引自同上书,第 121—122 页。

17. 同上书,第 122 页。

18. 引自同上书。

19. 引自同上书,第 122—123 页。

20. 引自同上书,第 123 页。

21. 米歇尔·法布尔,《理查德·赖特未竟的历程》,伊莎贝尔·巴曾译(纽约:威廉·莫罗出版公司,1973),第 135 页。

22. 见本书第 5 章。

23. 引自史密瑟曼,《言说与奚落》,第 126—128 页。

24. 同上书,第 128 页。

25. 同上书,第 131 页。

26. 同上书,第 132 页。

27. 同上书,第 132—133 页。

28. 兰斯顿·休斯,《问你老妈:爵士乐的 12 种情绪》(纽约:克诺夫出版公司,1971)。

29. 同上书,第 43 页。

30. 奥尔斯顿·安德森,《爱人》(花园城,纽约:道布尔迪出版公司,1959),第 19—27 页。

31. 同上书,第 20—21 页。

32. 同上书,第 26 页。

33. 见本书第 2 章;约翰·埃德加·怀德曼,《查尔斯·切斯纳特与公共事业振兴署叙事》,载《奴隶的叙事》,查尔斯·T.戴维斯与小亨利·路易斯·盖茨编(纽约:牛津大学出版社,1985);托尼·凯德·邦芭拉,《约翰逊女孩》,载《大猩猩,我的爱》(纽约:文塔吉书屋,1981),第 163—177 页;罗杰·D.亚伯拉罕斯,《像黑人一样说话》,第 77 页上有关于这一故事的讨论;约翰·埃德加·怀德曼,《西瓜的故事》,载《达姆巴拉》(纽约:埃冯出版公司,1981),第 104 页;卡罗琳·罗杰斯,《黑人诗歌——它在哪里?》,载《说唱与表演》,托马斯·柯克曼编,第 336—345 页。

34. 引自罗杰·D.亚伯拉罕斯,《肯定是黑人》,第 2 页。

35. 拉尔夫·埃利森,《希克曼到了》,载《美国的黑人作家》,理查德·巴克斯代尔与肯尼斯·金纳蒙编(纽约:麦克米伦出版公司,1972),第704页。

36. 拉尔夫·埃利森,《论鸟、观鸟与爵士乐》,载《星期六评论》,1962年7月20日,重刊于《影子与行为》(纽约:兰登书屋,1964),第231页。在《无形人》中埃里森使用了这首诗中的一节:

哦,他们拔光了可怜的模仿鸟的毛

哦,他们拔光了可怜的模仿鸟的毛

他们把可怜的模仿鸟系在了一个树桩上

我主,他们拔光了模仿鸟屁股周围所有的毛

他们拔光了可怜的模仿鸟的毛

拉尔夫·埃利森,《无形人》(纽约:兰登书屋,1982),第147页。

37. 国会图书馆对艾伦·洛马克斯的采访,录音于《关于爵士乐的对话》,河岸 RLP9003第一面。引自J. L. 迪拉德,《黑人英语词汇》(纽约:西伯里出版社,1977),第70页(强调为笔者所加)。

38. 拉尔夫·埃利森,《布鲁斯人》,载《影子与行为》,第249,250页。此文最初刊印于1964年2月6日的《纽约时报书评》。

39. 拉尔夫·埃利森,《世界与瓮》,载《影子与行为》,第117页。此文最初发表于1963年12月9日的《新领袖》。

40. 小休斯敦·A. 贝克对赖特的这段话做过非常精彩和透彻的解读,参见其《布鲁斯、意识形态与非裔美国文学:一个土语理论》(芝加哥:芝加哥大学出版社,1985)。

41. 埃尔森,《影子与行为》,第137页。

42. 沃·索因卡,《狮子与宝石》,载《戏剧集》,第2卷(纽约:牛津大学出版社,1974),第21页。罗伯特·埃里奥特·福克斯在《卡利班之镜:勒洛伊·琼斯、伊什梅尔·里德以及塞缪尔·D. 德莱尼的小说》一书中提出了这一观点。博士论文,纽约州立大学布法罗分校,1976,第157页。

43. O. O. 加布迦,《老O. O. 加布迦的布鲁斯》,载《囚犯读本》,第2卷(伯克莱:囚犯出版合资集团,1973),第219—220页。又见O. O. 加布迦,《你抓住的就是你得到的》,载《囚犯读本》,第1卷(1971),第117—119页。

44. 见让·鲍丹,《理解历史的简便方法》,比阿特丽斯·雷诺兹译(1945;纽约:奥克塔贡书屋,1966),第105页;亚里士多德,《动物志》,达奇·W. 汤普森译,载J. A. 史密斯与W. D. 罗斯编,《亚里士多德作品集》,第4卷(牛津:牛津大学出版社,1910),第606b;托马斯·赫伯特,《多年的旅行》(伦敦:R. 埃弗林厄姆出版公司,1677),第16—17页;约翰·洛克,《人类理解论》,第2卷(伦敦:丘吉尔与曼希普出版公司,1721),第53页(第3部,第6章,第23节)。

45. 埃利森,《影子与行为》,第100页。

46. 见戴维·伍切斯特,《讽刺的艺术》(纽约:拉塞尔与拉塞尔出版公司,1960),第42页;以及米哈伊尔·巴赫金,《长篇小说话语》,载《俄国诗学读本:形式主义观与结构主义观》，拉迪斯拉夫·马特耶卡与克里斯蒂娜·波摩尔斯卡编（坎布里奇：麻省理工学院出版社，1971），第176—196。

47. 巴赫金，《长篇小说话语》，第185—186页。

48. 巴赫金，《长篇小说话语》，第87页。

49. 我把相互交错的三角关系当成是黑人传统中互文关系的隐喻，这并不意味着存在任何具体死板的现实。恰恰相反，正如勒内·吉拉尔所说：

> 三角关系根本不是格式塔。真正的结构是主体间性的。它们无法被确定在任何地方；三角关系根本没有现实性；它是个系统的隐喻，被系统地追逐。尺寸和形状的变化并没有毁坏这一象征的同一性，因此……作品的多样性和统一性能够同时得到展现。通过参照结构模型，这个结构几何学的目的和局限可以变得更加清晰起来。三角关系在一定意义上是个模型，或更确切地说是种种模型的一个大家庭。但这些不是像克劳德·列维-斯特劳斯的模型那样机械的模型。它们常常暗中指向了人类关系透明而又含混的谜团。所有类型的结构性思维都假设人类现实是可理解的；它是个逻各斯，作为逻各斯，它是一种早期的逻辑，或者说它把自身降格成了一种逻辑。因此它可以被系统化，且不论这种系统化甚至——或更准确地说尤其——在那些使用这个系统的人看来是多么地不成体系、非理性与混乱，但它毕竟还是有某种程度的系统化。

勒内·吉拉尔，《欺骗、欲望及小说：文学结构中的自我与他者》（巴尔的摩：约翰·霍普金斯大学出版社，1965），第2—3页（强调为笔者所加）。

50. 伊什梅尔·里德讨论过"说话书本"，见《伊什梅尔·里德：一个自我采访》，载《黑人世界》，1974年6月号，第25页。这一象征也出现在多部奴隶叙事中，见詹姆斯·艾伯特·尤考索·格罗涅索，《一个非洲王子詹姆斯·艾伯特·尤考索·格罗涅索对生活中最不寻常的细节的自述》（巴思：出版者不详，1770）；约翰·马伦特，《一个黑人约翰·马伦特对上帝非同寻常的对待的叙事》（伦敦：吉尔博特与普卢默出版公司，1785）；奥托巴·库戈阿诺，《关于邪恶的、伤天害理的奴隶贩卖以及人口买卖的商贸活动的想法与感受》（伦敦：出版者不详，1787）；奥劳达·伊奎阿诺，《奥劳达·伊奎阿诺或非洲人古斯塔夫斯·瓦萨对生活的有趣叙事，由自己所写》（伦敦：作者自印本，1789）；以及约翰·杰，《非洲布道者约翰·杰的生活、历史与所经历的空前绝后的苦难》（波特西，英格兰：作者自印本，1815?）。

51. 诺思罗普·弗莱，《批评的解剖：四论文集》（普林斯顿：普林斯顿大学出版社，1971），第233页。

52. 巴赫金，《长篇小说话语》，第190页。

53. 弗莱，《批评的解剖》，第233页。

54. 大卫·休谟，《论国民特质》，载《道德、政治与文学论文集》，2卷本，T. H. 格林与T. H. 格罗斯编（伦敦：朗曼斯出版公司，1895），第1卷，第252页。见弗农·洛金斯，《黑人作家在美国截至1900年代的发展》（纽约：哥伦比亚大学出版社，1931），第341页；以及斯特林·A. 布朗，《黑人诗歌与戏剧》（1937；纽约：阿森诺姆出版公司，1972），第11，

13页。

55. W. E. B. 杜波伊斯,《黑人》(纽约:亨利·霍尔特出版公司,1915),第231页。

56. W. E. B. 杜波伊斯,《危机》第41期(1934年6月):第182页。文森特·哈丁与J. H. 奥戴尔分别对杜波伊斯这一方面的思想做过精彩论述,参见哈丁,《W. E. B. 杜波伊斯与黑人的弥赛亚想象》,载《黑人巨人:W. E. B. 杜波伊斯》,约翰·亨利克·克拉克,埃丝特·杰克逊,欧内斯特·凯泽,以及J. H. 奥戴尔编(波士顿:灯塔出版社,1970),第52—69页;以及阿诺德·兰姆珀萨德,《W. E. B. 杜波伊斯的艺术与想象》(坎布里奇:哈佛大学出版社,1976),第81页。

57. 约翰·H. 斯迈思,《蜜蜂》,1887年6月25日,转引自奥古斯特·迈耶,《1880—1915年间的黑人思想:布克·T. 华盛顿时代的种族意识形态》(安·阿伯:密歇根大学出版社,1966),第54页。

58. 保罗·劳伦斯·邓巴,《普罗米修斯》,载《保罗·劳伦斯·邓巴诗歌全集》(纽约:多德,米德出版公司,1976),第188—189页。

59. 引自弗吉尼亚·坎宁厄姆,《保罗·劳伦斯·邓巴与歌谣》(纽约:多德,米德出版公司,1947),第160页。

60. 引自本杰明·布罗利,《保罗·劳伦斯·邓巴:人民诗人》(教堂山:北卡罗莱纳大学出版社,1936),第76—77页。

61. 卡尔林·T. 金迪利恩,《1890年代的美国诗歌》(普罗维顿斯:布朗大学出版社,1956),第62页。

62. 海伦·M. 切斯纳特,《查尔斯·沃德尔·切斯纳特:种族线的拓荒者》(教堂山:北卡罗莱纳大学出版社,1952),第88,20页。

63. 同上书,第21页。

64. 同上书。

65. 同上书。

66. 同上书。

67. 同上书,第28页。

68. 同上书。

69. 见理查德·O. 刘易斯,《查尔斯·W. 切斯纳特〈格兰迪森跨越种族线〉的渊源》,载《美国小说研究》,即出。

70. 拉尔夫·埃利森,《在1965年有关美国黑人的美国科学院会议上的发言》,载《代达罗斯》总第95期,(1966年冬)第1期:第408页。

71. 南希·丘纳德编,《黑人》(1934;纽约:黑人大学出版社,1969),第39—62页。重印于佐拉·尼尔·赫斯顿,《圣化的教堂》,托尼·凯德·邦芭拉编(伯克莱:海龟岛出版公司,1981),第41—78页。

72. 佐拉·尼尔·赫斯顿,《原创性》,载丘纳德,《黑人》,第43页。

73. 同上书。

74. 佐拉·尼尔·赫斯顿,《模仿》,载丘纳德,《黑人》,第 43 页。

75. 理查德·赖特,《"比格"是如何产生的》,载《土生子》(1940;纽约:哈珀和罗出版公司,1966),第 xvi 页(强调为笔者所加)。

76. 同上书。

77. 理查德·赖特,《黑人写作蓝图》,载小艾迪生·盖尔编,《黑人美学》(花园城,纽约:道布尔迪-锚出版公司,1972),第 315 页。

78. 同上书。

79. 同上书,第 322 页。

80. 理查德·赖特,《白人,听着!》(花园城,纽约:道布尔迪出版公司,1957)。此文重印于小艾迪生·盖尔编,《黑人表达法》(纽约:韦布赖特与塔利出版公司,1969),第 198—229 页,本书中接下来的引述均出自该书。这一段引自第 212 页(强调为笔者所加)。

81. 埃利森,《影子与行为》,第 127,134 页。

82. 同上书,第 140 页。

83. 同上书,第 131 页(强调为笔者所加)。

84. 见同上书,第 121,130 页。

85. 出自约翰·奥布赖恩编,《黑人作家访谈》(纽约:利夫莱特出版公司,1973),第 56 页。

86. 金伯利·W. 本斯顿,《"我就是我":非裔美国文学中的命名与反命名》,载《黑人文学与文学理论》,小 H. L. 盖茨编(纽约:梅休因出版公司,1984),第 151—172 页。

87. 见本斯顿的《非裔美国现代主义》,即出。

88. 对巴锡作品的这一分析直接得益于两个极富表现力的爵士音乐家德怀特·安德鲁斯与安东尼·戴维斯的演奏会,笔者在此对他们表示诚挚的谢意。

第 4 章

1. 摩根·戈德温,《我们的种植园上……黑人与印第安人的辩护者》(1680),引自弗朗西丝·史密斯·福斯特,《见证奴隶制:内战前奴隶叙事的发展》(韦斯特波特,康涅狄格州:格林伍德出版社,1979),第 7—9 页。

2. 詹姆斯·W. C. 彭宁顿,《写给读者的话》,载安·普拉托,《文集:包含散文体诗歌体的传记与各类作品》(哈特福德:作者自印本,1841),第 xviii,xx 页。

3. 1773 年 4 月 30 日,苏珊娜·惠特利女士写信给亨廷顿伯爵夫人,感谢她准许自己的奴隶菲莉丝把即将出版的诗集献给伯爵夫人这位声誉卓著的人道主义者。菲莉丝·惠特利启航前往英格兰的时间是 1773 年 5 月份,而她的书在她于 7 月下旬回波士顿之前就已经在伦敦出版了,因此我们的结论是,在苏珊娜·惠特利把诗稿寄给伯爵夫人之前,证明书早已由证明人签好了字。见萨拉·D. 杰克逊,《菲莉丝·惠特利与苏珊娜·惠特利的书信》,载《黑人历史期刊》卷 57,第 2 本(1972 年 4 月):第 214—215 页;以及威廉·H. 鲁宾逊,《处在美国黑人源头的菲莉丝·惠特利》(底特律:布罗德赛德出版社,1975),第15—18页。又见载于《有关各种宗教与道德主题的诗歌》中《写给公众的话》,作者为新英格兰波士顿约翰·惠特利先生的黑人仆人菲莉丝·惠特利(伦敦:A. 贝尔出版公司,1773)。

4. 有关这本书不同版本的完整清单可参见扬海因兹·扬与克劳斯·彼得·德雷斯勒,《非洲人创作书目》(米尔伍德,纽约:克劳斯-汤姆森企业,1975),第135页。1770年版由S. 哈泽德出版,并有W. 雪利的导言。1770年版本有49页,但我在这儿参考的1840年版只有29页。

5. 布里顿·哈蒙,《……叙事》(波士顿:格林与拉塞尔出版公司,1760),第14页;格罗涅索,第17页。

6. 见怀利·西弗尔,《被俘的几内亚国王:18世纪英国反奴隶制文学》(教堂山:北卡罗莱纳大学出版社,1942),第103—155页。

7. 格罗涅索,第11页。

8. 同上书,第3页。

9. 同上书,第4—5页。

10. 同上书,第3,5,9页。

11. 同上书,第14页。

12. 同上书,第10,11,13页。

13. 同上书,第15页。

14. 同上书,第17,21页。乔治·怀特菲尔德是18世纪新教"大觉醒"运动中的一个核心人物,频繁出现在1800年之前出版的黑人文本中。格罗涅索、惠特利、伊奎阿诺以及其他一些人都在他们的叙事中要么提到他,要么把他塑造成了一个人物。

15. 同上书,第8,9,19页。

16. 同上书,第8页(强调为笔者所加)。

17. 拉尔夫·埃利森,《无形人》(纽约:兰登书屋,1982),第293页。见第3章正文前引语。

18. 格罗涅索,第8页。

19. 我说45年后,这是因为给格罗涅索的《叙事》写"前言"的W. 雪利推论说,在"詹姆斯·艾伯特离开故国"的时候,他"大约15岁"的年纪,在作品发表时,"他看上去60岁的样子"。

20. 见格罗涅索,第8,10,11,14,15,19,21页。

21. 威廉·博斯曼,《一个有关几内亚海岸的准确的新描绘》(1705;纽约:巴恩斯与诺布尔出版公司,1967)。这些事实以及后面的传记性描述取自罗伯特·D. 理查森在《现代神话的兴起,1680—1860》中重印《信简十》时所写的前言,伯顿·费尔德曼与罗伯特·D. 理查森编(布卢明顿:印第安那大学出版社,1972),第41—42页。接下来的所有引述都出自该版本。

22. 雅各布斯·卡皮坦最初离开与最终回到非洲的地方的都是埃尔米拉堡垒(或"城堡")。卡皮坦是被带到欧洲接受教育的非洲孩子之一,目的是要在他们身上试验,以确证黑人"进步"与"提升"的"能力"。费尔德曼与理查森,《现代神话的兴起》,第42页。

23. 玛格丽特·T. 霍金,《16与17世纪的早期人类学》(费城:宾夕法尼亚大学出版社,1964),第491页;费尔德曼与理查森,《现代神话的兴起》,第42页。

24. 费尔德曼与理查森,《现代神话的兴起》,第44页。

25. 同上书,第44—45页。

26. 伊曼努尔·康德,《论优美感与崇高感》,约翰·T. 戈德思韦特译(伯克莱:加州大学出版社,1960),第111,113页。

27. 理查德·范德比茨对印第安俘房故事做过全面的分析,也选编了这个文类中一些最吸引人的故事,参见其《被印地安人俘房》(诺克斯维尔:田纳西大学出版社,1973)。见范德比茨,第177页;以及多萝西·B. 波特,《美国黑人的早期写作:目录研究》,载《美国目录学会论文集》卷39(第4季度,1945):第247—251页。我所引用的是1788年伦敦版的重印本。约翰·马伦特,《一个黑人(生于北美的纽约,现去了新斯科舍宣扬福音)约翰·马伦特对上帝非同寻常的对待的叙事,由奥尔德里奇牧师大人从马伦特自己的叙事中选取、编排、校对及出版》(伦敦:吉尔博特与普卢默出版公司,1788),重印于范德比茨,《被印第安人俘房》,第178—201页。

28. 范德比茨,第185页。

29. 同上书,第190页。

30. 同上书,第191—192页。

31. 同上书,第193页。

32. 在《叙事》第一段的第三句话,马伦特告诉我们他在圣奥古斯丁"上学",在那里他学会了"阅读与拼写"。同上书,第180页。

33. 同上书,第193页。

34. 同上书。

35. 同上书,第181,185页。

36. 这些书信重印在保罗·爱德华兹编选的库戈阿诺作品中:《关于邪恶的、伤天害理的奴隶贩卖以及人口买卖的商贸活动的想法与感受,由一名非洲土著奥托巴·库戈阿诺谦卑地呈递给大不列颠的居民》(1787;伦敦:帕尔·玛尔的道森斯出版公司,1969),第xix—xxiii 页。前言中的文字本书注明是爱德华兹的话,库戈阿诺的文本注明是库戈阿诺。

37. 在1791年选编修订的版本中,库戈阿诺使用了自己的全名。见爱德华兹,第iv 页。

38. 库戈阿诺,第5页。所有传记性细节均来自两处:爱德华兹为库戈阿诺《想法与感受》1969年版所写的"导言",以及库戈阿诺发表在其文本第4页上的传略。见库戈阿诺,第12页,以及爱德华兹,第 iv 页。

39. 爱德华兹,第 v—vii 页。

40. 库戈阿诺,第12—13页。

41. 关于自由与读写能力之间的关系,参见罗伯特·伯恩斯·斯特普托,《从面纱后面:非裔美国叙事研究》(厄尔巴纳:伊利诺伊大学出版社,1979),第3—32页。关于乔布·本·所罗门,见道格拉斯·格兰特,《幸运的奴隶:图说18世纪早期的非洲奴隶制》(伦敦:牛津大学出版社,1968)。

42. 库戈阿诺,第13页。

43. 同上书,第22页。

44. 同上书,第23页。

45. 同上书,第77,78页。

46. 同上书,第78—81页。

47. 吉恩·图默,《甘蔗》(纽约:哈珀和罗出版公司,1969),第237页。

48. 库戈阿诺,第81页。

49. 格雷西拉索·德拉维加,《秘鲁皇家纪事》第2部分,《秘鲁通史》,保罗·赖考特爵士译(伦敦:迈尔斯·弗莱舍出版公司,1688),第456—457页。西班牙版本名为,一名印加人格雷西拉索·德拉维加著《秘鲁通史》(科多巴,1617),第20页。乔斯·皮尔德拉找到了这份资料并与我共享,对此笔者深怀感念之情。

50. 格雷西拉索,《秘鲁通史》,第456—457页。

51. 奥劳达·伊奎阿诺,《奥劳达·伊奎阿诺或非洲人古斯塔夫斯·瓦萨对生活的有趣叙事,由本人所写》(伦敦:作者自印本,1789);我要引用的是保罗·爱德华兹1969年出版的伊奎阿诺作品第一版,由道森斯在伦敦出版,本书此后注明是伊奎阿诺。

52. 保罗·爱德华兹给1969年版本所写的精彩《导言》给伊奎阿诺作品的各个版本提供了资料,也为伊奎阿诺的祖籍提供了资料,本书此后注明是爱德华兹。见爱德华兹,第5,7—9页。

53. 爱德华兹,第5页。

54. 同上书,第 xlv—liii 页。

55. 见同上书,第 lxvii—lxix 页。

56. 伊奎阿诺,第1卷,第98,109页。

57. 同上书,第132—133页。

58. 同上书,第151—152页。

59. 《月评》(1789年6月):第511页。

60. 伊奎阿诺,第1卷,第92—93页。

61. 同上书,第104,106页。

62. 同上书,第106—107页。

63. 约翰·杰,《非洲传教士约翰·杰的生活、历史与所经历的空前绝后的苦难,由自己写作和汇编》(波特西,英格兰:作者自印本,1815?)杰写了些宗教诗歌,他称之为赞美诗。1816年,他将自己的诗作汇集起来与其他一些作者的赞美诗一起结成一册出版。这册书于1983年被发现,极其罕见也非常有趣。见小亨利·路易斯·盖茨,《非洲传教士约翰·杰作品集》(纽约:牛津大学出版社,即出)。

64. 见《关于浸信会传教学会的定期说明》(邓斯特布尔,1806),第3卷;以及佩特姆伯·辛格与克里什诺·普雷索德两位印第安福音传教士的剪影。这一参考资料是戴维·达比迪恩给我指出来的。

65. 杰,《生活》,第39页。

66. 同上书,第33—38页。

67. 同上书,第9页(强调为笔者所加)。

68. 见斯特普托,《从面纱后面》,第1章。

第5章

1. 赫斯顿修正了道格拉斯对帆船的呼唤,这一点是金伯利·W.本斯顿给我指出来的。关于《上苍》中的交错配列,见埃菲·保罗,《我的舌头在朋友的嘴巴里》,未发表的文章,第10—12页。

2. 托马斯·汉密尔顿,《辩护》,载《盎格鲁-非洲杂志一》,第1期(1859年1月):第1页。

3. W. J. 威尔逊,《将要来的人》,载《盎格鲁-非洲杂志一》,第2期(1859年2月):第58页。

4. 弗朗西丝·E.W.哈珀,写给托马斯·汉密尔顿的信,1861年。

5. 一名费城女士,《将要出现的美国小说家》,载《利平科特月刊》卷37(1886年4月),第440—443页。

6. 同上书,第441页。

7. 同上书,第443页。

8. 同上书。关于斯卡伯勒的引述,见下面注12。

9. W. H. A. 穆尔,《我们的文学中的空白》,载《纽约时代》卷3,第4期(1890年7月5日):第3页。

10. 《记录者》,1893年8月1日;《美国循道宗圣公会教堂评论》卷15(1898年10月):第629—630页。关于斯卡伯勒,见下面注11。奥古斯特·迈耶对这些立场有过精彩论述,参见其《1880—1915年间美国黑人的思想:布克·T.华盛顿时代的种族意识形态》(安·阿伯:密歇根大学出版社,1969)第265—266页。

11. W. S. 斯卡伯勒,《黑人作为小说的塑造者和被塑造者》,载《汉普顿黑人会议》,第3期(汉普顿,弗吉尼亚:汉普顿学院,1899),第65—66页。

12. 同上书,第67页。

13. 见《这与那:方言与演化》,收入小亨利·路易斯·盖茨,《黑色的象征》(纽约:牛津大学出版社,1986),第 167—195 页。

14. 同上书,第 22 页。

15. 约翰逊于 1932 年发表的评论见他给布朗的《南方大道》所写的"序",重印于《斯特林·A. 布朗诗集》(纽约:哈珀和罗出版公司,1980),第 16—17 页。

16. 吉恩·图默,《甘蔗》(1923;纽约:哈珀和罗出版公司,1969),第 171—172 页。此后所有注释都指该版本,在行文中用括号注明。

17. 乔治·斯凯勒,《投稿须知》,重印于尤金·戈登,《美国黑人小说家》,载《星期六晚刊》(1929 年 4 月):第 20 页。

18. 斯卡伯勒,《黑人作为小说的塑造者和被塑造者》,第 67 页。

19. 我刻意引述了一段斯卡兹的定义,这是因为俄国形式主义的这一概念与我说的言说者文本性质类似。见维克托·埃尔利赫,《俄国形式主义:历史-信条》(穆顿:海牙),第 238 页。

20. 理查德·赖特,《美国的饥饿》(纽约:哈珀和罗出版公司,1979),第 7 页。

21. 佐拉·尼尔·赫斯顿,《我作为黑人是什么感觉》,载《明天的世界》(1928)。

22. 佐拉·尼尔·赫斯顿,《他们眼望上苍》(1937;厄尔巴纳:伊利诺伊大学出版社,1978),第 31—32 页。此后所有注释都指该版本,在行文中用括号注明。

23. 佐拉·尼尔·赫斯顿,《大路上的尘迹:一部自传》(费城:J. D. 利平科特出版公司,1942),第 94—95 页。此后的注释在行文中用括号注明。

24. 理查德·赖特,《黑孩子》(1945;纽约:哈珀和罗出版公司,1966),第 111 页。

25. 见本章正文前引语。

26. 约翰·赫西,《拉尔夫·埃利森访谈》,载《黑色的语言》,金伯利·W. 本斯顿与小亨利·路易斯·盖茨编,即出。

27. 佐拉·尼尔·赫斯顿,《骡与人:南方的黑人民间故事与巫毒教实践》(1935;纽约:哈珀和罗出版公司,1970),第 161 页。此后的注释在行文中用括号注明。

28. 赫斯顿的作品表现了黑人语言,对其最到位的论述是卡拉·弗朗西丝卡·霍洛韦的《佐拉·尼尔·赫斯顿小说的文学与语言结构的批评研究》,博士论文,密歇根州立大学,1978。尤其见第 93—94 页,以及 101 页。

29. 在此我要感谢哈佛大学的芭芭拉·约翰逊,是她提醒我注意到自我意识的这个反讽模式。

30. 芭芭拉·约翰逊对小说中的这个场景做过精彩的论述,她写道:"这整整一段都是珍妮情感的外化,通过叙述从私人空间到公共空间的运动而将它投射到了外部环境之上。整个象征就旨在表现婚姻状况,尽管它通过隐喻方式和依靠近似性而与婚姻状况联系了起来,但它也表明:婚姻空间是转喻性的,是穿行于相邻房间的一种运动。它不是关于结合而是关于分离的叙事,不是建立在夫妇生活的意象之上,而是建立在贞洁性的意象之上。"见芭芭拉·约翰逊,《佐拉·尼尔·赫斯顿〈他们眼望上苍〉中的隐喻、转喻及声音》,载《黑人文学与文学理论》,小 H. L. 盖茨编(纽约:梅休因出版公司,1984),第

205—219页。

31. 比较约翰逊:"珍妮的'内心'在这儿被表现为一个商店,她进到里面去查看。前一段是内部世界的外化,而在这儿我们看到的是对外部世界的内化;珍妮的内心自我像一家店铺。这一隐喻的素材取自邻近性的叙事世界;在商店这个地方,乔把自己树立成了它的领主、主人以及所有权人。然而在这儿,乔迪残破的形象表明它从来都不是珍妮的梦想的隐喻,而仅仅是其转喻:'但她细细一看,看到它从来就不曾是她梦想中的有血有肉的形象,只不过是自己抓来装饰梦想的东西而已。'"同上书。

32. 同上书。

33. 见罗伊·帕斯卡尔,《二元声音:自由间接话语及其在19世纪欧洲小说中的作用》(托托瓦,新泽西:罗曼与利特尔菲尔德出版公司,1977),第1—33页。

34. 见布赖恩·麦克黑尔,《自由间接话语:近期发展概览》,PTL第3期(1978):第249—287页,登载了有关这一争论的精彩分析。我以为最透彻的研究是迈克尔·皮莱德·金斯伯格的《自由间接话语:福楼拜、乔治·艾略特与弗加作品中的主题与叙事声音》,博士论文,耶鲁大学,1977。又见斯蒂芬·厄尔曼,《法国小说中的风格》(剑桥:剑桥大学出版社,1957)。

35. 在本书的续篇中,我将会比较赫斯顿与其他作家,尤其是弗吉尼亚·伍尔夫,对自由间接话语在使用上的异同。

36. 金斯伯格,《自由间接话语》,第34页。

37. 同上书,第35页。

38. 奥斯瓦尔德·杜克罗与茨维坦·托多洛夫,《语言科学百科辞典》,凯瑟琳·波特译(巴尔的摩:约翰·霍普金斯大学出版社,1979),第303页。

39. 见格雷厄姆·霍夫,《简·奥斯汀的叙事与对话》,载《批评季刊》第12期(1970);以及帕斯卡尔,《二元声音》,第52页。

40. 麦克黑尔,《自由间接话语》,第264—280页。

41. 金斯伯格,《自由间接话语》,第23页。

42. 珍妮特·霍姆格伦·麦凯,《美国现实主义小说中的叙事与话语》(费城:宾夕法尼亚大学出版社,1982),第19页。

43. 诺思罗普·弗莱,《批评的解剖:四论文集》(普林斯顿,新泽西,1957),第233页。

44. 米哈伊尔·巴赫金,《长篇小说话语》,第190页。

45. 弗莱,《批评的解剖》,第234页。

第6章

1. 见伊什梅尔·里德,《独立抬棺人》(花园城,纽约,1967),《黄后盖收音机破了》(花园城,纽约,1969),《芒博琼博》(花园城,纽约,1972),《路易斯安那红帮的最后日子》(纽约,1974),《逃往加拿大》(纽约,1976),以及《可怕的两岁幼儿》(纽约,1982)。

2. 见尼尔·施米茨,《新伏毒教:伊什梅尔·里德的实验小说》,载《20 世纪文学》第 20 期(1974 年 4 月):第 126—128 页。施米茨的精彩解读讨论了里德这一突出的修辞策略,我相信它是这方面的第一篇文章。这一段分析从施米茨的文章中受益匪浅。

3. 里德,《独立抬棺人》,第 107 页。

4. 施米茨,《新伏毒教》,第 127 页。

5. 里德,《独立抬棺人》,第 93 页。

6. 同上书,第 125,129 页。

7. 里德,《黄后盖收音机破了》,第 34—36 页。米歇尔·法布尔对《黄后盖收音机破了》做过精彩的细读,参见其《伊什梅尔·里德〈黄后盖收音机破了〉中的后现代修辞》,载《1960 年以来的非裔美国小说》,彼得·布鲁克与沃尔夫冈·卡勒编(阿姆斯特丹,1982),第 167—188 页。

8. 里德,《芒博琼博》,第 6 页。以后所有对该书的参考都将在行文中用括号注明。

9. 拉尔夫·埃利森,《希克曼到了》,第 701 页。

10. 见查尔斯·T. 戴维斯,《黑色是宇宙的颜色:黑人文学与文化论文集,1942—1981》,小亨利·路易斯·盖茨编(纽约,1982),第 167—233 页。又见戴维·多尔比,《美国英语中的非洲元素》,载《说唱与表演》,第 173 页。

11. 我对里德作品封面上的意象做了解读,灵感来源于和罗伯特·法里斯·汤普森的一次聊天。

12. 里德对 gombo(gumbo)的定义,参见其《新伏毒教美学》,载《魔法:1963—1970 诗歌集》(阿默斯特,马萨诸塞州,1972),第 26 页。

13. 这是詹姆斯·A. 斯尼德睿智的观点,本文初稿就是为他在耶鲁主持的有关戏仿的研讨会而写的。

14. 伊什梅尔·里德,接受卡尔文·柯蒂斯采访时所说,1979 年 1 月 29 日。

15. 茨维坦·托多洛夫,《叙事的两原则》,菲利普·E. 刘易斯译,载《辨析批评》(1971 年秋):第 41 页。参见其《散文诗学》,理查德·霍华德译(伊萨卡,纽约,1977),第 42—52 页。以后所有对该书的参考都将在行文中用括号注明。

16. 维克托·斯科洛夫斯基对"故事"(fabula)与"情节"(sjuzet)的讨论非常有用,参见其《推理小说:狄更斯的〈小杜丽〉》,载《俄国诗学读本》,第 220—226 页。关于分类学的使用,见第 222 页。

17. 见斯科洛夫斯基,《推理小说》,第 222,226 页。

18. Houngan 是伏毒教的牧师。关于伏毒教,参见让·普赖斯-马尔斯,《叔叔如此说》(太子港,1928);以及阿尔弗雷德·米托克斯,《海地的伏毒教》(巴黎,1958)。见第 2 章中我给 nganga 一词的注释。

19. 杰弗里·H. 哈特曼,《荒野中的批评:今日文学之研究》(纽黑文,康涅狄格州,1980),第 272 页。

20. 拉尔夫·埃利森,《无形人》(纽约,1952),第 9 页。以后所有对该书的参考都将在行文中用括号注明。

21. 梅尔维尔在《白鲸》中的文字是:"屋里像是伟大的黑人议会在陶斐特开会。一排排坐着的黑人足有一百张脸转过来看我,而他们的对面,有一位执掌命运的黑天使正在讲坛前拍打着一本书。原来这是座黑人的教堂,布道人讲的经文正是关于黑暗之黑(blackness of darkness)那一处以及黑暗之中的人哭泣哀号,咬牙痛悔的光景。哈,以实玛利啊,我嘟囔了一声,退了出来。牌子上挂的是'陷阱',接待果然糟透了。"①《白鲸》(1851;纽约,1967),第18页。这一奇特的形象同样出现在詹姆斯·派克的《衰弱之州:黑人统治下的南卡罗莱纳》之中,(纽约,1874),第62页。

22. 柏拉图,《斐德罗篇》,253d—254a。有关塞乌斯神话,见274c—275b。

23. 见同上书,259b—259e。

24. 伊什梅尔·里德,《拉尔夫埃利森无形人中的二元性》,载《魔法》,第50页。

25. W. E. B. 杜波伊斯,《黑人的灵魂:文集与速写集》(1903;纽约,1961),第16—17页。

第7章

1. 丽贝卡·考克斯·杰克逊,《力量的礼物:丽贝卡·杰克逊这位黑人幻想家和震颤教派的女长老的著述》,琼·麦克马洪·休姆兹编(阿默斯特:马萨诸塞大学出版社,1981)。见艾丽斯·沃克,《力量的礼物:丽贝卡·杰克逊的著述》,收入《寻找母亲的花园:艾丽斯·沃克的女人主义散文》(纽约:哈考特·布莱斯·约万诺维奇出版公司,1983),第71—82页。这一评论首次发表于《黑人学者》1981年11—12月号上。沃克在一封信中告诉我,杰克逊的书"是我在完成了《紫颜色》(在写《紫颜色》的时候,我几乎什么也不读)后阅读并写了书评的第一本书。我把它看成了一个符号,它表明我的路是正确的"。杰克逊和沃克各自文本中的核心象征之间存在着不可思议的类同性,这些相似之处表明,传统的形式与修正的模式可以是极其复杂的,或者说它们实际上是由文化所决定的。

2. 杰克逊,《力量的礼物》,第107页。

3. 同上书。

4. 同上书,第107—108页。

5. 同上书,第108页。

6. 沃克,《力量的礼物》,第73页。

7. 沃克对赫斯顿做过明晰的评论,见《寻找母亲的花园》,第83—116页。

8. 阿曼达·史密斯,《自传:上帝与黑人福音传道者阿曼达·史密斯女士打交道的故事;讲述了她始终不渝的信仰,也讲述了她作为一名独立传教士在美国、英格兰、爱尔

---

① 译文引自梅尔维尔著,成时译,《白鲸》,北京:人民文学出版社,2001年,第31页。特此致谢。译文有改动。——译注

兰、苏格兰、印度及非洲等地的旅行》(1893;芝加哥:基督徒作证公司,1921)。玛丽·海伦·华盛顿给我指出了这一点,特此致谢。

9. 艾丽斯·沃克,《紫颜色》(纽约:哈考特·布莱斯·约万诺维奇出版公司,1982)。

10. 引自沃克,《寻找母亲的花园》,第100页。

11. 特里·伊格尔顿在《强奸克拉丽莎:塞缪尔·理查森作品中的书写、性与阶级斗争》(明尼阿波利斯:明尼苏达大学出版社,1982)一书中讨论了书信体小说的这些方面,第25页。

12. 引自同上书,第25页。

13. 同上书,第26页。

14. 吉恩·图默,《甘蔗》,第204页。沃克告诉我:"《紫颜色》中所有的名字都要么是家族的名字,要么是佐治亚州伊顿顿社群的名字。凯特是我父亲的母亲。她是(小说中的)安妮·朱莉娅在现实生活中的原型,是我祖父的'私生'女(在小说中她是艾伯特的妻子,但在现实生活中她是艾伯特的孙女。在小说中,艾伯特是她的父亲)。是我的祖母凯特,是她,在我爸爸11岁的时候被她的情人杀害了(他射杀了她)。卡丽是个姑姑。但是你的解读也是很好的,我的版本太乱了。比方说,西丽的原型是我的继祖母雷切尔,她是《革命的牵牛花》中《葬礼》一诗中的人物。"

15. 沃克写道:"对我而言,没有哪本书比这一本更重要(包括图默的《甘蔗》,它的重要性和这本书接近,但就我所认识到的而言,它是个更危险的方向)。"《寻找母亲的花园》,第86页。又见《吉恩·图默的分裂生活》,第60—65页。

16. 凯特·尼克尔森在《从其他人那里听:论佐拉·尼尔·赫斯顿与艾丽斯·沃克之间的文学对话》一文中指出了这一点,第57页。此文尚未发表。

17. 佐拉·尼尔·赫斯顿,《哈莱姆俚语故事》,载《美国信使》第45期(1942年7月),第84—96页。

18. 沃克,《佐拉·尼尔·赫斯顿》,第88页。

19. 见玛格丽特·施劳奇,《乔叟的康斯坦斯与被控诉的王后》(纽约:纽约大学出版社,1927),第63—69页。我非常感激伊丽莎白·阿奇博尔德博士给我指出了这一点。

20. 杰克逊,《力量的礼物》,第146—147页。

中英文对照表

Abimbola, Wade, 韦德·阿比姆博拉
Abrahams, Roger D., 罗杰·D. 亚伯拉罕斯
Absence, blackness as, 作为缺席的黑色
Afro-American culture, 非裔美国文化
AfroAmerican tradition, 非裔美国传统, See Black tradition 见黑人传统
Aldridge, William, 威廉·奥尔德里奇
Allegory, 寓言
Allen, Lin, 林·艾伦
American Hunger(Wright),《美国的饥饿》(赖特)
Amo, Wilhelm, 威廉·阿莫
Anderson, Alston, 奥尔斯顿·安德森
"And Hickman Arrives"(Ellison),《希克曼到了》(埃利森)
Andrews, Malachi, 马拉奇·安德鲁斯
Anglo-African Magazine, The,《盎格鲁-非洲人杂志》
Appeal in Favor of That Class of Americans called Africans, An(Child),《为被称为非洲人的那个美国人阶层呼吁》(蔡尔德)
Appiah, Anthony, 安东尼·阿皮亚
Aristophanes, 阿里斯托芬

Armstrong, Louis, 路易斯·阿姆斯特朗
Ase(concept), 阿斯(概念)
"Ask your Mama"(Hughes),《问你老妈》(休斯)
Atahualpa, 阿塔瓦尔帕
Austriad(Latino),《奥地利》(拉蒂诺)
Autobiography, 自传, 132, 182. See also *Dust Tracks on the Road*(Hurston)另见《大路上的尘迹》(赫斯顿);Slave narrative 奴隶叙事

Babalawo, 巴巴拉沃
Baker, Houston A., 休斯敦·A. 贝克
Baker, Richard, 理查德·贝克
Bakhtin, Mikhail, 米哈伊尔·巴赫金
Bambara, Toni Cade, 托尼·凯德·邦芭拉
Baraka, Amiri Imamu. 阿米里·伊玛姆·巴拉卡, See Jones, LeRoi 见勒罗伊·琼斯
Barthes, Roland, 罗兰·巴尔特
Basie, William(Count), 威廉·巴锡(伯爵)
Bastide, Roger, 罗杰·巴斯蒂德
Bayle, Pierre, 皮埃尔·培尔

Beatty, James, 詹姆斯·贝蒂
Benezet, Anthony, 安东尼·贝内泽
Benston, Kimberly W., 金伯利·W. 本斯顿
"Big Boy Leaves Home" (Wright),《大男孩离家》(赖特)
Black Arts movement, 黑人艺术运动
Black Boy (Wright),《黑孩子》(赖特)
Black culture, relation of individual to, 个体与黑人文化的关系
Black Experience, 黑人经历
Black Language (Andrews & Owens),《黑人语言》(安德鲁斯和欧文斯)
"Black Lecture on Language, A",《一个有关语言的黑人演说》
"Black Lecture on Phrenology, A",《一个有关颅相学的黑人演说》
"Black Man's Burden, The" (Fortune),《黑人的负担》(福琼)
Blackmur, R. P., R. P. 布莱克默
Blackness 黑色
 as absence, 作为缺席的黑色
 of black literature 黑人文学的黑色
 blackness of, 黑色之黑
 and intelligence, in Kant, 康德作品中的黑色与智力
 language of, 黑色语言
 mask of, 黑色面具
 as presence, 黑色作为在场
 silence of text, and, 黑色与文本的沉默
 text of, 黑色文本
 trope of, 黑色转义
Black tradition 黑人传统
 and Black Experience, 黑人传统与黑人经历
 definition of, 黑人传统的定义
 double-voiced textual relations and, 双声的文本关系与黑人传统
 first use of Talking Book trope in, 黑人传统中对说话书本转义的首次使用
 lack of originality in, 黑人传统中原创性的缺乏
 literary theory and, 文学理论与黑人传统
 male voice in, 黑人传统中的男性声音
 roles of Signifyin(g) in, 黑人传统中意指行为的作用
 Signifyin(g) on, 对黑人传统的意指
 types of influence in, 黑人传统中影响的种类
 writing in, 黑人传统中的书写
Black voice. 黑人声音, *See also* Narrative voice; 又见叙述声音;
 Voice 声音
 in poetry, 诗歌中的黑人声音
 representation of, 对黑人声音的表现
Bloom, Harold, 哈罗德·布鲁姆
"Blueprint for Negro Writing" (Wright),《黑人写作蓝图》(赖特)
Blues People (Jones),《布鲁斯人》(琼斯)
Blues tradition, 布鲁斯传统
Book of American Negro Poetry, The,《美国黑人诗歌书》
Bosman, Willem, 威廉·博斯曼
Brown, H. Rap, H. 兰普·布朗
Brown, Sterling A., 斯特林·A. 布朗
Buakasa, Tulu Kia Mpansu, 图鲁·起亚·姆帕苏·布阿卡萨
Buber, Martin, 马丁·布伯
Bueno, Salvador, 萨尔瓦多·布宜诺
Butts, Hugh F., 休·F. 巴茨

Cabrera, Lydia, 莉迪娅·卡布雷拉
Cane, (Toomer),《甘蔗》(图默)
Capitein, Jacobus, 雅各布斯·卡皮坦
Capping, 挤兑
Carroll, Lewis, 刘易斯·卡罗尔
Cervantes Saavedra, Miguel de, 塞万提斯
Chain, 链条
 gold, as signifier, 作为能指的黄金链条
 of narration, 叙述链条
 Signifying, 表意链条
"Characteristics of Negro Expression" (Hurston),《黑人表达法的特征》(赫斯顿)
"Charleston" (Renoir film),《查尔斯顿》(雷诺阿电影)
Chesnutt, Charles, 查尔斯·切斯纳特
Chesnutt, Helen M., 海伦·M.切斯纳特
Chiasmus, trope of, 交错配列转义. *See also* Reversal 又见倒转
Child, Lydia Maria, 莉迪娅·玛丽亚·蔡尔德
Chirographic metaphor, 书写隐喻
Circular narration, 循环叙述
Clair, René, 勒内·克莱尔
Clarkson, Thomas, 托马斯·克拉克森
Closure, parody of, 对闭合的戏仿
Clotel (Brown),《克洛托尔》(布朗)
Color Purple, The (Walker),《紫颜色》(沃克)
Coltrane, John, 约翰·科尔特雷恩
Comte, Auguste, 奥古斯特·孔德
Conjure-Man Dies, The (Fisher),《术师死去》(费希尔)
Cresswell, Nicholas, 尼古拉斯·克雷斯韦尔
Critical Signification, 批评意指

Crossroads, Esu-Elegbara and, 埃苏-埃拉巴拉与十字路口
Cugoano, Ottobah, 奥托巴·库戈阿诺
 Equiano and, 伊奎阿诺与库戈阿诺
 strategies of revision in, 奥托巴·库戈阿诺作品中的修正策略
 Talking Book trope and, 说话书本转义与库戈阿诺
 Works of, 库戈阿诺的作品
Cullen, Countee, 康蒂·卡伦
Cunard, Nancy, 南希·丘纳德
Cutting Contests, 爵士乐手的非正式比赛

Davis, Arthur P., 阿瑟·P.戴维斯
Davis, Charles T., 查尔斯·T.戴维斯
De Brosse, Charles, 夏尔·德·布罗塞
Deep Down in the Jungle (Abrahams),《在丛林深处》(亚伯拉罕斯)
Del Pozo, Alberto, 艾伯托·德尔波佐
Dennett, R. E., R. E. 德尼特
Derrida, Jacques, 雅克·德里达
Descartes, René, 勒内·笛卡尔
Detective fiction 侦探小说
 Reed's parody of, 里德对侦探小说的戏仿
 typology of, 侦探小说的类型
Dialect. 方言, *See* Vernacular 见土语
Dictionary of Afro-American Slang (Major),《非裔美国俚语辞典》(梅杰)
Dictionary of American Slang (Wentworth & Flexner),《美国俚语辞典》(温特沃思与弗莱克斯纳)
Die Nigger Die (Brown),《死,黑鬼死》(布朗)
Dillard, J. L., J. L. 迪拉德
Direct discourse, 直接话语

"Dirty Dozens","肮脏的骂娘比赛"

"Discourse on Typology in Prose"（Bakhtin），《长篇小说话语》（巴赫金）

Documentary conventions, parody of, 对纪实陈规的戏仿

Dodson, Owen, 欧文·多德森

Dos Santos, D. M., D. M. 多斯桑托斯

Dos Santos, J. E., J. E. 多斯桑托斯

Double-consciousness, 双重意识

Doubled doubles, 双重化的双重

Double-voiced discourse, 双声话语. See also Revision; Speakerly Text; Talking Book trope 又见修正；言说者文本；说话书本转义

 Fon and Yoruba discourse and, 芳族人与约鲁巴人话语以及双声话语

 Mumbo Jumbo and,《芒博琼博》与双声话语

 myths of Esu-Elegbara and, 埃苏-埃拉巴拉神话与双声话语

 in Reed vs. Hurston, 里德作品中 vs. 赫斯顿作品中的双声话语

 Signifyin(g) as, 意指行为作为双声话语*

Douglass, Frederick, 弗雷德里克·道格拉斯

 Hurston's revision of, 赫斯顿对道格拉斯的修正

Dozens. 骂娘 See Playing the dozens 见骂娘比赛

"Dreadful Riot on Negro Hill",《黑人山上可怕的暴动》

Dualism, 二元性

"Dualism: in ralph ellison's invisible man"（Reed），《拉尔夫埃利森无形人中的二元性》（里德）

Du Bois, W. E. B., W. E. B. 杜波伊斯

Duke Ellington and John Coltrane（jazz album），《埃林顿公爵与约翰·科尔特雷恩》（爵士乐唱片集）

Dunbar, Paul Laurence, 保罗·劳伦斯·邓巴

Dundes, Alan, 艾伦·邓兹

Dust Tracks on the Road（Hurston），《大路上的尘迹》（赫斯顿）

Easthope, Anthony, 安东尼·伊斯特霍普

Edju. 埃矩, See Esu-Elegbara 见埃苏-埃拉巴拉

Elephant, in Monkey tales, 猴子故事中的大象

Eliot, T. S., T. S. 艾略特

Ellison, Ralph, 拉尔夫·埃利森

 narrative strategy in, 拉尔夫·埃利森作品中的叙述策略

 Reed and, 里德与埃利森

 and Signification on Wright, 埃利森与对赖特的意指

 voice in, 埃利森作品中的声音

English, black vs. standard, 黑人英语 vs. 标准英语

Enlightenment, 启蒙运动

Epistolary narrative 书信体叙事

 in The Color Purple,《紫颜色》中的书信体叙事

 interpretation and, 阐释与书信体叙事

 vs. first-person narration, 书信体叙事 vs. 第一人称叙事

Equiano, Olaudah, 奥劳达·伊奎阿诺

Ese, 伊塞

Essay on the Slavery and Commerce of the Human Species, An（Clarkson），《论

奴隶制与人口贸易》(卡拉克森)
Esu-Elegbara, 埃苏-埃拉巴拉
   characteristic of, 埃苏-埃拉巴拉的特征
   as copula, 埃苏-埃拉巴拉作为系动词
   formal language use and, 正式语言使用与埃苏-埃拉巴拉
   interpretation and, 阐释与埃苏-埃拉巴拉
   Janus-figure, 杰纳斯-形象
   language use and, 语言使用与埃苏-埃拉巴拉
   literary theory and, 文学理论与埃苏-埃拉巴拉
   literature of, 关于埃苏-埃拉巴拉的文献
   as messenger of the gods, 埃苏-埃拉巴拉作为天神的使者
   New World figurations of, 新大陆对埃苏-埃拉巴拉的表现
   New World literature on, 新大陆有关埃苏-埃拉巴拉的文献
   Pa Pa La Bas and, 帕帕拉巴斯与埃苏-埃拉巴拉
   sexual duality of, 埃苏-埃拉巴拉的性别二元性
   Signifying Monkey and, 意指的猴子与埃苏-埃拉巴拉
Esu-Elegbara songs, 埃苏-埃拉巴拉歌谣
Esu-'tufunaalo
Ethiop, 埃辛奥普
Exclamations, free indirect discourse and, 自由间接话语与感叹词
Exu, 埃克苏. *See also* Esu-Elegbara 又见埃苏-埃拉巴拉

Fabre, Michel, 米歇尔·法布尔

Fa divination, 发占卜
Fauset, Jessie, 杰西·福塞特
Faux, William, 威廉·福克斯
Fetishism, 物神崇拜
"Feudal Battle, The" (Easthope), 《封建歌谣》(伊斯特霍普)
Fielding, Henry, 亨利·菲尔丁
Figuration, 比喻表达
Figures in Black (Gates), 《黑色的象征》(盖茨)
Fisher, Rudolph, 鲁道夫·费希尔
Flexner, Stuart Berg, 斯图尔特·伯格·弗莱克斯纳
"Follit's Black Lectures", 《福利特的黑人演说》
Foregrounding, 凸显
Fortune, T. Thomas, T. 托马斯·福琼
Fox, Robert Eliot, 罗伯特·埃利奥特·福克斯
Free indirect discourse 自由间接话语
   in *The Color Purple*, 《紫颜色》中的自由间接话语
   communal, 公共的自由间接话语
   controversy over, 有关自由间接话语的争论
   double-consciousness and, 双重意识与自由间接话语
   examples of, 自由间接话语的例子
   in Hurston, 赫斯顿作品中的自由间接话语
   indices of, 自由间接话语的标志
   indirect discourse and, 间接话语与自由间接话语
   inside-outside figures and, 内部-外部象征和自由间接话语
   speakerly text and, 言说者文本与自由

间接话语

Free-Lance Pallbearers（Reed），《独立抬棺人》（里德）

Freud, Sigmund, 西格蒙德·弗洛伊德

Frobenius, 弗罗比涅斯

Frye, Northrop, 诺思罗普·弗莱

Gabugah, O. O., O. O. 加布迦

Gifts of Power（Jackson），《力量的礼物》（杰克逊）

Ginsberg, Michal, 迈克尔·金斯伯格

Girard, René, 勒内·吉拉尔

God, conception of, 有关上帝的观念

Granada, Germain de, 杰曼·德·哥拉那达

Great Chain of Being, 存在的大链条

Gronniosaw, James Albert Ukawsaw, 詹姆斯·艾伯特·尤考索·格罗涅索

   Cugoano and, 库戈阿诺与格罗涅索

   Equiano and, 伊奎阿诺与格罗涅索

   Marrant and, 马伦特与格罗涅索

Guardian angels, 守护天使

Guije, 圭耶

Hall, Gloria, 格洛丽亚·霍尔

Hamilton, Thomas, 托马斯·汉密尔顿

Hammon, Brian, 布赖恩·哈蒙

Harlem Renaissance. 哈莱姆文艺复兴, *See* New Negro Renaissance 见新黑人文艺复兴

Harper, Frances Ellen Watkins, 弗朗西丝·埃伦·沃特金斯·哈珀

Harris, Joel Chandler, 乔尔·钱德勒·哈里斯

Harrison, Hazel, 黑兹尔·哈里森

Hartman, Geoffrey H., 杰弗里·H.哈特曼

Haskins, Jim, 吉姆·哈斯金斯

Hegel, Georg. 格奥尔格·黑格尔

Hermes, 赫耳墨斯

Hersey, John, 约翰·赫西

Herskovits, Melville J., 梅尔维尔·J.赫斯科维茨

Hiawatha's Photographing（Carroll），《海华沙的摄影》（卡罗尔）

Hidden polemic, 隐性论战

Himes, Chester, 切斯特·海姆斯

Holloway, Karla, 卡拉·霍洛韦

Hot Day, Hot Night（Himes），《热天、热夜》（海姆斯）

Hough, Graham, 格雷厄姆·霍夫

Hountondji, Paulin J., 波林·J.胡顿吉

"How 'Bigger' Was Born"（Wright），《"比格"是如何产生的》（赖特）

Howe, Irving, 欧文·豪

Howells, William Dean, 威廉·迪恩·豪威尔斯

Hughes, Langston, 兰斯顿·休斯

Hume, David, 大卫·休谟

Humez, Jean McMahon, 琼·麦克马洪·休姆兹

Hurston, Zora Neale. 佐拉·尼尔·赫斯顿, *See also Their Eyes Were Watching God* 又见《他们眼望上苍》

   black originality and, 黑人原创性与赫斯顿

   speakerly text and, 言说者文本与赫斯顿

   use of dialect and, 对方言的使用与赫斯顿

   use of free indirect discourse and, 对自由间接话语的使用与赫斯顿

voice in,赫斯顿作品中的声音
Walker Signification on,沃克对赫斯顿的意指

Idowu, Bolaji,博拉吉·伊多伍
Ifa, Text of,艾发文本
Ifa divination,艾发占卜
　Esu-Elegbara's role and,埃苏-埃拉巴拉的作用与艾发占卜
　myths of origin of,艾发占卜的起源神话
Ifa poetry,艾发诗歌
Ileke Exu,艾尔克埃克苏
Imitation,模仿. See also originality 又见原创性
Improvisation,即兴演奏
Indeterminacy 不确定性
　Esu-elegbara and,埃苏-埃拉巴拉与不确定性
　in Ifa divination,艾发占卜中的不确定性
　in *Mumbo Jumbo*,《芒博琼博》中的不确定性
　and text of blackness,不确定性与黑色文本
Indian captivity tales,印第安俘虏故事
Indirect discourse,间接话语. See also Free indirect discourse 又见自由间接话语
Indirection. 间接方式,See also Naming; Parody; Pastiche 又见命名；戏仿；混搭
　Signifyin(g) by,用间接方式意指
　as term,间接方式作为术语
Infants of the Spring (Thurman),《春之婴》(瑟曼)
Inside-outside figures,内部-外部象征
Interesting Narrative of the Life of Olaudah Equiano, The (Equiano),《奥劳达·伊奎阿诺对生活的有趣叙事》(伊奎阿诺)
Interpretation 阐释
　Esu-Elegbara and,埃苏-埃拉巴拉与阐释
　indeterminacy and,不确定性与阐释
　myths of origin of,阐释的起源神话
Interpretation of Dreams, The (Freud),《梦的解析》(弗洛伊德)
Intertextuality,互文性
　Reed's parody of,里德对互文性的戏仿
Inversion,倒置 See Plot inversion; Reversal 见情节倒置；倒转
Invisible Man (Ellison),《无形人》(埃利森)
Iola Le Roy (Harper),《埃奥拉·勒洛伊》(哈珀)
Irony,反讽

Jackson, Bruce,布鲁斯·杰克逊
Jackson, Rebecca Cox,丽贝卡·考克斯·杰克逊
Jacobs, Harriet,哈丽雅特·雅各布斯
James, Henry,亨利·詹姆斯
Jazz 爵士乐
　formal parody in,爵士乐中的形式戏仿
　refiguration in,爵士乐中的重现表现
　Signifyin(g) and,意指行为与爵士乐
Jazz Age,爵士乐时代
Jea, John,约翰·杰
Jefferson, Thomas,托马斯·杰斐逊
Jemison, Mary,玛丽·杰米森
Jes Grew,随意生长
Jigue,吉古
Johnson, Barbara,芭芭拉·约翰逊

Johnson, H. T., H. T. 约翰逊

Johnson, James Weldon, 詹姆斯·韦尔登·约翰逊

Johnson, Samuel, 塞缪尔·约翰逊

Jones, LeRoi, 勒罗伊·琼斯

Joplin, Scott, 斯科特·乔普林

Joseph Andrews（Fielding），《约瑟夫·安德鲁斯》（菲尔丁）

Journal of a Voyage Towards the North Pole, A（Phipps），《去北极的航程日志》（菲普斯）

Kant, Immanuel, 伊曼努尔·康德

Kealing, H. T., H. T. 基林

Kindilien, Carlin T., 卡尔林·T. 金迪利恩

Kochman, Thomas, 托马斯·柯克曼

Labov, William, 威廉·拉博夫

Lacan, Jacques, 雅克·拉康

Laney, Lucy, 露西·莱尼

Language games, 语言游戏

Lanham, Richard A., 理查德·A. 兰厄姆

Larson, Nella, 内拉·拉森

Latino, Juan, 胡安·拉蒂诺

Lawd Today（Wright），《今日的我主》（赖特）

Lee, Ulysses, 尤利西斯·李

Legba, 拉巴. *See also* Esu-Elegbara 又见埃苏-埃拉巴拉

　as interpreter, 拉巴作为阐释者

Letters. 书信, *See* Epistolary narrative 见书信体叙事

"Letter X"（Bosman），《信简十》（博斯曼）

Lewis, Richard O., 理查德·O. 刘易斯

Lies, 谎言

Life, History, and Unparalleled Sufferings of John Jea, The（Jea），《约翰·杰的生活、历史与所经历的空前绝后的苦难》（杰）

　text of, 《约翰·杰的生活、历史与所经历的空前绝后的苦难》文本

Lindsay, Vachel, 韦切尔·林赛

Linguistic masking, 语言面具

Lion and the Jewel, The（Soyinka），《狮子与宝石》（索因卡）

Lippincott's Monthly Magazine,《利平科特月刊》

Literacy. 读写能力, *See also* Writing 又见书写

　concern with, 对读写能力的关注

　freedom and, 自由与读写能力

　humanity of blacks and, 黑人的人性与读写能力

　training in, 读写能力训练

"Literature of the Negro in the United States, The"（Wright），《美国黑人文学》（赖特）

"Little Man at Chehaw Station"（Ellison），《切豪站的小个子》（埃利森）

Local-color description, 地方特色的描述

Lord, Albert B., 艾伯特·B. 洛德

Loud-talking, 高谈阔论

Lyrics of Lowly Life（Dunbar），《下层生活的抒情诗》（邓巴）

Major, Clarence, 克拉伦斯·梅杰

Male domination, 男性统治

Male-female sexual relations, 男女性关系

Man Who Lived Underground, The（Wright），《生活在地下的人》（赖特）

Map of misprision,《误读之图》
Marrant, John, 约翰·马伦特
　Cugoano and, 库戈阿诺与马伦特
　Equiano and, 伊奎阿诺与马伦特
Masking 面具
　mask of blackness, 黑色面具
　verbal, 语言面具
Master tropes, 主要转义
Maupoil, Bernard, 伯纳德·莫泡
Meaning, 意义
　indeterminacy of, 意义不确定性
　in *Mumbo Jumbo*,《芒博琼博》中的意义
　Signifyin(g) and, 意指行为与意义
　sound and, 声音与意义
Melville, Herman, 赫尔曼·梅尔维尔
Mercier, Paul, 保罗·默西埃
Metalepsis. 代喻, *See* Capping 见挤兑
Mezzrow, Mezz, 梅兹·梅兹洛
Middle Passage 中途
　Afro-American culture and, 非裔美国文化与中途
　Esu-Elegbara and, 埃苏-埃拉巴拉与中途
Mimesis, and Diegesis. 模仿与叙述, *See also* Representation 又见表现
　in *The Color Purple*,《紫颜色》中的模仿与叙述
　in *Mumbo Jumbo*,《芒博琼博》中的模仿与叙述
Minstrel Man, 由白人扮黑人的滑稽说唱演员
Mitchell, Juliet, 朱丽叶·米切尔
Mitchell-Kernan, Claudia, 克劳迪娅·米切尔-克南
Moby-Dick（Melville）,《白鲸》（梅尔维尔）

"Mockingbird poets","模仿鸟诗人"
Montaigne, Michel Eyquem de, 蒙田
Morson, Gary Saul, 加里·索尔·莫森
Morton, Jelly Roll, 杰利·罗尔·莫顿
Morton-Williams, Peter, 彼得·莫顿-威廉斯
Motivated repetition. 有意重复, *See* Repetition and difference 见重复与差异
Mules and Men（Hurston）,《骡与人》（赫斯顿）
Mumbo Jumbo（Reed）《芒博琼博》（里德）
　doubled-voices in,《芒博琼博》中的双重声音
　dualism and, 二元性与《芒博琼博》
　indeterminacy in,《芒博琼博》中的不确定性
　Walker and, 沃克与《芒博琼博》
Mumbo jumbo（term）, 芒博琼博（术语）
Music, 音乐. *See also* Blues tradition; Jazz 又见布鲁斯传统；爵士乐
"My Favorite Things"（Coltrane）,《我的最爱之物》（科尔特雷恩）
Mysteries, in *Mumbo Jumbo*,《芒博琼博》中的谜团
Myths of origin, 起源神话

Naming. 命名, *See also* Intertextuality; Loud-talking; Pastiche 又见互文性；高谈阔论；混搭
　Cugoano's revision and, 库戈阿诺的修正与命名
　in Jea's text, 杰的文本中的命名
　rhetorical, 修辞性命名
　ritual of, 命名仪式
Narration, modes of 叙述模式
　In *Mumbo Jumbo*,《芒博琼博》中的叙述

模式

Reed's parody of, 里德对叙述模式的戏仿

in *Their Eyes Were Watching God*,《他们眼望上苍》中的叙述模式

and Walker-Hurston literary bonding, 叙述模式与沃克-赫斯顿之间的文学联结

Narrative(Douglass),《叙事》(道格拉斯)

Narrative of the Lord's Wonderful Dealings with John Marrant, A Black, The(Marrant),《一个黑人约翰·马伦特对上帝非同寻常的对待的叙事》(马伦特)

Narrative of the Most Remarkable Particulars in the Life of James Albert Ukawsaw Gronniosaw, An African Prince, As Related by Himself, A(Gronniosaw),《一个非洲王子詹姆斯·艾伯特·尤考索·格罗涅索对生活中最不寻常的细节的自述》(格罗涅索)

Narrative shift, 叙述转化

Narrative voice. 叙述声音, See also Black voice; 又见黑人声音;

 Voice 声音

  in Hurston vs. Wright and Ellison, 在赫斯顿 vs. 赖特与埃利森作品中的叙述声音

  in Reed, 里德作品中的叙述声音

  use of two distinct voices and, 对两个不同的声音的使用与叙述声音

Narrative commentary, 叙述评论

Native Son(Wright),《土生子》(赖特)

Negation, 否定

Negro Caravan, The(Brown, Davis & Lee),《黑人车队》(布朗、戴维斯与李编辑)

Negro in the American Rebellion, His Heroism and His Fidelity, The(W. W. Brown),《美国叛乱中的黑人,其英雄主义与忠诚》(W. W. 布朗)

New and Accurate Description of the Coast of Guinea, A(Bosman),《一个有关几内亚海岸的准确的新描绘》(博斯曼)

New Negro Renaissance, 新黑人文艺复兴

Nganga(term), 恩加恩加(术语)

Noble Savage, 高贵的野蛮人

Novel of Letters. 书信小说, See Epistolary narrative 见书信体叙事

Observations on the Feelings of the Beautiful and the Sublime(Kant),《论优美感与崇高感》(康德)

Odu, 奥杜

Odu Ifa,《奥杜艾发》

Ogboni secret society, 奥格伯尼秘密社团

Ogboni Supplement, 奥格伯尼补充

Ogundipe, Ayodele, 阿约德尔·奥贡迪普

"Old O. O. blues, The"(Gabugah),《老O. O. 加布迦的布鲁斯》(加布迦)

"On bird, Bird-Watching, and Jazz"(Ellison),《论鸟、观鸟与爵士乐》(埃利森)

One-liners, 一句插科打诨的话

Ong, Walter J., 沃尔特·J. 翁

Opele, 奥佩尔

Opon Ifa, 奥朋艾发

Oral narration. 口语叙述, See also Speakerly text 又见言说者文本

 Hurston and, 赫斯顿与口语叙述

 texts of Ifa and, 艾发文本与口语叙述

 typology of, 口语叙述的分类

Oral tradition. 口语传统,See also Vernacular tradition 又见土语传统
   narrative strategies and, 叙述策略与口语传统
   representation of, 对口语传统的表现
   and writing, 口语传统与书写
Originality 原创性
   in black letters, 黑人文学中的原创性
   intertextuality and, 互文性与原创性
Oriki Esu,《奥里基埃苏》
Orisirisi Esu, 奥里西里西埃苏
Osugbo secret society, 奥苏格博秘密社团
Owens, Paul. T., 保罗·T. 欧文斯

Pa Pa La Bas, 帕帕拉巴斯. See also Esu-Elegbara 又见埃苏-埃拉巴拉
Parker, Charlie, 查理·帕克
Parody 戏仿
   definitions of, 戏仿的定义
   formal, 形式戏仿
   as hidden polemic, 戏仿作为隐性论战
   and pastiche, 戏仿与混搭
   Signifyin(g) as, 意指行为作为戏仿
Pascal, Roy, 罗伊·帕斯卡尔
Pastiche, 混搭
   defined, 混搭的定义
   examples of, 混搭的例子
   as mode of signifying, 混搭作为意指行为模式
   and parody, 混搭与戏仿
   in Reed, 里德作品中的混搭
Paul, Ephi, 埃菲·保罗
Pelton, Robert, 罗伯特·佩尔顿
Pennington, James W. C., 詹姆斯·W. C. 彭宁顿
Peterson, Oscar, 奥斯卡·彼得森

Phipps, Constantine, 康斯坦丁·菲普斯
Piattoli, Scipione, 西皮奥恩·皮亚托里
Plato, 柏拉图
Plato, Ann, 安·普拉托
Play, figures of, 游戏象征
Playing the dozens, 骂娘比赛
Plot inversion, 情节倒置
Poetry. 诗歌, See also Black Arts movement; Signifying Monkey poems 又见黑人艺术运动;意指的猴子诗篇
   black voice in, 诗歌中的黑人声音
Pope, Alexander, 亚历山大·蒲柏
Positively Black (Abrahams),《肯定是黑人》(亚伯拉罕斯)
Presence, blackness as, 黑色作为在场
"Prometheus" (Dunbar),《普罗米修斯》(邓巴)
Pryor, Richard, 理查德·普赖尔
Psychology of Black Language, The (Haskins & Butts),《黑人语言心理学》(哈斯金斯与巴茨)

Quest for the Silver Fleece (Du Bois),《追寻银羊毛》(杜波伊斯)

Racism. 种族主义, See White racism 见白人种族主义
Radillo, Teofilo, 特奥菲洛·雷迪洛
Reading, 阅读
Realism, 现实主义
Really the Blues (Mezzrow),《真正的布鲁斯》(梅兹洛)
"Redeemer poet", "救赎者诗人"
Reed, Ishmael, 伊什梅尔·里德. See also *Mumbo Jumbo* 又见《芒博琼博》
   double voice in, 里德作品中的双重声音

Ellison and,埃利森与里德

Walker and,沃克与里德

Renoir, Jean,让·雷诺阿

Repetition and difference,重复与差异. See also Incremental repetition; Parody; Reversal; Revision 又见递增重复;戏仿;倒转;修正

 black tradition and,黑人传统以及重复与差异

 in Ellison's parody of Wright,埃利森对赖特戏仿中的重复与差异

 Signifyin(g) and,意指行为以及重复与差异

Representation 表现

 of black voice,对黑人声音的表现

 of free indirect discourse,对自由间接话语的表现

 Hurston-Wright debate and,赫斯顿与赖特的辩论以及表现

 Signifyin(g) on modes of,对表现模式的意指

 of unspeakability,对不可言说性的表现

Reversal,倒转. See also Repetition and difference 又见重复与差异

Revision. 修正,See also Repetition and difference; Tertiary revision 又见重复与差异;三度修正

 black tradition and,黑人传统与修正

 in Equiano,伊奎阿诺作品中的修正

 in Hurston,赫斯顿作品中的修正

 motivated vs. unmotivated,有意修正 vs. 无意修正

 originality and,原创性与修正

Rhetorical tropes 修辞性转义

 black,黑人修辞性转义. See also Loud-talking; Playing the dozens; Signifyin(g); Sounding; Talking Book Trope 又见高谈阔论;骂娘比赛;意指行为;骂娘;说话书本转义

 Western,西方修辞性转义

"Rhyme and Reason"(Wimsatt),《韵律及理性》(威姆萨特)

Rhyming,押韵

Richardson, Robert D.,罗伯特·D. 理查森

Richardson, Samuel,塞缪尔·理查森

Riffing(term),即兴重复(术语)

Riley, James Whitcomb,詹姆斯·惠特科姆·赖利

Roberts, Hermese E.,赫米斯·E. 罗伯茨

Rodgers, Carolyn,卡罗琳·罗杰斯

Rosetti, Dante Gabriel,丹蒂·加布丽埃尔·罗塞蒂

Rush, Samuel,塞缪尔·拉什

Sancho, Ignatius,伊格内修斯·桑乔

Saussure, Rene de,勒内·德·索绪尔①

Scarborough, W. S.,W. S. 斯卡伯勒

Schmitz, Neil,尼尔·施米茨

Schuyler, George S.,乔治·S. 斯凯勒

"Screaming on","歇斯底里地叫嚣"

Self-Knowledge,自我知识

Serie noire,犯罪侦探小说

Sexism, discursive,话语的性别主义

Shirley, W.,W. 雪利

"Signature of Odu","奥杜签名"

Signification. 意指、表意,See also Signifyin(g) 又见意指行为

---

① 此条索引系原书错误,盖茨在本书中提及的索绪尔是费尔迪南·德·索绪尔。——译注

black vs. standard English versions of, 黑人意指 vs. 标准英语表意

directive vs. expressive modes of, 意指/表意的指向型模式 vs. 表现型模式

and slavery, 意指/表意与蓄奴制

Signifyin(g) 意指行为
　　characteristics of, 意指行为的特征
　　concept, 意指性概念
　　definitions of, 意指行为的定义
　　as double-voiced discourse, 意指行为作为双声话语
　　exchanges of, 意指行为交锋
　　extended, 长篇幅的意指行为
　　by indirection, 通过间接方式的意指行为
　　as irony, 意指行为作为反讽
　　learning of, 对意指行为的学习
　　as mode of language use, 意指行为作为语言使用模式
　　motivated vs. unmotivated, 有意意指行为 vs. 无意意指行为
　　as parody, 意指行为作为戏仿
　　poetry of, 意指行为诗歌
　　as rhetorical mode, 意指行为作为修辞模式
　　as ritual, 意指行为作为仪式
　　and symbolic aggression, 意指行为与象征性攻击
　　women and, 女人与意指行为

"Signifying"(Anderson),《意指行为》(安德森)

Signifying Monkey, 意指的猴子
　　in black culture forms, 黑人文化形式中的意指的猴子
　　Esu-Elegbara and, 埃苏-埃拉巴拉与意指的猴子

formal language use and, 正式的语言使用与意指的猴子

motivated Signifyin(g) and, 有意意指行为与意指的猴子

in vernacular tales, 土语故事中的意指的猴子

Signifying Monkey poems 意指的猴子诗歌
　　incremental repetition in, 意指的猴子诗歌中的递增重复
　　intertextuality and, 互文性与意指的猴子诗歌
　　meaning in, 意指的猴子诗歌的意义
　　stanzaic structure of, 意指的猴子诗歌的诗章结构

Signifying Monkey tales, 意指的猴子故事
　　interpretation and, 阐释与意指的猴子故事
　　and learning Signification, 意指的猴子故事与学习意指
　　trinary structure of, 意指的猴子故事的三元结构

Singer of the Tales, *The* (Lord),《故事歌手》(洛德)

Skaz, 斯卡兹

Sklovskij, Viktor, 维克托·斯科洛夫斯基

Slater, Rob, 罗布·斯莱特

Slave, literature of, 奴隶文学

Slave narrative, 奴隶叙事. *See also* Cugoano; Equiano; Gronniosaw; Jea 又见库戈阿诺;伊奎阿诺;格罗涅索;杰
　　freedom and, 自由与奴隶叙事
　　literacy and, 读写能力与奴隶叙事
　　reversal in, 奴隶叙事中的倒转
　　rhetorical strategies in, 奴隶叙事中的修辞策略
　　self-representation in, 奴隶叙事中对自

我的表现
Talking Book trope in，奴隶叙事中的说话书本转义
Slavery，奴隶制
Smith, Amanda Berry，阿曼达·贝里·史密斯
Smitherman, Geneva，吉尼瓦·史密瑟曼
Smythe, John H.，约翰·H.斯迈思
Snead, James A.，詹姆斯·A.斯尼德
Solomon, Job Ben，乔布·本·所罗门
Some Historical Account of Guinea（Benezet），《几内亚的有关历史》（贝内泽）
"Song of the Jigue, The"（Radillo），《吉古之歌》（雷迪洛）
Sound, and meaning，声音与意义
Sounding，骂娘
Southern Road（Brown），《南方大道》（布朗）
Soyinka, Wole，沃·索因卡
Speakerly text，言说者文本
  rewriting the，重写言说者文本
Stanzaic units，诗章单元
Stepto, Robert，罗伯特·斯特普托
Stewart, William A.，威廉·A.斯图尔特
Storytelling，故事讲述. *See also* Oral narration 又见口语叙述
Stowe, Harriet Beecher，哈丽雅特·比彻·斯托（斯托夫人）
Stuart, John.约翰·斯图尔特, *See* Cugoano, Ottobah 见奥托巴·库戈阿诺
Sur un air de Charleston（Renoir film），《查尔斯顿》（雷诺阿）
Suspense novel，悬疑小说

Tale-within-a-tale，故事中的故事. *See also*

Oral narration 又见口语叙述
Talkin and Testifyin（Smitherman），《言语与奚落》（史密瑟曼）
Talking Black（Abrahams），《像黑人一样说话》（亚伯拉罕斯）
Talking Book Trope，说话书本转义
  in Bosman's text，博斯曼文本中的说话书本转义
  in Cugoano's text，库戈阿诺文本中的说话书本转义
  in Equiano's text，伊奎阿诺文本中的说话书本转义
  in Gronniosaw's text，格罗涅索文本中的说话书本转义
  in Jea's text，杰文本中的说话书本转义
  in Marrant's text，马伦特文本中的说话书本转义
  typology of，说话书本转义的类型
Talking Texts，说话文本，*See also* Talking Book Trope 又见说话书本转义
Tanner, Arbour，阿伯·坦纳
Tar Baby，柏油娃
Tell My Horse（Hurston），《告诉我的马》（赫斯顿）
Tense shifting，时态转换
Tertiary revision，三度修正
"Test on Street Language Says It's Not Grant in That Tomb"（*New York Times* article），《街头语言测试说那个墓里埋的不是格兰特》（《纽约时报》载文）
Text (term)，文本（术语）
Their Eyes Were Watching God（Hurston），《他们眼望上苍》（赫斯顿）
  direct discourse in，《他们眼望上苍》中的直接话语
  figures of play in，《他们眼望上苍》中的

游戏象征

inside-outside figures in,《他们眼望上苍》中的内部-外部象征

metaphor in,《他们眼望上苍》中的隐喻

oral narration in,《他们眼望上苍》中的口语叙述

rhetorical strategies and, 修辞策略与《他们眼望上苍》

as Signifyin(g) text,《他们眼望上苍》作为意指性文本

Third Ear: A Black Glossary, The (Roberts),《第三只耳朵:黑人术语表》(罗伯茨)

Thompson, Robert Farris, 罗伯特·法里斯·汤普森

Thoughts and Sentiments (Cugoano),《想法与感受》(库戈阿诺)

Thriller, 惊悚小说

Thurman, Wallace, 华莱士·瑟曼

Titles, parody in, 对书名的戏仿

"Toasts", "简短故事"

Todorov, Tzvetan, 茨维坦·托多洛夫

Toomer, Jean, 吉恩·图默

Tree metaphor, 树木隐喻

Triangle of influence, 影响的三角

Trickster, 恶作剧精灵. *See also* Esu-Elegbara; Jigue 又见埃苏-埃拉巴拉;吉古,

Tropological revision. 转义性修正,*See* Revision; Signifyin(g) 又见修正;意指行为

Tyranny of the narrative present, 叙述现在的暴政

"Uncle Ned" (Rosetti),《内德叔叔》(罗塞蒂)

Uncle Tom's Cabin (Stowe),《汤姆叔叔的小屋》(斯托夫人)

Unspeakability, 不可言说性

Vernacular 土语
  black difference and, 黑人差异性与土语
  learning of, 学习土语
  as literary device, 土语作为文学手法
  parody and, 戏仿与土语
  poetic diction and, 诗歌用词与土语
  Signifying Monkey and, 意指的猴子与土语

Vernacular tradition, 土语传统

Vé vé, V 型结构

Voice. 声音,*See also* Black voice; Narrative voice 又见黑人声音;叙述声音
  absence of, 声音的缺席
  of community, 社群的声音
  and oral vs. literary traditions, 声音与口语传统 vs. 文学传统
  search for, 寻找声音

Walker, Alice, 艾丽斯·沃克. *See also Color Purple, The* 又见《紫颜色》
  Hurston and, 赫斯顿与沃克
  Jackson's texts and, 杰克逊的文本与沃克

Warren, Robert Penn, 罗伯特·佩恩·沃伦

Washington, George, 乔治·华盛顿

Wentworth, Harold, 哈罗德·温特沃思

Western tradition, 西方传统

Wheatley, Phillis, 菲莉丝·惠特利

"White Man's Burden" (Kipling),《白人的负担》(吉卜林)

White racism, 白人种族主义

Whodunit, 犯罪及破案小说

Wideman, John Edgar, 约翰·埃德加·怀德曼

Williams, Francis, 弗朗西斯·威廉斯

Williams, Martin, 马丁·威廉斯

Williamson, Pierre, 皮埃尔·威廉森

Willis, Susan, 苏珊·威利斯

Wilson, Wash, 沃什·威尔逊

Wilson, W. J., W. J. 威尔逊

Wimsatt, William K., 威廉·K. 威姆萨特

Women, and Signifyin(g), 女人与意指行为

Wonder, Stevie, 史蒂维·旺德

Wright, Richard 理查德·赖特

 black antecedent texts and, 黑人的前辈文本与赖特

 Ellison and, 埃利森与赖特

 narrative strategy in, 赖特作品中的叙述策略

 Signifyin(g) in, 赖特作品中的意指行为

 voice in, 赖特作品中的声音

Writing. 书写, See also Literacy 又见读写能力

 babalawo speech and, 巴巴拉沃言语与书写

 human status and, 人的地位与书写

 and myths of Ifa, 书写与艾发神话

 self-revelation and, 自我展现与书写

Yellow Back Radio Broke-Down (Reed), 《黄后盖收音机破了》(里德)

Young, Al, 阿尔·扬

译后记

　　译者在翻译过程中得到了很多人的帮助,特此致谢。

　　北京外国语大学副校长金莉教授与北京外国语大学英语系英美文学研究中心主任马海良教授都为此译本的出版牵线搭桥,特此致谢。

　　北京外国语大学外文所赵国新研究员帮助译者解决了一些术语的翻译问题;北京外国语大学法语系王吉会,西葡语系楼宇、陈祥,武汉大学德语系高中杭等同仁及朋友指导翻译了书中的一些法语、西语、葡语、德语书名——错谬之处由译者而不由上述几位负责;罗灿女士通读了全书译稿,并提出了宝贵的修改意见,谨在此一并致谢。

　　感谢北京大学出版社的支持,特别感谢外语编辑室张冰主任的支持和梁雪责编的辛劳。

　　译者已尽己所能,但水平有限,疏漏之处仍在所难免,恳请专家学者和读者不吝指正。

译者